Diários

1909-1923

Franz Kafka

Diários

1909-1923

tradução
Sergio Tellaroli

todavia

Diários

1909

Os espectadores ficam petrificados quando o trem passa.

—

"*Wenn er mich immer* frägt" [se ele me *pergunta* sempre]. O ä de *frägt*, despegando-se da frase, voou para longe feito uma bola num relvado.[1]

—

A seriedade dele me mata. A cabeça enfiada no colarinho, os cabelos imóveis ordenados ao redor da cabeça, os músculos das bochechas, mais abaixo, estirados em seu posto.

—

A floresta continua lá? Ainda estava bem ali. Mas, tão logo meu olhar se afastou uns dez passos, desisti, de novo enredado na conversa aborrecida.

—

Na floresta escura, o solo encharcado, só o branco de seu colarinho me orientava.

—

Em sonho, pedi à bailarina Eduardova que tornasse a dançar a czarda. Entre a borda inferior da testa e o meio do queixo, cobria-lhe o rosto uma larga faixa de sombra ou de luz. Foi justamente quando surgiu alguém que, fazendo

1 Kafka faz referência aqui à conjugação do verbo *fragen* (perguntar). Prevalece hoje na língua alemã a forma *fragt* para a terceira pessoa do singular; *frägt*, embora ocorra, tem sabor regional ou dialetal. Na primeira forma, o som é de "a"; na segunda, de "é".

os gestos repugnantes do mexeriqueiro involuntário, disse a ela que o trem estava de partida. Pelo modo como recebeu a informação, ficou terrivelmente claro para mim que ela não mais dançaria. "Sou uma mulherzinha má e cruel, não sou?", ela perguntou. "Ah, não", eu disse, "isso não", e voltei-me para partir numa direção qualquer.[2]

—

Antes, eu a interrogara sobre as muitas flores presas a seu cinto. "Vêm de todos os príncipes da Europa", ela disse. Fiquei pensando que significado tinha aquelas flores frescas, presas ao cinto da bailarina Eduardova, lhe terem sido oferecidas como presente por todos os príncipes da Europa.

—

Assim como por toda parte, também no bonde a bailarina Eduardova, uma amante da música, viaja na companhia de dois violinistas e os faz tocar com frequência. Sim, porque inexiste proibição que determine que não se possa tocar no bonde, se a execução é boa, agradável aos passageiros e não custa nada, isto é, se, depois dela, não se coleta dinheiro. De início, por certo surpreende um pouco e, por um instante, todos acham inapropriado fazê-lo. Já em plena viagem, no entanto, com a forte corrente de ar soprando e o silêncio da rua, soa bonito.

—

A bailarina Eduardova não é tão bonita ao ar livre como é no palco. A tez pálida, os ossos da face que estiram a pele a ponto de não permitir nenhum movimento mais intenso; o nariz grande, que se ergue como se de uma cavidade e não admite brincadeiras, como verificar-lhe a dureza da ponta ou tocá-lo de leve, puxá-lo para um lado e outro e dizer "pois agora você vem comigo"; a figura larga de cintura alta, saias demasiado pregueadas — a quem haveria de agradar? Parece-se quase com uma de minhas tias, com uma mulher mais velha; muitas tias mais velhas de muitas pessoas se parecem com ela. À exceção de seus pés, bastante razoáveis, nada na Eduardova ao ar livre parece compensar tais desvantagens; de fato, nada há nela que

2 Ievguênia Eduardova (1882-1960) integrava o Balé Imperial Russo de São Petersburgo, que se apresentou em Praga em 24 e 25 de maio de 1909.

seja capaz de suscitar entusiasmo, espanto ou mesmo tão somente consideração. Eu mesmo, pois, já vi muitas vezes tratarem-na com uma indiferença que nem cavalheiros em geral bastante elegantes e muito corretos lograram esconder, embora, é claro, tenham se empenhado muitíssimo para tanto no trato com uma bailarina famosa como, de todo modo, era a Eduardova.

—

Ao toque, minha orelha se apresentava fresca, áspera, fria, seivosa como uma folha.

Com toda a certeza, escrevo isso em desespero com meu corpo e com meu futuro nesse corpo.

Quando o desespero se mostra tão definido, tão vinculado a seu objeto, tão contido como se por um soldado que, dando cobertura à retirada, se deixa dilacerar, então ele não é desespero de fato. O desespero de fato sempre atinge e supera de imediato sua meta, (o acréscimo dessa vírgula mostra que apenas a primeira oração estava correta)

Está desesperado?
Sim? Está desesperado?
Vai fugir? Quer se esconder?

Passei pelo bordel como quem passa diante da casa de uma mulher amada.

—

Escritores dizem fedentinas.[3]

—

As costureiras debaixo do aguaceiro.[4]

—

Da janela do trem.

—

Depois de cinco meses da minha vida durante os quais não consegui escrever nada que me satisfizesse e dos quais poder nenhum vai me ressarcir, embora todos tivessem obrigação de fazê-lo, vem-me a ideia de tornar a falar comigo mesmo. Toda vez que me interroguei de fato, sempre respondi, sempre houve o que arrancar de mim, deste amontoado de palha que sou há cinco meses e cujo destino parece ser o de pegar fogo e arder no verão mais rapidamente do que o espectador é capaz de piscar. Se ao menos assim fosse! E que assim fosse uma dezena de vezes, porque não me arrependo nem sequer dessa época desditosa. Meu estado não é o da infelicidade e tampouco o de felicidade, não é o da indiferença nem o da fraqueza, não é cansaço nem o interesse em outra coisa, mas o que é então? Que eu não o saiba há de ter a ver com minha incapacidade de escrever. E esta, creio compreendê-la, ainda que lhe desconheça a razão. É que todas as ideias que me ocorrem não me ocorrem desde a sua raiz, mas somente a partir de algum ponto intermediário. Tente segurá-las, tente segurar-se numa haste de grama que só começa a crescer a partir da metade do caule. Alguns por certo logram fazê-lo; os acrobatas japoneses, por exemplo, que sobem por uma escada de mão apoiada não no solo, e sim nas solas erguidas dos pés do companheiro semideitado, e que tampouco se apoia na parede, mas ergue-se apenas e tão somente no ar. Eu não consigo, sem falar que minha escada não dispõe nem mesmo daquelas solas nas quais se

3 Provável referência ao romance *Die Straße der Verlassenheit*, de W. Fred, pseudônimo de Alfred Wechsler (1879-1922). 4 Referência à comédia *Die Jungfern vom Bischofsberg* (As donzelas do Bischofsberg), de Gerhard Hauptmann.

apoiar. Naturalmente, isso não é tudo, e uma tal demanda tampouco basta para me fazer falar. A cada dia, porém, cabe voltar ao menos uma frase na minha direção, à maneira como hoje se voltam os telescópios na direção do cometa. Então, um dia, eu talvez venha a comparecer diante dessa frase, atraído por ela, como aconteceu no último Natal, por exemplo, em que fui longe a ponto de só por pouco conseguir ainda me segurar e parecia estar de fato no último degrau de minha escada, apoiada, porém, tranquilamente no chão e na parede. Mas que chão! E que parede! Ainda assim, a escada não caiu, de tanto que meus pés a comprimiam contra o chão, de tanto que a alçavam contra a parede.

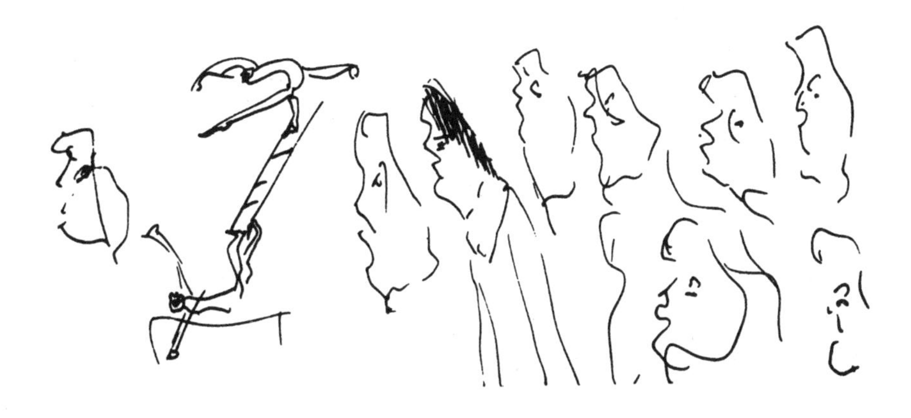

Hoje, por exemplo, cometi três impertinências, contra um cobrador no bonde e contra alguém que me apresentaram — foram, pois, duas apenas, mas elas me doeram como uma cólica estomacal. Teriam sido impertinências da parte de qualquer um, mas mais ainda provindas da minha pessoa. Saí, portanto, de mim, lutei no ar em meio à névoa e o mais grave foi que ninguém notou que também em relação a meus acompanhantes cometi uma impertinência, tive de cometê-la; precisei fazer a cara adequada e arcar com a responsabilidade; mas o pior foi um de meus conhecidos não ter entendido minha impertinência como um sinal qualquer de caráter, e sim como o caráter em si, chamando-me a atenção para ela e admirando-se dessa minha impertinência. Por que não permaneço em mim? Agora por certo digo a mim mesmo: "Veja, o mundo se deixa golpear por você, o cobrador e a pessoa que lhe foi apresentada permaneceram tranquilos quando você partiu, e esta última chegou mesmo a se despedir". Só que isso não significa nada. Você não vai alcançar coisa nenhuma saindo de si mesmo, mas, por outro lado, quanto vai perder permanecendo dentro do seu próprio círculo? A essa pergunta, respondo apenas: também eu preferiria deixar-me surrar no interior do meu próprio círculo a desferir golpes fora dele, mas onde diabos está esse círculo? Por um tempo, eu de fato o vi na terra, como se demarcado com cal, mas agora ele não faz senão pairar em algum ponto ao meu redor, ou nem sequer paira.

1910

18-19/5/10
A noite do cometa.[1]
Estive com Blei, esposa e filho, ouvi-me a mim mesmo por um tempo e soou mais ou menos como o gemido de um gatinho, mas já é alguma coisa.[2]

29/5/10
De novo, quantos dias passaram-se mudos; hoje é 29 de maio. Não possuo a determinação nem mesmo para apanhar diariamente a pena, este pedaço de madeira? Creio que já não a possuo. Remo, ando a cavalo, nado, deito-me ao sol. Por isso as panturrilhas estão bem, e as coxas, nada mal; a barriga ainda vai, mas já o peito está bastante pífio, e quando a cabeça sobre os ombros

19/6/10
Domingo. Dormi, acordei, dormi, acordei, vida miserável

—

Quando penso no assunto, tenho de admitir que, em certos aspectos, minha educação muito me prejudicou. É certo que não fui criado em algum lugar remoto, numa ruína nas montanhas, por exemplo, não poderia, pois, dizer a esse respeito uma única palavra de censura. Correndo o risco de

1 Refere-se à passagem do cometa Halley, visível em Praga na noite de 18 para 19 de maio de 1910.
2 Franz Blei, o primeiro a publicar textos de Kafka. Em março de 1908, sua revista *Hyperion* publicou, sob o título "Contemplação", oito dos dezoito textos que, mais tarde, integrariam *Contemplação*, a primeira publicação em livro do autor. No Brasil, *Contemplação e O foguista* (trad. de Modesto Carone. São Paulo: Brasiliense, 1991).

que toda a série de professores que já tive não seja capaz de compreendê-lo, eu teria preferido ser aquele pequeno habitante das ruínas, tostado pelo sol, que de toda parte incidiria sobre mim por entre os escombros e sobre a hera tépida, ainda que de início me enfraquecesse o peso de minhas boas qualidades, as quais vicejariam em mim com o poder das ervas daninhas[3]

Quando penso no assunto, tenho de admitir que, em certos aspectos, minha educação muito me prejudicou. Essa recriminação atinge muita gente, mais especificamente meus pais, por exemplo, alguns parentes, determinados visitantes de nossa casa, escritores diversos, certa cozinheira em particular que por todo um ano me levou à escola, um monte de professores (que tenho de manter juntos e bem apertados na memória, senão um ou outro me escapa, mas o fato de eu os apertar tanto faz com que o conjunto se esfarele aqui e ali), um inspetor escolar, transeuntes que caminhavam lentamente, em suma, essa recriminação gira feito um punhal através da sociedade. Não admito contestações, porque já as ouvi demais, e como fui refutado na maioria dessas contestações, eu as incluo também em minha recriminação e declaro, pois, que minha educação e essas refutações muito me prejudicaram em vários aspectos.

Com frequência reflito sobre o assunto e sou, então, sempre obrigado a dizer que minha educação foi bastante prejudicada em alguns aspectos. Essa recriminação dirige-se a muitas pessoas, que, aqui reunidas, e tal como nos velhos retratos em grupo, não sabem o que fazer umas com as outras, não lhes ocorre no momento baixar os olhos e, diante de tanta expectativa, nem ousam sorrir. Entre elas estão meus pais, alguns parentes, certos professores, uma cozinheira em especial, algumas moças das aulas de dança, certos visitantes de nossa casa em tempos idos, alguns escritores, um professor de natação, um cobrador de bonde e um inspetor de ensino, além de pessoas com as quais topei apenas uma vez na rua, de outras das quais não consigo me lembrar agora, daquelas de que nunca mais me lembrarei e, por fim, daquelas de cujo ensinamento, distraído, nem sequer me dei conta outrora — enfim, são tantas que é preciso tomar cuidado para não

3 O conteúdo desta entrada e das seguintes remete ao título isolado, mais adiante: "O pequeno habitante das ruínas", sugerindo um fragmento com elementos autobiográficos.

nomear alguém duas vezes. É diante de todas essas pessoas que dou voz à minha recriminação, apresento-as umas às outras dessa forma, mas não admito refutação. Sim, porque já tive genuinamente de suportar refutações em quantidade suficiente e, tendo sido contestado na maioria delas, nada mais me resta senão incluir também essas contestações em minha recriminação e dizer que, além da minha educação, as refutações muito me prejudicaram em certos aspectos.

Crê alguém, talvez, que eu tenha sido criado em algum local remoto? Não, fui criado no centro da cidade, bem no meio da cidade. E não, por exemplo, numa ruína nas montanhas ou à beira de um lago. Até agora, meus pais e seu séquito ficaram encobertos por minha recriminação, acinzentados; agora, eles a empurram ligeiramente para o lado e sorriem, porque, tendo eu retirado deles as mãos, levo-as à testa enquanto penso: eu deveria ter sido o pequeno habitante das ruínas, atento ao brado das gralhas, encimado por sua sombra, refrescando-me ao luar, tostado pelo sol que, de todos os lados, brilharia por entre os escombros sobre meu leito de heras, ainda que, de início, me debilitasse um pouco o peso de minhas boas qualidades, as quais haveriam de ter vicejado em mim com a força das ervas daninhas.

Com frequência, reflito sobre o assunto, dou livre curso a meus pensamentos sem neles me imiscuir e sempre, por qualquer ângulo que contemple, chego à conclusão de que, em certos aspectos, minha educação me causou prejuízo terrível. Nessa constatação embute-se uma recriminação a muitas pessoas. Entre elas incluem-se meus pais e parentes, certa cozinheira em particular, os professores, alguns escritores, famílias amigas, um professor de natação, habitantes de balneários, algumas damas no parque municipal das quais ninguém jamais suspeitaria, um barbeiro, uma mendiga, um timoneiro e o médico da família, além de muitas outras, e haveria outras mais, quisesse ou pudesse eu nomeá-las — tantas pessoas, enfim, que é preciso tomar cuidado para não repetir nomes nesse amontoado de gente. Poder-se-ia, portanto, pensar que, já diante de número tão grande de pessoas, qualquer recriminação perderia sua solidez, e teria necessariamente de perdê-la, porque uma recriminação não é um comandante de exército, ela só caminha em linha reta e não saberia se dividir. Sobretudo nesse caso, em que a recriminação se volta contra gente do passado. Essas pessoas talvez se fixem na lembrança com uma energia esquecida, dificilmente terão ainda um chão sob os pés, e mesmo suas pernas já serão fumaça. Há de trazer, pois, algum benefício recriminar pessoas num tal estado por erros cometidos em tempos remotos, quando da educação de um jovem que lhes é agora tão incompreensível quanto elas a nós? A verdade, porém, é que não se consegue sequer fazer com que se lembrem daqueles tempos, não são capazes de se lembrar de mais nada e, a quem insiste, elas empurram para o lado em silêncio; ninguém pode obrigá-las, claro está que nem se pode falar em obrigá-las, porque é bem provável que nem ouçam nossas palavras. Permanecem ali como cachorros cansados, porque consomem toda a sua energia para conseguir se manter eretas em nossa lembrança. Caso, porém, lográssemos de fato fazê-las ouvir e falar, contrarrecriminações zuniriam em nossos ouvidos, porque os homens levam consigo para o além sua convicção da venerabilidade dos mortos e, de lá, defendem-na com vigor dez vezes maior. Mesmo que esse ponto de vista talvez se revelasse equivocado, e os mortos na verdade abrigassem grande reverência pelos vivos, aí então é que dedicariam especial cuidado a seu passado em vida, que afinal lhes está mais próximo, e, de novo, nossos ouvidos zuniriam. E ainda que também essa opinião se mostrasse um equívoco e os mortos fossem bastante imparciais, eles jamais aceitariam que alguém os perturbasse com recriminações não comprováveis. Sim, porque já entre duas pessoas essas recriminações são incomprováveis. A existência de erros passados na educação é tão incomprovável quanto sua autoria. Numa tal circunstância, que recriminação não se transformaria em mero suspiro?

Essa é a recriminação que tenho a fazer. Seu cerne é saudável, a teoria a sustenta. Ainda que, sem alarde, eu esqueça ou perdoe por um instante aquilo que de fato arruinaram em mim, posso, por outro lado, provar a qualquer momento que minha educação pretendeu tornar-me uma pessoa diferente daquela que hoje sou. Recrimino, pois, em meus educadores o dano que, conforme era sua intenção, eles teriam podido me infligir, demando deles o homem que sou agora e, como isso é algo que não podem me dar, faço de minha recriminação e de meu riso um rufar de tambores audível até mesmo do além. Isso tudo, porém, serve apenas a outro propósito. A recriminação por terem eles de fato arruinado um pedaço de mim, um pedaço bonito e bom — que, em sonho, me aparece por vezes como a outros aparece a noiva morta —, essa recriminação sempre a ponto de transformar-se num suspiro, sobretudo ela há de lhes chegar incólume, como recriminação honesta que é. E assim a grande recriminação, à qual nada pode acontecer, toma a pequena pela mão; enquanto a grande caminha, a pequena saltita, mas, chegando esta última ao além, ela de novo se destaca, como sempre esperamos, e, ao som do tambor, toca sua trombeta.

Com frequência reflito sobre isso e dou livre curso a meus pensamentos sem neles me imiscuir, mas sempre concluo que minha educação me arruinou mais do que sou capaz de compreender. Exteriormente, sou um homem como todos os outros, já que, em seu aspecto físico, minha educação se ateve à habitual, assim como meu corpo era também o habitual, e ainda que eu seja bem baixo e meio gordinho, agrado a muita gente, inclusive às moças. Nada a dizer a esse respeito. Ainda há pouco tempo, uma delas me disse algo bastante sensato: "Ah, se alguma vez eu pudesse vê-lo nu, o senhor haveria de ser bem bonito, digno de um beijo", disse ela. Se, contudo, me faltassem aqui o lábio superior, ali a concha da orelha, acolá uma costela ou um dedo, tivesse eu pontos de calvície na cabeça e o rosto marcado pela varíola, nada disso se equipararia suficientemente à minha imperfeição interior. Essa minha imperfeição não é congênita, o que a torna tanto mais dolorosa de carregar. Sim, porque, como todo mundo, também eu tenho já de nascença meu centro de gravidade em mim mesmo, o que nem a educação mais desatinada foi capaz de deslocar. Conservo ainda esse belo centro de gravidade, mas, de certa maneira, não mais o corpo que lhe corresponde. E um centro de gravidade sem função a cumprir transforma-se em chumbo alojado no corpo feito bala de espingarda. Tampouco sou merecedor dessa minha imperfeição, de cujo surgimento padeci sem culpa. Por isso não consigo sentir arrependimento nenhum, por mais que o procure. O arrependimento seria, com efeito, uma coisa boa para mim, porque ele se esvai em suas próprias lágrimas, chama de lado a dor e, sozinho, resolve todos os seus assuntos como uma questão de honra; enquanto ele nos alivia, permanecemos eretos.

Como disse, minha imperfeição não é congênita nem merecida, e, apesar disso, eu a suporto melhor do que outros que, empenhando grandemente a imaginação e dotados de recursos apurados, buscam suportar infortúnio bem menor — uma esposa execrável, por exemplo, uma condição humilde ou um ofício miserável —, e não trago de modo algum o rosto negro de desespero, mas antes branco e vermelho.

Eu não seria assim se minha educação tivesse penetrado tão fundo em mim como pretendia. Talvez minha juventude tenha sido curta demais para tanto, e aí, a plenos pulmões, louvo ainda agora, aos quarenta anos, essa brevidade. Somente isso tornou possível que me sobrassem forças para tomar consciência das perdas de minha juventude e, mais do que isso, para digerir essas perdas e, mais do que isso, para fazer recriminações de todo tipo ao passado, restando-me ainda, por fim, alguma força para mim mesmo. Mas todas essas forças são, por sua vez, apenas resquício daquelas que eu possuía quando criança e que expuseram a mim, mais que os outros, aos corruptores da juventude; sim, porque um bom carro de corrida é o primeiro a ser perseguido e ultrapassado pela poeira e pelo vento, os obstáculos voam em direção a suas rodas quase como se por amor, haveríamos de acreditar.

O que sou ainda hoje faz-se nítido para mim sobretudo pela força com que as recriminações querem escapar-me. Tempos houve em que eu nada abrigava senão recriminações movidas pela raiva, o que fazia com que, a despeito do bem-estar físico, eu tivesse de me segurar em estranhos na rua, porque as recriminações me lançavam de um lado a outro, como a água numa bacia que carregamos com pressa.

Esses tempos se foram. As recriminações espalham-se dentro de mim como ferramentas estranhas que já quase não tenho coragem para apanhar ou erguer. E, no entanto, a podridão da velha educação parece ter voltado a atuar cada vez mais em meu interior; o vício da lembrança — talvez uma característica comum a solteirões da minha idade — reabre meu coração àqueles que minhas recriminações deveriam atingir, e um acontecimento como o de ontem, antes tão frequente como o ato de comer, é agora tão raro que o anoto.

De mais a mais, ainda sou eu — que ora deponho a pena para ir abrir a janela —, talvez, o melhor ajudante de meus agressores. É que me subestimo, o que já significa superestimar os outros, mas, além disso, eu os superestimo também e, independentemente disso, ainda causo grande prejuízo a mim mesmo. Se a vontade de recriminar se apossa de mim, olho pela janela. Quem pode negar que, lá fora, os pescadores sentados em seus barcos se parecem com estudantes levados da escola para o rio; sua quietude é muitas vezes tão incompreensível como a dos mosquitos no vidro da janela. E pela ponte avançam naturalmente os bondes elétricos, como sempre com seu rumorejar encorpado pelo vento, as campainhas soando feito relógios quebrados; não há dúvida de que o policial, trajando preto dos pés à cabeça e com a medalha amarela reluzindo no peito, lembra apenas e tão somente o inferno e, com pensamentos semelhantes aos meus, põe-se agora a contemplar o pescador, que de repente se debruça na beirada do barco — chora, viu uma aparição ou agita-se a cortiça na ponta da linha? A seu devido tempo, tudo isso está correto; mas corretas agora são apenas as recriminações.

Elas avançam contra uma multidão de gente, o que decerto pode assustar, e não apenas eu, mas todo mundo preferiria contemplar o rio pela janela aberta. Entre essas pessoas incluem-se os pais e os parentes, e o fato de me terem feito mal por amor torna sua culpa ainda maior, porque muito teriam podido me beneficiar com esse amor; depois, as famílias amigas com seu olhar maldoso, seu sentimento de culpa as faz pesadas e elas se recusam a assomar à lembrança; depois, o amontoado de babás, professores, escritores e, em meio a todos esses, certa cozinheira em particular; depois, transformando-se uns nos outros como castigo, um médico de família, um barbeiro, um timoneiro, uma mendiga, um vendedor de papel, um guarda de parque, um professor de natação e damas desconhecidas do parque municipal, de quem ninguém suspeitaria, bem como habitantes nativos de balneários, como a escarnecer da natureza inocente, e muitos outros; seriam ainda mais, quisesse ou pudesse eu chamar cada um pelo nome, mas, em resumo, são tantos que é preciso prestar atenção para não mencionar alguém duas vezes.

Com frequência reflito sobre isso e dou curso a meus pensamentos sem me imiscuir, mas chego sempre à mesma conclusão: a de que minha educação me arruinou mais do que a todas as pessoas que conheço e mais do que compreendo. Mas só posso falar a esse respeito de tempos em tempos, porque, se me perguntam: "É mesmo? Será possível? Devemos acreditar nisso?", eu, assustado e nervoso, logo busco limitar a afirmação.

Por fora, pareço-me com todo mundo; tenho pernas, tronco e cabeça, uso calça, paletó e chapéu; fui posto devidamente para praticar ginástica e se, apesar disso, fiquei baixinho e fraco, então foi porque era mesmo inevitável. No mais, sou do agrado de muita gente, mesmo de jovens moças, e as que não gostam de mim acham-me de todo modo suportável.

Conta-se, e tendemos a acreditar nisso, que homens em perigo não têm nenhuma consideração para com mulheres desconhecidas, nem mesmo quando bonitas; se impedidos por elas de fugir de um teatro em chamas, empurram-nas contra a parede e o fazem com a cabeça e as mãos, joelhos e cotovelos. Aí, nossas mulheres tão falantes se calam, seu palrar incessante ganha verbo e ponto-final, as sobrancelhas alçam-se de seu estado de repouso, cessa o movimento respiratório das coxas e quadris, pela boca não bem fechada de medo passa mais ar que de costume, e as maçãs do rosto parecem algo inchadas.

—

Sand: os franceses são todos comediantes, mas só os mais fracos entre eles fazem comédia.

—

Quando já havia se tornado insuportável — num fim de tarde de novembro —, e eu, correndo pelo tapete estreito de meu quarto como numa pista de cavalos, tornei a virar assustado à visão da rua iluminada e, nas profundezas do cômodo, no fundo do espelho, encontrei afinal nova meta e gritei, apenas para ouvir o grito, ao qual nada responde, mas também nada subtrai a força do gritar, um grito que portanto ascende sem contrapeso, incapaz de cessar mesmo quando cala, aí então a porta se abriu na parede, rápida, porque afinal rapidez era necessária, e até mesmo os cavalos à frente dos carros lá embaixo, na rua, alçaram-se como se enlouquecidos por alguma batalha, empinando-se sobre as patas traseiras, as gargantas expostas. Sob a forma de um fantasminha, uma criança surgiu do corredor escuro, onde a lâmpada ainda não ardia, e, qual uma bailarina, deteve-se na ponta dos pés sobre uma tábua do assoalho que oscilava imperceptivelmente. Ofuscada de pronto pela luz crepuscular do quarto, ela fez menção de esconder o rosto com as mãos, mas de súbito aquietou-se ao olhar para a janela, diante de cuja cruz o vapor alçado da iluminação da rua, lá embaixo, por fim se detinha sob a escuridão. Com o cotovelo direito encostado na parede, mantinha-se ereta diante da porta aberta, deixando entrar a corrente de ar que, vinda de fora, roçava-lhe as articulações dos pés, o pescoço e as têmporas.

Contemplei-a por um momento, disse "boa tarde" e fui apanhar meu casaco na grade da estufa, porque não queria ficar ali, seminu. Por um instantezinho, mantive a boca aberta, para deixar sair por ela minha agitação. Tinha uma saliva ruim na boca, meus cílios tremiam no rosto e, do lado esquerdo da testa, sentia uma tensão como se de um tiro indolor de espingarda; em suma, aquela visita era só o que me faltava, embora eu já a esperasse.

A criança seguia no mesmo lugar; junto da parede, pressionava a mão direita contra a alvenaria e, com o rosto todo vermelho, não se cansava de sua aspereza branca, na qual raspava a ponta dos dedos, que volta e meia contemplava.

Perguntei: "Sou eu mesmo quem você queria visitar? Não se enganou? Neste edifício grande, nada mais fácil que se enganar. Eu me chamo fulano de tal, moro no terceiro andar, apartamento nº 11. Sou mesmo quem você pretendia visitar?".

"Quieto, quieto", disse ela por cima do ombro, "sim, está tudo certo."

"Então entre de uma vez. Eu gostaria de fechar a porta."

"A porta, eu acabo de fechar, não se dê ao trabalho, o importante é que se acalme."

"Não se trata de trabalho. Mas, nesse corredor, mora um bocado de gente, naturalmente pessoas que conheço; a maioria está voltando agora das lojas e, quando ouve alguém falando num apartamento, se crê no direito de abrir a porta para ver o que se passa. Assim são as coisas. São pessoas que saíram do trabalho diário, a quem haveriam de se submeter na liberdade provisória da noite? Aliás, você sabe disso muito bem. Portanto, deixe-me fechar a porta."

"Ora, mas o que é que há? O que você tem? Por mim, que entre o edifício todo. E, repito, já fechei a porta; acha, por acaso, que você é o único que pode fechá-la? Virei até a chave."

"Então está bem. Mais do que isso, não quero. Nem precisava fechar com a chave. E, uma vez que já está aqui, ponha-se à vontade. É minha convidada, confie plenamente em mim. Acomode-se sem medo. Não vou obrigá-la a ficar nem a ir embora. É necessário que o diga? Você me conhece tão mal assim?"

"Não, de fato não precisava ter dito. E mais, nem deveria ter dito. Sou uma criança, para que tanta cerimônia comigo?"

"Também não é para tanto. Uma criança, claro, mas nem tão novinha, não é? Já está bem crescida. Não me leve a mal, mas já está numa idade que me é desagradável. Se fosse uma moça, não poderia simplesmente trancar-se num quarto comigo. A não ser que eu lhe agradasse."

"Com isso, não temos de nos preocupar. Só quis dizer que o fato de eu o conhecer pouca proteção me oferece; isso só lhe dispensa do trabalho de tentar me enganar. Não obstante, faz-me elogios; pare com isso, eu exijo, pare com isso. Além do mais, não o conheço em todos os momentos e em toda parte, que dirá nesta escuridão. Seria muito melhor se acendesse a luz. Não, melhor não. Seja como for, vou me lembrar de que você já me ameaçou."

"Como? Ameacei você? Ora, faça-me o favor. Estou tão feliz que finalmente esteja aqui. E digo 'finalmente' porque já é bem tarde. Não compreendo por que chegou tão tarde assim. Por isso, é possível que, em minha alegria, eu tenha me atrapalhado ao falar e que você tenha tão somente me compreendido mal. Que me expressei da forma como me expressei, admito mil vezes; sim, fiz-lhe as ameaças que quiser. Com visita não se briga, isso não. Mas como pôde entender dessa maneira? Como pôde me ofender? Por que quer arruinar à força este breve momento da sua presença aqui? Um estranho seria mais solícito que você."

"Nisso eu acredito, não há nenhuma sabedoria aí; já por natureza estou mais próximo, sou mais solícito com você do que qualquer estranho poderia ser. Sabe disso, então por que essa melancolia? Diga-me que quer fazer comédia, e vou-me embora agora mesmo."

"Até isso você ousa dizer? Sua audácia é um tanto demasiada. Afinal, está em minha casa. Raspa os dedos como louca em minha parede. Minha casa, minha parede. E o que diz não é apenas desaforado, é ridículo. Diz que sua natureza a obriga a falar comigo desta maneira. É mesmo? Sua natureza a obriga? Muito simpático da parte dela. Mas que natureza é essa? Sua natureza é a minha, e se, por natureza, eu me comporto amigavelmente com você, não lhe caberia agir de outro modo."

"Isso é ser amigável?"

"Estou falando de antes."

"E sabe como vou me comportar mais tarde?"

"Não sei de nada."

E fui até o criado-mudo, onde acendi uma vela. (Naquela época, não tinha gás nem luz elétrica em casa.) Sentei-me então por alguns momentos ali, mas me cansei disso também, vesti o sobretudo, apanhei o chapéu do canapé e apaguei a vela. Ao sair, enrosquei-me na perna de uma cadeira. Na escada, encontrei um inquilino do mesmo andar. "Já vai sair de novo, seu pulha?", disse-me ele, as pernas abertas repousando sobre dois degraus. "Vou fazer o quê?", respondi, "agora mesmo tinha um fantasma no meu quarto." "Você diz isso com a mesma insatisfação de quem encontrou um cabelo na sopa." "E você brinca, mas note bem: um fantasma é um fantasma." "Isso é verdade. Mas e se a gente não acredita nem um pouco em fantasmas?" "E você acha que acredito em fantasmas?"[4]

4 Rascunho daquele que viria a ser o último texto de *Contemplação*: "Ser infeliz".

O pequeno habitante das ruínas

“Escute”, disse eu, e dei-lhe uma pequena estocada com o joelho (como um mau presságio, um pouco de saliva voou-me da boca ao falar assim, de súbito), “não adormeça.”[5]

—

Quero ir-me embora, subir a escada às cambalhotas, se preciso for. Do grupo reunido, espero tudo que me falta, sobretudo a organização de minhas forças, às quais não basta essa possibilidade única e extrema que constitui a do solteiro na rua. Este já se contenta em resistir com seu físico decerto miserável, mas firme, em preservar suas duas ou três refeições, em evitar a influência de outras pessoas, em suma, em reter tudo que pode do mundo que se desfaz. Aquilo que perde, ele busca recuperar com violência, mesmo que então se apresente modificado, debilitado, semelhante apenas em aparência à propriedade perdida (como ocorre na maioria dos casos). Sua essência é, portanto, suicida, só tem dentes para a própria carne, e carne para os próprios dentes. Sim, porque sem um centro, sem uma profissão, um amor, uma família, uma renda, ou seja, sem, de um modo geral, se sustentar perante o mundo — numa tentativa, é claro —, sem, portanto, de certo modo assombrá-lo com grande quantidade de posses, não há como se proteger de perdas de pronto destrutivas. Esse solteiro, com suas roupas delgadas, sua arte de rezar, suas pernas perseverantes, sua temida moradia de aluguel, sua essência despedaçada e ora, depois de um longo tempo, novamente invocada, segura isso tudo com os dois braços, e toda vez que apanha uma ninharia qualquer, invariavelmente perde duas das suas. Aí está, é claro, a verdade, que em nenhuma outra parte se mostra tão pura. Sim, porque quem se apresenta de fato como cidadão consumado, ou seja, quem viaja num navio tendo espuma à frente e deixando um rastro de água atrás de si, produzindo, portanto, grande efeito à sua volta — bem ao contrário daquele sobre um par de tábuas em meio às ondas, que ademais se chocam e se empurram para baixo —, esse senhor e cidadão corre um perigo que não é pequeno. E isso porque ele e suas posses não são uma coisa

5 Esta entrada, as seguintes e os fragmentos assemelhados mais adiante documentam o trabalho na segunda versão da novela *Descrição de uma luta*. Kafka trabalhara numa primeira versão a partir de 1904, tendo-a concluído em 1907.

só, e sim duas, e quem destroça essa ligação o destroça juntamente com ela. Nesse aspecto, nós e nossos conhecidos somos irreconhecíveis, porque estamos bem escondidos; eu, por exemplo, me oculto hoje sob minha profissão, sob meus sofrimentos imaginados ou reais, sob minhas inclinações literárias etc. Mas eu, justamente eu, sinto o fundo de meu ser com frequência e força demasiadas para poder me dar por medianamente satisfeito. E basta que eu o sinta por quinze minutos ininterruptos para que já o veneno do mundo me entre pela boca como a água que flui para dentro daquele que se afoga.

Entre mim e o solteiro não existe, no momento, quase nenhuma diferença, a não ser pelo fato de que ainda me lembro de minha juventude na aldeia e posso, talvez, sempre que queira, ou talvez somente quando minha situação o exija, transportar-me de volta para lá. O solteiro, por sua vez, nada tem diante de si, e, por isso mesmo, nada atrás de si também. No momento, inexiste diferença, mas o solteiro só tem o momento. Naquele tempo — que hoje ninguém há de conhecer, porque nada pode estar tão completamente aniquilado como aquele tempo —, naquele tempo, pois, ele errou ao sentir continuamente o fundo de seu ser como quem de repente percebe no corpo um abscesso que, até então, era a última coisa em nosso corpo, ou nem isso, porque parecia nem existir ainda, mas agora revela-se todo o corpo que possuíamos desde o nascimento. Se até aquele momento nos voltávamos inteiramente para o trabalho de nossas mãos, para o que viam nossos olhos, o que ouviam nossos ouvidos, os passos de nossos pés, agora voltamo-nos de súbito para o lado contrário, como um cata-vento nas montanhas. Contudo, em vez de, então, correr para longe, ainda que nessa última direção, porque só essa fuga para longe podia mantê-lo na ponta dos pés, e só a ponta dos pés podia mantê-lo no mundo, em vez disso ele se deitou, como fazem aqui e ali as crianças no inverno, deitando-se na neve para congelar.

—

Ele e essas crianças sabem muito bem que ter se deitado ou cedido de qualquer outra forma é culpa deles, sabem que não podiam tê-lo feito de forma alguma, mas não têm como saber que, depois das mudanças pelas quais passam agora, nos campos ou na cidade, vão se esquecer de toda culpa passada e de todo constrangimento e se movimentar pelo novo elemento como se fosse o primeiro.

"Não vou adormecer", respondeu ele, sacudindo a cabeça enquanto abria os olhos. "Se adormecesse, como poderia vigiar você? Não preciso fazê-lo? Não foi por isso que você se agarrou a mim outrora, defronte da igreja? Sim, faz muito tempo, nós sabemos, deixe o relógio no bolso."

"É que já é muito tarde", eu disse. Não pude evitar um leve sorriso e, para ocultá-lo, pus-me a contemplar com afã o interior do edifício.

"É mesmo do seu agrado? Gostaria de subir? Muito? Ora, diga, eu não mordo. Olhe, se acha que estará melhor lá em cima do que aqui embaixo, suba logo, agora mesmo, não se importe comigo. O fato de eu ser da opinião, a opinião de um transeunte qualquer, de que você logo vai descer e que então será muito bom encontrar alguém postado aqui, alguém para cujo rosto nem vai olhar mas que levará você pelo braço à taverna mais próxima, que o fortalecerá com um pouco de vinho e conduzirá você ao quarto dele, miserável por certo mas apartado da noite por duas ou três janelas de vidro — dessa opinião, você pode até fazer pouco por enquanto. Mas verdade é, e posso repeti-la diante de quem você quiser; aqui embaixo, não estamos bem, sentimo-nos mesmo miseráveis feito cães, mas, no meu caso, não há remédio, não faz diferença nenhuma se me deito aqui embaixo, nesta sarjeta, a estancar com a boca a água da chuva, ou se, com os mesmos lábios, bebo champanhe lá em cima. Aliás, nem sequer entre essas duas coisas tenho escolha, nunca me sucede algo que chame a atenção das pessoas, e como poderia suceder-me ante o arcabouço das cerimônias de que necessito, sob as quais posso tão somente rastejar adiante, em nada melhor que um inseto daninho? Você, no entanto, quem sabe o que tem aí dentro? Coragem você tem, ou pelo menos acredita ter; pois tente, o que estará arriscando? Se prestarmos atenção, muitas vezes reconhecemo-nos já no rosto do criado à porta."

"Soubesse eu ao menos com certeza que você está sendo honesto comigo, estaria lá em cima há tempos. Como posso descobrir se está sendo honesto? Você me olha agora como se eu fosse uma criancinha, e isso não me ajuda, só piora ainda mais as coisas. Mas talvez queira piorá-las. Nem suporto mais o ar da rua, o que significa que meu lugar é com o grupo reunido lá em cima; pensando bem, já me raspa a garganta, e aí está: começo a tossir. Afinal, você tem ideia de como vou me sentir lá em cima? O pé com o qual pisarei o salão já terá se transformado antes mesmo que eu erga o outro."

"Tem razão, não estou sendo honesto com você."

—

"Esquecer", porém, não é a palavra certa aqui. A memória desse homem sofreu tão pouco quanto sua capacidade de imaginação. Mas a verdade é que mover montanhas não podem; o homem está agora à margem de nosso povo, à margem de nossa humanidade, sempre faminto, tudo que possui é o momento, o momento continuado do tormento ao qual não se segue uma única fagulha de elevação; tem sempre e apenas uma única coisa: suas dores, e, em toda a circunferência do mundo, nenhuma outra que pudesse arvorar-se em remédio; de chão, tem apenas o necessário aos dois pés e, como apoio, tão somente o que as duas mãos recobrem, bem menos, portanto, que o trapezista no teatro de variedades, para o qual estendem ainda uma rede de proteção. A nós, outros, seguram-nos nossos passado e futuro, quase todo o nosso tempo livre e quanto de nosso ofício não empregamos a alçá-los e baixá-los, equilibrando-os. O que o futuro tem em amplidão, o passado compensa com seu peso, e, em suas pontas, já não se consegue distinguir um do outro; a mais tenra juventude torna-se, mais tarde, tão clara quanto o futuro, e a ponta do futuro, com todos os nossos suspiros, é, na verdade, coisa já experimentada, passado. Assim se fecha, ou quase, esse círculo à beira do qual caminhamos. Esse círculo nos pertence, é fato, mas somente na medida em que o retemos; basta um passo para o lado, esquecidos de nós mesmos, na distração de um susto, de um espanto ou do cansaço, e já o perdemos no espaço; tínhamos até então nosso nariz na torrente dos tempos, mas agora recuamos, nadadores outrora, caminhantes no presente, e nos perdemos. Estamos à margem da lei, ninguém sabe e, no entanto, é em conformidade com isso que todos nos tratam.

—

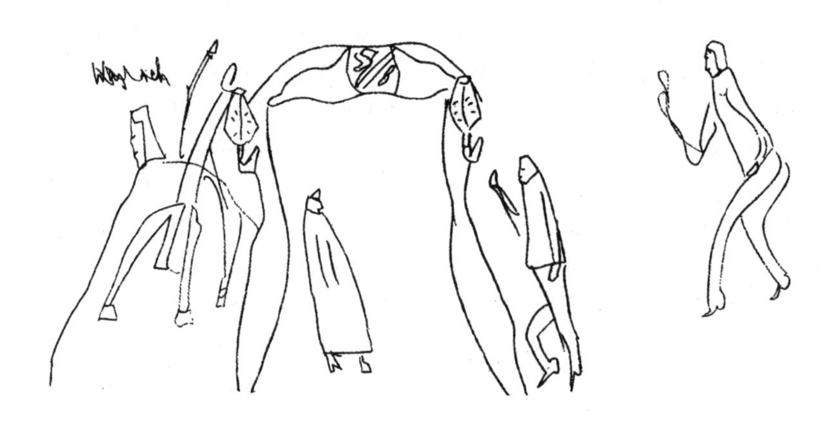

As claques nos teatros franceses: na plateia, os comandantes; aos mais próximos, ha-ha; aos homens na galeria, deixam cair o jornal.[6]

—

O martelo de madeira assinala o começo

6/11/10
Algo que, de resto, supero com facilidade, porque não me é permitida nem uma coisa nem outra, razão pela qual não é correto que eu me compare a você. Ora, você! Há quanto tempo está na cidade, afinal? Há quanto tempo está na cidade, eu pergunto.

Cinco meses. Também já a conheço muito bem. Escute, não me concedi nem um minuto de descanso. Quando olho para trás, já nem sei se houve noites; para mim, você bem pode imaginar, tudo parece um único dia, sem diferenças de horário, sem nem mesmo variações de luz

6/11/10
Conferência de uma certa Madame Chenu sobre Musset.[7] O hábito das mulheres judias de estalar a língua; a compreensão do francês ao longo de todos os preparativos e dificuldades de uma anedota, até que, pouco antes do desfecho, que há de seguir vivendo em nossos corações acima dos escombros da história toda, o francês desaparece diante de nossos olhos, talvez porque já tenhamos nos esforçado em demasia; as pessoas que entendem a língua vão-se embora antes do final, porque já ouviram o bastante, os outros ainda não, nem de longe; a acústica da sala dá às tossidas nos camarotes primazia sobre a palavra falada. *Un Souper chez Mademoiselle Rachel* [Uma ceia em casa de Mademoiselle Rachel]: ela lê *Fedra*, de Racine, com Musset, o livro repousa entre eles na mesa, sobre a qual, aliás, repousa todo tipo de coisas.[8] O cônsul Claudel, o brilho nos olhos que o rosto largo acolhe e reflete; ele tenta continuamente se

6 Na primeira quinzena de outubro de 1910, Kafka, Max Brod e o irmão deste, Otto, fazem uma viagem a Paris. Mais adiante, Kafka caracterizará essa viagem como malograda, porque uma furunculose o obrigou a retornar a Praga antes do tempo. **7** A conferencista parisiense Marguerite A. Chenu dá três palestras em Praga no início de novembro, a segunda das quais dedicada a Alfred de Musset. **8** Em *Un Souper chez Mademoiselle Rachel*, que Chenu lê durante sua apresentação, Musset relata um jantar com a atriz Elisa Rachel Félix (1821-58), célebre intérprete da Fedra de Racine.

despedir, consegue fazê-lo num e noutro caso, mas no geral não, porque, tão logo se despede de um, vem outro, a quem o anterior, tendo já se despedido, torna a se juntar.[9] No palco em que acontece a conferência há uma galeria para a orquestra. Ruídos de toda sorte incomodam. Garçons vindos do corredor, os hóspedes em seus quartos, um piano, uma orquestra de cordas ao longe, marteladas e, por fim, uma altercação, que irrita inclusive pela grande dificuldade de localizá-la. Num camarote, uma dama exibe diamantes nos brincos cujo brilho vai se modificando quase sem cessar. Na bilheteria, jovens de preto pertencentes a um círculo francês. Um deles cumprimenta com uma profunda mesura, que faz seus olhos deslizarem pelo chão, e um grande sorriso. Mas isso só diante das moças; os homens, encara com a boca séria, com o que, a um só tempo, confere à saudação anterior o caráter de uma cerimônia talvez ridícula mas, de todo modo, incontornável.

7/11/10
Palestra de Wiegler sobre Hebbel.[10] O cenário no palco sobre o qual está sentado reproduz um quarto moderno, como se a amada fosse entrar pela porta para, enfim, dar início à peça. Não, é uma palestra. A fome de Hebbel. Relação complicada com Elisa Lensing. Na escola, ele tem por professora uma velha solteirona que fuma, cheira rapé, bate e dá uvas-passas aos bem-comportados. Viaja para toda parte (Heidelberg, Munique, Paris) sem nenhum propósito visível. Primeiro, trabalha como serviçal em casa do administrador de uma paróquia, onde dorme na mesma cama que o cocheiro, debaixo da escada.

—

Agora, talvez lhe pareça que eu queria me queixar? Mas não, por que me queixaria? Não me é permitida nem uma coisa nem outra. Só preciso dar meus passeios, e isso há de bastar, mas, em compensação, não existe lugar no mundo onde eu não possa dar meus passeios. E, outra vez, vai parecer que estou me gabando

—

9 Paul Claudel (1868-1955) foi cônsul em Praga de dezembro de 1909 a setembro de 1911.
10 Paul Wiegler (1878-1949), ensaísta, historiador da literatura, tradutor e, na época, editor do suplemento cultural do jornal praguense *Bohemia*.

Tenho, portanto, uma vida tranquila. Não precisaria ficar parado aqui, diante deste edifício.

Nisso, não se compare a mim nem se sinta inseguro por minha causa. Afinal, você é um homem adulto e, além disso, ao que parece, vive bem abandonado nesta cidade

—

Você, afinal, não sente em seu ânimo que não pode se comparar a mim nessas coisas? Eu não compreendo isso. Há quanto tempo está na cidade?

"Cinco meses", respondi, tão cauteloso que, dito isso, ainda mantive a boca aberta. Sim, cinco meses. Era verdade. Deixei o portão

—

"No fim, se prestar atenção, você sente isso já em sua

—

"Nisso, justamente, você não pode se comparar a mim. Preciso lhe dizer? Afinal, se prestar atenção, já em seu ânimo você sente isso. Há quanto tempo está na cidade?"

"Cinco meses", respondi, tão cauteloso que, dito isso, ainda mantive a boca aberta.

—

"Nisso, justamente, você não pode se comparar a mim. Por acaso, é preciso que eu lhe diga? Afinal, se prestar atenção, já em seu ânimo você sente isso. Aliás, há quanto tempo está na cidade?"

E, nessas manhãs, olhamos pela janela, puxamos a cadeira de perto da cama e nos sentamos para tomar café. E, nessas noites, apoiamos o braço e seguramos a orelha com a mão. Se pelo menos isso não fosse tudo! Se pelo menos adquiríssemos dois ou três hábitos novos, como os que se podem ver nas ruas todo dia

—

Julius Schnorr von Carolsfeld retratado por Friedrich Olivier; ele desenha de cima de uma encosta, tão belo e sério (chapéu alto, feito um boné achatado de palhaço, com uma aba rija e estreita que desce em direção ao rosto, longos cabelos ondulados, só tem olhos para seu desenho, mãos tranquilas, a prancha sobre os joelhos, um pé escorregou um pouco mais para baixo na encosta).

Mas não: é Friedrich Olivier desenhado por Schnorr.[11]

Em mim, portanto, você não pode pensar agora. Como vai querer se comparar a mim? Estou há mais de vinte anos na cidade. Tem uma ideia clara do que isso significa? Já passei vinte vezes cada estação do ano aqui…

Agora ele brandia o punho frouxo sobre nossas cabeças.

As árvores aqui crescem há vinte anos, quão pequenos não haveríamos de nos tornar debaixo delas. E essas noites todas, você sabe, em todos esses edifícios. Dormimos apoiados ora nesse ora naquele muro, a janela perambula à nossa volta. E essas manhãs,

—

De fato, estou muito perto disso. O que me protegia parecia estar se dissolvendo aqui na cidade; nos primeiros dias, eu era bonito, porque essa dissolução acontece como uma apoteose em que tudo que nos mantém vivos alça voo e foge, mas, ao fugir, ilumina-nos ainda uma última vez com sua luz humana. Assim estou eu diante de meu solteiro, e é bastante provável que ele me ame por isso, sem, contudo, saber ao certo por quê. Vez ou outra, suas palavras parecem sugerir que ele está plenamente inteirado, que sabe quem tem diante de si e que, por isso mesmo, tudo pode se permitir. Mas não é bem assim. Na verdade, ele encararia da mesma forma quem quer que fosse, porque só pode viver como ermitão ou como parasita. Ermitão, apenas porque constrangido a sê-lo, mas, caso esse constrangimento seja superado por forças que desconhece, como acontece agora, ele logo se torna um parasita, comportando-se tão inconvenientemente quanto possível. Salvá-lo, porém, nada mais pode neste mundo; seu comportamento lembra, pois, o cadáver de um afogado que, conduzido à superfície por uma corrente qualquer, tromba com um nadador cansado, deita-lhe as duas mãos e gostaria de se segurar nele. O cadáver não retornará à vida, nem mesmo será resgatado, mas pode arrastar o nadador para baixo

—

11 Kafka refere-se aqui a dois pintores associados a um mesmo movimento artístico: os Nazarenos. A legenda ambígua do desenho que ele vê numa revista o confunde.

Em mim, portanto, você não pode pensar agora. Sei que é agradável, numa cidade estranha, pretender equiparar-se de uma vez por todas a um homem que se tem por experiente

—

Em mim, portanto, você não pode pensar agora.

15/11/10
Dez horas. Não me permitirei cansar-me. Vou mergulhar em minha novela, ainda que isso me retalhe o rosto.[12]

16/11/10
Doze horas. Estou lendo *Ifigênia em Táuris*. À parte algumas passagens francamente equivocadas, é literalmente de admirar a língua alemã ressecada na boca de um rapaz puro. Diante do leitor, no momento da leitura, cada palavra é alçada às alturas pelo verso, onde a ilumina uma luz talvez débil, mas penetrante.

27/11/10
Leitura de Bernhard Kellermann: "alguns textos inéditos de minha própria lavra", começou ele. Aparentemente, uma pessoa amável, cabelos em pé quase brancos, barba escanhoada com esmero, nariz pontiagudo, a carne das maçãs do rosto muitas vezes avança como uma onda sobre os ossos malares, subindo e descendo. É um escritor mediano, tem boas passagens (um homem sai para o corredor, tosse e olha em torno, para ver se não tem alguém ali), além de um homem honrado que quer ler o que prometeu mas o público não deixou; assustadas com o primeiro conto, sobre um manicômio, ou entediadas com seu modo de ler, as pessoas foram saindo, mas uma a uma, a despeito dos momentos ruins de suspense, e com um afã como se outra leitura estivesse acontecendo na sala ao lado. Quando, então, depois de lido cerca de um terço da história, ele parou para tomar um gole d'água, um bocado de gente foi-se embora. Ele se assustou. "Já estou terminando", mentiu. Quando terminou de fato, todos se levantaram e houve algum aplauso, que soou como se, no meio de toda aquela multidão de pé,

12 Nova referência à segunda versão de *Descrição de uma luta*, esboçada nas entradas anteriores.

alguém tivesse permanecido sentado e aplaudisse sozinho. Kellermann, porém, queria ler ainda outra história, talvez várias. Ante a debandada, apenas abriu a boca. Por fim, aconselhado, disse: "Eu gostaria muito de ler uma pequena fábula, são só quinze minutos. Vou fazer um intervalo de cinco minutos". Alguns ainda ficaram, e ele leu um conto com passagens que dariam a qualquer um o direito de, partindo do ponto mais distante da sala, atravessá-la por cima dos ouvintes e ir-se embora correndo.[13]

Rudle: 1 coroa
Kars: 20 centavos[14] Devo

"Escute", disse eu, e dei-lhe uma pequena estocada com o joelho (como um mau presságio, um pouco de saliva voou-me da boca ao falar assim, de súbito), não adormeça

"Não vou adormecer", respondeu ele, sacudindo a cabeça enquanto abria os olhos. "Se adormecesse, como poderia vigiar você? Não preciso fazê-lo? Não foi por isso que você se agarrou a mim outrora, defronte da igreja? Sim, faz muito tempo, nós sabemos, deixe o relógio no bolso."

—

"É que já é muito tarde", eu disse, dando de ombros, com o que a um só tempo me desculpava pela impaciência e o recriminava por haver me retido tanto tempo.

"Escute", disse eu, e dei-lhe uma pequena estocada com o joelho (como um mau presságio, um pouco de saliva voou-me da boca ao falar assim, de súbito).

—

"Não me esqueci de você", ele disse, sacudindo a cabeça enquanto abria os olhos

"Não temi que tivesse esquecido", eu disse. Ignorei seu sorriso e olhei para o calçamento. "Só queria dizer que agora vou mesmo subir. Sim, porque você sabe que fui convidado, já é tarde e as pessoas lá em cima me

13 O escritor Bernhard Kellermann (1879-1951) apresenta-se em Praga em 27 de novembro de 1910.
14 Provavelmente, Rudolf Hermann, irmão do cunhado de Kafka, Karl Hermann, casado com sua irmã mais velha, Elli; e Georg Kars, artista plástico amigo de Max Brod.

aguardam. Talvez um ou outro evento tenha sido adiado até a minha chegada. Não posso afirmá-lo, mas pode bem ser. Agora você vai me perguntar se eu não poderia simplesmente renunciar à reunião."

"Não vou lhe perguntar isso, porque, em primeiro lugar, é o que você está morrendo de vontade de me dizer, e, em segundo, pouco se me dá, porque, para mim, ficar aqui embaixo ou subir dá no mesmo. Se me deito aqui embaixo, nesta sarjeta, a estancar com a boca a água da chuva ou se, com os mesmos lábios, bebo champanhe lá em cima, não faz diferença nenhuma, nem mesmo o gosto é diferente

15/12/10

Simplesmente não acredito nas conclusões que tirei sobre minha situação atual, que já dura quase um ano; ela é séria demais para tanto. Não sei nem se posso dizer que não se trata de uma situação nova. Em todo caso, minha opinião é a de que se trata de uma situação nova; já passei por coisa parecida, mas nunca estive numa situação como essa. Sou como se fosse feito de pedra, como minha própria lápide, sem espaço para dúvida ou crença, amor ou repulsa, coragem ou medo, no particular ou no geral; em mim, vive apenas uma vaga esperança, em nada melhor que as inscrições que se veem nas lápides. Quase nenhuma palavra que escrevo combina com a seguinte, ouço as consoantes raspando metalicamente uma na outra, e as vogais que as acompanham cantando feito negros em exposição. Minhas dúvidas circundam cada palavra, vejo-as antes da palavra em si. Qual nada! Não vejo palavra nenhuma, eu a invento. O que, afinal, nem seria a maior das infelicidades; bastaria que eu conseguisse inventar palavras capazes de soprar o odor cadavérico numa direção tal que ele não nos atingisse, a mim e ao leitor, bem no meio da cara. Quando me sento à escrivaninha, não me sinto melhor que alguém que, em meio ao tráfego da Place de l'Ópera, leva um tombo e quebra as duas pernas. A despeito do barulho que fazem, os carros vêm e vão em silêncio, provenientes de todas as direções e rumando para todas as partes, mas ordem melhor que a dos guardas estabelece a dor desse homem, uma dor que lhe fecha os olhos e esvazia a praça e as ruas sem que os carros precisem dar a volta. A abundância de vida lhe dói, porque, afinal, ele constitui um obstáculo ao trânsito, mas o vazio não é menos maléfico, porque libera sua verdadeira dor.

16/12/10
Não vou mais abandonar meu diário. É a ele que preciso me agarrar, porque é só onde posso fazê-lo.

Gostaria muito de explicar a felicidade que, como acontece agora, trago em mim de tempos em tempos. É de fato uma coisa efervescente, algo que me preenche por completo com um estremecimento leve e agradável e que me imbui de capacidades de cuja inexistência eu poderia a todo momento, inclusive agora, me convencer com absoluta segurança.

—

Hebbel elogia "Die Reiseschatten" [Sombras de viagem], de Justinus Kerner
"E uma obra como essa praticamente não existe, ninguém a conhece."[15]

—

Die Straße der Verlassenheit [A rua do abandono], de W. Fred. Como são escritos livros como esse? Um homem que, em formato menor, produz obras valorosas expande aí seu talento em direção à amplitude de um romance, mas de forma tão deplorável que chega a nos fazer mal, ainda que não se possa deixar de admirar a energia com que ele maltrata seu próprio talento.

—

Esse meu interesse em acompanhar personagens secundárias sobre as quais leio em romances, peças de teatro, e assim por diante. O sentimento de afinidade que tenho! Em *Die Jungfern vom Bischofsberg* (é esse o título?), fala-se de duas costureiras a confeccionar o enxoval da noiva na peça. Como vão essas duas moças? Onde moram? O que fizeram para que não lhes fosse permitido participar da peça, mas apenas permanecer literalmente do lado de fora da arca de Noé, afogando-se no aguaceiro e podendo tão somente apertar seus rostos uma última vez contra a escotilha, a fim de que o espectador na plateia possa, por um momento, ver ali um vulto escuro?

15 Citação literal dos *Diários* de Hebbel. Justinus Kerner (1786-1862), médico, escritor e poeta alemão. *Reiseschatten. Von dem Schattenspieler Luchs* (1811) é seu primeiro livro.

17/12/10
Em resposta a uma pergunta premente sobre se, afinal, nada está em repouso, Zenão disse: "Sim, a flecha que voa está em repouso".

—

Se os franceses fossem, em essência, alemães, quanto não os admirariam então os alemães.

—

O fato de eu ter riscado e descartado tanta coisa, na verdade quase tudo que escrevi este ano, por certo constitui grande impedimento a minha escrita. Trata-se de uma verdadeira montanha, cinco vezes mais do que jamais escrevi, e já essa massa atrai para si tudo que escrevo, tudo que me sai da pena.

18/12/10
Não fosse indubitável que o motivo pelo qual tardo em abrir cartas (mesmo aquelas previsivelmente desimportantes, como a que tenho à minha frente) nada mais é que fraqueza e covardia, as quais hesitam em abrir uma carta da mesma forma que hesitariam em abrir a porta de um cômodo onde alguém me aguarda talvez com impaciência — não fosse assim, aí então a meticulosidade talvez oferecesse explicação bem melhor para essa demora. É que, supondo-se que eu seja de fato meticuloso, vou prolongar ao máximo tudo que se refere à carta, ou seja, vou abri-la lentamente, lê-la diversas vezes com vagar, refletir um bom tempo, redigir muitos rascunhos antes de passar a limpo a resposta final e, por fim, titubear ainda ao enviá-la. Tudo isso está em meu poder, apenas o recebimento repentino da carta não há como evitar. Também isso, porém, eu postergo por intermédio de um recurso artificial: demoro-me a abri-la; ela jaz na mesa à minha frente, oferecendo-se a mim continuamente, e eu, continuamente a recebê-la, não a apanho.

—

Belo espírito

—

Noite, onze e meia. Que estou simplesmente perdido enquanto não me libertar do trabalho no escritório, isso está claro para mim acima de todas as coisas; trata-se apenas de, pelo maior tempo possível, manter a cabeça erguida o suficiente para não me afogar. Quão difícil isso vai ser, que forças exigirá de mim, é o que se percebe já pelo fato de hoje eu não ter cumprido minha nova divisão do tempo, de não ter me sentado à escrivaninha das oito às onze da noite, de no momento nem considerar isso infortúnio tão grande e de ter tão somente rabiscado às pressas estas poucas linhas para, então, poder ir para a cama.

19/12/10

Comecei a trabalhar no escritório. À tarde em casa de Max [Brod].

Li um pouco os diários de Goethe. A distância dá solidez serena a essa vida, os diários lhe ateiam fogo. A clareza de todos os acontecimentos os faz misteriosos, da mesma forma que a grade de um parque oferece descanso ao olho que contempla vastos relvados e, no entanto, nos infunde respeito inferior.

Minha irmã casada [Elli] acaba de chegar para nos visitar pela primeira vez.

20/12/10

Como desculpar a observação de ontem sobre Goethe (quase tão inverídica quanto o sentimento que ela descreve, porque o sentimento real, esse minha irmã o expulsou)? Não há como. Como desculpar o fato de eu ainda não ter escrito nada hoje? Não há como. Sobretudo porque meu estado de espírito não é dos piores. Uma invocação ecoa constantemente em meu ouvido: "Se viesses, tribunal invisível!".

—

Para que estas passagens equivocadas, que não querem sair da história de jeito nenhum,[16] finalmente me deixem em paz, escrevo duas delas aqui:

"A respiração dele era ruidosa como os suspiros por um sonho no qual a infelicidade é mais fácil de carregar que em nosso mundo, de modo que o simples respirar é já suspirar suficiente."

—

"Agora, eu o abarcava tão livremente com os olhos como quem contempla um joguinho de habilidade e diz para si mesmo: 'Que diferença faz se não

16 Kafka refere-se provavelmente à segunda versão de *Descrição de uma luta*.

consigo encaixar as bolinhas nos buracos? Tudo isso me pertence, afinal: o vidro, o suporte, as bolinhas e tudo mais. Posso simplesmente meter toda essa arte no bolso'."

21/12/10
Passagens estranhas extraídas de *Taten des großen Alexanders* [Os feitos de Alexandre, o Grande], de Mikhail Kuzmin:

"criança cuja metade superior está morta, mas vive da cintura para baixo", "cadáver da criança com as perninhas vermelhas se mexendo"

"Os reis impuros Gogue e Magogue, que se alimentavam de vermes e moscas, ele os expulsou para os rochedos fendidos e os encerrou ali até o fim dos tempos com o selo de Salomão"

"rios de pedra nos quais, em lugar da água, pedras revolvem-se com estrépito, passando por riachos de areia que correm três dias para o sul e três dias para o norte"

"amazonas, mulheres com o seio direito queimado, cabelos curtos, calçados masculinos"

"crocodilos que incineravam árvores com sua urina"

—

Estive em casa de [Oskar] Baum e ouvi coisas muito belas. Eu, fraco como antes e como sempre. A sensação de estar amarrado e, ao mesmo tempo, a de que, se libertado, seria ainda pior.

22/12/10
Hoje não ouso sequer repreender-me. Bradar repreensões neste dia vazio produziria um eco repugnante.

24/12/10
Agora examinei melhor minha escrivaninha e percebi que nada nela se pode produzir de bom. Há tanta coisa espalhada por aqui, compondo uma desordem desprovida de homogeneidade e daquela compatibilidade entre coisas desordenadas que, em geral, torna a desordem suportável. Qualquer que seja a desordem sobre o pano verde, assim terá sido também na plateia dos teatros antigos. Que, no entanto, dos lugares em pé,

da porção inferior aberta do compartimento sobre o tampo da mesa, e sob a forma de uma escadaria externa, sobressaiam folhetos, jornais velhos, catálogos, cartões-postais, cartas, todos em parte rasgados, em parte abertos, essa condição indigna arruína tudo. Coisas isoladas e relativamente gigantescas da plateia põem-se o mais possível em atividade, como se permitido fosse no teatro que, no espaço destinado aos espectadores, o comerciante pusesse em ordem seus livros de contabilidade, o carpinteiro martelasse, o oficial brandisse sua espada, o padre falasse ao coração, o erudito à razão, o político ao civismo, que os amantes não se contivessem, e assim por diante. O espelho para fazer a barba, no entanto, ergue-se ereto em minha escrivaninha, como demanda o barbear-se; a escova de passar na roupa jaz com as cerdas voltadas para o pano, a carteira permanece aberta, caso eu queira efetuar algum pagamento; do molho de chaves destaca-se uma, pronta a entrar em ação, e a gravata ainda envolve parcialmente o colarinho já despido. O escaninho seguinte, mais acima, aberto mas já espremido pelas gavetinhas laterais fechadas, nada mais é que um depósito, como se o balcão no nível dos espectadores, no fundo o lugar mais visível do teatro, estivesse reservado para a gente mais vulgar, velhos boas-vidas dos quais a sujeira vai surgindo aos poucos, de dentro para fora, tipos grosseiros que penduram os pés na balaustrada; famílias cheias de filhos, para as quais só se pode lançar um breve olhar, incapaz de contá-los, instalam ali a velha sujeira dos quartos pobres de crianças (que já escorre na plateia); no fundo, em meio à escuridão, encontram-se sentados doentes incuráveis, que felizmente só são vistos quando se ilumina aquela área, e assim por diante. Nesse escaninho, veem-se papéis velhos que, tivesse eu um cesto de lixo, já teria jogado fora há tempos, assim como lápis com a ponta quebrada, uma caixa de fósforos vazia, um peso de papel proveniente de Karlsbad, uma régua com uma borda demasiado irregular até mesmo para uma estrada vicinal, muitos botões de colarinho, lâminas cegas de barbear (para as quais não há lugar no mundo), prendedores de gravata e ainda um peso de papel pesado, de ferro. No escaninho logo acima —

Miserável, miserável e, no entanto, com boas intenções. É meia-noite, e o fato de eu ter dormido muito bem só constitui desculpa porque, de dia, não teria mesmo escrito nada. A lâmpada acesa, a casa em silêncio, a escuridão lá fora, os derradeiros momentos de vigília conferem-me o direito de escrever, ainda que o que há de mais miserável. E desse direito faço uso a toda a pressa. Assim sou, portanto.

26/12/10
Estive sozinho — ainda que não por completo — por dois dias e meio e já me vejo, se não transformado, decerto a caminho disso. Estar sozinho é algo que tem um poder sobre mim que nunca falha. Meu íntimo se solta (superficialmente, por enquanto) e se revela disposto a deixar emergir coisas mais profundas. Alguma ordem começa a se produzir em meu interior, e não há nada de que eu mais necessite, porque a desordem, quando é pequena a capacidade, é o que há de pior.

27/12/10
Minhas forças já não bastam sequer para uma frase. Sim, tomara fossem as palavras a questão, e bastasse acrescentar uma única para eu poder, então, me afastar com a consciência tranquila de ter preenchido inteiramente essa palavra de mim mesmo.

—

Passei parte da tarde dormindo; enquanto estava acordado, deitado no canapé, refleti sobre algumas experiências amorosas da minha juventude e, aborrecido, me detive em certa oportunidade perdida (na época, estava deitado em minha cama, algo resfriado, enquanto minha governanta lia para mim *A sonata a Kreutzer*, e ela soube desfrutar da minha agitação), pus-me a imaginar meu jantar vegetariano, fiquei satisfeito com minha digestão e assaltou-me o receio de que a luz dos meus olhos não seja suficiente para a vida toda.

28/12/10
Quando, por um par de horas, me comporto como um ser humano, como hoje com Max e, mais tarde, em casa de Baum, sinto em mim a altivez ainda antes de ir dormir.

1911

3/1/11

"Escute", disse eu, e dei-lhe uma pequena estocada com o joelho. "Quero me despedir." Como um mau agouro, a fala repentina fez-me voar da boca um pouco de saliva.

"Refletiu um bocado até tomar essa decisão", disse ele, afastando-se da parede e espichando-se.

"Não. Não refleti coisa nenhuma."

"No que estava pensando então?"

"Pela última vez, preparava-me ainda para me juntar ao grupo. Esforce-se quanto quiser, você não vai entender. Eu, um homem qualquer da província, alguém que a todo momento se pode trocar por um daqueles que, diante das estações ferroviárias, se aglomeram às centenas após a chegada de certos trens

4/1/11

Glaube und Heimat [Fé e pátria], de Schönherr.[1]

Os dedos molhados dos espectadores na galeria, abaixo de mim, a enxugar os olhos.

6/1/11

"Escute", eu disse, fazendo mira e dando-lhe uma pequena estocada com o joelho. "Agora eu me vou. Se quiser ver, abra os olhos."

"Ah, então vai?", perguntou ele, lançando-me um olhar direto com os olhos arregalados, mas tão débil que eu teria podido rechaçá-lo com um

1 Provável erro de data. Segundo Brod, ele e Kafka assistiram à encenação de *Glaube und Heimat*, tragédia de Karl Schönherr (1867-1943), no dia seguinte, 5 de janeiro de 1911.

movimento do braço. "Vai mesmo, então? O que posso fazer? Detê-lo, não posso. E, ainda que pudesse, não quero fazê-lo. Digo isso apenas para esclarecer essa sua sensação de que eu poderia, sim, retê-lo." E, de imediato, ele assumiu a expressão facial dos pequenos criados, aquela por intermédio da qual, no interior de um Estado em tudo o mais regulamentado, lhes é permitido infundir obediência ou temor nos filhos de seus senhores

7/1/11
A irmã de Max [Sophie Brod], tão apaixonada pelo noivo que busca sempre conversar com cada visita isoladamente, já que, ante o interlocutor isolado, pode expressar melhor o seu amor e repetir essa manifestação

7/1/11
Como se por magia, uma vez que não fui impedido de fazê-lo por circunstâncias interiores ou exteriores, melhores agora que há um ano, fui privado de escrever durante todo o dia de folga; hoje é domingo [sábado]. — Novas descobertas sobre o ser infeliz que sou vieram consolar-me.

—

"Escute", eu disse, fazendo mira e dando-lhe uma pequena estocada com o joelho, "abra os olhos, quero me despedir." Como um mau agouro, a fala repentina fez-me voar da boca um pouco de saliva.

"Ah, então vai?", perguntou ele, contemplando-me com um olhar que passeou várias vezes por meu rosto, mas pareceu encontrar-me tão somente por acaso, já que eu teria podido rechaçá-lo com um movimento do braço.

12/1/11
Deixei de escrever muita coisa sobre mim nesses dias, em parte por preguiça (agora durmo pesado e bastante durante o dia, meu peso é maior quando durmo), mas em parte por medo de trair o autoconhecimento adquirido. Esse medo se justifica, porque só é lícito fixar o autoconhecimento por meio da escrita quando ele se apresenta da forma mais completa, com todas as suas consequências secundárias e com total veracidade. Sim, porque, não sendo esse o caso — nem tenho eu, de todo modo, capacidade para tanto —, aí o que a escrita fixa, segundo suas próprias intenções e com o poder superior do já fixado, substitui aquele que é apenas o sentimento geral, fazendo desaparecer o sentimento correto, e a inutilidade do registrado só é percebida tarde demais.

—

Há poucos dias, Leonie Frippon, do Cabaré Stadt Wien. O penteado, um amontoado de cachos presos. Corpete ruim, vestido bem velho (uma dama dos romances de cavalaria), mas muito bonita, com movimentos trágicos, grande empenho das pálpebras, o lançar das pernas compridas, o competente estirar dos braços ao longo do corpo, o significado do pescoço empertigado nas passagens ambíguas. Cantou *Die Knopfsammlung im Louvre.*[2]

O Schiller desenhado por Schadow em 1804, em Berlim, onde ele havia sido muito reverenciado. Impossível apanhar um rosto com mais firmeza que por um nariz assim. O septo nasal um tanto mais para baixo, consequência do hábito de puxar o nariz durante o trabalho. Uma pessoa afável, com as maçãs do rosto algo mais encovadas, a quem a cara barbeada provavelmente emprestou um ar senil.[3]

14/1/11

Eheleute [Cônjuges], romance de [Martin] Beradt.[4] Muitos elementos judaicos ruins. Uma aparição súbita, monótona e brincalhona do autor; por exemplo, "eram todos divertidos, mas havia um que não era"; ou "lá vem um sr. Stern" (cujo cerne romanesco já conhecemos de cor e salteado). Também em Hamsun encontramos coisas assim, mas nele elas são tão naturais como os nós na madeira, ao passo que, em Beradt, gotejam na ação como um remédio da moda no açúcar. — A escritura aferra-se sem razão a construções singulares, por exemplo: "empenhava-se, empenhava-se e seguia se empenhando pelos cabelos dela". — Retrata bem algumas figuras isoladas, ainda que nenhuma nova luz seja lançada sobre elas; tão bem que mesmo erros aqui e ali não comprometem. As personagens secundárias são, em sua maioria, desoladoras.

2 Leonie Frappon integrava o elenco do Cabaré Stadt Wien, de Praga. *A balada sobre a coleção de botões do Louvre de Paris* é composição de Leo Fall (1873-1925). **3** Trata-se do retrato de Schiller de perfil, de autoria de Johann Gottfried Schadow (1764-1850). **4** Romance recém--publicado (1910) do escritor e jurista alemão Martin Beradt (1881-1949).

17/1/11

Max leu para mim o primeiro ato de *Abschied von der Jugend* [Despedida da juventude].[5] Como posso, como sou hoje, atingir tamanha altura? Teria de procurar um ano inteiro até encontrar um sentimento verdadeiro em mim e, no entanto, tarde da noite no café, atormentado pela flatulência de uma digestão apesar de tudo ruim, ainda me é permitido, sabe-se lá com que direito, permanecer sentado em minha cadeira diante de obra tão grande.

19/1/11

Como pareço estar completamente acabado — no ano passado, não passei mais de cinco minutos desperto —, todo dia vou precisar ou me desejar ausente deste mundo ou, sem que esteja autorizado a ver aí a menor esperança, começar do zero como uma criança pequena. Exteriormente, terei mais facilidade agora que no passado. Sim, porque outrora eu praticamente ainda não aspirava a, munido de uma intuição indistinta, chegar a uma forma de expressão em que cada palavra estivesse ligada a minha vida, que eu apertasse contra o peito e que me arrebatasse de meu posto. Que lástima foi meu começo (ainda que não comparável à miséria atual)! Que frieza me perseguia por dias a fio, emanada daquilo que escrevia! Como era grande o perigo e como ele atuava quase sem cessar, de modo que eu nem sentia aquela frieza, o que, de resto, não diminuía muito minha infelicidade geral.

Certa vez, quis escrever um romance em que dois irmãos brigavam entre si; um deles ia-se embora para a América, ao passo que o outro permanecia trancafiado numa prisão europeia. Punha-me apenas de vez em quando a escrever uma ou outra linha, porque logo me cansava. Assim foi que, numa tarde de domingo em que visitávamos meus avós, e depois de havermos comido o habitual pão com manteiga bem macio, pus-me a escrever alguma coisa sobre minha prisão. É bem possível que, em grande parte, me movesse a vaidade e que, empurrando o papel sobre a toalha de mesa, batucando com o lápis e olhando em torno sob a luz acesa, pretendesse seduzir alguém a arrancar-me o que escrevera, contemplá-lo e, então, admirar-me. As poucas linhas escritas continham sobretudo uma descrição do corredor da prisão, em especial de seu silêncio e sua frieza; havia ali também uma palavra de compaixão pelo irmão que ficara para trás, porque era o irmão bom. Talvez eu tenha sentido por

5 Comédia de Max Brod publicada em fevereiro de 1912.

um momento que minha descrição não possuía valor algum, mas, até aquela tarde, nunca dera muita atenção a sentimentos como esse quando estava com meus parentes, aos quais estava acostumado (meu medo era tanto que já essa familiaridade me fazia quase feliz), sentado à mesa redonda da sala bem conhecida e sem poder me esquecer de que eu era jovem e estava fadado a sair daquela imperturbabilidade para ser algo grande. Um tio que gostava muito de rir de tudo, por fim tomou-me da mão a folha que eu segurava frouxamente, contemplou-a, devolveu-a até mesmo sem se rir e, então, disse aos outros, que o acompanhavam com os olhos: "É o de sempre". A mim, não disse nada. Permaneci sentado, é certo, e, como antes, debrucei-me sobre minha folha consequentemente inútil, mas, de um só golpe, tinha sido na verdade banido da sociedade; o veredicto do tio repetia-se dentro de mim com um significado já quase real, e pude vislumbrar, mesmo munido daquele sentimento de familiaridade, o espaço gélido do nosso mundo, que eu precisava aquecer com um fogo que, antes de mais nada, ainda pretendia procurar

19/2/11
Ao pretender me levantar da cama hoje, simplesmente desmoronei. A razão para tanto é simples: estou trabalhando demais. Não no escritório, e sim em minhas outras ocupações. O escritório só contribui aí com uma parcela inocente, já que, se não tivesse de ir até lá, eu poderia viver sossegadamente para o meu trabalho e não teria de passar todo dia seis horas ali, um tempo que, sobretudo na sexta e no sábado, estando eu atarantado com minhas coisas, me atormentou de uma maneira que o senhor nem poderia imaginar. De resto, bem sei, isso tudo é conversa; o culpado sou eu mesmo, o escritório faz-me exigências as mais claras e legítimas. Só que, justamente para mim, essa é uma vida dupla terrível, da qual é provável que só a loucura ofereça saída. Escrevo isto à bela luz da manhã, e certamente não o escreveria se não fosse tão verdadeiro e se não estimasse o senhor como a um filho.

No mais, amanhã por certo terei me restabelecido e estarei de volta ao escritório, onde a primeira coisa que vou ouvir é que o senhor me quer longe de seu departamento.[6]

6 Rascunho de uma carta a Eugen Pfohl, o superior imediato de Kafka no Arbeiter-Unfall-Versicherungsanstalt (AUVA), o instituto de seguros contra acidentes de trabalho onde Kafka trabalhou de 1908 a 1922 e ao qual ele se refere diversas vezes como "o escritório".

19/2/11
A natureza particular da minha inspiração, munido da qual eu, o mais feliz e o mais infeliz dos homens, vou agora dormir, às duas horas da manhã (e talvez ela permaneça comigo, caso eu consiga ao menos suportar o pensamento, porque trata-se de inspiração maior que todas as anteriores), está em que posso tudo, e não me refiro apenas a um trabalho específico. Quando escrevo uma frase ao acaso, como "Ele olhou pela janela", ela já está pronta e acabada.

—

"Você ainda vai ficar aqui muito tempo?", perguntei. Como um mau agouro, a fala repentina fez-me voar da boca um pouco de saliva.

"Estou incomodando? Se incomodo ou quem sabe impeço você de subir, vou-me embora agora mesmo; do contrário, gostaria de ficar, porque estou cansado."

20/2/11
Mella Mars no Lucerna.[7] Uma atriz trágica espirituosa apresentando-se num palco invertido, por assim dizer, à maneira como atrizes trágicas por vezes se mostram nos bastidores. Ao entrar em cena, exibe um rosto cansado, na verdade um rosto plano, vazio e velho, como é natural que o façam os atores conscientes. Sua fala é incisiva, e seus movimentos principiam no polegar curvado, que parece possuir tendões duros no lugar dos ossos. O nariz revela uma capacidade singular de transformação, graças às luzes e concavidades cambiantes dos músculos em ação à sua volta. Apesar do relampejar eterno de seus movimentos e de suas palavras, é delicada em suas ênfases.

—

Cidades pequenas possuem também pequenas vizinhanças por onde passear a pé.

—

Os rapazes jovens, asseados e bem-vestidos a meu lado no passeio lembraram-me minha juventude e, por isso, causaram-me impressão desagradável.

7 Mella Mars e o compositor Béla Laszky, do Cabaré Kleine Bühne, em Viena, apresentam-se no Cabaré Lucerna, em Praga, em fevereiro de 1911.

—

Kleist, cartas da juventude, 22 anos de idade. Desiste da carreira militar. Em casa, perguntam em que carreira vai buscar seu sustento, porque era evidente que teria de fazê-lo. "Pode escolher entre a jurisprudência e a administração pública. Mas tem contatos na corte?" "De início, algo embaraçado, respondi que não, mas expliquei a seguir, e com tanto maior orgulho, que, ainda que os tivesse, haveria de me envergonhar de contar com eles, considerando-se minhas convicções naquele momento. Sorriram, e senti que respondera com pressa demasiada. Tais verdades, temos de ter cautela ao pronunciá-las."[8]

21/2/11
Minha vida aqui transcorre como se eu tivesse certeza absoluta de que uma segunda vida me aguarda, assim como superei, por exemplo, a malograda visita a Paris pensando comigo que logo me empenharia novamente para ir até lá. E isso à visão das porções nitidamente separadas de luz e sombra no pavimento da rua.

—

Por um momento, senti-me envolto por uma couraça.

—

Como estão distantes de mim, por exemplo, os músculos dos braços.

—

Marc Henry — Delvard.[9] O sentimento trágico gerado no espectador pela sala vazia favorece o efeito das canções sérias, prejudica o das divertidas. — Henry principia, enquanto Delvard arruma os cabelos por trás de uma cortina, sem saber que ela é translúcida. — Em espetáculos pouco frequentados, a barba assíria, de um negro profundo, de Wetzler, o promotor do evento, parece se fazer grisalha. — É bom deixar-se atiçar por um temperamento assim, dura 24 horas, ou não, nem isso. — Grande riqueza de figurinos, fantasias bretãs, o último saiote é o mais comprido, a fim

8 Citação de uma carta de Kleist a Christian Ernst Martini, de 18-19 de março de 1799.
9 Marc Henry e Marya Delvard, famosos cabaretistas em Munique e, depois, Viena, apresentaram-se em Praga em 13 e 17 de fevereiro de 1911. Emanuel Wetzler era importante empresário local.

de que se possa estimar a riqueza já de longe. — Para economizar um acompanhante, a Delvard é quem começa acompanhando, traja um amplo vestido verde bem decotado e passa muito frio. — Os clamores das ruas de Paris. Os vendedores de jornal ficam de fora. — Alguém me dirige a palavra e, antes mesmo que eu consiga tomar fôlego, já se despediu. — A Delvard é risível, tem o sorriso de uma velha solteirona, uma velha solteirona de cabaré alemão, faz a revolução com um xale vermelho que apanha atrás da cortina, recita poemas de Dauthendey com a mesma voz dura, inquebrantável. Doce foi apenas no começo, feminina, sentada ao piano. — Na canção "À Batignolles", senti Paris na garganta. Ouvi que Batignolles vive de rendas, inclusive os apaches. Bruant escreveu uma canção para cada bairro.

—

O mundo urbano
Numa tarde de inverno, em meio à neve que caía, Oskar M., um estudante de certa idade — quem o olhava de perto se assustava com seus olhos —, parou numa praça vazia com suas roupas de inverno, um sobretudo por cima delas, um cachecol em torno do pescoço e um gorro de peles na cabeça. A reflexão o fazia piscar os olhos. Tão perdido estava em pensamentos que, em certo momento, tirou o gorro e passou a pele crespa no rosto. Por fim, pareceu chegar a uma conclusão e, com um volteio de dança, tomou o caminho de casa. Ao abrir a porta da sala paterna, viu o pai, escanhoado e com seu rosto pesado e carnudo, sentado a uma mesa vazia e voltado para a porta. "Finalmente", disse o pai, tão logo Oskar pôs o pé na sala. "Pare aí mesmo, eu lhe peço, nem passe da porta. É que estou com uma raiva tamanha de você que não respondo por mim." "Mas, pai", Oskar disse, e somente ao falar notou que chegara correndo. "Quieto", o pai gritou, e se levantou, cobrindo uma janela com o corpo. "Ordeno que fique quieto. E nada de 'mas', entendeu?" Ao dizer aquilo, o pai apanhou a mesa com as mãos e a empurrou um passo na direção de Oskar. "Eu simplesmente não suporto mais essa sua vida desregrada. Sou um homem velho. Pensei que você seria um consolo na minha velhice, mas é pior que todas as minhas enfermidades. Às favas com um filho desses, que empurra seu velho pai para a cova com tanta vagabundice, desperdício, maldade e burrice." Nesse ponto, o pai se calou, mas movia o rosto como se ainda falasse. "Meu querido pai", disse Oskar, avançando com cautela na direção da mesa, "acalme-se, tudo

vai ficar bem. Tive uma ideia hoje que vai me transformar numa pessoa diligente, tão diligente quanto é possível ao senhor desejar." "Como assim?", o pai perguntou olhando para um canto da sala. "Tenha confiança em mim; no jantar, explico tudo ao senhor. Em meu íntimo, sempre fui um bom filho, mas o fato de não conseguir demonstrá-lo me amargurava tanto que, incapaz de alegrá-lo, eu preferia irritá-lo. Agora, no entanto, deixe-me apenas ir caminhar um pouco, a fim de aclarar meus pensamentos." O pai, que de início, cada vez mais atento, se sentara na borda da mesa, levantou-se: "Não creio que o que você acaba de dizer tenha muito sentido, para mim é conversa fiada. Mas, enfim, você é meu filho... Chegue no horário, vamos jantar aqui em casa, e você, então, me expõe essa sua ideia". "Esse pouco de confiança já me basta, agradeço de coração. Mas já não se pode ver em meus olhos que me ocupo inteiramente de uma questão séria?" "Por enquanto, não vejo nada", disse o pai. "Mas pode ser culpa minha, porque perdi o costume até mesmo de olhar para você." E, ao dizê-lo, o pai pôs-se a tamborilar no tampo da mesa para, como era seu hábito, chamar a atenção para o tempo que passava. "O mais importante é que já não confio nem um pouco em você, Oskar. Quando grito com você — gritei quando chegou, não gritei? —, não o faço na esperança de poder corrigi-lo, e sim pensando em sua pobre e boa mãe, a quem você no momento talvez ainda não cause dor imediata, mas a quem por certo o esforço de evitar essa dor vai matando lentamente, porque ela acredita que, dessa maneira, o está ajudando de algum modo. Isso tudo, porém, você sabe muito bem, e por consideração a mim mesmo, eu já nem teria me lembrado disso, se suas promessas não tivessem me incitado a fazê-lo." Enquanto o pai dizia essas últimas palavras, a criada entrou na sala para cuidar do fogo na estufa. Tão logo ela saiu, Oskar exclamou: "Mas, pai! Por essa eu não esperava. Se eu tivesse tido apenas uma ideiazinha, uma ideia, digamos, para minha tese, que afinal há dez anos repousa no armário e necessita de ideias como de sal, aí então seria possível, ainda que improvável, que, como aconteceu hoje, eu chegasse correndo de um passeio a pé e dissesse: 'Pai, por sorte tive tal ou qual ideia'. Nesse caso, houvesse o senhor, com essa sua voz venerável, me jogado na cara as recriminações que fez há pouco, teria por certo soprado para longe minha ideia, e eu teria precisado me afastar de pronto, com ou sem algum tipo de pretexto. Mas agora não! Tudo que o senhor disse contra mim ajuda minhas ideias, elas não param, enchem-me a cabeça com força cada vez maior. Vou sair agora, porque preciso da solidão para ordená-las".

Na sala quente, Oskar engoliu em seco. "Pode ser também uma patifaria o que você tem na cabeça", disse o pai com os olhos arregalados. "Isso, sim, eu acredito que tenha se apoderado de você. Mas se, por engano, algo de valoroso foi parar aí dentro, vai lhe escapar da noite para o dia. Eu conheço você." Oskar girou a cabeça, como se o segurassem pelo pescoço. "Deixe-me em paz. O senhor está me atormentando sem necessidade. A mera possibilidade de prever corretamente meu fim não deveria, na verdade, seduzi-lo a incomodar minha proveitosa reflexão. Talvez meu passado lhe dê o direito de fazê-lo, mas o senhor não deveria se aproveitar desse direito." "Isso mostra bem como há de ser grande sua insegurança, se ela o obriga a me criticar dessa forma." "Nada me obriga a coisa nenhuma", disse Oskar, sentindo um tremor na nuca. Em seguida, aproximou-se tanto da mesa que era já impossível saber a quem ela pertencia. "O que eu disse, eu o disse por respeito e até mesmo por amor ao senhor, como o senhor ainda verá; a consideração pelo senhor e por minha mãe é o que, acima de tudo, move minhas decisões." "Devo, então, agradecer já de antemão", disse o pai, "porque é bastante improvável que eu e sua mãe ainda sejamos capazes de fazê-lo no momento certo." "Pai, por favor, deixe o futuro repousar como ele merece. Quem o acorda antes do tempo acaba colhendo um presente sonolento. É preciso que seu filho lhe diga isso? Tampouco quis ainda convencê-lo de nada, quis apenas contar uma novidade. Pelo menos isso consegui, como o senhor há de reconhecer." "Na verdade, Oskar, só uma coisa me admira no momento: você não ter vindo a mim mais vezes no passado para tratar de um assunto como o de hoje. É tão próprio da sua natureza, daquela que você sempre exibiu até hoje. Não, é verdade, falo sério."

"E, em vez de me ouvir, o senhor teria me dado uma sova. Deus sabe que corri até aqui para logo lhe dar uma alegria. Mas não posso lhe revelar nada enquanto meu plano não estiver pronto e acabado. Por que, então, o senhor me pune por minha boa intenção e demanda explicações que poderiam, agora, prejudicar a execução desse plano?"

"Quieto, não quero saber de nada. Mas tenho de lhe responder com rapidez, porque você se afasta já na direção da porta e está claro que tem algo muito urgente a fazer: minha raiva inicial, você a aplacou com seu artifício; só que, agora, sinto-me ainda mais triste que antes e, por isso, peço — se você insistir, posso até juntar as mãos e implorar — que não conte nada a sua mãe sobre suas ideias. Que já baste contá-las a mim."

"Não é meu pai esse que assim fala comigo", protestou Oskar, já segurando a maçaneta da porta. "Desde o meio-dia, algo se passou com o senhor, ou então é um estranho que vejo pela primeira vez na sala de meu pai. Meu verdadeiro pai", Oskar silenciou por um instante com a boca aberta, "haveria de me abraçar, teria chamado minha mãe. O que o senhor tem, pai?"

"Melhor seria, então, que você jantasse com seu verdadeiro pai, acho. Seria mais prazeroso."

"Ele decerto virá. Afinal, não pode deixar de vir. E a mãe tem de estar presente também. E o Franz, que vou buscar agora. Todos." A seguir, como se pretendesse arrombá-la, Oskar pressionou o ombro contra a porta, que se abriu com facilidade.

Tendo chegado à casa de Franz, curvou-se em direção à senhoria baixinha e disse-lhe: "O senhor engenheiro está dormindo, eu sei, não tem importância". E, sem se preocupar com a mulher, que, insatisfeita com a visita, caminhava à toa de um lado para outro no corredor, abriu a porta de vidro, que tremeu sob sua mão como se tocada num ponto sensível; despreocupado, gritou então para dentro do quarto que ainda mal via: "Franz, levante-se! Preciso de seu conselho especializado. Só que não aguento ficar aqui neste quarto, vamos passear um pouquinho, você precisa ir jantar conosco. Rápido, vamos!". "Com prazer", disse o engenheiro de seu canapé de couro, "mas o que faço primeiro? Levanto, janto, vou passear, dou conselho? Mais alguma coisa, que eu talvez não tenha ouvido?" "Só não me faça piadas, Franz. Isso é o mais importante, me esqueci de dizer." "Esse favor, eu lhe faço de imediato. Mas levantar-me... Por você, eu preferiria jantar duas vezes a me levantar uma única." "Vamos, levante-se! Nada de negativas." Oskar apanhou o homem fraco pelo paletó e o sentou no canapé. "Mas você está violento, sabia? Meus parabéns." Com os dedos mindinhos, Franz limpou os olhos fechados. "Diga-me, alguma vez já arranquei você do canapé desse jeito?" "Mas, Franz", disse Oskar com uma careta, "vista-se logo. Não sou louco para acordar você assim, sem motivo." "Tampouco foi sem motivo que dormi. Trabalhei no turno da noite ontem, e hoje já perdi meu sono da hora do almoço, e por sua culpa..." "Como assim?" "Ora, já está me irritando essa pouca consideração que você tem por mim. Não é a primeira vez. Claro, você é estudante, é livre, pode fazer o que quiser. Nem todo mundo é tão sortudo assim. É preciso ter alguma consideração, que diabo! Sou seu amigo, é verdade, mas nem por isso me dispensaram de trabalhar ainda", palavras que ele ilustrou chacoalhando a palma das mãos para um lado e outro. “Mas, desse seu falatório, não me cabe concluir que você já dormiu mais que o suficiente?”, perguntou Oskar, que, tendo se empoleirado numa coluna da cama, agora contemplava dali o engenheiro, como se dispusesse de mais tempo que antes. “Afinal, o que você quer de mim? Ou, melhor dizendo, por que me acordou?”, perguntou o engenheiro, coçando com força o pescoço sob a barbicha, naquela intimidade maior com o próprio corpo que temos depois de dormir. “O que eu quero de você?”, repetiu Oskar baixinho, chutando a cama com o calcanhar. “Muito pouco. Já disse lá do corredor: quero que você se vista.” “Se você, Oskar, está sugerindo que sua novidade me interessa muito pouco, tem toda a razão.” “É bom que seja assim, porque aí o fogo com que ela vai incendiar você será mérito exclusivo dela, sem que interfira aí a nossa amizade. Também a informação será mais clara; eu preciso de informação clara, tenha isso em mente. Caso esteja procurando colarinho e gravata, estão ali na cadeira.” “Obrigado”, agradeceu o engenheiro, e pôs-se a vestir colarinho e gravata. “Você é mesmo uma pessoa com quem se pode contar.”

26/3/11

Palestras sobre teosofia do dr. Rudolf Steiner, Berlim. Efeito retórico: discussão amena das objeções dos opositores, o ouvinte se espanta com a forte oposição; mais explicações e elogios às objeções, o ouvinte começa a se preocupar; mergulho total nas objeções, como se nada mais houvesse, o ouvinte agora considera absolutamente impossível toda e qualquer refutação e se dá por mais que satisfeito com uma rápida descrição da possibilidade de defesa.

De resto, esse efeito retórico atende ao que prescreve a atmosfera de devoção. — O contínuo contemplar da palma da mão estendida. — Ausência de ponto-final. Em geral, a frase falada pelo orador começa com uma grande letra maiúscula, descreve a curva mais ampla possível em direção aos ouvintes e retorna, então, ao orador com o ponto-final. Na ausência do ponto, porém, a frase incontida sopra diretamente e com toda a força na direção do ouvinte.

—

Antes, palestra de Loos e Kraus.[10]

10 Karl Kraus apresentou-se em Praga em 15 de março de 1911, Adolf Loos, no dia 17.

—

Nas narrativas produzidas na Europa Ocidental, tão logo elas contemplem não mais que alguns grupos de judeus, estamos agora quase acostumados a logo procurar e encontrar a solução para a questão judaica, soto-posta ou sobre-posta ao texto. Em *Jüdinnen* [Judias], contudo, essa solução não se apresenta, nem sequer se supõe solução ali, porque justamente aquelas personagens que se ocupam de tais questões encontram-se mais distantes do centro da narrativa, num ponto em que os acontecimentos desenrolam-se a uma velocidade maior, de forma que, embora ainda possamos observá-las com precisão, não mais temos oportunidade de obter delas uma informação serena sobre suas aspirações. Decidimos com rapidez que se trata aí de uma deficiência narrativa e nos sentimos autorizados a tal avaliação na medida em que hoje, desde o advento do sionismo, as possibilidades de solução ordenam-se tão claramente ao redor do problema judaico que bastaria, afinal, ao escritor dar somente alguns passos a fim de encontrar a possibilidade de solução adequada a sua história.

Essa deficiência, no entanto, decorre de outra. Faltam a *Jüdinnen* os espectadores não judeus, os respeitados contrapontos que, em outras narrativas, trazem à tona o elemento judaico, o qual avança sobre eles com admiração, dúvida, inveja, horror e por fim, por fim, adquire autoconfiança, ou, em todo caso, somente diante deles logra erguer-se em sua plena estatura. Isso é precisamente o que exigimos, não reconhecemos outra resolução para as massas judias. Aliás, evocamos esse sentimento não apenas nesse caso; em pelo menos uma direção, ele é universal. Assim é que nos alegra sobremaneira o sobressalto das lagartixas diante de nossos passos por uma trilha italiana, desejamos sempre nos agachar, ao passo que quando as vemos à venda às centenas, rastejando para todos os lados naquelas grandes garrafas nas quais habitualmente se guardam pepinos em conserva, não sabemos o que fazer.

Essas duas deficiências reúnem-se numa terceira. *Jüdinnen* prescinde daquele jovem que vai à frente e que, no interior de sua história, em geral atrai os melhores para si e, num belo movimento radial, conduz às fronteiras do círculo judeu. Isso é que não compreendemos, que a narrativa possa prescindir desse rapaz. Aí, antes intuímos que identificamos um erro.[11]

11 Aqui e a seguir, esboços de uma resenha de *Jüdinnen*, romance de Max Brod publicado em maio de 1911.

—

Nas narrativas produzidas na Europa Ocidental, tão logo elas contemplem não mais que alguns grupos de judeus, estamos agora quase acostumados a logo procurar e encontrar em alguma parte a solução para a questão judaica, soto-posta ou sobreposta ao texto. Em *Jüdinnen*, contudo, essa solução não se apresenta, nem sequer se supõe solução ali, porque justamente aquelas personagens que se ocupam de tais questões encontram-se mais distantes do centro da narrativa, num ponto em que os acontecimentos desenrolam-se a uma velocidade maior, de forma que, embora ainda possamos observá-las com precisão, não mais temos oportunidade de obter delas uma informação serena sobre suas aspirações. Decidimos com rapidez que se trata aí de uma deficiência narrativa e nos sentimos autorizados a tal avaliação na medida em que hoje, desde o advento do sionismo, as possibilidades de solução ordenam-se tão claramente ao redor do problema judaico que bastaria, afinal, ao escritor dar somente alguns passos a fim de encontrar a possibilidade de solução adequada a sua história.

Examinada de perto, essa deficiência decorre de outra, anterior. Faltam a *Jüdinnen*

28/3/11

O pintor Pollak-Karlin, sua mulher, dois incisivos superiores largos e grandes afunilando-lhe o rosto amplo e antes plano; a senhora do conselheiro Bittner, mãe do compositor, cuja robusta estrutura óssea é ainda mais destacada pela idade e faz com que, pelo menos sentada, ela se pareça com um homem.[12] — O dr. Steiner é muito solicitado pelos discípulos ausentes — Quando profere suas palestras, os mortos se apinham junto dele. Ânsia de saber? Será que precisam mesmo disso? Claramente precisam. — Dorme duas horas. Desde que lhe cortaram a luz elétrica certa vez, tem sempre uma vela junto de si. — Esteve muito perto de Cristo. — Encenou sua própria peça de teatro em Munique. ("Você pode estudá-la um ano inteiro e não vai entender nada.") Ele mesmo desenhou o figurino, compôs a música. — Transmitiu seus ensinamentos a um químico. — Löwy Simon, comerciante

12 Richard Pollak-Karlin (1867-1943), pintor praguense, e sua mulher, Hilda Kotány-Pollak (1874-1943). Xaverine Bittner, viúva de um conselheiro da corte e mãe do compositor Julius Bittner.

de sedas no Quai Moncey em Paris, recebeu dele os melhores conselhos em matéria de negócios. Traduziu suas obras para o francês. A senhora do conselheiro anotara, pois, em seu caderno: "Como se obtém o conhecimento dos mundos superiores? Em casa de S. Löwy em Paris".[13] — Na loja de Viena, há um teosofista de 65 anos, imensamente forte, bebia muito no passado, a cabeça estúpida segue sempre crendo e alimentando dúvidas. Conta-se que foi muito divertido quando, num jantar no Blocksberg, em noite de lua, por ocasião de certo congresso em Budapeste, o dr. Steiner foi se juntar inesperadamente ao grupo, e ele, de medo, se escondeu com sua caneca atrás de um barril de cerveja (o dr. Steiner nem sequer teria ficado bravo) — Talvez ele não seja o maior estudioso da espiritualidade nos dias que correm, mas só ele recebeu a incumbência de unir a teosofia à ciência. É por isso também que sabe tudo. —

A sua terra natal dirigiu-se certa vez um botânico, grande mestre do ocultismo. Foi quem o iluminou. — O fato de que vou visitar o dr. Steiner me foi interpretado pela senhora como o princípio de uma reminiscência. — Quando a dama teve os primeiros sinais de uma gripe, seu médico pediu um remédio ao dr. Steiner, receitou-o a ela e, assim, curou-a de imediato. — Uma francesa despediu-se dele com um *Au revoir*. Quando ela partia, ele, atrás dela, abanou a mão. Dois meses depois, ela morreu. Um caso semelhante em Munique. — Um médico local cura mediante o uso de cores definidas pelo dr. Steiner. Envia enfermos também à Pinacoteca com instruções para que se concentrem por meia hora ou mais diante de determinado quadro. — A derrocada do mundo atlântico, o ocaso da época lemúrica e, agora, a ruína pelo egoísmo. — Vivemos tempos decisivos. A tentativa do dr. Steiner terá êxito, contanto que não prevaleçam as forças de Arimã. — Ele se alimenta de dois litros de leite de amêndoas e de frutas que crescem no alto. — Relaciona-se com os discípulos ausentes mediante formas de pensamento que lhes envia, sem voltar a se ocupar delas depois de geradas. Elas, porém, logo se desgastam, e ele precisa restabelecê-las — Sra. Fanta: Tenho uma memória ruim. Dr. Steiner: Não coma ovos.

13 Na verdade, Eugène Lévy, adepto dos ensinamentos de Steiner que buscou popularizá-los na França. *O conhecimento dos mundos superiores* é o título de uma obra de Steiner publicada originalmente em 1909. Berta Fanta (1865-1918), importante figura da intelectualidade praguense, liderava um grupo independente de estudos teosóficos na cidade.

—

Minha visita ao dr. Steiner.[14]

Uma mulher já está à espera (no segundo andar do Hotel Victoria, na Jungmannstraße), mas urge para que eu a preceda. Aguardamos. A secretária chega e nos pede paciência. Dou uma olhadela para o corredor e o vejo. De pronto, ele se encaminha para nós com os braços semiabertos. A mulher explica que fui o primeiro a chegar. Sigo-o, portanto, rumo a sua sala. A sobrecasaca preta que ele usa em suas palestras noturnas e que parece ter sido lustrada (mas não foi: é apenas a pureza do preto que a faz cintilar) apresenta-se agora, à luz do dia (três horas da tarde), empoeirada e até mesmo manchada, sobretudo nas costas e nos ombros. Em sua sala, procuro demonstrar a humildade que não logro sentir procurando um lugar ridículo para pendurar meu chapéu; penduro-o num pequeno suporte de madeira que serve de apoio para amarrar as botas. Há uma mesa no centro da sala, sento-me de frente para a janela, ele, à esquerda da mesa. Sobre ela, alguns papéis com desenhos que lembram os da palestra sobre fisiologia oculta. Um volumezinho da revista *Anais da Filosofia da Natureza* encobre uma pequena pilha de livros, que parecem espalhar-se por toda parte. Só que é impossível olhar em volta, porque ele está sempre tentando nos deter com seu olhar. Quando não o faz, é preciso atentar para o momento em que tornará a voltar os olhos em nossa direção. Ele principia com algumas frases soltas. "Então o senhor é o dr. Kafka. Já se ocupou detidamente de teosofia?" Eu, de minha parte, avanço com meu discurso preparado com antecedência: sinto que grande parte do meu ser almeja a teosofia, mas, ao mesmo tempo, tenho um medo enorme dela. É que temo que ela me traga mais confusão, o que seria muito ruim, uma vez que já minha infelicidade atual compõe-se de nada mais que confusão. E essa confusão consiste no seguinte: minha felicidade, minhas capacidades e toda possibilidade de eu vir a ser útil de alguma forma situam-se desde sempre no terreno da literatura. Nele, aliás, vivi situações (não muitas) que, na minha opinião, muito se aproximam daquelas que o senhor, doutor, descreveu como clarividentes, situações nas quais habitei cada uma de minhas ideias, mas as realizei também, e nas quais me senti não apenas no meu limite, mas no limite do humano em si. Faltou-me apenas aí, ainda

14 Provavelmente, em 29 de março de 1911.

que não de todo, o entusiasmo sereno que provavelmente é próprio do clarividente. É o que deduzo do fato de não ter produzido o melhor de minha escrita em tais situações. — À literatura, porém, não posso me dedicar por inteiro, como precisaria, e por diversas razões. À parte a situação familiar, já em virtude da lentidão na produção de meus escritos e de seu caráter peculiar, eu não conseguiria viver de literatura; além disso, minha saúde e meu caráter constituem outros impedimentos a que eu me dedique a uma vida, na melhor das hipóteses, incerta. Tornei-me, portanto, funcionário de uma companhia de seguros. Só que esses dois ofícios jamais poderão tolerar um ao outro e ensejar uma felicidade comum. A menor das felicidades em um torna-se uma grande infelicidade no outro. Se, numa noite, escrevi algo de bom, no dia seguinte no escritório não consigo fazer nada, de tanta ansiedade. E esse vaivém piora a cada dia. Exteriormente, cumpro minhas obrigações no escritório, mas não as obrigações interiores, e cada dever interior não cumprido transforma-se numa infelicidade que não me abandona mais. Devo agora, então, acrescentar um terceiro empenho — a teosofia — aos dois outros, jamais saldados? Ela não atrapalhará os outros dois, não acabará destruída por eles? Poderei eu, presentemente um homem já tão infeliz, conduzir os três a bom termo? Vim aqui, doutor, para lhe perguntar isso, porque pressinto que, caso o senhor me considere capacitado para tanto, eu poderei efetivamente assumir essa tarefa.

Ele me ouviu com a máxima atenção, aparentemente sem me observar nem mesmo por um só instante, entregue por completo a minhas palavras. Assentia de tempos em tempos, gesto que, ao que parece, considera um recurso a serviço de uma concentração mais intensa. De início, incomodou-o uma coriza silenciosa, o nariz escorria-lhe, e ele se empenhava continuamente com o lenço, que enfiava no fundo do nariz, um dedo em cada narina

Como o leitor se acostumou a procurar e encontrar nas narrativas judias contemporâneas da Europa Ocidental também a solução para a questão judaica, soto-posta ou sobreposta à narrativa, e como em *Jüdinnen* essa solução não aparece nem é sugerida, é possível que o leitor apressado identifique nisso um defeito de *Jüdinnen* e apenas a contragosto observe judeus circulando à luz do dia sem nenhum incentivo político proveniente do passado ou do futuro. Terá, então, de dizer a si mesmo que, sobretudo desde o advento do sionismo, as possibilidades de solução envolvendo a questão judaica encontram-se tão claramente ordenadas que, afinal, bastaria o escritor girar o corpo para encontrar determinada solução, adequada ao aspecto em pauta do problema.

—

Já ao vê-lo pressenti o trabalho a que ele se dera por minha causa e que agora — talvez apenas em razão do cansaço — lhe conferia aquela segurança. Um pequeno esforço adicional não teria bastado para que o engodo fosse sido bem-sucedido, ou ainda viesse a ser naquele momento. Por acaso eu me defendia? Por certo, permanecia ali, obstinado, diante do edifício, mas com igual obstinação hesitava em subir. Esperava que os convidados viessem buscar-me com cantorias?[15]

Hoje você faz aniversário, mas não lhe envio sequer o costumeiro livro, porque seria mera aparência; no fundo, nem tenho condições de lhe enviar um livro de presente. Escrevo apenas porque hoje sinto necessidade de, por um momento, estar próximo de você, ainda que somente por intermédio deste cartão, e comecei com uma queixa para que você me reconheça de imediato.[16]

—

15/8/11
O tempo transcorrido em que não escrevi uma única palavra foi importante para mim porque, nas escolas de natação em Praga, Königssaal e Černoschitz, parei de sentir vergonha do meu corpo.[17] Quão tarde recupero agora, aos 28 anos, minha educação; fosse uma corrida, seria o que se chama de largada retardada. E o dano causado por um tal infortúnio talvez não consista no fato de não poder vencer; este, afinal, é apenas o cerne visível, claro e saudável da infelicidade que segue se desvanecendo sem limites e que conduz ao interior do círculo aquele que deveria tão somente contorná-lo. Aliás, notei muitas outras coisas em mim durante esse tempo que foi também feliz, ainda que em pequena medida, e vou tentar registrá-las nos próximos dias.

15 Esta entrada se repete logo adiante e integra os esboços para a segunda versão de *Descrição de uma luta*. **16** Rascunho de cartão para cumprimentar Max Brod por seu aniversário (27 de maio). **17** Königssaal e Černoschitz: locais de excursão e veraneio situados cerca de quinze quilômetros ao sul de Praga.

20/8/11
Abrigo a crença infeliz de que não tenho tempo para fazer um trabalho sequer minimamente bom, porque de fato não tenho tempo para uma história, para me espraiar em todas as direções, como precisaria fazer. Depois, porém, torno a acreditar que minha viagem será melhor,[18] que vou compreender melhor depois de escrever um pouco e de a escrita me relaxar, e então tento de novo.

Já ao vê-lo pressenti o trabalho a que ele se dera por minha causa e que agora, talvez apenas em razão do cansaço, lhe conferia aquela segurança. Um pequeno esforço adicional não teria bastado para que o engodo fosse sido bem-sucedido, ou ainda viesse a ser naquele momento. Por acaso eu me defendia? Por certo, permanecia ali, obstinado, diante do edifício, mas com igual obstinação hesitava em subir. Esperava que os convidados viessem buscar-me com cantorias?

—

Estive lendo sobre Dickens. Será tão difícil — e pode alguém de fora compreender — que uma pessoa viva uma história dentro de si desde o princípio, desde aquele ponto distante até a locomotiva de aço, carvão e vapor que se aproxima? E que mesmo agora ainda não a abandone, mas queira ser perseguido por ela e, tendo tempo para tanto, seja perseguido por ela e, dotado de impulso próprio, corra à sua frente para onde quer que ela empurre [*stößt*] e para onde quer que essa pessoa a atraia?

—

Não consigo entender, nem sequer acreditar. Somente de vez em quando vivo no interior de uma palavrinha em cuja metafonia (*stößt*, acima), por exemplo, perco por um instante minha cabeça inútil.[19] A primeira e a última letra constituem começo e fim de meu sentimento, aparentado ao de um peixe.

18 Kafka refere-se à viagem de férias que, a partir de 26 de agosto, faz com Max Brod e que os conduz a Zurique, Lucerna, Lugano, Milão e Paris, entre outras localidades.
19 Em alemão, pronuncia-se o *ö* como um som intermediário entre "o" e "e".

24/8/11

Estar sentado com conhecidos à mesa ao ar livre de um café e contemplar uma mulher que acaba de chegar e se sentar à mesa vizinha, respirando pesadamente sob os seios grandes e com o rosto afogueado a cintilar um brilho amorenado. Ela deita a cabeça para trás, revelando assim um buço espesso, e gira os olhos para cima, como talvez faça por vezes ao contemplar o marido, que no momento lê uma revista. Se ao menos fosse possível inculcar nela a convicção de que, sentado num café ao lado da mulher, só é lícito a um homem ler quando muito um jornal, jamais uma revista. Um instante a faz consciente de sua corpulência, e ela se afasta um pouco da mesa.

25/8/11

Amanhã viajo para a Itália. Agora à noite o pai, inteiramente tomado de preocupação com a loja e com a enfermidade que tal preocupação provoca, não conseguiu adormecer.[20] Um pano úmido sobre o coração, ânsia de vômito, falta de ar, o caminhar suspirante para um lado e outro. Em seu medo, a mãe encontra novo consolo. Ele sempre foi tão enérgico, diz ela, sempre superou todas as dificuldades, e agora... Digo que o sofrimento com a loja deve durar no máximo mais uns três meses e que, depois, tudo há de melhorar. Ele caminha para lá e para cá, suspirando e balançando a cabeça. Está claro que, do ponto de vista dele, não vamos diminuir ou mesmo aliviar suas preocupações, e tampouco do nosso ponto de vista é assim; mesmo com nossa maior boa vontade, persiste em nós algo da triste convicção de que lhe cabe prover o sustento da família. — Mais tarde, pensei comigo: está lá, deitado ao lado da mãe; pois que se aconchegue nela, a carne próxima e familiar há de tranquilizá-lo. — Com seu constante bocejar ou com seu futucar do nariz, de resto não repulsivo, o pai cria alguma serenidade sobre sua situação, tão pequena que mal alcança a consciência, embora, de modo geral, ele não faça nada disso quando está bem. Ottla me confirmou. — Minha pobre mãe quer ir amanhã suplicar ao senhorio.

20 Os pais de Kafka, Hermann (1852-1931) e Julie Kafka (1855-1934), possuíam uma loja de acessórios de moda em Praga (luvas, pantufas, artigos de costura, guarda-chuvas, bengalas etc.). Ottla, ou Ottilie (1892-1943), é sua irmã mais nova. Kafka tinha ainda duas outras irmãs: Valerie (Valli, 1890-1942) e Gabriele (Elli, 1889-1941).

Tornara-se já um hábito dos quatro amigos, Robert, Samuel, Max e Franz, valer-se das férias breves do verão ou do outono para fazer uma viagem juntos.[21] Durante o restante do ano, sua amizade consistia no gosto por, uma noite por semana, geralmente em casa de Samuel, que, na qualidade do mais abastado, possuía quarto maior, reunirem-se os quatro para contar um ao outro histórias diversas e beber um pouco de cerveja. À meia-noite, quando se separavam, nunca haviam terminado de contar suas histórias, uma vez que Robert era secretário de uma associação, Samuel, empregado de um escritório comercial, Max, funcionário público, e Franz, funcionário de um estabelecimento bancário, de forma que quase tudo que tinham vivido no trabalho ao longo da semana era desconhecido dos demais e, se relatado com rapidez, incompreensível sem explicações detalhadas. Acima de tudo, porém, a diversidade de seus trabalhos obrigava cada um deles a volta e meia reapresentar seu ofício aos demais, porque essas exposições, em se tratando afinal apenas de homens fracos, não eram compreendidas com profundidade suficiente, razão pela qual, e também em decorrência da boa amizade, eram sempre solicitadas. Histórias envolvendo mulheres, pelo contrário, raras vezes eram relatadas, já que, embora Samuel, pessoalmente, as apreciasse, cuidava para não demandar que a conversa se orientasse segundo suas próprias necessidades, no que muitas vezes a velha criada que trazia as cervejas servia-lhe de advertência. Mas riam tanto nessas noites que Max, a caminho de casa, certa ocasião observou que as risadas constantes eram na verdade uma lástima, porque faziam esquecer todas as coisas sérias que, por certo, cada um era obrigado a carregar consigo. Segundo ele, enquanto riam, as pessoas acreditavam que, para as coisas sérias, ainda havia tempo de sobra, e aquilo não era certo, porque a seriedade naturalmente exigia mais do ser humano, e claro estava que, na companhia de amigos, as pessoas eram capazes de atender a exigências maiores do que quando sozinhas. Devia-se, pois, rir no escritório, porque lá não se conseguia fazer muito mais. Essa opinião tinha por alvo Robert, que trabalhava muito na velha associação artística, rejuvenescida

21 Na viagem que fizeram juntos (ver nota 18, à p. 59), Kafka e Brod tiveram a ideia de escrever um romance com base em suas anotações de viagem. O romance, intitulado inicialmente "Robert e Samuel", não foi além do primeiro capítulo, publicado em maio de 1912, com o título *Richard e Samuel*, na revista literária *Herder-Blätter*. O que se tem aqui é, pois, um provável primeiro rascunho de Kafka, escrito logo em seguida à viagem de ambos.

com sua presença, e, ao mesmo tempo, observava ali as coisas mais engraçadas, com as quais entretinha os amigos. Quando ele começava, já os amigos abandonavam seus postos, aproximavam-se dele ou sentavam-se na mesa e riam-se tão esquecidos de si mesmos, em especial Max e Franz, que Samuel transferia todos os copos para uma mesinha lateral. Quando se cansavam dos relatos, Max de súbito sentava-se com força renovada ao piano e tocava, Robert e Samuel juntavam-se a ele no banquinho, ao passo que Franz, que não entendia nada de música, examinava sozinho à mesa a coleção de cartões-postais de Samuel ou lia o jornal. Nas noites mais quentes, quando a janela já podia permanecer aberta, iam os quatro para a janela, mãos às costas, para olhar a rua, sem, no entanto, deixar que o tráfego lá embaixo, de resto pequeno, os distraísse da conversa. Só de vez em quando alguém voltava à mesa para um gole ou apontava para os cabelos cacheados das duas moças sentadas lá embaixo, defronte à taverna, ou ainda para a lua, que os surpreendia levemente; ou então Max ilustrava sua história com os dedos esticados na direção do ar, lá fora, sobre os ombros de um dos outros, até que, por fim, Franz dizia que estava frio e que era melhor fechar a janela. No verão, encontravam-se por vezes num jardim público, sentavam-se a uma mesa bem na borda, onde era mais escuro, bebiam à saúde uns dos outros e, conversando com as cabeças bem próximas, mal notavam a orquestra de metais ao longe. Então, de braços dados e a um só passo, atravessavam o jardim a caminho de casa. Os dois nas pontas giravam suas bengalas ou golpeavam os arbustos, Robert os convidava a cantar (cremos descrevê-lo com correção, mas é apenas uma descrição aproximada, que será corrigida pelo diário), mas, sozinho, cantava então pelos quatro; o segundo do meio sentia-se particularmente bem abrigado e protegido. Numa dessas noites, Franz, apertando contra si os dois vizinhos, disse que era tão bom estarem juntos que ele não entendia por que se reuniam apenas uma vez por semana, se com certeza era tão fácil arranjarem de se ver, se não com mais frequência, pelo menos duas vezes por semana: por que não se encontravam duas vezes por semana? Todos concordaram, mesmo o quarto, lá na ponta, que mal ouvira a voz baixa de Franz. Prazer tamanho decerto valia o pequeno esforço que, vez por outra, demandaria de cada um. A Franz, pareceu que, como punição pelo fato de ter falado por todos sem ser solicitado, sua voz agora soava oca. Mas isso não o deteve. Se alguma vez alguém realmente não pudesse ir, prosseguiu, azar dele, o próximo encontro o consolaria, mas era preciso que, por causa disso, os outros abrissem mão de se ver? Três não bastariam, ou dois, se preciso fosse? Claro, claro, responderam todos. Na ponta, Samuel se soltou e pôs-se a caminhar um pouco à frente dos outros três, porque assim ficavam mais próximos uns dos outros. Depois, pareceu-lhe que não, e ele preferiu voltar a andar de braço dado. Robert fez uma sugestão: "Vamos nos reunir toda semana e aprender italiano. Estamos, afinal, decididos a aprender italiano, porque, já no ano passado, no pedacinho de Itália em que estivemos, vimos que nosso italiano só deu para perguntar o caminho, quando, vocês se lembram, nos perdemos entre os vinhedos da Campânia. E, mesmo assim, só foi suficiente graças ao grande esforço das pessoas para quem perguntamos. Precisamos aprender italiano, portanto, se pretendemos ir de novo à Itália este ano. Não tem outro jeito. E não é melhor aprendermos juntos?". "Não", respondeu Max, "juntos não vamos aprender nada. Sei disso tão bem quanto sei que você, Sam, é a favor de estudarmos juntos." "Mas é claro que vamos", rebateu Samuel. "Com certeza, vamos aprender muito bem juntos, eu sempre lamento apenas não termos frequentado juntos a escola. Vocês já notaram que, na verdade, só nos conhecemos há dois anos?" Ele se curvou para a frente, a fim de ver os outros três. Haviam desacelerado o passo e afrouxado um pouco os braços enganchados. "Mas aprender, ainda não aprendemos nada juntos", disse Franz. "E muito me agrada que seja assim. Não quero aprender coisa nenhuma. Se, contudo, precisamos aprender italiano, melhor é que cada um aprenda por si." "Isso eu não compreendo", disse Samuel. "Primeiro, você quer que nos encontremos toda semana; depois, não quer mais." "Ora, espere aí", disse Max, "eu e Franz só queremos que o aprendizado não atrapalhe nossos encontros, e que nossos encontros não atrapalhem o aprendizado, mais nada." "Pois é", disse Franz. "Aliás, não temos mais muito tempo", observou Max. "Estamos em junho e queremos viajar em setembro." "É por isso mesmo que quero que estudemos juntos", disse Robert, arregalando os olhos para os dois que estavam contra ele. Em especial seu pescoço ganhava em elasticidade quando o contradiziam.

—

Provavelmente, é da natureza da amizade e a acompanha como uma sombra — um apoiará, o outro vai lamentar, um terceiro nem sequer vai perceber

26/9/11

O desenhista Kubin recomenda como laxante Regulin, uma alga em pó que incha no interior do intestino e o faz vibrar, ou seja, que atua mecanicamente, ao contrário do efeito químico nada saudável de outros laxantes, que apenas rompem os excrementos, deixando-os, portanto, pregados às paredes do intestino.[22] — Ele encontrou [Knut] Hamsun em casa de Langen. Sorri desdenhoso sem nenhum motivo. Durante a conversa, e sem interrompê-la, ergueu o pé até o joelho, apanhou da mesa uma grande tesoura de cortar papel e pôs-se a cortar os fiapos da barra da calça. Veste roupas surradas, com um ou outro detalhe de maior valor, gravata, por exemplo. — Histórias de uma pensão de artistas em Munique na qual moravam artistas e veterinários (cuja escola ficava nas proximidades) e onde a devassidão era tanta que se alugavam as janelas do prédio defronte, de onde se tinha uma bela vista da pensão. A fim de satisfazer esses espectadores, vez por outra um pensionista subia no parapeito da janela e, de cócoras, qual um macaco, esvaziava de colherada sua tigela de sopa. — Um produtor de antiguidades falsas, que envelhecia seus móveis com chumbo e que disse a respeito de uma mesa: "Agora, basta tomarmos café mais três vezes nela e poderemos, então, despachá-la para o museu de Innsbruck". — Sobre o próprio Kubin: um rosto bastante forte, mas de certa monotonia de movimentos, músculos tensionados da mesma maneira descrevem as coisas mais diversas. Aparenta idade, estatura e força diferentes, dependendo de estar ele sentado ou de pé, de terno ou de sobretudo.

27/9/11

Quinta-feira. Ontem, na praça Venceslau, topei com duas moças e olhei longamente para uma delas, ao passo que a outra, como verifiquei tarde demais, é que trajava um casaco caseiro macio, marrom, pregueado e amplo, um pouco aberto na frente, e exibia pescoço e nariz delicados. Os cabelos eram belos, de um tipo de beleza já esquecida. — Um velho trajando calça folgada no Belvedere.[23] Assovia. Quando olho para ele, para; quando afasto o olhar, recomeça; por fim, segue assoviando também quando o observo. — O botão

22 Max Brod conheceu o artista plástico e escritor Alfred Kubin (1877-1959) em Praga, em meados de setembro de 1911 e, pouco depois, apresentou Kafka a ele. Mais adiante, Albert Langen era o editor alemão do escritor norueguês Knut Hamsun. **23** "Belvedere" é como Kafka sempre designa a elevação na margem esquerda do Moldava, com seus extensos jardins e parques.

grande e bonito, belamente fixado na manga de um vestido de moça. Ela o veste com igual beleza, flutuando sobre botas americanas. Como é raro que eu consiga produzir beleza, mas aquele botão quase imperceptível e sua costureira ignorante conseguem produzi-la. — A moça a contar uma história a caminho do Belvedere; satisfeitos, seus olhos vívidos abarcavam a história até o fim, independentemente das palavras que ela pronunciava no momento — O movimento portentoso da moça robusta que gira o pescoço pela metade,

29/9/11

Diários de Goethe. Quem não tem um diário posiciona-se equivocadamente quanto ao que seja um diário. Quando lê, por exemplo: "11/1/1797. O dia todo em casa, ocupado com providências diversas", o que lhe parece é que ele próprio jamais fez tão pouco em um dia. — As observações de viagem de Goethe são diferentes daquelas que se fazem hoje, porque feitas a partir de uma mala-posta; as mudanças lentas na paisagem acontecem com mais simplicidade e são bem mais fáceis de acompanhar, mesmo por quem não conhece a região. Um pensamento sereno, verdadeiramente paisagístico, entra em cena. Como a região, em seu caráter original, se oferece incólume aos passageiros, e as estradas rurais cortam o campo com muito mais naturalidade que as ferrovias — com as quais guardam talvez a mesma relação dos rios com os canais —, nenhuma violência se exige do observador, que pode contemplar a paisagem de modo sistemático e sem grande esforço. Por isso, são poucas as observações momentâneas, a maioria delas feita em espaços interiores nos quais pessoas subitamente fervilham sem limites diante dos olhos — oficiais austríacos em Heidelberg, por exemplo —, enquanto a passagem sobre os homens em Wiesenheim está mais próxima da paisagem: "vestem casacos azuis e coletes brancos adornados com flores de crochê" (cito de memória). Há muito sobre as cataratas do Reno, perto de Schaffhausen, e, no meio dessas anotações, em letras maiores, "ideias agitadas"

—

Cabaré Lucerna. Lucie König exibe fotografias com penteados antigos.[24] Cara raspada. Às vezes, consegue alguma coisa arrebitando o nariz, erguendo

24 Kafka descreve aqui o programa de abertura da temporada 1911-2 do cabaré. Cita atrações diversas, entre as quais o ator, dramaturgo, diretor teatral e pintor Emil Artur Pitterman (1885-1936) e o cantor Rudolf Vašata.

o braço e girando os dedos. Rosto frouxo. — Pantomimas cômicas de Longhen (o pintor Pittermann). Um número claramente marcado pela ausência de alegria e que, no entanto, não se pode conceber dessa forma, ou seria impossível apresentá-lo toda noite, sobretudo porque já tão desprovido de alegria quando de sua criação que não terá ensejado um esquema propício, capaz de poupar o homem inteiro das apresentações assaz frequentes. Belo salto de clown sobre uma cadeira rumo ao vazio dos bastidores laterais. O todo lembra uma apresentação para um grupo privado em que, por necessidade social, aplaude-se com vigor um desempenho custoso e insignificante, a fim de compensar o negativo do desempenho com o positivo das palmas. — O cantor Vašata. Tão ruim que nos perdemos em sua contemplação. Como, porém, é um homem forte, logra atrair ao menos em parte a atenção do público, e o faz com uma força que por certo apenas eu percebo como animalesca. — Grünbaum surte efeito graças ao desconsolo de sua existência, supostamente apenas aparente. — A bailarina Odys. Quadris rijos. Total ausência de carnes. Para mim, os joelhos vermelhos combinam com o número de dança "Atmosfera primaveril".

30/9/11
A moça no quarto ao lado anteontem (Helli Haas).[25] Deitado no canapé, ouvi a voz dela à beira de meu sono leve. Surgiu-me vestida com particular exagero, não apenas de suas roupas, mas também de todo o quarto vizinho; somente os ombros bem torneados, nus, redondos, fortes e bronzeados, que eu tinha visto na natação, impunham-se à roupa. Por um instante, pareceu-me exalar um vapor que preenchia todo o quarto ao lado. Depois, num corpete de cor cinza que, embaixo, se afastava tanto do corpo que era possível sentar nele e, de certo modo, cavalgá-lo.

—

Ainda sobre Kubin. O costume de sempre repetir as últimas palavras do interlocutor em tom de aprovação, ainda que seu próprio discurso a partir daí revele não estar ele nem um pouco de acordo com o outro. Irritante. — Ouvir suas muitas histórias é coisa que pode nos fazer esquecer seu valor.

25 Possivelmente, Helene Haas, prima de Willy Haas, coeditor da revista literária *Herder-Blätter*.

Mas, de súbito, somos lembrados dele e nos assustamos. A conversa era a de que um estabelecimento ao qual pretendíamos ir seria perigoso; Kubin disse então que não iria; perguntei-lhe se estava com medo e, enganchado em meu braço, ele respondeu: "Claro que sim, sou jovem e ainda tenho muito a fazer". — A noite toda ele falou bastante e, a meu ver, muito seriamente sobre minha prisão de ventre e a dele. Por volta da meia-noite, notou minha mão pendendo da borda da mesa, um pedaço de meu braço, e disse: "Mas você está doente mesmo". A partir daí, passou a me tratar com condescendência bem maior e, mais tarde, a rechaçar os outros, que queriam me convencer a ir com eles ao b[ordel]. Depois de nos despedirmos, ainda gritou de longe para mim: "Regulin!"

—

[Kurt] Tucholsky e [Kurt] Szafranski.[26] O berlinês aspirado, em que a voz precisa de pausas compostas por *nich* [não?]. O primeiro tem 21 anos e é uma pessoa absolutamente homogênea. A começar pelos movimentos comedidos e vigorosos da bengala, que lhe erguem os ombros de maneira juvenil, passando pelo prazer ponderado e pelo desdém que lhe inspira seu próprio trabalho literário. Quer ser advogado, vê poucos empecilhos para tanto, assim como a possibilidade de superá-los: sua voz aguda, que, depois do timbre masculino da primeira meia hora de discurso ininterrupto, começa supostamente a se parecer com a de uma moça; tem dúvida quanto a sua capacidade de fazer poses, que espera adquirir com uma maior experiência de mundo; e, por fim, tem medo de se transformar num melancólico, como nota ter acontecido com judeus berlinenses mais velhos e parecidos com ele, embora por enquanto não sinta nenhuma propensão para tanto. Vai se casar em breve.

—

Enquanto desenha e observa, Szafranski, discípulo de [Lucian] Bernhard, faz caretas relacionadas àquilo que está desenhando. Isso me lembra que também eu tenho grande capacidade de me metamorfosear, o que ninguém nota. Quantas vezes já não terei imitado Max? Ontem à noite, se me observasse a caminho de casa, teria podido me confundir com Tucholsky.

26 Na época, Tucholsky (1890-1935) cursava direito em Berlim. O desenhista Kurt Szafranski (1890-1964) era seu amigo, e ambos visitaram Praga em setembro de 1911.

O outro deve se mostrar tão nítido e invisível em mim como aquelas imagens que se ocultam em outras e que ninguém encontraria, caso não soubesse que estão ali. Nessas metamorfoses, muito me agradaria acreditar que são meus próprios olhos que se turvam.

1/10/11

Domingo. Ontem, sinagoga Altneu. Kol-Nidrei.[27] Murmúrio abafado de Bolsa de Valores. À entrada, caixinha com a inscrição: "Doações modestas feitas em silêncio aplacam a indignação". Interior semelhante ao de uma igreja. Três judeus pios, claramente do Leste. Calçam meias. Debruçados sobre o livro de orações, o manto sobre a cabeça, tão pequenos quanto possível. Dois choram; comovidos com a data sagrada? Um deles talvez tenha apenas os olhos doloridos, sobre os quais deposita de leve o lenço ainda dobrado para, depois, reaproximar o rosto do texto. O que se canta não é propriamente, ou não principalmente, a palavra, e sim arabescos que se vão fiando a partir da palavra já fina como um fio de cabelo. Com o barulho nos ouvidos, o garotinho, sem a menor noção do que se passa ali e incapaz de se orientar, espreme-se e é espremido por entre a multidão aglomerada. O homem com aparência de caixeiro chacoalha-se freneticamente ao rezar, o que só se pode entender como uma tentativa de intensificar ao máximo cada palavra, ainda que conferindo-lhe ênfase talvez incompreensível, mas poupando assim a voz, que tampouco conseguiria dar ênfase clara e forte às palavras em meio ao barulho. A família do proprietário do bordel. Na sinagoga Pinkas, fui tomado pelo judaísmo com força incomparavelmente maior.

—

No b[ordel]. Suha há três dias. A judia de rosto delgado, ou melhor, que termina num queixo delgado mas que um amplo penteado ondulado alarga. As três portinhas que conduzem do interior do edifício para o salão. Os clientes como numa delegacia de polícia sobre o palco; em cima da mesa, bebidas que quase ninguém toca. A moça de rosto achatado no vestido retangular que só começa a se mover bem lá embaixo, na altura da barra. Algumas ali, agora e antes, vestidas como marionetes de teatro infantil, como as

27 A oração cantada no início da celebração do Dia do Perdão (Yom Kippur). A Altneu (velha-nova) é a mais antiga sinagoga de Praga e de toda a Europa.

que são vendidas nas feiras de Natal, isto é, com babados e ouro colados e de costura frouxa, de modo que se pode arrancá-los de um só golpe, e eles se desfazem entre os dedos. A anfitriã, com seus cabelos de um loiro pálido esticados por sobre suportes sem dúvida nojentos e o nariz descendo íngreme numa direção que guarda certa relação geométrica com os seios pendentes e a barriga retesada, queixa-se de dor de cabeça provocada pelo fato de hoje, sábado, a balbúrdia estar grande mas sem nenhum proveito.

—

Sobre Kubin: A história de Hamsun é suspeita. Histórias assim podem-se extrair aos milhares de sua obra e contá-las como se tivessem sido de fato vividas.

—

Sobre Goethe: "ideias agitadas" são apenas aquelas ideias que as cataratas do Reno incitam. É o que se vê numa carta a Schiller. A observação momentânea e isolada — "O ritmo de castanholas das crianças em tamancos de madeira" — surtiu tal efeito, é tão universalmente aceita, que seria impensável que alguém, ainda que jamais a tivesse lido, pudesse senti-la como ideia própria, original.

2/10/11

Noite insone. Já a terceira seguida. Adormeço bem, mas acordo uma hora mais tarde, como se tivesse posto a cabeça no buraco errado. Estou inteiramente desperto, tenho a sensação de não ter dormido nada, ou de ter dormido apenas sob uma pele fina; vejo-me diante da tarefa de tornar a adormecer e me sinto rejeitado pelo sono. Daí em diante, e por toda a noite, até por volta de cinco da manhã, o que acontece é que durmo, sim, mas sonhos intensos mantêm-me ao mesmo tempo acordado. Durmo como se a meu lado e, enquanto isso, tenho também de me debater com os sonhos. Lá pelas cinco, foi-se o último vestígio de sono; apenas sonho, o que é mais cansativo que permanecer desperto. Em suma, passo a noite toda naquele estado em que uma pessoa saudável se vê por um breve período antes de efetivamente adormecer. Quando acordo, todos os sonhos encontram-se reunidos à minha volta, mas evito examiná-los a fundo. Perto do amanhecer, suspiro no travesseiro, porque, no que se refere a essa noite, todas as esperanças estão perdidas. Penso nas noites no fim das quais eu era alçado do sono profundo e acordava como se trancafiado numa noz. Uma aparição terrível dessa noite foi uma criança cega, aparentemente a filha de minha tia de Leitmeritz, que, de resto, não tem filha nenhuma, só filhos homens, um dos quais certa vez quebrou o pé. Essa criança, por sua vez, tinha alguma relação com a filha do dr. Marschner, a qual, como pude ver há pouco tempo, está a caminho de se transformar, da criança bonita que era, numa mocinha gorda de roupas empertigadas.[28] A criança cega ou de vista fraca tinha os dois olhos encobertos por óculos; o olho esquerdo, por trás da lente assaz distante, era de um cinza leitoso e se projetava redondo; o direito era recuado, oculto pela lente próxima que o cobria. Para que, oticamente, essa lente ocupasse a posição correta, era necessário, em vez da haste habitual passando por trás da orelha, empregar uma alavanca cuja base só podia ser fixada no malar; assim sendo, da lente até a maçã do rosto descia uma varinha que desaparecia dentro da carne perfurada e terminava no osso, de onde partia um arame que passava por trás da orelha. — Creio que essa insônia decorre apenas do fato de eu escrever. Sim, porque, por menos e por pior que eu escreva, esses pequenos abalos me sensibilizam; sobretudo ao anoitecer, e mais ainda pela manhã, sinto o sopro, a proximidade de um estado grandioso que me rasga e que poderia me fazer capaz de tudo; nessa barulheira geral que reina em mim e na qual não tenho tempo de pôr ordem, não encontro sossego. Afinal, esse barulho é apenas uma harmonia contida, reprimida, que, uma vez libertada, me preencheria por completo, na verdade ainda me expandiria e, então, me preencheria. No momento, porém, além de esperanças débeis, esse estado só me causa dano, porque meu ser não tem capacidade mental suficiente para suportar a presente mistura; durante o dia, o mundo visível me auxilia, à noite despedaça-me sem entrave algum. O que sempre me vem à mente então é Paris, onde, na época do cerco e, mais tarde, até a Comuna, a população dos subúrbios do norte e do leste, gente até então estranha aos parisienses, chegou até o centro da cidade em questão de meses, avançando pelas vias de acesso literalmente de hora em hora, num movimento intermitente como o dos ponteiros de um relógio.

Meu consolo — com o qual agora vou me deitar — é que não escrevo há tanto tempo que a escrita ainda não logrou se integrar a minha condição atual, o que, com alguma virilidade, ela há de conseguir, ao menos em caráter provisório.

28 Robert Anton Marschner era diretor do AUVA, o instituto em que Kafka trabalhava.

Hoje, estava tão fraco que contei até a meu chefe a história da criança. — Lembrei-me agora de que os óculos do meu sonho vêm de minha mãe, que, à noite, senta-se a meu lado durante o jogo de cartas e, por baixo de seu pincenê, lança-me um olhar não muito agradável. Esse pincenê, aliás, tem mesmo a lente direita mais próxima do olho do que a esquerda, o que não me lembro de haver notado antes.

3/10/11

Noite idêntica, mas com dificuldade ainda maior para pegar no sono. Ao adormecer, uma dor vertical desce por minha cabeça, passando pela base do nariz, como se proveniente de uma ruga na testa pressionada com demasiada força. Para me fazer o mais pesado possível, o que acho que ajuda a adormecer, tinha cruzado os braços e pousado as mãos sobre os ombros, de tal forma que estava deitado feito um soldado carregado. De novo, a força dos meus sonhos, que cintilam já em minha vigília, antes mesmo de eu adormecer, não me deixou dormir. À noite e pela manhã, a consciência de minhas capacidades literárias é inabarcável. Sinto-me relaxado até o fundo de meu ser e posso arrancar de mim o que quiser. Atrair forças dessa magnitude e, depois, não permitir que atuem é algo que lembra minha relação com B[ailly].[29] Também aí há um derramamento que não encontra vazão e que, rechaçado, só pode se aniquilar ao refluir; só que, no presente caso — e esta é a diferença —, trata-se de forças mais misteriosas, de minha própria essência.

—

Na Josefsplatz, passou por mim um grande automóvel de passeio levando uma família sentada bem juntinho. Atrás do automóvel, o cheiro de gasolina atingiu-me o rosto como uma lufada de Paris.

—

No escritório, ditando uma denúncia mais extensa à autoridade distrital. Na conclusão, que deveria alçar voo, empaquei e só conseguia contemplar a datilógrafa, a srta. Kaiser, que, muito vividamente, como era seu hábito,

29 Provavelmente, Louise Bailly (1860-1942), que havia trabalhado como governanta na casa dos Kafka.

movia sua cadeira, tossia, tamborilava com os dedos na mesa e, desse modo, chamava a atenção da sala toda para meu infortúnio. A ideia que eu buscava adquire então novo valor, o de acalmar a datilógrafa, e, quanto mais valiosa se torna, tanto mais difícil é encontrá-la. Por fim, encontro a palavra "estigmatizar" e a frase correspondente, mas, de nojo e vergonha, não deixo que me saiam da boca, como se se tratasse de carne crua, talhada de meu próprio corpo (tamanho esforço me custou encontrá-las). Finalmente, digo a frase, mas me assusta muitíssimo que tudo em mim esteja pronto para o trabalho literário, um trabalho que seria para mim uma solução divina e que me faria verdadeiramente vivo, ao passo que, no escritório, e por causa de um mísero documento, privo um corpo tão apto à felicidade de um pedaço de sua carne.

4/10/11

Sinto-me inquieto e virulento. Ontem, antes de adormecer, ardia-me no alto da cabeça, do lado esquerdo, uma chamazinha tremulante e fria. Sobre o olho esquerdo já se instalara certa tensão. Quando penso nisso, parece-me que não suportaria mais o escritório nem mesmo se me dissessem que em um mês estaria livre. E, no entanto, a maior parte do tempo cumpro ali meu dever, o que, quando certo da satisfação de meu chefe, faço com muita tranquilidade e não percebo minha situação como terrível. Ontem, aliás, no fim da tarde, deixei-me levar por uma apatia deliberada; fui passear, li Dickens, senti-me então um pouco mais saudável e perdi a força necessária à tristeza, que via como justificada, ainda que um pouco mais longínqua, o que me deu esperança de um sono melhor. Tive, de fato, um sono um tanto mais profundo, mas não o bastante, e com frequentes interrupções. Como consolo, disse a mim mesmo que havia, com efeito, reprimido outra vez o grande movimento que sentira dentro de mim, mas que não quis abrir mão de mim mesmo, como sempre fiz em ocasiões anteriores; quis, sim, permanecer absolutamente consciente também das dores subsequentes a esse movimento, o que nunca tinha feito. Talvez como uma forma de encontrar em mim uma firmeza oculta.

—

À noitinha, deitado no canapé no escuro do meu quarto. Por que precisamos de um tempo maior para reconhecer uma cor, e então, depois do momento decisivo da compreensão, rapidamente nos convencemos cada vez mais dessa cor? Se, lá de fora, a luz do corredor e a da cozinha incidem ao mesmo tempo sobre a porta de vidro, derrama-se quase até embaixo no vidro uma luz esverdeada, ou melhor, e para não depreciar a impressão segura, uma luz verde. Se se apaga a luz do corredor e apenas a da cozinha permanece acesa, o vidro mais próximo da cozinha se tinge de um azul escuro, ao passo que o outro adquire uma coloração azul esbranquiçada, tão esbranquiçada que todo o desenho no vidro fosco se dilui (papoulas estilizadas, ramagens, diferentes quadrados e folhas). — Luzes e sombras lançadas nas paredes e no teto pela iluminação elétrica da rua e da ponte, lá embaixo, apresentam-se desordenadas, em parte adulteradas, sobrepondo-se umas às outras, difíceis de identificar. Nem a instalação das lâmpadas de arco na rua nem a decoração de meu quarto levou em conta, à maneira de uma dona de casa, que aspecto ele teria a esta hora, visto do canapé e sem iluminação própria. — O brilho que o bonde passando lá embaixo projeta no teto sobe esbranquiçado, nebuloso e com intermitência mecânica por uma das paredes e pelo teto, quebrando-se onde ambos se encontram. — O globo sobre o tampo esverdeado e luminoso da cômoda colhe de imediato e por inteiro o reflexo da luz fresca da rua, exibe um ponto brilhante em sua curvatura e um aspecto que é como se o reflexo lhe fosse demasiado forte, embora a luz resvale em sua superfície lisa e o deixe com uma coloração que é antes acastanhada, como a de uma maçã-reineta. — A luz proveniente do corredor produz uma ampla superfície brilhante na parede sobre a cama, um brilho que é delimitado pela linha curva da cabeceira e que, aos olhos do observador, rebaixa a cama, alarga suas colunas escuras, eleva o teto do quarto em cima dela

5/10/11

Pela primeira vez nos últimos dias, de novo o desassossego, mesmo agora, ao escrever. Furioso com minha irmã, que entra no quarto e senta-se à mesa com um livro; aguardo a próxima oportunidade, por menor que seja, para dar vazão a essa fúria. Por fim, ela apanha da caixinha um cartão de visita e começa a palitar os dentes com ele. Com a fúria que se vai e me deixa na cabeça tão somente um vapor acre, e com um princípio de alívio e confiança, começo a escrever.[30]

30 Kafka refere-se a Valli ou Ottla, que por essa época ainda moravam com os pais.

—

Ontem à noite no Café Savoy. Trupe de atores judeus — a sra. Klug, "imitadora de cavalheiros".[31] Ela veste cafetã, calça preta curta, meias brancas e uma camisa branca de lã fina que emerge do colete preto, presa na frente e na altura do pescoço por um botão de crochê e que se abre, então, numa gola larga, solta e comprida. Na cabeça, envolvendo os cabelos, um gorrinho escuro e sem abas, necessário também por outros motivos e usado igualmente por seu marido; sobre o gorro, um chapéu preto grande, macio e de aba levantada. — Na verdade, não sei que personagens ela e o marido representam. Se quisesse explicá-lo a alguém a quem não desejasse confessar minha ignorância, constataria que entendo essas personagens como serviçais da comunidade, empregados do templo, vagabundos notórios com os quais a comunidade se resignou, pedintes que alguma razão religiosa privilegia, pessoas que, justamente em virtude de sua própria segregação, encontram-se bem próximas do centro da vida comunitária e que, graças a seu vaguear inútil e bisbilhoteiro, conhecem muitas canções e enxergam com clareza as relações entre os membros da comunidade mas que, apartadas da vida profissional, não sabem o que fazer com seu conhecimento; homens e mulheres, enfim, que, de uma maneira particularmente pura, são judeus, porque vivem somente na religião, mas sem empenho, compreensão ou lamúria. Parecem zombar de todos, põem-se logo a rir do assassinato de um judeu nobre, vendem-se a um apóstata, dançam, as mãos alçadas às costeletas, de puro entusiasmo quando o assassino, desmascarado, se envenena e clama por Deus, mas tudo isso apenas porque são leves como plumas, caem por terra à menor pressão, são suscetíveis, choram a seco (choram fazendo caretas) e, tão logo a pressão se vai, não mostram o menor peso próprio, antes põem-se de imediato a saltar pelo ar. Por isso, haveriam na verdade de ser motivo de muita preocupação, em se tratando de uma peça séria como o *Meschumed* [O convertido], de Lateiner, porque se apresentam sempre de corpo inteiro no proscênio, muitas

31 Trupe de Lemberg (Lviv, hoje Ucrânia) que introduziu Kafka à literatura e ao teatro iídiche. A companhia esteve em Praga de 24 de setembro de 1911 a 21 de janeiro de 1912. Integravam-na os casais Klug (Süsskind e Flora) e Tschisik (Emanuel e Mania), os atores Pipes (Mano), R. Pipes, Urich (provavelmente, Schamai ou Sami) e, sobretudo, Isaac Löwy, de quem Kafka se tornou amigo e admirador.

vezes na ponta dos pés ou com as duas pernas no ar, e em vez de resolver, retalham a inquietação da peça.[32] A seriedade da obra, porém, se desenrola em palavras tão fechadas em si mesmas, tão ponderadas até na eventual improvisação e tão tensionadas por um único e mesmo sentimento que, até quando a ação se desenvolve apenas no fundo do palco, ela sempre preserva sua importância. Os dois vestindo cafetãs é que são, vez por outra, reprimidos, o que combina com sua natureza, e a despeito de seus braços abertos e dos dedos estalando, vê-se apenas o assassino atrás deles, que, carregando em si o veneno, cambaleia na direção da porta com a mão no colarinho, o qual, com efeito, é demasiado largo. — As melodias são longas, o corpo entrega-se a elas de bom grado. Em consequência dessa sua duração, o que melhor lhes corresponde é balançar os quadris, erguer e baixar os braços abertos com a respiração tranquila e aproximar a palma das mãos das têmporas, evitando, porém, o toque. Lembra um pouco o *šlapak*.[33] — Algumas das canções, a pronúncia de *jüdische Kinderloch* e alguns momentos daquela mulher no palco — porque ela é judia e nos atrai para si, porque nós, espectadores, somos judeus e não temos nenhum anseio ou curiosidade pelos cristãos — provocaram-me um tremor nas faces. O representante do governo, talvez o único cristão na sala, à exceção de um garçom e de duas criadas à esquerda do palco, é uma criatura deplorável, com um tique nervoso que se manifesta sobretudo na metade esquerda do rosto, mas capaz de arrebatar também a direita; seu rosto se contrai e se distende com a velocidade quase cuidadosa, ou, melhor dizendo, com a fugacidade do ponteiro dos segundos, e com igual regularidade. Ao passar pelo olho esquerdo, o espasmo quase o fecha. Para essa contração, desenvolveram-se em seu rosto, de resto bastante acabado, novos músculos, pequenos e jovens. — A melodia talmúdica das perguntas, invocações ou explicações exatas: o ar entra por um tubo e o leva consigo; em compensação, um parafuso grande, orgulhoso em sua totalidade, humilde em suas voltas, gira ao longe, partindo de um movimento inicial modesto e distante na direção do inquirido.

32 *O convertido* (ou, literalmente, o "exterminado" — o judeu batizado) é, na verdade, de autoria de Abraham Scharkansky (1869-1907). 33 Dança popular tcheca. Pouco adiante, "criancinhas judias". O "representante do governo", mais à frente, é o representante da censura, presença obrigatória nos eventos públicos.

6/10/11

Os dois velhos lá na frente, à mesa comprida junto do palco. O primeiro apoia-se com os dois braços na mesa e ergue apenas o rosto para o lado direito do palco, um rosto cujo rubor falso e inchado, com sua barba quadrada, irregular e emaranhada, oculta-lhe tristemente a idade; o outro, bem diante do palco, mantém o rosto, verdadeiramente ressecado pela idade, distante da mesa, na qual apoia apenas o braço esquerdo, o direito curvado no ar para melhor desfrutar da melodia que a ponta dos pés acompanha e à qual o cachimbo curto na mão direita cede debilmente. "*Tateleben*,[34] cante comigo", a mulher convida ora um ora outro, curvando-se um pouco e estimulando-os com os braços estendidos para a frente.

— As melodias são próprias para capturar os saltitantes e, sem rompê-lo, abraçar todo o seu entusiasmo, caso não se deseje crer que foram elas a inspirá-lo neles. Sobretudo os dois de cafetã correm a cantar, como se isso estirasse seus corpos segundo a necessidade mais genuína destes, e o bater de palmas durante a cantoria denuncia claramente o bem-estar supremo do ser humano no ator. — A um canto, os filhos do dono do local mantêm uma relação infantil com a sra. Klug, no palco, e cantam com ela, a boca entre os lábios protuberantes repleta da melodia.

A peça: Seidemann, um judeu rico, evidentemente condensando todos os seus instintos criminosos para tanto, deixou-se batizar há vinte anos, quando, por ela não se deixar obrigar a fazer o mesmo, envenenou a mulher. Desde então esforça-se para esquecer o jargão,[35] que, no entanto, ressoa involuntariamente em sua fala; além disso, manifesta continuamente grande nojo por tudo quanto é judeu, sobretudo no início, a fim de que os espectadores o percebam e porque há tempo para tanto, antes dos acontecimentos que se avizinham. Sua filha, ele a destinou ao oficial Dragomirow, ao passo que ela, que ama o primo — o jovem Edelmann —, erguendo-se numa postura inusitada e pétrea que só se quebra na cintura, declara ao pai numa grande cena que permanecerá fiel ao judaísmo e põe fim ao ato com uma risada de desprezo pela coerção sofrida. (Os cristãos na peça são: um valoroso criado polonês de Seidemann, que mais tarde contribui para o desmascaramento do patrão, valoroso sobretudo porque é necessário reunir os

34 Iídiche: "paizinho". 35 Ou seja, o iídiche. *Jargon* é a palavra empregada diversas vezes por Kafka. Em todas as demais ocorrências, traduzida por "iídiche".

opostos em torno de Seidemann; o oficial, de quem a peça pouco se ocupa, porque, a não ser pela exposição de sua dívida, ele, como cristão distinto, não interessa a ninguém; um juiz que entrará em cena mais tarde; e, por fim, um funcionário do tribunal, cuja maldade não vai além das exigências de seu posto nem da comicidade das duas figuras de cafetã, muito embora Max o chame de "pogromista".) Contudo, por alguma razão, Dragomirow só pode se casar se suas letras de câmbio forem resgatadas, e elas são de propriedade do pai de Edelmann, que, embora de partida para a Palestina e ainda que Seidemann queira pagá-las em dinheiro, não as entrega. A filha se mostra orgulhosa diante do oficial apaixonado e se gaba do próprio judaísmo, embora tenha sido batizada; o oficial não sabe o que fazer e, com os braços caídos e as mãos frouxamente entrelaçadas, olha para o pai em busca de ajuda. A filha foge para junto de Edelmann, quer se casar com o amado, ainda que, por enquanto, em segredo, porque, pela lei secular, um judeu não pode desposar uma cristã, que, por sua vez, evidentemente não pode se converter ao judaísmo sem o consentimento do pai. Este chega, percebe que, sem o uso da astúcia, tudo estaria perdido e, em aparência, abençoa o casamento. Todos o perdoam e começam realmente a amá-lo como se, antes, estivessem cometendo uma injustiça, até mesmo e em especial o pai de Edelmann, embora ele saiba que Seidemann envenenou sua irmã. (Uma lacuna que talvez tenha resultado de uma versão abreviada do texto, ou talvez do fato de que a peça se difunde sobretudo oralmente entre as diversas trupes teatrais.) Graças a essa reconciliação, Seidemann consegue as letras de câmbio de Dragomirow — "Sabe?", diz ele, "não quero que esse Dragomirow fale mal dos judeus" —, que o velho Edelmann lhe dá de graça; então, Seidemann o chama até a cortina no fundo do palco, supostamente para lhe mostrar alguma coisa, e o apunhala mortalmente pelas costas, enfiando-lhe uma faca através do roupão. (Entre a reconciliação e o assassinato, Seidemann esteve afastado do palco por algum tempo, a fim de maquinar seu plano e comprar a faca.) Com isso, Seidemann pretende levar o jovem Edelmann ao patíbulo, porque sobre ele há de recair a suspeita, e sua filha estará então livre para Dragomirow. Seidemann foge, Edelmann jaz atrás da cortina. A filha surge com véu de noiva e de braço dado com o jovem Edelmann, que agora veste o manto de orações. O pai, veem, infelizmente ainda não chegou. Seidemann entra, aparentemente feliz com a visão dos noivos. Então vem um homem, talvez o próprio Dragomirow, talvez apenas o mesmo ator mas, na verdade, um detetive ainda desconhecido do público, que declara que vai precisar proceder a uma busca na casa, "porque aqui a vida das pessoas não está em segurança". Seidemann: "Meus filhos, não se preocupem, naturalmente trata-se de um equívoco, é claro. Tudo será esclarecido". O corpo do velho Edelmann é encontrado, o jovem Edelmann é arrancado de sua amada e preso. Durante todo um ato, Seidemann instrui muito bem, com muita paciência e pequenas observações muito bem acentuadas (Sim, sim. Muito bem. Não, está errado. Isso, agora está muito melhor. Claro, claro), os dois atores de cafetã sobre como testemunhar no tribunal a respeito da suposta inimizade de anos entre o velho e o jovem Edelmann. Os dois demoram a se acertar, há muitos mal-entendidos e, num ensaio improvisado da cena no tribunal, explicam que Seidemann os teria incumbido de apresentar a coisa daquela maneira, até que, por fim, incorporaram de tal modo a inimizade que podem até — Seidemann já não tem como detê-los — mostrar como o próprio crime aconteceu, e o homem espeta a mulher com um pãozinho em forma de meia-lua. Isso, claro, vai além do necessário. Seidemann, não obstante, está muito satisfeito com os dois e espera obter com eles um bom desfecho do processo. Aqui, o autor recua e, para o espectador crente, sem que isso seja dito explicitamente, porque é óbvio, interfere Deus, que cega o malvado. No último ato, retorna, agora como juiz, o ator que havia feito Dragomirow (também aí se expressa o desdém pelo cristão, uma vez que um ator judeu pode bem representar três cristãos, e se os interpreta mal não tem importância nenhuma), e, ao lado dele, no papel de advogado de defesa, com cabeleira e bigode extravagantes, a filha de Seidemann, logo reconhecida. É certo que a reconhecemos logo e, pensando em Dragomirow, cremos por um bom tempo que ela está substituindo um ator, até que, lá pela metade do ato, compreendemos que ela se disfarçou para salvar o amado. Os dois de cafetã devem agora dar seu testemunho em separado, no que eles têm muita dificuldade, porque ensaiaram juntos. Além disso, não entendem o alemão culto do juiz, a quem, no entanto, o defensor ajuda quando a situação se complica demais, assim como, de forma geral, tem sempre de lhe soprar uma e outra coisa. Então entra Seidemann, que já anteriormente havia tentado comandar os de cafetã com puxões nas roupas; com seu discurso fluente e determinado, sua postura sensata e dirigindo-se corretamente ao juiz, ele causa boa impressão, se comparado às testemunhas precedentes, impressão esta em terrível contradição com aquilo que sabemos dele. Seu depoimento carece de substância, infelizmente ele sabe muito pouco sobre o caso. Vem então a última testemunha, o criado, que, sem ter plena consciência disso, é o verdadeiro acusador de Seidemann. Ele o viu comprar a faca, sabe que, no momento crucial, Seidemann estava com Edelmann e sabe também que Seidemann odeia os judeus e, acima de tudo, odiava o velho Edelmann, cujas letras de câmbio queria para si. Os dois de cafetã dão um salto, felizes de poder corroborar com tudo aquilo. Seidemann se defende qual um homem de bem algo aturdido. Fala-se, então, em sua filha. Onde está ela? Em casa, naturalmente, e lhe dará razão. Mas não, ela não fará isso, afirma o defensor e pretende prová-lo; vira então para a parede, tira a peruca e torna a se voltar para um Seidemann horrorizado, diante da própria filha. Quando arranca também o bigode, o branco puro do lábio superior tem um aspecto ameaçador. Seidemann toma veneno para escapar à justiça terrena, já não confessa seus crimes aos homens, e sim ao Deus judaico, no qual agora crê. Nesse meio-tempo, o pianista deu início a uma melodia que toma conta dos dois de cafetã, e eles começam a dançar. No fundo, veem-se os noivos unidos a cantar, em especial o noivo, que, sério, canta a melodia segundo os antigos costumes do templo.

—

Primeira aparição dos dois atores trajando cafetã. Eles entram no quarto de Seidemann carregando caixinhas para coletar donativos para o templo. Olham em volta, não se sentem à vontade, olham um para o outro. Correm as mãos pelos batentes da porta, mas não encontram nenhum mezuzá. Nas outras portas também não. Recusam-se a acreditar; como se caçassem mosquitos, saltam diante de portas diversas e, subindo e descendo, golpeiam a todo momento o alto do batente, fazendo-o estalar. Infelizmente, em vão. Até então não disseram palavra.

—

Semelhança entre a sra. Klug e a sra. Weinberg, do ano passado.[36] A sra. Klug possui um temperamento talvez um pouquinho mais fraco e homogêneo,

36 De 25 de abril a meados de maio de 1910, uma companhia teatral iídiche havia se apresentado no Café Savoy, de Praga. Dirigida por Moritz Weinberg, a companhia era integrada ainda por sua mulher, Pepi, e pela cantora Salci Weinberg. Kafka assistiu a pelo menos uma dessas apresentações.

mas, em compensação, é mais bonita e decorosa. A Weinberg repetia sempre a mesma brincadeira de esbarrar nos outros atores com seu traseiro enorme. Além disso, tinha a seu lado uma cantora de qualidade inferior e constituía, para nós, novidade absoluta.

—

"Imitadora de cavalheiros" é, na verdade, uma designação equivocada. O fato de vestir cafetã leva-nos a esquecer inteiramente de seu corpo. Somente ao sacudir os ombros e girar as costas, o que faz como se tivesse sido mordida por pulgas, ela chama a atenção para o corpo. As mangas, embora curtas, precisam ser ligeiramente arregaçadas a todo momento, um gesto que o espectador aguarda com ansiedade, porque promete grande alívio para ela, que tanto tem a cantar e a explicar à maneira talmúdica.

Meu desejo de ver um grande teatro iídiche, já que essa encenação talvez sofra do pequeno número de atores e de ensaios inapropriados. Desejo também conhecer a literatura iídiche, claramente destinada a adotar uma postura ininterrupta de luta nacional que determina cada uma de suas obras. Uma postura, portanto, que nenhuma literatura exibe com tamanha consistência, nem mesmo a do povo mais oprimido. Com outros povos, talvez aconteça de, em tempos de luta, a literatura combativa nacional se destacar e, graças ao entusiasmo do público, obras mais distantes adquirirem um fulgor nacional dessa natureza, como *A noiva vendida*;[37] aqui, porém, apenas as obras do primeiro tipo parecem subsistir, e de forma duradoura.

—

A visão do palco simples, que, como nós, aguarda os atores em silêncio. Como ele, com suas três paredes, cadeira e mesa, terá de bastar a todos os acontecimentos, não esperamos nada desse palco, esperamos, sim, com todas as nossas forças, os atores, razão pela qual somos irresistivelmente atraídos pelo canto por trás das paredes nuas que dá início à encenação.

37 Ópera cômica em três atos do compositor tcheco Bedřich Smetana, com libreto de Karl Sabina.

9/10/11

Caso eu chegue aos quarenta anos, vou provavelmente me casar com uma moça mais velha, de dentes superiores protuberantes, algo desnudados pelo lábio superior. Os incisivos superiores da srta. Kaufmann, que esteve em Paris e Londres, inclinam-se um na direção do outro como pernas fugazmente cruzadas na altura dos joelhos.[38] Mas dificilmente vou chegar aos quarenta; é o que me diz, por exemplo, a tensão que com frequência se instala sobre a metade esquerda do meu crânio, que sinto como uma lepra interior e que, deixando de lado os transtornos e apenas contemplando o fato, me causa a mesma impressão que a visão dos cortes transversais do crânio nos livros didáticos, ou que uma dissecção quase indolor num corpo ainda vivo, em que o bisturi, algo refrescante, cauteloso, detendo-se e recuando com frequência, por vezes apenas jazendo serenamente ali, vai secionando membranas já finas como folhas, muito próximo de porções do cérebro em funcionamento.

—

Sonho desta noite, que mesmo de manhã cedo ainda não achei bonito, a não ser por uma ceninha cômica composta de duas réplicas, que resultou naquele gigantesco prazer de sonhar mas da qual já me esqueci. Eu caminhava por uma fileira de edifícios — se Max estava ali desde o início, não sei — na altura do primeiro ou segundo andar, da mesma forma como se caminha de um vagão a outro de um trem expresso. Ia bem depressa, talvez porque o edifício fosse por vezes tão frágil que, já por isso, me apressava. Nem notava as portas entre um edifício e outro, era de fato uma fileira gigantesca de cômodos, e, no entanto, era patente a diversidade não só dos apartamentos em si, mas também dos prédios. Talvez fossem apenas quartos com camas. Uma cama típica ficou-me na memória, na lateral à minha esquerda, junto da parede escura ou suja e inclinada, talvez de uma mansarda; em cima dela, uma pilha baixa de roupas de cama e uma coberta, na verdade um lençol grosseiro, que, amontoado com os pés por aquele que dormiu ali, pende por uma ponta. Sentia vergonha de caminhar pelos quartos num momento em que havia ainda muita gente deitada, motivo pelo qual avançava na ponta dos pés e a passos largos, com o que esperava de

38 Provavelmente, Rosa Kaufmann (1878-1942), cujo irmão, Hugo, era casado com uma prima de Kafka.

alguma forma mostrar que os atravessava apenas porque obrigado, que tomava grande cuidado com tudo e pisava leve, que aquela minha passagem por ali praticamente não contava. Por isso, nunca virava a cabeça, em cada quarto via apenas ou o que estava à direita, na direção da rua, ou à esquerda, na direção da parede do fundo. A fileira de apartamentos era com frequência interrompida por bordéis, pelos quais eu passava depressa, a despeito de aparentemente ter tomado aquele caminho por causa deles, e dos quais nada registrei além da existência. Contudo, o último cômodo, no final dos apartamentos, era de novo um bordel, e ali fiquei. A parede defronte da porta pela qual entrei, isto é, a última parede da fileira de edifícios, ou era de vidro ou havia sido rompida, de modo que eu cairia lá embaixo se prosseguisse. É até mais provável que tivesse sido rompida, porque, no limite extremo do piso, estavam deitadas no chão as prostitutas, duas das quais vi com clareza, uma com a cabeça um pouco além da borda, pendendo ao ar livre. À esquerda, havia uma parede sólida, mas a da direita não estava acabada, via-se o pátio lá embaixo, ainda que não até o fundo, e vários patamares de uma escada cinza em ruínas que conduzia até lá. A julgar pela luz no cômodo, o teto era igual ao dos demais quartos. Ocupei-me sobretudo da prostituta com a cabeça pendente; Max, da que estava deitada à esquerda dela. Eu lhe apalpava as pernas e, então, limitei-me a pressionar regularmente suas coxas. Meu prazer ao fazê-lo era tão grande que me admirei de não precisar pagar nada por aquela diversão, que decerto era a mais bela. Estava convencido de que eu, e somente eu, enganava o mundo. Então, com as pernas imóveis, a prostituta ergueu o tronco e deu-me as costas, que, para meu pavor, estavam cobertas de grandes círculos vermelhos como lacres, com bordas pálidas e, no meio, uma série de respingos vermelhos. Percebi, então, que todo o corpo dela estava cheio deles, que meu polegar se detinha sobre manchas idênticas em suas coxas e que aquelas pequenas partículas vermelhas depositavam-se sobre meus dedos como se provenientes de um lacre rompido. Recuei para perto de alguns homens que pareciam esperar encostados à parede junto da escada, por onde circulava pequeno número de pessoas. Aguardavam ali como, no campo, os homens se juntam na praça do mercado nas manhãs de domingo. Por isso, era domingo. Foi ali que aconteceu a cena cômica, na qual um homem, a quem Max e eu tínhamos motivo para temer, foi-se embora e, depois, tornou a subir a escada, veio até mim e, enquanto Max e eu, medrosos, esperávamos dele alguma ameaça terrível, dirigiu-me uma pergunta simplória e ridícula. Depois, de pé, observei com preocupação como Max, sem medo daquele lugar, sentara-se no chão, em alguma parte à esquerda, e tomava uma espessa sopa de batata, da qual as batatas sobressaíam como grandes bolas, e em particular uma delas. Ele a apertava com a colher para dentro da sopa, talvez com duas colheres, ou simplesmente a girava.

10/10/11
Escrevi um artigo sofístico, pró e contra a companhia de seguros, no *Tetschen-Bodenbacher Zeitung*.[39]

—

Ontem à noite no Graben.[40] Três atrizes saídas do ensaio vêm em minha direção. É tão difícil discernir com rapidez a beleza de três mulheres, sobretudo quando se deseja contemplar também dois atores que, mais atrás, se aproximam com seu passo assaz saracoteante e leve, típico dos atores. Os dois — o da esquerda, com seu rosto jovem e gordo e o sobretudo aberto a circundar a figura robusta, é suficientemente característico de ambos — ultrapassam as damas, o da esquerda pela calçada, o da direita pela rua, um pouco mais abaixo. O da esquerda apanha o alto do chapéu, crava nele os cinco dedos, ergue-o e diz (só agora o da direita se lembra de fazê-lo): "Até logo! Boa noite!". Enquanto, porém, ultrapassar as mulheres e cumprimentá-las apartou os cavalheiros, as damas assim saudadas, como se conduzidas por aquela que está mais próxima da rua — que parece ser a mais frágil e alta mas também a mais jovem e bela —, seguem imperturbáveis seu caminho, com um leve cumprimento que mal interrompe sua afinada conversa. A cena toda pareceu-me naquele momento sólida comprovação de que as questões teatrais locais encontram-se em ordem e bem conduzidas.

—

Anteontem com os judeus no Café Savoy. *Die Sejdernacht* [A noite do Seder], de Feinmann.[41] Houve momentos em que só não interferimos na ação

39 O artigo, relacionado à companhia de seguros para a qual Kafka trabalhava (AUVA), foi publicado em 4 de novembro de 1911. **40** Graben (fosso), em alemão; em tcheco, Na příkopě. Rua de Praga que, juntamente com a antiga Ferdinandstraße, hoje Národní, separa a cidade velha da nova. **41** Na realidade, peça de Josef Lateiner (1853-1935).

(a consciência disso atravessou-me neste instante) porque estávamos muito agitados, e não porque éramos meros espectadores.

12/10/11
Ontem, em casa de Max, trabalhei no diário parisiense.[42] Na penumbra da Rittergasse, vestindo traje outonal, a gorda e aquecida Rehberger, que só conhecíamos em blusa e casaquinho azul e fino de verão, roupa em que uma moça de aparência não totalmente desprovida de defeitos fica, afinal, pior do que nua. Aí é que se podia ver de fato o nariz portentoso no rosto exangue, cujas faces as mãos poderiam pressionar por um bom tempo até que exibissem algum rubor; a forte penugem loira que se amontoava nas maçãs do rosto e no lábio superior; a poeira do trem, perdida entre nariz e bochecha; e o branco débil da pele no decote da blusa. Hoje, porém, nós a seguimos respeitosamente, e quando, à saída de uma passagem coberta antes da Ferdinandstraße, precisei me despedir, porque não tinha me barbeado e apresentava aspecto miserável (naquele momento, Max estava muito bonito em seu sobretudo preto, o rosto branco e os óculos brilhando), senti pequenas pontadas de afeto por ela. Perguntei-me por quê, e tive de admitir para mim mesmo que aquilo só se devia ao fato de ela estar tão bem agasalhada.

13/10/11
A transição singela, desprovida de arte, da pele esticada da careca de meu chefe para as rugas delicadas em sua testa. Uma evidente debilidade da natureza, muito fácil de imitar; cédulas de dinheiro não poderiam ser confeccionadas dessa maneira.

—

Não considerei bem-sucedida a descrição da Rehberger, mas ela deve ter saído melhor do que pensei, ou minha impressão dela de anteontem há de ter sido tão incompleta que a descrição lhe fez jus ou mesmo a superou. Isso porque, ontem à noite, quando voltava para casa, lembrei-me momentaneamente da descrição e, sobrepondo-a sem me dar conta à impressão

42 Kafka e Brod mantiveram diários paralelos nas viagens que fizeram juntos a Lugano, Milão e Paris (em agosto e setembro de 1911) e, depois, a Weimar (de fim de junho a fim de julho de 1912). Angela Rehberger, uma conhecida de ambos, figura nesses diários, assim como em *Richard e Samuel* (como Dora Lippert).

original, acreditei ter visto a Rehberger somente naquele momento, quando não estava com Max, a quem, então, me preparei para contar que a tinha visto e para falar dela exatamente como a descrevi aqui.

—

Ontem à tardinha não encontrei meus colegas na Schützeninsel e logo fui-me embora.[43] Causei certa sensação com meu casaco curto e o chapéu macio e amassado na mão, porque lá fora estava gelado, mas dentro reinava o calor produzido pela respiração dos bebedores de cerveja, dos fumantes e do naipe de sopros da orquestra militar. A orquestra não estava muito no alto, nem podia estar, porque o salão é bem baixo; ela preenchia uma das pontas da sala até a parede lateral. A multidão de músicos parecia ter sido socada naquele canto, como se embutida ali. Essa impressão de aperto perdia-se um pouco no salão como um todo, já que havia muitos lugares vazios junto da orquestra, e a sala só começava a se encher a partir mais ou menos da metade.

—

A tagarelice do dr. Kafka.[44] Caminhei com ele por duas horas atrás da estação ferroviária Franz Josef, pedindo-lhe de tempos em tempos que me deixasse ir; eu levava as mãos entrelaçadas de impaciência e prestava a menor atenção possível no que ele dizia. Pareceu-me que um homem que faz bem o seu trabalho, quando se põe a contar histórias de seu ofício, só pode tornar-se insano; sua competência lhe vem à mente, cada história rende novas relações, e aliás várias — ele as tem presentes em sua totalidade porque as viveu; na pressa e por consideração para comigo, precisa calar boa quantidade delas, algumas eu mesmo destruo com minhas perguntas, mas, assim procedendo, conduzo-o a outras, mostro-lhe desse modo em que grande medida ele governa meu pensamento; sua pessoa desempenha belo papel na maioria dessas histórias, papel este que ele apenas sugere, o que lhe dá a impressão de que tudo que calou é ainda mais significativo; então,

43 Pequena ilha do rio Moldava a que se tem acesso pela escadaria de uma das pontes de Praga (hoje, Most Legií). **44** Em meados de dezembro de 1911, Kafka e o cunhado, Karl Hermann (1883-1939), casado com Elli, associaram-se para fundar uma fábrica de amianto. O dr. Robert Kafka, filho de um primo do pai de Kafka, prestou-lhes assessoria jurídica. Daqui em diante, Kafka vai se referir diversas vezes a ela como a "fábrica".

já absolutamente seguro de minha admiração, ele pode inclusive se queixar, porque até em seu infortúnio, em seu tormento e em suas dúvidas é digno de admiração; também seus oponentes são pessoas capazes e dignas de menção: uma demanda em que ele, sozinho, enfrentou todo um escritório de advocacia com quatro auxiliares e dois chefes, foi durante semanas tema diário da conversa desses seis juristas. Enfrentou o melhor orador desse escritório, um jurista perspicaz; a ele vem se juntar o Supremo Tribunal, cujos veredictos seriam supostamente ruins e contraditórios; em tom de despedida, digo uma palavrinha em defesa do referido tribunal, o que o leva a produzir provas de sua indefensibilidade e, de novo, temos de subir e descer a rua, eu de pronto admirado da má qualidade do tribunal; ele, então, me explica por que é assim, o tribunal está sobrecarregado, explica-me por que e como, está bem, preciso ir, mas agora bom mesmo é o tribunal de apelação, e melhor ainda o tribunal administrativo, e de novo por que e como, até que, finalmente, já sem ter como me deter por mais tempo, ele ainda intenta fazê-lo voltando-se para meus assuntos particulares, aqueles em razão dos quais fui procurá-lo (a fundação da fábrica) e que já discutimos e esgotamos faz tempo, mas, inconscientemente, ele tem esperança de, assim, me fisgar e atrair de volta para suas histórias. Então, digo alguma coisa, ergo a mão num sinal claro de despedida enquanto o faço e, assim, me liberto. Ele, de resto, é um excelente contador de histórias, sua narrativa mescla o espraiar-se meticuloso das declarações escritas com o discurso vivaz, como tantas vezes encontramos em judeus como ele, gordos, escuros, por ora saudáveis, de estatura média e agitados pelo consumo constante de cigarros. Expressões jurídicas dão sustentação ao discurso. Parágrafos são mencionados, e já seu número elevado parece fazê-los distantes. Cada história é relatada desde o princípio, afirmações e refutações são apresentadas e literalmente embaralhadas por meio de comentários casuais e pessoais; aspectos secundários nos quais ninguém pensaria são mencionados em primeiro lugar, depois caracterizados como secundários e postos de lado ("um homem, seu nome não importa..."); o interlocutor é pessoalmente incluído e interrogado, enquanto, ao lado, a história se adensa; por vezes o ouvinte é interrogado até mesmo antes de uma história que não há de lhe interessar nem um pouco, claro que em vão, apenas para estabelecer uma relação passageira; comentários de sua autoria não são considerados de imediato, o que seria enfadonho (Kubin); logo serão objeto de consideração, mas somente no ponto certo da narrativa, o que insere o interlocutor na história pela via da lisonja objetiva, porque lhe confere o direito muito particular de ser ouvinte.

14/10/11

Ontem à noite no Savoy. *Sulamita*, de A. Goldfaden.[45] Na verdade, uma ópera, mas toda peça cantada é chamada de opereta, um detalhe que já me parece apontar para uma aspiração artística obstinada, precipitada e inflamada por razões equivocadas, a qual produz na arte europeia um corte em parte arbitrário. A história: o herói salva uma moça perdida no deserto — "Eu te suplico, Deus grande e forte" — que, atormentada pela sede, caiu numa cisterna. Juram fidelidade um ao outro ("meu tesouro, minha amada, meu brilhante do deserto"), invocando o poço e um gato-do-deserto de olhos vermelhos. Cingitang, o criado selvagem de Absalão (Pipes), leva a moça, Sulamita (sra. Tschisik), de volta para o pai, Monoach (Tschisik), em Belém, enquanto Absalão (Klug) faz ainda uma viagem a Jerusalém; lá, porém, ele se apaixona por Abigail, uma moça rica da cidade (Klug), esquece Sulamita e se casa. Sulamita espera pelo amado em Belém. "Muitos vão a Jerusalém e retornam *beschulim* [em paz]." "Ele, tão nobre, quer ser-me infiel!" Com suas explosões de desespero, ela adquire uma confiança pronta a tudo e resolve se fazer de louca, para não ter de se casar e, assim, poder esperar. "Minha vontade é de ferro; meu coração, uma fortaleza." E, em sua loucura, que ela finge durante anos, Sulamita desfruta com tristeza e estrépito, e a permissão que arranca a todos, da lembrança do amado, pois sua loucura gira em torno exclusivamente do deserto, do poço e do gato. Com essa loucura, ela logo afugenta seus três pretendentes, com os quais Monoach só consegue manter a paz mediante a organização de uma loteria: Joef Gedoni (Urich), "sou o mais forte dos heróis judeus"; Avidanov, o proprietário de terras (R. Pipes); e Nathan (Löwy), o padre barrigudo, que se sente superior a todos: "Dai-ma, morro por ela". Absalão passa por uma infelicidade, um gato-do-deserto morde um de seus filhos e o mata; o outro cai num poço. Ele se lembra de sua culpa e confessa tudo a Abigail: "Modera teu pranto". "Para de cindir-me o coração com tuas palavras." "Por desgraça, é tudo *emes*

45 Opereta de Abraham Goldfaden (1840-1908). Poeta, dramaturgo e compositor, é tido como o fundador do teatro iídiche.

[verdade] o que digo."[46] Pensamentos formam-se em torno dos dois e desaparecem. Absalão deve abandonar Abigail e voltar para Sulamita? Sulamita também merece *rachmones* [compaixão]. Por fim, Abigail o deixa ir. Em Belém, Monoach queixa-se da filha: "Pobre da minha velhice". Absalão cura-a com sua voz. "O restante, pai, conto-te mais tarde." Abigail sucumbe no vinhedo em Jerusalém; como justificativa, Absalão tem apenas seu heroísmo.

—

Terminado o espetáculo, aguardamos ainda pelo ator Löwy, a quem eu gostaria de demonstrar de joelhos minha admiração. Como de costume, cabe-lhe "anunciar": "Caros espectadores, em nome de todos nós, eu agradeço a presença dos senhores e os convido cordialmente para o espetáculo de amanhã, quando encenaremos a obra-prima mundialmente famosa de... Até lá!" — e sair, agitando o chapéu. Em vez disso, alguém faz menção de abrir um pouquinho a cortina fechada. Passa-se um bom tempo. Por fim, um bom pedaço da cortina se abre, presa no centro por um botão; atrás, vemos Löwy dar um passo em direção à ribalta e, com o rosto voltado para nós, o público, defender-se apenas com as mãos de alguém que o agarra por baixo, até que, de repente, a cortina toda, juntamente com a estrutura de arame que a prende lá em cima, despenca, puxada pelo próprio Löwy em busca de apoio; diante de nossos olhos, Löwy, os joelhos dobrados, é agarrado e, com um golpe de cabeça, literalmente jogado para o lado e para fora do palco por Pipes, que fez o papel do selvagem e se mantém ainda curvado, como se a cortina o ocultasse. As pessoas se aglomeram na lateral da sala. "Fechem a cortina!", alguém grita do palco quase inteiramente à mostra, onde a sra. Tschisik exibe miseravelmente seu rosto pálido de Sulamita; garçons baixinhos sobem em mesas e cadeiras e arrumam mais ou menos a cortina, o dono do estabelecimento procura tranquilizar o representante do governo, que agora só quer ir embora, mas é retido por essa tentativa de tranquilizá-lo; por trás da cortina, ouve-se a sra. Tschisik: "E, de cima do palco, ainda queremos ensinar moral ao público...". A associação dos escriturários judeus Futuro, que responde pelo espetáculo de amanhã à noite e que, antes do espetáculo desta noite, se reuniu em assembleia geral ordinária, decide, diante do ocorrido, convocar assembleia extraordinária a

46 Apenas neste caso, esta edição segue o texto fixado por Max Brod. A edição crítica dos *Diários* registra *eines* (alemão: "uma coisa só"), em vez de *emes* (iídiche: "verdade").

ser realizada dentro de meia hora; tendo em vista seu comportamento escandaloso, um membro tcheco da associação profetiza a completa ruína dos atores. De súbito, ressurge Löwy, que havia desaparecido: com as mãos, e talvez com os joelhos também, o maître Roubitschek o empurra na direção da porta. Cumpre escorraçá-lo dali. Esse maître, que, antes e depois, posta-se diante de todos, inclusive de nós, como um cão, com seu focinho canino afundado numa bocarra cercada por humildes dobras laterais, tem seu

16/10/11
Domingo cansativo ontem. Todos os empregados do pai pediram demissão. Com boas palavras, cordialidade, com o auxílio de sua doença, de sua estatura e do vigor de outrora, bem como de sua experiência e inteligência, ele consegue conquistar de volta quase todos, conversando com eles em grupo e em particular. Franz, um importante escriturário, pede tempo até segunda-feira para pensar, porque deu sua palavra a nosso gerente, que está de saída e quer levar consigo todos os empregados para a nova loja que vai abrir. No domingo, o contador escreve que não poderá ficar, porque Roubitschek não o dispensa de cumprir a palavra. Vou até ele, em Žižkov.[47] Sua jovem mulher tem as maçãs do rosto arredondadas, rosto alongado e um nariz pequeno e tosco, do tipo que nunca estraga rostos tchecos. Roupão demasiado comprido e largo, florido e todo manchado. Torna-se ainda mais comprido e largo, porque ela faz movimentos apressados para me cumprimentar, para posicionar corretamente o álbum em cima da mesa, dando um último toque de beleza à casa, e para desaparecer em busca do marido. O homem faz movimentos semelhantes, também apressados, talvez tomados de empréstimo pela mulher assaz dependente; seu tronco oscila fortemente quando ele se curva, ao passo que o abdome chama a atenção por permanecer no mesmo lugar. A impressão é a de um homem conhecido há dez anos, que se vê com frequência mas em quem não se presta muita atenção e com o qual de repente se estabelece contato mais próximo. Quanto menor o sucesso de meus argumentos em tcheco (ele já tinha um contrato assinado com Roubitschek, mas ficara tão consternado com meu pai no sábado à noite que nem o mencionara), tanto mais felino se faz seu rosto. Mais para o fim, muito à vontade, represento um pouco e

47 Na época, distrito situado a leste de Praga (posteriormente incorporado à cidade), habitado sobretudo por trabalhadores tchecos.

olho em volta na sala, em silêncio, com o rosto um tanto espichado e os olhos espremidos, como se perseguisse até as raias do inefável algo apenas sugerido. Mas não me descontenta constatar que o efeito produzido é pequeno e que, em vez de ouvi-lo dirigir-se a mim num novo tom, tenho de recomeçar minha tentativa de convencimento. A conversa, que tinha principiado com a menção a outro Tullach, que mora atravessando a rua, termina à porta com sua admiração ante meu terno leve naquele frio gelado. Caracteriza bem minhas esperanças iniciais e o fracasso final. Mas consigo que ele vá até meu pai à tarde. Aqui e ali, vali-me de argumentos demasiado abstratos e formais. Foi um erro não ter chamado a mulher à sala.

—

À tarde, vou até Radotin,[48] na tentativa de manter o escriturário, Franz. Com isso, perco a oportunidade de estar com Löwy, em quem penso continuamente. No vagão: a ponta do nariz da senhora de idade, com sua pele ainda lisa, quase juvenil. Termina, pois, a juventude na ponta do nariz, e começa ali a morte? O gesto de engolir dos passageiros, descendo pela garganta, o alargamento da boca como sinal de que entendem como incontestáveis, naturais e insuspeitos a viagem de trem, a composição dos passageiros, a disposição deles nos assentos, a temperatura no vagão e mesmo a edição da *Pan* que levo sobre o joelho e que alguns contemplam de tempos em tempos (trata-se, afinal, de algo cuja presença ali não lhes teria sido possível prever);[49] acreditam que tudo poderia ser bem pior. Enquanto caminho para cima e para baixo pelo pátio do sr. Haman, um cachorro pousa a pata na ponta do meu pé, que começo a balançar. Crianças, galinhas, um ou outro adulto. Uma babá, que ora se debruça sobre a *pawlatsche* que dá para o pátio[50] ora se esconde atrás de uma porta, se engraça comigo. Diante de seus olhares, não sei como me sinto, se indiferente, envergonhado, jovem ou velho, se atrevido ou afeiçoado, se mantenho as mãos para trás ou para a frente, se sinto frio ou calor, se sou um amante dos animais ou um homem de negócios, amigo de Haman ou alguém que lhe vem pedir ajuda, se sou superior aos participantes de uma reunião que, vez por outra, descrevem

48 A quinze quilômetros de Praga, na direção de Pilsen. **49** Revista quinzenal que, em sua edição de 15 de outubro de 1911, trazia um artigo de Max Brod sobre Robert Walser. **50** Palavra tcheca (*pavlač*) incorporada ao alemão austríaco: “sacada comum que une vários apartamentos”.

uma curva ininterrupta que vai e volta entre o restaurante e o mictório ou se sou ridículo, por causa de meu terno leve, se judeu ou cristão, e assim por diante. Caminhar de um lado para outro, limpar o nariz, dar uma lidinha rápida na *Pan*, evitar medrosamente dirigir os olhos para a *pawlatsche* para, de repente, descobri-la vazia, contemplar as galinhas, deixar-me cumprimentar por um homem, ver através da janela do restaurante os rostos planos um ao lado do outro, todos inclinados e voltados para um orador — tudo isso contribui para tanto. O sr. Haman, que de vez em quando deixa a reunião e a quem peço que use a nosso favor sua influência sobre o escriturário, que foi ele próprio a levar para nossa loja. Barba castanho-escura crescendo à volta das maçãs do rosto e no queixo, olhos negros, as tonalidades mais escuras entre os olhos e a barba. Ele é amigo de meu pai, eu o conheço desde criança, e a ideia de que ele era torrefador de café sempre o fez parecer para mim mais escuro e másculo do que era.

17/10/11

Não consigo terminar nada, porque não tenho tempo e sinto em mim uma grande urgência. Se tivesse o dia livre, se essa inquietude matinal se intensificasse em mim até o meio-dia e se desgastasse até o fim da tarde, aí eu poderia dormir. O que ocorre, porém, é que resta para essa inquietude no máximo uma horinha do crepúsculo, quando então ela se intensifica um pouco, é reprimida e escava-me uma noite inútil e danosa. Vou aguentar isso por muito tempo? E com que propósito? Terei, então, tempo?

—

Quando penso neste episódio — à mesa da corte em Erfurt, Napoleão conta: “Quando eu ainda era mero tenente no 5º Regimento...”. (Suas Altezas Reais se entreolham embaraçadas, Napoleão nota e se corrige.) “Quando eu tinha ainda a honra de ser mero tenente...” —, as veias no meu pescoço se incham de um orgulho com que facilmente me identifico e que, artificial, toma conta de mim.[51]

—

51 Provavelmente, citação de um compêndio de histórias de Napoleão compilado e editado por Gustav Kuntze (*Napoleon-Anekdoten*, 1908).

Ainda em Radotin, caminhei, então, sozinho e morrendo de frio, pelo relvado do jardim e reconheci à janela aberta a babá que peregrinara comigo até aquele lado do prédio...

20/10/11
Dia 18 em casa de Max, escrevendo sobre Paris. Escrevendo mal, sem de fato alcançar aquela liberdade da verdadeira descrição que nos desprende da experiência vivida. Estava também atordoado depois da grande exaltação da véspera, que terminara com a leitura de Löwy. Durante o dia, meu estado de espírito ainda não apresentava nada de extraordinário; fui com Max buscar a mãe dele, que chegara de Gablonz, estive com os dois num café e, depois, em casa de Max, que tocou para mim uma dança cigana de *A bela moça de Perth*.[52] Uma dança em que, ao longo de páginas da partitura, apenas os quadris balançam a um tique-taque monótono, e o rosto exibe uma expressão lenta e carinhosa. Até que, mais para o final, chega, breve e tardia, a ferocidade interior invocada, sacode o corpo, apodera-se dele, comprime a melodia, jogando-a para cima e para baixo (ouvem-se aí sobretudo notas amargas e abafadas), e culmina, por fim, sem chamar atenção. No princípio, e sem que isso se perca ao longo da peça, uma forte proximidade com o espírito cigano, talvez porque um povo tão frenético em sua dança se mostre sereno apenas a um amigo. Impressão de grande verdade da primeira dança. Depois, folheei o *Aussprüche Napoleons*.[53] Como, por um momento, nos tornamos facilmente um pedacinho da própria ideia gigantesca que fazemos de Napoleão! Em seguida, fui para casa já fervendo, incapaz de resistir a uma única de minhas ideias, desordenado, prenhe, desgrenhado, inchado, em meio aos móveis a girar ao meu redor; acompanhado de minhas dores e preocupações, ocupando o maior espaço possível — porque, a despeito de minhas proporções, estava muito nervoso —, entrei na sala de conferências. Fosse eu um espectador, logo teria reconhecido meu estado pelo modo como, por exemplo, me encontrava sentado ali, sentado de fato. Löwy leu textos humorísticos de Scholem Aleichem; depois, um conto de Peretz, um poema de Bialik (somente nesse caso, e a fim de popularizar seu poema, que explora o pogrom de Kichinev em prol do futuro dos judeus, o

52 Do segundo ato de *La Jolie Fille de Perth*, ópera de Georges Bizet. **53** Kafka possuía entre seus livros um volume intitulado *Ditos e palavras famosas de Napoleão, da Córsega a Sta. Helena* (Leipzig, 1906).

poeta condescendeu em trocar o hebraico pelo iídiche, para o qual traduziu ele próprio o original) e "Die Lichtverkäuferin", de Rosenfeld.[54] Recorrente e natural no ator, o arregalar dos olhos, que assim permanecem por um instante emoldurados pelas sobrancelhas erguidas. A verdade absoluta de toda a leitura; o débil alçar do braço direito a partir do ombro; o ajeitar do pincenê, tão mal assentado no nariz que parece emprestado; a posição da perna debaixo da mesa, tão esticada que põe em atividade sobretudo os ossos frágeis que ligam a coxa ao restante; a curvatura das costas, que parecem fracas e lastimáveis, uma vez que o observador não se deixa enganar em seu juízo quando defrontado com costas uniformes e homogêneas, ao contrário do que pode acontecer à contemplação do rosto, em virtude dos olhos, das reentrâncias e protuberâncias das faces e ainda de um ou outro detalhe, mesmo que apenas um restolho de barba. Depois da leitura, a caminho de casa, senti reunidas em mim todas as minhas capacidades, razão pela qual queixei-me a minhas irmãs e, já de volta, até mesmo a minha mãe.

—

No dia 19, em casa do dr. Kafka por causa da fábrica. A ligeira hostilidade teórica que sempre surge entre as partes no momento de fechar um contrato. Como busquei com os olhos o rosto de Karl, voltado para o doutor. É muito mais provável que essa hostilidade se manifeste entre duas pessoas em geral não acostumadas a analisar sua relação e que, assim, tropeçam a cada pequeno detalhe. — O costume do dr. Kafka de caminhar em diagonal pela sala, o tronco rijo, respeitável, pendendo para a frente, enquanto relata algo e, muitas vezes, de, no fim dessa diagonal, bater a cinza do cigarro num dos três cinzeiros distribuídos pelo cômodo.

—

54 Scholem Aleichem, pseudônimo de Solomon Yakov Rabinovitch (1859-1916), é autor, entre muitas outras obras, da coletânea de contos que daria origem ao musical *Um violinista no telhado* (1964). Isaac Loeb Peretz (1852-1915) foi um dos autores mais populares da literatura iídiche. Chaim Nachman Bialik (1873-1934). O poema de Bialik sobre o pogrom de 1903 em Kichinev (então Bessarábia, hoje Chişinău, na Moldávia), intitula-se "Na cidade do massacre". Morris Rosenfeld (1862-1923) é o autor do poema mencionado a seguir, "A vendedora de velas".

Hoje cedo fui à Löwy und Winterberg.[55] O modo como o chefe se acomoda de lado em sua cadeira de braços, a fim de criar espaço e apoio para seus gestos de judeu oriental. A interação das expressões das mãos e do rosto e como elas se reforçam mutuamente. Vez por outra, ele junta as duas coisas ao contemplar as mãos ou mantê-las perto do rosto, para conforto do interlocutor. A melodia do templo ressoa em sua fala; sobretudo quando enumera diferentes pontos, ele conduz a melodia de um dedo a outro como se por diversos registros. Depois, no Graben, encontrei meu pai com um certo sr. Preißler, que chega a levantar a mão para que a manga recue um pouco (não quer arregaçá-la ele próprio) e, em pleno Graben, faz portentosos movimentos de parafuso, descendo e abrindo a mão e estirando os dedos

—

É provável que eu esteja doente, desde ontem sinto comichões pelo corpo todo. À tarde, meu rosto estava tão quente e exibia cores tão diversas que temi, ao cortar o cabelo, que o ajudante de barbeiro, o qual podia me ver e ver também minha imagem no espelho, fosse reconhecer em mim alguma doença grave. Sinto uma perturbação parcial da ligação entre estômago e boca, uma tampa do tamanho de um florim sobe e desce ou fica lá embaixo, irradiando uma leve pressão que se alça e espalha pela superfície do peito.

—

Ainda em Radotin: convidei-a a descer. A primeira resposta foi séria, embora até aquele momento ela, em companhia da menina sob seus cuidados, tivesse me dirigido risadinhas e coquetices que jamais teria ousado dirigir-me depois de nos conhecermos. Então, rimos um bocado juntos, ainda que eu congelasse cá embaixo e ela, lá em cima, à janela aberta. Apertava os seios contra os braços cruzados e, claramente com os joelhos dobrados, comprimia-se contra o parapeito da janela. Tinha dezessete anos e achou que eu tinha quinze ou dezesseis, ideia da qual toda a nossa conversa não logrou demovê-la. O nariz pequeno descia um pouco torto e, por isso, lançava uma sombra incomum sobre a maçã do rosto, o que, de resto, não teria sido capaz de contribuir para que eu a reconhecesse. Não era de Radotin, e sim de Chuchle (a estação seguinte na

55 Trata-se de uma madeireira.

direção de Praga), algo que não desejava que fosse esquecido. Depois, passeio com o escriturário, que teria permanecido em nossa loja ainda que eu não tivesse feito aquela viagem; caminhamos no escuro pela estradinha que parte de Radotin rumo à estação ferroviária. De um lado, colinas ermas em virtude de sua exploração por uma fábrica de cimento que dali extrai areia calcária. Antigos moinhos. História de um choupo arrancado da terra por um redemoinho, juntamente com suas raízes, de início fincadas a pique no chão, depois espraiadas. O rosto do escriturário: carne avermelhada e pastosa sobre ossos fortes; parece cansado, mas, dentro de suas limitações, robusto. Nem mesmo seu tom de voz trai algum espanto por estarmos passeando juntos ali. Um grande campo no meio do povoado, comprado por precaução por uma fábrica, ainda sem uso algum e rodeado de edificações fabris iluminadas apenas parcialmente por forte luz elétrica. Lua clara, cheia de luz, daí a fumaça com aspecto de nuvem proveniente de uma chaminé. Sinalização ferroviária. Farfalhar de ratos à beira do longo caminho que cruza o campo e que a população local utiliza contra a vontade da fábrica.

—

Exemplos do tanto que me revigora este meu escrever ainda insignificante em seu conjunto:

Na segunda 16, fui com Löwy ao Teatro Nacional assistir à *Dubrovnická trilogie.*[56] Peça e encenação lamentáveis. Do primeiro ato, guardo na memória tão somente o belo som do relógio na lareira; a *Marselhesa* cantada diante da janela pelos franceses que entram na cidade; a melodia que vai esmorecendo mas é a todo momento retomada e revigorada pelos que chegam; uma moça vestida de preto a lançar sua sombra pelas faixas de luz que o sol poente desenha no parquê. Do segundo ato, fica-me apenas o pescoço delicado que, a partir dos ombros de uma moça, envoltos num vestido marrom-avermelhado entre mangas bufantes, se alonga e distende rumo à cabeça pequena. E, do terceiro ato, a sobrecasaca amarrotada e o colete escuro estampado, atravessado pela corrente dourada do relógio, de

56 Peça do escritor Ivo Vojnović (1857-1929), nascido em Dubrovnik.

um velho e encurvado descendente dos antigos gospodares.[57] Não é muito, portanto. Além disso, L[öwy]. confessou-me estar com gonorreia; depois, ao me inclinar na direção dele, meu cabelo tocou o seu, e fiquei com medo dos eventuais piolhos, possíveis afinal; os lugares tinham custado caro, e eu, péssimo benfeitor, havia jogado dinheiro fora, ao passo que ele estava necessitado e, por fim, aborreceu-se ainda mais que eu. Em suma, eu tinha mais uma vez comprovado o infortúnio de todas as iniciativas que tomo sozinho. Contudo, se em geral me uno inseparavelmente a esse infortúnio, evoco todos os casos anteriores, assumo todos os posteriores, dessa vez mantive uma independência quase completa, suportei tudo com muita facilidade, como um caso isolado, e inclusive senti pela primeira vez no teatro minha cabeça, como espectador, alçar-se da escuridão conjunta dos assentos e dos corpos rumo a uma luz especial, a despeito da ocasião ruim oferecida por essa peça e sua encenação.

Um segundo exemplo: ontem à noite, na Mariengasse, estendi ambas as mãos a um só tempo a minhas duas cunhadas,[58] e com uma destreza como se fossem duas mãos direitas, e eu, duas pessoas.

21/10/11

Um exemplo contrário: não consigo olhar meu chefe nos olhos por muito tempo, quando ele vem me consultar sobre assuntos do escritório (hoje, sobre o fichário), sem que, contra toda a minha vontade, meu olhar demonstre uma leve amargura que acaba por desviar seu olhar ou o meu. Seu olhar desvia-se por menos tempo, mas com maior frequência; como ele não tem consciência do motivo para tanto, cede a todo incentivo para desviar os olhos, mas seu olhar logo retorna, acreditando ele tratar-se apenas de um cansaço momentâneo dos olhos. Eu, contudo, me defendo dele com força ainda maior, acelero o ziguezaguear dos meus olhos, prefiro contemplar-lhe a extensão do nariz e as sombras até as maçãs do rosto, mantenho-me voltado para ele muitas vezes apenas com o auxílio dos dentes e da língua na boca fechada; se necessário, por certo baixo os olhos, nunca além da gravata, mas logo dou de cara com os seus, quando ele desvia o olhar e eu o sigo com precisão e sem nenhum escrúpulo.

57 Gospodar ou hospodar (senhor) era o título dos príncipes da Moldávia e da Valáquia, antigos principados à beira do Danúbio. **58** Provavelmente, as irmãs de Karl Hermann, cunhado de Kafka.

—

Os atores judeus. A sra. Tschisik exibe saliências nas bochechas, perto da boca. Seu surgimento se deve em parte às maçãs encovadas, resultantes dos sofrimentos causados pela fome, pelos partos, pelas viagens e por suas atuações, e em parte aos músculos relaxados e incomuns que a boca grande e, de início, por certo lenta, precisou desenvolver para realizar os movimentos teatrais. Como Sulamita, usava os cabelos soltos a maior parte do tempo, cobrindo-lhe o rosto que, vez por outra, tinha o aspecto do de uma moça de tempos antigos. Seu corpo é grande, ossudo, de robustez mediana, o corpete o mantém bem apertado. O andar adquire facilmente algo de solene, porque ela tem o costume de erguer, esticar e mover lentamente os braços compridos. Sobretudo ao cantar o hino nacional judaico,[59] o leve balançar das grandes ancas e, paralelamente a elas, os braços arqueados subindo e descendo com as mãos em concha, como se ela brincasse com uma bola voando lenta.

22/10/11

Ontem com os judeus, *Kol-Nidrei* de Scharkansky, uma peça bastante ruim com uma cena boa e engraçada sobre a escritura de uma carta, uma oração dos amantes postados lado a lado com as palmas das mãos coladas e com o Grande Inquisidor, convertido, encostado à cortina da Arca da Aliança; ele sobe o degrau e permanece ali, a cabeça inclinada, os lábios junto da cortina, segurando o livro de orações diante dos dentes que batem. Nessa quarta noite, pela primeira vez, minha nítida incapacidade de obter uma impressão pura. Culpa também de nosso grupo grande e das visitas à mesa de minha irmã.[60] Apesar disso, eu não poderia ter sido tão fraco. Com meu amor pela sra. Tschisik, que somente graças a Max sentou-se a meu lado, portei-me miseravelmente. Mas vou me recuperar, já agora estou melhor.

—

Também à mesa, enquanto come o assado de ganso, a sra. Tschisik (gosto tanto de escrever seu nome) aprecia tombar a cabeça; cremos penetrar por

59 "A esperança", composta em 1878 por Naphtali Herz Imber, tornou-se o hino oficial do movimento sionista e é hoje o hino nacional de Israel. **60** Provavelmente, Ottla.

debaixo de suas pálpebras quando, de início, contemplamos cuidadosamente o rosto para, depois, fazendo-nos pequenos, nos esgueirarmos lá para dentro sem nem precisar erguer as pálpebras, que já estão levantadas e irradiam justamente o brilho azulado que nos seduz a tentar. Do vasto repertório de verdadeira atriz, surgem aqui e ali arremetidas do punho, giros do braço a desenhar caudas pregueadas e invisíveis em torno do corpo, o pousar dos dedos estirados sobre o peito, porque o grito sem arte não basta. Sua atuação não é variegada: o olhar assustado para aquele que contracena com ela; a busca de uma saída no palco pequeno; a voz suave, que, subindo aos poucos, torna-se heroica sem nenhuma amplificação, apenas com o auxílio de grande ressonância interior; a alegria que a invade, subindo pelo rosto que se abre e, irradiando-se para além da testa alta, chega aos cabelos; a autossuficiência do canto solo que não se vale de nenhum outro recurso; seu empertigar-se ao resistir, que obriga o espectador a se preocupar com seu corpo todo; e não muito mais. Mas lá está a verdade do todo e, em consequência disso, a convicção de que não se pode tomar dela nem o mais mínimo dos efeitos que produz.

—

A compaixão que sentimos por esses atores, que são tão bons, não ganham nada e de modo geral nem de longe recebem o reconhecimento e a glória que merecem, é na verdade a compaixão pelo triste destino de tantas aspirações nobres, e sobretudo das nossas. Por isso ela possui força tão desproporcional: porque, exteriormente, se destina a outros, ao passo que, na realidade, nos pertence. Apesar disso, está tão intimamente vinculada aos atores que nem mesmo agora consigo desatrelá-la deles. O fato de eu o reconhecer faz com que, num ato de desafio, ela se vincule ainda mais a eles.

—

A maciez das maçãs do rosto da sra. Tschisik chama atenção ao lado da boca musculosa. Sua filhinha algo informe

—

Passeei por três horas com Löwy e com minha irmã.[61]

61 Provavelmente, Ottla.

23/10/11
Sempre para meu espanto, os atores vivem me convencendo com sua presença de que a maior parte do que escrevi sobre eles até agora é falso. Isso porque o amor com que escrevo é sempre o mesmo (somente agora, ao registrá-lo, também isso se torna falso), mas a força com que escrevo muda, e essa força cambiante não ressoa alto e corretamente nos atores em si, mas se perde, abafada, naquele amor, que jamais se contentará com tal força e, contendo-a, crê protegê-los.

—

Discussão entre Tschisik e Löwy. T.: Edelstadt é o maior escritor judeu. Ele é sublime. Rosenfeld também é, naturalmente, um grande escritor, mas não o melhor. Löwy: Tsch. é socialista, e como Edelstadt escreve poemas socialistas e edita um jornal socialista judeu de Londres, Tsch. o considera o maior de todos. Mas quem é Edelstadt? Seu partido o conhece, e ninguém mais, ao passo que o mundo todo conhece Rosenfeld. — Tsch.: Não é o reconhecimento que importa. Tudo que Edelstadt escreve é sublime. — L.: Eu também o conheço muito bem. "O suicida", por exemplo, é muito bom. — Tsch.: Para que discutir? Concordar, não vamos. Vou manter minha opinião até amanhã, e você a sua. — L.: Eu, até depois de amanhã.[62]

—

Goldfaden, casado, perdulário, mesmo na maior miséria. Cerca de cem peças. Deu a melodias litúrgicas roubadas um estilo popular. O povo todo as canta. O alfaiate enquanto trabalha (imitação do alfaiate), a criada etc.

—

62 David Edelstadt (1866-92) foi um dos primeiros autores socialistas da literatura em iídiche. Emigrou da Rússia para os Estados Unidos em 1882, trabalhou como alfaiate e juntou-se a um grupo anarquista cujo jornal, *A Voz dos Trabalhadores Livres*, editou a partir de 1890. Sua obra reunida foi publicada em 1910, em Londres. Morto aos 26 anos, tornou-se um herói do ainda nascente movimento operário judeu. Morris Rosenfeld também emigrou da Rússia para os Estados Unidos, com uma passagem por Londres, e trabalhou como alfaiate. Sua obra foi além das fronteiras do movimento operário, tendo sido traduzida para várias línguas. Ambos tiveram papel decisivo no desenvolvimento da literatura iídiche.

Um espaço tão pequeno para se vestir, como diz a Tschisik, só pode dar briga. Os atores saem de cena agitados, cada um deles se considera o maior e, se um pisa no pé do outro, por exemplo, o que é inevitável, está armada não só a confusão, mas uma grande batalha. Em Varsóvia, eram 75 pequenos camarins individuais, todos iluminados

—

Às seis, encontrei os atores em seu café, sentados à volta de duas mesas e organizados de acordo com os dois grupos rivais. Sobre a mesa do grupo da Tsch., um livro de Peretz. L[öwy]. acabara de fechá-lo e se levantou para sairmos.

—

Até os vinte anos, L[öwy]. era um *bocher*[63] que estudava e gastava o dinheiro do pai abastado. Tinham lá uma turma de jovens da mesma idade que, bem aos sábados, se encontravam num bar fechado e, trajando cafetã, fumavam e pecavam contra outros mandamentos relativos aos dias sagrados.

—

"O grande Adler", o mais famoso ator do teatro iídiche de Nova York, milionário, para quem Gordon escreveu *Der wilde Mensch* [O homem selvagem] e a quem, em Karlsbad, L[öwy]. pediu que não fosse assistir ao espetáculo, porque, diante dele, não teria coragem de atuar naquele seu palco tão mal-ajambrado.[64] — Cenários ao menos, e não esse palco miserável, sobre o qual nem podemos nos movimentar. Como encenar *Der wilde Mensch*? Para tanto, é necessário um divã. No Palácio de Cristal de Leipzig, foi grandioso. Janelas que se podiam abrir, o sol entrava; a peça pedia um trono, e lá estava o trono; atravessava a multidão em direção a ele, e era de fato um rei. Assim fica muito mais fácil representar. Aqui, tudo confunde.

63 Iídiche: "jovem", "estudante de escola talmúdica". **64** Jacob P. Adler (1855-1926), integrante da trupe de Abraham Goldfaden na Rússia, emigrou para Nova York via Londres e, a partir de 1891, trabalhou com o dramaturgo Jakob Gordin (1853-1909). O papel principal em *Der wilde Mensch* foi dos maiores de sua carreira. Kafka se equivoca na grafia do sobrenome do autor.

24/10/11

Minha mãe trabalha o dia todo, alegre ou triste, como tiver de ser, sem nunca levar em conta sua situação pessoal; sua voz é aguda, alta demais para a conversação habitual, mas benfazeja quando se está triste e, de repente, se ouve essa voz. Há tempos reclamo de estar sempre doente mas de não ter uma doença específica que me obrigue a ficar de cama. Em grande parte, esse desejo remonta sem dúvida ao fato de eu saber da capacidade dela de me consolar, quando, por exemplo, ela deixa a sala iluminada em direção à penumbra do quarto do enfermo, ou quando, no fim da tarde, com o dia que começa a se transformar uniformemente em noite, ela volta da loja com suas preocupações e providências rápidas e, já tão tarde, faz recomeçar o dia, animando o doente a ajudá-la. Isso é que eu desejaria ter de novo, porque aí estaria fraco e, por isso mesmo, convencido de tudo que minha mãe fizesse, e poderia então, dotado agora da capacidade mais clara de sentir prazer da idade adulta, gozar de uma alegria infantil. Ontem me ocorreu que, se nem sempre a amei como ela merecia e como poderia fazê-lo, disso me impediu única e exclusivamente a língua alemã. A mãe judia não é uma *Mutter*; a palavra *Mutter* [mãe] a torna algo cômica (não a seus próprios olhos, porque estamos na Alemanha); caracterizamos uma mulher judia como mãe alemã, mas nos esquecemos da contradição, que, assim, tanto mais pesada se faz em nosso sentimento; *Mutter* é muito alemão para o judeu, carrega consigo inconscientemente, além do esplendor cristão, a frieza cristã, o que faz da mulher judia assim designada não apenas cômica, mas estranha também. *Mama* seria melhor, se pelo menos não se imaginasse por trás desse substantivo a *Mutter*. Acredito que só as lembranças do gueto conservam a família judia, porque também a palavra *Vater* [pai] não caracteriza nem de longe o pai judeu.

—

Hoje, estive diante do conselheiro Lederer, que, de maneira inesperada, indesejada, infantil, mentirosa, ridícula e de esgotar a paciência, perguntou sobre minha enfermidade.[65] Fazia muito tempo que não conversávamos sobre intimidades, ou talvez nunca o tenhamos feito, e senti então como meu rosto, que ele jamais contemplara com tanta atenção, lhe

65 Eugen Lederer, conselheiro imperial e diretor do departamento de acidentes de trabalho do AUVA, setor para o qual Kafka foi temporariamente transferido de abril a setembro de 1909.

revelou porções falsas, mal compreendidas, mas que, de todo modo, o surpreenderam. A mim, pareci-me irreconhecível. A ele, conheço muito bem.

26/10/11
Quinta-feira. Durante toda a tarde de ontem, Löwy fez uma leitura de *Gott, Mensch und Teufel* [Deus, homem e diabo], de Gordin, e, depois, de seus próprios diários de Paris. Anteontem, fui ver *Der wilde Mensch*, de Gordin. — Gordin é melhor que Lateiner, Scharkansky, Feinmann etc.,[66] porque apresenta mais detalhes, mais ordem e mais lógica nessa sua ordem; em compensação já não há propriamente nele o judaísmo imediato, literalmente improvisado das outras peças; o ruído de seu judaísmo soa mais abafado e, por isso mesmo, menos detalhado. Concessões são, de fato, feitas ao público, e por vezes cremos precisar esticar o pescoço para conseguir ver a peça por sobre a cabeça do público judeu nova-iorquino de teatro (a figura do homem selvagem, toda a história da sra. Selde); pior, no entanto, é que concessões palpáveis são feitas a algum tipo de arte intuída; que, em *Der wilde Mensch*, por exemplo, hesitações façam a ação oscilar por todo um ato; que o homem selvagem profira discursos humanamente ininteligíveis e literariamente tão toscos que preferimos fechar os olhos, o mesmo acontecendo com a moça mais velha em *Gott, Mensch und Teufel*. Em parte, é bastante audacioso o enredo de *Der wilde Mensch*. Uma jovem viúva casa-se com um velho, pai de quatro filhos, e leva consigo o amante para o casamento, Wladimir Worobejtschik. Os dois arruínam então a família inteira: Schmut Leiblich (Pipes) tem de entregar todo o seu dinheiro e adoece; o filho mais velho, o estudante Simon (Klug), vai embora de casa; Alexander vira um jogador e um beberrão; Lise (Tschisik) torna-se prostituta; e Lemech (Löwy), o idiota, é levado à idiotia e à loucura pela sra. Selde — de ódio, por ela ter substituído sua mãe, e de amor, por se tratar da primeira jovem mulher que lhe é próxima. Conduzida a tal extremo, a ação se resolve com o assassinato da Selde por Lemech. Todas as demais personagens permanecem incompletas e desamparadas na lembrança do espectador. A invenção dessa mulher e de seu amante, uma invenção que não pede a opinião de ninguém, ensejou em mim uma autoconfiança confusa e diversa.

66 Sigmund Feinmann (1862-1919).

A impressão discreta que o programa da peça provoca. Ele informa não apenas os nomes das personagens, mas também alguma coisa a mais sobre elas, embora tão somente o que o público, mesmo o mais benevolente e frio, precisa saber sobre uma família que será submetida a seu julgamento. Schmut Leiblich é um "rico comerciante", mas não se diz que é velho e adoentado, um mulherengo ridículo, mau pai e viúvo ímpio, que se casa no aniversário da morte da primeira mulher. E, no entanto, todas essas caracterizações seriam mais corretas do que aquela que consta do programa, uma vez que, no final da peça, ele já não é rico, porque Selde roubou todo o seu dinheiro, e quase não é mais comerciante, porque negligenciou sua loja. No programa, Simon é "um estudante", ou seja, algo bastante vago, que, pelo que sabemos, muitos filhos de nossos conhecidos mais distantes também são. Alexander, esse jovem desprovido de caráter, é apenas "Alexander", e também de "Lise", a mocinha caseira, só sabemos que é "Lise". Lemech, infelizmente, é "um idiota", porque trata-se aí de algo que não se pode ocultar. Wladimir Worobejtschik é tão somente "amante de Selde", e não aquele que arruína toda uma família, não o beberrão, o jogador, o libertino, o vagabundo, o parasita. De fato, "amante de Selde" é designação que diz muito, mas, no tocante a seu comportamento, é o mínimo que se pode dizer. Além disso, o local da ação é a Rússia; as personagens, nem bem reunidas, encontram-se ou espalhadas por um território gigantesco ou num ponto não revelado dele; em resumo, a peça tornou-se impossível, o espectador nada verá / Apesar disso, ela começa, os poderes evidentemente grandes do autor põem-se em ação, coisas vêm à luz que ninguém imaginaria daquelas personagens constantes do programa mas que com toda a certeza lhes cabem, basta que se queira acreditar nas chicotadas, no arrancar à força, nos golpes, nos tapinhas nos ombros, nos desmaios, nas gargantas cortadas, no claudicar, nas danças com botas russas ou com a saia levantada, no rolar sobre o canapé, porque, afinal, essas são coisas que não admitem contestação. Nem é necessária, no entanto, a lembrança do auge da agitação vivida pelo espectador para reconhecer que a impressão discreta provocada pelo programa da peça é uma impressão falsa, que só pode se formar após a encenação mas que já será aí incorreta e mesmo impossível, uma impressão que só pode manifestar-se num espectador cansado e distante, já que aquele que julga com honestidade não poderá ver nenhuma relação entre o programa e a encenação.

Programm

Dienstag, den 24. Oktober 1911

I. Abteilung:

1) Musik
2) Herr Tschisik, Couplettist
3) Frau Flora Klug, Herrenimitator

~ Pause ~

II. Abteilung:

Der wilde Mensch

Personen:

Schmuel Leiblich, ein reicher Kaufmann		Herr M. Pipes
Selde, seine zweite Frau		Frau Klug
Simon, ein Student	seine Kinder	Herr Klug
Alexander,		" R. Pipes
Lemech, ein Idiot		" Löwy
Lise		Frau Tschisik
Schifre, Dienstmagd bei Leiblich		" Urych
Wladimir Warobejtschik, Seldes Geliebter		Herr Tschisik

Ort der Handlung: Russland.

A partir da barra aí acima, escrito com desespero, porque hoje o jogo de cartas está muito barulhento, e sou obrigado a me sentar à mesa com todos; O[ttla]. ri com todos os dentes, levanta-se, senta, estende as mãos por cima da mesa, fala comigo, e eu, para completar minha infelicidade, escrevo muito mal e só posso pensar nas boas lembranças parisienses de Löwy, escritas com um sentimento ininterrupto e provindas de um ardor que é só dele, ao passo que eu, pelo menos neste momento, e com certeza sobretudo pelo pouco tempo que tenho, vejo-me quase inteiramente sob a influência de Max, o que por vezes, para piorar, ainda me estraga a alegria que seus escritos me dão. Porque me consola, copio aqui uma observação autobiográfica de Shaw,[67] embora ela consista no oposto de um consolo. Ainda rapaz, ele foi aprendiz no escritório de um agente imobiliário em Dublin. Logo desistiu do posto, viajou para Londres e se tornou escritor. Nos primeiros nove anos, de 1876 a 1885, ganhou ao todo 140 coroas. "Mas, embora eu fosse um jovem forte e minha família estivesse em situação ruim, não me lancei à luta pelo pão de cada dia; lancei mão, sim, de minha mãe, e deixei que ela me sustentasse. Não dei nenhum apoio a meu velho pai; pelo contrário, agarrei-me à aba de seu casaco." De resto, isso pouco me consola. Para mim, os anos de liberdade que ele passou em Londres estão no passado, a felicidade possível transforma-se cada vez mais em impossível, levo uma vida horrorosa, um sucedâneo de vida, e sou covarde e infeliz o bastante para seguir seus passos tão somente lendo essa passagem para meus pais. Como rebrilha diante de meus olhos abertos essa vida possível, com as cores do aço, com suas barras de aço estiradas e, de entremeio, o vento e a escuridão!

27/10/11
Os relatos e os diários de Löwy:
como Notre-Dame o assusta, como o arrebata o tigre no Jardin des Plantes, como representação do desesperado e do esperançoso, que sacia desespero e esperança com comida; como, em sua imaginação, seu devoto pai o interroga, querendo saber se pode passear a pé no sábado, se agora tem tempo para ler livros modernos, se pode comer nos dias de jejum, ao

67 Do prefácio para o segundo romance de Shaw, *The Irrational Knot* (O nó irracional), de 1905, publicado em tradução alemã em 1908.

verschweigen lässt. Vladimir Worobeitschik
ist nur „Seldes Geliebter" aber nicht der Ver-
derber einer Familie, nicht Säufer, Spieler,
Wüstling, Nichtstuer, Parasit. Mit der Be-
zeichnung „Seldes Geliebter" ist zwar viel
verraten mit Rücksicht auf sein Benehmen
aber ist es das wenigste, was man sagen
kann. Wann ist überdies der Ort der
Handlung Russland, die kaum gesammel-
ten Personen sind über ein ungeheures
Gebiet verstreut oder auf einem kleinen
nicht verratenen Punkt dieses Gebietes ge-
sammelt, kurz das Stück ist unmöglich
geworden, der Zuschauer wird nichts zu
sehn bekommen. Trotzdem beginnt das
Stück, die offenbar grossen Kräfte des
Verfassers arbeiten, es kommen Dinge zutage
die den Personen des Teaterzettels nicht
zuzutrauen sind, die ihnen aber mit der
grössten Sicherheit zukommen und wenn
man nur den Leitsätzen Wegreissen, Schlagen,
Achselnbeklopfen, Ohnmächtigwerden, Hals-
abschneiden, Hinken, Tanzen in russischen Stulpen-
stiefeln, Tanzen mit gehobenen Frauenröcken
Wälzen auf dem Kanapee glauben wollte

passo que, no sábado, Löwy precisa trabalhar, não tem tempo para nada e jejua mais do que jamais prescreveu religião alguma. Quando passeia pelas ruas mastigando seu pão de centeio parece, de longe, estar comendo chocolate. O trabalho na fábrica de bonés e seu amigo, o socialista, que considera burguês todo mundo que não trabalha exatamente como ele — Löwy, por exemplo, com suas mãos delicadas —, que se entedia aos domingos, que desdenha a leitura como coisa luxuosa, que nem sabe ler e, ironicamente, pede a Löwy que leia para ele uma carta que recebeu.

—

A água para a purificação que, na Rússia, toda comunidade judaica possui e que eu imagino numa cabine dotada de uma bacia de contornos definidos com precisão, com instalações prescritas e supervisionadas pelo rabino; a essa água cabe lavar apenas a sujeira terrena da alma, sua natureza exterior é, pois, indiferente; ela pode ser um símbolo sujo e malcheiroso, o que de fato é, mas cumpre seu propósito. A mulher vai até ela para se purificar da menstruação, o escriba da Torá, para, antes de copiar a última frase de uma seção, purificar-se de todo pensamento pecaminoso.

—

O costume de, logo ao acordar, mergulhar os dedos três vezes na água, porque os espíritos maus instalam-se durante a noite na segunda e na terceira falange. Explicação racionalista: trata-se de impedir que os dedos sejam de pronto levados ao rosto, uma vez que, sem controle durante o sono e o sonho, eles podem ter tocado as mais diversas partes do corpo, como as axilas, o traseiro e os genitais.

—

O camarim atrás do palco é tão estreito que, se ocorre de um ator postar-se casualmente diante do espelho atrás da cortina do palco e de outro ator querer passar por ali, este terá de levantar a cortina e, sem o desejar, expor-se por um instante ao público.[68]

—

68 Fala-se aqui do Café Savoy.

Superstição: beber de um copo defeituoso dá aos maus espíritos acesso ao corpo.

—

Quão doloridos os atores me pareceram depois do espetáculo; receei tocá-los até mesmo com uma palavra breve. Preferi ir-me embora depois de um fugaz aperto de mão, como se estivesse bravo e insatisfeito com a impossibilidade de expressar a verdade da minha impressão. Todos me pareceram equivocados, à exceção de Max, que, serenamente, disse alguma coisa sem substância. Equivocado mostrou-se, porém, o que perguntou sobre um detalhe insignificante, equivocado o que deu uma resposta jocosa a uma observação do ator, equivocado o que reagiu com ironia, equivocado o que começou a desfiar suas variadas impressões — uma corja corretamente amontoada no fundo da sala e que, agora, tarde da noite, se levantou e voltou a se dar conta de sua importância. (Muito distante do correto)

28/10/11

Um sentimento parecido tomou conta de mim também, mas, perfeitas, não me pareceram nessa noite nem a atuação nem a peça.[69] Precisamente isso obrigou-me a um especial sentimento de reverência para com os atores. Quem é que sabe de quem é a culpa pelas pequenas mas numerosas falhas na impressão transmitida? Em dado momento, a sra. Tschisik pisou na barra do próprio vestido e, qual um pilar maciço, claudicou por um instante em seu principesco traje de prostituta; em outro, errou a fala e, para sossegar a língua, voltou-se num movimento brusco para o fundo do palco, embora isso não correspondesse às palavras que dizia; isso me confundiu, sem contudo impedir o arrepio nas faces que sempre sinto ao ouvir sua voz. Como, porém, meus conhecidos haviam tido uma impressão bem mais impura que a minha, pareciam-me obrigados a reverência ainda maior, até porque, na minha opinião, a reverência deles teria importado muito mais que a minha, razão pela qual tive motivo dobrado para amaldiçoar seu comportamento.

—

69 Refere-se à encenação de *Der wilde Mensch* de 24 de outubro de 1911.

"Axiomas sobre o drama", de Max, na *Schaubühne*.[70] Tem bem o caráter de uma verdade onírica, e com isso combina o termo "axioma". Quanto mais ela se infla em seu caráter onírico, tanto mais serenamente nos cabe abordá-la. São os seguintes os princípios enunciados:

A tese é a de que a essência do drama se assenta numa falta.

O drama (no palco) é mais exaustivo que o romance, porque vemos tudo aquilo sobre o que, no romance, apenas lemos.

Isso é mera aparência, porque, no romance, o autor pode nos mostrar tão somente o que é importante, ao passo que no drama vemos tudo, o ator, o cenário e, portanto, não apenas o que importa, ou seja, vemos menos. Do ponto de vista do romance, o melhor drama seria, pois, uma peça inteiramente carente de estímulos, um drama filosófico, por exemplo, lido em voz alta por atores sentados e tendo por cenário uma sala qualquer.

E, no entanto, o melhor drama é aquele que oferece o maior número de estímulos no tempo e no espaço, aquele que se liberta de todas as exigências da vida e se concentra apenas nas falas, nos pensamentos expressos em monólogos, nos pontos centrais da ação, deixando tudo o mais a cargo dos estímulos, e que, alçado a um escudo erguido por atores, pintores e diretores, segue apenas suas inspirações mais extremas.

O erro desse raciocínio: ele muda de ponto de vista sem anunciar, vê as coisas ora da perspectiva da escrivaninha do autor ora da perspectiva do público. É certo que o público não vê as coisas como o poeta, a quem inclusive a encenação surpreende,

29/10/11
Domingo
mas ele é quem tem a peça na cabeça, com todos os seus detalhes, foi ele quem avançou de detalhe em detalhe, e somente ao reunir todos esses detalhes nas falas deu-lhes peso e força dramática. Com isso, o drama, em seu desenvolvimento máximo, mergulha numa humanização insuportável; trazê-lo para baixo, torná-lo suportável, é tarefa do ator, que esgarça relaxadamente o papel que lhe foi prescrito, carrega-o esvoaçante em torno de si. O drama, portanto, flutua no ar, mas não como um telhado que a

70 Sobre artigo de Max Brod publicado em 21 de novembro de 1911 na revista *Die Schaubühne*.

tempestade carrega, e sim como um edifício inteiro cuja fundação foi arrancada do chão com uma força que hoje se aproxima bastante da loucura.

—

Às vezes, parece que a peça repousa lá em cima, na bambolina, e que os atores dali puxaram tiras cujas pontas seguram nas mãos ou enrolam no corpo para atuar; somente de vez em quando uma tira mais difícil de soltar leva o ator consigo lá para cima, assustando o público.

Hoje sonhei com um asno parecido com um galgo e muito contido em seus movimentos. Observei-o bem, porque tive consciência da raridade do fenômeno, mas ficou-me apenas a lembrança de que, por serem compridos e regulares, seus pés humanos e estreitos não me agradavam. Ofereci-lhe tufos frescos e verde-escuros de folhas de cipreste que tinha acabado de receber de uma velha dama de Zurique (o sonho todo se passou em Zurique); ele não os quis, cheirou-os de leve apenas; quando, porém, os deixei em cima de uma mesa, ele os devorou de tal maneira que só sobrou um caroço quase irreconhecível, semelhante a uma castanha. Mais tarde, disseram que aquele asno jamais andara de quatro, que sempre se manteve ereto como os humanos, exibindo o peito prateado e cintilante e a barriguinha. Mas, na verdade, não era bem assim.

Além disso, sonhei com um inglês que conheci num encontro parecido com aquele do Exército de Salvação em Zurique. Havia carteiras como as escolares, e uma gaveta ainda aberta debaixo do tampo; ao enfiar a mão ali para arrumar alguma coisa, admirei-me de como era fácil fazer amizades durante uma viagem. Era uma referência evidente ao inglês, que logo em seguida se aproximou de mim. Trajava roupas claras, folgadas e em muito bom estado; somente na parte posterior do braço via-se, em vez da fazenda em si, ou ao menos costurado sobre ela, um tecido cinza enrugado, meio pendente e rasgado em tiras, como se pontilhado por aranhas, que lembrava tanto as entretelas de couro das calças de montar como as mangas postiças das costureiras, balconistas ou funcionárias de escritório. Também seu rosto recobria-se de um tecido cinza com recortes muito bem confeccionados para a boca, os olhos e, provavelmente, para o nariz. Era, contudo, um tecido novo, cardado, antes uma espécie de flanela, bastante maleável e macio, de excelente fabricação inglesa. Tudo isso me agradou tanto que fiquei ansioso para conhecer aquele homem. Ele quis me convidar para ir a sua casa, mas, como eu precisaria partir dali a dois dias, a ideia malogrou. Antes de deixar o encontro, exibiu ainda algumas peças de roupa claramente muito práticas, nas quais, uma vez abotoadas, ele absolutamente não chamava atenção. Embora não pudesse me convidar para ir a sua casa, chamou-me para acompanhá-lo até a rua. Eu o segui, paramos defronte ao local do encontro, à beira da calçada, eu na rua, ele mais acima, no meio-fio, e, de novo, depois de conversarmos um pouco, concluímos que nada havia a fazer quanto àquele seu convite.

Depois, sonhei que Max, Otto e eu tínhamos por hábito só fazer as malas já na estação ferroviária. Carregávamos, por exemplo, nossas camisas pelo saguão principal da estação até nossas malas distantes. Embora esse parecesse ser um costume generalizado, ele não se revelou viável no nosso caso, sobretudo porque só começamos a fazer as malas pouco antes de o trem chegar à plataforma. Aí, naturalmente ficamos agitados e mal tínhamos esperança de ainda conseguir embarcar ou, muito menos, de encontrar bons lugares.

—

Embora os fregueses de costume e os empregados do café amem os atores, não logram manter o respeito por eles ante as impressões adversas e acabam, assim, por desdenhá-los como esfomeados, vagabundos, os companheiros judeus, bem à maneira de tempos históricos. Assim, o maître quis expulsar Löwy do salão; o porteiro — ex-empregado de bordel e atual cafetão — fez calar aos gritos a pequena Tschisik, quando ela, agitada pela comoção "ao ver *Der wilde Mensch*", quis mandar entregar alguma coisa aos atores; e, anteontem, ao acompanhar Löwy de volta ao café, depois de ele ter lido para mim o primeiro ato de *Elieser ben Schevia*, de Gordin,[71] no Café City, o mesmo sujeito (que é vesgo e, entre o nariz torto e pontiagudo e a boca, exibe uma depressão da qual se eriça um bigodinho) gritou para ele: "Venha logo, idiota" (alusão a seu papel em *Der wilde Mensch*). "Estão à sua espera. E hoje tem aí um público que você realmente não merece. Veio até um voluntário da artilharia, veja ali." E aponta então para uma das janelas do café, atrás de cuja cortina fechada estaria sentado o suposto voluntário. Löwy passa a mão na testa. "De *Elieser ben Schevia* para isto aqui."

71 Provável erro de transliteração. *Elisha ben Abuyah* é o título da peça de 1906 sobre o rabino herético de que fala o Talmude.

—

Muito me emociona hoje a visão de escadas. Já desde cedo, e tantas vezes desde então, alegrou-me o recorte triangular, visível da minha janela, da balaustrada de pedra daquela escada que, à direita, desce da ponte Čech para o passeio à beira do rio. Bem inclinada, como se fizesse apenas uma rápida alusão. E agora vejo, lá na outra margem, uma escadinha sobre o declive que conduz até a água. Sempre esteve lá, mas só se revela no outono e no inverno, na ausência da escola de natação, que, durante o resto do tempo, fica na frente dela; lá está, deitada na grama escura sob o marrom das árvores, brincando com a perspectiva.

—

Löwy: quatro amigos tornaram-se, ao envelhecer, grandes especialistas no Talmude.[72] Mas cada um deles teve um destino singular. Um enlouqueceu, outro morreu, o rabi Elieser transformou-se num livre-pensador aos quarenta anos e somente o mais velho, Akiba, que só começara a estudar aos quarenta, alcançou conhecimento pleno da matéria. Discípulo de Elieser foi o rebe Maier, homem pio, tão religioso que os ensinamentos do livre-pensador não lhe fizeram mal. Comeu apenas a noz, conforme dizia, e jogou fora a casca. Certa feita, num sábado, Elieser foi passear a cavalo, e o rebe Maier o seguiu a pé, Talmude na mão, mas apenas por dois mil passos, porque, aos sábados, não é permitido caminhar mais que isso. E desse passeio surgiu um intercâmbio simbólico. "Volte para seu povo", disse o rebe Maier. O rebe Elieser recusou-se com um jogo de palavras.

30/10/11
Esse desejo, que quase sempre tenho quando estou bem do estômago, de acumular em minha imaginação uma série de ousadias alimentares terríveis. Eu o satisfaço sobretudo diante de charcutarias. Se vejo uma salsicha que uma etiqueta identifica como velha, dura e caseira, mordo-a com todos os dentes em minha imaginação e a engulo depressa, com a regularidade e indiferença de uma máquina. O desespero que logo resulta desse ato, mesmo que

72 Kafka faz aqui anotações baseadas nas histórias de Isaac Löwy sobre os tanaítas, cujos ensinamentos compõem a Mishná, o conjunto de leis e tradições orais judaicas que constitui a base do Talmude. Mais adiante, "rebe" é a palavra iídiche de que se vale o movimento hassídico para designar seus líderes.

apenas imaginário, aumenta minha pressa. As longas tiras de costeleta, eu as enfio na boca sem nem mastigar e, então, as puxo para fora por trás, rasgando estômago e intestinos. Nas merceariazinhas sujas, como tudo que encontro. Empanturro-me de arenques, pepino e de tudo quanto é ruim, velho e picante. Balinhas despejam-se de suas latas para dentro de mim feito granizo. Assim procedendo, desfruto não apenas de meu estado saudável, mas também de um sofrimento que, além de indolor, pode passar num instante.

—

É um velho hábito meu não permitir que, uma vez tendo atingido seu grau máximo de pureza, impressões puras, sejam elas dolorosas ou alegres, se percam benfazejas por todo o meu ser; em vez disso, eu as turvo e enxoto por meio de novas impressões, imprevistas e fracas. Não se trata da má intenção de causar dano a mim mesmo, e sim de minha fraqueza para suportar a pureza dessas impressões, uma fraqueza que, no entanto, não é admitida e que, de preferência, sob quietude interior, busca se ajudar evocando com aparente arbitrariedade as novas impressões em vez de, o que seria a única atitude correta, se revelar e convocar outras forças em seu apoio. Assim, sábado à noite, por exemplo, depois de ouvir a boa novela da srta. T[aussig]., que afinal é mais de Max, ou pelo menos é dele em maior medida e proporção do que um escrito dele próprio, e, em seguida, depois de ouvir também a excelente *Konkurrenz*, peça de Baum em que se pode ver a força dramática em ação ininterrupta, tanto em sua construção como no efeito produzido, como quando se vê trabalhar um artesão — depois, portanto, de ouvir essas duas obras literárias, fiquei tão abatido, meu interior já bastante vazio ao longo de vários dias encheu-se, tão despreparado, de um pesar tão grave que, a caminho de casa, declarei a Max que nada resultaria de "Robert e Samuel".[73] Essa declaração não demandou nem mesmo um mínimo de coragem, nem frente a mim mesmo nem frente a Max. A conversa que se seguiu confundiu-me um pouco, já que, naquele momento, "R. e S." não era nem de longe minha preocupação principal, razão pela qual não encontrei as respostas certas às

73 Pertenciam ao círculo mais próximo de amigos de Kafka, além de Max Brod, o escritor Oskar Baum (1883-1941) e Felix Weltsch (1884-1964). Reuniões noturnas regulares para que cada um lesse seus trabalhos literários para os demais constituíam um dos hábitos do grupo. *Weiberwirtschaft* (Negócio de mulheres), que Brod escreveu em parceria com a futura esposa, Elsa Taussig (1883-1942), contém três narrativas e foi publicado em 1913.

objeções de Max. Quando, porém, me vi sozinho, já sem a conversa a distrair-me do pesar e sem o efeito quase sempre consolador da presença dele, minha desesperança intensificou-se de tal forma que começou a dissolver meu pensamento (e aqui, enquanto faço uma pausa para jantar, Löwy vem a minha casa, me perturba e me alegra das sete às dez horas da noite). Contudo, em vez de ficar aguardando a marcha dos acontecimentos, pus-me a ler um pouco e desordenadamente duas edições da *Aktion*, um pedaço de *Die Mißgeschickten* [Os desafortunados] e, por fim, minhas notas de Paris;[74] na verdade, fui me deitar mais satisfeito do que antes, mas recalcitrante. Assim foi também há alguns dias, quando retornei de um passeio imitando Löwy, a força exterior do entusiasmo dele voltada para meu objetivo. Também então li e falei um bocado de coisas confusas em casa e sucumbi.

31/10/11
Embora eu tenha lido hoje um pouco do catálogo da Fischer, do almanaque da Insel e uma ou outra coisa na *Rundschau*,[75] tenho agora razoável consciência de ter absorvido tudo ou em profundidade ou apenas de forma passageira, mas, seja como for, resguardando-me de todo e qualquer dano. Caso não tivesse de sair de novo com Löwy, eu me julgaria capaz de muita coisa esta noite.

—

Diante de uma casamenteira, que, por causa de uma de minhas irmãs,[76] esteve conosco hoje na hora do almoço, senti um constrangimento que me fez baixar os olhos por uma conjunção de razões diversas. A mulher trajava um vestido ao qual idade, desgaste e sujeira emprestavam um brilho cinza-claro. Ao se levantar, manteve as mãos no colo. Era estrábica, o que aparentemente aumentou a dificuldade de ignorá-la quando precisei olhar para meu pai, que me fez algumas perguntas sobre o jovem proposto. Por outro lado, diminuiu meu embaraço o fato de eu ter o almoço à minha frente e, também sem embaraço algum, teria ocupação suficiente no preparo da mistura de meus três pratos. De início, só percebi em parte, mas a mulher

74 *Die Aktion*, revista de literatura e política, circulava semanalmente desde fevereiro de 1911. A seguir, novela de Wilhelm Schäfer (1868-1952) publicada em 1909. **75** Refere-se ao catálogo da editora S. Fischer (1911) e ao *Almanaque da* [editora] *Insel para 1912*, bem como à revista *Die Neue Rundschau*. **76** Valli.

tinha rugas tão profundas no rosto que pensei no espanto e na incompreensão com que animais haveriam de contemplar rostos humanos como aquele. Fisicamente, chamava atenção o nariz pequeno e anguloso, destacando-se do rosto em especial na ponta algo arrebitada.

—

Domingo à tarde, ao entrar no prédio de Max logo depois de ultrapassar três mulheres, pensei comigo: ainda existe uma casa, duas talvez, em que tenho algo a fazer; mulheres caminhando atrás de mim ainda podem me ver entrar por um portão num domingo à tarde para ir trabalhar ou conversar, apressado, com um propósito em mente, apreciando apenas excepcionalmente a situação desse ponto de vista. Isso não há de ser assim por muito mais tempo.

—

Leio as novelas de Wilhelm Schäfer, sobretudo quando o faço em voz alta, com o mesmo prazer atento com que passaria um fio de linha pela língua. De início, estava sem muita paciência para Valli ontem à tarde, mas como havia lhe emprestado *Die Mißgeschickten*, ela o lia fazia um tempinho e decerto já devia estar sob a influência da narrativa, amei-a em razão dessa influência e a acariciei.

—

Para que eu não me esqueça, caso meu pai venha de novo a me chamar de mau filho, anoto aqui que, diante de alguns parentes e sem nenhum motivo especial, talvez simplesmente para me oprimir ou para supostamente me salvar, ele chamou Max de um *meschuggenen ritoch* [maluco esquentado]; e, ontem, quando Löwy estava em meu quarto, ele se sacudiu todo com ironia e retorceu a boca falando de estranhos que têm acesso a nossa casa, perguntando-se que interesse podia haver num estranho, para que estabelecer relações tão inúteis, e assim por diante. — Por certo, eu não deveria ter feito essa anotação, porque registrei assim um ódio contra meu pai para o qual ele não me deu motivo nenhum hoje e que, pelo menos no que se refere a Löwy, é desproporcional, se comparado à manifestação anotada, e um ódio que se intensifica ainda mais pelo fato de eu não conseguir me lembrar do que de verdadeiramente malévolo seu comportamento de ontem demonstrou.

1/11/11

Comecei a ler hoje, feliz e com avidez, a *História do judaísmo* de Graetz.[77] Como meu desejo de fazê-lo ultrapassava em muito o ritmo da leitura, foi-me de início mais estranho do que pensava, e precisei parar aqui e ali para, com calma, poder amealhar meu judaísmo. Mas, perto do fim, já me comoveu a imperfeição dos primeiros assentamentos na Canaã recém-conquistada e a fiel reprodução da imperfeição da gente do povo (Josué, Juízes, Elias)

—

Ontem à noite, despedida da sra. Klug. Corremos (eu e Löwy) pela plataforma e vimos a sra. Klug olhando para fora do escuro de uma janela fechada do último vagão. Ainda do interior do compartimento, ela rapidamente estendeu o braço em nossa direção, abriu a janela e postou-se ali por um momento com o sobretudo aberto, até que, defronte dela, levantou-se o sombrio sr. Klug, que só sabe abrir bem a boca com amargura e fechá-la assaz apertado, como se para sempre. Em quinze minutos, pouco falei com o sr. Klug, lancei-lhe talvez dois olhares; o resto do tempo, não pude tirar os olhos da sra. Klug, em meio a uma conversa débil e interrompida. Minha presença dominou-a por completo, mais, porém, em sua imaginação que na realidade. Quando ela se voltava para Löwy e repetia seu introdutório "Escute, Löwy", era a mim que falava; quando se apertava contra o marido, que por vezes dava espaço à janela apenas para o ombro direito dela e pressionava-lhe o vestido e o sobretudo esvoaçante, empenhava-se por, dessa maneira, me dar um sinal vazio. A primeira impressão que tive durante os espetáculos teatrais, ou seja, a de que eu não lhe agradava muito, por certo há de ter sido a correta; ela raras vezes me convidava a cantar com ela e, quando o fazia, era sem vontade; quando me perguntava alguma coisa, eu infelizmente respondia errado ("O senhor compreende isso?" Eu respondia que sim, ao passo que ela queria ouvir um não, para então emendar: "Eu também não"); por duas vezes, não me ofereceu seu cartão; eu preferia a sra. Tschisik, a quem, em prejuízo da sra. Klug, queria dar flores. A essa rejeição veio se juntar, contudo, o respeito por meu título de doutor, o qual minha aparência infantil, em vez de impedir, antes

77 Heinrich Graetz, *Volkstümliche Geschichte der Juden in drei Bändern* (História popular dos judeus em três volumes), 1888.

multiplicava. Esse respeito era tão grande que o tratamento que ela me dispensava — "sabe, senhor doutor", frequente, ainda que sem nenhuma ênfase particular — soava de um jeito que me fazia lamentar, algo inconscientemente, o fato de o ouvir de tão pouca gente e me perguntar se não teria direito ao mesmíssimo tratamento por parte de todas as demais pessoas. Se ela me respeitava como ser humano, maior ainda era o respeito que tinha por mim como espectador. Eu resplandecia ao ouvi-la cantar, ria e a contemplava no palco o tempo todo, cantava as melodias junto com ela, depois comecei a cantar as palavras também e lhe agradeci no final de algumas apresentações; isso, é claro, fez com que ela passasse a me suportar muito bem. Mas se ela falava comigo munida desse novo sentimento, eu ficava constrangido, não tinha nada a dizer e, com isso, a constrangia também, de modo que seu coração retornava à rejeição anterior e aí permanecia. Tanto mais ela precisava então se esforçar para me recompensar como espectador, o que fazia de bom grado, porque é uma atriz vaidosa e uma mulher de boa índole. Sobretudo ao silenciar à janela do compartimento, ela me contemplava com uma boca extasiada de constrangimento e astúcia, e piscava os olhos, que nadavam nas rugas provenientes da boca. Devia acreditar que eu a amava, o que era verdade, e proporcionava-me com aquele olhar a única satisfação que, como mulher jovem mas experiente, boa esposa e boa mãe, podia oferecer ao doutor de sua imaginação. Foram olhares tão insistentes, acompanhados de expressões como "foram tão amáveis os espectadores aqui, sobretudo alguns deles", que eu me defendi, e esses foram os momentos em que olhei para o marido dela. Comparando os dois, eu me admirava sem razão de eles estarem partindo juntos e de, no entanto, se preocuparem apenas conosco, não trocarem um único olhar. Löwy perguntou se seus lugares eram bons. "Sim, se o trem continuar vazio assim", a sra. Klug respondeu, e lançou um rápido olhar para o interior do compartimento, cujo ar quente o marido vai estragar com seus cigarros. Falamos sobre os filhos deles, por amor aos quais estão partindo; são quatro, três meninos, o mais velho com nove anos, e já faz dezoito meses que não os veem. Quando um senhor ali perto embarcou apressado, o trem parecia que ia partir; despedimo-nos às pressas, estendemos a mão uns aos outros, ergui meu chapéu e, depois, segurei-o junto ao peito, e nós nos afastamos, como se faz quando um trem está de partida, com o que se pretende mostrar que tudo já passou e que já nos resignamos a isso. Mas o trem não partiu, tornamos a nos aproximar, e fiquei muito feliz com isso; ela perguntou por minhas irmãs. De surpresa, o trem começou a se deslocar vagarosamente, a sra. Klug preparou o lenço para acenar, disse ainda que eu lhe escrevesse, perguntou se eu tinha o endereço, mas ela já ia longe demais para que eu tivesse podido responder com palavras; apontei para Löwy, a quem poderia pedir o endereço; então está bem, ela assentiu rapidamente, para mim e para Löwy, e pôs-se a agitar o lenço; tornei a erguer meu chapéu, desajeitado de início, mas com liberdade crescente à medida que ela se afastava. Mais tarde, lembrei-me de ter tido a impressão de que o trem não partiria de verdade, apenas percorreria o curto trecho até deixar a plataforma, a fim de nos proporcionar um espetáculo, e então afundaria. Na mesma noite, estando eu já semiadormecido, a sra. Klug me apareceu, pequena, de uma estatura nada natural e quase sem pernas; torcia as mãos, o rosto desfigurado, como se um grande infortúnio houvesse lhe acontecido.

—

Hoje à tarde invadiu-me a dor do meu abandono, tão penetrante e severa que notei que é assim que consumo a força que extraio deste meu escrever e que, na verdade, não destinei a esse fim.

—

Tão logo o sr. Klug chega a uma nova cidade, nota-se como suas joias e as de sua mulher desaparecem na casa de penhores. Conforme se aproxima a hora da partida, ele as vai resgatando lentamente.

—

A frase preferida da mulher do filósofo Mendelssohn: Como me faz mal *tout l'univers*!

—

Uma das impressões mais importantes quando da partida da sra. Klug: o tempo todo, não pude deixar de acreditar que, como uma mulher simples, burguesa, ela se mantém à força abaixo de sua verdadeira destinação humana e precisa tão somente de um salto, de uma porta que se escancara, de uma luz que se acende para ser atriz e me subjugar. Afinal, ela estava de fato mais acima, e eu embaixo, como no teatro. — Casou-se com dezesseis anos, tem 26.

2/11/11

Hoje cedo, pela primeira vez desde muito tempo, de novo a alegria de imaginar uma faca girando no coração.

—

Nos jornais, numa conversa, no escritório, muitas vezes somos seduzidos pela vivacidade da linguagem; depois, pela esperança, nascida de uma fraqueza momentânea, de uma súbita, e por isso mesmo tanto mais forte, iluminação iminente; ou apenas por uma forte autoconfiança, ou pelo mero desleixo, ou por uma grande impressão presente que se quer, a todo custo, transferir para o futuro, ou pela ideia de que o verdadeiro entusiasmo presente justifica todo e qualquer alheamento futuro, ou pela alegria propiciada por frases que um ou dois empurrões elevam às alturas e que pouco a pouco nos escancaram a boca, ainda que tornem a fechá-la, retorcida, com demasiada rapidez, ou pelo vestígio da possibilidade de um juízo fundado decididamente na clareza, ou pelo empenho por seguir dando vazão ao discurso na verdade já concluído, ou pelo desejo de abandonar apressadamente o tema, rastejando, se necessário, ou pelo desespero que busca uma saída para sua respiração pesada, ou pelo anseio por uma luz sem sombras — todas essas coisas podem nos seduzir equivocadamente a dizer frases como: "O livro que acabo de ler é o mais bonito que já li" ou "é mais belo que qualquer outro que tenha lido".

—

Para provar que tudo que escrevo e penso sobre eles está errado, os atores continuam aqui (à exceção do sr. e da sra. Klug), como me contou Löwy, com quem me encontrei ontem à noite; sabe-se lá se, por essa mesma razão, não partiram hoje, já que Löwy não apareceu na loja, embora tenha prometido fazê-lo. Também o filho do Herrmann, o dono do café,[78] partiu ontem —

3/11/11

Para provar que as duas coisas estavam erradas, uma comprovação que parece quase impossível, Löwy apareceu ontem à noite mesmo e me interrompeu enquanto eu escrevia.

—

78 Josef Herrmann chamava-se o dono do Café Savoy.

O costume de Karl de repetir tudo no mesmo tom de voz.[79] Quando ele conta a alguém uma história sobre seus negócios, não o faz com tantos detalhes que estes, em si, deem conta da história toda, mas, de todo modo, relata sua história lentamente, e é apenas essa lentidão que a torna minuciosa, como um comunicado que não pretende ser outra coisa e que, portanto, uma vez terminado, encerra o assunto. Por um tempinho, fala-se então de outra coisa, até que, sem querer, ele encontra um atalho de volta para aquela sua história e torna a expô-la de forma idêntica, quase sem nenhum complemento, mas também quase sem nenhuma omissão, com a inocência de alguém que carrega pela sala uma fita traiçoeiramente afixada às costas. Pois meus pais o amam muito e, portanto, mais intensamente do que notam os hábitos dele, eles os sentem e lhe dão, assim, inconscientemente, sobretudo minha mãe, oportunidade de repetir-se. Caso, em determinada noite, o momento para a repetição não queira se apresentar de imediato, lá está minha mãe para fazer uma pergunta, e, aliás, com uma curiosidade que, ao contrário do que seria de esperar, não se encerra depois de ela a ter formulado. Mesmo noites mais tarde, histórias já repetidas e que, por si sós, não teriam como retornar, minha mãe literalmente lhes dá caça com suas perguntas. O hábito de Karl, no entanto, reina tão soberano que muitas vezes tem força para se justificar por completo. Ninguém se vê com tanta regularidade na situação de contar a um membro da família de cada vez uma história que, no fundo, diz respeito a todos. A história precisa, então, ser contada a todo o círculo familiar — que, nesse caso, vai crescendo lentamente a intervalos, acrescido a cada vez sempre de uma única pessoa —, quase tantas vezes quantos são os membros da família. E como sou o único que percebeu esse hábito de Karl, sou também aquele que, em geral, ouve a história em primeiro lugar, e aquele a quem as repetições proporcionam apenas a pequena alegria de ver confirmada uma observação.

—

Inveja de um suposto sucesso de Baum, a quem, na verdade, amo tanto.[80] E a sensação de ter um novelo no centro do corpo que vai se enrolando

79 Karl Hermann, o cunhado de Kafka. **80** Provavelmente, referência ao sucesso da já citada *Konkurrenz*, peça de Oskar Baum (ver p. 113).

rapidamente com uma infinidade de fios que estica para si desde as margens do meu corpo.

—

Löwy — sobre ele, diz meu pai: "Quem se deita com os cachorros acorda com pulgas". Não pude me conter e respondi algo impróprio. Ao que ele, com calma particular (ainda que depois de uma grande pausa preenchida de outra forma), retorquiu: "Você sabe que não posso me irritar, que preciso ser poupado. E, ainda assim, me sai com uma coisa dessas. Já tenho motivos de sobra para me irritar, motivos em número mais do que suficiente. Portanto, não me venha com palavras assim". Disse-lhe então: "Eu me esforço para me conter", e sinto nele, como sempre em momentos extremos como esse, a presença de uma sabedoria da qual só logro apreender um sopro.

—

Morte do avô de Löwy, um homem generoso, que falava algumas línguas, fez grandes viagens ao interior da Rússia e que, certa vez, num sábado em casa de um rabi milagroso em Iekaterinoslav, se recusou a comer, porque os cabelos compridos e um cachecol colorido do filho do rabi fizeram-no suspeitar da religiosidade da casa. — A cama estava montada no centro do quarto, os castiçais foram emprestados dos amigos e parentes, o cômodo estava, portanto, cheio da luz e da fumaça das velas. Cerca de quarenta homens permaneceram o dia todo em pé ao redor da cama, a fim de se edificar com a morte de um homem pio. Até o fim, ele esteve consciente e, na hora certa, começou, a mão no peito, a dizer as orações destinadas àquele momento. Durante sua agonia e depois da morte, a avó chorou sem cessar no quarto ao lado, onde estavam reunidas as mulheres, mas, na hora da morte, permaneceu em completo silêncio, porque um mandamento determina que, na medida do possível, se alivie a morte de um moribundo. Ele se foi enquanto fazia suas orações. Muito lhe invejaram essa morte, após uma vida tão pia.

—

A festa de Pessach. Uma associação de judeus ricos aluga uma padaria; seus membros assumem todas as tarefas relacionadas à confecção da chamada matzá de dezoito minutos para os chefes das famílias: ir buscar a água, preparar tudo de acordo com a lei judaica, amassar, cortar, perfurar a massa.

5/11/11
Ontem, dormi depois de *Bar-Kochba*.[81]
A partir das sete, com Löwy, que leu em voz alta uma carta de seu pai.
À noite, em casa de Baum.

—

Quero escrever com um tremor constante na testa. Estou sentado em meu quarto, no quartel-general do barulho da casa toda. Ouço baterem todas as portas, e o barulho que fazem me poupa de ouvir apenas os passos de quem caminha entre uma e outra; ouço ainda a porta do forno que se fecha na cozinha. O pai irrompe pelas portas de meu quarto, que atravessa arrastando seu roupão de dormir; no cômodo vizinho, raspam as cinzas da estufa, e Valli pergunta do corredor, como se gritasse de uma rua parisiense em direção ao indefinido, se o chapéu dele já foi escovado; um silvo que se pretende amistoso para comigo amplifica o grito da voz que responde. Abrem o trinco da porta da frente, que ressoa como se de uma garganta cheia de catarro; a porta então se abre soando como o canto breve de uma voz feminina e se fecha com um tranco abafado, masculino, o mais inconsiderado de todos os sons. O pai se foi, e começa então o barulho mais delicado, difuso e desesperançado introduzido pelo canto de dois canários. Eu já havia pensado nisso antes, e o canto dos canários me faz pensar novamente se não devo abrir uma fresta de minha porta e rastejar feito cobra até o quarto vizinho para, então, do chão, pedir silêncio a minhas irmãs e sua criada.[82]

—

A amargura que senti ontem à noite, quando Max, em casa de Baum, leu em voz alta minha historiazinha sobre o automóvel.[83] Fechei-me a todos e ao próprio texto, diante do qual mantive o queixo literalmente apertado contra o peito. As frases desordenadas, com lacunas entre elas nas quais daria para enfiar as duas mãos; uma soa aguda, a outra, grave, ao sabor do acaso; uma frase raspa na outra como a língua num dente cariado ou postiço; outra por vezes parte de um

81 Opereta de Abraham Goldfaden. **82** Com pequenas modificações, publicado na revista *Herder-Blätter*, em outubro de 1912, com o título "Großer Lärm" (Grande barulho). **83** Em seu diário da viagem a Paris com Max Brod, Kafka escreve, em 11 de setembro de 1911, um relato de um pequeno acidente de trânsito entre um automóvel e um triciclo. É desse relato a "imitação sonolenta de Max" citada logo a seguir, entre parênteses.

início tão tosco que a história toda mergulha numa perplexidade enfadonha; dentro dela, balança-se uma imitação sonolenta de Max ("repreensões atenuadas — incitadas"), às vezes como nos primeiros quinze minutos de uma aula de dança. Minha explicação para tanto é que tenho pouquíssimo tempo e sossego para extrair de mim todas as possibilidades de meu talento. Por isso, surgem sempre começos interrompidos, começos como os que atravessam toda a história do automóvel. Se um dia eu fosse capaz de compor um todo bem construído do começo ao fim, aí a história jamais poderia se desprender definitivamente de mim, e eu poderia ouvi-la com serenidade e de olhos abertos, na condição de parente de sangue de uma história saudável; no momento, porém, cada pedacinho dela perambula desterrado por aí e me compele na direção contrária. — E ainda me dou por satisfeito se essa explicação estiver correta.

—

Encenação de *Bar-Kochba*, de Goldfaden.
Avaliação equivocada do espetáculo, tanto por toda a sala como no palco. Eu tinha levado um buquê de flores para a sra. Tschisik com um cartão de visita contendo as palavras "Em agradecimento", e aguardava pelo momento em que poderia fazê-lo chegar a ela. O espetáculo, no entanto, começara tarde, a cena principal da sra. Tschisik, prometeram-me, aconteceria apenas no quarto ato; impaciente e com medo de que as flores murchassem, pedi ao garçom já no terceiro ato (eram onze horas) que as desembrulhasse, e elas agora jaziam atravessadas numa mesa; o pessoal da cozinha e alguns fregueses sujos e regulares passavam-nas de mão em mão e as cheiravam, o que só pude observar, preocupado e furioso, sem poder fazer coisa alguma; durante sua cena principal, na prisão, amei a sra. Tschisik e, dentro de mim, a urgia para que terminasse logo; por fim, o ato terminou sem que eu, distraído, percebesse; o maître entregou as flores, ela as apanhou entre as cortinas que se fechavam, curvou-se na pequena fresta que restava e não voltou mais. Ninguém notou meu amor, que eu queria mostrar a todos para, assim, torná-lo valioso à sra. Tschisik, mas as pessoas mal se deram conta do buquê. Nisso, já passava da meia-noite, todos estavam cansados, alguns espectadores haviam ido embora mais cedo, e tive vontade de arremessar-lhes meu copo. — Comigo, estava o inspetor de nosso Instituto, Pokorny, um cristão.[84] Em geral, gosto dele, mas agora me incomodava.

84 Václav Pokorny, colega de trabalho de Kafka no AUVA.

Eu estava preocupado com as flores, e não com os problemas dele. Sabia que ele não estava entendendo a peça muito bem, mas eu não tinha tempo, vontade nem capacidade de lhe impingir uma ajuda de que ele acreditava não necessitar. Por fim, senti vergonha diante dele por ter eu próprio prestado tão pouca atenção. O inspetor me incomodou também em minha conversa com Max e até mesmo por me lembrar que, antes, eu gostava dele, que seguiria gostando depois e que ele poderia levar a mal meu comportamento de hoje. — Mas não fui só eu que me senti incomodado. Max sentia-se responsável por causa de seu artigo elogioso no jornal.[85] Para os judeus que acompanhavam Bergmann, era tarde demais. Os membros da Associação Bar-Kochba tinham ido ver a peça por causa do título e só podiam estar decepcionados. Como só conheço Bar-Kochba dessa peça, não teria dado esse nome a associação nenhuma. No fundo da sala, duas balconistas em trajes noturnos vulgares e acompanhadas dos respectivos amantes precisaram ser advertidas aos gritos para que fizessem silêncio durante as cenas de morte. E, por fim, as pessoas na rua batiam nas grandes vidraças, com raiva do pouco que viam do palco.

Nele, faltaram os Klug. Figurantes ridículos. "Judeus toscos", como disse Löwy. Viajantes que, de resto, tampouco recebiam cachê. Em geral, tudo que fizeram foi esconder o riso ou desfrutar dele, ainda que, de modo geral, fossem boas suas intenções. Um bochechudo de barba loira, diante do qual era difícil não rir, apresentava aspecto particularmente cômico; ele ria em virtude da falta de naturalidade da barba cheia colada a seu rosto, que chacoalhava e, em virtude daquele seu riso imprevisto, não lhe cobria corretamente as maçãs do rosto. Outro ria apenas quando queria, mas aí ria bastante. Quando, ao morrer cantando nos braços desses dois velhos, Löwy se contorcia, pretendendo escorregar lentamente para o chão conforme o canto desvanecia, ambos esconderam a cabeça atrás dele para, enfim, sem serem vistos pelo público (segundo acreditavam), poderem se fartar de rir. Ontem, ao me lembrar disso durante o almoço, ainda tive de rir mais uma vez. — Na prisão, onde, bêbado, o governador romano (o jovem Pipes) a visita, a sra. Tschisik tem de tirar o capacete da cabeça dele e depositá-lo na sua. Quando

85 Uma semana antes, em 27 de outubro de 1911, Max Brod publicara um artigo no jornal *Prager Tagblatt* intitulado "Um palco iídiche em Praga". Hugo Bergmann (1883-1975), mencionado a seguir, amigo de juventude e ex-colega de escola de Kafka, era membro destacado da Associação Bar-Kochba dos Ginasianos Judeus de Praga, grupo sionista assim batizado em homenagem a Simon bar Koseba (Bar Kochba), líder da última revolta dos judeus contra os romanos na Palestina.

ela o ergue, cai do capacete uma toalhinha amarrotada que Pipes certamente enfiara ali porque o capacete lhe apertava demasiado. Embora ele tivesse de saber que o capacete lhe seria tomado em cena, Pipes, esquecido de que estava bêbado, dirige a ela um olhar de reprovação. — Belos momentos: como a sra. T. se contorce nas mãos dos soldados romanos (os quais, no entanto, precisou puxar para si, porque eles claramente tinham medo de tocá-la), enquanto os movimentos dos três homens, graças ao zelo e à arte dela, seguiam quase, mas apenas quase, o ritmo do canto; a canção em que ela anuncia a aparição do Messias e, sem produzir nenhuma perturbação, apenas com o poder de sua arte, representa o toque da harpa com movimentos de um arco de violino; na prisão, onde, ao som frequente de passos que se aproximam, ela interrompe seu canto fúnebre, corre para o moinho de tambor, põe-se a girá-lo entoando uma canção de trabalho, retorna a seu lamento e, de novo, ao moinho; o modo como ela canta dormindo quando Papus a visita, a boca aberta qual um olho que pisca; e como, de forma geral, os cantos da boca que se abre lembram os cantos dos olhos. — Bela tanto com o véu branco como com o preto. — Gestos recém-descobertos nela: pressionar a mão contra a extremidade inferior do espartilho de qualidade não muito boa; breve estremecimento dos ombros e quadris quando escarnece de alguém e, sobretudo, quando de costas para o objeto de seu escárnio. — Ela comandou todo o espetáculo como uma mãe de família. Soprou o texto a todos, sem jamais titubear ela própria; instruiu, solicitou e, quando foi preciso, empurrou os figurantes; fora de cena, sua voz clara mesclava-se ao coro fraco que cantava no palco; segurou o biombo (o qual, no último ato, representava uma cidadela) que os figurantes teriam derrubado uma dezena de vezes. — Com meu buquê de flores, eu esperara aplacar um pouco do meu amor por ela, mas foi completamente inútil. Só se pode fazê-lo por intermédio da literatura ou na cama. Não escrevo isso porque não o soubesse, e sim porque talvez seja bom anotar com frequência semelhantes advertências.

7/11/11

Terça-feira. Ontem, os atores e a sra. Tschisik partiram em definitivo. À noite, acompanhei Löwy até o café, mas esperei do lado de fora, não quis entrar, não queria ver a sra. Tschisik. Mas, andando de um lado para outro, acabei vendo-a abrir a porta, sair com Löwy de lá de dentro e, cumprimentando-os, avancei em sua direção, encontrando-os no meio da rua. Com as vogais longas, mas naturais, de sua pronúncia, ela me agradeceu pelo buquê; somente agora ficara sabendo que eu havia sido o remetente. Portanto, o mentiroso do Löwy não lhe havia dito nada. Temi por ela, que vestia apenas uma blusa leve, escura e sem mangas, e pedi que entrasse no café — logo a teria tocado e empurrado para dentro —, a fim de que não se resfriasse. Não, ela respondeu, não se resfriaria, afinal trazia um xale, que ergueu um pouquinho para me mostrar e, então, apertou contra o peito. Não podia lhe dizer que, na verdade, não temia por ela, e sim que estava feliz por ter encontrado um sentimento mediante o qual desfrutar do meu amor, razão pela qual tornei a dizer que receava por ela. Nesse meio-tempo, também seu marido, a filha pequena e o sr. Pipes haviam saído do café, e revelou-se que ainda não estava de todo definido que viajariam para Brno, como Löwy havia me persuadido que fariam; antes, Pipes estava até mesmo decidido a viajar para Nuremberg. Era a melhor coisa a fazer, seria fácil arranjar uma sala por lá, a comunidade judaica era grande e, de Nuremberg, seria bastante confortável seguir viagem para Leipzig e Berlim. De resto, tinham confabulado o dia inteiro, e Löwy, que dormira até as quatro da tarde, os tinha feito esperar e perder o trem das sete e meia para Brno. Em meio a esses argumentos, entramos no café e nos sentamos a uma mesa, a sra. Tschisik bem diante de mim. Eu teria gostado muito de chamar atenção, não teria sido difícil, me bastaria conhecer algumas conexões ferroviárias, ser capaz de distinguir as estações, conduzir à decisão entre Nuremberg e Brno, mas, acima de tudo, calar o Pipes, que se comportava como seu Bar-Kochba e a cuja gritaria Löwy, muito sensato, ainda que não intencionalmente, contrapunha um falatório a meia-voz, bem rápido, impossível de interromper e, ao menos para mim, ininteligível naquele momento. Assim, em vez de chamar a atenção para mim, fiquei sentado ali, afundado na cadeira, olhando de Pipes para Löwy e apenas vez por outra, no caminho entre os dois, encontrando os olhos da sra. Tschisik; quando, porém, ela me respondia com seu olhar (diante da agitação de Pipes, por exemplo, ela não pôde senão sorrir para mim), eu desviava o meu. Não era um absurdo de minha parte. Não podíamos ficar trocando sorrisos por causa da agitação do Pipes. Para tanto, eu a fitava com demasiada seriedade, e estava também bastante cansado dessa seriedade. Se queria rir de alguma coisa, eu podia olhar por cima dos ombros dela para a mulher gorda que, em *Bar-Kochba*, fizera o papel da mulher do governador. Mas, na verdade, tampouco podia contemplar a sra. Tschisik com seriedade. Afinal, isso significaria que eu a amava. Atrás de mim, até mesmo o jovem Pipes, em toda a sua inocência, teria percebido isso. E seria, de fato, coisa inaudita. Eu, um jovem rapaz a quem as pessoas dão, em geral, dezoito anos, diante dos fregueses noturnos do Café Savoy, cercado de uma roda de garçons e à mesa dos atores, declaro a uma mulher de trinta anos, que quase ninguém acha sequer bonita, que tem dois filhos, de dez e oito anos, está sentada ao lado do marido e que todos consideram um modelo de honradez e austeridade — esse jovem rapaz declara, pois, seu amor a essa mulher, um amor que o subjuga, e — agora é que vem o mais curioso e que, no entanto, ninguém mais teria notado — renuncia de pronto a essa mesma mulher, assim como renunciaria a ela mesmo que ela fosse jovem e solteira. Devo me sentir agradecido ou amaldiçoar o fato de, apesar de toda a infelicidade, eu ainda ser capaz de sentir o amor, um amor não terreno, é certo, mas por coisas terrenas? Estava bela a sra. Tschisik ontem. Na realidade, era a beleza normal das mãos pequenas, dos dedos leves, dos antebraços roliços, tão perfeitos em si mesmos que a visão inusitada dessa nudez não leva a pensar no resto do corpo. Os cabelos iluminados pela luz a gás repartidos em duas ondas. A pele algo manchada ao redor do canto direito da boca. Sua boca se abre como se para uma queixa infantil, descrevendo delicadas sinuosidades em cima e embaixo; cremos que essa beleza no desenho das palavras, iluminadas pela luz das vogais e cujo contorno puro a ponta da língua preserva, só pode ser única, e a admiramos sem cessar. A testa baixa e branca. O pó de arroz que tenho visto usarem, detesto, mas se aquela pele branca, aquele véu que paira baixo sobre a pele, de um branco leitoso e algo turvo, vem do pó de arroz, então que todas o usem. Ela gosta de levar dois dedos ao canto direito da boca, talvez tenha enfiado na boca a ponta dos dedos, ou até mesmo um palito de dente; não observei os dedos com atenção, mas foi como se ela tivesse enfiado um palito num dente cariado e o deixado ali por quinze minutos.

8/11/11
Passei a tarde toda no advogado por causa da fábrica.[86]

—

A moça que só olhava calmamente em torno porque caminhava de braço dado com seu amado.

—

86 Nova visita ao advogado, o dr. Robert Kafka, para redação do contrato societário relativo à fábrica de amianto.

A funcionária do escritório de Karl lembrou-me a atriz de *Manette Salomon*, no Odéon de Paris, um ano e meio atrás.[87] Ao menos sentada. Seios macios, mais largos que empinados, pressionados por um tecido de lã. Um rosto largo até a boca, mas estreitando-se rapidamente a partir daí. Cachos naturais negligenciados por um penteado liso. Afã e serenidade num corpo robusto. A lembrança fez-se tanto mais intensa, percebo agora, porque ela trabalhava com afinco (na máquina de escrever — sistema Oliver —, as varetas voavam como as agulhas de tricô de tempos antigos) e caminhava de um lado para outro, sem contudo dizer nem mesmo duas palavras durante meia hora, como se abrigasse Manette Salomon dentro de si.

—

Enquanto aguardava o advogado, eu contemplava a escriturária e refletia sobre a dificuldade de apreender seu rosto, mesmo enquanto eu o observava. Confusa era, em especial, a relação entre o penteado, que, para todos os lados e quase à mesma distância, se projetava à volta da cabeça, e o nariz retilíneo e, de modo geral, demasiado comprido. A um giro mais ostensivo da moça, que lia um documento, fui quase surpreendido pela observação de que, graças àquele meu refletir, fizera-me mais estranho a ela do que se lhe tivesse roçado a saia com o dedo mínimo.

—

Quando, à leitura do contrato, o advogado chegou à parte que tratava de minha eventual esposa e de meus futuros filhos, notei, defronte de mim, uma mesa rodeada por duas cadeiras maiores e uma menor. À ideia de que jamais estarei em condições de ocupar aquelas três cadeiras, ou quaisquer outras, juntamente com esposa e filho, sobreveio-me de pronto um anseio tão desesperado por essa felicidade que, em minha agitação, fiz ao advogado a única pergunta que me ficara depois da longa leitura, a qual, de pronto, revelou minha completa incompreensão de uma extensa porção do contrato que ele acabara de ler para mim.

—

Mais sobre a despedida: notei em Pipes, porque me sentia oprimido por ele, sobretudo as pontas chanfradas e pontilhadas de preto dos dentes. Por fim, tive uma

87 Em outubro de 1910, Kafka e Brod haviam assistido em Paris a uma encenação da peça de Edmond de Goncourt (1822-96).

meia ideia: "Por que viajar tanto, até Nuremberg, num trem direto?", perguntei. "Por que não fazer um ou dois espetáculos em alguma parada menor, no meio do caminho?" "O senhor conhece alguma?", a sra. Tschisik me perguntou, nem de longe tão incisivamente como registro aqui, obrigando-me, assim, a contemplá-la. Todo o seu corpo visível por cima da mesa, todas as curvas de seus ombros, das costas e dos seios eram macias, apesar de sua compleição ossuda, quase rude, quando, no palco, ela trajava vestido europeu. Fiz menção ridícula a Pilsen. Muito sensatamente, fregueses da mesa vizinha lembraram Teplitz. O sr. Tschisik era favorável a toda e qualquer parada, só confiava em empreitadas modestas, a sra. Tschisik também, embora não tivessem propriamente discutido o assunto; além disso, ela perguntou àqueles à sua volta sobre o preço das passagens de trem e ouviu várias vezes que, se ganhassem o bastante para o próprio sustento, isso já bastaria. A filha roça o rosto no braço dela, que decerto não sente, mas os adultos têm a convicção infantil de que, na companhia dos pais, ainda que eles sejam atores itinerantes, nada pode acontecer a uma criança, e de que as preocupações reais não se encontram tão perto do chão, mas apenas e tão somente à altura de seus rostos. Eu era bastante favorável a Teplitz, porque poderia recomendá-los por carta ao dr. Poláček e, assim, interceder em favor da sra. Tschisik.[88] Sob o protesto de Pipes, que organizou um sorteio entre as três cidades possíveis e o conduziu animadamente, Teplitz ganhou pela terceira vez. Fui até a mesa vizinha e, agitado, escrevi a carta de recomendação. Com a desculpa de que precisava ir para casa para saber o endereço exato do dr. P., de resto desnecessário e desconhecido de todos em casa, despedi-me. Enquanto Löwy se preparava para me acompanhar, brinquei, embaraçado, com a mão da senhora e o queixo de sua filha.

9/11/11

Sonho de anteontem. Teatro; eu, ora lá em cima, na galeria, ora no palco; uma moça de quem eu me enamorara dois ou três meses antes atuava na peça e distendia o corpo flexível quando, assustada, segurou-se no encosto de uma cadeira; da galeria, apontei para a moça, que representava um papel masculino; a pessoa que me acompanhava não gostou dela. Num dos atos, o cenário era tão grande que nada mais se via, nem palco, nem plateia, nem a escuridão, nem as luzes da ribalta; em vez disso, todos os espectadores estavam em cena, aos

88 Josef Poláček (1874-1943), enteado de um tio de Kafka, Filip Kafka (1846-1914), e membro ativo da comunidade judaica de Teplitz.

montes, tendo o Altstädter Ring por cenário, provavelmente visto da Niklass-traße. Embora, na verdade, devesse ser impossível ver dali a praça diante do relógio da Câmara Municipal e o Kleiner Ring, uma pequena rotação e lentas oscilações do palco permitiam, por exemplo, uma visão completa do Kleiner Ring a partir do Palácio Kinsky. O propósito disso não era outro senão, na medida do possível, mostrar o cenário inteiro, que, afinal, já ali estava em toda a sua perfeição; teria sido, pois, uma pena não poder abarcar com os olhos alguma parte desse cenário, que, como eu decerto bem tinha consciência, era o mais belo de todo o mundo e de todos os tempos. A iluminação era definida por nuvens escuras e outonais. A luz do sol encoberto brilhava esparramada no vidro de uma ou outra das janelas pintadas da face sudeste da praça. Como tudo ali havia sido construído em tamanho natural e nos mínimos detalhes, era impressionante ver o vento moderado abrindo e fechando as janelas sem que se ouvisse um único som, devido à grande altura dos edifícios. A praça exibia forte declive, o calçamento era quase preto, a igreja de Nossa Senhora de Týn estava em seu lugar, mas, diante dela, havia um pequeno palácio imperial em cujo pátio frontal reuniam-se, em perfeita ordem, todos os demais monumentos existentes na praça: a Coluna Mariana, a velha fonte diante da Câmara Municipal, que eu próprio nunca vi, a fonte diante da igreja de são Nicolau e um tapume que agora circundava as escavações para a construção do monumento a Hus. Nesse cenário encenavam-se — na plateia, e mais ainda no palco e nos bastidores, muitas vezes nos esquecemos de que se trata de uma encenação — alguma festividade imperial e uma revolução. A revolução era imensa, com massas gigantescas de pessoas subindo e descendo a praça, uma multidão que provavelmente jamais se viu em Praga; claro estava que ela só havia sido deslocada para lá por causa do cenário, mas pertencia na verdade a Paris. Da festividade, não se via nada de início, mas, de todo modo, a corte saíra para uma festa e, nesse meio-tempo, a revolução irrompera, o povo invadira o palácio, e eu próprio corria agora rumo ao ar livre pelas saliências das fontes no átrio, mas o retorno da corte ao palácio haveria de ser impossível. Então, suas carruagens chegaram pela Eisengasse a uma velocidade tamanha que precisaram frear bem antes da entrada do palácio e deslizar sobre o pavimento com as rodas travadas. Eram carros como os que se veem nas festas populares e nos cortejos, em cima dos quais vão pinturas vivas; carros planos, pois, revestidos por uma grinalda de flores e com um pano colorido pendendo à volta da carroceria a encobrir as rodas. Tanto maior fez-se a consciência do horror que aquela pressa representava. Os carros eram arrastados por cavalos, que, empinando

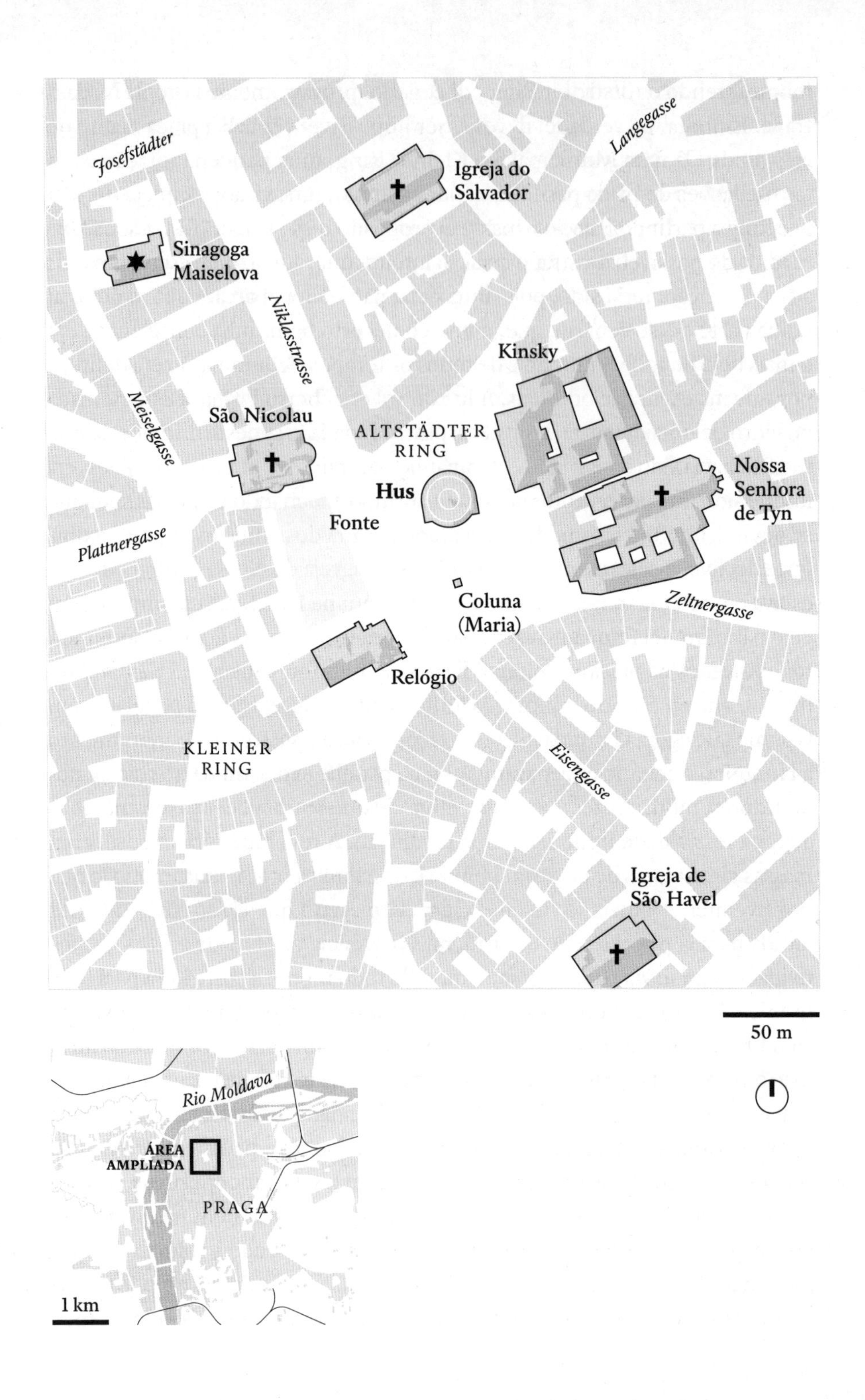
Josefstädter
Langegasse
Igreja do
Salvador
Sinagoga
Maiselova
Niklasstrasse
Kinsky
Meiselgasse
São Nicolau
ALTSTÄDTER
RING
Nossa
Senhora
de Tyn
Hus
Fonte
Plattnergasse
Coluna
(Maria)
Zeltnergasse
Relógio
KLEINER
RING
Eisengasse
Igreja de
São Havel
50 m
Rio Moldava
ÁREA
AMPLIADA
PRAGA
1 km

à entrada e como se privados de toda consciência, avançavam pelo arco que se estende da Eisengasse até o palácio. Agora, uma multidão passava por mim em direção à praça, espectadores em sua maioria, gente que eu conhecia da rua e que talvez tivesse acabado de chegar. Entre essas pessoas havia uma moça conhecida, mas não sei qual; a seu lado ia um jovem elegante trajando um ulster de um xadrez miúdo, amarelo e marrom, a mão direita enterrada no bolso. Iam em direção à Niklasstraße. Desse momento em diante, não vi mais nada.

—

Schiller, em alguma parte: O principal é (ou algo semelhante) "transformar o afeto em caráter".[89]

11/11/11
Sábado. Ontem, a tarde toda em casa de Max. Definida a sequência dos ensaios para *Die Schönheit häßlicher Bilder* [A beleza das imagens feias].[90] Meu sentimento não era bom. Mas é justamente nesses momentos que Max me ama mais, ou apenas assim me parece, porque tenho então consciência muito clara de meus poucos méritos. Não, ele de fato me ama mais. Quer incluir no livro o meu "Brescia". Tudo que há de bom em mim é contra isso. Hoje, eu deveria ir com ele a Brno. Tudo que há de ruim e de fraco em mim me deteve. Porque não acredito que amanhã eu vá mesmo escrever algo de bom.

—

As moças cingidas com firmeza por seus aventais de trabalho, sobretudo atrás. Uma delas na Löwy und Winterberg, hoje de manhã, com as abas do avental, fechado apenas sobre o traseiro, ultrapassando uma à outra, em vez de se encontrarem da maneira habitual, de modo que o avental a embrulhava como um bebê. Impressão sensual, como a que inconscientemente sempre tive também dos bebês tão comprimidos em suas fraldas e berços, amarrados com fitas como se para satisfazer um desejo.

—

89 Provável referência ao texto de Schiller "Ensaio sobre o nexo entre a natureza animal do homem e sua natureza espiritual" (1780). **90** O livro de Max Brod, que seria publicado em maio de 1913, deveria incluir "Os aeroplanos de Brescia" (1909), de Kafka, que acabou excluído devido à redução do número de páginas, solicitada pelo editor (Kurt Wolff).

Edison falou numa entrevista norte-americana sobre sua viagem pela Boêmia; é da opinião de que o desenvolvimento relativamente maior da Boêmia (subúrbios de ruas largas com jardinzinhos diante das casas, veem-se fábricas sendo construídas ao viajar pelo campo) repousa no fato de ser tão grande a emigração dos tchecos para os Estados Unidos e de aqueles que de lá retornam trazerem consigo novas aspirações.[91]

—

Tão logo percebo de alguma forma que deixo intocadas situações ruins que, na verdade, caberia a mim sanar (por exemplo, a vida aparentemente satisfatória mas, do meu ponto de vista, infeliz de minha irmã casada),[92] perco por um instante a sensibilidade nos músculos dos braços.

—

Vou tentar compilar aqui, pouco a pouco, tudo que é indubitável em mim; depois, o que é crível e, então, o que é possível etc. Indubitável é minha avidez por livros. Na verdade, não por possuí-los ou lê-los, mas antes por vê-los, convencer-me de sua existência nas vitrines de uma livraria. Se vejo em alguma parte vários exemplares do mesmo livro, cada um deles me dá alegria. É como se essa avidez viesse do estômago, como se fosse um apetite equivocado. Livros que possuo me dão menos alegria; já os de minhas irmãs me alegram. O desejo de possuí-los é incomparavelmente menor, quase inexistente.

12/11/11
Domingo. Ontem, conferência de Richepin, "La Légende de Napoléon", no Rudolfinum.[93] Bem vazia. Como se para pôr à prova os modos do palestrante, há um grande piano no caminho entre a portinha de entrada e a mesa do conferencista. Olhando para o público, ele entra e quer encontrar o caminho mais curto até sua mesa; por isso, aproxima-se demais do piano, espanta-se, recua e o circunda suavemente, já sem olhar para o público. No entusiasmo da conclusão da palestra e sob grande aplauso, ele naturalmente já se esqueceu faz tempo do piano, que não se fez notar durante a conferência; quer retardar ao

91 Entrevista de Thomas Alva Edison a um jornal vienense reproduzida pelo *Prager Tagblatt* em 5 de novembro de 1911. **92** Elli. **93** Em 11 de novembro de 1911, o poeta francês Jean Richepin (1849-1926) apresenta-se na Künstlerhaus Rudolfinum de Praga, que abrigava também conservatório musical, salas de concerto e uma galeria de arte.

máximo o momento de, com a mão no peito, voltar as costas para o público, razão pela qual dá alguns passos elegantes para o lado, esbarra, é claro, ligeiramente no piano e, na ponta dos pés, tem de curvar um pouco as costas antes de alcançar terreno livre. Ou pelo menos assim fez Richepin. — Um homem grande e forte, de cinquenta anos, cintura bem definida. Embora não desfeito, o penteado rijo e revolto dos cabelos, como o de um Daudet, apresenta-se fortemente comprimido contra a cabeça. Como ocorre com todos os velhos do Sul dotados de um nariz gordo, através de cujas narinas pode soprar um vento forte como o resfolegar de um cavalo, e do correspondente rosto largo e enrugado — que, sabemos muito bem, atingiu seu estado final, aquele que não vai mais se modificar, mas assim persistirá ainda por um longo tempo —, também o rosto de Richepin me lembrou o de uma velha italiana, recoberto, porém, por uma barba bastante natural. — De início, o cinza-claro da nova pintura do palco para concertos que se erguia atrás dele confundia. Os cabelos brancos colavam-se literalmente ao cinza-claro e não permitiam ver nenhum contorno. Quando ele tombava a cabeça para trás, a cor se movia, e a cabeça dele quase afundava nela. Foi somente lá pelo meio da palestra, com a atenção concentrada ao máximo, que cessou essa perturbação, sobretudo quando, ao recitar, ele ergueu o corpanzil vestido de preto e, agitando as mãos a conduzir os versos, afugentou o cinza. — No começo, agiu de maneira embaraçosa, tantos eram os cumprimentos que dirigia a todos os lados. Ao contar sobre um soldado de Napoleão que conheceu e que tinha 57 ferimentos pelo corpo, observou que somente um grande colorista como seu amigo ali presente, Mucha, teria podido imitar a variedade de cores no tronco daquele homem.[94] — Notei em mim a comoção progressiva que sinto diante de uma pessoa em cima de um palco. Não pensava em minhas dores e preocupações. Compelido para o canto esquerdo de meu assento, eu era, na verdade, compelido palestra adentro, as mãos juntas entre os joelhos. Sentia que Richepin produzia em mim um efeito como o que Salomão há de ter experimentado ao levar mocinhas para a cama. Tive até mesmo uma ligeira visão de Napoleão, que, numa fantasia sistemática, entrava também pela portinha, embora pudesse ter surgido igualmente da madeira do palco ou do órgão. Subjugava a sala inteira, que, nesses momentos, estava lotada. Por mais próximo que estivesse dele de fato, jamais tive dúvida do efeito que produzia, e tampouco a teria na realidade. Talvez

94 Trata-se do artista plástico Alfons Maria Mucha (1860-1939), um dos expoentes do art nouveau.

percebesse tudo que havia de ridículo em seu traje, como com Richepin, mas tê-lo notado não teria me incomodado. Quando criança, ao contrário, como eu era frio! Muitas vezes desejei ver-me diante do imperador, a fim de mostrar-lhe que não produzia efeito nenhum em mim. E não era coragem, apenas frieza. — Richepin recitou poemas como quem discursa na Câmara. Batia na mesa qual um espectador impotente de batalhas e, brandindo braços esticados, abria caminho para os guardas no meio da sala. "*Empereur!*", exclamou, erguendo apenas o braço transformado em bandeira, e, repetindo-o, conferiu literalmente à exclamação o eco de um exército a bradar lá embaixo, na planície. Enquanto descrevia uma batalha, um pezinho em alguma parte ressoou no assoalho; as pessoas puseram-se a procurá-lo, mas o pé havia sido o dele mesmo, desprovido de ousadia maior. Mas isso não o incomodou. — "Os granadeiros", poema que ele leu numa tradução de Gérard de Nerval e pelo qual tinha especial veneração, foi o menos aplaudido.[95] — Em sua juventude, o túmulo de Napoleão era aberto uma vez por ano, e o rosto embalsamado, exibido aos inválidos que por ele passavam em cortejo; era um espetáculo que inspirava antes pavor que admiração, porque o rosto se mostrava inchado e esverdeado, razão pela qual a prática foi posteriormente abolida. Richepin ainda viu o rosto, mas levado pelo tio-avô, que servira na África e para quem o comandante ordenara expressamente que abrissem a tumba. — Anuncia com bastante antecedência o poema que deseja recitar (tem uma memória infalível, como na verdade precisam tê-la os possuidores de um temperamento forte), discute-o, e, graças a suas palavras, já os versos que ainda vai declamar provocam um pequeno terremoto; no primeiro poema, chegou a dizer que o leria com todo o seu ardor. E assim foi. — O último poema, intensificou-o entrando despercebido pelos versos (de Victor Hugo), levantando-se com vagar, não tornando a se sentar nem mesmo depois de terminado o poema e acolhendo e sustentando os movimentos grandiosos da recitação com a força última de sua prosa. Concluiu jurando que, mesmo passados mil anos, cada grãozinho de pó de seu cadáver estaria, se consciente, pronto a seguir o chamado de Napoleão. — A língua francesa, de fôlego curto, suas válvulas de escape sucedendo-se rapidamente, suportou até as improvisações mais simplórias, não se dilacerando nem mesmo nas muitas vezes em que ele falou de poetas que embelezam o cotidiano, de sua própria fantasia (de olhos fechados), que era a de um poeta,

95 Poema de Heinrich Heine. Na verdade, a tradução francesa é de Edouard Grenier.

de suas alucinações (os olhos bem abertos, contemplando a distância a contragosto), que eram as de um poeta, e assim por diante. Ao fazê-lo, ele por vezes cobria os olhos com as mãos e, depois, os descobria lentamente, retirando um dedo de cada vez. — Richepin serviu o exército, o tio serviu na África, o avô sob Napoleão; cantou inclusive dois versos de uma canção de guerra.

13/11/11
E esse homem [Richepin], como fiquei sabendo hoje, tem 62 anos de idade.

14/11/11
Terça-feira. Ontem em casa de Max, que voltou da leitura em Brno.

À tarde, ao adormecer. Como se a abóbada craniana, que envolve o crânio indolor, tivesse afundado e deixado parte do cérebro de fora, exposta ao livre jogo das luzes e dos músculos.

—

Despertar numa manhã fria de outono de uma luz amarelada. Transpor a janela quase fechada e, ainda antes do vidro, antes de cair, flutuar com os braços esticados, a barriga arqueada e as pernas curvadas para trás, como as figuras na proa dos navios de tempos antigos.

—

Antes de adormecer. Parece tão ruim ser solteiro e, como homem velho, sem prejuízo sério à própria dignidade, solicitar acolhida quando se deseja passar uma noite em companhia, levar a refeição na mão a caminho de casa, não poder esperar à toa e com confiança serena por alguém, só poder dar um presente com esforço ou irritação, despedir-se diante do portão do edifício, jamais poder subir as escadas com a própria mulher, estar doente e, sendo possível levantar-se um pouco na cama, consolar-se apenas com a vista da própria janela, ter no quarto tão somente portas laterais que conduzem a moradias estranhas, sentir a estranheza provocada nos próprios parentes, dos quais só se pode permanecer amigo pela via do matrimônio, primeiramente o dos pais, depois, passado o efeito deste, o do próprio, precisar admirar os filhos dos outros sem poder repetir constantemente "não tenho nenhum", crer-se sempre da mesma idade, porque não se cresceu ao lado de família nenhuma, moldar as próprias aparência e conduta com base nas lembranças de um ou dois solteirões da juventude. Tudo isso é verdade, mas é fácil cometer aí o erro de desdobrar tão amplamente diante de si os sofrimentos futuros que só restará ao olhar ultrapassá-los em muito e não voltar mais, ao passo que, na realidade, tanto se está aqui agora como se estará mais tarde, com um corpo real e uma cabeça também real, dotada, pois, de uma testa na qual bater com a mão.[96]

—

Agora, tentar esboçar uma introdução para *Richard e Samuel.*

15/11/11

Ontem à noite, puxei a coberta da cama já com um pressentimento, deitei-me e de novo tomei consciência de todas as minhas capacidades, como se as segurasse na mão, distendiam-me o peito, inflamavam-me a cabeça; por um instante repeti, para me consolar do fato de que não me levantava para trabalhar: "isso não pode ser saudável, isso não pode ser saudável", e, com intenção quase visível, quis cobrir a cabeça com o sono. Pensava sem cessar num boné com viseira que, para me proteger, apertava contra a testa com mão firme. Quanto não perdi ontem? Como o sangue se comprimia na cabeça estreita, capaz de tudo, retida apenas por forças imprescindíveis a minha mera sobrevivência e aqui desperdiçadas.

—

Certo é que tudo que invento de antemão, ainda que munido de um bom sentimento, palavra por palavra ou mesmo apenas ao acaso mas expresso em palavras, parece árido, equivocado, imóvel, um estorvo em relação a tudo que o rodeia, angustiado e, sobretudo, incompleto quando intento registrá-lo por escrito em minha escrivaninha, embora nada da invenção inicial tenha ficado esquecido. Em grande parte, naturalmente, isso se deve ao fato de que, longe do papel, só invento algo de bom em momentos de elevação — os quais mais temo que almejo, por mais que os almeje —, mas faço-o então numa abundância que me obriga à renúncia, de tal modo, portanto, que, dessa torrente, apanho apenas uma ou outra coisa às cegas, arbitrariamente, e essa aquisição, que, no ato da escrita refletida, não é nada se comparada àquela abundância em que vivia, além de incapaz de evocar a abundância original, é, pois, ruim e incômoda, porque seduz inutilmente.

96 Com modificações e título "A infelicidade do celibatário", na tradução brasileira de Modesto Carone, esse texto integra o volume *Contemplação.*

16/11/11
Hoje ao meio-dia, antes de dormir — mas nem sequer adormeci —, o tronco de uma mulher de cera jazia sobre mim. O rosto dela curvava-se para trás sobre o meu, seu antebraço esquerdo pressionava meu peito.

—

Três noites sem dormir; à menor tentativa de fazer alguma coisa, já me vejo no fim de minhas forças.

—

De um velho caderno de anotações: "Agora à noitinha, depois de ter estudado desde as seis da manhã, notei que, por compaixão, minha mão esquerda envolvia os dedos da direita havia já algum tempo".[97]

18/11/11
Ontem na fábrica. Voltei de bonde, sentado a um canto com as pernas esticadas; lá fora, via pessoas, as luzes acesas das lojas, os muros dos viadutos que atravessava, sempre e de novo costas e rostos; partindo da rua de comércio do subúrbio, uma estradinha sem nada de humano a não ser pessoas indo para casa, as luzes elétricas cortantes da estação ferroviária marcando a fogo a escuridão, as chaminés baixas de um gasômetro estreitando-se fortemente ao subir, um cartaz anunciando a apresentação de uma cantora, De Tréville, tateia as paredes até uma rua perto dos cemitérios, de onde retornou comigo do frio gelado dos campos para o calor doméstico da cidade.[98] Cidades estrangeiras, nós as tomamos como um fato, seus habitantes vivem ali sem penetrar nosso modo de vida, assim como não conseguimos penetrar o deles; é preciso comparar, não temos como evitá-lo, mas sabemos bem que essa comparação não possui valor moral nem ao menos psicológico; por fim, podemos também muitas vezes abrir mão da comparação, da qual nos dispensa a diversidade demasiado grande das condições de vida. Nos subúrbios de nossa cidade natal, porém, ainda que eles nos sejam estranhos também, as comparações têm valor, um passeio a pé de meia hora pode nos provar a todo momento que ali as pessoas moram em parte dentro

97 Segundo Max Brod, anotação relativa aos estudos para as provas estatais posteriores à conclusão do curso de direito, o que remete a novembro de 1905. **98** A cantora francesa Yvonne de Tréville apresentara-se em Praga em novembro de 1910 e em fevereiro de 1911.

da nossa cidade e, em parte, na periferia pobre e escura, sulcada à maneira de um grande desfiladeiro, embora todas elas tenham um rol tão grande de interesses comuns como nenhum outro grupo de fora da cidade. Por isso, sempre adentro o subúrbio com um sentimento que é um misto de medo, abandono, compaixão, curiosidade, altivez, prazer de viajar e virilidade, e volto de lá sentindo-me satisfeito, grave e sereno, sobretudo de Žižkov.[99]

19/11/11

Domingo. Sonho: no teatro. Apresentação de *Das weite Land* [A terra vasta], de Schnitzler, na adaptação de Utitz.[100] Estou sentado numa fileira bem na frente, creio que na primeira, até que por fim a fileira revela-se na verdade a segunda. O encosto do assento está voltado para o palco, de modo que se pode ver confortavelmente a plateia mas é preciso girar para poder ver o palco. O autor da peça está por perto, em alguma parte, e não consigo conter meu juízo negativo sobre ela, que claramente já conheço, mas, em compensação, acrescento que, segundo ouvi dizer, o terceiro ato é engraçado. O que quero dizer com esse "ouvi dizer" é que não conheço as boas passagens da peça e tenho, pois, de me fiar no que as pessoas disseram, observação que repito não apenas para mim mas a que os demais não dão atenção. À minha volta reina grande aperto, todos parecem ter vindo com roupas de inverno e, assim, preenchem mais que seus respectivos lugares. As pessoas do meu lado e atrás de mim, que não vejo, falam comigo, mostram-me recém-chegados, mencionam seus nomes, chamam minha atenção em particular para um casal que se espreme por uma fileira, porque a mulher exibe um rosto amarelo-escuro, masculino, tem nariz comprido e, além disso, tanto quanto se pode ver do aperto em que sua cabeça sobressai, veste roupas masculinas; a meu lado, de pé e curiosamente livre, o ator Löwy, bem pouco parecido com o Löwy real, faz um discurso agitado, no qual a palavra *principium* se repete; fico aguardando a expressão *tertium comparationis*, mas ela não vem. Num camarote do segundo balcão, na verdade a um canto da galeria, que ali — vista do palco, à direita — se junta aos camarotes, está um terceiro filho da família Kisch, que, atrás

99 Em Žižkov ficava a fábrica de amianto de Kafka e de seu cunhado. **100** Em outubro e novembro de 1911, essa tragicomédia de Schnitzler foi encenada em Praga, inclusive com a presença do autor, em 30 de outubro. Por essa época, Emil Utitz (1883-1956), que havia sido colega de escola de Kafka, lecionava filosofia na Universidade de Rostock.

da mãe, sentada, fala ao teatro vestindo uma bela sobrecasaca de abas bem abertas.[101] As palavras de Löwy guardam relação com as dele. Entre outras coisas, Kisch aponta para um ponto no alto da cortina e diz que ali está sentado o Kisch alemão, referindo-se a meu colega de classe que estudou germanística. Já em vias de desaparecer de qualquer forma, porque a cortina se abre e o teatro começa a escurecer, Kisch, para tornar mais clara sua partida, sobe com a mãe pela galeria e vai-se embora, de novo com braços, casacos e pernas bem abertos. O palco fica um pouco abaixo da plateia, o espectador olha para baixo, o queixo apoiado no encosto da frente. O cenário compõe-se principalmente de duas colunas baixas e grossas bem no centro do palco. Mostra-se um banquete do qual participam moças e jovens rapazes. Vejo pouco; embora, iniciado o espetáculo, muitas pessoas da primeira fila tenham partido — aparentemente para trás do palco —, as moças que ficaram bloqueiam a vista com chapéus grandes, chatos, em sua maioria azuis e movendo-se de um lado para outro ao longo de toda a fileira. Seja como for, vejo com particular clareza sobre o palco um jovem rapazinho de dez ou quinze anos. Tem os cabelos secos, repartidos ao meio e cortados em linha reta. Não sabe sequer pousar corretamente o guardanapo no colo; para esse fim, precisa olhar para baixo com atenção, mas, na peça, espera-se que represente um boa-vida. Em decorrência dessa minha observação, já não deposito grande confiança nesse teatro. A companhia em cena aguarda agora diversos recém-chegados, que descem das primeiras fileiras para o palco. A peça tampouco foi bem ensaiada. Assim, entra uma atriz chamada Hackelberg, a quem, qual um homem do mundo, um ator recostado em sua cadeira se dirige como "Hackel...", percebe então o erro e se corrige. A seguir, vem uma moça que conheço (chama-se Frankel, creio) e que passa por cima do encosto bem à minha frente; ao fazê-lo, tem as costas inteiramente nuas, a pele não muito perfeita, do lado direito do quadril vê-se até mesmo o sangue pisado e a pele esfolada de uma ferida do tamanho de uma maçaneta. Já sobre o palco, porém, ela se volta e, com o rosto limpo, atua muito bem. Em seguida, cabe a um cavaleiro aproximar-se cantando; ele vem de longe e a galope, um piano faz o som dos cascos do cavalo, ouve-se o canto tempestuoso que chega pouco a pouco, por fim vejo

101 Eram cinco os irmãos Kisch. Além de Paul (1883-1944), "o Kisch alemão", antigo colega de escola de Kafka, e de Egon Erwin (1885-1948), escritor e jornalista, Wolfgang (1887-1914), Arnold (1889-1942) e Friedrich (1894-1968).

também o cantor, o qual, para dar ao canto o crescendo natural de quem se aproxima a toda a pressa, atravessa a galeria lá em cima em direção ao palco. Embora ainda não tenha chegado nem terminado a canção, sua pressa e o volume do canto já atingiram o máximo, e o piano não consegue mais imitar com nitidez o som dos cascos golpeando a pedra. Ambos cessam, pois, e o cantor se aproxima com um canto sereno, mas, para que não o vejam com clareza, faz-se tão pequeno que apenas a cabeça sobressai da balaustrada da galeria. É como termina o primeiro ato, mas a cortina não desce, e o teatro permanece às escuras. No palco, dois críticos sentados no chão escrevem com as costas apoiadas no cenário. Um diretor artístico ou teatral de cavanhaque loiro salta para o palco e, ainda em pleno voo, estende a mão para dar uma instrução; na outra mão, segura um cacho de uvas, antes numa fruteira à mesa do banquete, do qual vai comendo. Voltado novamente para a plateia, vejo que meros lampiões a óleo a iluminam, afixados em suportes simples como os das ruas, e naturalmente eles agora ardem bem fracos. De súbito, um desses lampiões esguicha sua luz — óleo impuro ou algum defeito no pavio terá sido a causa —, e fagulhas lançam-se aos jatos sobre os espectadores mais abaixo, que, indiscerníveis, formam uma massa preta feito terra. Um cavalheiro ergue-se então dessa massa, caminha literalmente sobre ela rumo ao lampião, quer evidentemente consertá-lo, mas primeiramente olha para ele, permanece a seu lado por um instante e, quando nada acontece, retorna calmamente para seu lugar e torna a se afundar em seu assento. (Eu me confundo com ele e inclino o rosto na direção da escuridão.)

—

Eu e Max devemos ser fundamentalmente diferentes. Por mais que admire seus escritos, quando eles se apresentam a mim como um todo inacessível à minha intervenção ou à de qualquer outra pessoa, mesmo em se tratando de uma série de pequenas resenhas, como hoje, o fato é que cada frase que ele escreve para *Richard e Samuel* está vinculada a uma concessão relutante de minha parte que me é profundamente dolorosa. Pelo menos hoje.

—

Hoje à noite senti-me de novo repleto de uma capacidade refreada pela angústia.

20/11/11
Sonho com um quadro supostamente de Ingres. *As moças na floresta em mil espelhos*, ou antes *As donzelas* etc.[102] Em agrupamento semelhante e num traço arejado como nas cortinas dos teatros, via-se, à direita, um grupo mais denso e, à esquerda, as moças sentadas ou deitadas num galho gigantesco ou numa fita esvoaçante, ou então flutuando por força própria numa corrente a ascender lentamente na direção do céu. Refletiam-se agora não somente na direção do espectador, mas para longe dele também, cada vez mais difusas e múltiplas; o que o olho perdia em pormenores ganhava em abundância. Em primeiro plano, porém, apoiada numa única perna e com os quadris projetados para a frente, havia uma moça nua fora do alcance dos reflexos. Aí a arte do desenho de Ingres era de admirar; só achei, na verdade com prazer, que restara na moça demasiada nudez real até mesmo para o tato. De um ponto que ela encobria irradiava o brilho amarelado de uma luz pálida.

—

Minha aversão a antíteses é uma certeza. Ainda que inesperadas, elas não surpreendem, porque sempre estiveram presentes e ao alcance da mão; se inconscientes, eram-no apenas em sua camada mais periférica. Por certo, geram profundidade, plenitude, totalidade, mas apenas à maneira daquelas figuras na roda da vida; nossa ideiazinha, nós a perseguimos num círculo. Por mais variadas que possam ser, são também desprovidas de toda e qualquer nuance; crescem em silêncio, como se inchadas pela água, prometendo, de início, expandir-se ao infinito, mas terminam sempre do mesmo tamanho mediano. Enrolam-se nelas mesmas, não há como esticá-las, não fornecem nenhum ponto de apoio; são buracos na madeira, uma investida imóvel e, como demonstrei, atraem para si outras antíteses. Pois que ao menos as atraiam todas, e para sempre.

—

Para a peça de teatro: Weis, o professor de inglês que, ombros retos, as mãos no fundo dos bolsos, o sobretudo amarelado esticado e pregueado, atravessa

102 Refere-se, provavelmente, a *L'Âge d'Or*, obra do pintor francês Jean-Auguste Dominique Ingres (1780-1867).

a rua a passos vigorosos certa noite na praça Venceslau e passa correndo bem na frente do bonde ainda parado mas cuja sineta já soa. Afasta-se de nós.[103]

—

E.: Anna!

A.: (*erguendo os olhos*) Sim?

E.: Venha cá.

A.: (*passos largos e calmos*) O que você quer?

E.: Queria dizer que ando insatisfeito com você já faz algum tempo.

A.: Mas...

E.: É isso mesmo.

A.: Então você precisa me mandar embora, Emil.

E.: Com toda essa pressa? Não quer nem saber o motivo?

A.: Eu sei o motivo.

E.: Ah, é?

A.: A comida não lhe apetece.

E.: (*levanta-se de um salto, fala alto*) Você sabia que Karl parte esta noite ou não sabia?

A.: (*imperturbada*) Sabia, sim, infelizmente está indo embora, mas você não precisava ter me chamado aqui por causa disso.

21/11/11

Minha antiga governanta, a de rosto amarelo enegrecido, com seu nariz de aba angulosa e uma verruga em algum ponto da face que eu achava adorável na época, veio nos visitar pela segunda vez em pouco tempo, somente para me ver. Da primeira vez, eu não estava; dessa vez, eu queria ficar em paz e dormir, por isso pedi para dizerem que não estava. Por que ela me criou tão mal? Eu era obediente, ela mesma o diz agora no corredor à cozinheira e à criada, tinha um temperamento tranquilo e era um bom menino. Por que ela não empregou isso tudo em meu favor, preparando-me para um futuro melhor? Está casada ou viúva, tem filhos, tem uma fala animada que não me deixa dormir; pensa que sou um cavalheiro alto e saudável com belos 28 anos de idade, que gosto de me lembrar da minha juventude e que sei o que fazer da minha vida.

103 Emil Weis, amigo e parente distante de Max Brod. À menção a uma peça de teatro, segue-se um esboço de cena e, mais adiante, outro (em que Emil é substituído por Karl).

Eu, no entanto, estou deitado neste canapé, atirado de um chute para fora do mundo, atento ao sono que não vem e que, se vier, vai apenas me tocar de leve; as articulações me doem de cansaço, meu corpo ressequido treme e se acaba em agitações das quais não lhe é permitido ter consciência clara; minha cabeça palpita que é um espanto. E ali estão, diante da minha porta, as três mulheres, uma a louvar o que fui, duas o que sou. A cozinheira diz que vou logo para o céu, e com isso quer dizer "sem rodeios". Assim será.

—

Löwy: Um rabi no Talmude tinha por princípio, nesse caso bem de acordo com os ensinamentos de Deus, não aceitar nada de ninguém, nem mesmo um copo d'água. Aconteceu, porém, de o maior rabi da época querer conhecê-lo e, assim, convidá-lo para uma refeição. Recusar o convite de um tal homem não era possível. Triste, portanto, o primeiro rabi se pôs a caminho. Mas, sendo seu princípio tão forte, uma montanha interpôs-se entre os dois rabis.

—

Anna (*lê o jornal sentada à mesa*).

Karl (*caminha pelo cômodo e, tão logo alcança a janela, para e olha para fora; em certo momento chega mesmo a abrir a janela interna*).

Anna: Por favor, deixe a janela fechada, está muito frio.

Karl: (*fecha a janela*) Nossas preocupações são mesmo diferentes.

22/11/11

Anna: Mas você adquiriu um hábito novo, Emil, e bastante repugnante. Consegue se valer de cada detalhe para encontrar em mim uma qualidade ruim.

Karl: (*esfregando os dedos*) Porque você não tem nenhuma consideração, porque é absolutamente incompreensível.

—

Certo é que meu estado físico constitui impedimento central a meu progresso. Com um corpo assim nada se consegue. Vou precisar me acostumar a seu fracasso constante. De minhas últimas noites de sonhos ensandecidos mas de sono quando muito momentâneo, acordei hoje cedo absolutamente desorientado, sentindo nada mais que a testa e identificando um estado medianamente suportável apenas para muito além do presente; teria de bom grado, pela simples disposição de morrer, me enrolado no piso de cimento do corredor com os autos na mão. Meu corpo é comprido demais para minha debilidade, não tem o mínimo de gordura necessária à produção de um calor abençoado, à conservação do fogo interior, falta-lhe a gordura da qual o espírito possa se nutrir para além de sua necessidade mínima diária, sem prejuízo do todo. Como o coração fraco, que tantas pontadas me desferiu nos últimos tempos, há de conseguir bombear o sangue por todo o comprimento das pernas? Até os joelhos seria já trabalho bastante; daí em diante, porém, irriga as canelas geladas tão somente com a força de um ancião. A esta altura, porém, já a parte superior do corpo torna a precisar de sangue, mas é necessário aguardar até que ele se espalhe lá embaixo. O comprimento do corpo aparta tudo. O que pode ele, que, afinal, ainda que fosse possível comprimi-lo, talvez dispusesse apenas de força insuficiente para o que pretendo alcançar?

—

De uma carta de Löwy a seu pai: Se eu for a Varsóvia, vou circular entre vocês em minhas roupas europeias como "uma aranha diante dos olhos, como um enlutado entre noivos"

—

L[öwy]. conta de um amigo casado que mora em Postin, uma cidadezinha perto de Varsóvia, e que se sente solitário em seus interesses progressistas e, portanto, infeliz. "Postin é uma cidade grande?" "Grande assim", ele me estende a palma da mão. Reveste-a uma luva encrespada de um marrom amarelado a representar uma região deserta.

23/11/11
No dia 21, centésimo aniversário da morte de Kleist, a família Kleist mandou depositar uma coroa de flores em seu túmulo com a inscrição: "Ao melhor de sua estirpe"

De que circunstâncias meu modo de vida me faz depender! Esta noite dormi um pouco melhor que na semana passada, e, hoje à tarde, até muito bem, chego mesmo a sentir aquela sonolência que decorre de um sono razoável; por isso, receio não poder escrever tão bem, sinto como certas capacidades enterram-se mais profundamente em mim e estou preparado para toda sorte de surpresas, isto é, já as vejo.

24/11/11

Schhite (aquele que aprende a arte do abate kosher). Peça de Gordin. Nela, algumas citações do Talmude. Por exemplo: quando um grande erudito comete um pecado à tardinha ou de noite, não se pode mais recriminá-lo por isso na manhã seguinte, porque, em toda a sua erudição, ele próprio certamente já se arrependeu de tê-lo cometido. — Quem rouba um boi deve devolver dois; quem abate um boi roubado precisa devolver quatro, mas quem abate um bezerro roubado só precisa devolver três, porque se supõe que o ladrão teve de carregar o bezerro e, portanto, realizou trabalho pesado. Essa mesma suposição determina o castigo ainda que o bezerro tenha sido levado confortavelmente.

—

Honradez dos maus pensamentos. Ontem à noite, sentia-me particularmente miserável. Estava outra vez mal do estômago, custou-me escrever, precisei me empenhar para prestar atenção na leitura de Löwy no café (que, de início, estava quieto, razão pela qual também nós o poupamos, mas que depois, animando-se, não nos deixou em paz); ingressar em meu triste futuro imediato parecia-me não valer a pena, e eu caminhava desamparado pela Ferdinandstraße. Na altura da Bergstein,[104] pus-me outra vez a pensar em meu futuro distante. Como pretendia suportá-lo com este corpo saído de um quarto de despejo? Até o Talmude diz: um homem sem mulher não é um homem. Diante de pensamentos assim, nada mais me restou senão dizer a mim mesmo: "Aí vêm vocês, maus pensamentos, agora que estou fraco e mal do estômago. Justamente agora querem se fazer pensar. Visam somente ao que lhes faz bem. Que vergonha. Voltem outra hora, quando eu tiver mais forças. Não explorem assim este meu estado". E, de fato, sem nem demandar provas adicionais, eles recuaram, foram se dispersando com vagar e não me incomodaram mais durante o resto de meu passeio, naturalmente não demasiado feliz. Ao que tudo indica, esqueceram-se de que, caso desejem respeitar todos esses meus estados ruins, raro será que tenham vez.

—

104 Travessa da então Ferdinandstraße.

O cheiro de gasolina de um automóvel proveniente do teatro me chama a atenção para como é visível a bela vida doméstica que aguarda aqueles frequentadores que agora vêm em minha direção e terminam de ajeitar seus casacos e o binóculo que trazem pendurado (ainda que iluminada por uma única vela, essa domesticidade é quanto basta antes de ir dormir); mas como parece também que o teatro os manda para casa como pessoas de importância secundária, as quais, pela última vez, viram baixar o pano à sua frente e, às costas, se abrirem as portas por onde haviam entrado antes de começar o espetáculo ou durante o primeiro ato, altivas em razão de alguma preocupação ridícula.

25/11/11
A tarde toda no Café City convencendo Myška a assinar uma declaração de que ele trabalhou para nós apenas como caixeiro e, portanto, sem a obrigatoriedade do seguro; o pai não estaria, assim, obrigado a lhe fazer esse vultoso pagamento suplementar.[105] Ele me promete — falo um tcheco fluente e me desculpo com elegância sobretudo de meus erros —, ele me promete que vai enviar a declaração à loja até segunda-feira; sinto que, se não me adora, ele ao menos me respeita, mas na segunda não envia coisa nenhuma e nem está mais em Praga: foi viajar.

De noite, cansado, em casa de Baum, sem Max.

Leitura de *Die Häßlichen* [As feias], uma narrativa ainda desordenada, o primeiro capítulo é antes o depósito de um conto.[106]

26/11/11
Domingo. Com Max, R[ichard]. e S[amuel]., de manhã e à tarde, até as cinco. Depois, fui até A. M. Pachinger.[107] Colecionador de Linz, recomendado por Kubin, cinquenta anos, gigantesco, movimentos como os de uma torre; quando ele se cala por algum tempo, baixamos a cabeça, porque ele se cala por completo, ao passo que, ao falar, não fala de todo; sua vida consiste em

105 Novo seguro compulsório, vinculado à aposentadoria do trabalhador, que, na visão dos comerciantes como Hermann Kafka, representava pesado encargo para o empregador. Myška, como se depreende, trabalhava na loja dos Kafka. **106** Do escritor praguense Norbert Eisler, cofundador, juntamente com Otto Pick e Willy Haas, da revista *Herder-Blätter*.
107 Anton Max Pachinger (1864-1938). O conselheiro da corte em Linz e colecionador visita Praga por indicação de Alfred Kubin.

colecionar e fornicar. Coleções: ele começou com uma coleção de selos, passou então para os desenhos e, depois, começou a colecionar de tudo, até perceber a inutilidade de uma coleção que jamais se completa e limitou-se, então, a amuletos e, mais tarde, a medalhas e folhetos de peregrinações da Baixa Áustria e do sul da Baviera. São medalhas e folhetos reeditados especialmente a cada peregrinação, sem valor artístico ou material mas que muitas vezes contêm representações agradáveis. Pachinger começou também a publicar bastante sobre esses objetos, foi o primeiro a fazê-lo e a fixar parâmetros para sua sistematização. Naturalmente, isso revoltou os antigos colecionadores desses mesmos artigos, que, nada tendo publicado, tiveram enfim de se resignar. Ele é agora especialista reconhecido nessas medalhas, que lhes são enviadas de toda parte com pedidos para que ele as classifique e avalie; sua palavra é lei. De resto, segue colecionando de tudo; seu orgulho é um cinto de castidade (escapulário?), que, como todos os seus amuletos, foi exibido na Exposição de Higiene de Dresden. (Esteve lá há pouco, mandou empacotar tudo para o transporte.) Depois, vem a bela espada de cavaleiro dos Falkenstein. Sua relação com a arte é precária, ou só alcança aquela clareza que lhe permite a atividade como colecionador. Do café no Hotel Graf ele nos conduz a seu quarto superaquecido, senta-se na cama, e nós, em duas poltronas em torno dele, compondo assim uma assembleia tranquila. Sua primeira pergunta: "Os senhores são colecionadores?". "Não, apenas pobres amadores." "Não tem importância." Ele saca sua carteira e literalmente nos arremessa ex-líbris, seus e de outras pessoas, misturados a um prospecto de seu próximo livro, *Zauberei und Aberglaube im Steinreich* [Magia e superstição no reino mineral].[108] Já escreveu bastante, sobretudo acerca da "maternidade na arte"; considera o corpo da mulher grávida o mais belo que há, além de ser o que mais lhe agrada foder. Escreveu também sobre amuletos. Trabalhou nos museus imperiais de Viena, comandou escavações em Brăila, no estuário do Danúbio, e inventou um procedimento que leva seu nome para reconstituir vasos escavados; é membro de treze sociedades científicas e museus e legou sua coleção ao Museu Germânico de Nuremberg; com frequência permanece à escrivaninha até uma ou duas horas da madrugada e, de manhã, torna a se sentar diante dela já a partir das oito. Faz-nos escrever alguma coisa no

108 Na verdade, *Glaube und Aberglaube im Steinreich* (Crença e superstição no reino mineral), obra publicada no final de 1911. Logo a seguir, *Die Mutterschaft in der Malerei und Graphik* (A maternidade na pintura e nas artes gráficas) é publicação de 1906.

álbum de uma amiga, que trouxe consigo na viagem para ajudar a preenchê--lo. Autores vêm logo no começo. Max escreve um verso complicado, que o sr. P[achinger]. tenta traduzir com um proverbial "depois da tempestade vem a bonança". Antes, leu-o com sua voz canhestra. Eu escrevi:

Kleine Seele
springst im Tanze...[109]

Ele volta a ler em voz alta, eu o ajudo, e por fim ele diz: "Um ritmo persa? Como se chama mesmo? Gazal, não é?". Não pudemos concordar e tampouco adivinhar o que ele queria dizer. Por fim, recita um ritornelo de Rückert.[110] "Ritornelo", pois, era o que ele queria dizer. Também não era um ritornelo. Está bem, mas certa eufonia tinha. Ao sairmos, ele desarruma a cama, para que a temperatura dela se iguale por inteiro à do quarto, além de ordenar que aumentem o aquecimento. — É amigo de Halbe e gostaria muito de conversar sobre ele.[111] Nós preferiríamos falar de Blei. Mas não há muito que falar sobre ele, que é desprezado nos círculos literários de Munique em razão de suas obscenidades literárias; da mulher, que tinha um consultório dentário muito frequentado e o sustentava, ele se separou; a filha de dezesseis anos, loira e de olhos azuis, é a moça mais tresloucada de Munique.[112] Em *Die Hose*, de Sternheim — Pachinger fora ao teatro com Halbe —, Blei fazia um boa-vida já de idade. Quando Pachinger o encontrou no dia seguinte, disse-lhe: "Doutor, ontem à noite o senhor fez o papel do dr. Blei". "Como? Como assim?", Blei respondeu embaraçado, "mas representei o papel de fulano de tal." — A vida conjugal de Kubin vai mal. A mulher é viciada em morfina. P[achinger]. está convencido de que Kubin também é. Segundo ele, basta observar como, da maior vivacidade, ele de repente desmorona com seu nariz pontiagudo e

109 Poema escrito por Kafka numa folha de calendário em 17 de setembro de 1909:. "*Kleine Seele/ springst im Tanze/ legst in warme Luft den Kopf/ hebst die Füße aus glänzendem Grase/ das der Wind in zarte Bewegung treibt*". (Pequena alma/ tu saltas a dançar/ repousas a cabeça no ar quente/ ergues os pés da grama reluzente/ que o vento agita num terno movimento.) **110** Friedrich Rückert (1788-1866), poeta, tradutor e professor de línguas orientais que introduziu o gazal na literatura alemã. **111** O escritor Max Halbe (1865-1944). **112** Blei era tido como "mestre da erotomania na literatura", conforme escreveu em sua própria autobiografia, *Erzählung eines Lebens* (Relato de uma vida). Sua mulher era Maria Blei (1867-1943), e a filha aqui mencionada é Maria Sybille Blei (1897-1963?). *Die Hose* (A calça), comédia de Carl Sternheim (1878-1942), entrara em cartaz em Munique dias antes, em 20 de novembro de 1911.

as maçãs do rosto caídas, precisam acordá-lo, ele recobra algum ânimo e retorna à conversa, mas, passado algum tempo, torna a ficar quieto, e isso então se repete a intervalos cada vez menores. Além disso, volta e meia faltam-lhe palavras. — Sobre mulheres: as histórias sobre sua potência sexual fazem pensar em como ele deve enfiar lentamente nelas seu membro grande. Em tempos idos, seu truque era esgotá-las de tal forma que elas não aguentassem mais. Aí, nem alma tinham, animais. Posso bem imaginar essa devoção. Ele adora as rubensianas, como diz, mas refere-se aí a mulheres de seios grandes, abaulados em cima, achatados embaixo, pendentes feito sacos. Explica essa preferência dizendo que uma mulher assim foi seu primeiro amor, uma amiga de sua mãe e mãe de um colega de escola

28/11/11
Três dias sem escrever nada.[113]

29/11/11
que o seduziu quando ele tinha quinze anos. Ele era melhor em línguas estrangeiras, o colega em matemática, por isso estudavam juntos na casa deste último, e foi assim que aconteceu. Mostra fotografias de suas preferidas. A atual é uma mulher mais velha; sentada numa poltrona com as pernas abertas, os braços erguidos, o rosto pregueado pela gordura, exibe suas muitas carnes. Numa foto que a mostra na cama, os seios, que, esparramados e inchados, parecem literalmente coagulados, e a barriga, erguendo-se na direção do umbigo, são dois montes que se equivalem. Outra das preferidas é jovem, sua foto mostra apenas longos seios para fora da blusa desabotoada e um rosto afilado que, olhando para o lado, termina numa bela boca. Em Brăila, no passado, grande era a afluência das gordas mulheres de comerciantes que ali passavam o verão, as quais tanto tinham de suportar e os maridos deixavam esfomeadas. Carnaval bastante fértil em Munique. Segundo o escritório de registros da cidade, mais de 6 mil mulheres vão a Munique durante o Carnaval, desacompanhadas e com o propósito manifesto de fornicar. São mulheres casadas, moças, viúvas, não apenas da Baviera, mas de toda a vizinhança também.

113 A entrada foi datada por Kafka, mas aparece antes das entradas de 25 e 26 de novembro na edição crítica dos *Diários*. Na edição de Max Brod, a data é 30 de novembro, mas Brod corta boa parte da entrada do dia 26 (a partir da referência à vida conjugal de Kubin) e a totalidade da entrada do dia 29.

—

Do Talmude: quando um erudito sai em busca de uma noiva, ele deve levar consigo um *amhoretz* [ignorante], uma vez que, demasiado absorto em sua sabedoria, ele deixará de notar o necessário. — Mediante suborno, as linhas de telefone e telégrafo em torno de Varsóvia foram complementadas para formar um círculo perfeito, o que, em consonância com o Talmude, torna a cidade uma área delimitada, configurando uma espécie de pátio, o que possibilita também aos mais pios movimentar-se aos sábados no interior desse círculo portando consigo ninharias (como lenços). — As comunidades hassídicas, nas quais as pessoas conversam alegremente sobre questões do Talmude. Se a conversa emperra ou alguém não participa dela, recorre-se ao canto. Inventam-se melodias e, se uma delas vinga, familiares são chamados a repeti-las e ensaiá-las. Numa dessas conversas, um rabi milagroso que tinha frequentes alucinações, de súbito mergulhou o rosto nos braços pousados sobre a mesa e permaneceu três horas ali, sob silêncio geral. Quando acordou, chorou e começou a cantar uma nova e divertida marcha militar. Era a melodia que os anjos dos mortos tinham entoado havia pouco ao acompanhar ao céu a alma de outro rabi milagroso, morto numa longínqua cidade russa. — Segundo a Cabala, os pios recebem às sextas-feiras uma alma nova, inteiramente divina e mais tenra, que permanecerá com eles até sábado à noite. — Na sexta à noite, dois anjos acompanham o pio do templo até em casa; o dono da casa os cumprimenta de pé, na sala de jantar; os anjos permanecem ali apenas por pouco tempo.

—

"O amor por uma atriz." "Um teatro."[114]

—

A educação das moças, sua entrada na idade adulta, seu habituar-se às leis do mundo, sempre teve um valor especial para mim. Daí em diante, elas não mais se afastam sem dar nenhuma esperança àquele que as conhece apenas de passagem e, de passagem, gostaria de conversar com elas; demoram-se um pouco mais, ainda que não propriamente no ponto do cômodo em que

114 Possivelmente, títulos para um relato literário do encontro com a trupe de teatro iídiche.

as queremos; não é mais necessário detê-las com olhares, ameaças ou com o poder do amor, e, quando se viram para partir, fazem-no com vagar e não pretendem com isso ferir ninguém; também suas costas tornaram-se mais largas. O que lhes é dito não se perde, elas ouvem a pergunta completa sem que seja preciso formulá-la com pressa e respondem decerto jocosamente, mas dão resposta à pergunta exata que lhes foi formulada. Sim, e até fazem perguntas elas próprias, de rosto erguido, uma breve conversa não lhes é intolerável. Mal se deixam perturbar pelo observador no trabalho que realizam no momento, dão-lhe, pois, menos atenção, mas ele pode assim contemplá-las por mais tempo. Recolhem-se apenas para se vestir. É o único momento em que podemos nos sentir inseguros. De resto, porém, já não é preciso correr pelas ruas, pôr-se à espreita nos portões e esperar sempre por um feliz acaso, embora saibamos já, por experiência, que não possuímos a capacidade de forçar esse acaso. Apesar dessa grande mudança pela qual passaram, não é raro que, a um encontro inesperado, elas nos fitem com um olhar pesaroso, pousem a mão sobre a nossa e, com movimentos lentos, nos convidem a entrar em sua casa, como se fôssemos parceiros de negócios. Caminham pesadamente de um lado a outro no cômodo vizinho, e quando o adentramos também, movidos pela lascívia e pela obstinação, estão sentadas no nicho da janela e leem o jornal sem nos dirigir um único olhar.

3/12/11
Acabo de ler um pedaço de *Karl Stauffers Lebensgang: Eine Chronik der Leidenschaft* [A vida de Karl Stauffer: Uma crônica da paixão], de Schäfer,[115] e a grande impressão que me causou e que penetra em meu íntimo, a qual só perscruto em certos momentos, enredou-me e me capturou sobremaneira, ao mesmo tempo que a fome imposta por meu estômago arruinado e a costumeira agitação do domingo livre me levam tão longe que também eu preciso escrever, da mesma forma como, quando um fator externo impõe-nos uma agitação exterior, só o que nos ajuda é agitar os braços.

—

Para aqueles a seu redor, a infelicidade do solteiro, seja ela aparente ou real, é tão fácil de adivinhar que, se ele permaneceu solteiro pela alegria que lhe

115 Autobiografia ficcional do artista plástico suíço Karl Stauffer-Bern (1857-91), publicada em 1911.

proporciona o segredo, só lhe restará amaldiçoar sua decisão. Decerto, ele caminha por aí com o casaco abotoado, as mãos nos bolsos altos, os cotovelos abertos, o chapéu afundado no rosto; um sorriso falso, já inato, há de proteger a boca, assim como o pincenê, os olhos; a calça é mais apertada do que fica bem em pernas magérrimas. Mas todos sabem qual a sua situação, qualquer um pode enumerar-lhe os sofrimentos. Um vento frio sopra de seu interior, para o qual ele olha com a outra metade, ainda mais triste, de suas duas caras. De casa, muda-se literalmente sem cessar, mas com esperada regularidade. Quanto mais se afasta dos vivos, para os quais — e esta é a pior ironia — precisa trabalhar como um escravo consciente mas impedido de manifestar sua consciência, tanto menor o espaço considerado suficiente para ele. Enquanto os outros, ainda que tenham passado a vida inteira enfermos numa cama, precisam ser abatidos pela morte, porque, ainda que devessem ter tombado há tempos por sua própria fraqueza, agarram-se afinal a seus amorosos, fortes e saudáveis cônjuges, o solteiro se contenta já no meio da vida, e aparentemente por vontade própria, com um cômodo cada vez menor e, caso morra, o caixão é precisamente quanto lhe basta.

—

O modo como li há pouco tempo a autobiografia de Mörike para minhas irmãs; já comecei bem, mas melhorei ainda mais ao longo da leitura e, por fim, juntando a ponta dos dedos, venci obstáculos interiores com minha voz sempre serena, à qual fui abrindo perspectivas cada vez mais amplas, e, por fim, a sala toda à minha volta nada mais podia ouvir senão minha voz. Até que, de volta da loja, meus pais tocaram a campainha.

—

Antes de adormecer, senti o peso dos punhos nos braços leves sobre meu corpo.

8/12/11

Sexta-feira. Há tempos não escrevo, mas dessa vez em certa medida por satisfação, porque terminei o primeiro capítulo de R[ichard]. e S[amuel]. e considero bem-sucedida sobretudo a descrição inicial do sono no compartimento do trem. Mais do que isso, acredito que algo sucede em mim que muito se aproxima daquela transformação do afeto em caráter de que fala Schiller. Tenho de registrar isso, a despeito de toda resistência interior

—

Passeio com Löwy até o castelo do governador, a que chamei "a cidadela do Sião". A traceria nos portões da entrada e a cor do céu combinavam perfeitamente. — Outro passeio, Hetzinsel.[116] História de como a companhia acolheu a sra. Tschisik por compaixão em Berlim, ela, que, de início, era uma duetista insignificante trajando vestido e chapéu antiquados. Leitura em voz alta de uma carta de Varsóvia, na qual um jovem judeu varsoviano se queixa do declínio do teatro judeu e escreve que prefere o Nowosti, o teatro polonês de operetas, ao teatro judeu, porque o cenário pobre, as indecências, os versos satíricos "embolorados" etc. seriam insuportáveis. Basta pensar, argumenta, no efeito central de uma opereta judia em que a prima-dona marcha através do público rumo ao palco com um cortejo de criancinhas atrás de si. Todas carregam pequenos rolos da Torá e cantam: "*Toire is die beste schoire*" — a Torá é a melhor mercadoria.[117]

—

Depois das boas passagens de R[ichard]. e S[amuel]., belo passeio solitário pelo Hradschin e pelo Belvedere.[118] Na rua Neruda, uma placa: Anna Křížová, costureira formada na França sob os auspícios da duquesa viúva Ahrenberg, nascida princesa Ahrenberg. — Detive-me no meio do primeiro pátio do castelo e assisti a um exercício da guarda.

—

Max não gostou das últimas partes que escrevi, e isso porque não as acha compatíveis com o todo, mas pode ser também que as considere ruins em si. É bem provável que seja assim, porque me preveniu para não escrever passagens tão longas e considera gelatinoso o efeito que esses escritos produzem.

—

Para conseguir conversar com jovens mocinhas preciso da proximidade de pessoas mais velhas. O ligeiro incômodo que estas provocam anima-me a

116 Em tcheco, Štvanice, a maior ilha do rio Moldava em Praga, ao norte da ponte Carlos.
117 A tradução de Kafka é literal. Mais propriamente, "a Torá é o melhor negócio ou investimento".
118 O Hradschin é o famoso castelo de Praga. Logo a seguir, Nerudagasse (em alemão), ou Nerudová ulice (em tcheco).

falar, e logo parece diminuir o que é exigido de mim; aquilo que sai da minha boca sem reflexão, mesmo que não valha para a moça, pode, ainda assim, ser adequado à pessoa mais velha, de quem, caso necessário, posso também obter ajuda em profusão.

—

Srta. Haas.[119] Ela me lembra a sra. Blei; só que o comprimento do nariz, a leve curva dupla que descreve e sua relativa estreiteza o tornam parecido com o nariz arruinado da sra. Blei. No mais, porém, também ela possui um pretume no rosto que mal se justifica exteriormente e que só um caráter forte pode ter conferido à pele. Costas largas com tendência bastante acentuada a se avolumar em quadris femininos; corpo pesado, que, no entanto, o casaco bem talhado afina e no qual, embora justo, ainda resulta folgado. Depois de momentos embaraçosos ao longo da conversa, um livre erguer da cabeça sinaliza que uma saída foi encontrada. Prostrado eu não estava durante nossa conversa, nem me rendera interiormente, mas, se pudesse ter me visto de fora, não teria podido encontrar outra explicação para meu comportamento. Antes, eu não conseguia falar livremente com recém-conhecidas porque, sem que eu tivesse consciência disso, o desejo sexual me impedia; agora o que me impede é sua ausência consciente.

—

Topei com o casal Tschisik no Graben. Ela vestia seu traje de meretriz de *Der wilde Mensch*. Se eu me puser a analisar em detalhes essa sua aparição no Graben, ela parecerá improvável. (Eu a vi apenas de passagem, porque me assustei ao vê-la, não cumprimentei, não fui visto nem ousei me voltar de imediato.) Mais baixa que de costume, ela projetava o lado esquerdo do quadril para a frente, e não o fazia momentaneamente, mas constantemente; sua perna direita estava flexionada, eram bastante rápidos os movimentos de pescoço e cabeça que a aproximavam do marido, em cujo braço buscava enganchar seu braço direito, esticado e dobrado. Ele usava seu chapeuzinho de verão com a aba abaixada na frente. Quando me voltei, tinham desaparecido. Adivinhei que haviam entrado no Café Central, aguardei um pouco do outro lado do Graben e tive a sorte de, passado um bom tempo,

119 Provavelmente, a já mencionada Helli Haas (ver nota 25, à p. 66). A seguir, Maria Blei.

vê-la aproximar-se da janela. Uma vez sentada à mesa, via-se apenas a borda de seu chapéu de papelão revestido de seda azul. — Depois, num sonho, eu estava numa passagem bem estreita e não muito alta, que, coberta por uma abóbada de vidro, ligava duas ruas, parecida com aquelas comunicações intransitáveis em pinturas primitivas italianas, e parecida também, de longe, com uma passagem que vimos em Paris, uma ramificação da Rue des Petits-Champs. Só que a de Paris era mais larga e cheia de lojas, ao passo que essa estendia-se entre paredes nuas e, pelo que parecia, mal tinha espaço para duas pessoas lado a lado; quando, porém, efetivamente se entrava por ela, como fiz com a sra. Tschisik, era surpreendentemente espaçosa, sem que isso, no entanto, nos tenha surpreendido. Enquanto eu e ela caminhávamos rumo à saída, na direção de um possível observador, e a sra. Tschisik ao mesmo tempo se desculpava de alguma falta (alcoolismo, pareceu-me) e me pedia que não acreditasse naqueles que a caluniavam, o sr. T., na outra ponta da passagem, chicoteava um são-bernardo de pelo amarelo e farto que se erguia diante dele sobre as patas traseiras. Não estava muito claro se ele apenas brincava com o cachorro e, assim, negligenciava a mulher, se havia de fato sido atacado pelo animal ou se, enfim, pretendia mantê-lo longe de nós.

Com L[öwy]. no cais. Tive um ligeiro desmaio que me subjugou por completo; superei-o e, pouco depois, lembrei-me dele como de algo esquecido há muito tempo.

—

Mesmo desconsiderando todos os demais obstáculos (meu estado físico, pais, caráter), consigo chegar a um pretexto muito bom para, apesar de tudo, não me restringir à literatura, e o faço valendo-me do seguinte divisor: nada posso ousar fazer por mim enquanto não tiver produzido um trabalho maior, que me satisfaça plenamente. Isso é por certo irrefutável.

—

Sinto agora, como já sentia à tarde, um grande desejo de, pela via da escrita, arrancar de mim todo esse meu estado angustiante e de, da mesma forma como ele vem de minhas profundezas, registrá-lo nas profundezas do papel, ou de registrá-lo de uma maneira que eu possa abarcar em mim todo o escrito. Não se trata de um desejo artístico. Quando, hoje, Löwy me contou de sua insatisfação, de sua indiferença em relação a tudo que sua trupe faz, expliquei-o atribuindo seu estado a mera saudade de casa, mas, embora a tenha manifestado, de certo modo não lhe dei essa explicação: guardei-a para mim e, de passagem, usufruí dela para minha própria tristeza.

9/12/11

Stauffer-Bern: "A doçura da produção engana quanto a seu valor absoluto".[120]

—

Quando nos detemos diante de um livro de cartas ou memórias, seja ele de quem for — desta vez, Karl Stauffer-Bern —, e não trazemos essa pessoa por nossas próprias forças para dentro de nós, porque isso demanda arte, e a arte se satisfaz a si mesma; quando, em vez disso, devotados — o que logo acontece a quem não ofereça resistência —, nos deixamos levar pela totalidade desse estranho e nos transformar em seu parente, aí já não há nada de especial no fato de, ao fecharmos o livro, de volta a nós mesmos depois dessa excursão e desse repouso, tornarmos a nos sentir melhor em nosso ser redescoberto, revolvido, contemplado de longe por um momento e, agora, com uma cabeça mais livre.

10/12/11

Domingo. Preciso ir visitar minha irmã e seu menino.[121] Quando, anteontem, à uma da manhã, a mãe voltou de lá com a notícia do nascimento do bebê, meu pai atravessou a casa em seu roupão, abriu todos os cômodos, acordou a mim, à criada e às minhas irmãs e anunciou o nascimento de um jeito como se o menino não tivesse apenas nascido, mas como se já tivesse vivido uma vida honrada e sido sepultado.

—

É somente mais tarde que pode espantar o fato de aquela vida estranha a nós, a despeito de sua vivacidade, ser descrita em livro de forma imutável, ainda

120 Esta entrada (que cita uma carta do artista datada de 15 de janeiro de 1886) e a seguinte baseiam-se na leitura de *Karl Stauffer-Bern: Sein Leben, seine Briefe, seine Gedichte* (Karl Stauffer-Bern: Sua vida, suas cartas, seus poemas), de Otto Brahms, publicado em 1892. Mais adiante, referência a uma carta de Stauffer-Bern sobre a morte de um amigo, Lissel.

121 Felix Hermann (1911-40), o primeiro filho de Elli e Karl Hermann, nascido em 9 de dezembro de 1911.

que acreditemos saber, por experiência própria, que nada neste mundo está mais distante da experiência vivida — a do luto pela morte de um amigo, por exemplo — que a descrição dessa experiência. Mas o que vale para nós não vale para o outro. Assim, se, por um lado, não conseguimos dar conta de nossos sentimentos em cartas — e naturalmente tem-se aí uma quantidade difusa de gradações de ambos os lados —, se, mesmo em nossa melhor forma, precisamos nos valer a todo momento de expressões como "indescritível", "inefável", ou de um "tão triste" ou "tão bonito" prontamente seguido de um "que" e de uma esfarelante oração subordinada, somos recompensados, por outro, com a capacidade de apreender relatos alheios com a serena exatidão que nos falta, pelo menos na mesma medida, ao escrevermos nossas próprias cartas. A ignorância em que nos vemos ante os sentimentos que, dependendo do caso, alisaram ou amarrotaram a carta em questão, precisamente essa ignorância se transforma em entendimento, uma vez que somos obrigados a nos ater à carta em si, a só acreditar no que ela diz, a considerá-la, pois, expressão plena e, a partir dessa expressão perfeita, como é justo que seja, ver aberto o caminho rumo ao que há de mais humano. Assim, as cartas de Karl Stauffer, por exemplo, contêm apenas o relato acerca da vida breve de um artista.

13/12/11

Cansado, não escrevi, fiquei deitado no canapé do quarto ora quente ora gelado, com as pernas doentes e tendo sonhos repugnantes. Um cão jazia sobre meu corpo com uma pata perto do meu rosto, o que me fez acordar, ainda que, por alguns instantes, com medo de abrir os olhos e dar com ele.

—

Biberpelz [O casaco de castor]. A peça definha cheia de lacunas, sem nenhuma intensificação.[122] Cenas equivocadas do chefe de polícia. Atuação delicada da Lehmann do Teatro Lessing. A saia enfiada entre as coxas quando ela se agacha. O olhar pensativo do povo, o erguer das palmas das mãos que se juntam, uma debaixo da outra, à esquerda do rosto, como se para enfraquecer deliberadamente o poder da voz que nega ou afirma peremptoriamente. Atuação grosseira e irrefletida dos demais. Impertinências do ator cômico em relação à peça

122 Comédia de Gerhart Hauptmann apresentada em Praga, em 12 de dezembro de 1911, com a atriz Else Lehmann (1866-1940), do Teatro Lessing de Berlim, no papel de mãe Wolffen.

(saca seu sabre velho, confunde os chapéus). Frio desagrado de minha parte. Fui para casa e, mesmo lá, sentei-me ainda admirado de tantas pessoas se disporem a suportar tanta agitação por uma noite (gente que grita, rouba, é roubada, importunada, aplaudida, negligenciada) e de a peça, se vista apenas com olhos pestanejantes, reunir tantas vozes e gritos humanos desordenados. Belas moças. Uma de rosto liso, a superfície ininterrupta da pele, as maçãs do rosto arredondadas, os cabelos principiando no alto da testa e, em meio a essa lisura, olhos perdidos e algo inchados. — Bonitas passagens em que a Wolffen se mostra a um só tempo ladra e amiga honrada da gente inteligente, progressista e democrática. Um Wehrhahn na plateia haveria na verdade de se sentir corroborado.[123] — Triste paralelismo dos quatro atos. No primeiro, rouba-se; no segundo, vem o julgamento, assim como acontece no terceiro e no quarto ato —

—

Der Schneider als Gemeinderat [O alfaiate como vereador] com os judeus. Sem os Tschisik, mas com dois novos atores, o casal Liebgold, pessoas terríveis.[124] Peça ruim de Richter. O começo à Molière, o vereador ostentoso com seus relógios pendurados. — A Liebgold não sabe ler, o marido precisa ensaiar com ela. — É quase costume que um ator cômico se case com uma atriz séria e que um ator sério se case com uma comediante, assim como que só se levem em turnê mulheres casadas ou da família. — O pianista que, certa vez, à meia-noite, se espreme porta afora carregando suas partituras, provavelmente um homem solteiro.

—

Concerto de Brahms da Singverein.[125] O principal da minha falta de musicalidade é que não consigo ouvir música de forma concatenada, apenas aqui e ali ela produz algum efeito sobre mim, e ele raras vezes é de natureza musical. A música que ouço ergue naturalmente um muro à minha volta, e a única influência musical duradoura que sinto é o fato de, encerrado dessa maneira, eu

123 Referência ao chefe de polícia em *Der Biberpelz*. **124** Em 10 e 11 de dezembro, a trupe de atores judeus volta a se apresentar no Café Savoy. A peça é do poeta e dramaturgo Moses Richter (1873-1939), e à companhia vêm se juntar o sr. e a sra. Liebgold, do Teatro Judeu de Lemberg: ele, ator cômico; ela, cantora. **125** Duas associações de canto promovem no Rudolfinum, em 13 de dezembro de 1911, uma noite dedicada à música de Brahms, sob a regência de Gerhard von Keußler.

ser diferente de quando livre. — Uma tal reverência como a que o público tem pela música, ele não a possui pela literatura. As cantoras. A boca aberta, muitas a mantinham apenas graças à melodia. Pescoço e cabeça de uma das moças, mais pesada, esvoaçavam enquanto ela cantava. — Três sacerdotes num camarote. O do meio, com o solidéu vermelho, ouve de maneira tranquila e digna, grave e sem emoção, mas não rija; o da direita mostra-se ensimesmado com sua cara afilada, rígida e enrugada; o da esquerda, gordo, tomba o rosto sobre o punho semiaberto. — Tocaram a *Abertura trágica* [op. 81]. (Ouço apenas passos lentos e solenes, executados ora de um lado ora de outro. É instrutivo observar o caminho da música entre os naipes de instrumentistas e, depois, confirmá-lo com o ouvido. A destruição do penteado do regente.)

Beherzigung [Resolução, op. 93a], de Goethe, *Nênia* [op. 82], de Schiller, *Canto das Parcas* [op. 89], *Canção triunfal* [op. 55]. — As cantoras, de pé lá em cima, junto da balaustrada baixa, como se sobre arquitetura italiana antiga.

—

Certo é que, embora eu tenha passado bom tempo em meio a uma literatura que com frequência me sobrepuja e me submerge, faz três dias que, à parte o desejo geral de felicidade, não sinto nenhum anseio primordial por literatura. Da mesma forma, semana passada eu considerava Löwy um amigo imprescindível, ao passo que agora prescindi dele por três dias com facilidade.

—

Quando, depois de um tempo mais longo, começo a escrever, ponho-me a apanhar as palavras como se do ar. Se consigo uma, então ela é tudo que tenho, e o trabalho todo então recomeça.

14/12/11

Ao meio-dia, meu pai recriminou-me por não cuidar da fábrica. Expliquei-lhe que me envolvi porque esperava obter algum ganho, mas que, enquanto estiver no escritório, não posso colaborar mais. O pai seguiu ralhando comigo, que, de pé à janela, me calei. À noitinha, porém, e em decorrência daquela conversa na hora do almoço, flagrei-me pensando que podia me dar por muito satisfeito com minha situação atual e só precisava me precaver para não querer dedicar todo o meu tempo à literatura. Mal refletira mais detidamente sobre esse pensamento, e ele já não me pareceu espantoso, e sim corriqueiro. Estava negando a mim mesmo a capacidade de empregar todo o meu tempo na literatura. Essa convicção por certo decorreu apenas de um estado momentâneo, mas é mais forte que ele. Também em Max pensei como num estranho, embora ele tenha hoje uma agitada noite de leitura, uma apresentação em Berlim; ocorre-me agora que só pensei nele quando, em minha caminhada noturna, me aproximava da casa da srta. Taussig.

—

Passeio com Löwy à beira do rio. Um dos pilares do arco reluzente que se ergue sobre a ponte Elisabeth,[126] com seu interior iluminado por uma lâmpada elétrica, parecia uma massa escura em meio à luz irradiando-se nas laterais, qual uma chaminé de fábrica, e a cunha escura de sombra estendendo-se mais acima em direção ao céu, fumaça que sobe. As bem delimitadas superfícies de luz verde ao lado da ponte.

—

Durante a leitura em voz alta de "Beethoven und das Liebespaar" [Beethoven e o casal de namorados], de W. Schäfer,[127] os pensamentos diversos que me passaram pela cabeça com grande nitidez (sobre o jantar, sobre Löwy, que me esperava), pensamentos sem nenhuma conexão com a história que eu lia mas que não me perturbaram na leitura, a qual justamente hoje resultou bem limpa.

17/12/11

Domingo, meio-dia. Desperdicei a manhã dormindo e lendo jornal. Medo de concluir uma resenha para o *Prager Tagblatt*. Esse medo de escrever se manifesta sempre que, vez por outra, longe da escrivaninha, invento frases iniciais para o texto a escrever que logo se revelam inúteis, áridas, rompendo-se bem antes do final e cujas fraturas salientes apontam para um triste futuro.

—

Os velhos truques na feira de Natal. Duas cacatuas sobre um poleiro tiram a sorte. Equívocos. A uma moça, profetiza-se o encontro de uma amada. — Um

126 Assim chamada pelos habitantes da cidade, porque a ela conduzia a rua Elisabeth (Elisabethstraße, hoje Revoluční třída). Seu nome oficial era ponte Imperador Francisco José, hoje Štefánikův most. **127** Relato anedótico de Wilhelm Schäfer publicado em 1911.

homem vende flores artificiais com versos: "*To jest růže udělaná z kůže*" [Esta é uma rosa feita de couro].

—

O jovem Pipes ao cantar. Seu único gesto é girar o antebraço direito para um lado e outro, a mão semiaberta abre-se um pouco mais e, depois, se fecha. O suor cobre-lhe o rosto, sobretudo o lábio superior, como se com cacos de vidro. Um peitilho sem botões foi enfiado às pressas sob o colete debaixo do casaco. — A sombra quente, de um vermelho suave, da boca aberta da sra. Klug a cantar.

—

As ruas de judeus em Paris, a Rue [des] Rosier[s], que sai da Rue de Rivoli.

—

Se uma educação desordenada, uma formação dotada apenas da coesão mais básica, imprescindível a sua mera e insegura existência, é de súbito convocada a trabalho com prazo limitado e, portanto, necessariamente enérgico, se ela é chamada a se desenvolver, a falar, resultará daí tão somente uma resposta amarga, na qual se misturarão a altivez por aquilo que se atingiu e que só se pode suportar com o auxílio de todas as forças da inexperiência, o breve olhar retrospectivo para o saber que, surpreso, escapa e que é de fácil mobilidade, porque mais pressentido que estabelecido, e, por fim, o ódio e a admiração daqueles ao redor.

—

Antes de adormecer, imaginei ontem o desenho de um grupo de pessoas apartado no ar qual uma montanha, um desenho que me pareceu inteiramente novo do ponto de vista técnico e, uma vez inventado, de fácil execução. Em torno de uma mesa, reunia-se um grupo de pessoas, o chão ia pouco além de seu círculo, mas, de todos ali, eu via no momento, e com grande acuidade, apenas um jovem vestindo traje antiquado. Seu braço esquerdo apoiava-se na mesa, a mão pendia frouxa sobre o rosto a, brincalhão, fitar alguém que, preocupado ou inquisitivo, debruçava-se sobre ele. Seu corpo, e em especial a perna direita, esticava-se com relaxada jovialidade, estava mais deitado que sentado. As duas linhas claras que delimitavam as pernas cruzavam-se e se uniam suavemente àquelas que lhe contornavam o corpo. As roupas, de débil materialidade e pálida coloração, abaulavam-se entre essas linhas. Espantado com esse belo desenho, que produziu em minha mente uma tensão que, estava convencido, era duradoura e que, quando quisesse, poderia guiar-me o lápis na mão, arranquei-me daquele estado de sonolência, a fim de poder pensar melhor o desenho. Logo se verificou, no entanto, que eu nada mais tinha imaginado que um pequeno grupo em porcelana branca acinzentada.

—

Em tempos de transição, como foi para mim a semana passada e pelo menos o momento presente ainda é, sou tomado muitas vezes por um espanto triste, mas sereno, com minha insensibilidade. Aparta-me de todas as coisas um espaço oco sobre cujo limite nem sequer avanço.

—

Agora à noitinha, quando meus pensamentos começam a se fazer mais livres e eu talvez fosse capaz de alguma coisa, preciso ir ao Teatro Nacional para ver a estreia de *Hippodamie* [Hipodâmia], de Vrchlický.[128]

—

Certo é que o domingo nunca consegue me ser mais útil que um dia de semana, já vez que sua divisão particular põe em desordem todos os meus hábitos, e eu necessito do tempo livre que então me sobra para me ajustar minimamente a esse dia especial.

—

No momento em que eu me libertasse do escritório, com certeza iria satisfazer de imediato meu desejo de escrever uma autobiografia. A escrita demandaria de mim, como meta preliminar, essa mudança radical, a fim de que eu possa dirigir a massa dos acontecimentos. Não sou capaz de vislumbrar nenhuma outra mudança tão sublime quanto essa, ainda que tão terrivelmente improvável. A escritura da autobiografia me daria, então, grande alegria, porque me seria tão fácil quanto registrar meus sonhos, e,

128 A peça de Jaroslav Vrchlický, pseudônimo de Emil Frida (1853-1912), poeta, tradutor e dramaturgo tcheco, estreou em 17 de dezembro de 1911.

no entanto, teria um resultado muito diferente, um resultado grandioso, que exerceria influência perene sobre mim e seria acessível também à compreensão e aos sentimentos de todas as demais pessoas.

18/12/11

Anteontem, *Hippodamie*.[129] Peça lastimável. Uma perambulação pela mitologia grega desprovida de sentido ou razão. Ensaio de Kvapil no programa da peça que, nas entrelinhas, manifesta a opinião, visível durante todo o espetáculo, de que uma boa direção (aqui, porém, nada mais que uma imitação de Reinhardt) pode transformar um texto ruim em grande obra teatral. Tudo isso deve ser triste para um tcheco que tenha viajado ao menos um pouco. — No intervalo, pela portinha aberta de seu camarote, o governador tomava um pouco do ar provindo do corredor. — A citação da Axioqué morta, em aparição como sombra que logo desaparece, porque, tendo morrido há pouco, ela torna a sentir com demasiada intensidade sua velha dor humana à visão do mundo.

—

Max voltou ontem de Berlim. No *Berliner Tagblatt*, alguém da *Fackel* o chamou altruísta por ele ter lido "Werfel, muito mais importante".[130] Max precisou riscar essa passagem antes de levar a crítica para impressão no *Prager Tagblatt*. Odeio W[erfel]., não porque o inveje, mas o invejo também. É saudável, jovem e rico, e eu não sou nada disso. Além do mais, com sua musicalidade, escreveu cedo e facilmente coisas muito boas, tem atrás e diante de si a mais feliz das vidas; já eu trabalho com pesos de que não consigo me livrar e inteiramente apartado da música.

Sou impontual porque não sinto as dores da espera. Espero como um boi. É que, se percebo um propósito, ainda que bastante incerto, em minha existência momentânea, sou tão vaidoso de minha fraqueza que, em prol desse

129 Kafka se equivoca. A peça havia estreado na véspera, 17 de dezembro. Logo adiante, Jaroslav Kvapil (1868-1950), dramaturgo e diretor-chefe do Teatro Nacional Tcheco. O diretor teatral austríaco Max Reinhardt (1873-1943), mencionado a seguir, atuava regularmente nos palcos praguenses de língua alemã. **130** Brod fizera uma leitura de poemas de Franz Werfel em Berlim, em 16 de dezembro de 1911. O poeta Albert Ehrenstein (1886-1950), a quem se atribui o comentário que segue, publicou seus primeiros poemas na revista vienense *Die Fackel*, editada por Karl Kraus de 1899 a 1936.

propósito preestabelecido, suporto tudo de bom grado. Se estivesse apaixonado, o que não haveria de fazer? Anos atrás, quanto tempo não esperei sob as arcadas do Ring até que M.[131] passasse, ainda que apenas para vê-la acompanhada de seu amado? Perdi encontros marcados, em parte por negligência, em parte por desconhecimento das dores da espera, mas também em prol dos novos e mais complicados propósitos da busca então renovada e incerta por aquelas pessoas com as quais marcara, ou seja, também pela possibilidade de desfrutar de espera longa e incerta. Já do fato de que, quando criança, eu tinha um medo grande e nervoso de esperar, pode-se concluir que fui destinado a coisa melhor mas que pressenti meu futuro.

—

Meus bons momentos não dispõem de tempo nem de permissão para perdurar naturalmente até o fim; os ruins, pelo contrário, ganham mais do que pedem. Segundo posso calcular pelo diário, padeço agora de um momento ruim desde o dia 9, há quase dez dias. Ontem, mais uma vez fui me deitar com a cabeça ardendo e já pronto a me alegrar pelo fato de o momento ruim ter passado e a temer que dormiria mal. Mas passou: dormi relativamente bem e acordo mal.

19/12/11

Ontem, *Dawids Geige* [O violino de Davi], de Lateiner.[132] O irmão banido, um grande violinista, retorna rico, como em meus sonhos dos primeiros tempos do ginásio, mas, de início, vestido com roupas de mendigo, os pés envoltos em trapos como um limpador de neve, testa os parentes que nunca deixaram a terra natal: a filha pobre e honrada e o irmão rico, que não quer entregar o filho em casamento à prima pobre e, a despeito da idade, quer uma mulher jovem. Somente mais tarde ele se revela, ao abrir de um golpe a sobrecasaca sob a qual, de uma faixa atravessada, pendem as condecorações de todos os príncipes da Europa. Tocando o violino e cantando, ele transforma todos os parentes e agregados em boas pessoas e põe em ordem sua situação.

—

131 Não identificada. 132 De acordo com anúncio no jornal *Prager Tagblatt*, a peça foi encenada no Café Savoy em 19 de dezembro de 1911.

A sra. Tschisik de novo no palco. Ontem, seu corpo estava mais belo do que o rosto, que parecia mais delgado que de costume, de forma que a testa, que se enruga à primeira palavra, chamou muita atenção. O corpo avantajado, de robustez moderada e belas linhas redondas, ontem não combinava com o rosto, e ela me lembrou vagamente de seres híbridos, como sereias, sirenes e centauros. Depois, ao vê-la diante de mim com o rosto desfigurado, maculado pelo efeito da maquiagem sobre a tez, uma mancha na blusa azul-escura de mangas curtas, foi como se eu tivesse de falar com uma estátua em meio a um círculo de espectadores impiedosos. A sra. Klug, de pé ao lado dela, me observava. A srta. Weltsch me observava da esquerda.[133] Eu disse tantas asneiras quanto possível. Assim, não deixei de perguntar à sra. T[schisik]. por que tinha viajado a Dresden, embora eu soubesse que ela havia se zangado com os outros e, por isso, partira, e que esse assunto lhe era, portanto, embaraçoso. Por fim, tornou-se ainda mais embaraçoso para mim, só que não me ocorreu outra coisa. Depois, enquanto eu falava com a sra. Klug, a sra. Tschisik se aproximou; eu me voltei para ela e disse "Pardon" à sra. Klug, como se, dali em diante, pretendesse passar minha vida ao lado da sra. T[schisik]. Então, enquanto conversava com ela, notei que meu amor na verdade não a apanhara, apenas esvoaçava ao seu redor, ora mais próximo, ora mais distante. Paz, afinal, ele não há de ter. — A sra. Liebgold representou um jovem rapaz vestindo um figurino que apertava seu corpo de grávida. Como ela não obedece ao pai (Löwy), ele a curva na direção de uma poltrona e golpeia-lhe o traseiro, sobre o qual a calça estica-se bem justa. Löwy disse depois que a tocou com a repugnância com que tocaria um rato. De frente, porém, ela é bonita; somente de perfil exibe um nariz demasiado comprido, pontudo e terrivelmente curvado para baixo.

—

Eu só cheguei às dez, dei um passeio antes e deliciei-me com o leve nervosismo proporcionado pelo fato de ter um lugar garantido no teatro e ir passear durante o espetáculo, ou seja, enquanto os solistas tentam me atrair com seu canto. Perdi a sra. Klug também, e ouvir seu canto sempre vivaz não significa outra coisa para mim senão pôr à prova a solidez do mundo, uma necessidade que decerto ainda possuo.

133 Provavelmente, Lise Weltsch (1889-1974), prima de Felix Weltsch.

—

Hoje, no café da manhã, falei por acaso com minha mãe sobre filhos e casamento, apenas umas poucas palavras, mas, ao fazê-lo, pela primeira vez percebi nitidamente como é equivocada e infantil a imagem que ela tem de mim. Ela me considera um rapaz jovem e saudável que padece um pouco da ideia de estar doente. Essa ideia desaparecerá por si só com o tempo; um casamento e filhos, aliás, bastariam para afastá-la por completo. A partir daí, também o interesse pela literatura se reduziria ao patamar que cabe talvez a uma pessoa culta. E o interesse pelo meu emprego, pela fábrica ou pelo que for que eu tiver nas mãos se manifestará então em proporção imperturbada e natural. Assim, não há a menor razão, nem sequer a mais leve suspeita a justificar o desespero constante acerca de meu futuro; um desespero momentâneo, mas tampouco profundo, enseja apenas o fato de eu eventualmente acreditar sentir um mal-estar estomacal ou de, por escrever demais, não conseguir dormir. Soluções possíveis existem aos milhares. A mais provável é eu me apaixonar de repente por uma moça e nunca mais conseguir abandoná-la. Aí vou ver como me querem bem e não estão me impedindo de nada. Se, contudo, permanecer solteiro como o tio de Madri,[134] isso tampouco constituirá infelicidade alguma, porque, com minha sagacidade, decerto saberei me adaptar.

23/12/11

Sábado. Se, da contemplação de todo o meu modo de vida, o qual, para todos os parentes e conhecidos, conduz a uma direção estranha e equivocada, surge o temor, expresso por meu pai, de que vou ser um segundo tio Rudolf, ou seja, o louco da nova geração da família, algo modificado para as necessidades de outro tempo, então, daí em diante, posso sentir como em minha mãe, cuja oposição a um tal ponto de vista torna-se cada vez mais débil com o passar dos anos, reúne-se e se intensifica tudo aquilo que depõe a meu favor e contra o tio Rudolf e que, como uma cunha, aparta as ideias que se têm dele e de mim.

Anteontem na fábrica. À noitinha, em casa de Max, bem no momento em que o pintor Nowak exibia as litografias que havia feito dele.[135] Eu não sabia

134 Alfred Löwy (1852-1923), irmão de Julie Kafka. Mais adiante, Rudolf Löwy (1861-1921), meio-irmão de Julie Kafka, que trabalhava como contador para uma cervejaria e se converteu ao catolicismo. **135** Willi Nowak (1886-1977), artista plástico tcheco.

o que pensar delas, nem mesmo para dizer sim ou não. Max emitiu algumas opiniões que já formara, sobre as quais meu pensamento revolveu-se em vão. Por fim, acostumei-me às pranchas isoladas e pelo menos despi a surpresa dos olhos não treinados; achei redondo um queixo, achatado um rosto, encouraçado um tronco, que mais parecia vestir uma camisa gigantesca de fraque sob o traje de passeio. O pintor apresentou argumentos em contrário que soaram incompreensíveis na primeira e na segunda tentativa, minimizando a importância disso pelo fato de os expor justamente a nós, que, estando ele intimamente certo do que fizera, havíamos dito uma grande besteira. Segundo afirmou, a tarefa que o artista sentia e entendia ser a sua era dar acolhida ao retratado dentro daquela que era sua própria forma artística. Para alcançar esse propósito, ele havia, em primeiro lugar, esboçado um retrato em cores escuras, o qual tínhamos também diante de nós e mostrava semelhança de fato demasiado nítida e árida (essa nitidez demasiada, só agora sou capaz de reconhecê-la); Max declarou ser aquele o melhor retrato, porque, além da semelhança, exibia traços nobres e comedidos em torno dos olhos e da boca, reforçados na medida exata pelas cores escuras. Qualquer pessoa, se perguntada a esse respeito, não teria como negá-lo. Mas, depois de terminado o esboço, o pintor pusera-se a trabalhar em casa em suas litografias, nas quais, uma após a outra, buscou afastar-se cada vez mais da aparência natural, por certo sem ferir sua própria modalidade artística, antes aproximando-se dela a cada traço. Assim, a concha do ouvido, por exemplo, perdeu sua sinuosidade humana e a borda detalhada, tornando-se um fundo redemoinho semicircular em torno de um orifício pequeno e escuro. O queixo ossudo de Max, delineando-se já a partir da orelha, perdeu sua delimitação simples, por mais imprescindível que ela seja e por menos que, para o observador, o distanciar-se de uma velha verdade tenha resultado numa nova. Os cabelos diluíram-se em contornos precisos e compreensíveis, permanecendo cabelos humanos, o que o pintor igualmente negava. Enquanto o artista exigia de nós compreensão para aquelas transformações, ele sugeria também, de passagem mas com orgulho, que tudo naquelas pranchas possuía um significado e que mesmo o casual era necessário, em razão de sua ulterior influência sobre tudo o mais. Uma mancha estreita e pálida de café ao lado da cabeça, por exemplo, descia por quase todo o quadro; introduzira-se ali, tinha um propósito, e não era possível removê-la sem prejudicar as proporções. No canto de outra prancha, do lado esquerdo, uma grande mancha azul pontilhada esparramava-se quase sem chamar atenção; também ela havia sido posta ali com uma intenção, em razão da luz débil que dela se irradiava para o restante do quadro, luz esta na qual o pintor, então, seguira trabalhando. Sua meta seguinte era submeter a transformação sobretudo a boca, que já sofrera algumas alterações ainda insuficientes, e, depois, o nariz; a Max, que se queixou de que, daquela maneira, a litografia se distanciava cada vez mais do belo esboço colorido, ele observou que não estava excluída a possibilidade de ela voltar a se aproximar do esboço. Impossível de ignorar, em todo caso, era a confiança segura que, a cada momento da conversa, o artista depositava no imprevisível de sua inspiração e em que somente essa confiança conferia a seu trabalho artístico, com todo o direito, um caráter quase científico. — Comprei duas litografias: *A vendedora de maçãs* e *Passeio.*

—

Uma das vantagens de manter um diário é a clareza tranquilizadora com que se toma consciência das transformações a que se é submetido sem cessar; de modo geral, é claro que acreditamos nessas transformações, nós as intuímos e admitimos, mas inconscientemente sempre as negamos quando se trata de extrair dessa admissão esperança ou paz. No diário, encontramos provas de que, mesmo em circunstâncias que hoje parecem insuportáveis, seguimos vivendo, olhando em torno e registrando observações, de que esta mão direita, portanto, movia-se outrora como o faz hoje, quando, embora a possibilidade de abarcar com a vista nossa situação de então nos faça mais inteligentes, tanto mais forçoso se faz também reconhecer o destemor de nossos anseios daquela época, persistentes graças à pura e simples ignorância.

—

Durante toda a manhã de ontem, minha cabeça se manteve cheia como se de vapor, graças aos poemas de Werfel.[136] Por um momento temi que o entusiasmo fosse me arrastar diretamente até o desatino.

—

Anteontem à noite, conversa tormentosa com [Felix] Weltsch. Espantado, meu olhar vagou por uma hora entre seu rosto e o pescoço. Em dado momento, no meio de uma careta provocada pela agitação, pela fraqueza e pelo

136 Os poemas contidos em *Der Weltfreund* (O amigo do mundo), coletânea publicada na primeira quinzena de dezembro de 1911.

aturdimento, já nem sabia ao certo se sairia daquela sala sem causar dano duradouro a nossa relação. Do lado de fora, na chuva apropriada a meu caminhar em silêncio, respirei aliviado e, satisfeito, esperei uma hora por M[ax]. diante do Orient.[137] Uma tal espera, com lentos olhares para o relógio e um caminhar indiferente para um lado e outro, é-me quase tão agradável como repousar no canapé com as pernas esticadas e as mãos nos bolsos da calça. (Depois, já meio dormindo, não acreditamos mais ter as mãos nos bolsos; elas parecem então repousar como punhos cerrados sobre as coxas.)

24/12/11

Domingo. Ontem, foi divertido em casa de Baum. Estive lá com Weltsch. Max está em Breslau. Senti-me livre, capaz de executar cada movimento até o fim, respondia e prestava atenção na conversa como cabe fazer, era o mais barulhento de todos e, se dizia uma besteira, ela não ganhava importância central, mas era logo arrastada pela correnteza. A mesma coisa a caminho de casa com Weltsch, na chuva; apesar das poças, do vento e do frio, a caminhada passou mais rápido do que se tivessem nos levado de carro. Lamentamos ter de nos despedir.

—

Em criança, eu sentia medo — e se não medo, desconforto — quando meu pai falava do último dia do mês [*der Letzte*], ou *Ultimo*, como ele, comerciante que era, dizia com frequência.[138] Como eu não fosse curioso — e, se eventualmente perguntava, meu pensamento lento não conseguia absorver a resposta com rapidez suficiente, satisfeita já a débil curiosidade muitas vezes apenas com pergunta e resposta, sem demandar também um sentido —, a expressão *der Letzte* permaneceu-me um penoso mistério, ao qual o ouvido mais atento acrescentou a palavra *Ultimo*, ainda que esta jamais tenha adquirido importância tão grande. Ruim era também que esse *der Letzte*, temido por tanto tempo, jamais pudesse ser superado, uma vez que, passado o tal dia sem nenhum sinal particular e mesmo sem que se prestasse atenção especial nele — e só notei muito mais tarde que ele retornava depois de cerca de trinta dias —, e chegado, portanto, o feliz dia primeiro, as pessoas voltavam a falar de *der Letzte*, agora sem particular horror, o que adicionei sem ulterior exame àquilo que não compreendia.

137 Cinema de Praga próximo do Café Arco, que Kafka frequentava, na Hibernergasse (Hibernská).
138 A expressão era empregada em latim. Mais adiante, Kafka menciona o substantivo correspondente em alemão: *der Letzte*.

—

Ontem ao meio-dia, quando cheguei à casa de W[eltsch]., ouvi a voz de sua irmã a me cumprimentar, mas a ela própria, não vi, até que sua figura frágil se destacou da cadeira de balanço à minha frente.[139]

—

Hoje pela manhã, circuncisão do meu sobrinho. Um homenzinho de pernas tortas, Austerlitz, veterano de 2800 circuncisões, executou o procedimento com muita habilidade.[140] A operação é dificultada pelo fato de o garoto deitar-se no colo do avô, e não sobre uma mesa, e de o executante, em vez de prestar a máxima atenção, precisar murmurar as orações. Em primeiro lugar, o menino é enfaixado e imobilizado, de modo a deixar livre apenas o membro; depois, um disco perfurado de metal é utilizado para sinalizar o local exato da incisão; segue-se o corte, feito com uma faca quase comum, como uma daquelas facas para cortar peixe. Veem-se, então, sangue e carne crua; o *moule*,[141] com seus dedos trêmulos de unhas compridas, manipula brevemente o local e apõe então pele extraída de alguma outra parte sobre a ferida, como o dedo de uma luva. Logo, tudo está bem, o menino quase nem chorou. Segue-se apenas uma pequena oração, durante a qual o *moule* bebe vinho e, com os dedos ainda não totalmente livres do sangue, leva um pouco de vinho aos lábios do garoto. Os presentes oram: "Assim como ele agora adentra a Aliança, que alcance também os conhecimentos da Torá, um matrimônio feliz e a prática das boas ações".

—

Hoje, quando à sobremesa ouvi rezar o acompanhante do *moule*, e os presentes, à exceção dos dois avôs, passavam o tempo a sonhar ou a se entediar, sem compreender absolutamente nada das orações proferidas, vi diante de mim o judaísmo da Europa Ocidental em meio a uma transição nitidamente imprevisível, ante a qual os diretamente envolvidos não revelam nenhuma preocupação e, tal como seres verdadeiramente em transição, tão somente carregam adiante o que lhes foi imposto. Chegadas a seu estágio derradeiro, essas formas religiosas assumiram em sua prática presente um caráter tão indiscutível

139 Elizabeth, ou Betty, Weltsch (1888-1944). 140 Lev Austerlitz, rabino de Praga.
141 Iídiche: "circuncidador".

e meramente histórico que um espaço de tempo bastante curto, apenas parte da manhã de hoje, pareceu ter bastado para despertar nos presentes interesse puramente histórico, suscitado pelas informações acerca do costume antigo e obsoleto da circuncisão e de suas orações semientoadas.

—

Löwy, a quem quase toda noite deixo esperando por cerca de meia hora, disse-me ontem: "Há alguns dias, fico olhando sempre para sua janela, lá em cima, enquanto espero. Primeiro, vejo luz, se, como de costume, chego antes da hora marcada, e aí presumo que você ainda esteja trabalhando. Depois, essa luz se apaga, mas o cômodo ao lado permanece iluminado: portanto, você está jantando. Aí, o quarto torna a se iluminar, e você, portanto, está escovando os dentes; então, a luz se apaga de novo, e você já deve estar na escada, mas aí torna a se acender...".

25/12/11
O que apreendo por intermédio de Löwy acerca da literatura judaica contemporânea em Varsóvia e, em parte mediante minha própria percepção, da literatura tcheca contemporânea, sugere que muitas das vantagens do trabalho literário — a movimentação dos intelectos; a coesão homogênea da consciência nacional, tantas vezes inativa na vida pública e sempre a se estilhaçar; o orgulho e o amparo que, mediante a literatura, a nação adquire tanto para si frente ao mundo hostil ao seu redor; esse diário que uma nação mantém e que é muito diferente da historiografia, razão pela qual possui um desenvolvimento mais rápido, mas sempre e amplamente posto à prova; a minuciosa intelectualização de toda a amplitude da vida pública; a vinculação de insatisfeitos, que, nesse terreno, onde apenas a indolência pode provocar dano, são de pronta utilidade; a articulação do povo, sempre dependente do todo, que vai se construindo mediante o burburinho das revistas; a canalização da atenção da nação para o interior de seu próprio círculo e a acolhida do que é estrangeiro apenas por reflexo; o surgimento do respeito pelos que fazem literatura; o despertar passageiro, mas que segue surtindo efeito, de uma ambição maior entre os jovens; a acolhida dos acontecimentos literários nas preocupações políticas; o enobrecimento e a possibilidade de discussão do antagonismo entre pais e filhos; a apresentação dos erros nacionais de um modo por certo doloroso, mas libertador e digno de perdão; o surgimento de um comércio livreiro movimentado e, por isso mesmo, altivo, bem como da avidez por livros —, que todos esses efeitos, portanto,

podem ser produzidos mesmo por uma literatura que, se na verdade não alcança amplitude extraordinária, por certo dá essa impressão, e isso em virtude da falta de talentos significativos. A vivacidade de uma tal literatura é até maior que a de outra, mais rica em talentos, já que, não havendo aí escritores ante cujo talento ao menos a maioria dos céticos seja obrigada a se calar, a disputa literária em grandes proporções se mostra efetivamente justificável. A literatura não cindida por nenhum grande talento não mostra, por isso mesmo, nenhuma lacuna através da qual os indiferentes possam penetrar. Desse modo, o clamor da literatura por atenção torna-se tanto mais imperioso. A autonomia de cada escritor, naturalmente apenas no interior das fronteiras nacionais, é mais bem preservada. A carência de modelos nacionais irrefutáveis mantém distantes os inteiramente incapazes. Mas nem mesmo capacidades deficientes bastam para dar passagem à influência das características indistintas dos escritores predominantes no momento, ou para promover a introdução de produtos de literaturas estrangeiras ou ainda a imitação da literatura estrangeira já presente, o que se pode perceber pelo fato de, numa literatura rica em grandes talentos como a alemã, por exemplo, os piores escritores se limitarem a imitar o que já possuem dentro de suas fronteiras. Especial eficácia mostra a força criadora e animadora de uma literatura ruim em suas individualidades, nos moldes daquela descrita aí acima, quando ela começa a registrar seus autores mortos numa história literária. Os efeitos inegáveis que estes produzem, no passado e no presente, tornam-se algo factual a ponto de se confundirem com as próprias obras. Fala-se destas últimas pensando nos primeiros, chega-se mesmo a ler as últimas e só enxergar nelas os primeiros. Como, no entanto, esses efeitos não são esquecidos, e as obras individuais não deixam marcas na memória, inexistem esquecimento e lembrança. A história da literatura apresenta um bloco imutável e confiável contra o qual o gosto corrente pouco ou nada pode. A memória de uma nação pequena não é menor que a de uma grande, razão pela qual ela submete a elaboração mais profunda o material à mão. É certo que menos historiadores da literatura se ocuparão dela, mas a literatura é menos um assunto da história literária que do povo, e é por isso que ela é preservada, se não de forma pura, decerto com toda a segurança. Sim, porque entre as exigências que a consciência nacional de um povo pequeno faz ao indivíduo está a de que cada um deve sempre estar pronto a conhecer a porção de literatura que lhe cabe, a carregá-la e defendê-la, e a defendê-la mesmo que não a conheça e carregue.

—

Circuncisão na Rússia. Por toda parte da casa onde haja portas, nelas penduram-se placas do tamanho da palma da mão inscritas com símbolos cabalísticos, a fim de, entre o nascimento e a circuncisão, proteger a mãe de espíritos maus, que, nesse período, podem ser de especial perigo para ela e para o filho, talvez pelo fato de o corpo dela ter sido aberto de tal forma que agora oferece acesso fácil a todo mal, e também em razão de o menino, enquanto não for acolhido na Aliança, não ter como se defender desse mal. Daí também a presença de uma cuidadora, a fim de que a mãe não fique sozinha nem por um instante. Ainda para a defesa contra os espíritos maus, durante sete dias após o nascimento, à exceção da sexta-feira, de dez a quinze crianças, nunca as mesmas, são conduzidas à noitinha pelo *belfer* (um professor auxiliar) à cama da mãe, onde dizem o *Shemá Israel* e, depois, ganham doces.[142] Essas crianças inocentes, de cinco a oito anos, é que, com especial eficácia, logram manter afastados os maus espíritos, os quais atuam com a máxima insistência quando a noite cai. Na sexta-feira acontece uma celebração especial, mas vários banquetes sucedem-se ao longo da semana. A véspera da circuncisão é quando os maus espíritos se apresentam mais indomáveis, razão pela qual passa-se a noite em claro, em vigília ao lado da mãe, até amanhecer. A circuncisão se dá em geral na presença de mais de uma centena de parentes e amigos. Ao mais ilustre dos presentes permite-se segurar a criança. O executante, que exerce seu ofício sem remuneração, costuma ser um beberrão, uma vez que, ocupado como está durante os vários banquetes, deles não pode participar e tão somente bebe alguns goles de aguardente. Por isso, todos têm nariz vermelho e bafo. Não é, portanto, nada agradável quando, depois de efetuada a incisão, eles sugam com essa mesma boca o membro ensanguentado, como prescrevem as regras. O membro é, então, recoberto de serragem e se restabelece em mais ou menos três dias.

—

A vida familiar estrita não parece ser marca distintiva e característica comum a todos os judeus, e, claro, menos ainda aos judeus na Rússia, já que, afinal, ela existe também entre os cristãos; prejudicial à vida familiar dos judeus é, com efeito, que a mulher seja excluída do estudo do Talmude, de modo que, quando o homem deseja conversar com convidados sobre questões eruditas do Talmude, ou seja, sobre o centro de sua vida, as mulheres

142 "Ouve, Israel", a principal oração do judaísmo.

se retiram para o cômodo ao lado, ou são até mesmo obrigadas a fazê-lo; tanto mais singular, portanto, que se reúnam à menor oportunidade, seja para rezar, para estudar ou para discutir questões divinas ou ainda para banquetes em geral de fundo religioso, nos quais o álcool só é consumido com moderação. Fogem, literalmente, uns em direção aos outros.

—

Em razão da pujança de suas obras, é provável que Goethe tenha retardado o desenvolvimento da língua alemã. Se, de lá para cá, mesmo a prosa muitas vezes distanciou-se dele, ela por fim acabou reaproximando-se com saudade redobrada, como acontece no presente, quando volta a se apropriar até mesmo de velhas construções já presentes na obra de Goethe, mas de modo geral não vinculadas a ele, deleitando-se assim com o espetáculo completo de sua ilimitada dependência.

—

Em hebraico, eu me chamo Amschel, como o avô materno de minha mãe, que tinha seis anos quando ele morreu e se lembra dele como um homem muito pio e erudito de barba branca e comprida.[143] Ela se lembra de como, segurando nos dedos dos pés do morto, teve de pedir perdão por eventuais faltas cometidas contra o avô. Lembra-se também dos muitos livros dele que forravam as paredes. Ele tomava banho de rio todo dia, inclusive no inverno, quando, para tanto, abria um buraco no gelo. A mãe de minha mãe morreu cedo, de tifo.[144] Depois dessa morte, a avó dela começou a se tornar tristonha, recusava-se a comer, não falava com ninguém; certa vez, um ano após a morte da filha, saiu para passear e nunca mais voltou, seu corpo foi retirado do Elba. Homem ainda mais erudito que o avô foi o bisavô de minha mãe, respeitado igualmente por cristãos e judeus; sua religiosidade ensejou o milagre de um incêndio pular sua casa e poupá-la, enquanto consumia as demais, ao redor. Teve quatro filhos, um dos quais converteu-se ao cristianismo e se tornou médico. À exceção do avô de minha mãe, todos morreram cedo. Ele teve um filho, que minha mãe conheceu como o tio louco, Nathan, e uma filha, a mãe de minha mãe.

143 Adam Porias (1794-1862), que, em iídiche, chamava-se Amschel Brias. **144** Esther Löwy (1830-59), ou Porias, quando solteira. A avó, a seguir, chamava-se Sara Porias, e Levit era seu sobrenome de solteira. Por fim, o "tio louco" era Nathan Porias, nascido em 1824.

—

Correr em direção à janela e, por entre os estilhaços de madeira e vidro, fraco, depois de empregar todas as forças, transpor o parapeito.

26/12/11

Dormi mal de novo, pela terceira noite consecutiva. Assim, passei num estado precário os três dias de folga, nos quais tinha esperança de escrever coisas que haveriam de me ajudar pelo restante do ano. Na véspera do Natal, fui caminhar com Löwy na direção do Stern.[145] Ontem, *Blümale oder die Perle von Warschau* [Blümale, ou a Pérola de Varsóvia]. Em razão da firmeza de seu amor e de sua lealdade, a Blümale do título é homenageada pelo autor com o título honorífico de a Pérola de Varsóvia. Somente o pescoço comprido, nu e delicado da sra. Tschisik explica a configuração de seu rosto. O brilho das lágrimas nos olhos da sra. Klug ao cantar uma melodia ondulante e uniforme, ao som da qual os ouvintes se fazem cabisbaixos, pareceu-me adquirir um significado que ultrapassa em muito a canção, o teatro, as preocupações do público e mesmo meu poder de imaginação. Visão do camarim pela cortina traseira e, de pé lá dentro, diretamente da sra. Klug, de anágua branca e camisa de manga curta. Minha insegurança quanto aos sentimentos do público e, portanto, meu extenuante incitar desse entusiasmo dentro de mim. O modo hábil e amável com que falei ontem com a srta. T[aussig]. e sua companhia. Decorreu também dessa maior liberdade de minha boa natureza, que senti ontem e que já sentira no sábado, o fato de, por certa condescendência em relação ao mundo e uma modéstia petulante, eu ter me valido de uma ou outra palavra ou gesto aparentemente embaraçoso, embora eu não tivesse a menor necessidade disso. Estava acompanhado apenas de minha mãe, e também isso me foi fácil e agradável; olhei para todos com firmeza.

—

145 Castelo em forma de estrela (*Stern*, em alemão) em estilo renascentista situado num parque nas cercanias de Praga. A seguir, peça de Joseph Lateiner encenada no Café Savoy em 25 de dezembro de 1911, com a sra. Tschisik no papel principal.

Continuação[146]
Os velhos escritos recebem múltiplas interpretações, e estas abordam o fraco material com uma energia que só é atenuada pelo temor de que se venha a esgotá-lo com demasiada facilidade, bem como pela reverência acordada por todos. Tudo transcorre dentro da maior honestidade, mas trabalha-se com uma parcialidade que jamais se desfaz, que não admite cansaço e que o alçar de uma mão hábil propaga a milhas de distância. No fim, porém, essa parcialidade impede a amplitude não apenas do olhar para fora, mas do olhar para dentro também, o que invalida todas as observações feitas.

A falta de coesão entre as pessoas redunda na ausência de ações literárias coesas. (Uma questão isolada é rebaixada para que se possa observá-la de cima, ou então é elevada às alturas para que, alçado a seu lado, o observador possa se afirmar. Errado.) Ainda que muitas vezes se reflita com serenidade sobre essa questão isolada, não se atingem seus limites, aquela fronteira que a conecta a questões assemelhadas; a fronteira alcançada é sobretudo aquela com a política, que se almeja ver inclusive antes mesmo que ela se apresente, uma fronteira a contrair-se que, muitas vezes, se quer ver por toda parte. A exiguidade do espaço, a preocupação com a simplicidade e a uniformidade, e, por fim, a ponderação de que, dada a autonomia interior da literatura, o vínculo exterior com a política é inofensivo levam a que a literatura se propague pelo país aferrando-se aos chavões políticos.

Por toda parte encontra-se a alegria no tratamento literário de temas menores, temas que só podem bastar a um entusiasmo pequeno e que apresentam apenas pontos de vista e de apoio polêmicos. Xingamentos elaborados literariamente circulam de um lado a outro e alçam voo no círculo dos temperamentos mais fortes. Aquilo que nas grandes literaturas se passa mais abaixo e constitui um porão nada imprescindível ao edifício acontece aqui em plena luz do dia; aquilo que, nas primeiras, enseja uma confluência momentânea, faz-se aqui nada menos que questão de vida ou morte para todos.

—

Lista das coisas hoje facilmente concebíveis como antigas: os aleijados que mendigam pelos caminhos que conduzem aos passeios e locais de excursão, o espaço noturno não iluminado e a moeda para a travessia das pontes.

146 Kafka dá seguimento à reflexão, iniciada anteriormente, sobre as literaturas judaica e tcheca.

—

Lista das passagens de *Poesia e verdade* que, por uma singularidade indefinível, transmitem uma impressão de vivacidade não vinculada em essência àquilo que descrevem; por exemplo, a ideia do Goethe garoto que, curioso, animado, muito bem-vestido e benquisto, entra pelas casas de todos os conhecidos apenas para ver e ouvir tudo que há para ver e ouvir. Como agora folheio rapidamente o livro, não consigo encontrar essas passagens, todas me parecem claras e contêm uma vivacidade que nenhum acaso é capaz de sobrepujar. Tenho de esperar até um momento em que esteja lendo inocentemente para, então, me deter nas passagens certas.

—

É desagradável ouvir quando o pai, com suas indiretas incessantes sobre a boa fortuna dos contemporâneos e sobretudo dos filhos, conta dos sofrimentos que teve de suportar na juventude. Ninguém nega que, durante anos, a insuficiência das roupas de inverno lhe tenha aberto feridas nas pernas, que ele muitas vezes passou fome, que já aos dez anos precisava empurrar um carrinho pelas aldeias, inclusive no inverno e de manhã bem cedo — só que, e isso ele se nega a compreender, esses fatos verdadeiros, quando comparados com o fato igualmente verdadeiro de que não sofri nada disso, não conduzem nem minimamente à conclusão de que eu tenha sido mais feliz que ele, de que ele pode se jactar das feridas nas pernas; nada disso o autoriza a supor e a afirmar de antemão que sou incapaz de apreciar o sofrimento de então e que por fim, e por isso mesmo, porque não passei pelo mesmo sofrimento, só me cabe ser imensamente grato. Eu o ouviria com prazer falar incessantemente de sua juventude e de seus pais, mas ouvir tudo isso nesse tom jactancioso e zangado é um tormento. Volta e meia ele bate as palmas das mãos: "Quem é que sabe disso hoje! O que sabem as crianças! Ninguém sofreu assim! Uma criança é capaz de compreender isso?". E foi assim que falou hoje com a tia Julie, que veio nos visitar.[147] Ela tem o mesmo rosto enorme de todos os parentes do lado paterno. Um detalhe incômodo perturba o encaixe ou a cor de seus olhos. Aos dez anos de idade, ela foi trabalhar como cozinheira. Tinha

147 Julie Ehrmann (1855-1921), irmã do pai de Kafka.

sempre de correr atrás de alguma coisa num frio gélido e com uma saiinha molhada, a pele das pernas rachava, a saiinha congelava e só ia secar de noite, na cama.

27/12/11
Uma pessoa infeliz, que não terá filhos, está terrivelmente encerrada em sua infelicidade. Em parte alguma uma esperança de renovação, do auxílio de astros mais favoráveis. Presa a essa infelicidade, ela tem de percorrer seu caminho e, cumprido o círculo, dar-se por satisfeita, em vez de seguir tentando para ver se essa infelicidade que a vitimou poderia talvez se perder num caminho mais longo, sob outras circunstâncias físicas e temporais, ou mesmo ensejar algo de bom.

—

Esse sentimento do equívoco que tenho ao escrever poderia ser representado pela imagem de alguém que, diante de dois buracos no chão, aguarda uma aparição que só poderá surgir do buraco da direita. Enquanto precisamente este, porém, permanece encoberto por uma tampa opaca, do buraco da esquerda surge uma aparição atrás da outra, cada uma delas buscando atrair o olhar para si, o que finalmente conseguem sem nenhum esforço, já em razão de seu tamanho crescente, o qual, por mais que se queira evitar, acaba até mesmo por ocultar a abertura certa. Agora, então, se não deseja abandonar seu posto — o que esse alguém não quer de modo algum —, ele ficará à mercê dessas aparições, as quais, em virtude de sua fugacidade — sua força se consome toda em seu aparecimento —, não haverão de lhe bastar; assim, se sua própria debilidade as faz estancar, ele se põe a empurrá-las para cima e a esparramá-las em todas as direções, apenas para ensejar o surgimento de outras, já que a visão constante de uma única é insuportável, e persiste a esperança de que, esgotadas as aparições equivocadas, surjam por fim as verdadeiras.

—

Esquema para a caracterização das pequenas literaturas:[148]

De todo modo, efeito no bom sentido, tanto num caso como no outro.

148 Vincula-se às reflexões anteriores sobre literatura, registradas em 25 e 26 de dezembro.

Aqui, efeitos ainda melhores no plano individual.

1) Vivacidade

a) controvérsia; b) escolas; c) revistas

2) Desoneração

a) ausência de princípios; b) temas menores; c) fácil construção de símbolos; d) desaparecimento dos incapazes

3) Popularidade

a) vínculo com a política; b) história da literatura; c) fé na literatura, cujas leis ficam a cargo dela própria

Uma vez tendo sentido essa vida proveitosa e alegre em todos os membros, é difícil mudar de ideia.

Como é pouco vigorosa a imagem acima. Como uma tábua, interpõe-se entre o sentimento real e a descrição comparativa uma premissa desconexa.

28/12/11

O tormento a que a fábrica me submete. Por que aceitei me comprometer a trabalhar lá à tarde? Ninguém me obriga com violência, mas o pai o faz com reprimendas, Karl, com seu silêncio, e eu próprio, com meu sentimento de culpa. Não entendo nada da fábrica e, hoje de manhã, acompanhei inutilmente, como um castigo, a inspeção da comissão. Nego-me a possibilidade de me inteirar de todos os detalhes de seu funcionamento. Ainda que isso fosse possível, mediante perguntas sem fim e perturbando todos os envolvidos, o que se ganharia? Eu de fato não saberia o que fazer com esse conhecimento; presto-me apenas a desempenhar pseudofunções, às quais a retidão de meu chefe acrescenta o sal e a aparência de um trabalho realmente bem-feito. Além disso, mediante esse esforço fútil despendido na fábrica, eu me privaria da possibilidade de despender comigo mesmo algumas horas da tarde, o que haveria de conduzir fatalmente ao aniquilamento total da minha existência, que de resto vai se restringindo cada vez mais.

—

Hoje à tarde, ao dar um passeio, por alguns passos vi caminhando em minha direção ou cruzando meu caminho membros puramente imaginários da comissão que tanto medo me impingira pela manhã.

29/12/11

Aquelas passagens vívidas em Goethe. P. 265: "Arrastei, assim, meu amigo para a floresta".[149]

—

O crescimento de nossas forças graças a lembranças copiosas e contundentes. Um rastro autônomo de navio na água volta-se para nosso navio, e o efeito intensificado aumenta a consciência de nossas forças e as próprias forças.

—

Goethe, 307: "Durante as horas que eu passava ali, só ouvia conversas sobre questões da área médica e da história natural, de modo que minha imaginação foi se deixando levar aos poucos para um campo completamente diferente".[150]

—

As dificuldades na conclusão mesmo de um ensaio pequeno não residem em nosso sentimento de que ele, no final, demanda um ardor que seu conteúdo real até ali não foi capaz de produzir por si só; elas surgem, antes, do fato de mesmo o menor dos ensaios exigir de seu autor uma autossatisfação e um perder-se em si mesmo dos quais é muito difícil sair para o ar habitual do dia sem uma decisão enérgica e um estímulo exterior; assim, antes de arredondar e concluir seu ensaio e poder deslizar para longe em silêncio, o autor, levado pela inquietação, parte em fuga, e o fecho precisa então ser escrito de fora e com mãos que decididamente não apenas trabalham, mas precisam se agarrar também.

30/12/11

Meu impulso para a imitação não tem nada de teatral, falta-lhe acima de tudo unidade. O grosseiro, aquilo que é característico e chama atenção, eu não consigo imitar em toda a sua amplitude, as tentativas que fiz nesse sentido sempre malograram, vão contra minha natureza. Determinado é, ao contrário, meu impulso para a imitação de detalhes do grosseiro; sinto necessidade de imitar o modo como certas pessoas manipulam sua bengala,

149 Goethe, *De minha vida: Poesia e verdade*. Kafka indica a página de sua edição. Na edição brasileira, segunda parte, 6º livro [268]: "Em razão disso, fazia de tudo para que nossos passeios tomassem o rumo da floresta" (trad. de Mario Luiz Frungillo. São Paulo: Editora Unesp, 2017).
150 Ibid., segunda parte, 6º livro, [308].

a postura de suas mãos, o movimento dos dedos, o que faço sem nenhum esforço. Mas precisamente essa falta de esforço, essa sede de imitação, é que me distancia do ator, porque seu reverso é ninguém notar quando imito. Apenas meu próprio reconhecimento, satisfeito ou, com maior frequência, relutante, é que me mostra que obtive sucesso. Bem mais longe que essa imitação exterior, porém, vai a imitação interior, muitas vezes tão forte e contundente que não sobra espaço nenhum em mim para observá-la e constatá-la, o que só vou encontrar na lembrança. Também nesse caso, contudo, a imitação é tão perfeita, substituindo a mim mesmo de um só golpe, que seria insuportável num palco, imaginando-se que fosse de fato possível torná-la visível. Não se pode demandar que o espectador perceba mais que a representação exterior. Quando um ator, obedecendo ao texto, tem de surrar outro e, agitado, numa arremetida exagerada dos sentidos, o faz de fato, ao que o outro grita de dor, aí o espectador vê-se obrigado a se fazer humano e intervir. O que, no entanto, raras vezes acontece dessa forma, acontece incontáveis vezes de outras formas, secundárias. A essência do ator ruim não reside no fato de ele imitar mal, e sim no de, por deficiência cultural, experiência ou aptidão insuficiente, ele imitar os modelos errados. Seu erro fundamental, porém, permanece sendo o de não observar os limites da representação e imitar com demasiada intensidade. É sua ideia vaga das exigências do palco que o leva a fazê-lo, e mesmo quando o espectador crê que este ou aquele ator é ruim — por sua postura rija, porque brinca com a ponta dos dedos na borda do bolso, porque planta indevidamente as mãos na cintura, esforça-se por ouvir o ponto, mantém a todo custo uma seriedade angustiada, ainda que os tempos tenham mudado por completo —, na verdade também esse ator que do nada foi parar ali só é ruim porque imita com demasiada intensidade, ainda que o faça apenas

31/12/11

em sua própria opinião. Justamente porque suas capacidades são tão limitadas, ele teme dar menos que tudo de si. Ainda que sua capacidade não seja verdadeiramente indivisível de tão minúscula, ele decerto não deseja revelar que, sob certas circunstâncias e mesmo com o concurso de sua própria vontade, a arte que tem à disposição talvez seja menos que toda a sua arte. A arte livre, aquela que acontece sem levar em consideração os observadores na plateia, guiada apenas pelas necessidades sentidas da representação,

De manhã, sentia-me tão revigorado e disposto a escrever, mas agora paralisa-me por completo a ideia de que, à tarde, terei de ler para Max. Isso mostra também minha incapacidade para a amizade, supondo-se que uma amizade nesse sentido seja de fato possível. Sim, porque, como uma amizade sem as interrupções da vida cotidiana é inconcebível, mesmo que em seu cerne ela permaneça incólume, muitas de suas manifestações são continuamente levadas pelo vento. A partir desse cerne incólume, contudo, elas se reconstroem, mas, como cada uma dessas reconstruções leva tempo e nem todas as que se esperava têm êxito, nunca se consegue retomar a amizade do ponto onde se parou, mesmo desconsiderando as mudanças de humor de cada um. Por isso, nas amizades bem fundadas, cada reencontro provoca certa inquietação, que não haverá de ser grande a ponto de ser sentida em si mas que pode perturbar a conversa e o comportamento num grau que conscientemente nos espanta, sobretudo porque não reconhecemos o motivo ou não podemos acreditar nele. Assim, como posso ler para M[ax]. ou mesmo pensar, ao escrever o que segue, que vou lê-lo para ele?

—

Além disso, incomoda-me que hoje de manhã eu tenha lido o diário em busca do que poderia ler para M[ax]. Pois nessa releitura não julguei nem que o já escrito até agora possua valor especial nem que seja efetivamente necessário jogar tudo fora. Meu veredicto fica a meio caminho entre essas duas opiniões, e mais próximo da primeira, mas não é que, a julgar pelo valor do já escrito, eu tenha de me considerar exaurido, a despeito de minha fraqueza. Não obstante, a visão do tanto que já escrevi desviou-me quase irremediavelmente da fonte de minha escritura pelas horas seguintes, e isso porque, no curso das águas, minha atenção se perdeu rio abaixo, por assim dizer.

—

Embora eu às vezes acredite que, durante minha época de ginásio e mesmo antes, eu era capaz de pensar com particular acuidade e que hoje só não consigo mais avaliar as coisas com justeza em razão do posterior enfraquecimento da minha memória, outras vezes percebo que minha memória ruim só deseja me adular e que, pelo menos em coisas em si insignificantes mas de graves consequências, meu pensamento era então bastante preguiçoso. Trago, pois, na lembrança que, nos tempos do ginásio, eu discutia com [Hugo] Bergmann sobre Deus e sobre a possibilidade de sua existência — ainda que não em grande detalhe, porque provavelmente já na época eu me cansava com facilidade —, e que o fazia à maneira talmúdica, que ou já possuía dentro de mim ou imitava dele. Recorria então de bom grado a um mote encontrado numa revista cristã — creio que *Die christliche Welt* [O mundo cristão] —,[151] em que o relógio e o mundo eram contrapostos a um relojoeiro e a Deus, respectivamente, e à existência do relojoeiro cabia então provar a de Deus. Isso, na minha opinião, eu conseguia refutar muito bem diante de Bergmann, ainda que não trouxesse em mim uma fundamentação sólida para fazê-lo e, para tanto, necessitasse primeiramente juntar as peças como num quebra-cabeça. Uma tal refutação teve lugar certa vez quando contornávamos a torre da Câmara Municipal. Recordo-me muito bem porque certo dia, há anos, lembramos um ao outro dessa ocasião. — Se, desse modo, eu, por um lado, acreditava me destacar — e somente o desejo de me destacar, a alegria de produzir um efeito e o efeito em si me levavam àquela refutação —, por outro, tolerava, por não refletir suficientemente sobre o assunto, andar malvestido por aí, com roupas que meus pais compravam de ou outro de seus clientes ou, por um bom tempo, mandavam fazer num alfaiate de Nusle.[152] Naturalmente eu notava, porque era muito fácil percebê-lo, que andava malvestido e sabia reconhecer a gente bem-vestida, mas meu pensamento levou anos para identificar nas roupas a causa de minha aparência lamentável. Como na época eu já estivesse a caminho de me subestimar, mais no plano da intuição que na realidade, estava convencido de que somente em mim as roupas assumiam aquele aspecto em primeiro lugar rijo feito tábua e, depois, pendendo enrugadas do corpo. Roupas novas, eu não queria de jeito nenhum, porque, se era para ter aquela aparência feia, eu preferia ao menos me sentir confortável e, além disso, não queria exibir ao mundo, que já se acostumara às roupas velhas, a fealdade das novas. Aquelas negativas a que eu sempre me aferrava longamente diante de minha mãe, que vivia querendo mandar confeccionar roupas novas para mim, porque, com seus olhos de adulta, ela afinal era capaz de identificar as diferenças entre as roupas novas e as velhas, repercutiram em mim na medida em que, corroborando-o meus pais, eu só podia imaginar que não dava mesmo a menor importância a minha aparência.

151 Revista fundada em 1887, circulou até 1941. Martin Rade, teólogo de Marburg, editou-a até 1931. **152** Distrito situado a sudeste de Praga, posteriormente integrado à cidade.

1912

2/1/12
Em consequência disso, cedia às roupas ruins também em minha postura, caminhava com as costas curvadas, os ombros caídos, braços e mãos desajeitados; receava os espelhos, porque, na minha opinião, eles me mostravam em minha inevitável feiura, que, ademais, nem logravam refletir com total fidelidade, uma vez que, se aquela era minha aparência de fato, ela haveria de causar sensação ainda maior; nos passeios dominicais, tolerava os cutucões suaves de minha mãe nas costas, bem como advertências e profecias abstratas que nem conseguia relacionar a minhas preocupações de momento. Acima de tudo, faltava-me a capacidade de me preparar minimamente para o futuro real. Meu pensamento permanecia nas coisas presentes e em seu estado presente, e não por rigor ou por um interesse demasiado aferrado a elas, e sim por tristeza e medo, caso a razão para tanto não fosse a debilidade do pensamento; tristeza porque, sendo o meu presente tão triste, eu acreditava não poder abandoná-lo antes que ele desaguasse em felicidade; medo porque, como receava dar até mesmo o menor dos passos, julgava-me igualmente indigno de, com aquela minha aparência infantil desprezível, dispor da capacidade de avaliar com seriedade e responsabilidade meu grande futuro viril, um futuro que na maioria das vezes me parecia tão impossível que eu via cada mínimo avanço como uma falsificação, e como inatingível o que estava próximo. Admitia milagres mais facilmente do que progressos reais, mas era demasiado frio para não deixar os milagres em sua esfera, e os progressos reais, na deles. Eu podia, portanto, passar muito tempo antes de dormir imaginando que, um dia, já homem rico em minha carruagem puxada por quatro cavalos, entraria no bairro judeu, libertaria com minha autoridade uma bela jovem surrada injustamente e a levaria comigo; intocada, porém, por essa crença fantasiosa, provavelmente

alimentada apenas por uma sexualidade já nada saudável, restava a convicção de que eu não passaria nos exames de fim de ano e, caso conseguisse passar, não iria adiante no ano seguinte, ou, ainda que pudesse evitar também isso por intermédio de alguma trapaça, falharia em definitivo no exame final do ensino secundário, e de que, de resto, em algum momento, pouco importava qual, eu com certeza de súbito surpreenderia tanto meus pais, iludidos por minha aparente ascensão regular, como o resto do mundo com a revelação de minha inaudita incapacidade. Como, no entanto, eu via sempre e somente minha incapacidade a balizar meu caminho rumo ao futuro — e apenas muito raramente meu fraco trabalho literário —, pensar demasiado nesse futuro jamais me trouxe proveito algum; ele nada mais era que um prolongamento da tristeza presente. Se quisesse, podia na verdade caminhar ereto, mas isso me cansava, além do que eu não via como aquela postura corcunda poderia me prejudicar. Se vou ter um futuro, este era meu sentimento, então tudo vai se ajeitar por si só. Não escolhera esse princípio porque ele abrigava alguma confiança no futuro, de cuja existência eu de todo modo duvidava, mas antes com o propósito único de facilitar minha vida — caminhar como caminhava, me vestir, lavar-me, ler e sobretudo me trancar em casa da maneira que menos esforço me custasse e menos coragem exigisse. Se ia além disso, encontrava apenas saídas ridículas. Certa ocasião, pareceu-me impossível seguir prescindindo de um traje preto formal, sobretudo porque me vi obrigado a decidir se queria ou não frequentar aulas de dança. O alfaiate de Nusle foi convocado e consultado sobre o corte do terno. Eu estava indeciso, como sempre ficava nessas ocasiões, temendo que uma definição clara de minha parte pudesse me arrastar não apenas a situação mais desagradável, mas, mais do que isso, a situação ainda pior que aquela em que me encontrava. De início, portanto, não queria traje preto nenhum; quando, porém, diante do estranho, me envergonharam dizendo que eu não possuía um único traje de festa, tolerei a sugestão de um fraque; mas, como identificava num fraque uma terrível reviravolta — da qual por certo se podia falar, mas pela qual jamais se podia decidir —, concordamos em que seria um smoking, que, por sua semelhança com um paletó comum, pelo menos me pareceu suportável. Contudo, quando ouvi que o colete teria necessariamente de ser em V e que, assim, eu teria de usar também uma camisa engomada, decidi-me com uma força quase superior à minha, porque tinha de rechaçar aquilo: não queria smoking nenhum daquele tipo; se necessário, concordaria com um smoking forrado e adornado com seda, mas fechado até em cima. Um smoking assim, o alfaiate não conhecia, e qualquer que fosse o paletó que eu tinha em mente, observou ele, traje de dança não era. Pois bem, que não fosse um traje de dança, eu nem queria dançar, aquilo estava longe de decidido, mas queria mandar fazer o paletó descrito. O alfaiate estava tanto mais confuso porque, até então, ele tirava minhas medidas e eu provava roupas com uma rapidez envergonhada, sem fazer nenhum comentário nem externar desejo algum. Assim, e como minha mãe me pressionasse, não me restou outra coisa a fazer senão, por mais embaraçoso que fosse, atravessar com ele o Altstädter Ring rumo a uma loja de roupas usadas em cuja vitrine eu vira, fazia algum tempo, um smoking inofensivo como o que eu agora tinha em mente, uma peça de roupa, portanto, que podia vir a me ser útil. Infelizmente, porém, ela havia sido removida da vitrine e, mesmo depois de uma busca intensa com os olhos, não consegui localizá-la no interior da loja; entrar apenas para ver o smoking, não ousei, razão pela qual, ainda em desacordo, retornamos. A mim, era como se a inutilidade daquela caminhada houvesse já amaldiçoado o futuro smoking, ou pelo menos me vali do aborrecimento daquela discussão como pretexto para dispensar o alfaiate com uma pequena encomenda qualquer e uma promessa relativa ao smoking; e, cansado, à mercê das críticas de minha mãe, ali fiquei, para sempre — tudo me acontecia para sempre — apartado das moças, da aparência elegante e dos bailes. A alegria que aquilo me deu fez com que, ao mesmo tempo, eu me sentisse miserável, além do que tive medo de ter me comportado de maneira tão ridícula com o alfaiate como nenhum de seus clientes jamais havia feito.

3/1/12

Li bastante coisa na *Neue Rundschau*. O começo do romance *Der nackte Mann* [O homem nu], de uma clareza algo rala no todo mas infalível nos detalhes. *Gabriel Schillings Flucht* [A fuga de Gabriel Schilling], de Hauptmann. A educação dos homens. Instrutivo tanto no ruim como no bom.[1]

—

1 Os dois primeiros capítulos do romance do escritor alemão Emil Strauß (1866-1960) e o texto de Gerhart Hauptmann foram publicados em edição de janeiro de 1912 da revista *Die Neue Rundschau*.

Véspera de ano-novo. Eu me propusera a, de tarde, ler para Max alguma coisa dos diários, já me alegrava de antemão, mas não consegui fazê-lo. Não estávamos em harmonia; pressenti nele durante a tarde uma mesquinhez calculista e pressa, quase não era meu amigo, mas de todo modo exercia ainda sobre mim um domínio tal que era com seus olhos que eu me via folheando em vão os cadernos para um lado e outro e achando repugnantes aquelas idas e vindas que, de passagem, mostravam sempre as mesmas páginas. Naturalmente, trabalhar em meio a essa tensão de ambos os lados não foi possível, e a única página de R[ichard]. e S[amuel]. que produzimos, a despeito das resistências de ambas as partes, é tão somente prova da energia de Max; de resto, porém, está ruim. Passagem de ano no Čáda.[2] Não foi tão ruim, porque Weltsch, Kisch[3] e outro trouxeram sangue novo, de modo que, enfim, ainda que apenas dentro dos limites daquela reunião, reconciliei-me com Max. No tumulto do Graben, dei-lhe a mão sem nem o ver e, segundo me lembro, segui adiante, orgulhoso, apertando meus três cadernos contra o peito, diretamente para casa.

—

As chamas que, na rua, diante de um edifício em construção, subiam ao redor de um tacho parecidas com samambaias.

—

É possível identificar muito bem em mim uma concentração para a escrita. Quando ficou claro em meu organismo que a escrita era a tendência mais produtiva de meu ser, tudo o mais acorreu ao seu encontro, esvaziando todas aquelas capacidades que, de início, dirigiam-se para as alegrias do sexo, da comida, da bebida, da reflexão filosófica e da música. Tudo isso minguou em mim. E era necessário, porque o conjunto de minhas forças era tão diminuto que só reunidas elas poderiam servir minimamente ao propósito da escrita. É claro que não encontrei esse propósito por conta própria e de maneira consciente; ele é que se encontrou por si só e, agora, estorva-o tão somente o escritório, mas de maneira radical. De todo modo, não me é

2 Restaurante situado no Parque Municipal, próximo à praça Venceslau. **3** Provavelmente, Egon Erwin Kisch.

lícito agora chorar por não ser capaz de tolerar nenhuma amada, por entender do amor quase tanto quanto entendo de música, por ter de me contentar com seus efeitos mais ligeiros e superficiais, por ter ceado escorçoneira com espinafre na véspera do ano-novo e bebido suco de fruta para acompanhar, bem como pelo fato de, no domingo, não ter podido participar da leitura de Max de seu trabalho filosófico; que uma coisa compensa a outra é evidente. Só preciso, portanto, excluir desse conjunto o trabalho no escritório a fim de, agora que meu desenvolvimento está completo e, até onde posso ver, não tenho de sacrificar mais nada, dar início a minha vida de fato, aquela em que meu rosto poderá enfim envelhecer naturalmente com o progresso de meus trabalhos.

—

A guinada que uma conversa dá quando, depois de detalhar as preocupações de nossa existência interior e, em seguida, sem que haja propriamente uma interrupção, mas tampouco em decorrência do que se dizia, fala-se em quando e onde acontecerá o reencontro e que circunstâncias devem ser levadas em consideração para tanto. Se, além disso, a conversa termina com um aperto de mão, aí então nos separamos de nosso interlocutor com a crença momentânea na estruturação pura e sólida de nossa vida, e com respeito por essa sua estrutura.

—

Numa autobiografia, é inevitável que muitas vezes se insira um "frequentemente" onde, em consonância com a verdade, deveria estar escrito "certa ocasião". É que seu autor tem sempre consciência de que a lembrança se alimenta da escuridão que a expressão "certa ocasião" explode e que a palavra "frequentemente" tampouco poupa por completo, mas, na opinião daquele que escreve, ao menos preserva, transportando-o para lugares que talvez nem tenham existido em sua vida mas que lhe servem como sucedâneo para aqueles que sua lembrança já não consegue sequer roçar ou adivinhar.

4/1/12
É apenas por vaidade que gosto tanto de ler para minhas irmãs (de modo que hoje, por exemplo, ficou muito tarde para escrever). Não que eu esteja convencido de que, com essas leituras em voz alta, eu alcance algo

importante; o que toma conta de mim é, antes, o vício de me aproximar tanto das boas obras que leio de forma a fundir-me a elas, e não por mérito meu, mas apenas em razão da atenção de minhas irmãs, que, excitada por aquilo que leio, turva-se para o que não é essencial; com isso, e pelo efeito oculto da vaidade, participo também como causa de toda influência exercida, na verdade, pelas próprias obras. É por isso que faço para elas leituras de fato admiráveis, confiro a certas ênfases aquilo que meu sentimento me diz ser extrema exatidão, porque, depois, sinto-me fartamente recompensado não apenas por mim mesmo, mas por minhas irmãs também. Se, contudo, leio para Brod, Baum ou outros, minha leitura há de lhes parecer pavorosamente ruim já em decorrência de minha pretensão ao louvor, ainda que eles nada saibam da qualidade habitual de minhas leituras, porque, nesse caso, vejo que o ouvinte preserva a separação entre mim e aquilo que leio, ao qual não posso me unir por completo sem me sentir ridículo, porque aí meu sentimento não pode contar com o apoio do ouvinte; minha voz revoa o que lê, procuro penetrar o texto aqui e ali, porque é o que se deseja, mas não há seriedade na intenção, porque ninguém espera isso de mim. O que querem de fato — ou seja, que eu leia serenamente, sem vaidade, distante, e só o faça apaixonadamente quando minha paixão assim demandar —, isso não sou capaz de fazer; embora eu creia ter me resignado e me contente em ler mal diante dos outros, à exceção de minhas irmãs, minha vaidade, que nesse caso já não teria razão de ser, ainda assim se revela na medida em que me ofendo quando alguém critica minha leitura; enrubesço e quero continuar lendo de imediato, assim como, uma vez tendo principiado a leitura, sempre almejo seguir lendo sem cessar, no anseio inconsciente de que ao menos em mim se produza, no transcorrer da longa leitura, o sentimento vão e equivocado da união com o que estou lendo; ao fazê-lo, esqueço-me de que jamais terei força suficiente para, a partir do meu sentimento, influir na clara visão geral do ouvinte e de que, em casa, são sempre minhas irmãs que dão início à confusão desejada.

5/1/12
Há dois dias constato em mim, sempre que quero, frieza e indiferença. No passeio a pé de ontem à noite, cada barulhinho na rua, cada olhar a mim dirigido, cada fotografia exposta numa vitrine era-me mais importante que eu.

—

A uniformidade. História.[4]

—

Quando à noite parece ter-se tomado a decisão definitiva de ficar em casa, vestiu-se o roupão e, sentado à mesa iluminada depois do jantar, está-se às voltas com aquele trabalho ou jogo após o qual de hábito se vai dormir; quando lá fora o tempo inclemente torna natural permanecer em casa e, ademais, está-se sentado quieto à mesa há tanto tempo que sair agora haveria de provocar não apenas irritação paterna como também espanto generalizado; quando já a própria escadaria do edifício está às escuras e a porta lá embaixo, trancada, e, a despeito disso tudo, novamente de pé em razão de súbita inquietude, vai-se vestir o casaco, reaparece-se pronto para sair, declara-se precisar fazê-lo e, após breve despedida, é o que se faz de fato, acreditando-se ter deixado para trás maior ou menor irritação de acordo com a rapidez com que se bateu a porta de casa, interrompendo assim a discussão geral sobre essa partida; quando, de novo na rua, com membros que recompensam com especial mobilidade a já inesperada liberdade ensejada, sente-se a própria capacidade de decisão agitar-se em sua plenitude em decorrência dessa única decisão tomada; quando se atribui significado maior que o habitual ao reconhecimento de que se possui mais força que necessidade de produzir e suportar com facilidade as mudanças mais velozes, de que, a sós consigo mesmo, ganha-se em lucidez, serenidade e na fruição de ambas — aí, então, por essa noite, está-se tão apartado da família como não se lograria estar mais intensamente nem mesmo viajando para os lugares mais remotos, e viveu-se uma experiência que, por sua solidão tão extrema para a Europa, só se pode caracterizar como russa. Mais intensa ainda ela se tornará se, a essa hora tardia da noite, vai-se visitar um amigo para saber como ele está.

—

Convidei Weltsch para a homenagem à sra. Klug. À minha espera, Löwy, com suas fortes dores de cabeça, que provavelmente indicam alguma enfermidade séria, estava lá embaixo na rua, encostado à parede de um edifício,

4 À maneira de um título, escrito no meio da página. Um traço, porém, o separa do texto logo a seguir, publicado, com modificações, em *Contemplação* com o título "O passeio repentino".

onde me aguardava com a mão direita em desespero sobre a testa. Mostrei-o a Weltsch, que, do canapé, inclinou-se na direção da janela. Pela primeira vez na vida, acreditei ter observado da janela, com tanta facilidade, um acontecimento na rua que me dizia respeito de perto. Em si, esse tipo de observação, eu o conheço de Sherlock Holmes.

6/1/12
Ontem, *Der Vicekönig* [O vice-rei], de Feinmann.[5] Nessas peças, minha capacidade de me impressionar com o judaísmo me abandona, porque elas são demasiado monótonas e degeneram num queixume que se orgulha de explosões isoladas e mais vigorosas. Quando vi as primeiras peças, ainda pensei ter deparado com um judaísmo no qual se assentariam os primeiros passos do meu, que evoluiriam então em minha direção e, desse modo, me esclareceriam e levariam adiante em meu judaísmo trôpego, mas, em vez disso, quanto mais eu ouço, mais elas se afastam de mim. Permanecem, claro, as pessoas, e é a elas que me aferro. — Na homenagem à sra. Klug, ela cantou algumas novas canções e contou duas ou três anedotas novas. Mas foi somente na canção inicial que ela me impressionou; depois, a relação mais forte que estabeleci foi com cada detalhezinho de sua aparência: com os braços estirados e o estalar dos dedos ao cantar, com os cachos bem enroladinhos nas têmporas, com a blusa fina, lisa e inocente por baixo do colete, com o lábio inferior que, em certo momento, ela projeta para fora ao desfrutar do efeito de uma piada ("vejam, eu falo muitas línguas, mas todas elas em iídiche"), com os pezinhos gordos que, nas grossas meias brancas, deixam-se comprimir até os dedos pelos sapatos. Ontem, porém, ao entoar canções novas, ela prejudicou o principal efeito que provocava em mim e que consistia no fato de ali se exibir habitualmente uma pessoa com duas ou três anedotas e canções que descobrira e que seu temperamento e todas as suas forças apresentavam à perfeição. Como a apresentação é bem-sucedida, tudo é bem-sucedido, e, se nos dá alegria deixar que essa pessoa atue repetidas vezes sobre nós, então naturalmente — e nisto talvez todos os ouvintes concordem comigo — não nos deixaremos abalar pela repetição constante das mesmas canções de sempre, mas, antes, saudaremos essa

5 Juntamente com a encenação da peça de Sigmund Feinmann, em 5 de janeiro de 1912 no Café Savoy, teve lugar a homenagem à sra. Klug.

repetição como um expediente que auxilia a concentração tanto quanto, por exemplo, o escurecimento da sala, e considerando-o do ponto de vista da mulher, reconheceremos aí aquela intrepidez e aquela autoconfiança que estamos procurando. Assim, quando vieram as novas canções, que nada mais podiam revelar da sra. Klug, uma vez que as anteriores já haviam cumprido sua tarefa à perfeição; quando, portanto, essas novas canções puseram-se a, sem razão, demandar respeito como canções e a, dessa forma, desviar nossa atenção dela, ao mesmo tempo que mostravam-na pouco à vontade ao cantar, fazendo caras e gestos em parte equivocados, em parte exagerados — aí, então, o resultado só podia ser o enfado, restando como consolo apenas a lembrança das apresentações perfeitas de antes, demasiado sólidas em sua autenticidade inabalável para se deixarem perturbar pelo que se via agora.

7/1/12
Infelizmente, a sra. T[schisik]. sempre faz papéis que só mostram a essência de seu ser; ela sempre interpreta mulheres e moças que, de uma hora para outra, tornam-se infelizes, objeto de escárnio, desonra ou insulto, mas às quais não se concede o tempo necessário para que se desenvolvam com naturalidade. Do que ela seria capaz, isso nós vemos pela pujança natural que dela brota e com a qual ela interpreta esses papéis, que somente na representação em si exibem pontos altos, ao passo que, no texto escrito, e em razão da riqueza interpretativa que demandam, não passam de meras sugestões. — Um dos gestos principais dela é como um tremor que parte das ancas oscilantes, que ela mantém algo rijas. Sua filhinha parece ter uma das ancas inteiramente rija. — Quando se abraçam, os atores seguram com firmeza a peruca um do outro. — Há pouco tempo, ao subir até o quarto de Löwy, onde ele queria ler para mim a carta que escrevera ao escritor Nomberg, de Varsóvia,[6] topamos no patamar da escada com o casal T[schisik]. Os dois levavam para seu quarto os figurinos de *Kol-Nidrei*, embrulhados em papel de seda como matzás. Detivemo-nos ali por alguns instantes. Vali-me do corrimão para apoiar as mãos e acentuar minhas frases. A boca grande dela movia-se diante de mim, bem próxima, exibindo formas surpreendentes mas naturais. Por culpa minha, a conversa ameaçou desandar, já que, ansioso por expressar às pressas todo o meu amor e minha devoção,

6 Hersh David Nomberg (1876-1927), escritor e ensaísta.

só consegui comentar que os negócios da trupe iam muito mal, que seu repertório se esgotara, que, portanto, não poderiam permanecer muito mais tempo na cidade e que o desinteresse dos judeus de Praga por eles era incompreensível. Na segunda-feira, eu deveria — pediu-me ela — ir ver *Sejdernacht*, embora já conhecesse a peça. Aí, eu a ouviria cantar aquela canção ("Bore Isroel"[7]) de que eu tanto gostava, conforme ela se lembrava de um comentário que eu havia feito no passado.

—

O aspecto noturno que eu e Max, Weltsch nem tanto, exibíamos ontem no Graben ao meio-dia, porque saímos tão pouco a passear durante o dia.

—

As *yeshivás* são escolas superiores dedicadas ao Talmude mantidas por muitas comunidades na Polônia e na Rússia. Os custos não são muito altos, porque a maioria dessas escolas costuma ser instalada num edifício velho e sem uso, no qual, além das salas de aula e dormitórios dos alunos, encontra-se também a casa do *rosh yeshivá*,[8] que presta ainda outros serviços à comunidade, e a de seu ajudante. Os alunos não pagam matrícula e fazem suas refeições em casas alternadas de membros da comunidade. Embora essas escolas assentem-se em bases religiosas as mais rigorosas, são justamente elas os pontos de partida do avanço da apostasia, e por diversas razões: porque ali chegam e se reúnem discípulos vindos de longe, e justamente os pobres, aqueles cheios de energia, que querem sair de casa; porque a vigilância não é muito rigorosa, e os jovens ficam à mercê tão somente uns dos outros; porque parte essencial dos estudos consiste no aprendizado conjunto e na troca de explicações das passagens difíceis do Talmude; porque a devoção é semelhante nos locais de origem dos estudantes e, por isso, não demanda grande troca de informações, ao passo que o progresso reprimido é maior ou menor de acordo com as circunstâncias de cada lugar, o que significa que há sempre muito a conversar a esse respeito; e também porque, em seu local de origem, apenas um ou outro dos escritos progressistas cai nas mãos do indivíduo, enquanto, na *yeshivá*, eles chegam de todos os lados e podem, ali, ter uma atuação

7 Iídiche: "Criador de Israel". **8** Título dado ao diretor da escola.

particularmente eficaz, porque cada um de seus leitores leva adiante não apenas o texto em si, mas também seu próprio entusiasmo — por todas essas razões, enfim, e suas consequências imediatas, é dessas escolas que, nos últimos tempos, têm saído todos os poetas, políticos, jornalistas e estudiosos progressistas. Assim sendo, por um lado a fama delas tem piorado bastante entre os ortodoxos e, por outro, jovens progressistas afluem para lá em número cada vez maior. — Uma *yeshivá* famosa é a de Ostro, cidadezinha a oito horas de trem de Varsóvia. Na verdade, a cidade toda ladeia apenas um curto trecho de uma estrada vicinal; segundo Löwy, do comprimento de sua bengala. Certa vez, quando um conde parou ali com sua carruagem puxada por quatro cavalos, a primeira parelha de cavalos e a traseira da carruagem ficaram fora dos limites da cidade. — Mais ou menos aos catorze anos, quando a pressão da vida na casa dos pais lhe pareceu insuportável, Löwy decidiu partir para Ostro. Tão logo ele, à noitinha, deixou seu quartinho de estudos, o pai bateu-lhe casualmente no ombro dizendo que, mais tarde, fosse ter com ele, porque queria lhe falar. Como evidentemente nada havia a esperar daquilo senão censuras, L. seguiu direto do quartinho para a estação ferroviária, sem bagagem, vestindo apenas um cafetã melhorzinho, porque era sábado à noite, e levando todo o seu dinheiro, que sempre portava consigo; pegou o trem das dez para Ostro, aonde chegou às sete da manhã. Foi logo para a *yeshivá*, sem causar ali nenhuma grande sensação, porque todo mundo pode entrar numa *yeshivá* e inexistem condições especiais para que alguém seja aceito. Chamou atenção apenas que ele quisesse ingressar ali justamente naquele momento — era verão —, o que não era comum, e que trajasse um bom cafetã. Mas todos aceitaram sem demora, porque pessoas tão jovens, ligadas uma à outra pelo judaísmo com uma força que desconhecemos, logo fazem amizade. Löwy destacou-se nos estudos, uma vez que já trazia de casa muitos conhecimentos. A conversa com os jovens desconhecidos lhe agradava, tanto mais que, ao saber que ele trazia dinheiro consigo, todos o assediavam com coisas para vender. Um deles provocou-lhe especial espanto, porque queria lhe vender "dias". Na verdade, ali a palavra designava "refeições gratuitas", e estas eram mercadorias negociáveis, porque os membros da comunidade, que, oferecendo refeições gratuitas sem considerar a quem, acreditavam estar agindo segundo os ensinamentos de Deus, pouco se importavam com quem se sentaria à sua mesa. A um estudante bastante hábil, era possível, pois, conseguir duas refeições gratuitas num mesmo dia. E ele podia suportar bem duas refeições, porque elas não eram muito abundantes, de forma que, terminada a primeira, podia engolir também a segunda com grande prazer, até porque acontecia também de o estudante fazer duas refeições num mesmo dia e não ter onde comer em outro. Ainda assim, quem tinha a oportunidade de vender com vantagem seu excedente de refeições gratuitas ficava naturalmente muito feliz. Para quem, no entanto, chegava no verão, como Löwy — isto é, num momento em que as refeições gratuitas já haviam sido distribuídas fazia tempo —, só era possível consegui-las mediante compra, uma vez que as refeições que de início sobravam, agora estavam todas nas mãos de especuladores. — As noites na *yeshivá* eram insuportáveis. Embora as janelas ficassem abertas, porque as noites eram quentes, o fedor e o calor não se moviam um milímetro, e isso porque os estudantes, que não tinham camas de verdade, dormiam no mesmo lugar em que, pouco antes, haviam estado sentados em suas roupas suadas, e não se despiam para dormir. Havia pulgas por toda parte. De manhã, apenas molhavam rapidamente as mãos e o rosto e retornavam aos estudos. Faziam-no na maioria das vezes em conjunto, habitualmente com um livro para cada dois alunos. Com frequência, debates uniam vários deles num círculo. O *rosh yeshivá* explicava apenas aqui e ali as passagens mais difíceis. L. passou dez dias em Ostro, mas comia e dormia numa pousada, e embora tenha mais tarde encontrado dois amigos que pensavam como ele (e não era tão fácil as pessoas se acharem, porque, antes de mais nada, elas precisavam sempre avaliar o pensamento e a confiabilidade uma da outra), acabou enfim por voltar para casa de bom grado, porque estava acostumado a uma vida regrada e não aguentou de saudade.

—

Na sala grande, fazia barulho o jogo de cartas e, mais tarde, a conversa habitual conduzida por meu pai, que, quando bem de saúde, como hoje, fala alto, ainda que sem coerência. As palavras representavam apenas pequenos picos de um ruído disforme. No quarto das moças, com a porta escancarada, dormia o pequeno Felix. Do outro lado, no meu quarto, dormia eu. Em consideração à minha idade, essa porta estava fechada. Além disso, a porta aberta sugeria o desejo de ainda atrair F[elix]. para a família, ao passo que eu já tinha sido excluído.

—

Ontem em casa de Baum. Strobl também iria, mas estava no teatro. B[aum]. leu em voz alta o artigo "sobre as canções populares"; ruim. Depois, um capítulo de "Des Schicksals Spiele und Ernst" [As brincadeiras e a seriedade do destino]; muito bom.[9] Eu estava indiferente, de mau humor, não captei uma impressão pura do todo. A caminho de casa, na chuva, Max me contou o plano atual para "Irma Polak". Admitir meu estado, eu não podia, porque M[ax]. nunca o avalia corretamente. Tive, portanto, de ser insincero, o que acabou por arruinar tudo. Estava tão tristonho que preferia falar com Max quando seu rosto estava no escuro, embora o meu, no claro, fosse então capaz de se trair mais facilmente. Mas a conclusão misteriosa do romance comoveu-me, a despeito de todos os obstáculos. Indo para minha casa, depois de nos despedirmos, arrependimento por minha falsidade e dor por sua inevitabilidade. Intenção de dar início a um caderno próprio sobre minha relação com Max. O que não é registrado por escrito tremula diante dos olhos, e acidentes ópticos acabam por determinar o veredicto final.

—

Enquanto estive deitado no canapé e, nos dois quartos ao lado, falavam alto — à esquerda apenas mulheres, à direita sobretudo homens —, tive a impressão de que são seres grosseiros, negroides, impossíveis de acalmar, gente que não sabe o que diz, que fala apenas para pôr o ar em movimento e que, ao falar, ergue a cabeça para seguir com os olhos as palavras que pronuncia.

—

E assim se vai o domingo chuvoso e calmo; sentado em meu quarto, tenho paz, mas, em vez de me decidir por escrever, atividade em que anteontem, por exemplo, queria derramar-me com todo o meu ser, contemplo meus dedos já há algum tempo. Creio ter passado a semana toda sob a influência de Goethe, e acredito ter justamente exaurido a força dessa influência e, assim, me tornado inútil.

—

9 Karl Hans Strobl (1877-1946), escritor e crítico literário e teatral. O artigo sobre as canções populares ("Ghettolieder", as canções do gueto), de Oskar Baum, foi publicado no *Prager Tagblatt* de 14 de janeiro de 1912. Não há registro sobre o título logo a seguir. Trata-se, provavelmente, da narrativa "Ein Schicksal" (Um destino), publicada em 1912. "Irma Polak" não consta entre as obras publicadas de Max Brod.

De um poema de Rosenfeld que descreve uma tempestade no mar: "Adejam as almas, tremem os corpos".[10] Quando Löwy recita, crispam-se a pele de sua testa e a base do nariz, de um modo como acreditamos que só as mãos podem crispar-se. Nas passagens mais comoventes, nas quais deseja nos interessar, ele próprio se aproxima de nós, ou melhor, se magnifica, tornando mais clara a visão que temos dele. Dá apenas um passinho à frente, mantém os olhos arregalados, puxa o casaco com a mão esquerda ausente e estende a direita, aberta e grande, em nossa direção. Também a nós, caso não estejamos comovidos, cabe reconhecer a comoção dele e explicar-lhe como pôde suceder a infelicidade descrita.

—

Devo posar nu para o pintor Ascher,[11] como modelo para são Sebastião.

—

Quando agora, no fim da tarde, eu retornar para meus parentes, não parecerei a eles mais estranho, desprezível e inútil que a mim, visto que não escrevi nada que pudesse me dar alegria. Isso tudo, claro, no meu modo de sentir (que não se deixa enganar por nenhuma observação, por mais exata que seja), porque, de fato, todos eles têm respeito por mim e, além disso, me amam.

24/1/12
Quarta-feira. Não escrevo há um bom tempo pelas seguintes razões: estava bravo com meu chefe e só mediante uma carta pus tudo em pratos limpos; estive várias vezes na fábrica; li *Histoire de la littérature judéo-allemande*, de Pinès, quinhentas páginas, e com avidez, como nunca o fiz com tamanha minúcia, pressa e alegria com livros semelhantes; agora, leio *Der Organismus des Judentums* [O organismo do judaísmo], de Fromer; e, por fim, os atores judeus deram-me muito que fazer, escrevi cartas para eles, consegui da Associação Sionista que perguntasse às associações da Boêmia se não gostariam de promover apresentações da trupe, redigi a necessária circular e mandei fazer cópias; revi *Sulamita*, vi *Herzele Mejiches*, de Richter, estive

10 De "Sturm" (Tempestade), poema de Morris Rosenfeld, ou Moshe Jacob Alter (1862-1923).
11 Ernst Ascher (1888-1953).

no sarau de canções populares da Associação Bar-Kochba e, anteontem, fui ver *Der Graf von Gleichen* [O conde von Gleichen], de Schmidtbonn.[12]

Sarau de canções populares: a palestra fica a cargo do dr. Nathan Birnbaum. Um costume dos judeus do Leste: quando o discurso emperra, inserem um "prezadas senhoras, prezados senhores" ou simplesmente "meus prezados". No início da palestra de Birnbaum, isso se repete de forma ridícula. Mas, conhecendo Löwy, acho que essas expressões frequentes, presentes também muitas vezes na conversação habitual dos judeus orientais — expressões como *Weh ist mir!* [Ai de mim!], *S'ist nischt* [Não é nada] ou *S'ist viel zu reden* [Há muito a dizer] —, não ocultam um embaraço, mas, como novas fontes, se prestam antes a agitar o fluxo do discurso, sempre demasiado pesado e estagnado para seu temperamento. Esse, porém, não é o caso de Birnbaum.

26/1/12

As costas do sr. Weltsch e o silêncio de toda a sala ao ouvir os poemas ruins.[13] — Birnbaum: o penteado de cabelos compridos interrompe-se bruscamente na altura do pescoço, que, em razão dessa exposição súbita ou por si só, é bastante ereto. Nariz grande e torto, não demasiado estreito e mesmo largo nas laterais; dá-lhe um belo aspecto sobretudo a boa proporção que guarda com a barba grande. — O cantor Gollanin. Sorriso pacífico, doce, celestial, condescendente, longo quando ele inclina o rosto para o lado e para baixo, algo afilado quando ele franze o nariz, mas isso pode ter a ver apenas com sua técnica vocal. —

—

12 A obra de Meyer Isser Pinès (1881-1942?) havia sido publicada em Paris, em 1911. A de Jakob Fromer (1865-1938), escritor, estudioso e tradutor do Talmude, em Berlim, em 1909. *Sulamita*, de Goldfaden, foi novamente apresentada no Café Savoy em 12 de janeiro de 1912; *Herzele Mejiches* (ou *Reb Hertsele Miyukhes* — O senhor Hertzele, o aristocrático), de Moses Richter, uma semana depois, em 19 de janeiro. No dia 18, teve lugar o sarau mencionado por Kafka, precedido de palestra de Nathan Birnbaum (1864-1937), criador do termo "sionismo". No dia 22, estreou em Praga *Der Graf von Gleichen*, peça do escritor alemão Wilhelm Schmidtbonn (1876-1952).

13 Provavelmente, o advogado Theodor Weltsch (1861-1922), tio de Felix Weltsch. Mais adiante, o cantor berlinense Leo Gollanin (1872-1948), intérprete das canções populares mencionadas na entrada anterior.

Pinès: *Histoire de la littérature judéo-allemande*. Paris, 1911.[14]

[...]

o iídiche os vincula aos irmãos na Holanda.

Primeiro livro, 1507, Veneza, *Bovomaisse*, tradução de um romance inglês.[15]

Tsena-Urena, de Jakob ben Isack de Janow (morto em Praga, 1628). Lendas, um livro para mulheres, muito bonito.

Canções populares (*Evreiskia narodnia piesni w Rassii* [Canções populares judias na Rússia], Ginsbourg e Marek, 1901)

[...]

as mães do justo

Canção dos soldados:

Cortam-nos a barba e os cachos nas têmporas

Proíbem-nos de celebrar o sábado e os dias festivos.

ou

Ingressei no *cheder*[16] já aos cinco anos de idade e agora devo andar a cavalo!

—

Wos mir seinen, seinen mir

Ober jueden seinen mir

[Nós somos o que somos, mas judeus é o que somos]

—

Haskalá, corrente iniciada por Mendelssohn no começo do século XIX. Os adeptos são chamados *maskilim*, hostis ao iídiche e voltados para o hebraico e para as ciências europeias. Antes dos pogroms do ano de 1881, ela não era nacionalista; depois, tornou-se fortemente sionista. O princípio formulado por Gordon diz: "Em casa, seja judeu; fora dela, homem".[17] Para propagar

14 Deste ponto até a entrada de 31 de janeiro de 1912, Kafka faz anotações esquemáticas, bibliográficas e informativas, extraídas do original francês do livro de Pinès (preparava-se, talvez, para a palestra introdutória à apresentação de Isaac Löwy, em 18 de fevereiro, como se verá mais adiante). Os trechos faltantes se devem ao fato de ele ter posteriormente arrancado a porção inferior da primeira página, logo abaixo da indicação bibliográfica. Obras e autores citados segundo a grafia empregada por Pinès. **15** Na verdade, *Bovo Buch* (Livro de Bovo) ou *Bovo mayse*, história de Bovo, que Pinès afirma ser tradução em verso de um célebre romance (de cavalaria) inglês: *Sir Bevis of Southampton*. **16** Escola em que as crianças judias ingressam para se iniciar no estudo do hebraico e da Torá. **17** J. L. Gordon, escreve Pinès. Judah Leib (Ben Asher) Gordon, ou Leon Gordon (1830-92).

suas ideias a haskalá precisa fazer uso do iídiche e, por mais que o odeie, funda sua literatura.

Um dos livros mais populares é *Kolumbus*, de Chaikel Hurwiz de Ouman. Tradução de um livro alemão. Outros objetivos da haskalá: "*la lutte contre le chassidisme, l'exaltation de l'instruction et des travaux manuels*". Levinsohn, Aksenfeld, Ettinger.

Badchen, os tristes cantores populares e dos casamentos (Eliakum Tsunser), pensamento talmúdico.

"Le roman populaire": Aisik Meier Dick, 1808-94. Instrutivo, em consonância com a haskalá; Schomer, ainda pior.[18]

Exemplos de títulos: [Schomer] *Der podriatschik* (*l'entrepreneur*), *ein höchst interessanter Roman. Ein richtiger fact vun leben* [Um romance interessantíssimo. Um verdadeiro fato da vida]. Ou *Die eiserne Frau oder das verkaufte Kind. Ein wunderschöner Roman* [A mulher de ferro ou a criança vendida. Um romance maravilhoso].

Além disso, nos Estados Unidos, romances em fascículos, como *Zwischen menschenfresser* [Entre canibais], 26 volumes.

"S. J. Abramowitsch (Mendele Mocher Sforim)", lírico, moderadamente engraçado, composições difusas, *Fischke der krumer* [Fischke, o aleijado] (o hábito dos judeus orientais de morder os lábios).

J. J. Linetzki, *Dos polnische juengel* [O jovem polonês].[19]

"Fim da haskalá", 1881. Os novos nacionalismo e democratismo. Ganha impulso a literatura escrita em iídiche.

"S. Frug", poeta, a vida no campo a qualquer custo.[20]

Délicieux est le sommeil du seigneur dans sa chambre
Sur des oreillers doux, blancs comme la neige
Mais plus délicieux encore est le repos dans le champ sur du foin frais
À l'heure du soir, après le travail

—

18 Pseudônimo de Nahum Meïr Schaikevitch (1849-1905). Aqui e nos demais casos, mais adiante, as aspas indicam títulos de capítulos do livro de Pinès. Os títulos das obras vão aqui reproduzidos do modo como Kafka os anotou. **19** Isaac Joel Linetzky (1839-1915). **20** Shimon Shmuel Frug (1860-1916). Dele, Kafka cita a seguir a sétima estrofe de "Lied der Arbeit" (Canção do trabalho).

Talmude: Aquele que interrompe seu estudo para dizer "como é bela esta árvore" mereceu a morte.

—

Lamentações na parede oeste do Templo.

Poema: *La Fille du schamesh.*[21]

O amado rabi está em seu leito de morte. Enterrar uma mortalha do tamanho do rabi e outros recursos místicos já não podem ajudar. Assim, à noite, os membros mais velhos da comunidade vão com uma lista de casa em casa e coletam declarações nas quais os demais membros renunciam a dias ou semanas de suas vidas em favor do rabi. Deborah, *la fille du schamesh*, doa sua vida inteira. Ela morre, o rabi se cura. De noite, estudando sozinho em sua sinagoga, ele ouve as vozes da vida suprimida de Deborah. O canto quando do casamento dela, os gritos do parto, as canções de ninar, a voz do filho aprendendo a Torá, a música quando do casamento da filha. Enquanto ressoam ainda os lamentos diante do cadáver dela, morre também o rabi.

"[Isaac Loeb] Peretz", nascido em 1851, poemas ruins, ao estilo de Heine, e poesia de fundo social.

"[Morris] Rosenfeld": o público pobre da literatura escrita em iídiche garante-lhe a existência mediante uma coleta.

"M. Spektor":[22] melhor que Dick, interesses sociais e nacionais.

<table>
<tr><td>A destruição da mikvá destrói a comunidade
"Jakob Dienesohn":[23] seus patifes são mais bem recompensados. Adocicado</td><td>}</td><td>Tratamento de temas mais elevados</td></tr>
</table>

"S. Rabinovitch" (Scholem-Aleichem), nascido em 1859. Hábito das grandes celebrações de aniversário na literatura iídiche.

Kassriliwke. Menachem Mendel, que partiu e levou consigo toda a sua fortuna; embora só tenha estudado o Talmude, começa, na metrópole, a especular na Bolsa, toma decisões diferentes a cada dia e as relata sempre

21 O *shamesh* é aquele que toma conta da sinagoga, uma espécie de "sacristão". Kafka traduz e resume a seguir o conteúdo do poema, de autoria de S. Frug. **22** Mortkhe Spektor (ou Mordechai Spector) (1858-1925). **23** Ou Jacob Dienesohn (1856-1919).

muito vaidoso à esposa, até que, por fim, é obrigado a pedir dinheiro para a viagem.

Purim, o gueto cheio de máscaras.

"Peretz"

A figura do *batlen* [vadio, ocioso], frequente nos guetos, avesso ao trabalho mas a quem o ócio tornou esperto; vive nos círculos dos pios e dos eruditos. São muitos os indícios de infelicidade, porque são pessoas jovens que, se desfrutam da inatividade, também se consomem nela; vivem sonhando e submetidos à violência desimpedida dos desejos insatisfeitos.

Mithat nechiko. A morte pelo beijo, reservada apenas aos mais pios.

Baal Schem, antes de ser rabi em Miečeboz, viveu nos Cárpatos, onde tinha uma horta e, depois, foi cocheiro do cunhado. As iluminações vinham-lhe em caminhadas solitárias. Zohar, a "Bíblia dos cabalistas".

"Teatro judeu", 1708, Frankfurt, as encenações durante a festa de Purim. Uma nova peça sobre Assuero.

Abraham Goldfaden, 1876/77, guerra russo-turca, fornecedores russos e galícios do exército haviam se reunido em Bucareste, o próprio Goldf[aden]. fora parar ali em busca de um ganha-pão e, ouvindo o público nos cafés a cantar canções em iídiche, criou coragem para fundar o teatro. Mulheres, ainda não podia levar ao palco ali. Em 1883, encenações em iídiche foram proibidas na Rússia. Em 1884, elas tiveram início em Londres e Nova York (Lateiner, Horowitz).

J. Gordin, em texto comemorativo do aniversário do teatro judeu em Nova York, 1897: O teatro iídiche atrai um público de centenas de milhares de pessoas, mas não está autorizado a esperar o surgimento de um escritor de grande talento enquanto a maioria de seus autores constituir-se de gente como eu, que apenas por acaso se transformou em autor teatral, que escreve peças premido pelas circunstâncias da vida e que, como eu, permanece isolada, cercada apenas por ignorância, inveja, hostilidade e rancor.

—

Beckermann (Sch.), *Gitil die kremerke, sehr a interessanter Roman, wos die leser wellen sein zufrieden* [Gitil, a lojista, um romance muito interessante, que deixará os leitores satisfeitos]. Vilnius, 1898.[24]

24 Aqui e logo a seguir, Kafka copia apenas a indicação bibliográfica.

Livro dos missionários: *Beweise aus den alten Propheten, dos der Messias schon gekommen* [Provas extraídas dos velhos profetas de que o Messias já chegou], 1819, Londres.

31/1/12
Não escrevi nada. [Felix] Weltsch traz-me livros sobre Goethe que provocam em mim uma agitação dispersa, a qual não posso empregar em parte alguma. Projeto de ensaio: "A natureza terrível de Goethe". Medo da caminhada de duas horas que agora me propus a fazer no fim do dia.

4/2/12
Há três dias, *Erdgeist* [O espírito da terra], de Wedekind.[25]

Wedekind e sua mulher, Tilly, também atuam. Voz clara e incisiva da mulher. Rosto estreito, em forma de quarto crescente. Quando parada e quieta, a parte inferior de sua perna desvia-se para o lado. Clareza da peça também a um olhar retrospectivo, de modo que se pode voltar para casa tranquilo e confiante. Impressão contraditória provocada pelo solidamente estabelecido que, no entanto, permanece estranho.

Sentia-me bem quando saí para o teatro. Saboreava meu interior como um mel que sorvia de um trago. No teatro, logo passou. Isso, porém, na noite anterior: *Orpheus in der Unterwelt* [Orfeu nos infernos], com Pallenberg. A encenação foi tão ruim, aplausos e risadas em tamanha profusão a meu redor, nos lugares em pé, que só o que pude fazer foi ir embora após o segundo ato e, dessa maneira, calar todo mundo.

Anteontem, enviei uma boa carta a Trautenau a propósito de uma possível apresentação de Löwy. Cada vez que a relia, eu me tranquilizava e fortalecia, tamanha a relação que, sem o dizer, ela guardava com tudo que há de bom em mim.[26]

—

25 A tragédia de Frank Wedekind estreou em Praga em 1º de fevereiro de 1912 com o próprio autor no papel do editor-chefe, Schön, e sua mulher, Tilly, no de Lulu. Mais abaixo, *Orphée aux enfers*, opereta do compositor francês Jacques Offenbach (1819-80) com o cantor, ator e comediante Max Pallenberg (1877-1934) no papel de Júpiter, foi encenada em Praga em 31 de janeiro de 1912.
26 Parte dos esforços de Kafka para conseguir novas apresentações para a trupe de atores judeus. Trautenau (alemão) ou Trutnov (tcheco), cidade do norte da hoje República Tcheca.

O fervor com que leio sobre Goethe (*Goethes Gespräche*, "Studentenjahre", *Stunden mit Goethe*, *Ein Aufenthalt Goethes in Frankfurt*), que me atravessa e me impede de escrever.[27]

—

Schmerler, comerciante, 32 anos, sem religião, com formação filosófica, interessado em literatura tão somente no que diz respeito a sua própria escrita. Cabeça redonda, olhos negros, bigodinho enérgico, maçãs do rosto firmes, figura atarracada. Há anos, estuda das nove da noite à uma da manhã. Natural de Stanislau, conhecedor do hebraico e do iídiche. Casado com uma mulher que só pela forma redonda do rosto causa a impressão de ser limitada.[28]

—

Frieza em relação a Löwy faz dois dias. Ele me pergunta a respeito. Eu nego.

—

Conversa tranquila e reservada com a srta. T[aussig]. na galeria do teatro, no intervalo de *Erdgeist*. Para conseguir ter uma boa conversa, é necessário, por assim dizer, enfiar a mão bem por baixo do assunto a tratar e fazê-lo com leveza e sonolência, para então, erguendo-o, surpreender. Senão quebramos os dedos e só pensamos na dor.

—

História: As caminhadas de fim de tarde. (Invenção do caminhar ligeiro.) Um quarto belo e escuro no começo.

—

A srta. T[aussig] relatou-me uma cena de seu novo conto, na qual uma moça de má reputação ingressa certo dia numa escola de costura. A impressão

27 São os seguintes os livros mencionados: *Goethes Gespräche* (Conversas de Goethe), org. por Woldemar von Biedermann, Leipzig, 1889; *Goethes Studentenjahre (1765-1771)* (Os anos de estudante de Goethe, 1765-1771), Leipzig, 1910; *Stunden mit Goethe* (Horas com Goethe), org. por W. Bode, Berlim, 1904; e, possivelmente, *Goethe in Frankfurt am Main, 1797* (Goethe em Frankfurt, 1797), de Ludwig Geiger, Frankfurt am Main, 1797. **28** Solomon Schmerler era membro ativo da comunidade judaica de Praga e ajudou a concretizar a apresentação de Isaac Löwy em 18 de fevereiro de 1912.

causada nas outras moças. Digo-lhe que terão pena dela aquelas que sentem nitidamente possuir em si a capacidade e a vontade de se fazerem mal-afamadas e que, ao mesmo tempo, poderão então ter uma ideia imediata do mergulho na infelicidade que isso representa.[29]

Há uma semana, palestra do dr. Theilhaber no salão nobre da Câmara Municipal Judaica de Praga sobre o ocaso dos judeus alemães.[30] Ele é inexorável porque: 1) se os judeus se reúnem nas cidades, as comunidades judaicas no campo desaparecem. O anseio pelo lucro os consome. Casamentos são decididos com base apenas na capacidade de sustentar a noiva. Sistema de dois filhos; 2) Casamentos mistos; 3) Batismos.

Cenas cômicas quando, sorrindo confiante para a assembleia, o prof. Ehrenfels, que está cada vez mais bonito e cuja calva, contra a luz, um contorno tênue como um sopro delimita no alto da cabeça, se posiciona a favor da miscigenação — as mãos juntas apertando-se mutuamente, a voz plena, modulada como um instrumento musical.

5/2/12
Segunda-feira. Cansado, abandonei até mesmo a leitura de *Poesia e verdade*. Sou duro por fora; por dentro, gelado. Hoje, quando fui até o dr. Fleischmann, e embora tenhamos caminhado lentos e circunspectos um em direção ao outro, foi como se colidíssemos feito bolas que se chocam, se repelem e se perdem sem nenhum controle. Perguntei a ele se estava cansado. Não estava. Por que perguntei? Porque estou cansado, respondi, e me sentei.[31]

—

Alçar-se de uma tal situação haveria de ser fácil, na verdade, até mesmo com energia forjada. Arranco-me da cadeira, circundo a mesa a passos largos, ponho cabeça e pescoço em movimento, ateio fogo aos olhos, tensiono os músculos em torno deles. Combato cada sentimento, cumprimento Löwy

29 Trata-se de "Aus einer Nähschule" (De uma escola de costura), uma das três narrativas que integrariam o já mencionado *Weiberwirtschaft* (ver nota 73, à p. 113). **30** Felix Aaron Theilhaber (1884-1956), autor de *Der Untergang der deutschen Juden* (O ocaso dos judeus alemães). Mais adiante, o filósofo austríaco Christian von Ehrenfels (1859-1932), fundador da teoria da Gestalt. Ainda na universidade, Kafka frequentara suas aulas em Praga. **31** Siegmund Fleischmann (1878-1935) era, como Kafka, funcionário do AUVA.

com veemência, caso ele chegue agora, tolero amistosamente minha irmã no quarto enquanto escrevo e, em casa de Max, sorvo em longos tragos tudo que se diz, apesar do esforço e da dor. De fato, é possível que eu consiga fazer algumas dessas coisas quase à perfeição, mas a cada falha nítida — e elas não haverão de faltar — tudo estancará, o fácil e o difícil, e eu terei de girar para trás no círculo. Por isso, o melhor conselho permanece sendo aceitar tudo com a maior tranquilidade possível, comportar-se como uma massa pesada e, mesmo sentindo-se soprado para longe, não se deixar arrancar um único passo desnecessário; contemplar os outros com olhar animalesco, não ter nenhum arrependimento, entregar-se à inconsciência em que, embora dela ainda se creia distante, já se arde, deixar pousar à vontade os membros angulosos e imutáveis, em suma, reprimir com as próprias mãos aquele fantasma de vida que ainda resta, ou seja, multiplicar a derradeira paz sepulcral e não permitir que nada subsista além dela. Um movimento característico desse estado é passar o mindinho pelas sobrancelhas.[32]

—

Pequena ameaça de desmaio ontem no Café City, com Löwy. Debruçar-se sobre uma página de jornal para ocultá-la.

—

A bela silhueta de Goethe de corpo inteiro. Impressão simultânea de repugnância à visão desse corpo humano perfeito, já que superar esse patamar de perfeição está além do imaginável, e trata-se de uma perfeição que, afinal, parece tão somente composta e casual. A postura ereta, os braços pendentes, o pescoço fino, a flexão dos joelhos.

—

A impaciência e o pesar provocados por meu cansaço alimentam-se sobretudo da visão de futuro que jamais perco de vista e que assim se prepara para mim. Que noites, que caminhadas, que desespero na cama e no canapé

7/2/12

me aguardam, piores do que os que já suplantei!

32 Com modificações e o título "Decisões", um dos textos que compõem *Contemplação*.

—

Ontem, na fábrica. As moças em suas roupas insuportavelmente sujas e folgadas, com os cabelos desfeitos de quem acabou de acordar, uma expressão no rosto fixada pelo barulho incessante das correias de transmissão e das máquinas por certo automáticas mas que empacam imprevisivelmente — essas moças não são seres humanos, ninguém as cumprimenta, ninguém se desculpa ao esbarrar nelas, e, se chamadas a fazer algum trabalhinho, elas o executam e logo voltam para sua máquina, com um gesto de cabeça mostra-se a elas onde intervir; estão ali de saiote, à mercê do poder mais minúsculo e nem sequer dispõem de compreensão serena e suficiente para, com olhares e mesuras, reconhecer esse poder e se fazer simpáticas a ele. Quando, porém, dá seis horas e elas avisam umas às outras, aí, então, desatam o lenço do pescoço e dos cabelos, espanam o pó do corpo com uma escova que perambula pelo salão e que as impacientes clamam para si, enfiam a saia pela cabeça e, tanto quanto possível, limpam as mãos; são, por fim, mulheres, podem sorrir a despeito da palidez e dos dentes ruins, chacoalham o corpo teso, já não se pode esbarrar nelas, fitá-las ou deixar de vê-las, mas, antes, apertamo-nos contra as caixas sujas de graxa para lhes dar passagem, tiramos o chapéu quando elas dão boa-noite e não sabemos o que fazer quando uma delas segura nosso casaco de inverno, para nos ajudar a vesti-lo.

8/2/12
Goethe: "Meu desejo de criar não tinha limites".[33]

—

Tornei-me mais nervoso, mais fraco e perdi boa parte da tranquilidade de que, anos atrás, me orgulhava. Hoje, ao receber o cartão de Baum, no qual ele diz que, afinal, não poderá fazer a palestra na noite dedicada aos judeus orientais e, portanto, ao me ver obrigado a crer que precisarei eu próprio assumir esse compromisso, fiquei inteiramente à mercê de tremores incontroláveis, o pulsar de minhas veias agitava-me o corpo todo feito pequenas chamas; se me sentava, os joelhos tremiam debaixo da mesa, e eu tinha

33 *De minha vida: Poesia e verdade*, terceira parte, 12º livro [622] (trad. de Mario Luiz Frungillo. São Paulo: Editora Unesp, 2017).

de apertar as mãos uma contra a outra.[34] Vou fazer uma boa palestra, estou certo disso, e, ademais, a inquietação intensificada ao máximo na noite em si vai me contrair de tal maneira que nem sequer haverá espaço para inquietação, e a palestra sairá de mim como de um cano de espingarda. É possível, no entanto, que, depois, eu sucumba e, de todo modo, leve um bom tempo até conseguir me recuperar. É tão pequena minha força física! Até mesmo estas poucas palavras escrevo sob a influência de minha fraqueza.

—

Ontem à noite, com Löwy em casa de Baum. Minha animação. Há pouco tempo, em casa de Baum, Löwy traduziu do hebraico um conto ruim: "O olho".

13/2/12

Começo a escrever a palestra para a apresentação de Löwy. Ela acontece já no domingo 18. Não terei muito mais tempo para me preparar e, no entanto, como na ópera, já entoo aqui um recitativo. E isso só porque, há dias, uma agitação incessante me atormenta e, antes de começar de fato, quero, um tanto recolhido, escrever algumas palavras apenas para mim mesmo, a fim de somente então, tendo tomado algum impulso, apresentar-me diante do público. Frio e calor intensos se alternam em mim conforme as palavras vão se sucedendo no interior da frase, sonho melódicos voos e quedas, leio frases de Goethe como se percorresse as entonações com meu corpo inteiro.

25/2/12

A partir de hoje, manter-me firme na escrita do diário! Escrever com regularidade! Não desistir de mim mesmo! Ainda que daí não resulte redenção nenhuma, quero, sim, ser digno dela a todo momento. Passei esta noite sentado à mesa familiar com total indiferença, a mão direita apoiada no braço da cadeira da minha irmã, que jogava cartas a meu lado, a mão esquerda debilmente pousada no colo. De tempos em tempos, buscava tomar consciência de minha infelicidade, mas mal consegui.

—

34 De novo, trata-se da apresentação de Isaac Löwy em 18 de fevereiro de 1912. Oskar Baum deveria fazer a palestra introdutória. Kafka descreverá o evento em detalhes mais adiante.

Passei tanto tempo sem escrever porque organizei uma apresentação de Löwy no salão nobre da Câmara Municipal Judaica, que teve lugar em 18/2/12 e na qual proferi uma pequena palestra introdutória sobre o iídiche.[35] Passei duas semanas preocupado porque não conseguia escrever a palestra. Na noite anterior, de repente consegui. Preparativos para a palestra: conferências com a Associação Bar-Kochba, montagem do programa, ingressos, salão, numeração dos assentos, chave do piano (Salão Toynbee), palco elevado, pianista, figurino, venda de ingressos, notas nos jornais, censura por parte da polícia e da comunidade religiosa. Locais onde estive e pessoas com quem conversei ou a quem escrevi. Assuntos gerais: com Max, [Solomon] Schmerler, que esteve em minha casa; com Baum, que inicialmente se encarregou da palestra, depois declinou, a quem então fiz mudar de ideia no curso de uma noite destinada a isso mas que, no dia seguinte, tornou a declinar por intermédio de um cartão enviado por correio pneumático; com dr. Hugo Hermann e Leo Hermann no Café Arco; diversas vezes com Robert Weltsch em casa dele; com o dr. Bloch, tratando da venda de ingressos (em vão); com dr. Hanzal, dr. [Siegmund] Fleischmann, visita à srta. Taussig, palestra na Afike Jehuda (proferida pelo rabino Ehrentreu, sobre Jeremias e sua época, seguida de um encontro e de um pequeno e malsucedido discurso sobre Löwy); em casa do professor [Emil] Weis (depois, no café e, em seguida, caminhada conjunta, quando ele, vivaz feito um animal, permaneceu diante da porta do meu prédio das doze à uma, sem me deixar entrar); em casa do dr. Karl Bendiener, tratando do salão; no corredor da Câmara Municipal com o velho dr. Bendiener; duas vezes em casa de Lieber, na Heuwagsplatz; algumas vezes com Otto Pick no banco; com o sr. Roubitschek e o professor Stiassny, por causa da chave do piano do Salão Toynbee; depois, em casa deste último, onde fui buscar e devolver a chave; com o zelador e o empregado da Câmara Municipal, por causa do palco; na secretaria da Câmara Municipal (duas vezes) por causa do

35 Kafka relata aqui os preparativos para a concretização do recital de Isaac Löwy, que consistiu em recitação de textos literários, apresentação de cenas dramáticas e canto. Transcrita por Elsa Taussig, a palestra proferida por Kafka figura com o título "Rede über die jiddische Sprache" (Discurso sobre a língua iídiche) na edição das obras completas a cargo de Max Brod, publicada em 1953 pela editora S. Fischer.

pagamento; em razão da venda de ingressos, com a sra. Freund, na exposição Der gedeckte Tisch [A Mesa Posta].[36]

Escrevi para: srta. Taussig, um certo Otto Klein (em vão), *Tagblatt* (em vão), Löwy ("Não vou conseguir fazer a palestra, me ajude!"). Irritações: uma noite inteira rolando na cama por causa da palestra, com calor e insônia; ódio do dr. Bloch; pavor de Weltsch (ele não vai conseguir vender nada), Afike Jehuda, nos jornais as notas não saem conforme o esperado, dispersão no escritório, o palco não chega, vai ser pequena a venda de ingressos, a cor dos ingressos me irrita, a apresentação precisa ser interrompida, porque o pianista esqueceu as partituras em casa, em Košíře;[37] constante indiferença em relação a Löwy, quase repugnância.

Benefícios: Alegria com L[öwy]. e confiança nele, consciência orgulhosa, supraterrena, durante minha palestra (frieza em relação ao público, apenas a falta de prática me priva da liberdade de gesticular com entusiasmo), voz potente, memória fácil, reconhecimento, mas sobretudo o poder com que reprimi a insolência dos três empregados da Câmara Municipal — em voz alta, com determinação, decidido, de forma irretocável e inexorável, com os olhos claros, quase de passagem — e, em vez das doze coroas exigidas, dei-lhes apenas seis, e o fiz ademais com ares de grande senhor. Mostram-se aí forças nas quais gostaria de depositar minha confiança, caso elas persistam. (Meus pais não estavam lá.)

—

De resto: Academia da Associação Herder, na ilha Sofia. No começo da palestra, Bie enfia a mão no bolso da calça. O rosto satisfeito, a despeito de toda

36 Primos, Hugo e Leo Hermann eram membros da direção da Associação Bar-Kochba. Leo era, então, diretor editorial do semanário sionista *Selbstwehr*, para o qual Hugo também escrevia. Robert Weltsch, primo de Felix Weltsch, era dirigente da associação. O advogado Arthur Bloch, de quem provavelmente se trata aqui, era membro ativo da comunidade judaica de Praga; Emanuel Hanzal, colega de Kafka no AUVA. A convite da Associação Afike Jehuda, que se dedicava à promoção e à divulgação da ciência do judaísmo, Chanoch Heinrich Ehrentreu, o rabino de Munique, proferiu uma palestra em Praga em 13 de fevereiro de 1912. Karl Bendiener, seu pai, Ludwig Bendiener, e Siegfried Lieber eram membros da Representação da Comunidade Religiosa Israelita. Ida Freund, irmã de Berta Fanta, era cofundadora do Clube das Artistas Alemãs, que, de 15 a 18 de fevereiro de 1912, promoveu a exposição A Mesa Posta. O sr. Roubitschek, o professor Stiassny e Otto Klein, no parágrafo seguinte, não foram identificados pelos pesquisadores. 37 Vilarejo integrado à cidade de Praga apenas em 1922.

a decepção, daqueles que trabalham como querem. Hofmannsthal lê num timbre equivocado. Figura concentrada, a começar das orelhas bem junto da cabeça. Wiesenthal. A beleza dos números de dança, quando, por exemplo, o curvar-se para trás em direção ao chão mostra o peso natural do corpo.[38]

—

Impressão do Salão Toynbee.

—

Assembleia sionista. Blumenfeld. Secretário da Organização Sionista Mundial.[39]

—

Em minhas reflexões sobre mim mesmo, surgiu nos últimos tempos uma força nova e estabilizadora que só agora, neste exato momento, logro identificar, uma vez que, na semana passada, desmanchei-me verdadeiramente em tristeza e inutilidade.

—

Sentimento cambiante em meio aos jovens no Café Arco.

26/2/12
Maior autoconfiança. O coração bate mais próximo dos desejos. O sussurro da iluminação a gás sobre minha cabeça.

—

Abri a porta do edifício para ver se o tempo convidava a uma caminhada. O céu azul era inegável, mas grandes nuvens cinza trespassadas de um brilho azul, as bordas dobradas feito abas, pairavam baixas, como se podia avaliar pelo arvoredo nas colinas próximas. Não obstante, a rua estava

38 A Associação Johann Gottfried Herder de Praga, responsável também pela revista literária *Herder-Blätter*, promoveu um evento em 16 de fevereiro de 1912. Nele, o historiador da arte Oskar Bie (1864-1938) fez uma palestra "sobre a dança", seguida de uma leitura de poemas de Hugo von Hofmannsthal pelo próprio poeta, além de números de dança a cargo da bailarina vienense Grete Wiesenthal (1885-1970). Sofia ou Slovanský é uma das ilhas no Moldava, na altura do centro de Praga.
39 Em 22 de fevereiro de 1912, Kurt Blumenfeld, secretário-geral da Organização Sionista Mundial, fez uma palestra em Praga sobre "Os judeus na vida acadêmica".

cheia de gente que saíra a passear. Mãos maternas conduziam com firmeza carrinhos de bebê. Aqui e ali, um carro parava no meio da multidão e esperava até que as pessoas se dispersassem diante dos cavalos que empinavam e baixavam as patas. Enquanto isso, segurando calmamente as rédeas trêmulas, o cocheiro observava, não lhe escapava nem mesmo o menor detalhe, examinava tudo diversas vezes e, no momento certo, por fim dava impulso ao carro. Por menor que fosse o espaço, as crianças podiam correr. Mocinhas em roupas leves e chapéus tão coloridos como selos postais caminhavam de braço dado com jovens rapazes, e uma melodia reprimida na garganta expressava-se no passo de dança de suas pernas. Famílias mantinham-se juntas e, caso alguma delas se dispersasse numa longa fila, logo braços estendidos para trás, mãos abanando e o chamado de apelidos carinhosos reconectavam os perdidos. Homens sós buscavam se apartar ainda mais metendo as mãos nos bolsos. Uma extravagância mesquinha. De início, fiquei parado na porta do edifício, mas, depois, encostei-me para observar com mais calma. Vestidos roçavam em mim e, em dado momento, apanhei uma fita que adornava a parte de trás da saia de uma moça, deixando-a escorrer-me pela mão à medida que ela se afastava; em outra ocasião, ao alisar o ombro de outra moça apenas para lisonjeá-la, o transeunte que vinha logo atrás deu-me um tapa nos dedos. Puxei-o para trás da folha fechada da porta e o censurei com mãos levantadas, olhares de canto dos olhos, um passo em sua direção, outro para trás, ele ficou feliz quando o soltei com um empurrão. Daquele momento em diante, passei naturalmente a chamar pessoas com frequência para perto de mim, um aceno com o dedo bastava, ou um olhar rápido, sem hesitação.

—

Escrevi essa inutilidade inacabada numa espécie de sonolência, sem esforço nenhum.

—

Hoje vou escrever para Löwy. Copio as cartas aqui, porque espero obter delas alguma coisa:

Caro amigo

27/2/12
Não tenho tempo para escrever cartas duas vezes.

—

Ontem à noite, às dez horas, eu descia a Zeltnergasse com meu passo triste. Perto da chapelaria Hess, um rapaz, numa diagonal à minha frente, deteve--se três passos adiante e, com isso, me fez parar também; ele tira o chapéu e vem em minha direção. O susto inicial me faz recuar, penso comigo que é alguém querendo saber o caminho até a estação, mas por que daquela maneira? Depois, como ele se aproxima amigavelmente e me olha no rosto de baixo para cima, porque sou mais alto, penso que talvez queira dinheiro ou coisa pior. Confusas, minha atenção e suas palavras se misturam. "O senhor é advogado, não é, doutor? Poderia, por favor, me dar um conselho? Tenho um assunto para o qual preciso de um advogado." Por precaução, desconfiança e com receio de passar vergonha, nego que sou advogado, mas disponho-me a dar-lhe o conselho: do que se trata? Ele começa a contar, me interesso e, para fortalecer sua confiança, eu o convido a me contar sua história enquanto caminhamos; ele quer me acompanhar, mas não, prefiro ir atrás dele, não sigo nenhum caminho definido.

Ele recita bem, antes não era nem de longe tão bom como agora, quando já é capaz de imitar o Kainz sem que ninguém consiga distingui--los. Vão dizer que só imita, mas na verdade há muito dele próprio na imitação. Verdade que é baixinho, mas gestual, memória e presença, tudo isso ele tem. Na época do serviço militar, lá no acampamento em Milowitz, ele recitava, um companheiro cantava, e de fato se divertiam bastante. Foi uma época boa. Gosta de recitar Dehmel, os poemas apaixonados e frívolos como o da noiva a imaginar a noite de núpcias; quando ele o recita, causa enorme impressão sobretudo nas moças. Claro, é natural que seja assim. Tem um Dehmel muito bonito, boa encadernação, em couro vermelho. (Descreve-o com movimentos descendentes das mãos.) Mas, afinal, o importante não é a encadernação. Além disso, gosta muito de recitar Rideamus. Não, não se contradizem de modo algum; ele faz a intermediação, insere entre um e outro o que lhe vem à cabeça, faz o público de bobo. De seu programa consta ainda "Prometeu". Aí, não fica devendo nada a ninguém, nem mesmo a Moissi: Moissi bebe, ele não. Por fim, gosta muito de ler também Swett Marden, um novo escritor nórdico. Muito bom. São epigramas e pequenas máximas. Sobretudo as frases a respeito de Napoleão são excelentes, mas todas as outras também, sobre grandes homens. Não, dessa obra ele ainda não recita nada, afinal ainda não a estudou, nem sequer a leu inteira; a tia leu recentemente para ele, que gostou muito.[40]

Com base nesse programa, ele queria, pois, fazer apresentações públicas e, assim, ofereceu-se para fazer um recital noturno na "Frauenfortschritt".[41] Na verdade, queria ler, em primeiro lugar, *Eine Gutsgeschichte* [A lenda de uma quinta senhorial], da Lagerlöf, e, para exame, emprestou o texto à presidente da associação, sra. Durège-Wodnanski. Ela disse que a história era mesmo bonita, mas demasiado longa para ser lida em voz alta. Ele concordou, era longa demais mesmo, sobretudo porque, no pretendido recital, seu irmão ainda tocaria piano. Esse irmão, de 21 anos, um rapaz adorável, é um virtuose, estudou dois anos (já há quatro anos) na Escola Superior de Música de Berlim. Mas voltou para casa inteiramente corrompido. Bem, na verdade, corrompido não, mas a mulher que lhe alugava um quarto se apaixonou por ele. Mais tarde, ele contou que estava sempre cansado para tocar, porque tinha constantemente de cavalgar a senhoria.

Como, portanto, *Eine Gutgeschichte* não servia, concordaram em fazer o outro programa: Dehmel, Rideamus, "Prometeu" e Swett Marden. Agora, então, para mostrar de antemão à sra. Durège que tipo de homem de fato era, levou a ela o manuscrito de um artigo intitulado "Alegria de viver", que ele escrevera no verão desse ano. Escrevera-o numa estância de veraneio, estenografava-o durante o dia e, à noite, passava a limpo, arrumava, corrigia, mas muito trabalho não teve, porque o texto logo saiu. Ele me empresta, se eu quiser, é decerto escrito num estilo popular, o que é deliberado, mas há bons pensamentos nele, é ***betamt*** [charmoso, hábil], como se diz. (Riso mordaz, com o queixo erguido.) Posso dar uma olhada aqui mesmo, sob a luz elétrica. (É um convite à juventude para que não fique triste, porque,

40 O ator Josef Kainz (1858-1910) apresentava-se com frequência em Praga. A seguir, provavelmente o poeta alemão Richard Dehmel (1863-1920) e seu poema "Nachtgebet der Braut" (Oração noturna da noiva). Rideamus era o pseudônimo do jurista e escritor alemão Fritz Oliven (1874-1956). Depois, referência ao ator Alexander Moissi (1880-1935) e, por fim, ao escritor norte-americano Orison Swett Marden, do qual, por essa época, dois livros já possuíam tradução para o alemão. **41** Verein zur Förderung des Wohles und der Bildung der Frauen (Associação para o fomento do bem-estar e da educação das mulheres). Instituição praguense dotada de uma biblioteca pública e que promovia cursos de línguas, estenografia e trabalhos manuais, além de ciclos de palestras. Logo a seguir, Selma Lagerlöf (1858-1940), escritora sueca. Jenny Durège-Wodnanski, figura de destaque da sociedade local, era membro do Clube de Escritoras Alemãs de Praga.

afinal, temos a natureza, a liberdade, Goethe, Schiller, Shakespeare, flores, insetos etc.) A Durège disse que, no momento, não tinha tempo para lê--lo, mas que ele podia emprestá-lo a ela, que devolveria o artigo em poucos dias. Já desconfiado, ele não queria deixar o texto com ela, recusava-se dizendo, por exemplo, "Veja, sra. Durège, para que deixar o texto aqui, afinal são apenas banalidades, é bem escrito, mas...". Nada disso adiantou, e ele precisou deixar o artigo ali. Isso foi na sexta-feira.

28/2/12

No domingo de manhã, ao se lavar, ele se lembra de que ainda não tinha lido o jornal. Por coincidência, abre o *Tagblatt* justamente na primeira página do suplemento dominical.[42] O título do primeiro artigo, "Das Kind als Schöpfer" [A criança como criadora], chama-lhe a atenção, ele lê as primeiras linhas — e começa a chorar de alegria. É seu artigo, palavra por palavra, é seu artigo. Pela primeira vez, um texto de sua autoria é publicado, ele corre até a mãe, para contar a ela. Que alegria! A senhora de idade, diabética e separada do marido — que, de resto, estava com a razão —, fica muito orgulhosa. Um de seus filhos já é um virtuose, e agora o outro se torna escritor!

Passada a agitação inicial, ele se põe a refletir sobre o assunto. Como foi que seu artigo foi parar no jornal? E sem a sua concordância? Sem o nome do autor? Sem que ele recebesse um tostão? Isso é, de fato, abuso de confiança, trapaça. Essa sra. Durège é mesmo um demônio. E, segundo Maomé (que o repete diversas vezes), as mulheres não têm alma. É fácil imaginar como se produziu o plágio. Ali estava um belo artigo, e onde encontrar de pronto um artigo assim? A sra. D. foi, então, ao *Tagblatt*, sentou-se com algum editor, ambos muito felizes, e começaram a trabalhar no texto. Sim, tinham de editá-lo; em primeiro lugar, para que o plágio não fosse reconhecido à primeira vista e, em segundo, porque o artigo de 32 páginas era grande demais para o jornal.

A meu pedido para que ele me mostrasse passagens idênticas, porque aquilo me interessava em especial e porque só então eu poderia aconselhá--lo, ele começa a ler seu artigo, pula para outra passagem, folheia-o sem encontrar o que procura e declara, por fim, que foi tudo copiado. No jornal lê-se, por exemplo, que a alma de uma criança é uma "página em branco", e "página em branco" está também em seu artigo. A palavra "alcunhado" também

42 Trata-se do suplemento dominical da edição de 25 de fevereiro de 1912 do *Prager Tagblatt*.

foi copiada, a quem mais ocorreria escrever "alcunhado"? Mas não é possível comparar passagens isoladas. É certo que se trata de cópia, mas, claro, dissimulada, em outra sequência, abreviada e com pequenas inserções.

Leio em voz alta algumas passagens mais conspícuas do texto no jornal. Isso está no seu texto? Não. E isso? Não. Isso aqui? Não. Mas essas são justamente as passagens acrescentadas. Em essência, foi tudo copiado, tudo. Receio, no entanto, que será difícil provar, digo. Ora, mas com um advogado hábil, ele vai provar, sim — garante —, afinal é para isso que servem os advogados. (Ele vislumbra a produção dessa prova como outra tarefa, inteiramente nova e de todo apartada do assunto, e tem orgulho de se considerar capaz de realizá-la.)

Que se trata de seu artigo, isso já se vê pelo fato de o texto ter sido publicado em dois dias. Em geral, leva pelo menos seis semanas para que uma contribuição aceita seja impressa. Ali, contudo, naturalmente havia pressa, a fim de que ele não pudesse intervir na publicação. Por isso, dois dias bastaram. — Ademais, o artigo no jornal chama-se "Das Kind als Schöpfer". Isso guarda relação clara com ele, além de ser uma indireta. "Criança" por certo refere-se a ele, que, no passado, foi tido por uma "criança", por "bobo" (o que, na verdade, ele só foi durante o serviço militar, tendo servido um ano e meio), e o que se deseja dizer com esse título é que ele, uma criança, se por um lado foi capaz de produzir algo tão bom como aquele artigo, se, portanto, mostrou seu valor como criador, por outro, se se deixou enganar daquela maneira, então é porque permaneceu bobo e criança. — A criança de que fala o primeiro parágrafo é uma prima que veio do campo e mora com a mãe dele. — O plágio, porém, se deixa comprovar de forma assaz convincente por uma circunstância de que ele só foi se dar conta depois de muito refletir: "Das Kind als Schöpfer" está na primeira página do suplemento dominical, que, na terceira página, traz um conto de uma certa "Feldstein".[43] Trata-se nitidamente de um pseudônimo. Pois bem, nem é preciso ler o conto inteiro, basta uma olhadela pelas primeiras linhas e já se vê de imediato tratar-se de uma imitação desavergonhada da Lagerlöf. O restante torna esse fato ainda mais evidente. O que isso significa? Significa que essa Feldstein, ou como quer que ela se chame, é uma criação da Durège, alguém que leu em casa dela o *Eine Gutsgeschichte* que ele levara até lá e se valeu dessa leitura para escrever seu conto; significa, portanto, que as

43 "Die Armen" (Os pobres), de Hedwig Feldstein.

duas o exploraram no suplemento dominical, uma na primeira, a outra na terceira página. É claro que qualquer um pode, por iniciativa própria, ler e imitar a Lagerlöf, mas a influência dele ali é demasiado óbvia. (Ele golpeia a página em questão diversas vezes, aqui e ali.)

Na segunda-feira, ao meio-dia, tão logo fechado o banco, ele naturalmente foi até a casa da sra. D. Ela abre apenas uma fresta da porta, está bastante amedrontada. "Mas, sr. Reichmann, por que o senhor me aparece aqui ao meio-dia? Meu marido está dormindo. Não posso deixar o senhor entrar."[44] "Sra. D., a senhora precisa me deixar entrar imediatamente. Trata-se de assunto importante." Ela vê que falo sério e me deixa entrar. O marido com certeza nem estava em casa. Num cômodo contíguo, vejo meu manuscrito sobre a mesa e isso logo me dá o que pensar. "Sra. D., o que a senhora fez com meu manuscrito? A senhora o entregou para o *Tagblatt* sem meu consentimento. Quanto a senhora recebeu pelo artigo?" Ela treme, não sabe de nada, não faz ideia de como o artigo foi parar no jornal. "*J'accuse*, sra. D.", eu digo, meio na brincadeira, mas de modo que ela perceba também minha real disposição, e repito esse "*J'accuse*, sra. D." o tempo todo que permaneço lá, para que ela o grave bem; mesmo à porta, ao me despedir, ainda torno a dizê-lo diversas vezes. Compreendo bem o medo dela. Se eu tornar público o caso ou der queixa, vai ficar impossível para ela, que terá de deixar a "Frauenfortschritt" etc.

Da casa dela, vou direto para a redação do *Tagblatt* e peço para falar com o editor [Hugo] Löw. Naturalmente, ele aparece todo pálido, mal consegue andar. Ainda assim, não quero ir logo ao assunto, e sim testá-lo primeiro. Pergunto, portanto: "Sr. Löw, o senhor é sionista?". (Porque sei que ele era.) "Não", ele responde. Já sei o bastante: diante de mim, portanto, ele precisa fingir. Pergunto então sobre o artigo. De novo, um discurso inseguro. Não sabe de nada, não tem nada a ver com o suplemento dominical e, se eu quiser, vai buscar o editor responsável. "Sr. Wittmann, venha até aqui", chama, contente de poder partir dali. Chega o Wittmann, também muito pálido. Eu pergunto: "O senhor é o editor do suplemento dominical?". Ele: "Sim". Digo apenas "*J'accuse*" e vou-me embora.

44 Aqui, o interlocutor é, por fim, nomeado. Trata-se, provavelmente, de Oskar Reichmann (1886-1934), um funcionário do Union Bank de Praga.

No banco, telefono imediatamente para o *Bohemia*. Quero contar minha história a eles, para que a publiquem. Mas a ligação não se completa. O senhor sabe por quê? A redação do *Tagblatt* é perto do Correio Central, e aí, do *Tagblatt*, eles podem facilmente controlar as ligações, impedi-las ou completá-las. E, de fato, não paro de ouvir sussurros indiscerníveis no telefone, certamente dos editores do *Tagblatt*. Afinal, eles têm grande interesse em não permitir minha ligação telefônica. Então ouço (claro que muito mal) alguns persuadindo a telefonista a não completar minha ligação, enquanto outros já estão no telefone com o *Bohemia*, para impedir que o jornal acolha minha história. "Senhorita!", eu grito no telefone, "se minha ligação não for completada imediatamente, vou me queixar à direção do Correio." Os colegas à minha volta no banco riem ao me ouvir falar tão energicamente com a telefonista. Por fim, completa-se a ligação. "Chame, por favor, o editor Kisch.[45] Tenho um comunicado de extrema importância a fazer ao *Bohemia*. Se o jornal não quiser, faço-o de imediato a outro. Está mais do que na hora." Mas, como Kisch não está na redação, desligo sem revelar nada.

De tardezinha, vou pessoalmente ao *Bohemia* e peço para chamarem o editor Kisch. Conto a história a ele, que não quer publicá-la. "O *Bohemia*", diz, "não pode fazer uma coisa dessas, seria um escândalo, e não temos independência para cometer essa ousadia. Leve o caso a um advogado, é o melhor a fazer."

"Eu voltava do *Bohemia* quando encontrei o senhor e, por isso, peço seu conselho."

"Eu o aconselho a resolver a questão pacificamente."

"Também pensei que isso seria o melhor. Trata-se, afinal, de uma mulher. Mulheres não têm alma, diz Maomé com razão. Ademais, perdoar seria mais humano, mais goethiano."

"Com certeza. E o senhor não precisará renunciar ao recital, que, do contrário, estaria perdido."

"Sim, mas o que faço agora?"

"Vá até lá amanhã e diga que, desta vez, o senhor está disposto a supor que tenha se tratado de influência inconsciente."

"Muito bom. É o que vou fazer."

45 Na época, Egon Erwin Kisch era o editor do jornal.

“Nem por isso o senhor precisa renunciar à vingança. Publique o artigo em outro lugar e, depois, envie-o à sra. D. com uma bela dedicatória.”

“Será o melhor castigo. Vou publicá-lo no *Deutsches Abendblatt*. Vão aceitá-lo, isso nem me preocupa. Basta que eu abdique de qualquer remuneração.”

Em seguida, falamos de seu talento de ator. Digo-lhe que ele deveria fazer um curso. “Sim, o senhor tem razão. Mas onde? O senhor sabe onde posso aprender o ofício?” Respondo que é difícil. Que não conheço a área. Ele: “Não tem importância. Vou perguntar ao Kisch. Ele é jornalista e deve ter bons contatos no meio. Saberá me aconselhar bem. Vou simplesmente telefonar para ele. Assim, poupo a ele e a mim da caminhada, e me informo de tudo a esse respeito”.

“E em relação à sra. D., vai fazer como lhe aconselhei?”

“Vou, sim, mas é que me esqueci. Qual foi mesmo o conselho?” Repito minha sugestão.

“Ótimo, vou fazer isso.” Ele entra no Café Corso, e eu vou para casa, depois de ter experimentado como é refrescante conversar com um louco varrido. Quase não ri, o episódio apenas me despertou por completo.

—

O melancólico “outrora”, só empregado nas placas das empresas.

2/3/12

Quem me confirma a veracidade ou a probabilidade de eu ser desinteressado de tudo o mais graças unicamente a minha vocação literária, e, em decorrência disso, uma pessoa sem coração?

3/3/12

Recital de Moissi em 28/2. Visão antinatural. Sentado em aparente tranquilidade, as mãos, sempre que possível, juntas entre os joelhos, os olhos no livro aberto à sua frente, ele lança sua voz sobre nós com a respiração de um corredor. — Boa acústica da sala. Nenhuma palavra se perde ou retorna, ainda que minimamente; em vez disso, tudo vai se ampliando pouco a pouco, como se a voz, já há tempos ocupada com outra coisa, seguisse produzindo seu efeito; a palavra se intensifica em consonância com o caráter que lhe é dado e nos envolve. — As possibilidades da voz que se veem aqui. Assim como a sala trabalha pela voz de Moissi, a voz dele trabalha pela nossa. Desabusados artifícios e surpresas que nos fazem olhar para o chão e dos quais jamais nos valeríamos: os versos cantados isoladamente logo no começo, "Dorme, Mirjam, filha minha", por exemplo, a voz que vaga no interior da melodia; a "Mailied" [Canção de maio] expelida às pressas, como se apenas a ponta da língua se enfiasse entre as palavras; a separação da palavra *November-Wind*, a fim de empurrar o "vento" [*Wind*] para baixo e fazê-lo subir assoviando.[46] — Quando se olha para o teto da sala é-se alçado até lá pelos versos. — Os poemas de Goethe, inatingíveis para o recitante, razão pela qual, aliás, não se pode bem apontar um erro nesse recitar, porque cada poema concorre para o atingimento do objetivo. — Depois, grande efeito quando, no bis, tendo recitado a "Canção da chuva" de Shakespeare, livre do texto, ele se levantou, abriu o lenço nas mãos e o apertou com olhos cintilantes. — Faces redondas e, no entanto, um rosto anguloso. Volta e meia, gestos suaves das mãos pelos cabelos macios. — As críticas entusiasmadas que lemos a seu respeito só lhe servem, em nossa opinião, até que comecemos a ouvi-lo; depois, enredam-se ele e elas, e Moissi não consegue produzir uma impressão pura. — Essa maneira de recitar, sentado e com o livro à sua frente, lembra um pouco um ventríloquo. O artista, aparentemente distante, fica ali sentado como nós, mal vemos aqui e ali os movimentos da boca no rosto voltado para baixo, e, em vez de recitar os versos, deixa que eles ressoem sobre sua cabeça. — Embora fossem tantas as melodias a ouvir, e a voz parecesse ser conduzida como um barco leve na água, na verdade não se ouvia a melodia dos versos. — Algumas palavras, a voz as dissolvia, tocava-as com tanta delicadeza que elas saltavam no ar e nada mais tinham a ver com a voz humana, até que, então, obrigada a fazê-lo, a voz emitia uma consoante ríspida qualquer, trazia a palavra de volta para o chão e a concluía.

—

Depois, caminhada com Ottla, srta. Taussig, o casal Baum e Pick. Ponte Elisabeth, a beira do rio, Kleinseite, Café Radetzky, ponte de pedra, Karlsgasse. Descortinava-se ainda à minha frente a perspectiva do bom humor, de modo que não havia em mim muito a criticar.

46 "Schlaflied für Mirjam" (Canção de ninar para Mirjam) é um poema de Richard Beer-Hofmann; "Mailied", de Goethe, e "Novemberwind", ou "Le Vent", do poeta belga Émile Verhaeren (1855-1916). Mais adiante, "Canção da chuva" é aquela que encerra *Noite de Reis*.

5/3/12

Esses médicos revoltantes! Tão decididos em matéria de negócios e tão ignorantes na cura que, caso os abandonasse aquela sua determinação comercial, pareceriam escolares à beira do leito dos enfermos. Tomara tivesse eu forças para fundar uma associação de medicina naturalista. Depois de remexer na orelha de minha irmã, o dr. Kral transforma uma inflamação do tímpano em inflamação do ouvido médio; a moça aqui de casa desmaia ao alimentar a estufa, e o médico dispara o diagnóstico com a velocidade que costuma dedicar às criadas: mal-estar estomacal e decorrente congestão sanguínea. No dia seguinte ela torna a adoecer com febre alta, o médico vira a moça para um lado e outro, constata uma angina e vai-se embora depressa, para não ser refutado pelo instante seguinte. Ousa até mesmo falar nas "infames reações fortes dessa moça", quando o que há de verdade aí é que ele está acostumado a pessoas cujo estado de saúde é digno de sua arte médica e produzido por ela, e a natureza vigorosa dessa moça do campo o ofende mais do que ele é capaz de perceber.[47]

—

Ontem, em casa de Baum. Leitura de "Der Dämon" [O demônio].[48] No todo, impressão desagradável. Humor bom e preciso ao subir até a casa de Baum; esmorecimento imediato ao chegar lá em cima; embaraço diante do menino.

—

Domingo: com os jogadores de baralho no Continental. Antes, um ato e meio de *Die Journalisten* [Os jornalistas], com Kramer. Muita comicidade forçada é visível em Bolz, da qual, no entanto, acaba resultando alguma verdadeiramente terna. No intervalo após o segundo ato, encontrei a srta. Taussig em frente ao teatro. Corri até o guarda-roupa, voltei com meu casaco esvoaçante e a acompanhei até sua casa.[49]

47 Dr. Heinrich Kral, que, a despeito da crítica, permaneceu sendo o médico da família. **48** Título de uma peça jamais publicada de Oskar Baum. O menino, mais adiante, é seu filho, Leo (1909-46). **49** O Café Continental era o maior de Praga e ponto de encontro da burguesia de língua alemã. Em 3 de março de 1912, o ator Leopold Kramer, do Wiener Deutsches Volkstheater, interpretou em Praga o editor Konrad Bolz da comédia *Os jornalistas*, de Gustav Freytag.

8/3/12
Anteontem, fui alvo de críticas por causa da fábrica. Passei então uma hora no canapé, pensando em pular da janela.

—

Ontem, palestra de Harden sobre "teatro". Claramente, toda improvisada, eu estava de muito bom humor e, por isso, não a achei tão vazia quanto outros. Bom começo: "Neste momento em que aqui nos reunimos para discutir o teatro, a cortina se abre em todas as casas teatrais da Europa e dos demais continentes e revela ao público o palco". Com uma lâmpada móvel posicionada sobre um suporte na altura do peito, ele ilumina o peitilho, como na vitrine de uma camisaria, e, no curso da palestra, vai movimentando a lâmpada e variando a iluminação. Dança na ponta dos pés para se fazer mais alto do que é e também para incrementar a própria capacidade de improvisação. Calça justa mesmo na região da virilha. Fraque curto, pregado como se num manequim. Rosto de uma seriedade quase forçada, ora semelhante ao de uma velha senhora ora parecido com Napoleão. Coloração empalidecida da testa, como se usasse peruca. Provavelmente vestia cinta.[50]

—

Reli alguns textos antigos. Suportar fazê-lo é coisa que demanda toda a minha energia. A infelicidade que necessariamente advém de interromper um trabalho que só poderá ter êxito se feito de uma vez só, e até hoje sempre tive de interrompê-lo, essa infelicidade, ainda que não em sua força original, mas decerto em versão mais compacta, é necessário vencê-la ao reler.

—

Hoje, no banho, acreditei sentir minhas velhas forças, como se intocadas pelo longo intervalo.

10/3/12
Domingo.

Ele seduziu uma moça numa cidadezinha das montanhas do Iser, onde passou todo um verão a fim de se restabelecer dos pulmões debilitados.

50 Em 7 de março de 1912, o escritor e jornalista Maximilian Harden (1861-1927) proferiu palestra no Rudolfinum de Praga.

Incompreensivelmente, como por vezes sucede aos doentes do pulmão, pegou a moça — a filha de seu senhorio que, à tardezinha, depois do trabalho, gostava de acompanhá-lo numa caminhada — e, depois de uma breve tentativa de persuadi-la, jogou-a na grama à beira do rio e, tendo ela desmaiado de medo, a possuiu. Mais tarde, precisou apanhar água do rio com as mãos em concha e vertê-la no rosto da moça, a fim de trazê-la de volta à vida. "Julinha, Julinha!", disse incontáveis vezes, debruçado sobre ela. Estava pronto a assumir toda a responsabilidade por seu crime e esforçava-se apenas para compreender a gravidade de sua situação. Sem refletir, não teria podido compreendê-la. A moça simples, que jazia à sua frente, respirava normalmente de novo e só mantinha os olhos fechados por medo e vergonha, não o preocupava; homem forte e grande que era, podia empurrá-la para o lado com a ponta do pé. Ela estava fraca, era pouco atraente, o que lhe acontecera haveria de ter alguma importância real que perdurasse ao menos até o dia seguinte? Não é o que pensaria qualquer um que comparasse os dois? O rio estendia-se calmamente por entre o relvado e os campos até as montanhas, mais distantes. O sol brilhava apenas na ribanceira da outra margem. As últimas nuvens partiam do céu límpido do fim de tarde.

—

Nada, nada. Desse jeito, estou criando fantasmas. Envolvido, ainda que pouco, eu só estava ao escrever "Mais tarde...", e acima de tudo "vertê-la". Na descrição da paisagem, acreditei por um momento identificar alguma coisa de bom.

—

Tão abandonado por mim mesmo, por todos. Barulho no cômodo ao lado.

11/3/12
Ontem, insuportável. Por que não participam todos da mesa do jantar? Afinal, seria tão bonito.

—

Reichmann, o recitador, foi internado no hospício no dia seguinte à nossa conversa.

—

Hoje, queimei muitos papéis velhos e repugnantes.

—

W[oldemar]., o barão von Biedermann, *Goethes Gespräche*;[51] como as filhas de Stock, o gravador em cobre de Leipzig, o penteiam em 1767.

—

Como [Johann Christian] Kestner, em 1772, o encontrou deitado na grama em Garbenheim, e como ele "sentia-se bem conversando com alguns circunstantes, um filósofo epicurista (von Goué, um grande gênio), um estoico (von Kielmansegg) e um meio-termo entre ambos (dr. König)".

—

Com [Phillip] Seidel, 1783, 5-7, II. "Certa vez, ele tocou a campainha no meio da noite e, quando fui até seu quarto, ele havia rolado sua cama de ferro da ponta mais distante do aposento até a janela e observava o céu. 'Não notou nada no céu?', perguntou-me, e quando respondi que não: 'Então, vá até a guarda e pergunte à sentinela se não viu nada'. Fui até lá, mas a sentinela tampouco tinha visto alguma coisa, o que relatei a meu senhor, que seguia deitado e observando fixamente o céu. 'Escute', disse-me ele então, 'estamos vivendo um momento importante: ou está acontecendo um terremoto neste instante ou vai acontecer.' Em seguida, precisei me sentar a seu lado na cama, e ele me mostrou os indícios a partir dos quais chegara àquela conclusão" (Terremoto de Messina).

—

Com [Friedrich Wilhelm Heinrich] von Trebra (setembro, 1783), um passeio geológico por brenhas e rochas. Goethe vai na frente.

—

À [Caroline] Herder, 1788. Entre outras coisas, disse que, durante duas semanas antes de partir de Roma, tinha chorado todo dia, feito uma criança.

—

51 Deste ponto até a entrada de 12 de março de 1912, Kafka cita o já mencionado *Goethes Gespräche*, de Woldemar von Biedermann, que compilou e editou, de 1889 a 1896, as manifestações do poeta em conversas diversas.

Como a mulher de Herder o observa, a fim de contar tudo por escrito ao marido na Itália.

—

Diante da [Caroline] Herder, Goethe demonstra grande preocupação com Herder.

—

Visita à família de Cagliostro.

—

14 de setembro de 1794, com Schiller no quarto desde as onze e meia da manhã, quando Schiller se vestiu, até as onze da noite, em ininterruptas discussões literárias, como tantas vezes.

David Veit, 19 de outubro de 1794, um modo sempre judeu de observar, por isso de tão fácil assimilação, como se tivesse acontecido ontem.

"À noite, em Weimar, apresentação de *Servidor de dois amos*, muito boa, para minha surpresa. Goethe também estava no teatro e, como sempre, no local reservado à nobreza. No meio da peça, ele abandona seu posto — o que, dizem, só faz muito raramente — e, ainda sem poder falar comigo, senta-se atrás de mim, como me contaram minhas vizinhas de assento; tão logo terminado o ato, ele se adianta, cumprimenta-me com extrema amabilidade e começa a, num tom bastante íntimo, fazer [...] observações sobre a peça, pró e contra [...]. Depois, silencia por um momento; esqueço-me de que ele é também diretor do teatro e digo: 'Estão representando muito bem'. Ele segue olhando sempre para a frente, e eu — com um sentimento que realmente nem sei explicar — repito a idiotice: 'Estão representando muito bem'. Nesse instante, ele torna a me dirigir um cumprimento, na verdade tão amável como o primeiro, e vai-se embora! Eu o teria ofendido ou não? [...] É difícil acreditar como isso ainda me inquieta, embora Humboldt, que agora o conhece muito bem, me tenha assegurado que ele muitas vezes se vai assim, a toda a pressa; de resto, Humboldt incumbiu-se de tornar a falar com ele sobre mim."

—

Em outra ocasião, falam sobre [Salomon] Maimon. "Interferi diversas vezes, com frequência visando a ajudá-lo, uma vez que, em geral, muitas palavras não lhe ocorrem e ele vive fazendo caretas."

—

1795. Com Schiller. Ficamos sentados juntos das cinco da tarde à meia-noite, ou mesmo até uma da manhã, conversando.

—

1796, primeira metade de setembro. Ao ler em voz alta a conversa de Hermann com a mãe junto da pereira, ele chorou. "É assim que a gente se derrete no próprio carvão", disse, enxugando as lágrimas.[52]

—

"O largo parapeito de madeira do camarote do velho cavalheiro." Goethe adorava ter por vezes à disposição em seu camarote certa quantidade de pratos frios e vinho, mais para oferecer a outros — a gente importante, da terra e de fora —, que não raro recebia ali.

—

Encenação de *Alarcos*, de Schlegel,[53] 1802.

"Goethe no meio da plateia, reinando sério e solene do alto de sua cadeira de braços."

As pessoas ficam inquietas, em certa passagem espocam por fim as gargalhadas, a casa inteira treme. "Mas só por um momento. Num átimo, Goethe se levantou de um salto e, com voz tonitruante e um movimento ameaçador, gritou: 'Silêncio, silêncio!'. Funcionou como uma fórmula mágica. De imediato, o tumulto se acalmou, e o desventurado Alarcos prosseguiu até o fim sem nenhuma outra perturbação, assim como sem o menor sinal de aplauso."

—

52 Referência ao poema épico *Hermann und Dorothea*. **53** Drama de Friedrich Schlegel montado pelo próprio Goethe.

[Madame de] Staël: o que os franceses tomam por uma suposta espirituosidade dos estrangeiros, muitas vezes é tão somente desconhecimento da língua francesa. Goethe caracterizou uma ideia de Schiller como *neuve et courageuse*, algo digno de admiração; revelou-se, porém, que ele havia querido dizer *hardie*.[54]

—

Por que atrais minha prole [...] para o ardor mortal [*Todesglut*]? Staël traduziu *Todesglut* como *air brûlant*. Goethe disse que se referia ao "ardor do carvão", o que ela, no entanto, achou demasiado *maussade*, de extremo mau gosto. Faltaria aos poetas alemães a sensibilidade refinada para o que é conveniente.

—

1804, o amor por [Johann] Heinrich Voß. — Goethe lia "Luise" com seu grupo domingueiro.[55]

"Coube-lhe então a passagem do casamento, que ele leu com o sentimento mais profundo. Mas sua voz foi diminuindo, ele chorava e entregou o livro a seu vizinho. 'Uma passagem sagrada', exclamou com um fervor que nos abalou a todos."

"Estávamos almoçando e tínhamos acabado de comer o último bocado, quando Goethe pediu um bolo, 'porque o Voß ainda parece tão faminto'."

"Mas ele nunca é mais agradável e encantador do que quando, à noite, em seu quarto, já despiu a roupa do dia ou está sentado no sofá."

"Quando fui até ele, senti-me confortável em sua casa. Ele a havia aquecido e se despido, à exceção de um casaquinho de lã que lhe cai esplendidamente bem."

Livros: Stilling, *Goethe-Jahrbuch*
Correspondência entre Rahel e D. Veit.[56]

54 A observação ressalta a diferença entre "corajoso" e "atrevido, descarado, insolente".
55 Poema idílico publicado pela primeira vez em 1783. **56** Aqui, Kafka apenas anota esquematicamente alguns títulos de uma vasta bibliografia. Refere-se a dois volumes autobiográficos de Heinrich Stilling (1740-1817), a volumes diversos do *Goethe-Jahrbuch* (Anuário de Goethe) e à correspondência entre Rahel e David Veit.

12/3/12
No bonde que passava correndo, um jovem rapaz sentado a um canto, o rosto contra o vidro, o braço esquerdo estendido ao longo do encosto, o sobretudo aberto e inflado ao seu redor, contemplava com um olhar observador o banco comprido e vazio. Tinha ficado noivo naquele dia e não pensava em outra coisa. Sentia-se em boas mãos na condição de noivo e, nesse estado, às vezes olhava fugazmente para o teto do bonde. Quando o cobrador chegou para lhe vender o bilhete, ele encontrou com facilidade a moeda certa em meio ao tilintar do dinheiro, depositou-a com ímpeto na mão dele e apanhou a passagem com dois dedos abertos em forma de tesoura. Não havia propriamente uma ligação entre ele e o bonde, nem causaria admiração se, sem se valer de plataforma ou estribo, ele surgisse agora na rua e seguisse seu caminho a pé com aquele mesmo olhar.

—

Apenas o sobretudo inflado permanece; todo o restante é invenção.

16/3/12
Sábado. Novos ânimos. Outra vez, eu me controlo, como quem apanha no ar as bolas que caem. Amanhã, hoje principio um trabalho mais extenso, que há de se guiar espontaneamente por minhas capacidades. Enquanto puder, não vou abandoná-lo. Melhor não dormir que se deixar viver assim.

—

Cabaré Lucerna. Alguns jovens rapazes cantam cada um uma canção. Se nos sentimos bem-dispostos e ouvimos com atenção, uma apresentação dessa natureza, mais que a de cantores experimentados, lembra as conclusões que o texto de uma canção permite tirar sobre nossa vida. Sim, porque, nesse caso, a força dos versos não é de modo algum intensificada pelo cantor; os versos conservam sua autonomia e nos tiranizam por intermédio de um cantor que nem sequer calça botas envernizadas, cuja mão se recusa a desprender-se do joelho e, caso tenha de fazê-lo, exibe ainda sua relutância; um cantor que se atira o mais rapidamente possível sobre o banco, a fim de, tanto quanto possível, não deixar ver os muitos e pequenos gestos inábeis que precisa realizar. — Cena de amor primaveril ao estilo dos cartões-postais com fotografia. Representação fiel, que comove e embaraça o público. — Fatinizza, cantora vienense. Sorriso doce, rico em substância. Lembra Hansi. Um rosto com detalhes insignificantes e, em sua maioria, demasiado marcados; o riso o mantém coeso e equilibrado. Superioridade ineficaz em relação ao público, o que se há de atribuir a ela quando, postada no proscênio, ri para a plateia indiferente. — Dança tola da Degen com fogos-fátuos esvoaçantes, ramos, borboletas, chamas de papel e caveira. — Quatro "Rocking Girls". Uma delas, muito bonita. O programa não menciona seu nome. Vista da plateia, era a última à direita. O modo como, atarefada, ela lançava os braços; as pernas compridas e finas, com seus ossinhos tenros e brincalhões, executando um movimento mudo e particularmente palpável; como não mantinha o ritmo, mas tampouco se deixava assustar em sua intensa atividade, e que sorriso suave, em contraste com o sorriso distorcido das outras, que rosto e que cabelos quase voluptuosos em comparação com a magreza de corpo; a maneira como ela pedia aos músicos que tocassem "devagar", por si própria e pelas demais. Seu mestre de dança, um jovem muito magro e de roupas chamativas, postado atrás dos músicos, marcava o ritmo acenando com uma das mãos, sem que músicos ou dançarinas lhe dessem atenção e com os próprios olhos voltados para a plateia. — Warnebold, o nervosismo fogoso de um homem robusto. Nos movimentos, por vezes um gracejo cujo poder nos eleva. O modo como, depois de anunciado o número, ele corre a passos largos para o piano.[57]

—

Li *Aus dem Leben eines Schlachtenmalers* [Da vida de um pintor de batalhas].[58]
Li Flaubert em voz alta, satisfeito.

—

O homem com botas de cano dobrado na chuva

—

Desejos

—

57 O programa do cabaré para março de 1912 previa, como números principais, Curt Warnebold, pianista, humorista e recitador; "Rocking Girls", quatro jovens inglesas cantando e dançando; Fatinizza, intérprete vienense de *Lieder*; e Thea Degen, canto (*chansons*) e dança. Hansi, ou Juliane Szokoll, era uma garçonete por quem Kafka se apaixonara em 1908.
58 Autobiografia do pintor alemão Albrecht Adam (1786-1862) publicada em Munique, em 1911.

Necessidade de falar sobre dançarinas com pontos de exclamação. Porque, assim, imitamos seus movimentos, mantemos o ritmo, e o pensamento, então, não perturba o gozo, porque a ação fica sempre para o fim da oração e, ali, prolonga melhor seu efeito.

17/3/12
Por esses dias, li *Morgenrot* [Aurora], de Stössl.[59]

—

O concerto de Max no domingo. Meu ouvir quase inconsciente. Doravante não posso mais me enfadar com música. Esse círculo impenetrável que a música logo constrói à minha volta, já não procuro adentrá-lo, como intentei em vão no passado; evito também saltá-lo, o que bem poderia fazer, mas, antes, permaneço quieto com meus pensamentos, que nessa estreiteza se desenvolvem e se esgotam sem que uma autocontemplação perturbadora possa imiscuir-se em seu lento aglomerar-se. — O belo "círculo mágico" (de Max) que, aqui e ali, parece abrir o peito da cantora. — Goethe, "consolo na dor". *Alles geben die Götter, die unendlichen, ihren Lieblingen ganz. Alle Freuden, die unendlichen, alle Schmerzen, die unendlichen, ganz.* — Minha incapacidade diante de minha mãe, da srta. Taussig e, depois, de todos no Continental e, mais tarde, na rua.[60]

—

Segunda-feira, *Mam'zelle Nitouche*.[61] O belo efeito produzido por uma palavra francesa no meio de uma triste encenação alemã. — Por trás de uma grade, moças do internato em seus vestidos claros correm para o jardim com os braços estendidos. — O pátio do quartel do regimento dos dragões no meio da noite. Oficiais celebram uma festa de despedida num salão dos fundos do quartel, ao qual se tem acesso subindo uns poucos degraus.

59 Romance do escritor austríaco Otto Stössl (1875-1936) publicado pouco antes, em 1912. **60** Em 17 de março de 1912, Max Brod apresentou-se ao piano como compositor, na companhia de um violinista e da cantora Valesca Nigrini. No programa, poemas musicados de Goethe, Shakespeare e do próprio Brod, entre outros. "Alles geben die Götter", o poema de Goethe diz: "Tudo os deuses, infinitos, concedem a seus preferidos, por inteiro. Todas as alegrias, infinitas, todas as dores, infinitas, por inteiro". **61** Vaudevile em três atos (H. Meilhac e A. Millaud, com música de Hervé) apresentado em Praga em 18 de março de 1912.

Mam'zelle Nitouche chega e se deixa persuadir, por amor e leviandade, a participar da festa. O que pode suceder às moças! De manhã, no convento; à noitinha, apresentação em substituição a uma cantora de opereta que faltou; de noite, no quartel dos dragões.

—

Passei a tarde de hoje deitado no canapé, tomado por um cansaço doloroso.

18/3/12

Eu era sábio, se se quiser, porque estava a todo momento pronto para morrer, mas não porque tivesse me desincumbido de tudo que haviam me encarregado de fazer, e sim porque não fizera coisa nenhuma nem podia nutrir a esperança de algum dia vir a fazer o que fosse.

22/3/12

(Anotei datas erradas nos últimos dias.) Leitura de Baum na Lesehalle. Grete Fischer, dezenove anos, casa-se semana que vem.[62] Rosto moreno, magro, impecável. Narinas arqueadas. Desde sempre usa chapéus e roupas como os de uma caçadora. O reflexo verde-escuro no semblante. As mechas de cabelo que correm pelas faces parecem juntar-se a novas mechas que crescem ao longo das maçãs do rosto, assim como, de resto, impressão de uma leve penugem sobre o rosto todo, curvado para baixo, rumo à escuridão. As pontas dos cotovelos apoiadas de leve nos braços da cadeira. Depois, na praça Venceslau, uma graciosa mesura executada com pouca energia, um inclinar-se e endireitar-se do corpo magro vestindo trajes pobres e toscos. Eu a contemplava com regularidade bem menor do que gostaria.

24/3/12

Domingo. Ontem. *Die Sternenbraut* [A noiva das estrelas], de Christian von Ehrenfels.[63] — Assisto perdido, confrontado com um contexto tosco

62 O erro de datação a que Kafka refere-se, é possível depreender pela data da apresentação do vaudevile: 18 de março. Sua anotação, portanto, não pode ter sido registrada em data anterior a essa. A leitura de Oskar Baum acontece em 21 de março e contempla sua obra de estreia, *Uferdasein* (À margem), publicada em 1908. A moça de dezenove anos é, possivelmente, Margarethe Fischer (1892-1943), que se casaria em 18 de abril com o advogado Leo Zuckermann.
63 Peça de Christian von Ehrenfels que estreou em 23 de março de 1912.

e inabarcável, mas em harmonia comigo mesmo diante dos três casais conhecidos. — O oficial enfermo na peça. O corpo doente no uniforme justo, que demanda saúde e determinação.

—

De manhã, com um humor límpido, meia hora em casa de Max.

—

No cômodo ao lado, minha mãe conversa com o casal Lebenhart.[64] Falam de insetos daninhos e calos. (O sr. Lebenhart tem seis calos em cada dedo.) É fácil compreender que não há progresso de fato nessas conversas. Elas contêm declarações de que ambas as partes vão se esquecer e que, já neste momento, sem nenhum senso de responsabilidade, se esvaem, esquecidas de si mesmas. Mas justamente pelo fato de serem inconcebíveis sem certo alheamento, elas exibem espaços vazios que, para quem as segue, só podem ser preenchidos com reflexão, ou, melhor ainda, com sonhos.

25/3/12
A vassoura que varre o tapete no cômodo ao lado soa como a cauda de um vestido que se move aos solavancos.

26/3/12
Nunca superestimar o que já escrevi; se o fizer, torno inatingível para mim o que tenho a escrever.

27/3/12
Na segunda-feira, no momento em que um rapaz na rua, em companhia de outros, atirava uma grande bola numa criada que caminhava indefesa diante deles, agarrei-o pelo pescoço no instante mesmo em que a bola voava em direção ao traseiro da moça, pus-me a esganá-lo com enorme raiva, empurrei-o para um lado e o xinguei. Depois, segui adiante e nem olhei para a moça. Nós nos esquecemos por completo de nossa existência terrena porque, tomados de tal forma pela raiva, nos permitimos acreditar que, dada a oportunidade, nos encheremos plenamente de sentimentos ainda mais belos.

64 Possivelmente, Filip e Rosa Lebenhart, casal ativo na vida da comunidade judaica de Praga.

28/3/12
Da palestra da sra. Fanta, "Impressões berlinenses": Certa vez, Grillparzer recusou-se a ir a certa reunião porque sabia que Hebbel, de quem era amigo, também estaria lá. "Ele vai de novo me interrogar a respeito de minha opinião sobre Deus e, se eu não souber o que dizer, acabará sendo grosseiro." — Meu comportamento obstinado.[65]

29/3/12
A alegria que me dá o banheiro. — Reconhecimento gradual. As tardes que passei com meus cabelos.

1/4/12
Pela primeira vez em uma semana, insucesso quase completo ao escrever. Por quê? Também na semana passada superei humores diversos e preservei a escrita dessa influência; mas tenho receio de escrever sobre isso.

3/4/12
E assim se foi o dia — de manhã, escritório; à tarde, fábrica; agora, à noitinha, gritaria pela casa, à direita e à esquerda; mais tarde, apanhar minha irmã à saída do *Hamlet* — e eu não soube aproveitar um único momento.

6/4/12
Sábado de Aleluia. Conhecimento completo de si mesmo. Poder abarcar a amplitude das próprias capacidades como quem apanha uma bolinha. Aceitar o maior dos declínios como algo conhecido e preservar nele a própria elasticidade.

—

O desejo de um sono mais profundo, que dissolva mais. Necessidade metafísica não é senão necessidade da morte.

—

Como hoje falei afetadamente com [Willy] Haas, porque ele elogiou o relato de viagem que Max e eu escrevemos, e o fiz a fim de, ao menos dessa

65 Palestra proferida por Berta Fanta na já mencionada "Frauenfortschritt" (ver nota 41, à p. 215) em 25 de março de 1912.

forma, tornar-me digno do elogio que o relato não merece, ou de dar continuidade ao efeito enganador ou mentiroso produzido por ele também pela via do engodo, ou da adorável mentira de Haas, que busquei assim tornar mais fácil para ele.[66]

6/5/12
Onze horas. Pela primeira vez desde algum tempo, total insucesso ao escrever. O sentimento de um homem posto à prova.

—

Sonho recente: Atravessava Berlim de bonde com meu pai. O componente metropolitano era representado por inúmeras barreiras bicolores que se erguiam a intervalos regulares, aplainadas nas pontas. No mais, tudo quase vazio, mas o amontoado de barreiras era grande. Chegamos defronte de um portão, desembarcamos sem nem perceber que o fazíamos e entramos. Atrás dele, uma parede íngreme, que meu pai escalou quase dançando, suas pernas voavam, tamanha a leveza com que ele subia. Por certo, havia certa desconsideração no fato de ele não me prestar nenhuma ajuda, uma vez que eu a escalava com extrema dificuldade, de quatro e muitas vezes escorregando de volta, como se, abaixo de mim, a parede houvesse se tornado ainda mais íngreme. Penoso era também que a parede se revestisse de excrementos humanos que, aos flocos, dependuravam-se sobretudo em meu peito. Inclinando o rosto, eu os vi e passei a mão por eles. Quando, por fim, cheguei lá em cima, meu pai, já proveniente do interior do edifício, veio correndo me abraçar, beijar e apertar. Ele vestia uma sobrecasaca antiga de que eu me lembrava bem, curta, acolchoada por dentro como um sofá. "Esse dr. von Leyden! Que homem excepcional!", exclamava sem cessar. Não o visitara, porém, como médico, absolutamente, e sim como alguém que valia a pena conhecer.[67] Senti um pouco de medo de que também eu fosse precisar ir até ele, mas isso não me foi exigido. Atrás de mim, à esquerda, vi um homem sentado num cômodo com paredes tão somente de vidro, de costas para mim. O homem,

66 O "relato de viagem" é o já mencionado primeiro e único capítulo de *Richard e Samuel*, que seria publicado na revista *Herder-Blätter* em junho de 1912. **67** Por ocasião de uma visita de Kafka a Berlim, de 3 a 9 de dezembro de 1910, os jornais berlinenses noticiavam o falecimento do professor doutor Ernst von Leyden (1832-1910), renomado especialista em doenças do pulmão e diretor do hospital Charité.

assim se revelou, era o secretário do professor, e meu pai havia falado apenas com ele, e não com o professor em si, mas, de algum modo, na pessoa de carne e osso do secretário, reconhecera os méritos do professor, de tal forma que se sentia no direito de emitir juízo sobre todo e qualquer aspecto deste como se tivesse falado com ele em pessoa.

—

Teatro Lessing: *Die Ratten* [As ratazanas].[68]
Carta a [Otto] Pick, porque não lhe escrevi. Cartão para Max, por minha alegria com *Arnold Beer*.

9/5/12
Ontem à noite, com Pick no café.
Como, a despeito de toda inquietação, agarro-me a meu romance, como a figura num monumento que olha para longe e se agarra à pedra.[69]

—

Noite de desconsolo na família. A irmã chora por causa da nova gravidez, o cunhado está precisando de dinheiro para a fábrica, o pai, agitado por causa da filha, da loja e de seu próprio coração; a infelicidade de minha outra irmã, a infelicidade de minha mãe com tudo isso, e eu com minha escrevinhação.[70]

22/5/12
Ontem, noite maravilhosa com Max. Quando me amo, amo-o ainda mais.
Lucerna. *Madame la Mort*, de Rachilde. *Sonho de uma manhã de primavera*.[71]

68 A peça de Hauptmann, com o Lessingtheater de Berlim, foi apresentada em Praga em 2 de maio de 1912. Um volume de poemas de Otto Pick e o romance *Arnold Beer*, de Max Brod, haviam sido recém-publicados em Berlim. **69** Provavelmente, referência à primeira versão de *O desaparecido (América)*, da qual Kafka escreveu cerca de duzentas páginas. O manuscrito, contudo, não foi preservado. Kafka, como se sabe, não concluiu nenhum de seus romances, todos eles publicados inicialmente com edição de Max Brod. No Brasil: *O processo* (trad. de Modesto Carone. São Paulo: Brasiliense, 1988); *O desaparecido ou Amerika* (trad. de Susana Kampff Lages. São Paulo: Editora 34, 2003); *O castelo* (trad. de Modesto Carone. São Paulo: Companhia das Letras, 2008). **70** Gerti, filha de Elli e Karl Hermann, nasceria em 8 de novembro de 1912. **71** Em 21 de maio de 1912, essas duas peças foram encenadas no Cabaré Lucerna. A primeira, da escritora francesa Rachilde (ou Marguerite Vallette-Eymery); a segunda, de Gabriele d'Annunzio.

A gorda engraçada no camarote. A tresloucada de nariz tosco, rosto coberto de cinzas, ombros saltando do vestido, de resto não decotado, sacudindo as costas para um lado e outro, a blusa azul simples salpicada de branco, a luva de esgrima sempre visível, porque, boa parte do tempo, ela manteve a mão direita, ou então as pontas dos dedos, pousada sobre a coxa direita da mãe divertida sentada a seu lado. As tranças dando a volta por cima das orelhas, a fita azul-clara e não muito limpa sobre a nuca, o tufo ralo mas compacto de cabelos que contorna a testa e projeta-se bem para a frente. O casaco quente, franzido, leve, pendendo negligente de tão maleável enquanto ela negociava no caixa.

23/5/12
Ontem: atrás de nós, um homem caiu da cadeira, de tédio. Comparação de Rachilde: aqueles que se alegram com o sol e demandam alegria dos outros são como bêbados que, à noite, voltam de um casamento e exigem dos que cruzam seu caminho que brindem à saúde da noiva desconhecida.

—

Carta a [Felix] Weltsch propondo um simples "você".
Ontem, boa carta ao tio Alfred motivada pela fábrica.
Anteontem, carta a Löwy.

—

Agora à noite, fui três vezes seguidas ao banheiro lavar as mãos, de tédio.

—

Medo de ficar sozinho no domingo e na segunda de Pentecostes tendo como motivo inacreditável a viagem de meus pais a Franzensbad.

—

A criança com as duas trancinhas, cabeça descoberta, vestidinho largo, vermelho de pintas brancas, pernas e pés nus, que atravessou a rua hesitante junto do Landestheater carregando um cestinho numa das mãos e uma caixinha na outra.

—

Os atores de costas no início de *Madame la Mort*, obedecendo ao princípio: sob circunstâncias idênticas, as costas de um diletante são tão belas quanto as de um bom ator. Como são conscienciosas as pessoas!

—

Há poucos dias, excelente palestra de Davis Trietsch sobre a colonização na Palestina.[72]

25/5/12
Ritmo fraco, pouco sangue.

27/5/12
Ontem, domingo de Pentecostes, muito frio, excursão nada bela com Max e Weltsch.

À noite, no café, Werfel me dá *Der Besuch aus dem Elysium* [A visita de Elísion].[73]

—

Comovidas, uma parte da Niklasstraße e toda a ponte se viram para um cachorro que, latindo alto, acompanha uma ambulância. Até que o cão de repente desiste, dá meia-volta e se mostra um cachorro qualquer, que seguira o carro sem nenhuma intenção especial.

1/6/12
Não escrevi nada.

2/6/12
Não escrevi quase nada.

Ontem, palestra do dr. Soukup na Repräsentationshaus sobre os Estados Unidos (Os tchecos em Nebraska. Todos os ocupantes de cargos públicos são eleitos, cada um deles precisa pertencer a um dos três partidos — republicano, democrata, socialista; o comício eleitoral em que Roosevelt ameaça com seu copo um fazendeiro que faz uma objeção; oradores de rua carregam consigo um caixote a título de púlpito); depois, Festa da Primavera, onde

72 A palestra do escritor sionista Davis Trietsch (1870-1935), de Berlim, teve lugar em 16 de maio de 1912. **73** Poema dramático de Franz Werfel publicado pouco antes na revista *Herder-Blätter*.

encontrei Paul Kisch, que me conta sobre sua tese, "Hebbel e os tchecos". Seu aspecto terrível. Excrescências na nuca. A impressão que passa ao falar de suas queridinhas.[74]

6/6/12

Quinta-feira, Corpus Christi. Dois cavalos correm, um deles baixa a cabeça, recolhe-a para si e da corrida, e chacoalha toda a sua crina; depois, torna a levantar a cabeça e só então, aparentemente mais saudável, retoma a corrida, a qual, na verdade, não chegou a interromper.

—

Leio agora nas cartas de Flaubert:
Meu romance é o rochedo ao qual me agarro, nada sei do que se passa no mundo.[75] — Parecido com o que escrevi a meu respeito em 9/5.

—

Sem peso, sem ossos, sem corpo, caminhei por duas horas pelas ruas, refletindo sobre o que tive de superar à tarde, ao escrever.

7/6/12

Péssimo. Não escrevi nada hoje. Amanhã, não terei tempo.

8/7/12

Segunda-feira. Tímido começo. Estou um pouco sonolento. E desamparado também, no meio dessas pessoas totalmente estranhas.[76]

9/7/12

Até agora não escrevi nada. Começo amanhã. Do contrário, mergulho de novo numa insatisfação incontível, sempre a se expandir; na verdade, já

74 Tendo viajado aos Estados Unidos em 1911, o deputado social-democrata František Sokoup (1871-1939) dava palestras sobre suas impressões do país, registradas também em livro de 1912. Paul Kisch, já mencionado, atuou como jornalista e crítico literário em Praga e Viena. Fala-se aqui de sua tese de doutorado, que seria publicada em 1913. 75 "*Mon roman est le rocher qui m'attache et je ne sais rien de ce qui se passe dans le monde.*" Carta a George Sand de 9 de setembro de 1868. 76 Em seguida a uma viagem com Max Brod a Leipzig e Weimar, Kafka passa três semanas, de 7 a 27 de julho, no sanatório naturista Jungborn, nas montanhas do Harz.

mergulhei nela. O nervosismo começa a se manifestar. Mas, se sou capaz de alguma coisa, sou-o sem recorrer a precauções supersticiosas.

—

A invenção do diabo. Se estamos possuídos pelo diabo, então não pode ser um só, já que, se assim fosse, viveríamos em paz ao menos nesta Terra, como se em companhia de Deus, em harmonia, sem contradição, sem refletir, sempre certos de quem temos às nossas costas. Seu rosto não nos assustaria, porque, se diabólicos e um tanto sensíveis a essa visão, seríamos inteligentes o bastante para preferir sacrificar uma das mãos, com a qual cobriríamos seu rosto. Se um único diabo nos possuísse, capaz de, imperturbado, abranger com os olhos todo o nosso ser e livre para dispor de nós a qualquer momento, ele também teria força suficiente para, durante toda a vida humana, nos manter e balançar tão acima do espírito de Deus em nós que não vislumbraríamos nem sombra dele e, portanto, não teríamos por que nos inquietar com isso. Nossa infelicidade terrena só pode se constituir de uma grande quantidade de diabos. Por que eles não exterminam uns aos outros até sobrar um único, ou por que não se submetem a um diabo maior? Ambas essas coisas estariam em consonância com o princípio diabólico de nos enganar da forma mais perfeita possível. Na ausência dessa unidade, de que vale o cuidado minucioso que os diabos todos nos dedicam? É claro que, para eles, a queda de um fio de cabelo humano há de ser mais importante do que para Deus, porque, para o diabo, esse fio de cabelo de fato se perde, ao passo que, para Deus, não. O problema é que jamais encontraremos bem-estar enquanto esses muitos diabos estiverem dentro de nós.

7/8/12
Longo tormento. Escrevi finalmente a Max que não consigo resolver os textinhos que faltam, que não quero me forçar a fazê-lo e que, portanto, não publicarei o livro.[77]

77 Em junho, Max Brod promovera, em Leipzig, um encontro de Kafka com o editor Ernst Rowohlt, que lhe oferecera a oportunidade de publicar um livro. Resultaria daí a publicação de *Contemplação*, em dezembro de 1912. É aos textos desse seu primeiro livro que Kafka se refere. Logo a seguir, nova referência ao livro e a "Desmascaramento de um trapaceiro", o segundo texto de *Contemplação*.

8/8/12
"Trapaceiro" concluído de forma mais ou menos satisfatória. Com as últimas forças de um estado de espírito ainda normal. Meia-noite. Como poderei dormir?

9/8/12
Noite agitada. — Ontem, a criada dizendo ao garotinho na escada: "Segure-se nas minhas saias". — Minha leitura em voz alta de *Der arme Spielmann* [O pobre músico], fluida, porque inspirada. — A percepção nessa história da virilidade em [Franz] Grillparzer. Ele pode ousar quanto quiser, mas não ousa nada, porque já traz em si tão somente o verdadeiro, que, mesmo a uma impressão momentaneamente contraditória, se justificará como tal no momento decisivo. O controle sereno sobre si mesmo. O passo lento que não perde nada. A prontidão imediata quando necessário, mas não antes disso, porque ele vê com muita antecedência tudo que está por vir.

10/8/12
Não escrevi nada. Estive na fábrica, respirando gás por duas horas na sala dos motores. A energia do encarregado e do foguista diante do motor, que, por alguma razão inescrutável, se recusa a funcionar. Fábrica miserável.

11/8/12
Nada, nada. Quanto tempo me custa a publicação do livrinho, quanta presunção danosa e ridícula resulta da minha leitura de coisas velhas visando à publicação. Só isso me impede de escrever. E, no entanto, nada consegui na realidade, a perturbação é a melhor prova disso. Seja como for, uma vez publicado o livro, vou precisar me manter muito mais distante de revistas e críticas, se não quiser me contentar em tocar a verdade apenas com a ponta dos dedos. A dificuldade que agora sinto de me mover! Antes, bastava-me dizer uma palavra contra minha direção de momento, e já eu voava para o outro lado; agora, apenas contemplo a mim mesmo e permaneço como sou.

14/8/12
Carta a Rowohlt.

Prezado sr. Rowohlt!

Apresento aqui a prosa curta que o senhor queria ver; os textos provavelmente já darão um livrinho. Enquanto eu os reunia para esse fim, vi-me por vezes ante a escolha entre tranquilizar meu senso de responsabilidade e a avidez de ter também um livro meu entre os belos livros do senhor. Por certo, nem sempre decidi com pureza. Agora, porém, é natural, ficaria feliz se esses textos o agradassem a ponto de o senhor publicá-los. Afinal, mesmo dispondo-se de grande experiência e sensibilidade, não se enxerga à primeira vista o que há de ruim neles. A característica individual mais difundida entre os escritores decerto consiste em que cada um deles, a sua maneira muito própria, oculta o que tem de ruim.

Cordialmente, seu[78]

15/8/12
Dia inútil. Sonolento, contrafeito. Festa da Assunção de Maria no Altstädter Ring. O homem com uma voz que parecia vir de um buraco na terra. Pensei muito em — que constrangimento sinto ao escrever nomes — Felice Bauer.[79] Ontem, *Polnische Wirtschaft* [Casa polonesa]. — Agora, Ottla recitou poemas de Goethe para mim. Ela os escolhe com genuíno sentimento. "Trost in Tränen" [Consolo nas lágrimas]. "A Lotte". "A Werther". "À lua". — Reli diários velhos, em vez de me abster dessas coisas. Vivo da forma mais insensata possível. Culpada disso tudo, porém, é a publicação das 31 páginas. Culpa maior, decerto, cabe a minha fraqueza, que permite que algo dessa natureza me influencie. Em vez de me sacudir, fico sentado aqui e penso em como poderia dar expressão a mais insultuosa possível a tudo isso. Mas esse sossego terrível perturba minha inventividade. Estou curioso para saber como vou sair dessa situação. Não me deixo compelir nem tenho consciência do caminho certo a tomar; como será, então? Estarei definitivamente preso, qual uma massa pesada, a meus caminhos estreitos? — Se é assim, poderia pelo menos girar a cabeça. — Mas isso, afinal, é o que faço.

78 Rascunho da carta de Kafka ao editor, que seria enviada juntamente com o manuscrito de 31 páginas dos dezoito textos que compõem *Contemplação*. A editora Ernst Rowohlt tinha Kurt Wolff como sócio. Rowohlt, porém, afastou-se em 10 de novembro e, a partir de fevereiro de 1913, a editora passou a se chamar Kurt Wolff Verlag. O livro de Kafka foi, na realidade, publicado em dezembro de 1912, mas com data de 1913. **79** Primeira menção a Felice Bauer (1887-1960), que Kafka conhecera em 13 de agosto em casa de Max Brod. A seguir, opereta de Jean Gilbert (ou Max Winterfeld, 1879-1942) apresentada em Praga em 14 de agosto de 1912.

16/8/12
Nada, nem no escritório nem em casa.[80] Escrevi duas ou três páginas no diário de Weimar.
À noite, o choramingar de minha pobre mãe porque não como.

20/8/12
Os garotinhos, ambos de blusa azul, azul-claro num deles, azul mais escuro no menorzinho, cada um deles com um feixe de feno seco nos braços, atravessam o terreno da universidade defronte da minha janela, parcialmente tomado pela grama. Arrastam-se com sua carga encosta acima. O todo é agradável aos olhos.

—

Hoje cedo, a carroça vazia e o cavalo grande e muito magro diante dela. Os dois espichados de um modo inusual num último esforço para subir por uma encosta, inclinados em relação ao observador. O cavalo, com as patas dianteiras algo levantadas, o pescoço esticado para o lado e para cima. Sobre ele, o chicote do cocheiro.

—

Que Rowohlt devolvesse o material e que eu pudesse, então, trancafiar tudo de novo, desfazer o já feito de modo a simplesmente me sentir tão infeliz quanto antes.

Srta. Felice Bauer. Quando cheguei à casa dos Brod, em 13/8, ela estava sentada à mesa e, na verdade, parecia uma criada. Não fiquei nem um pouco curioso para saber quem era, resignei-me de pronto. O rosto ossudo e vazio exibia abertamente a própria vacuidade. Pescoço nu. Blusa pendurada nos ombros. Trajava roupa bem caseira, embora ela própria não o fosse nem um pouco, como se revelou mais tarde. (Aproximar-me tanto de seu corpo a aliena um pouco. E, no entanto, em que estado me encontro agora, totalmente alienado de tudo que é bom, e ainda sem sequer acreditar que

80 Kafka aparentemente aguardava uma confirmação do recebimento do manuscrito por parte da editora. A seguir, nova referência aos diários paralelos que Kafka e Brod mantiveram durante suas viagens conjuntas em 1911 e 1912. Em Weimar, haviam estado entre 30 de junho e 7 de julho de 1912.

seja assim. Se hoje, em casa de Max, as novidades literárias não me distraírem em demasia, pretendo ainda tentar escrever a história de Blenkelt.[81] Ela não precisa ser longa, mas tem de tocar.) Nariz quase quebrado. Cabelos loiros, algo rijos e sem graça, queixo forte. Enquanto me sentava, contemplei-a mais atentamente pela primeira vez e, uma vez sentado, já dispunha de um veredicto inabalável. Como —

21/8/12
Li Lenz sem parar e, dele — tal é meu estado —, extraí alguma lucidez.

—

A imagem da insatisfação que uma rua apresenta, já que cada um ergue os pés do lugar em que se encontra para ir embora dali.

30/8/12
Não fiz nada o dia inteiro. Visita do tio da Espanha. Sábado passado, no Arco, Werfel recitou suas "Lebenslieder" [Canções da vida] e "Das Opfer" [O sacrifício].[82] Um monstro! Mas olhei-o nos olhos e suportei seu olhar a noite toda.

—

Será difícil me sacudir e, no entanto, estou inquieto. Hoje à tarde, enquanto estava deitado na cama, alguém girou rapidamente uma chave na fechadura e, por um momento, eu tinha fechaduras pelo corpo todo, como num baile a fantasia; a curtos intervalos de tempo, uma fechadura era aberta ou fechada aqui e ali.

—

Enquete da revista *Le Miroir* sobre o amor nos dias de hoje e sobre as mudanças pelas quais ele passou desde os tempos de nossos avós. Uma atriz respondeu: nunca se amou tão bem como hoje em dia.[83]

81 À "história de Blenkelt", Kafka se dedica mais adiante, em 23 de setembro. **82** Tanto "Ein Lebenslied" (Canção da vida) como o poema dramático "Das Opfer", ambos de Franz Werfel, seriam publicados no volume de poesia *Wir sind* (Nós somos), de 1913. **83** Resposta da atriz Louise Silvain (1874-1930) a uma enquete promovida pelo suplemento dominical (*Le Miroir*) do jornal *Le Petit Parisien* de 4 de agosto de 1912.

—

Como me chacoalhou e exaltou ouvir Werfel! Como me saí bem depois, na reunião em casa dos Löwy, verdadeiramente feroz e sem cometer erros.[84]

—

Este mês, que, em razão da ausência de meu chefe, poderia ter sido empregado com especial proveito, eu o desperdicei, passei dormindo, e sem tanta justificativa para tanto (envio do livro a Rowohlt, abscessos, visita do tio). Hoje mesmo, à tarde, valendo-me de pretextos sonhadores, passei três horas esticado na cama.

4/9/12

O tio da Espanha. O corte de seu casaco. O efeito que sua proximidade produz. Os detalhes de sua natureza. — Seu flutuar pelo corredor para o banheiro. Ao fazê-lo, se lhe dirigem a palavra, não responde. — Vai se tornando mais brando a cada dia, a julgar não por uma mudança gradual qualquer, e sim por aqueles momentos que chamam atenção. —

5/9/12

Eu lhe pergunto: como conciliar o fato de você estar insatisfeito, como disse recentemente, com o de conseguir lidar com tudo, como se vê a todo momento (e como se verifica, pensei eu, com a rudeza sempre peculiar desse seu saber lidar)? De acordo com minha memória, que já se esvai, ele respondeu: "No particular, estou insatisfeito, mas isso não se estende ao geral. Janto com frequência numa pensãozinha francesa que é muito elegante e cara. A diária de um quarto de casal com pensão completa, por exemplo, custa cinquenta francos. Sento-me ali, pois, entre um secretário de legação da embaixada francesa e um general espanhol da artilharia. De frente para mim, sentam-se um alto funcionário do Ministério da Marinha e um conde qualquer. Já conheço bem todos eles, cumprimento as pessoas à minha volta ao me sentar e, em razão de meu humor peculiar, não digo mais nenhuma palavra, a não ser ao me despedir. Aí, sozinho na rua, não logro

84 Possivelmente, reunião familiar, motivada pela visita de Alfred Löwy (o "tio da Espanha"), em casa de Richard Löwy, irmão da mãe de Kafka.

compreender de fato a que propósito há de ter servido essa noite. Vou para casa e me arrependo de não ter me casado. Naturalmente, isso passa, seja porque pondero as consequências seja porque meus pensamentos se perdem. Vez por outra, porém, a questão retorna".

8/9/12
Domingo de manhã.

Ontem, carta ao dr. Schiller.[85]

—

À tarde
Com a mais poderosa das vozes e em meio a uma porção de mulheres no quarto ao lado, minha mãe brinca com as crianças pequenas e me expulsa de casa: Nada de chorar! Não chore! etc. Isso é dele! Isso é dele! etc. Dois homenzarrões desse tamanho! etc. Ele não quer!... Mas! Mas!... Gostou de Viena, Dolfi?[86] Foi bom lá?... Por favor, dê só uma olhada nas mãos dele.

11/9/12
Há dois dias, noite com Utitz.

—

Um sonho: eu me encontrava numa língua de terra calçada com pedra de cantaria que avançava bastante mar adentro. Havia alguém comigo, ou várias pessoas, mas a consciência de mim mesmo era tão forte que delas eu pouco sabia, além do fato de que lhes falava. Em minha lembrança permaneceu apenas o joelho erguido da pessoa sentada a meu lado. De início, não sabia de fato onde estava, e foi somente quando, em dado momento, levantei-me por acaso que vi, à esquerda à minha frente e à direita atrás de mim, o mar amplo, claramente circunscrito, e os muitos navios de guerra dispostos em fileiras e firmemente ancorados. À direita, via-se Nova York; estávamos no porto de Nova York. O céu, embora cinza, irradiava uma claridade uniforme. Em meu posto, exposto ao ar vindo de todas as direções, eu me virava livremente para um lado e outro a fim de poder ver tudo. Na

85 Dr. Friedrich Schiller, funcionário municipal em Breslau que Kafka conhecera no sanatório Jungborn. **86** Provavelmente, Adolf Ernst Kaufmann, um parente distante.

direção de Nova York, o olhar descia um pouco; na direção do mar, subia. Agora notava também que, ao nosso lado, as águas formavam ondas altas e que por elas circulava um enorme tráfego internacional. Na lembrança, ficou-me apenas que, em vez de nossas balsas, viam-se ali troncos compridos amarrados num gigantesco feixe redondo cuja superfície de corte, ao avançar, emergia mais ou menos da água de acordo com a altura das ondas, além de rolar também em todo o seu comprimento. Eu me sentei, recolhi os pés, estremecia de contentamento, e, de tanto prazer, afundei-me literalmente no chão, dizendo: "Isso é mais interessante que o tráfego num bulevar de Paris".

12/9/12
À noite, o dr. [Hugo] Löw esteve em nossa casa. Outro que se vai para a Palestina. Fará seu exame para a prática da advocacia um ano antes de terminar o estágio e viaja, então, para lá com 1200 coroas (daqui a duas semanas). Vai procurar um posto no Escritório para a Palestina. Todos esses viajantes rumo à Palestina (Bergmann, dr. Kellner) olham para o chão, sentem-se ofuscados por seus ouvintes, passam os dedos estirados sobre o tampo da mesa, sua voz falha, seu sorriso é débil e eles o mantêm com certa ironia.[87] — O dr. Kellner contou que seus discípulos são chauvinistas, têm sempre os macabeus na ponta da língua e desejam seguir seus passos.

—

Noto que só escrevi de bom grado e tão bem ao dr. Schiller porque a srta. Bauer esteve em Breslau, embora há duas semanas, e algo disso ainda paira no ar, uma vez que, então, pensei muito em enviar-lhe flores por intermédio dele.

15/9/12
Noivado de minha irmã Valli.[88]

—

87 Hugo Bergmann estivera na Palestina em 1910. Viktor Kellner (1887-1970), membro proeminente da Associação Bar-Kochba, emigrara para lá e lecionava num ginásio em Jafa.
88 O noivo era Josef Pollak (1882-1942), com quem Valli se casaria em 12 de janeiro de 1913.

Do fundo
do cansaço
ascendemos
com novas forças

Senhores sombrios
que aguardam
até que as crianças
se enfraqueçam

—

Amor entre irmão e irmã — a repetição do amor entre mãe e pai.

—

O pressentimento do único biógrafo.

—

A vala que o fogo da obra genial abriu à nossa volta é um bom lugar para depositar sua luzinha. Daí o encorajamento que emana do genial, o encorajamento geral, que não incita apenas à imitação.

18/9/12
As histórias de Hubalek ontem no escritório.[89] O britador que, na estradinha rural, suplicou-lhe uma rã, segurou-a pelos pés e, com três mordidas, engoliu primeiro a cabecinha dela, depois o tronco e por fim as patas. — O melhor método para matar gatos que teimam muito em viver: espremer o pescoço numa porta e puxá-los pelo rabo. — Sua ojeriza a insetos daninhos. Certa noite, durante o serviço militar, sentiu uma coceira debaixo do nariz e, dormindo, levou a mão ao local e esmagou alguma coisa. Essa coisa, no entanto, era um percevejo, cujo fedor ele carregou consigo por dias. — Quatro pessoas comeram um assado de gato finamente preparado, mas apenas três sabiam o que estavam comendo. Depois da refeição, as três primeiras começaram a miar, mas a quarta se recusava a acreditar naquilo; só acreditou quando lhe mostraram o couro ensanguentado do gato; então,

89 Provavelmente, Heinrich Hubalek (1866-1939), colega de Kafka no AUVA.

saiu correndo o mais depressa que podia para vomitar tudo e passou duas semanas gravemente enferma. — O tal britador não comia nada além de pão e das frutas ou animais que casualmente encontrava, e só bebia aguardente. Dormia no barracão de uma olaria. Certa feita, Hubalek o encontrou nos campos na hora do crepúsculo. "Pare aí", disse o britador, e Hubalek, por diversão, parou. "Me dê seu cigarro", prosseguiu o homem. Hubalek deu-lhe o cigarro. "Me dê mais um!" "Ah, você quer mais um?", Hubalek perguntou, a bengala cheia de nós pronta para qualquer eventualidade na mão esquerda, ao passo que, com a direita, desferiu-lhe tamanho soco na cara que o cigarro caiu-lhe da boca. O homem, então, saiu correndo, fraco e covarde como são esses cachaceiros.

—

Ontem em casa de Bergmann com dr. Löw. A canção do rebe Dovidl — o rebe Dovidl, de Vassilkov, parte hoje para Talna. Entre Vassilkov e Talna, canta com indiferença; em Vassilkov, chorando, e, em Talna, com alegria.

19/9/12

O inspetor Pokorny conta de uma viagem que fez quando jovem, aos treze anos de idade, com setenta *kreuzer* no bolso e na companhia de um colega de escola. Contou ele que, uma noite, chegaram a uma taverna onde estava em curso uma tremenda bebedeira em homenagem ao prefeito, que voltara do serviço militar. Mais de cinquenta garrafas de cerveja vazias espalhavam-se pelo chão. A fumaça dos cachimbos impregnava tudo. O fedor da cerveja choca. Os dois jovens junto da parede. O prefeito, bêbado, que, lembrando a vida militar, quer pôr ordem em tudo, vai até eles e ameaça mandá-los à força para casa, porque, a despeito de todas as explicações, os tem por fugitivos. Os jovens tremem, exibem carteirinha do ginásio, declinam a palavra *mensa*; um professor semibêbado observa sem ajudá-los. Sem uma decisão clara sobre seu destino, veem-se obrigados a beber e ficam muito satisfeitos com tanta cerveja boa de graça, luxo que jamais teriam podido se permitir com seus parcos recursos. Enchem a cara e, então, tarde da noite, depois da partida dos últimos convidados, deitam-se naquele salão nada arejado sobre uma fina camada de palha e dormem como reis. Às quatro da madrugada, porém, chega uma criada gigantesca com sua vassoura, declara não ter tempo para explicações e os teria varrido para a névoa matinal lá fora, não tivessem eles corrido dali de livre e espontânea vontade. Depois, a uma mesa, e com o local um pouco mais limpo, receberam dois grandes jarros de café cheios até a boca. Mas, de tempos em tempos, toda vez que mexiam no café com a colher, emergia dali alguma coisa grande, escura e redonda. Julgaram que a explicação para aquilo acabaria surgindo e beberam com gosto, até que, diante do jarro semivazio e daquela coisa escura, ficaram com medo e foram perguntar à criada. Revelou-se, então, que aquela coisa preta era sangue de ganso, velho e coalhado, que restara nos jarros da comilança da noite anterior, jarros nos quais agora, na sonolência da manhã, serviam café. Os dois rapazes correram de imediato lá para fora e vomitaram tudo, até a última gota. Mais tarde, foram convocados a se apresentar perante o padre, que, depois de uma pequena prova de religião, constatou tratar-se de bons garotos, mandou que a cozinheira lhes servisse uma sopa e os dispensou com sua bênção sacerdotal. Por serem alunos de um ginásio dirigido por religiosos, receberam a mesma bênção e a mesma sopa em quase todas as paróquias pelas quais passaram.

20/9/12
Ontem, cartas a Löwy e à srta. Taussig; hoje, à srta. Bauer e a Max.

[22/9/12]
Foi numa manhã de domingo da mais bela primavera.[90] Georg Bendemann, um jovem comerciante, estava sentado em seu quarto no primeiro andar de um dos edifícios baixos de construção leve que, estendendo-se numa comprida fileira ao longo do rio, distinguiam-se quase somente pela altura e pela cor. Tinha acabado de concluir uma carta a um amigo da juventude agora no exterior, fechou-a com lúdica morosidade e, com o cotovelo apoiado na escrivaninha, olhava pela janela para o rio, a ponte e o verde pálido das elevações da outra margem. Pensava em como esse amigo, insatisfeito com seu progresso na terra natal, literalmente refugiara-se na Rússia fazia muitos anos. Agora, tinha uma loja em São Petersburgo que, de início, fora muito bem, mas no momento parecia ter estagnado, como se queixava o amigo em suas visitas cada vez mais raras. Assim, esfalfava-se em vão no

90 Segue-se o texto de *O veredicto*, que, com pequenas modificações, seria publicado em junho de 1913 no anuário de literatura *Arkadia*, editado por Max Brod para a Kurt Wolff Verlag. No Brasil, *O veredicto e Na colônia penal* (trad. de Modesto Carone. São Paulo: Brasiliense, 1986).

exterior, a barba cerrada e estranha mal lhe ocultava o rosto, tão conhecido desde os tempos de criança, com a tez amarelada que parecia apontar para uma enfermidade em desenvolvimento. Segundo contava, não tinha contato efetivo com a colônia dos compatriotas que ali viviam, mas também quase não se relacionava com as famílias locais, preparando-se, portanto, para uma definitiva solteirice.

O que escrever para um homem assim, que evidentemente tomara um rumo equivocado, de quem se podia sentir pena mas a quem não se podia ajudar? Cumpria, talvez, aconselhá-lo a voltar para casa, a transferir para cá sua existência, a retomar todas as velhas relações de amizade, contra o que afinal não havia nenhum impedimento, e, no mais, a se fiar na ajuda dos amigos? Isso, contudo, não significava senão dizer-lhe também — e quanto maior o tato, maior a ofensa — que suas tentativas até o momento haviam malogrado, que ele deveria enfim desistir delas, que precisaria retornar e, como alguém que retornara para sempre, fazer-se alvo do espanto nos olhos arregalados de todos, que somente os amigos sabiam das coisas e que ele era uma criança crescida que deveria pura e simplesmente seguir os passos dos companheiros bem-sucedidos que haviam ficado na cidade. E podia-se, ademais, ter certeza de que todo esse tormento que se precisaria dessa forma infligir-lhe tinha um propósito? Talvez nem fosse possível trazê-lo de volta para casa, afinal ele mesmo dizia que não entendia mais as condições reinantes em sua terra natal, e, assim, apesar de tudo, podia ser que permanecesse no estrangeiro, amargurado pelos conselhos e, agora, alienado dos amigos ainda um pouco mais que antes. Caso, porém, seguisse realmente o conselho e então se visse aqui oprimido, claro que não deliberadamente, mas pelos fatos; caso não se encontrasse nos amigos nem sem eles, passasse vergonha, privado agora efetivamente tanto da terra natal como dos próprios amigos — nesse caso, não teria sido muito melhor para ele ficar onde estava, no estrangeiro? Podia-se mesmo, sob tais circunstâncias, acreditar que, aqui, ele de fato melhoraria de vida?

Por essas razões, e em se desejando de fato preservar aquele contato por carta, era realmente impossível dizer-lhe coisas que poderiam ser ditas sem nenhum receio até mesmo aos conhecidos mais distantes. O amigo não vinha à terra natal fazia agora mais de três anos, o que explicava muito precariamente alegando a insegurança da situação política na Rússia, que não permitiria a um pequeno comerciante nem mesmo a mais breve das ausências, ao passo que centenas de milhares de russos viajavam pelo mundo com tranquilidade. No curso desses três anos, no entanto, muita coisa mudara justamente para Georg. Da morte de sua mãe, ocorrida cerca de dois anos antes e desde a qual ele dividia a casa com seu velho pai, o amigo por certo ainda ficara sabendo, tendo, por carta, expressado suas condolências com uma secura que só se explicava pelo fato de o luto por um tal acontecimento ser inteiramente inconcebível no estrangeiro. Agora, porém, e desde então, Georg tomara as rédeas dos negócios, bem como de tudo o mais, com maior determinação. Na época em que a mãe ainda era viva, talvez o pai, que só queria fazer valer sua própria opinião na loja, tivesse impedido a atuação efetiva do filho, talvez ele, embora seguisse trabalhando no estabelecimento, tenha se tornado mais contido depois da morte da esposa, ou talvez — o que era ainda mais provável — felizes coincidências tenham desempenhado papel bem mais importante, mas, fosse como fosse, os negócios haviam se desenvolvido de maneira totalmente surpreendente nesses dois anos, tinham precisado dobrar o número de funcionários, o faturamento da loja quintuplicara e um novo passo adiante era sem dúvida iminente. O amigo, contudo, não tinha a menor ideia dessa mudança. No passado, e pela última vez talvez naquela carta de pêsames, ele havia pretendido convencer Georg a emigrar para a Rússia e se estendido na descrição das perspectivas existentes em São Petersburgo precisamente para o ramo de negócios a que Georg se dedicava. As cifras eram ínfimas, se comparadas à dimensão que a loja de Georg assumira. Este, porém, não sentira vontade de escrever ao amigo sobre seu sucesso comercial e, se o fizesse agora, tardiamente, causaria impressão assaz estranha. Assim sendo, limitava-se sempre a escrever apenas sobre episódios desimportantes, como aqueles que se amontoam na lembrança quando nos pomos a refletir num domingo tranquilo. Não queria senão deixar intocada a ideia que o amigo provavelmente formara da terra natal durante o longo tempo passado, a ideia com a qual se resignara. E assim se deu que anunciou três vezes ao amigo, e em cartas relativamente distantes, o noivado de um rapaz qualquer com uma moça também qualquer, até que, contrariamente à intenção de Georg, o amigo começou a se interessar por aquele fato curioso.

Mas Georg preferia escrever-lhe coisas assim a confessar que ele próprio, fazia um mês, tinha ficado noivo de uma senhorita chamada Frieda Brandenfeld, uma moça de família abastada. À noiva, falava com frequência sobre o amigo e sobre aquela relação especial que os dois mantinham por carta. "Então ele não virá para nosso casamento", ela disse, "e eu tenho o direito de conhecer todos os seus amigos." "Não quero perturbá-lo", Georg respondeu. "Entenda bem, ele provavelmente viria, ou pelo menos assim acredito, mas se sentiria obrigado e prejudicado, talvez me invejasse e, com certeza, regressaria sozinho para casa, insatisfeito e incapaz de superar essa insatisfação. Sozinho — entende o que é isso?" "Sim, mas não ficará sabendo de nosso casamento de outra forma?" "Isso, por certo, não tenho como impedir, mas, do modo como vive, é improvável." "Mas, Georg, realmente, se você tem amigos assim, nem deveria se casar." "Bem, a culpa aí é de nós dois, mas eu não queria que fosse diferente." E quando, então, com a respiração apressada sob os beijos dele, ela ainda argumentou: "Na verdade, isso me magoa", ele entendeu ser de fato inofensivo contar tudo ao amigo por escrito. "Eu sou assim, e assim ele tem de me aceitar", disse a si mesmo. "Não posso fazer de mim uma pessoa que não sou, ainda que talvez mais adequada à amizade com ele."

E, de fato, na longa carta que escrevera nessa manhã de domingo, relatou o noivado ao amigo com as seguintes palavras: "A melhor novidade, guardei para o fim. Fiquei noivo da srta. Frieda Brandenhof,[91] uma moça de família abastada que só se estabeleceu aqui muito tempo depois da sua partida e que você, portanto, não há de conhecer. Oportunidade decerto haverá para que eu lhe dê mais detalhes sobre minha noiva, mas hoje contente-se apenas em saber que estou muito feliz e que a única coisa que vai mudar entre nós é que agora, em vez de um amigo absolutamente comum, você terá em mim um amigo feliz. Além disso, terá em minha noiva, que manda lembranças carinhosas e logo escreverá também, uma amiga sincera, o que não é totalmente desprovido de importância para um homem solteiro. Eu sei que muitas razões o impedem de nos fazer uma visita, mas não seria meu casamento a oportunidade certa para deitar fora todos os impedimentos? Seja como for, proceda sem maiores considerações e de acordo apenas com o que julgar melhor para você".

Com essa carta na mão, Georg havia estado muito tempo sentado à escrivaninha com o rosto voltado para a janela. A um conhecido que o cumprimentara da rua ao passar, mal respondera com um sorriso ausente.

91 Kafka se equivoca e troca o sobrenome da noiva.

Por fim, enfiou a carta no bolso, deixou o quarto e, atravessando na diagonal um corredorzinho, entrou no quarto do pai, aonde não ia fazia meses. Tampouco havia necessidade disso, porque via o pai constantemente na loja, almoçavam juntos num restaurante e, à noitinha, embora cada um cuidasse de si à sua maneira, sentavam-se ainda por um tempinho na sala de estar, cada um com seu jornal, quando Georg não estava com amigos ou em visita à noiva, como acontecia com maior frequência.

Georg espantou-se com a escuridão do quarto paterno mesmo nessa manhã de sol. A sombra devia-se ao muro alto que se erguia do outro lado do pátio estreito do edifício. O pai estava sentado à janela, a um canto adornado com lembranças diversas da bem-aventurada mãe, e lia o jornal, que segurava meio de lado diante dos olhos, expediente mediante o qual procurava compensar alguma fraqueza da visão. Sobre a mesa, restos do café da manhã, do qual ele não parecia ter se servido muito. "Ah, Georg", disse o pai, que logo foi ao seu encontro. O roupão pesado abria-se conforme ele caminhava, as bordas esvoaçavam à sua volta. "Meu pai continua sendo um gigante", Georg disse a si mesmo. "Está insuportavelmente escuro aqui", disse então. "Escuro, está mesmo", respondeu o pai. "Você fechou até a janela?"

"Prefiro assim."

"Está bem quente lá fora", comentou Georg, como se em complemento ao que dissera antes, e sentou-se.

O pai juntou a louça do café da manhã e depositou-a sobre uma cômoda.

"Bem, eu só vim dizer a você", prosseguiu Georg, que, inteiramente absorto, acompanhava os movimentos do velho, "que por fim escrevi para São Petersburgo para anunciar meu noivado." Ele içou do bolso um pedacinho da carta e deixou-a cair de novo.

"Como assim, para São Petersburgo?", o pai perguntou.

"Ora, para meu amigo", Georg respondeu, buscando os olhos do pai. Na loja, ele é bem diferente, pensou consigo. Como se esparrama todo sentado aqui, os braços cruzados sobre o peito.

"Sim, para seu amigo", disse o pai com ênfase.

"Você sabe, pai, que, de início, eu não queria falar nada sobre meu noivado. Por consideração, e somente por esse motivo. Você bem sabe, ele é um homem difícil. Pode ser que fique sabendo do noivado por outra via, disse a mim mesmo, embora, com aquele seu modo de vida solitário, isso não seja muito provável — de resto, não posso impedir que aconteça —, mas não será por mim que ficará sabendo."

"E agora mudou de opinião?", o pai perguntou, depositando o jornal no parapeito da janela, e, sobre o jornal, os óculos, que cobriu com a mão.

"Sim, agora pensei melhor. Se ele é um bom amigo, disse a mim mesmo, então esse meu noivado feliz será uma felicidade para ele também. Por isso, não hesitei mais em anunciá-lo. Antes, porém, de enviar a carta, queria dizer isso a você."

"Georg", disse o pai escancarando a boca desdentada, "escute aqui. Você veio até mim para se aconselhar sobre esse assunto. Isso dignifica você, não há dúvida. Mas não significa nada, é menos que nada, se não me disser toda a verdade. Não quero remexer em coisas que não vêm ao caso agora. Desde a morte de nossa cara mãe, aconteceram certas coisas nada bonitas. Talvez chegue a hora de falar delas também, e antes, talvez, do que imaginamos. Na loja, muitas coisas me escapam; não que me sejam ocultadas — não quero agora, de modo algum, supor que seja assim; minhas forças não bastam mais, minha memória vai fraquejando, já não tenho olhos para tanta coisa. Isso se deve, em primeiro lugar, ao curso da natureza e, em segundo, ao fato de que a morte de nossa mãezinha me abateu muito mais que a você. Mas, justamente porque agora tocamos nesse assunto, porque estamos falando dessa carta, eu peço a você, Georg, que não me engane. É uma ninharia, não vale um tostão furado e, por isso, não me engane. Você tem mesmo esse amigo em São Petersburgo?"

Georg levantou-se embaraçado. "Vamos deixar meus amigos de lado. Nem mil amigos poderiam substituir meu pai. Sabe o que eu penso? Que você não se cuida o suficiente. Mas a idade cobra seu preço. Você me é imprescindível na loja, sabe muito bem disso, mas se for para ela ameaçar sua saúde, eu fecho a loja amanhã mesmo, e para sempre. Assim não é possível. Precisamos mudar o jeito como você vive. Profundamente. Fica aqui, sentado no escuro, quando, na sala de estar, teria luz de sobra. Belisca apenas o café da manhã, em vez de se alimentar direito. Mantém a janela fechada, quando um pouco de ar faria tão bem a você. Não, meu pai. Vou chamar o médico e vamos seguir o que ele determinar. Vamos trocar de quarto, você vai para o quarto da frente, e eu venho para cá. Não vai mudar nada para você, levamos tudo para lá. Mas temos tempo para tanto; por enquanto, é melhor você se deitar um pouco, precisa de repouso agora mesmo. Venha, eu ajudo você a se despir. Vai ver que sei fazer isso. Ou quer ir já para o quarto da frente e, aí, você se deita provisoriamente na minha cama? Isso, aliás, seria bastante sensato."

Georg estava postado bem ao lado do pai, que baixara rumo ao peito a cabeça de cabelos brancos desgrenhados.

"Georg", disse ele, baixinho, sem se mover.

Georg ajoelhou-se de imediato ao lado do pai e viu, naquele rosto cansado, as pupilas enormes no canto dos olhos voltadas para ele.

"Você não tem amigo nenhum em São Petersburgo. Sempre foi um trocista e, infelizmente, não se contém nem diante de mim. Como haveria de ter um amigo justamente lá? Não acredito nisso de jeito nenhum."

"Tente se lembrar, meu pai", disse Georg, erguendo o pai da poltrona e, fraco como ele agora efetivamente se apresentava ali, de pé, despindo-lhe o roupão. "Logo vai fazer três anos que meu amigo veio nos visitar. Lembro-me ainda de que você não gostou muito dele. Pelo menos duas vezes ocultei de você a presença dele, embora ele estivesse sentado ali no meu quarto. Eu podia muito bem compreender sua antipatia por ele, meu amigo tem suas peculiaridades. Mas, depois, acabou tendo boas conversas com ele. Na época, fiquei muito orgulhoso por você ouvi-lo com atenção, assentir, fazer perguntas. Se pensar um pouco, vai se lembrar. Na ocasião, ele contou histórias incríveis sobre a revolução russa. Contou, por exemplo, que, no meio de um tumulto numa viagem de negócios a Kiev, vira numa sacada um sacerdote armênio que havia rasgado uma larga cruz de sangue na palma da mão e, depois, erguera essa mesma mão para conclamar a multidão. Você mesmo recontou essa história diversas vezes."

Enquanto isso, Georg conseguira sentar o pai de novo e despir com cuidado a calça de malha que ele vestia sobre a cueca branca, assim como as meias. À visão da roupa de baixo não particularmente limpa, recriminou-se por tê-lo negligenciado. Decerto, era também sua obrigação cuidar para que o pai a trocasse. Ainda não conversara explicitamente com a noiva sobre como organizariam o futuro do velho, porque haviam pressuposto tacitamente que ele permaneceria sozinho na velha casa. Agora, porém, decidia-se com rapidez e toda a determinação a levar o pai consigo para a futura casa. A um exame mais atento, já quase parecia que o cuidado que lá haveria de dispensar-lhe poderia talvez chegar tarde demais.

Georg então carregou o pai nos braços até a cama. Um sentimento horrível tomou conta dele ao perceber, nos poucos passos até o leito, que o pai brincava com a corrente de seu relógio. Não conseguiu deitá-lo de imediato, tamanha a força com que o velho se segurava na corrente.

Mas, uma vez tendo-o deitado na cama, tudo pareceu bem. O velho mesmo se cobriu e, depois, puxou a colcha para bem acima dos ombros. Os olhos erguidos para Georg não eram inamistosos.

"Já se lembrou dele, não é mesmo?", Georg perguntou, encorajando-o com um gesto de cabeça.

"Estou bem coberto?", o pai perguntou, como se não conseguisse olhar para saber se os pés estavam recobertos a contento.

"Então já está gostando da cama, não?", Georg comentou, recobrindo--o melhor.

"Estou bem coberto?", o pai tornou a perguntar, e parecia aguardar ansioso pela resposta.

"Fique tranquilo, você está bem coberto."

"Não!", gritou o pai, a resposta abalroando a pergunta, e descobriu--se com tal força que, por um instante, a colcha se desdobrou inteira no ar; pôs-se então de pé na cama, somente uma das mãos apoiada de leve no teto. "Você queria me cobrir de vez, eu bem sei, meu rebentozinho, mas todo coberto ainda não estou. E ainda que estas sejam minhas últimas forças, elas já bastam para você, são demais para você. Conheço bem seu amigo, é o filho que eu queria ter tido. É por isso que você o ludibriou todos esses anos. Por que outra razão? Acha que não chorei por ele? É por isso que você se tranca no seu escritório, ninguém pode incomodá-lo, o chefe está ocupado, e isso só para que possa escrever suas cartinhas de araque para a Rússia. Mas, felizmente, ninguém precisa ensinar um pai a ver o filho por dentro. Você achou que o tinha subjugado, subjugado de tal maneira que pode agora sentar o traseiro em cima dele, e ele nem vai se mexer; e aí então o senhor meu filho resolveu se casar."

Georg levantou os olhos para a imagem assustadora do pai. O amigo de São Petersburgo, que de súbito o pai tão bem conhecia, o comoveu como nunca antes. Viu-o perdido na vastidão da Rússia. Viu-o à porta da loja roubada e vazia. Erguia-se ainda, ereto, em meio aos escombros das prateleiras, das mercadorias em frangalhos, da tubulação de gás que caía. Por que precisara viajar para tão longe?

"Olhe para mim!", exclamou o pai, e Georg correu quase distraído para a cama, a fim de apreender tudo, mas estancou a meio caminho.

"Porque ela levantou a saia", o pai começou com voz aguda e melíflua, "porque aquela pateta asquerosa levantou bem a saia" — e, a fim de demonstrá-lo, ele ergueu o camisolão tão alto que se podia ver, na parte superior da coxa, a cicatriz de seus anos de guerra —, "porque ela levantou a saia assim, assim e assim, você avançou e, a fim de se satisfazer sem ser incomodado, desonrou a memória de nossa mãe, traiu o amigo e meteu o próprio pai na cama, para que ele não possa se mexer. Mas ele pode ou não pode se mexer?"

De pé, inteiramente liberto, o velho lançava as pernas para a frente. A perspicácia o fazia radiante.

Georg havia se postado a um canto, o mais longe possível do pai. Fazia um bom tempo, tinha tomado a firme decisão de observar tudo com a máxima atenção, para evitar que, de alguma maneira, fosse apanhado por vias transversas, pelas costas ou de cima para baixo. Agora, tornava a se lembrar da decisão esquecida havia muito, e de novo a esquecia, como um fio curto que se enfia pelo buraco de uma agulha.

"Mas a verdade é que o amigo não foi traído, afinal!", exclamou o pai, o indicador movendo-se para um lado e outro a reforçar o que dizia. "Eu era seu representante aqui."

"Comediante!", gritou Georg sem conseguir se conter, e percebeu o dano de imediato, mordendo tarde demais e com os olhos estupefatos a própria língua, com tanta força que se dobrou de dor.

"Ah, sim, uma comédia foi de fato o que representei. Comédia, boa palavra! Que outro consolo restava ao pai velho e viúvo? Diga — e, no momento da resposta, seja ainda meu filho em vida —, o que me restava em meu quartinho dos fundos, perseguido por empregados desleais, velho até os ossos? E meu filho saía em júbilo pelo mundo, fechando negócios que eu tinha preparado, dando cambalhotas de prazer e afetando diante do pai o semblante grave de um homem honrado. Acredita que eu não teria amado você? Eu, de quem você saiu?"

Agora ele vai se curvar para a frente, pensou Georg. Se caísse e se esfacelasse! A palavra passou-lhe zunindo pela cabeça.

O pai de fato se inclinou, mas não caiu. E como Georg não se aproximasse como esperara, tornou a se erguer.

"Fique onde está, não preciso de você. Acha que ainda tem força para vir até aqui e que só se contém porque quer. Pois não vá se enganar. Ainda sou muito mais forte. Sozinho, eu talvez precisasse recuar, mas a mãe me transmitiu sua força; com esse seu amigo, aliei-me magnificamente, e essa sua clientela, eu a tenho aqui no bolso."

"Até no camisolão ele tem bolsos", Georg disse a si mesmo, acreditando que, com essa observação, poderia fazê-lo ridículo aos olhos do mundo todo. Mas só pensou isso por um instante, já que a todo momento esquecia tudo.

"Enganche-se na sua noiva e apareça na minha frente. Vou varrê-la do seu lado, você nem sabe como."

Georg fez uma careta, como se não acreditasse naquilo. O pai se limitou a reiterar a verdade do que havia dito com um gesto de cabeça na direção do filho, ainda a um canto.

"Como você me divertiu hoje, ao vir aqui e me perguntar se deveria escrever a seu amigo sobre o noivado. Ele sabe de tudo, jovem tolo, claro que sabe tudo. Afinal, também escrevo para ele, porque você se esqueceu de me tirar pena e papel. É por isso que ele não vem aqui há anos, sabe tudo, cem vezes mais que você; com a mão esquerda, amassa sem ler as cartas que você manda, enquanto lê as minhas, que segura diante dos olhos com a direita."

O entusiasmo o fez alçar o braço sobre a cabeça.

"Sabe tudo, mil vezes melhor!", exclamou o pai.

"Dez mil vezes melhor!", retorquiu Georg, a fim de ridicularizá-lo, mas, ainda na boca, suas palavras adquiriram um tom de grave seriedade.

"Há anos vinha esperando, atento, que você me fizesse essa pergunta. Acha que me preocupo com alguma outra coisa, acredita que leio jornais? Tome!" E o velho arremessou-lhe uma folha de jornal que, de algum modo, fora parar em sua cama. Era um jornal velho, cujo nome Georg nem conhecia.

"Quanto tempo você hesitou até amadurecer! Sua mãe precisou morrer, nem pôde ter essa alegria; o amigo se arruína lá na Rússia — há três anos, já estava amarelo de se jogar fora —, e eu, você está vendo muito bem como estou. Para isso tem olhos, afinal."

"Então você me vigiava!", exclamou Georg.

Com pena, o pai disse de passagem: "Isso é o que você provavelmente queria ter dito antes. Agora, já nem vem ao caso".

E, mais alto, disse: "Agora sabe, portanto, o que se passava fora de você, porque, até o momento, só sabia de si! É verdade, você foi, sim, uma criança inocente, mas, verdade mais verdadeira ainda, foi também uma criatura diabólica!".

"E, por isso, saiba: eu o condeno agora à morte por afogamento!"

Georg sentiu-se escorraçado do quarto; em seus ouvidos, ressoou ainda o baque com que, atrás dele, o pai despencou na cama. Na escada, por cujos degraus descia como se corresse por uma superfície inclinada, atropelou ainda a criada, prestes a subir para, finda a noite, arrumar a casa. "Jesus!", exclamou ela, e cobriu o rosto com o avental, mas ele já se fora. Saiu às pressas pelo portão e atravessou a rua, compelido em direção à água. Segurava já a balaustrada como um faminto seu alimento. Arremessou-se por cima dela qual o exímio ginasta que havia sido e que, na juventude, dera orgulho aos pais. Ainda se segurava com mãos cada vez mais fracas, espiou por entre as grades um ônibus que facilmente encobriria o som da queda, disse baixinho "Meus queridos pais, eu sempre, sempre amei vocês" e então se deixou cair.

Nesse instante, um tráfego verdadeiramente interminável atravessava a ponte.

23/9/12

Esse conto, *O veredicto*, eu o escrevi na noite de 22 para 23, de uma vez só, das dez da noite às seis da manhã. As pernas, enrijecidas de ficar sentado, mal consegui tirar de debaixo da escrivaninha. O cansaço terrível e a alegria com a história que se desenrolava diante de mim e com meu avanço como se por uma torrente. Várias vezes durante a noite suportei meu peso sobre as costas. Como se pode ousar tudo, como, para tudo, até mesmo para as ideias mais estranhas, há uma grande fogueira em que elas perecem e ressuscitam. Como, diante da janela, o céu se fez azul. Um carro passou. Dois homens atravessavam a ponte. Às duas horas, olhei para o relógio pela última vez. Enquanto a criada atravessava o corredor pela primeira vez, escrevi a última frase. O apagar da lâmpada e a claridade do dia. As leves dores no coração. O cansaço que se esvaiu no meio da noite. A entrada, trêmulo, no quarto de minhas irmãs. A leitura para elas. Antes, o espreguiçar-se diante da criada, dizendo: "Escrevi até agora". O aspecto da cama intocada, como se tivesse acabado de ser trazida para cá. A convicção confirmada de que, na escritura do romance, encontro-me em baixios vergonhosos da escrita. Somente assim é possível escrever, somente numa tal circunstância, abrindo completamente corpo e alma. Manhã na cama. Os olhos sempre límpidos. Muitos sentimentos envolvidos na escrita: por exemplo, a alegria de ter algo de belo para a *Arkadia* de Max, pensamentos sobre Freud, é claro, sobre *Arnold Beer* em certa passagem, sobre Wassermann em outra, sobre "Die Riesin" [A gigante], de Werfel, em outra ainda (esfacelar-se), e naturalmente sobre meu "O mundo urbano".[92]

—

Eu, somente eu, sou o observador na plateia.

—

Gustav Blenkelt era um homem simples de hábitos regulares. Não gostava de extravagâncias desnecessárias e tinha juízo seguro acerca daqueles que as praticavam. Embora fosse solteiro, sentia-se absolutamente autorizado a dar uma palavrinha decisiva nos assuntos matrimoniais dos conhecidos, e quem ousasse até mesmo questionar essa autoridade se dava mal com ele. Costumava externar sua opinião com todas as letras e não fazia nenhuma questão de reter aqueles interlocutores aos quais sua opinião não agradava. Como em toda parte, havia gente que o admirava, que o reconhecia, que o tolerava e, por fim, que não queria nem saber dele. Afinal, quando se observa com atenção, cada pessoa, mesmo a mais insignificante, constitui o centro de um círculo que a rodeia aqui e ali, como haveria, então, de ser diferente com Gustav Blenkelt, no fundo um homem bastante sociável? Em seu 35º e último ano de vida, ele frequentava com particular assiduidade um jovem casal, os Strong. É certo que, para o sr. Strong, que acabara de abrir uma loja de móveis com o dinheiro da mulher, a amizade com Blenkelt propiciava várias vantagens, uma vez que o grosso dos conhecidos deste último compunha-se de jovens casadouros e que, portanto, cedo ou tarde teriam de pensar em comprar móveis novos e, já por hábito, em geral não descartavam os conselhos de Blenkelt também nesse quesito. "Eu os controlo com rédea curta", Blenkelt costumava dizer.

24/9/12
Minha irmã disse: a casa (no conto) é muito parecida com a nossa. Eu perguntei: como assim? Se fosse, o pai teria de morar no banheiro.[93]

92 Jakob Wassermann (1873-1934) já estivera diversas vezes em Praga, fazendo leituras públicas de suas obras. De resto, Kafka certamente o conhecia pelas colaborações do escritor para a revista *Die Neue Rundschau*. A narrativa "Die Riesin", de Werfel, havia sido publicada no mesmo número da revista *Herder-Blätter* em que figurava *Großer Lärm*, de Kafka.
93 Nesta entrada e na seguinte, Kafka se refere a *O veredicto*.

25/9/12
Precisei me conter com violência para não escrever. Revirei-me na cama. O afluxo de sangue para a cabeça e seu circular inútil. Que coisa mais danosa! — Ontem, li em casa de Baum, na presença dos Baum, de minhas irmãs, de Martha e da esposa do dr. Bloch com os dois filhos (um deles, voluntário no exército por um ano). Perto do fim, girava a mão verdadeiramente sem controle diante do rosto. Tinha lágrimas nos olhos. A indubitabilidade da história confirmou-se.[94] — Hoje à noite, afastei-me à força da escrita. Cinematógrafo no Landestheater. Camarote. Srta. Oplatka, que certa vez já foi perseguida por um clérigo. De medo, chegou em casa toda molhada de suor. Danzig. Vida de Körner. Os cavalos. O cavalo branco. A fumaça da pólvora. *Lützows wilde Jagd* [A caçada selvagem de Lützow].

Quando entrou no porto de Nova York a bordo do navio que já avançava mais lentamente, Karl Roßmann, um jovem de dezessete anos a quem os pobres pais tinham mandado para a América porque uma criada o seduzira e tivera um filho dele, viu a estátua da deusa da liberdade, a qual vinha observando havia tempos, como se sob uma luz de súbito mais forte do sol.[95] O braço que portava a espada erguia-se como se alçado pouco antes, e em torno da figura soprava o ar livre.

"Tão alta", disse a si mesmo e, como nem pensasse em sair de onde estava, foi sendo pouco a pouco empurrado cada vez mais para perto da amurada pela multidão crescente dos carregadores de bagagem que passavam por ele.

Um jovem que ele conhecera superficialmente durante a viagem disse-lhe ao passar: "E então, sem vontade de desembarcar?". "Estou pronto", disse Karl, sorrindo, e ergueu a mala até o ombro, de tanta alegria e também porque era um jovem forte. Contudo, ao observar seu conhecido, que

94 Kafka lê, portanto, *O veredicto* para o casal Baum, para as irmãs, Ottla e Valli, presumivelmente para sua prima Martha Löwy (filha de Richard Löwy) e para a família do já citado Arthur Bloch (ver nota 36, à p. 211). A srta. Oplatka, provavelmente Grete Oplatka, integrava, assim como Ottla, o Clube de Mulheres e Moças Judias de Praga. Danzig e o poeta e soldado alemão Theodor Körner (1791-1813), que lutou no Corpo de Voluntários Lützow do exército prussiano contra Napoleão (o título mencionado é de um poema de Körner), eram temas das atrações cinematográficas no evento do Landestheater. **95** Começa aqui, provavelmente em 26 de setembro de 1912, a escritura da segunda versão de *O desaparecido* (*América*), contendo o primeiro capítulo ("O foguista") e cerca de duas páginas e meia do segundo ("O tio"). *O foguista: Um fragmento* seria publicado em separado no final de maio de 1913 pela editora Kurt Wolff.

balançando um pouco a bengala já se afastava com os demais, notou que tinha esquecido o guarda-chuva na parte inferior do navio. Depressa, pediu então ao rapaz, que não pareceu muito contente com isso, a gentileza de aguardar um pouco ao lado da mala, avaliou rapidamente sua posição, a fim de poder encontrar o caminho de volta, e partiu correndo. Lá embaixo, para sua infelicidade, pela primeira vez encontrou bloqueado um corredor que encurtaria muito seu caminho, o que provavelmente se devia ao desembarque dos passageiros, e precisou se empenhar na busca de outro, que passava por uma infinidade de compartimentos menores, de corredores serpenteantes, de escadas curtas que se sucediam constantemente e por um cômodo vazio com uma escrivaninha abandonada, até que, na verdade, se viu completamente perdido, já que só percorrera aquele caminho uma ou duas vezes antes, e sempre acompanhado de muitas pessoas. Desnorteado, sem encontrar ninguém e ouvindo sem cessar o arrastar de milhares de pés humanos lá em cima, bem como, na distância, e qual um bafejo, os estertores do motor já desligado, começou a bater sem pensar numa portinha qualquer, junto da qual empacara em suas andanças. "Está aberta", responderam lá de dentro, e Karl abriu a porta com sincero alento. "Por que está batendo na porta feito louco?", perguntou um homem gigantesco assim que olhou para ele. Por uma claraboia qualquer, uma luz turva, de há muito já desgastada pelo uso mais acima, penetrava na cabine deplorável, na qual se apertavam, como se armazenados ali, uma cama, um armário, uma cadeira e o homem. "Eu me perdi", disse Karl, "nem percebi durante a viagem, mas este navio é terrivelmente grande." "Bem, nisso você tem razão", disse o homem com algum orgulho, sem parar de remexer no fecho de uma maleta que, volta e meia, apertava com as duas mãos, à espera do clique da fechadura. "Mas entre", prosseguiu o homem. "Não vai querer ficar parado aí fora." "Não estou incomodando?", Karl perguntou. "Ora, incomodar como?" "O senhor é alemão?", Karl ainda quis se certificar, porque tinha ouvido muitas histórias sobre os perigos que ameaçavam os recém-chegados à América, sobretudo da parte dos irlandeses. "Sou, sou, sim", respondeu o outro. Karl ainda hesitava. Foi quando, de repente, o homem alcançou a maçaneta e, puxando-o juntamente com a porta, que fechou com rapidez, pôs Karl para dentro. "Não suporto que fiquem me olhando do corredor", disse ele, voltando a se dedicar a sua mala. "Todo mundo que passa olha aqui para dentro, e isso é insuportável." "Mas o corredor está completamente vazio", observou Karl, que, desconfortável, espremia-se junto da guarda da cama. "Sim, agora está", disse o homem. "Mas claro que é de agora que estou falando", pensou Georg,[96] "é difícil conversar com esse homem." "Deite-se na cama. Aí você terá mais espaço", sugeriu ele. Karl enfiou-se na cama o melhor que pôde e riu alto de sua primeira tentativa vã de arremessar-se nela. Mal se deitara, porém, exclamou: "Deus do céu, esqueci minha mala completamente!". "E onde ela está?" "Lá em cima, no convés, um conhecido está tomando conta dela. Como é mesmo o nome dele?" Então, de um bolso secreto que sua mãe lhe costurara no forro do casaco, retirou o cartão de visita. "Butterbaum, Franz Butterbaum." "Você precisa muito da mala?" "Claro." "E por que a deixou com um estranho então?" "Eu tinha esquecido meu guarda-chuva aqui embaixo e vim correndo buscá-lo, mas não queria arrastar a mala comigo. E, depois, ainda me perdi." "Está viajando sozinho? Desacompanhado?" "Sim, sozinho." Talvez eu devesse me fiar nesse homem, passou pela cabeça de Karl, onde vou encontrar tão depressa amigo melhor? "E agora perdeu a mala também? E isso para nem falar do guarda-chuva", disse o homem, sentando-se na cadeira, como se o problema de Karl tivesse agora adquirido algum interesse para ele. "Mas acho que a mala ainda não está perdida." "Bem-aventurado aquele que crê", disse o homem, coçando com vigor os cabelos pretos, curtos e espessos. "Num navio, os costumes mudam de acordo com os portos; em Hamburgo, o seu Butterbaum talvez tivesse vigiado a mala; aqui, você provavelmente não vai mais encontrar nem sinal dos dois." "Então preciso ir lá para cima agora mesmo", disse Karl, e olhou em torno, para ver como poderia sair dali. "Não, fique aí", o homem disse, metendo a mão no peito do rapaz e empurrando-o muito grosseiramente de volta para a cama. "Mas por quê?", Karl perguntou irritado. "Porque não tem sentido", respondeu ele. "Em um instante, vou subir também, e aí vamos juntos. Ou a mala foi roubada, e não há mais o que possa ajudar, e você vai poder pranteá-la até o fim de seus dias, ou o homem ainda está lá de vigia, é, portanto, um idiota, e que continue cuidando da mala; ou então é apenas um homem honrado, que deixou a mala onde estava, e, nesse caso, quando o navio se esvaziar por completo, tanto mais fácil será encontrá-la. O mesmo vale para seu guarda-chuva." "Você conhece bem o navio?", perguntou Karl, desconfiado, porque lhe pareceu que a ideia, de resto convincente, de que seria mais fácil achar suas

96 Kafka se equivoca e escreve "Georg", em vez de "Karl".

coisas no navio vazio ocultava algum truque. "Ora, eu sou o foguista", disse o homem. "O senhor é foguista?", Karl reagiu com alegria, como se aquilo superasse todas as expectativas, e, apoiando o cotovelo, contemplou-o mais de perto. "Bem diante da cabine onde dormi com os eslovacos tinha uma escotilha na parede através da qual se podia ver a casa de máquinas." "Sim, é lá que eu trabalho", disse o foguista. "Sempre me interessei muito por técnica", disse Karl, dando continuidade a sua linha de raciocínio, "e com certeza teria, mais tarde, me tornado engenheiro, se não tivesse precisado partir para a América." "E por que precisou partir?" "Ah, esquece", respondeu Karl, afastando a história toda com um gesto da mão. Ao fazê-lo, olhou sorrindo para o foguista, como se lhe pedisse clemência até mesmo pelo não confessado. "Há de ter havido um motivo", disse o foguista, e não se sabia bem se, com isso, tinha pretendido demandar ou prevenir a explicitação do tal motivo. "Agora, eu também poderia me tornar foguista", disse Karl, "porque tanto faz a meus pais o que será de mim." "Meu posto vai vagar", disse o foguista, que, plenamente consciente do que fazia, enfiou as mãos nos bolsos da calça cinza-ferro enrugada, de um tecido que se parecia com couro, e, a fim de esticar as pernas, lançou-as em cima da cama. Karl precisou encostar-se mais à parede. "Vai deixar o navio?" "Sim, senhor, vamos embora hoje mesmo." "E por que isso? Não gosta daqui?" "Bem, assim são as coisas, nem sempre o que decide é se a gente gosta ou não. Aliás, você tem razão, não gosto mesmo. Provavelmente não está de fato decidido a se tornar foguista, mas esse é justamente o jeito mais fácil de virar foguista. Eu, portanto, o desaconselho veementemente. Se você queria fazer faculdade na Europa, por que não vai querer fazer o mesmo aqui? Afinal, as universidades americanas são incomparavelmente melhores." "É bem possível", disse Karl, "mas quase não tenho dinheiro para estudar. Li, é verdade, sobre alguém que trabalhava numa loja durante o dia e estudava à noite, tornou-se doutor e depois, creio, prefeito. Mas, para isso, é necessária grande perseverança, não é? E isso, receio, não tenho. Além do mais, nunca fui muito bom aluno, despedi-me da escola sem nenhuma dificuldade. E as escolas aqui são, talvez, ainda mais rigorosas. Inglês, quase não falo. No mais, creio que aqui há muita prevenção contra estrangeiros." "Você já percebeu isso também? Então, está bem. Você é dos meus. Veja você, estamos num navio alemão pertencente à linha Hamburgo-América. Por que, então, não tem só alemães neste navio? Por que o maquinista-chefe é romeno? Ele se chama Schubal. Não dá para acreditar. Pois esse vira-lata nos esfola a todos, alemães, num navio alemão. Não pense você" — quase sem ar, ele abanava a mão — "que reclamo por reclamar. Sei que você não tem nenhuma influência, que é também apenas um pobre rapazinho. Mas é demais mesmo." E o foguista deu repetidas vezes com o punho na mesa, sem tirar os olhos do próprio punho enquanto o fazia. "Já servi em tantos navios" — continuou, citando vinte nomes, um atrás do outro, como se formassem uma única palavra, Karl ficou bastante confuso — "e sempre me destaquei, fui elogiado, sempre fui um trabalhador ao gosto de meus capitães, passei até alguns anos num mesmo veleiro mercante" — ele se levantou, como se aquele tivesse sido o ponto alto de sua vida —, "e neste caixote aqui, onde tudo transcorre em perfeita ordem, onde não se demanda engenho nenhum, aqui, pois, não valho nada, estou sempre atrapalhando o Schubal, sou um vagabundo que merece ser escorraçado e que ganho meu salário por misericórdia. Você entende isso? Eu não." "Mas não pode se submeter a uma coisa dessas", disse Karl, agitado. Tinha quase perdido a noção de que se encontrava sobre o chão inseguro de um navio na costa de um continente desconhecido, de tão em casa que se sentia na cama do foguista. "Já esteve com o capitão? Reclamou a ele seus direitos?" "Ah, vá, melhor você ir embora. Não quero mais você aqui. Não ouve com atenção o que digo e ainda me dá conselhos. Como é que vou falar com o capitão?" Cansado, o foguista tornou a se sentar e pousou o rosto nas mãos. "Conselho melhor não posso dar a ele", Karl disse a si mesmo. De resto, preferível teria sido ir buscar sua mala a ficar ali, dando conselhos que, afinal, eram tidos tão somente como parvos. Ao lhe entregar a mala em caráter definitivo, o pai ainda lhe perguntara brincando: "Vai conservá-la por quanto tempo?". E já agora talvez a mala cara estivesse de fato perdida para todo o sempre. O único consolo de Karl era que o pai não tinha como ficar sabendo de absolutamente nada de sua situação atual, ainda que se dispusesse a investigar. Tudo que a companhia marítima podia dizer era que ele chegara até Nova York. O que Karl lamentava mesmo era ainda nem ter usado o que levava na mala, embora precisasse havia já muito tempo trocar de camisa, por exemplo. Tinha, portanto, economizado onde não devia; agora que, no início de sua trajetória, precisaria se apresentar com uma roupa limpa, teria de se mostrar naquela camisa suja. Eram belas as suas perspectivas. No mais, a perda da mala nem era tão ruim assim, porque o terno que vestia era inclusive melhor do que o que trazia nela e que, na verdade, era apenas um terno de emergência, que a mãe tivera de remendar em cima da hora, pouco antes da partida. Lembrava-se agora de que tinha na mala também um pedaço de um salame de Verona, que a mãe embalara como uma prenda adicional, da qual, no entanto, ele só pudera consumir a mais ínfima das porções, já que, sem apetite durante a viagem toda, a sopa distribuída na terceira classe lhe fora mais que suficiente. Agora, porém, gostaria de ter o salame nas mãos, a fim de com ele presentear o foguista. Sim, porque era fácil conquistar aquele tipo de gente; bastava dar-lhes à surdina uma ninharia qualquer, segundo Karl havia aprendido com o pai, que, mediante a distribuição de charutos, ganhava todos os pequenos empregados com os quais lidava. Mas, para dar de presente, Karl só trazia consigo agora seu dinheiro, e neste não queria tocar por enquanto, considerando-se que a mala talvez já estivesse perdida. Seus pensamentos voltaram-se outra vez para ela, e ele não conseguia compreender por que a vigiara com tanta atenção durante a viagem, a ponto de a vigília quase lhe custar o sono, se agora deixava que lhe tomassem essa mesma mala com tanta facilidade. Lembrou-se das cinco noites durante as quais suspeitara sem cessar de um eslovaco baixinho, duas camas à sua esquerda, que julgara de olho nela. O eslovaco ficava à espreita, esperando apenas que Karl por fim, vencido pela fraqueza, cochilasse por um momento, a fim de poder puxar a mala para si com uma vara comprida, com a qual brincava ou se exercitava o dia todo. Durante o dia, exibia sempre aparência suficientemente inocente, mas, tão logo a noite caía, o eslovaco se levantava da cama de tempos em tempos e dirigia um olhar triste para a mala. Karl o percebia com clareza, porque, embora as normas do navio proibissem, aqui e ali alguém tomado pela inquietação do emigrante sempre acendia uma luzinha com o fito de tentar decifrar os prospectos incompreensíveis das agências de emigração. Quando uma luz assim se acendia nas proximidades, aí Karl conseguia cochilar um pouco, mas, com a luz distante, ou caso estivesse escuro, precisava manter os olhos abertos. Esse esforço o exaurira por completo. E agora talvez tivesse sido inteiramente vão. Esse Butterbaum, se um dia ele o encontrasse em alguma parte...

Nesse momento, provenientes lá de fora e de muito longe, golpes curtos e breves como os de passos infantis começaram a ressoar no silêncio até então completo; aproximaram-se, e seu som intensificou-se, transformando-se agora numa marcha tranquila de homens. Ao que tudo indicava, caminhavam em fila, o que era natural no corredor estreito; ouvia-se também um retinir como o de armas. Karl, que já estava prestes a se estirar na cama para um sono livre de toda e qualquer preocupação com sua mala e com o eslovaco, assustou-se e cutucou o foguista, para enfim chamar sua atenção, uma vez que a frente do cortejo parecia ter acabado de alcançar a porta. "É a banda do navio", disse o homem. "Tocaram lá em cima e estão indo arrumar as malas. Agora está tudo pronto, podemos ir. Venha." Então, o foguista tomou Karl pela mão, apanhou ainda no último instante uma imagem de Nossa Senhora da parede acima da cama, enfiou-a no bolso da frente do paletó, pegou sua mala e, na companhia de Karl, deixou apressado a cabine.

"Agora, vou ao escritório dizer àqueles senhores o que penso. Não tem mais ninguém no navio, não é preciso ter escrúpulos", repetiu o foguista de variadas maneiras, e, andando, quis pisar com o lado do pé numa ratazana que lhe atravessara o caminho, mas apenas a empurrou com maior rapidez para o buraco que o bicho alcançou a tempo. Era um homem de movimentos lentos, porque, embora tivesse pernas compridas, elas eram demasiado pesadas.

Atravessaram um setor da cozinha onde algumas moças de avental sujo — que elas lambuzavam de propósito — lavavam louça em grandes tinas. O foguista chamou para si uma certa Line, passou o braço pela cintura dela e a conduziu por um trecho do caminho, enquanto ela, sempre coquete, apertava-se contra o braço dele. "Chegou a hora do pagamento, quer vir comigo?", ele perguntou. "Para que vou me dar ao trabalho? Melhor você me trazer o dinheiro", ela respondeu, desvencilhando-se por debaixo do braço e afastando-se. "E onde foi que você arranjou o belo rapazinho?", gritou ainda, mas já não estava interessada em resposta nenhuma. Ouviu-se a risada das moças todas, que haviam interrompido o trabalho.

Eles, contudo, seguiram adiante e chegaram a uma porta do alto da qual projetava-se um pequeno frontão sustentado por cariátides douradas igualmente pequenas. Como peça de decoração de um navio, parecia um belo desperdício. Karl, como notou, nunca estivera naquela área, provavelmente reservada aos passageiros da primeira e da segunda classe durante a viagem, ao passo que agora, antes da grande limpeza do navio, as portas que a apartavam do restante haviam sido abertas. Na realidade, eles já tinham inclusive topado com alguns homens que, levando vassouras nos ombros, cumprimentaram o foguista. Karl espantou-se com toda aquela atividade; na terceira classe, por certo não tinha visto nada daquilo. Ao longo dos corredores, estendiam-se também cabos elétricos e ouvia-se constantemente um sininho.

O foguista bateu à porta respeitosamente e, quando lhe disseram que entrasse, convidou Karl com um gesto da mão a entrar sem medo. E ele o fez de fato, mas permaneceu junto da porta. Diante das três janelas do compartimento, viu as ondas do mar, e seu coração disparou à contemplação daquele alegre movimento, como se já não o tivesse visto no decorrer de cinco longos dias ininterruptos. Grandes navios cruzavam o caminho um do outro e só cediam à força das ondas na medida em que o permitia o peso de cada um. Espremendo-se os olhos, tinha-se a impressão de que oscilavam em razão unicamente do próprio peso. No alto do mastro, levavam bandeira estreita e comprida, que a viagem por certo retesara mas que, apesar disso, ainda se agitava para um e outro lado. Salvas de tiros ressoavam provavelmente de navios de guerra, os canos dos canhões de um deles, que passava não muito longe, irradiando o reflexo da blindagem de aço, como se acariciados pela viagem segura e suave, ainda que não nivelada. Ao menos dali, da porta, os naviozinhos menores e barcos só podiam ser vistos na distância, enfiando-se em grande quantidade pelas lacunas entre os grandes. Atrás disso tudo, porém, Nova York erguia-se e contemplava Karl pelas centenas de milhares de janelas de seus arranha-céus. Naquele compartimento, sim, sabia-se de fato onde se estava.

A uma mesa redonda, três homens encontravam-se sentados; um deles era um oficial de uniforme azul, os outros dois, funcionários da autoridade portuária, vestiam uniformes pretos americanos. Sobre a mesa, empilhavam-se documentos diversos, que o oficial, com a pena na mão, primeiramente examinava por alto para, depois, estendê-los aos outros dois, que ora os liam ora anotavam trechos ora os arquivavam em suas pastas, isso quando um deles, que produzia um barulhinho quase ininterrupto com os dentes, não ditava alguma coisa para que o colega registrasse em ata.

Sentado a uma escrivaninha à janela, de costas para a porta, estava um senhor de menor estatura a remexer grandes in-fólios enfileirados numa robusta prateleira à sua frente, à altura da cabeça. Ao lado dele, um cofre aberto e vazio, pelo menos à primeira vista.

A segunda janela, desimpedida, oferecia a melhor vista. Perto da terceira, porém, estavam postados dois senhores conversando a meia-voz. Um deles, encostado ao lado da janela, também vestia o uniforme do navio e brincava com o cabo da espada. O outro, com quem este conversava, estava de frente para a janela e volta e meia, com um movimento, revelava parte das medalhas no peito de seu interlocutor. Trajava roupas civis e portava uma bengalinha fina de bambu, a qual, como ele fincasse ambas as mãos na cintura, também se distanciava do corpo feito uma espada.

Karl não teve muito tempo para observar tudo, porque logo um serviçal foi até eles e, com um olhar a indicar que ali não era seu lugar, perguntou ao foguista o que ele desejava afinal. Em tom tão baixo quanto o da pergunta, o foguista respondeu que queria falar com o senhor tesoureiro-chefe. O serviçal, de sua parte, recusou o pedido com um gesto da mão, mas, ainda assim, contornou na ponta dos pés a mesa redonda, descrevendo um grande arco em torno dela, e rumou ao senhor com os in-fólios. Esse senhor, podia-se ver com nitidez, ficou verdadeiramente paralisado ante as palavras do serviçal, até por fim voltar-se para o homem que desejava falar com ele e, então, agitar as mãos tanto na direção do foguista como, por segurança, na direção do serviçal, rechaçando a ambos com veemência. Ao que o serviçal retornou ao foguista e, num tom de quem lhe confidenciava algo, disse: "Caia fora desta sala agora mesmo!".

Depois dessa resposta, o foguista baixou os olhos até Karl, como se recorresse a seu próprio coração, ao qual se queixava em silêncio. Sem pensar duas vezes, Karl então disparou, atravessou a sala em diagonal, chegando mesmo a roçar de leve a cadeira do oficial, ao que o serviçal, curvado, com os braços prontos a apanhá-lo, correu também, como se caçasse um inseto daninho; Karl, no entanto, foi o primeiro a chegar à mesa do tesoureiro-chefe, à qual se agarrou, para o caso de o serviçal intentar arrancá-lo dali.

Naturalmente, a sala toda logo se fez bastante vívida. O oficial do navio, sentado à mesa, levantou-se de um salto, os senhores da autoridade portuária observavam tudo com tranquilidade mas também com atenção, os dois senhores à janela haviam se postado lado a lado; o serviçal, acreditando-se já fora de lugar, agora que os altos senhores manifestavam seu interesse, recuou. À porta, o foguista aguardava ansioso pelo momento em que sua ajuda se tornaria necessária. O tesoureiro-chefe por fim fez um grande giro para a direita em sua cadeira.

Do bolso secreto do casaco, que não tinha a menor preocupação de mostrar àquela gente, Karl puxou seu passaporte, o qual, em lugar de maiores apresentações, postou aberto sobre a mesa. O tesoureiro-chefe, parecendo julgar supérfluo o documento, empurrou-o para o lado com dois dedos, ao que Karl tornou a guardar o passaporte no bolso, como se cumprida a contento aquela formalidade. "Tomo a liberdade de dizer", começou ele, "que, na minha opinião, uma injustiça foi cometida contra o senhor foguista. Há aqui um certo Schubal que o está importunando. O senhor foguista já serviu de forma inteiramente satisfatória em muitos navios, que poderá enumerar aos senhores em sua totalidade; é diligente, trabalha com a melhor das intenções e é de fato impossível compreender por que, justamente neste navio, em que o serviço não é tão difícil quanto, por exemplo, num veleiro mercante, ele não haveria de corresponder às expectativas. Só pode, portanto, tratar-se de maledicência o que o impede de progredir e o priva do reconhecimento que, do contrário, decerto não haveria de modo algum de lhe faltar. O que acabo de dizer sobre esse assunto são só generalidades. Suas queixas, ele próprio poderá detalhá-las aos senhores." Karl se dirigira a todos os presentes, uma vez que, na verdade, todos o ouviam com atenção, e, bem mais provável do que encontrar uma pessoa justa precisamente na figura do tesoureiro-chefe, pareceu-lhe que seria encontrá-la entre os demais. Além disso, por astúcia, não revelara que conhecia o foguista fazia tão pouco tempo. De resto, poderia ter feito discurso muito melhor, não o tivesse desconcertado o rosto vermelho do senhor com a bengalinha de bambu, que, de sua posição atual, só agora ele via pela primeira vez.

"Estão corretas essas palavras, cada uma delas", disse o foguista, antes ainda que lhe perguntassem, antes mesmo que dirigissem os olhos para ele. Essa pressa exagerada teria constituído erro grave, caso o senhor com as condecorações, que, como Karl compreendia agora, só podia ser o capitão, já não tivesse claramente se decidido a dar ouvidos ao foguista. Com efeito, ele estendeu as mãos e o chamou para si: "Venha cá!", e o fez com voz tão firme que se poderia mesmo golpeá-la com um martelo. Agora, tudo dependia do comportamento do foguista, uma vez que, no tocante à justiça de sua causa, dessa Karl não duvidava.

Por sorte, revelou-se nessa ocasião que o foguista já viajara muito por este mundo. Com tranquilidade exemplar, ele, já à primeira tentativa, retirou de sua malinha um pequeno maço de papéis e um caderno de anotações, com os quais, ignorando por completo o tesoureiro-chefe, como se isso fosse perfeitamente natural, dirigiu-se ao capitão e espalhou pelo parapeito da janela seus meios probatórios. Ao tesoureiro-chefe nada restou senão encaminhar-se para lá. "O homem é um conhecido querelante", explicou-se, "passa mais tempo no caixa que na casa de máquinas. Levou Schubal, esse homem sereno, ao desespero. Escute aqui", o tesoureiro voltou-se então para o foguista, "o senhor realmente está levando essa sua impertinência longe demais. Quantas vezes já não foi expulso das salas de pagamento, como merece ser, com suas exigências, todas elas, inteira e completamente injustificadas? Quantas vezes não veio correndo de lá para cá, para a tesouraria? Quantas vezes já não lhe disseram com toda a boa vontade que seu superior imediato é Schubal e que é com ele, e só com ele, que o senhor, como seu subordinado, tem de se entender? E agora ainda me vem aqui de novo, na presença do capitão? Não se envergonha apenas de incomodar até ele, mas atreve-se inclusive a trazer consigo, como porta-voz treinado de suas acusações disparatadas, esse rapazinho que vejo pela primeira vez neste navio!"

Karl precisou de toda a sua força para conseguir se conter e não saltar adiante. Mas já ali estava o capitão, que disse: "Vamos ouvir o que este homem tem a dizer. Com o tempo, de todo modo, esse Schubal vem se tornando demasiado independente a meu ver, e com isso não estou querendo dizer algo em favor do senhor". Referia-se ao foguista, e era natural que não se posicionasse de imediato a favor dele, mas tudo parecia caminhar bem. O foguista, então, deu início a suas explicações e, já de saída, dominou-se e concedeu a Schubal o tratamento de "senhor". Karl alegrou-se muito junto da escrivaninha abandonada do tesoureiro-chefe, onde, por puro prazer, não parava de pressionar o prato de uma balança de pesar cartas. O sr. Schubal é injusto. O sr. Schubal prefere os estrangeiros. O sr. Schubal expulsou o foguista da sala de máquinas e o mandou limpar latrinas, o que com certeza não era trabalho para um foguista. Até mesmo a competência do sr. Schubal foi contestada, porque seria antes aparente do que real. Nesse ponto, Karl fitou energicamente o capitão, confiante como um colega, apenas para que ele não se deixasse influenciar negativamente pela inabilidade de expressão do foguista. Ainda assim, o palavrório todo oferecia pouca informação real, e, embora o capitão seguisse olhando para a frente, exibindo nos olhos a firme determinação de, dessa vez, ouvir o foguista até o fim, os demais senhores foram ficando impacientes, e logo a voz do foguista já não ressoava soberana na sala, o que suscitava certos receios. Em primeiro lugar, o senhor em trajes civis pôs em atividade sua bengalinha de bambu, que começou a bater no chão, ainda que de leve. Os demais naturalmente lançavam um olhar ocasional, e os senhores da autoridade portuária, com pressa evidente, apanharam de novo os documentos e voltaram a examiná-los, ainda que algo distraídos; o oficial do navio tornou a se aproximar de sua mesa, e o tesoureiro-chefe, acreditando estar a partida já decidida, deu um suspiro profundo de ironia. Da dispersão geral que se instalara, permaneceu isento apenas o serviçal, que, sério e parte solidário com os sofrimentos do pobre homem diante dos grandes, acenava afirmativamente com a cabeça na direção de Karl, como se com isso pretendesse explicar alguma coisa.

Nesse meio-tempo, a vida no porto prosseguia diante das janelas; por ali passava agora uma chata carregada com uma montanha de barris, por certo arranjados maravilhosamente para que não saíssem rolando, e produzia uma quase escuridão no compartimento; pequenos barcos a motor, que Karl teria podido ver perfeitamente, se houvesse tido tempo para tanto, avançavam ruidosos em linha reta sob os movimentos oscilantes das mãos de um homem de pé ao leme; aqui e ali, objetos flutuantes singulares emergiam por conta própria das águas inquietas, mas eram de pronto recobertos por elas e tornavam a afundar sob o olhar espantado; botes provenientes de grandes vapores transatlânticos avançavam compelidos por marinheiros a remar com vigor, todos eles lotados de passageiros que, espremidos ali, permaneciam quietos e cheios de expectativa, ainda que alguns não conseguissem deixar de voltar a cabeça na direção dos cenários sempre cambiantes. Um movimento sem fim, uma inquietação que se transmitia da inquietude das coisas para os homens desamparados e suas obras.

Tudo, porém, recomendava pressa, clareza, exposição absolutamente precisa, e o que fazia o foguista? Desmanchava-se em suor de tanto falar; fazia tempo que suas mãos trêmulas já não conseguiam segurar os papéis no parapeito da janela, de todas as direções acorriam-lhe queixas contra Schubal, cada uma delas, em sua opinião, suficiente para sepultá-lo por completo, mas o que conseguia apresentar ao capitão era tão somente um triste e confuso emaranhado disso tudo. Havia tempos, o senhor com a bengalinha de bambu assoviava baixinho para o teto, os senhores da autoridade portuária mantinham o oficial à sua mesa e não faziam menção de algum dia tornar a libertá-lo e, quanto ao tesoureiro-chefe, era visível que só a calma do capitão o impedia de intervir energicamente, como ansiava por fazer. O serviçal, em posição de sentido, aguardava para qualquer momento uma ordem de seu capitão referente ao foguista.

Assim sendo, Karl não podia mais permanecer imóvel. Rumou, pois, lentamente em direção ao grupo e, a caminho, refletiu com tanto maior rapidez sobre como poderia intervir no assunto com a máxima habilidade possível. Estava mesmo mais do que na hora; um instantezinho a mais, e poderiam muito bem pôr os dois para fora dali. O capitão até podia ser um bom homem e, além disso, ter precisamente agora, como pareceu a Karl, um motivo especial para se mostrar um superior justo, mas afinal não era um instrumento do qual alguém pudesse se servir à vontade — e era exatamente assim que o foguista o estava tratando, ainda que em razão de sua revolta interior sem limites.

Karl disse, portanto, ao foguista: "Você precisa relatar as coisas de forma mais simples e clara, o senhor capitão não tem como aquilatar os fatos da maneira como você os relata. Afinal, ele conhece o sobrenome ou mesmo o nome de batismo de cada maquinista ou moço de recados para saber logo de quem se trata, quando você menciona um nome? Ordene suas queixas, faça primeiramente a mais importante e, depois, as outras, em ordem decrescente; aí, então, talvez não seja nem mesmo necessário mencionar a maioria delas. A mim, você sempre expôs o assunto com muita clareza". Se, na América, se pode roubar uma mala, pode-se também dizer uma mentira de vez em quando, pensou Karl, justificando-se.

Se pelo menos tivesse ajudado! Já não era talvez tarde demais? O foguista de fato interrompeu-se de imediato ao ouvir a voz conhecida, mas, com os olhos cobertos de lágrimas pela honra ferida, pelas lembranças horríveis e pela mais extrema necessidade presente, já nem podia reconhecer direito Karl. Como haveria ele agora — e Karl decerto compreendeu isso em silêncio diante do foguista agora silente —, como haveria ele agora de mudar subitamente seu jeito de falar, se lhe parecia afinal já ter exposto tudo que tinha para dizer sem o menor reconhecimento e, por outro lado, não ter dito nada nem poder supor ainda dispostos os senhores a ouvir tudo? E, num momento como esse, ainda vem Karl, seu único aliado, e, desejoso de lhe transmitir bons ensinamentos, mostra-lhe, em vez disso, que tudo está perdido, tudo.

"Tivesse eu agido mais rapidamente, em vez de ficar olhando pela janela", Karl disse a si mesmo, baixando o rosto diante do foguista e batendo as mãos nas costuras laterais da calça, a sinalizar o fim de toda esperança.

O foguista, no entanto, interpretou mal o gesto, farejou ali alguma crítica velada a seu comportamento e, com a boa intenção de dissuadi-lo dela, coroou seus feitos começando então a discutir com Karl. E justamente agora que os senhores à mesa redonda já estavam revoltados fazia tempo com toda aquela balbúrdia inútil a lhes atrapalhar o importante trabalho; agora que o tesoureiro-chefe aos poucos ia julgando incompreensível a paciência do capitão e tendia já à súbita explosão; agora, pois, que o serviçal, inteiramente de volta à esfera de seus senhores, media o foguista com olhares enfurecidos e, por fim, que o senhor com a bengalinha de bambu, para o qual até o capitão vez por outra olhava com simpatia, se tornara completamente insensível ao foguista e até mesmo enfastiado dele e, puxando um caderno de anotações, ocupava-se claramente de assuntos outros, os olhos vagando para lá e para cá, entre o caderno e Karl.

"Eu sei, eu sei", disse Karl, que teve trabalho para se defender daquela torrente do foguista, agora voltada contra ele, que, em meio a toda a discussão, ainda lhe dirigia um sorriso amigo. "Você está certo, tem razão, nunca duvidei disso." Teria de bom grado segurado as mãos esvoaçantes dele, por medo de que elas o atingissem, mas, mais ainda, teria gostado de puxar o foguista para um canto, a fim de sussurrar-lhe algumas palavras tranquilizadoras, que ninguém mais teria precisado ouvir. O foguista, porém, estava fora de si. Karl já começava mesmo a se consolar com a ideia de que, em caso de necessidade, o amigo era capaz de, com a força de seu desespero, subjugar os sete homens ali presentes. Sobre a escrivaninha, contudo, como revelava um olhar naquela direção, jazia um painel com um número demasiado grande de botões elétricos, e uma única mão a pressioná-los poderia produzir uma rebelião no navio e encher todos os seus corredores de homens hostis.

Foi quando o senhor com a bengalinha de bambu, afinal tão desinteressado, aproximou-se de Karl e, em tom não muito alto mas claramente acima da gritaria do foguista, perguntou: "Como é mesmo que o senhor se chama?". Nesse mesmo instante, bateram à porta, como se, atrás dela, alguém houvesse esperado aquela manifestação. O serviçal olhou para o capitão, que assentiu. Assim sendo, ele se dirigiu até a porta e a abriu. Do lado de fora, um homem de proporções medianas vestia uma velha sobrecasaca, seu aspecto na verdade não parecia adequado ao trabalho nas máquinas, mas era de fato... Schubal. Se Karl não o tivesse percebido pelos olhos de todos, que exprimiam certa satisfação da qual nem mesmo o capitão estava isento, ele o teria necessariamente notado, para seu horror, no foguista, que cerrou os punhos nas extremidades dos braços retesados, como se os punhos cerrados fossem o que havia de mais importante nele, algo pelo qual estava disposto a sacrificar tudo que tinha na vida. Era ali que se concentrava agora toda a sua força, inclusive aquela que o mantinha em pé.

Ali estava, pois, o inimigo, livre e leve em seu traje de gala; debaixo do braço, trazia um livro contábil, provavelmente contendo os pagamentos e os registros de trabalho do foguista, e, sem medo de admitir que lhe importava sobretudo capturar o estado de espírito de cada um, Schubal olhou para todos nos olhos, um a um. Afinal, os sete já eram seus amigos, e ainda que o capitão tivesse manifestado anteriormente objeções a ele, ou tivesse ao menos pretextado tê-las, provavelmente não lhe parecia agora haver nele nada mais a recriminar, depois do sofrimento que o foguista lhe impingira. Com um homem como o foguista não havia como proceder com rigor suficiente, e, se algo havia a censurar em Schubal, era o fato de que, ao longo do tempo, ele não lograra dobrar a rebeldia do subordinado a ponto de evitar que, naquele momento, ele ainda ousasse aparecer diante do capitão.

Podia-se talvez ainda supor que a confrontação entre o foguista e Schubal não deixaria de produzir também diante dos homens o efeito que teria produzido ante instância superior, pois, ainda que este último dissimulasse bem, ele decerto não teria absolutamente como sustentar sua dissimulação até o fim. Um breve vislumbre de sua maldade bastaria para torná-la visível àqueles senhores, e Karl pretendia cuidar para que assim fosse. Sim, porque conhecia já, de passagem, a perspicácia, as fraquezas e os humores de cada um deles, e, sob esse ponto de vista, o tempo que passara ali até aquele momento não tinha sido em vão. Se ao menos o foguista estivesse em melhores condições, mas ele parecia inteiramente incapaz de lutar. Se lhe tivessem entregado Schubal, ele por certo teria podido rachar aos murros aquele crânio odiado, como a uma noz de casca fina. Mas não parecia capaz nem mesmo de dar os poucos passos que o separavam dele. Por que, afinal, Karl não previra o que teria sido tão fácil prever, ou seja, que Schubal acabaria por aparecer, se não por iniciativa própria, decerto convocado pelo capitão? Por que não discutira com o foguista, no caminho até ali, um plano detalhado de guerra, em vez de, como haviam feito na realidade, apenas entrarem irremediavelmente despreparados pela primeira porta que encontraram? Será que o foguista ainda conseguia ao menos falar, dizer sim ou não, como seria necessário no iminente interrogatório, que, de resto, só aconteceria na melhor das hipóteses? Ali estava ele, as pernas afastadas uma da outra, os joelhos algo dobrados, a cabeça ligeiramente erguida, e o ar transitava pela boca aberta como se, lá dentro, já não houvesse pulmões a processá-lo.

Karl, de sua parte, sentia-se tão forte e atinado como talvez jamais tivesse se sentido em sua própria casa. Se os pais pudessem ver como ele agora, numa terra estranha e ante personalidades tão respeitadas, advogava o bem e, embora ainda não vitorioso, se apresentava inteiramente pronto para sua conquista final, será que reveriam a opinião que tinham dele? Será que o sentariam entre eles e o louvariam? Será que por uma vez, por uma única vez, olhariam nos olhos que os contemplavam com tanta devoção? Perguntas duvidosas formuladas no momento mais importuno!

"Vim até aqui porque creio que o foguista me inculpa de alguma desonestidade. Uma moça da cozinha me disse que o tinha visto a caminho daqui. Senhor capitão, demais senhores, estou pronto a refutar toda e qualquer acusação à luz de meus documentos e, se necessário, mediante declarações de testemunhas imparciais e não sujeitas a nenhuma influência que aguardam além desta porta." Assim falou Schubal. Era por certo o discurso claro de um homem, e, a julgar pela mudança no semblante dos ouvintes, podia-se acreditar que ouviam sons humanos pela primeira vez depois de muito tempo. Não perceberam, porém, que mesmo esse belo discurso exibia lacunas. Por que a primeira palavra objetiva que ocorrera a Schubal havia sido "desonestidade"? Não cumpria iniciar por aí a acusação, em vez de iniciá-la por seus preconceitos nacionais? Uma moça da cozinha vira o foguista a caminho do escritório, e Schubal compreendera tudo de imediato? Não havia sido a consciência pesada que lhe aguçara a compreensão? E tinha logo trazido testemunhas, às quais ainda por cima caracterizava como imparciais e alheias a toda influência? Vigarice, nada mais que vigarice, e os senhores toleravam aquilo, reconhecendo ademais esse comportamento como correto? Por que, com efeito, ele deixara passar tanto tempo entre o aviso da moça da cozinha e sua chegada ali? Na certa, com nenhum outro fito senão o de possibilitar ao foguista fatigar em tal medida aqueles senhores que eles pouco a pouco perderiam sua capacidade clara de julgar, que era o que Schubal mais temia. Não teria ele, que por certo aguardava fazia muito tempo atrás da porta, esperado para bater apenas no momento em que se vira autorizado a crer, em decorrência da pergunta desimportante daquele senhor, que o foguista estava liquidado?

Tudo estava claro e assim era exposto involuntariamente pelo próprio Schubal, mas, àqueles senhores, era preciso dizê-lo de outra forma, mais palpável. Era necessário chacoalhá-los. Portanto, Karl, depressa: pelo menos aproveite o tempo, antes que as testemunhas apareçam e ponham tudo por água abaixo!

Mas, naquele mesmo instante, o capitão, com um gesto, interrompeu Schubal, que de pronto deslocou-se para o lado — já que seu assunto parecia ter sido adiado por um momentinho — e pôs-se a conversar em voz baixa com o serviçal, que logo fora se juntar a ele, conversa essa à qual não faltaram olhadelas laterais tanto para o foguista como para Karl, além de movimentos absolutamente convictos das mãos. Schubal parecia ensaiar assim seu grandioso discurso seguinte.

"O senhor não queria fazer uma pergunta a este jovem rapaz, sr. Jakob?", disse o capitão, sob silêncio geral, ao cavalheiro com a bengalinha de bambu.

"De fato", respondeu este último, agradecendo a atenção com uma pequena mesura. E tornou a perguntar a Karl: "Como é que o senhor se chama?".

Karl, que acreditou ser de interesse do importante assunto central pôr fim imediato àquele interlúdio introduzido pela teimosa pergunta, respondeu com brevidade, sem, como era seu costume, apresentar-se mediante a exibição do passaporte, que ainda teria precisado procurar: "Karl Roßmann".

"Mas...", principiou o homem que fora chamado de Jakob, recuando com um sorriso quase incrédulo nos lábios. Também o capitão, o tesoureiro-chefe, o oficial do navio e mesmo o serviçal manifestaram clara e desmedida surpresa ao ouvir o nome de Karl. Indiferentes permaneceram apenas os senhores da autoridade portuária e Schubal.

"Mas...", repetiu o sr. Jakob, caminhando com passos algo rijos na direção do rapaz, "então sou seu tio Jakob, e você é meu querido sobrinho. Bem que desconfiei o tempo todo", ele disse ainda ao capitão, antes de abraçar e beijar Karl, que recebeu calado toda aquela manifestação.

"Como se chama o senhor?", perguntou Karl, depois de se desvencilhar do homem. Comportou-se com bastante gentileza, mas não se sentia nem um pouco tocado, esforçava-se apenas para antever as consequências que aquele novo fato poderia ter para o foguista. Por enquanto, nada sugeria que Schubal pudesse tirar algum proveito daquilo.

"Compreenda, meu jovem, a sorte que tem", advertiu o capitão, que acreditou ter a pergunta de Karl ferido a dignidade do sr. Jakob, agora postado junto da janela, claramente a fim de não precisar exibir o rosto agitado, o qual, ademais, tocava com um lenço. "Aquele que ora se apresenta como seu tio é o conselheiro de Estado Edward Jakob. Doravante, por certo bem ao contrário de suas expectativas até aqui, uma carreira luminosa o aguarda. Procure compreender isso o melhor possível neste primeiro momento e contenha-se."

"De fato, tenho um tio Jakob na América", Karl voltou-se para o capitão, "mas, se compreendi bem, Jakob é tão somente o sobrenome do senhor conselheiro."

"Assim é", confirmou o capitão, cheio de expectativa.

"Pois Jakob é o nome de batismo do meu tio, que é irmão de minha mãe e, portanto, naturalmente só poderia ter o mesmo sobrenome dela, cujo nome de solteira é Bendelmayer."

"Meus senhores!", exclamou o conselheiro diante da explicação de Karl, retornando animado de seu restabelecimento junto à janela. Todos, à exceção das autoridades portuárias, explodiram numa gargalhada, uns como se comovidos, outros, por razões insondáveis.

"O que eu disse não foi tão engraçado assim", Karl pensou consigo.

"Meus senhores", repetiu o conselheiro, "os senhores tomam parte neste momento de uma pequena cena familiar, contra a sua vontade e a minha, e por isso não posso me furtar a lhes fazer um esclarecimento, já que, segundo creio, apenas o senhor capitão" (a menção suscitou mesuras de parte a parte) "está inteiramente a par dos fatos."

"Agora preciso realmente prestar muita atenção em cada palavra", Karl disse a si mesmo, e se alegrou ao observar, de soslaio, que a vida começava a retornar à figura do foguista.

"Durante todos estes longos anos de minha estada aqui na América — e a palavra 'estada' não se aplica muito bem ao cidadão americano que me tornei de corpo e alma —, durante todos estes anos, pois, vivi totalmente apartado de meus parentes europeus, e por razões que, em primeiro lugar, não vêm ao caso aqui e que, em segundo, de fato me custaria demasiado relatar. Receio inclusive o momento em que serei obrigado a relatá-las a meu sobrinho querido, a quem infelizmente não poderei deixar de dizer uma palavra franca sobre seus pais e os parentes deles."

"Ele é meu tio, não resta dúvida", Karl disse a si mesmo, e seguiu ouvindo. "Provavelmente, trocou de nome."

"Pois bem, meu querido sobrinho foi — e usemos aqui a palavra que caracteriza verdadeiramente o ato — simplesmente enxotado pelos pais, da mesma forma como atiramos porta afora um gato irritante. Não quero, em absoluto, amenizar o que ele fez para ser punido assim — não é do feitio dos americanos proceder dessa forma —, mas sua falta é de uma natureza cuja mera explicitação já encerra em si desculpa suficiente."

"Soa bem", Karl pensou, "mas não quero que ele conte a todo mundo. Aliás, ele nem tem como saber. De onde? Mas vamos ver, na certa sabe tudo."

"O fato é que ele", prosseguiu o tio, inclinando-se seguidas vezes para se apoiar na bengalinha de bambu fincada à sua frente, com o que efetivamente logrou tirar do assunto parte da solenidade desnecessária de que, do contrário, se revestiria, "o fato é que ele foi seduzido por uma criada, Johanna Brummer, uma pessoa de cerca de 35 anos. Não desejo de modo algum ofender meu sobrinho com a palavra 'seduzido', mas é difícil encontrar outra, igualmente adequada."

Nesse momento, Karl, que já se aproximara bastante do tio, voltou-se para ler no semblante dos presentes a impressão que a narrativa causava.

Ninguém ria; todos ouviam com paciência e seriedade. Afinal, não se ri do sobrinho de um conselheiro de Estado na primeira oportunidade que se oferece. Antes, o que se podia dizer era que o foguista sorria para Karl, ainda que apenas muito de leve, e isso era, em primeiro lugar, um novo e agradável sinal de vida e, em segundo, desculpável, uma vez que, na cabine, Karl quisera fazer especial segredo do assunto que agora vinha a público.

"Pois essa Brummer", continuou o tio, "teve um filho de meu sobrinho, um menino saudável que, de batismo, recebeu o nome de Jakob, sem dúvida em homenagem a minha insignificante pessoa, a qual, embora mencionada decerto apenas muito de passagem por meu sobrinho, há de ter produzido impressão considerável na moça. Felizmente, digo eu. Sim, porque, para evitar o pagamento de pensão alimentícia e se esquivar de todo e qualquer escândalo, os pais — e devo salientar que não conheço as leis de lá nem as condições em que eles vivem, sei apenas de duas cartas mendicantes que me mandaram em tempos passados e que não respondi mas guardei, as quais constituem meu único contato, unilateral, aliás, com eles esse tempo todo —, os pais, portanto, para evitar o pagamento de pensão e o escândalo, despacharam o filho, meu querido sobrinho, para a América, e, como se vê, irresponsavelmente, sem o prover do suficiente para tanto; não fossem, pois, os sinais e os prodígios ainda vivos na América e o fato de aquela criada ter me enviado uma carta, que, após longa peregrinação, alcançou-me anteontem e na qual relatou-me toda a história e a chegada de meu sobrinho, além de descrevê-lo e, muito sensatamente, me revelar o nome do navio, o rapaz, abandonado à própria sorte, provavelmente já teria perecido em alguma ruazinha do porto de Nova York. Pretendesse eu aqui entreter os senhores, poderia decerto ler em voz alta algumas passagens dessa carta", e ele tirou do bolso duas enormes folhas de papel, densamente preenchidas, e as chacoalhou. "Com certeza, produziriam bom efeito, porque escritas com uma astúcia algo simples mas sempre bem-intencionada, e com muito amor pelo pai da criança. Mas não quero nem entretê-los mais que o necessário para o esclarecimento do assunto nem, talvez, já por ocasião dessa sua recepção, ferir sentimentos porventura ainda existentes em meu sobrinho, que, se quiser, poderá, para sua própria edificação, ler a carta na tranquilidade do quarto que já o aguarda."

Karl, no entanto, não abrigava sentimento nenhum pela moça. Na barafunda de um passado cada vez mais compelido para longe, lá estava ela sentada em sua cozinha, ao lado do guarda-louça sobre cujo tampo apoiava o cotovelo. Contemplava-o quando, volta e meia, ele entrava ali para apanhar um copo d'água para o pai ou para cumprir alguma tarefa solicitada pela mãe. Por vezes, naquela posição difícil, ao lado do guarda-louça, ela escrevia uma carta e buscava inspiração no rosto de Karl. Ou cobria os olhos com a mão, e aí já nem ouvia o que lhe diziam. Outras vezes, ajoelhava-se em seu quartinho apertado, ao lado da cozinha, e rezava para uma cruz de madeira, ocasiões em que Karl, de passagem, só a observava timidamente pela frestinha da porta entreaberta. Ou corria para um lado e outro pela cozinha e, rindo, recuava qual uma bruxa quando ele cruzava seu caminho. Às vezes, quando Karl entrava ali, ela fechava a porta e ficava segurando a maçaneta até ele pedir para sair. Em outras oportunidades, ia buscar coisas que ele nem havia solicitado e as depositava em silêncio nas mãos dele. Mas, certa feita, chamou: "Karl!", e, suspirando e fazendo caretas, o conduziu, ainda perplexo com aquele chamado inesperado, ao quartinho dela, cuja porta trancou. Então, abraçou-o como se a esganá-lo e, enquanto pedia a ele que a despisse, na realidade ela própria o despiu e deitou-o na cama, como se nunca mais fosse cedê-lo a ninguém e pretendesse acariciá-lo e cuidar dele até o fim do mundo. "Karl, ó meu Karl!", exclamou, como se a visão dele confirmasse que era agora propriedade sua, ao passo que ele não via coisa nenhuma e se sentia desconfortável em meio à quentura de toda aquela roupa de cama que ela parecia ter amontoado especialmente para ele. Em seguida, deitou-se também ela e quis saber dele tal ou qual segredo, mas ele não tinha segredo nenhum para contar, ao que ela, a sério ou de brincadeira, se irritou, chacoalhou-o, auscultou-lhe o coração, ofereceu-lhe o peito para que fizesse o mesmo, o que não conseguiu dele, pressionou o ventre nu contra seu corpo e procurou com a mão entre as pernas de Karl de um jeito tão repugnante que este sacudiu cabeça e pescoço para fora dos travesseiros; forçou, depois, o ventre algumas vezes contra Karl, que tinha agora a impressão de que ela era parte dele, razão pela qual, talvez, foi tomado por um terrível desamparo. Por fim, depois de ela expressar muitas vezes o desejo de revê-lo, Karl chegou chorando à própria cama. Aquilo era tudo que havia acontecido, algo que o tio sabia agora transformar numa grande história. E a cozinheira, então, pensara nele e avisara o tio de sua chegada. Aquilo havia sido bonito da parte dela, algo pelo qual ele algum dia por certo a recompensaria.

"E agora", disse o senador,[97] "quero ouvir de você com sinceridade se sou seu tio ou não."

"Sim, você é meu tio", respondeu Karl, beijando a mão dele e recebendo por isso um beijo na testa. "Fico feliz por tê-lo encontrado, mas está enganado em pensar que meus pais só falam mal de você. À parte esse, seu discurso apresentou ainda alguns outros erros, isto é, não foi bem assim que as coisas aconteceram de verdade. Mas, daqui, você não tem mesmo como avaliar tão bem os acontecimentos, e, além disso, não creio que trará especial prejuízo aos senhores ouvir detalhes algo equivocados sobre um assunto que, na realidade, não há de lhes importar muito."

"Muito bem dito", concordou o senador, que conduziu Karl para diante do capitão, visivelmente interessado, e perguntou: "Tenho ou não tenho um sobrinho esplêndido?".

"Fico contente por ter conhecido seu sobrinho, senhor senador", disse o capitão com uma mesura de que só são capazes aqueles que receberam treinamento militar. "É uma honra especial para meu navio ter fornecido o local para tal reencontro. A viagem na terceira classe, porém, há de ter sido assaz ruim, e quem pode saber, afinal, que passageiros ela leva. Certa feita, por exemplo, ali viajou o primogênito do maior magnata húngaro — de seu nome e do propósito da viagem, já me esqueci. Só descobri muito mais tarde. Bem, fazemos de tudo para tornar a viagem ali a mais agradável possível, muito mais, por exemplo, que as linhas americanas, mas fazer dessa viagem um prazer, isso ainda não conseguimos."

"Não me fez nenhum mal", disse Karl.

"Não lhe fez nenhum mal!", repetiu o senador, rindo alto.

"Apenas minha mala, eu receio ter..." E então Karl se lembrou de tudo que tinha acontecido e do que ainda restava por fazer; olhou em torno e viu todos os presentes nos mesmos postos de antes, mudos de espanto e admiração, os olhos voltados para ele. Somente nas autoridades portuárias, e na medida em que seus rostos severos e autossuficientes o permitiam, identificava-se o arrependimento por terem vindo em hora tão inoportuna; o relógio de bolso que tinham agora diante de si era-lhes provavelmente mais importante do que tudo que se passava e, talvez, de tudo que ainda viesse a se passar naquela sala.

97 Kafka troca "conselheiro de Estado" por "senador".

Curiosamente, o primeiro a manifestar sua simpatia, depois do capitão, foi o foguista. "Meus parabéns, de coração", disse ele, apertando a mão de Karl, com o que pretendeu expressar também uma espécie de reconhecimento. Quando, porém, quis fazer o mesmo com o senador, este recuou, como se, assim procedendo, o foguista já estivesse abusando de seus direitos. O foguista desistiu de pronto.

Os demais, compreendendo agora o que tinham de fazer, logo criaram uma balbúrdia em torno de Karl e do senador. E assim foi que o primeiro recebeu os cumprimentos até mesmo de Schubal, os quais, agradecendo, aceitou. Os últimos a se apresentar, uma vez restabelecido o silêncio, foram as autoridades portuárias, que disseram duas palavras em inglês e causaram, assim, impressão risível.

Para saborear até o fim aquele prazer, o senador mostrava-se mais do que disposto a lembrar, a si próprio e aos outros, detalhes menos relevantes, o que, naturalmente, foi não apenas tolerado como também absorvido com interesse por todos. Assim, chamou a atenção para o fato de que havia registrado em seu caderno de anotações as marcas distintivas mais proeminentes de Karl mencionadas pela cozinheira em sua carta, a fim de poder, quem sabe, fazer uso delas no momento necessário. Pouco antes, durante o falatório insuportável do foguista, e com o fito único de distrair-se, ele puxara seu caderno e intentara relacionar as observações da cozinheira, decerto não propriamente corretas do ponto de vista detetivesco, com o aspecto de Karl. "É desse modo que se acha um sobrinho", concluiu ele num tom de quem desejava receber mais cumprimentos.

"E o que será do foguista?", Karl perguntou, passando ao largo do derradeiro relato do tio. Em sua nova posição, ele acreditava poder manifestar tudo que pensava.

"O foguista terá o que merece", disse o senador, "e o que julgar correto o senhor capitão. Dele, creio que já estamos mais do que fartos, no que cada um dos cavalheiros presentes decerto concordará comigo."

"Não é disso que se trata quando a questão é de justiça", objetou Karl. Estava postado entre o tio e o capitão e, influenciado talvez por essa sua posição, acreditava ter a decisão nas mãos.

O foguista, no entanto, parecia nada mais esperar para si. As mãos, mantinha-as parcialmente enfiadas no cinto da calça, que, em razão de seus movimentos agitados, aparecia agora juntamente com um pedaço da camisa estampada. Aquilo não o preocupava nem um pouco, tinha manifestado todas as suas queixas, pois que vissem agora também os farrapos que vestia e o levassem embora. Calculou que o serviçal e Schubal, os dois que ali ocupavam os postos mais baixos na hierarquia, haveriam de lhe fazer aquele derradeiro favor. Schubal, então, teria sossego e não se desesperaria mais, como havia dito o tesoureiro-chefe. O capitão poderia empregar apenas romenos, o romeno seria falado por todos e talvez tudo ficasse de fato melhor. Nenhum outro foguista iria tagarelar na tesouraria, apenas aquele seu último acesso de tagarelice seria preservado como uma lembrança bastante simpática, uma vez que, como dissera expressamente o senador, o falatório havia ensejado indiretamente o reconhecimento do sobrinho. O sobrinho, de resto, havia anteriormente intentado ajudá-lo de diversas maneiras e, portanto, expressado de antemão gratidão mais que suficiente por seu papel naquele reconhecimento; ao foguista nem sequer ocorreu exigir dele agora qualquer outra coisa. No mais, podia ser sobrinho do senador, mas capitão estava longe de ser, e era da boca do capitão que sairia afinal a má notícia. Em consonância com esse seu ponto de vista, o foguista tentava não olhar para Karl, mas infelizmente, naquela sala de inimigos, não lhe restava outro ponto onde descansar os olhos.

"Não interprete mal a situação", o senador disse a Karl, "talvez se trate de uma questão de justiça, mas é também uma questão de disciplina. As duas coisas, e em especial esta última, estão agora submetidas ao julgamento do senhor capitão."

"Assim é", murmurou o foguista, e quem notou e compreendeu, sorriu surpreso.

"Além do mais, já atrapalhamos o capitão em tão grande medida no cumprimento de suas funções, e elas se acumulam incrivelmente sobretudo na chegada a Nova York, que está mais do que na hora de deixarmos o navio, para que, ademais, não transformemos essa rixa insignificante entre dois maquinistas num grande acontecimento, e isso em consequência de uma intromissão assaz desnecessária de nossa parte. Aliás, eu compreendo bem sua atitude, meu querido sobrinho, mas isso é justamente o que me dá o direito de levá-lo embora daqui a toda a pressa."

"Vou mandar preparar um bote para o senhor agora mesmo", disse o capitão, e, para espanto de Karl, sem a menor objeção às palavras do tio, que sem dúvida podiam ser consideradas autodepreciativas. O tesoureiro-chefe precipitou-se com rapidez rumo à escrivaninha e transmitiu por telefone a ordem do capitão ao responsável pelos botes.

"O tempo urge", disse Karl a si mesmo, "mas não há o que eu possa fazer sem ofender a todos. Não posso, agora, abandonar meu tio, que acaba de me encontrar. O capitão por certo é gentil, mas isso é tudo. Sua gentileza se vai quando se trata de disciplina, e o tio certamente tirou-lhe as palavras da boca. Com Schubal, não quero falar, já me arrependo de ter lhe estendido a mão. E todos os demais aqui não são nada."

E, munido desses pensamentos, caminhou lentamente na direção do foguista, retirou-lhe a mão direita do cinto e, brincando com ela entre as suas, perguntou: "Por que você não fala nada? Por que suporta tudo isso?".

O foguista franziu a testa, como se procurasse expressão para o que tinha a dizer. De resto, olhava para baixo, para sua mão e as de Karl.

"Foram injustos com você como com nenhum outro neste navio, sei muito bem disso." E Karl movia os dedos de um lado para outro entre os dedos do foguista, cujos olhos brilhantes olhavam em torno como se ele experimentasse um deleite que ninguém poderia levar a mal.

"Mas você precisa se defender, dizer sim ou não, ou então as pessoas não vão ter ideia da verdade. Precisa me prometer que vai fazer isso, porque eu mesmo, e tenho boas razões para temê-lo, não vou mais poder ajudar você." E Karl começou a chorar enquanto beijava a mão do foguista, tomava aquela mão toda rachada, quase sem vida e a apertava contra as próprias faces, como um tesouro ao qual se tem de renunciar. Já ali estava, porém, a seu lado, o tio senador a puxá-lo, ainda que bem de leve. "O foguista parece tê-lo enfeitiçado", disse ele, lançando um olhar compreensivo para o capitão por sobre a cabeça do sobrinho. "Você se sentiu abandonado e, então, encontrou o foguista, a quem agora está agradecido, é coisa bastante louvável. Mas, por mim: não leve isso longe demais, aprenda a compreender sua posição."

Da porta proveio um barulho, ouviram-se gritos, e parecia mesmo que, do lado de fora, alguém estava sendo brutalmente arremessado contra ela. Um marinheiro entrou, algo desgrenhado e vestindo um avental de criada. "Tem gente lá fora", gritou, debatendo-se ainda uma vez com os cotovelos, como se ainda estivesse no meio do tumulto. Por fim, recobrou o juízo e quis saudar o capitão, mas notou o avental, arrancou-o de si, atirou-o no chão e disse: "Isso é nojento, amarraram um avental de criada em mim". Depois, juntou os calcanhares e bateu continência. Alguém tentou rir, mas, severo, o capitão disse: "É o que eu chamo de bom humor. Quem é que está lá fora?". "São minhas testemunhas", disse Schubal, adiantando-se. "Peço humildemente que desculpem esse seu comportamento inadequado. Uma vez terminada a viagem marítima, eles às vezes enlouquecem." "Faça-os entrar agora mesmo", ordenou o capitão, que, voltando-se de imediato para o senador, disse-lhe solícito, mas com rapidez: "Tenha o senhor a bondade, excelentíssimo senhor senador, de, juntamente com o senhor seu sobrinho, acompanhar este marinheiro, que os levará até o bote. Por certo, nem preciso dizer o prazer e a honra que me proporcionou a oportunidade de conhecê-lo pessoalmente, senhor senador. Espero apenas ter em breve ocasião de retomar com o senhor nossa conversa interrompida sobre a situação da frota americana, para então, talvez, sermos de novo interrompidos de modo tão agradável como fomos hoje". "Por enquanto, este sobrinho me basta", disse o tio, rindo. "Aceite, então, meu sincero agradecimento por sua amabilidade e passe muito bem. De resto, não seria nem um pouco impossível nos reencontrarmos em nossa próxima viagem à Europa", prosseguiu ele, apertando carinhosamente o sobrinho contra si, "talvez até para uma convivência mais longa." "Isso me alegraria muito", respondeu o capitão. Os dois senhores apertaram-se as mãos, Karl só conseguiu estender a sua rápida e silenciosamente ao capitão, porque clamavam já pela atenção deste umas quinze pessoas talvez, as quais, conduzidas por Schubal, entraram na sala decerto espantadas mas, ainda assim, fazendo muito barulho. O marinheiro pediu licença ao senador para se adiantar e, então, dividiu a multidão para abrir caminho para si próprio e para Karl, que facilmente avançaram pelas pessoas a se curvarem à sua passagem. Ao que parecia, aquela gente, de resto bonachona, compreendia a disputa de Schubal com o foguista como uma brincadeira cujo caráter ridículo não dava trégua nem diante do capitão. Karl viu no meio dela a moça da cozinha, Line, que, piscando-lhe divertida, vestia o avental que o marinheiro jogara no chão, pois era o dela.

Seguindo o marinheiro, deixaram então o escritório, entraram por um pequeno corredor que, poucos passos adiante, os conduziu a uma portinhola, da qual uma escada curta descia até o bote que havia sido preparado para eles. Nele embarcou de um salto seu chefe e condutor, a quem os marinheiros, levantando-se, bateram continência. O senador advertia Karl para que descesse com cuidado, quando o sobrinho, ainda no degrau mais alto, caiu num choro violento. O tio segurou-lhe o queixo com a mão direita, apertou o rapaz contra si e o acariciou com a mão esquerda. Assim desceram os dois lentamente, um degrau de cada vez, e embarcaram juntinhos, o senador escolhendo para Karl um bom lugar, bem diante dele. A um sinal do senador, os marinheiros desprenderam o bote do navio e puseram-se a remar. Mal tinham se afastado uns poucos metros quando Karl fez a descoberta surpreendente de que se encontravam precisamente do lado para o qual davam as janelas da tesouraria. Ocupavam as três janelas as testemunhas de Schubal, saudando e acenando; o tio até agradeceu, e um marinheiro conseguiu realizar a proeza de, sem na verdade interromper o movimento uniforme dos remos, soprar um beijo lá para cima. Era, de fato, como se o foguista não mais existisse. Karl olhou bem para os olhos do tio, seus joelhos quase se tocavam, e teve dúvidas sobre se, para ele, aquele homem jamais seria capaz de substituir o foguista. O tio desviou o olhar, voltando-o para as ondas que balançavam o bote.

Já em casa do senador, Karl logo se acostumou à nova situação. Até mesmo nos detalhes o tio era atencioso com ele, que nunca precisou aprender com as experiências ruins, o que em geral torna a vida no exterior tão amarga de início.

Suas acomodações ficavam no sexto andar de um edifício cujos andares inferiores, os cinco, aos quais somavam-se ainda três pisos subterrâneos, eram ocupados pela empresa do tio. A luz que entrava ali, pelas duas janelas e pela porta da sacada, sempre o espantava quando, de manhã, Karl saía de seu pequeno quarto de dormir. Onde teria precisado ir morar, caso tivesse desembarcado ali como um pobre emigrante? Talvez nem o tivessem deixado entrar nos Estados Unidos, conforme o tio, com seu conhecimento das leis de imigração, julgava mesmo bastante provável; talvez o tivessem mandado de volta para casa sem nem se preocupar com o fato de que ele nem tinha mais uma terra natal. Sim, porque ali não se podia contar com compaixão, e o que Karl havia lido sobre a América estava correto: naquela terra, em meio aos rostos indiferentes à sua volta, só os afortunados pareciam verdadeiramente desfrutar de sua boa fortuna.

Uma sacada estreita estendia-se por toda a extensão do cômodo. Mas o que na cidade natal de Karl teria decerto constituído o mais alto dos mirantes oferecia ali nada mais que uma vista ampla para uma rua que se prolongava retilínea entre duas fileiras de prédios literalmente decepados e que, por isso, perdia-se como se fugitiva na distância, em que de uma bruma farta erguiam-se gigantescas as formas de uma catedral. E de manhã, à tardezinha e mesmo durante os sonhos noturnos passava por ali um tráfego cada vez mais intenso, que, visto de cima, apresentava-se como uma mistura intricada e sempre renovada de figuras humanas distorcidas e das capotas de toda sorte de veículos, uma mistura da qual elevava-se outra, multiplicada e ainda mais confusa, de ruídos, poeira e odores, tudo isso iluminado e impregnado pela luz mais portentosa, sempre dispersada pela enorme quantidade de objetos, levada adiante e logo trazida de volta, tão palpável ao olho embevecido como se uma placa de vidro recobrisse toda a rua e volta e meia, a qualquer momento, se espatifasse sobre ela com toda a força.

Cauteloso como era em tudo, o tio aconselhou Karl a, por enquanto, não se deixar levar seriamente por nada. Cabia, antes, observar e examinar todas as coisas, mas não se deixar capturar por elas. Afinal, os primeiros dias de um europeu na América eram, segundo ele, comparáveis a um nascimento, e, apenas para que Karl não sentisse medos desnecessários, complementou dizendo que de fato as pessoas se aclimatavam mais rapidamente ali do que ao chegar do além ao mundo dos homens, mas que era necessário ter em mente também que o primeiro juízo assentava-se sempre em bases precárias e que não se devia permitir que esse juízo viesse a, talvez, confundir todos os demais, aqueles com cujo auxílio se pretendia tocar a vida adiante. Ele próprio conhecera recém-chegados que, por exemplo, em vez de se pautar por princípios tão saudáveis, passavam o dia na sacada olhando para a rua lá embaixo qual ovelhas perdidas. Aquilo só podia confundir! Aquela solitária inatividade, enamorada de um movimentado dia nova-iorquino, era algo que se podia conceder e mesmo aconselhar, ainda que não sem reservas, a alguém em viagem de lazer, mas, para quem permaneceria morando ali, significava a perdição, e podia-se, nesse caso, empregar tranquilamente essa palavra, ainda que com certo exage-[98]

98 A escritura do romance, jamais concluído, prossegue fora dos *Diários*.

1913

11/2/13

Aproveito a revisão das provas do "Veredicto" para registrar todas as relações que me ficaram claras na história, enquanto as tenho presentes.[1] Isso é necessário porque a história saiu de mim como num verdadeiro parto, coberta de sujeira e muco, e só eu tenho a mão capaz de alcançar o corpo e a vontade de fazê-lo:

O amigo é o elo entre pai e filho, seu grande ponto em comum. Sentado sozinho à sua janela, Georg remexe voluptuosamente esse vínculo, acredita ter o pai dentro de si e, a não ser por um estado meditativo fugaz e tristonho, julga estar tudo em paz. O desenrolar da história, porém, mostra como o pai emerge desse ponto em comum — o amigo — e se ergue em oposição a Georg, fortalecido, entre outras coisas, por vínculos menores entre eles, tais como o amor e o apego à mãe, a memória fiel a ela e os clientes, que, de início, fora o pai, afinal, a conquistar para a loja. Georg não tem nada; a noiva, que, na história, só vive graças à relação dele com o amigo, ou seja, com o ponto em comum, e que, como o casamento ainda não aconteceu, não pode inserir-se nos laços de sangue entre pai e filho, é facilmente rechaçada pelo primeiro. O que pai e filho têm em comum acumula-se por inteiro do lado do pai, Georg sente esse ponto em comum apenas como algo estranho, que se tornou autônomo, ao qual ele jamais proporcionou proteção suficiente, exposto a revoluções russas; é somente porque ele próprio não tem mais nada, a não ser o olhar que dirige ao pai, que o veredicto, vedando inteiramente seu acesso a este, exerce efeito tão poderoso sobre Georg.

"Georg" tem o mesmo número de letras de "Franz". Em "Bendemann", "mann" visa tão somente a proporcionar força adicional a esse "Bende" ante todas as possibilidades ainda desconhecidas da história. "Bende", no entanto,

1 Aqui, as provas relativas à publicação em *Arkadia*.

tem o mesmo número de letras de "Kafka", e a vogal "e" repete-se em posição idêntica à do "a" em "Kafka".

"Frieda" tem tantas letras quanto "Felice" e a mesma inicial; "Brandenfeld" tem a mesma inicial de "Bauer" [camponês], e o significado de "Feld" [campo] guarda também alguma relação com esse sobrenome. É possível que até mesmo a lembrança de Berlim não tenha deixado de exercer alguma influência aí, e talvez a Marca de Brandemburgo tenha influenciado a escolha.

12/2/13

Na descrição do amigo no estrangeiro pensei muito em Steuer. E, ao reencontrá-lo agora por acaso, cerca de três meses depois de ter escrito a história, ele me contou que, três meses atrás, tinha ficado noivo.[2]

Ontem, depois de eu ter lido a história em voz alta em casa de [Felix] Weltsch, o pai dele saiu brevemente da sala e, ao regressar, elogiou sobretudo a qualidade visual do texto.[3] Com as mãos estendidas, disse: "Vejo esse pai diante de mim", e, ao fazê-lo, olhou exclusivamente para a poltrona vazia em que estivera sentado durante a leitura.

Minha irmã disse: "É a nossa casa". Espantei-me com sua compreensão equivocada do local e disse: "Nesse caso, o pai teria de morar no banheiro".

28/2/13

Em viagem de negócios, Ernst Liman chegou a Constantinopla numa manhã chuvosa de outono e, sem se preocupar com mais nada, deixou-se levar, como era seu hábito — aquela era a décima vez que fazia essa viagem —, pelas ruas de resto vazias da cidade para o hotel em que sempre se hospedava a contento. Estava quase frio, a chuvinha fina entrava pelo carro, e, irritado com o tempo ruim que o perseguia durante toda a jornada desse ano, fechou a janela e se recostou num canto, a fim de dormir pelos cerca de quinze minutos de viagem que ainda tinha pela frente. Como, porém, o caminho atravessava justamente o bairro comercial, não teve sossego; os gritos dos vendedores de rua, as rodas das carroças de carga e outros ruídos, que, sem exame mais aprofundado, não faziam sentido, como o de uma multidão que batia palmas, perturbaram seu sono em geral pesado.

No final do trajeto, aguardava-o uma surpresa desagradável. No último grande incêndio acontecido em Istambul, sobre o qual Liman decerto havia

2 Otto Steuer (1881-?), antigo colega de escola de Kafka.

3 Heinrich Weltsch (1856-1936).

lido durante a viagem, o Hotel Kingston, aquele no qual costumava se hospedar, tinha sido destruído quase por completo pelas chamas; ainda assim, totalmente indiferente ao passageiro, o cocheiro, que naturalmente sabia disso, aceitara a corrida e o conduzira calado ao hotel consumido pelas chamas. Agora, pois, descia calmamente da boleia e teria mesmo descarregado as malas de Liman, não tivesse este o agarrado pelo ombro e chacoalhado, ao que o cocheiro decerto largou as malas, mas tão devagar e sonolento como se não tivesse sido Liman a interrompê-lo, e sim uma nova decisão dele próprio.

Ao menos em parte, o térreo do hotel resistira, oferecendo hospedagem razoável graças apenas a tabiques posicionados no alto e por todos os lados. Avisos em turco e francês anunciavam que, em breve, o hotel seria reconstruído, mais belo e moderno que antes. Mas o único sinal disso era o trabalho de três diaristas que, com pás e picaretas, amontoavam o entulho a um lado e o carregavam numa carriola pequena.

Como se verificou, morava em meio a esses escombros uma parte dos funcionários do hotel, agora desempregados por causa do incêndio. De fato, tão logo o carro trazendo Liman chegou, um senhor de sobrecasaca e uma gravata de um vermelho vivo veio correndo e contou a história do incêndio a um Liman que a ouviu irritado; o funcionário enrolava nos dedos as pontas de sua barba rala e comprida e só deixou de fazê-lo para mostrar ao cliente onde o incêndio havia começado, como se propagara e como, por fim, tudo ruíra. Liman, que durante todo esse relato mal erguera os olhos do chão e não soltara a maçaneta da porta do coche, estava prestes a gritar ao cocheiro o nome de outro hotel para o qual desejava ser levado, quando, de braços erguidos, o homem de sobrecasaca lhe pediu que não fosse, que permanecesse fiel àquele hotel, onde sempre se sentira satisfeito. Embora aquelas por certo tivessem sido apenas palavras vazias e ninguém pudesse ali se lembrar dele, assim como ele próprio não lograva reconhecer nenhum dos empregados, homem ou mulher, que via agora à porta ou nas janelas, Liman ainda assim perguntou, como alguém que preza os próprios hábitos, de que maneira, afinal, ele poderia no momento permanecer fiel ao hotel incendiado. Foi quando ficou sabendo — e só pôde rir involuntariamente da impertinência — que, para os hóspedes antigos, e apenas para eles, belos quartos haviam sido preparados em casas particulares; bastava, pois, ordenar e ele, Liman, seria levado de imediato para um deles, bem perto dali, nem perderia tempo, além do que o preço, por se tratar de um obséquio e, de resto, de um sucedâneo, seria especialmente baixo, muito embora a comida, preparada segundo receitas vienenses, talvez fosse até melhor, e o serviço, ainda mais cuidadoso do que no antigo Hotel Kingston, sem dúvida falho em alguns aspectos.

"Obrigado", respondeu Liman, embarcando no coche. "Vou passar apenas cinco dias em Constantinopla e, por tão pouco tempo, não vou me instalar numa casa particular. Não, vou para um hotel. Mas, ano que vem, quando eu voltar e seu hotel tiver sido reconstruído, com certeza venho para cá. Permita-me." Liman quis fechar a porta do coche, cuja maçaneta, no entanto, o representante do hotel havia agarrado. "Senhor!", o funcionário suplicou, erguendo os olhos para Liman.

"Largue!", Liman gritou, sacudindo a porta e determinando ao cocheiro: "Para o Hotel Royal!" Contudo, ou porque não houvesse entendido a ordem ou porque aguardasse que a porta fosse fechada, o cocheiro, sentado na boleia, permaneceu ali feito uma estátua. O representante do hotel, por sua vez, não largava a porta de jeito nenhum, acenava inclusive com veemência aos colegas, para que se mexessem e viessem ajudá-lo. Depositava suas esperanças sobretudo em certa moça, e chamava sem cessar: "Fini! Fini, venha cá! Onde está ela?". As pessoas nas janelas e à porta haviam se voltado para o interior do edifício, chamavam todas ao mesmo tempo; pelas janelas, podia-se ver que passavam correndo, todas à procura de Fini.

Liman decerto poderia com um empurrão afastar da porta o homem que o impedia de partir, o que também este percebia, razão pela qual não ousava encará-lo, estava claro que somente a fome lhe infundia a coragem para semelhante comportamento, mas o fato é que Liman já tivera demasiadas experiências ruins em suas viagens para não saber como é importante evitar todo e qualquer escândalo no estrangeiro, ainda que se esteja com toda a razão; assim sendo, desembarcou outra vez com tranquilidade do carro, não deu atenção por ora ao homem que se aferrava firmemente à porta, foi até o cocheiro, repetiu o que lhe solicitara e deu ainda ordem expressa para que ele partisse dali de imediato; depois, aproximou-se do homem à porta do coche, apanhou-lhe a mão com força aparentemente normal, mas, de surpresa, apertou-lhe de tal forma o pulso que ele, com um grito de "Fini!" que era a um só tempo chamado urgente e expressão de sua dor, soltou os dedos da maçaneta quase de um salto.

"Ela já vem! Ela já vem!", gritavam de todas as janelas, e uma moça sorridente, as mãos ainda no penteado recém-concluído, a cabeça semitombada, saiu correndo do edifício em direção ao carro. "Rápido! Entre no carro! Está chovendo a cântaros!", ela gritou, segurando Liman pelos ombros e com o rosto bem próximo ao dele. "Eu sou a Fini", disse então, baixinho, acariciando-lhe os ombros com as mãos.

"De fato, não me querem mal por aqui", Liman disse a si mesmo, e sorriu para a moça, "pena que não sou mais nenhum rapazinho e não me deixo levar por aventuras arriscadas." "Deve ter havido algum engano, senhorita", ele disse, voltando-se em seguida para o coche, "eu não a chamei nem pretendo ir embora daqui com a senhorita." E, já de dentro do carro, acrescentou ainda: "Não se dê ao trabalho".

Fini, contudo, já tinha um pé no estribo e, com os braços cruzados sobre o peito, perguntou: "Mas por que, afinal, o senhor não me permite recomendar-lhe uma casa?". Cansado dos aborrecimentos que já suportara ali, Liman respondeu, debruçando-se na direção dela: "Por favor, não me detenha mais com perguntas inúteis! Vou para um hotel, e basta. Tire o pé do estribo, porque pode ser perigoso. Adiante, cocheiro!". "Alto!", exclamou, porém, a moça, que tentava agora seriamente embarcar de um impulso. Balançando a cabeça, Liman levantou-se e, com sua figura atarracada, barrou a porta inteira. Valendo-se inclusive da cabeça e do joelho, a moça tentou empurrá-lo para trás, e o carro começou a balançar sobre suas pobres molas; Liman não tinha onde se apoiar direito. "Por que o senhor não quer me levar? Por que não quer me levar consigo?", ela repetia sem cessar. Por certo, ele teria conseguido rechaçar a moça, de resto robusta, sem submetê-la a violência particular, não fosse pelo fato de o homem de sobrecasaca, que até aquele momento se mostrara tranquilo, como se Fini tivesse vindo rendê-lo, ter acorrido ao vê-la balançar, ter segurado Fini por trás e, investindo contra a resistência ainda assim cuidadosa de Liman, ter tentado erguê-la e empurrá-la para dentro do carro com o emprego de toda a força de que dispunha. E, ao sentir que a seguravam, ela de fato embarcou no coche e puxou a porta, fechada também pelo lado de fora; como se para si mesma, disse ainda "ora, finalmente!" e, depressa, ajeitou em primeiro lugar a blusa e, depois, com mais cuidado, o penteado. "Nunca vi uma coisa dessa", disse Liman, que caíra de volta em seu assento, à moça agora sentada diante dele.

2/5/13

Tornou-se muito necessário voltar a manter um diário. Minha cabeça insegura, Felice, o declínio no escritório, a impossibilidade física de escrever e a necessidade interior de fazê-lo.

—

Valli sai pela porta de casa atrás de meu cunhado, que amanhã se apresenta para treinamento militar em Tschotkov. Curioso no fato de ela o seguir é o reconhecimento do matrimônio como uma instituição à qual uma pessoa se resigna profundamente.

—

A história da filha do jardineiro, que, anteontem, interrompeu-me no trabalho. Eu, que busco me curar de minha neurastenia pelo trabalho, tenho de ouvir que o irmão dessa senhorita, que se chamava Jan, era o jardineiro de fato, provável sucessor do velho Dvorsky e que já era inclusive o proprietário do jardim de flores, envenenou-se há dois meses, aos 28 anos de idade, em decorrência da melancolia. No verão, ainda estava relativamente bem, a despeito de sua natureza solitária, porque tinha ao menos de se relacionar com os clientes; no inverno, ao contrário, fechou-se em si mesmo. Sua amada era funcionária — *úřednice* — e moça igualmente melancólica. Com frequência, iam juntos ao cemitério.[4]

—

O gigantesco Menasse na apresentação teatral em iídiche. Algo de mágico me comoveu em seus movimentos em harmonia com a música. Esqueci-me do que era.[5]

—

Meu riso tolo ao dizer hoje a minha mãe que, em Pentecostes, viajo para Berlim.[6] "Por que está rindo?", ela me perguntou (entre outras observações, como "Veja bem antes de se comprometer para sempre", as quais rechaço com comentários do tipo "Não é nada" etc.). "De constrangimento", respondi, e fiquei feliz por, ao menos uma vez, ter dito algo verdadeiro a respeito do assunto.

Ontem, encontrei a Bailly.[7] Sua calma, satisfação, naturalidade e clareza, embora ela tenha completado nos dois últimos anos a transição para a

4 Desde o início de abril de 1913, Kafka passava as tardes livres trabalhando como auxiliar de jardineiro na periferia da cidade. Dvorsky era o nome da firma de jardinagem.
5 Referência a um ator do Wiener Jüdische Bühne (Teatro Judeu de Viena), que se apresentou em Praga de final de abril a início de maio de 1913. 6 Em visita a Felice Bauer.
7 A já mencionada Louise Bailly (ver nota 29, à p. 71).

velhice e sua abundância, já outrora penosa, venha em breve a alcançar o limiar da obesidade estéril, e embora seu caminhar mais pareça um rolar, um empurrar-se adiante com a barriga, ou melhor, um avançar com a barriga à frente, e, no queixo — a um rápido olhar, apenas no queixo —, fios de barba encaracolados tenham substituído a penugem de antes.

3/5/13
A insegurança terrível de minha existência interior.
Curador[8]

—

O modo como desabotoo o colete para mostrar meu eczema ao sr. B.[9] Como sinalizo para que ele entre na sala contígua.

—

O leproso e sua mulher. Como o traseiro dela, deitada de bruços na cama, se ergue a todo momento com todas os seus abscessos, apesar da presença de um visitante. Como o homem sempre grita para que ela se cubra.

O marido foi atingido por trás por uma estaca — não se sabe de onde ela veio — que o derrubou e perfurou. Deitado no chão, ele se queixa com a cabeça erguida e os braços estendidos. Mais tarde, já consegue se levantar por um momento, cambaleante. Não sabe contar outra coisa, a não ser como foi atingido, e mostra a direção aproximada de onde, na sua opinião, a estaca proveio. Essas histórias sempre iguais já estão cansando a esposa, sobretudo porque o homem vive apontando a cada vez para uma direção diferente.

4/5/13
Sempre e de novo a imagem de uma larga faca de açougueiro que, a toda a pressa e com regularidade mecânica, penetra-me pelo lado e me arranca fatias muito finas, as quais, dada a rapidez do trabalho, voam quase enroladas para longe.

—

8 Conforme Kafka relata em carta a Felice no dia seguinte, a ideia de que ele precisa de um curador é de Felix Weltsch. "Não é má ideia", escreve, reconhecendo a necessidade.
9 Não identificado.

Numa manhã bem cedo, as ruas ainda vazias, um homem descalço e vestindo apenas camisolão de dormir e calça abriu a porta de um grande edifício de apartamentos na rua principal. Segurou firme as duas folhas da porta e respirou fundo. "Desgraça, maldita desgraça", disse ele, que, em aparente calma, olhou primeiramente para toda a extensão da rua e, depois, para alguns edifícios isolados.

—

Desespero, portanto, também aqui. Em parte alguma acolhida.

—

1) Digestão 2) Neurastenia 3) Eczema 4) Insegurança interior.

—

Se ela ao menos se misturasse
numa cabeça livre de tensões

24/5/13
Caminhada com Pick.

Grande alegria porque o "Foguista" me pareceu muito bom. À noitinha, li-o para meus pais; não há crítico melhor do que eu ao ler para meu pai, que ouve muito a contragosto. Muitas passagens superficiais precedendo profundezas claramente inacessíveis.[10]

5/6/13
As vantagens interiores que trabalhos literários medíocres extraem do fato de seus autores ainda estarem vivos e correrem atrás deles. O verdadeiro sentido do envelhecer.

—

A história de Löwy sobre a travessia da fronteira.[11]

10 Em 24 de maio, Kafka recebe os primeiros exemplares de *O foguista*, publicado pela editora Kurt Wolff. 11 Isaac Löwy volta a se apresentar em Praga em 2 de junho de 1913, a fim de angariar fundos para sua trupe.

21/6/13
O medo que suporto de todos os lados. O exame no médico, que avança sobre mim de imediato, enquanto eu literalmente me esvazio, e ele, desprezado e incontestado, faz em mim seus discursos vãos.

—

O mundo formidável que trago na cabeça. Mas como libertar-me e libertá-lo sem me dilacerar? E dilacerar-me é preferível a contê-lo ou enterrá-lo em mim. É para isso que estou aqui, isso me é muito claro.

Numa fria manhã de primavera, por volta das cinco horas, um homem alto, enfiado num casaco que lhe alcançava os pés, batia com o punho na porta de uma cabaninha situada numa região escalvada e cheia de colinas. Depois de cada batida, punha-se a ouvir, mas a cabana permanecia em silêncio.

1/7/13
O desejo da solidão inconsciente. Confrontado apenas comigo mesmo. Talvez eu venha a ter isso em Riva.[12]

Três dias atrás, estive com Weiß, o autor de *Die Galeere* [A galera].[13] Médico judeu, um judeu bastante próximo do tipo do judeu da Europa Ocidental e do qual, por isso mesmo, a gente logo se sente próximo. A vantagem gigantesca dos cristãos, que em suas relações de modo geral sempre sentem essa proximidade e dela desfrutam, como o cristão tcheco entre cristãos tchecos. O casal em lua de mel saindo do Hotel de Saxe.[14] À tarde. O cartão-postal lançado na caixa de correio. Roupas amarfanhadas, passo frouxo, tarde turva e morna. Rostos pouco característicos à primeira vista.

—

A imagem da celebração do tricentenário dos Romanov em Iaroslavl, à beira do Volga. O tsar, as princesas enfadadas e de pé ao sol; apenas uma delas, delicada, mais velha e apoiada na sombrinha, olha terna e languidamente

12 Kafka planejava para setembro passar alguns dias de férias em Riva, no lago de Garda.
13 Primeiro encontro de Kafka com Ernst Weiß, cujo romance havia sido publicado em junho.
14 Hotel de Praga situado na Hibernergasse.

para a frente. O herdeiro nos braços do cossaco gigantesco de cabeça descoberta. — Em outra imagem, seguem batendo continência ao longe homens que por ali passaram faz tempo.[15]

—

O milionário na tela do cinema em *Sklaven des Goldes* [Escravos do ouro].[16] Lembrar! A paz, o movimento lento e certeiro, o passo mais apressado quando necessário, a contração do braço. Rico, mimado, acalentado, mas como salta feito um criado e inspeciona o quarto da taverna no bosque em que o trancafiaram.

2/7/13

Chorei de soluçar ao ler o relato do processo movido contra uma mulher de 23 anos, Marie Abraham, que, em decorrência da miséria e da fome, estrangulou a filha de quase nove meses, Barbara, com uma gravata masculina que ela despira e lhe servia de cinta-liga. História inteiramente esquemática.[17]

—

O entusiasmo com que, no banheiro, representei para minha irmã uma cena de um filme cômico. Por que nunca consigo fazer isso diante de estranhos?

—

Jamais teria me casado com uma moça com a qual tivesse vivido na mesma cidade um ano inteiro.

3/7/13

A ampliação e a elevação da existência por intermédio de um casamento. Frase de sermão. Mas quase a intuo.

—

Quando digo alguma coisa, ela perde de imediato e em definitivo sua importância; quando a escrevo, ela também perde, mas por vezes adquire outra.

15 Imagens que Kafka provavelmente vira num cinejornal: *Le Tricentennaire de la dynastie Romanoff*. **16** *Le Collier vivant: Scènes de la vie de l'Ouest américain*, França (Gaumont), 1913, direção de Jean Durand. **17** Conforme notícia publicada no *Prager Tagblatt* de 2 de julho de 1913.

—

Um colar de contas douradas em torno de um pescoço bronzeado.

19/7/13
De uma casa saíram quatro homens armados. Cada um segurava diante de si, em pé, uma alabarda. Volta e meia, um deles olhava em torno para ver se já vinha aquele em razão do qual estavam ali. Era de manhã bem cedo, a rua estava completamente deserta.

—

Mas o que é que vocês querem? Venham! — Não queremos. Deixe-nos em paz! —

—

Além do mais, o dispêndio interior. Por isso a música do café entra pelo ouvido dessa maneira. Faz-se visível a pedrada de que falou Elsa B[rod].[18]

—

Uma mulher sentada diante da roca de fiar. Um homem abre a porta golpeando-a com uma espada embainhada (a bainha, ele a traz na mão).

H.: Ele esteve aqui!

M.: Quem? O que o senhor deseja?

H.: O ladrão de cavalos? Está escondido aqui. Não negue! (*brande a espada*)

M.: (*ergue a roca para se defender*) Ninguém esteve aqui. Deixe-me em paz!

20/7/13
Lá embaixo, no rio, eram vários os barcos, os pescadores haviam lançado seus anzóis, era um dia nublado. Com as pernas cruzadas, alguns rapazes apoiavam-se na balaustrada do cais.

—

18 Elsa Taussig, que se casara com Max Brod em 2 de fevereiro de 1913.

Já anoitecia quando, para festejar a partida, todos se levantaram e ergueram suas taças de champanhe. Os pais e alguns convidados do casamento os acompanharam até o carro. Era

21/7/13
Não se desesperar, nem mesmo com essa ausência de desespero. Afinal, quando tudo parece acabado, novas forças se apresentam, e isso significa justamente que você está vivo. Caso não se apresentem, então está mesmo tudo acabado, mas aí em definitivo.

—

Não consigo dormir. Sonho apenas, não durmo. Hoje, em meu sonho, inventei um novo meio de transporte para um parque em declive. Pega-se um galho, que não precisa ser muito forte, finca-se o galho obliquamente no chão, segura-se na mão uma das pontas e senta-se nele com toda a leveza possível, como numa sela feminina; o galho todo vai então, naturalmente, disparar declive abaixo e, sentado nele, vai-se junto, balançando confortavelmente e a toda a velocidade sobre a madeira flexível. Depois, encontra-se também um modo de empregar o galho para subir. A principal vantagem, além da simplicidade do dispositivo, é que, delgado e móvel como é, pode-se afundá-lo ou erguê-lo conforme a necessidade e, portanto, passar por onde for, mesmo por lugares pelos quais, por si só, um homem dificilmente conseguiria passar.

—

Ser arrastado para dentro de um edifício pela janela do piso térreo por uma corda enrolada no pescoço e, sem nenhum escrúpulo, como se o fizesse alguém sem prestar a menor atenção, ser içado, dilacerado e sangrando, pelos tetos de todos os apartamentos, por móveis, paredes e desvãos até que, lá em cima, no telhado, aparece o laço vazio, tendo perdido meus restos apenas ao romper as telhas.

21/7/13
Método singular de pensar. Perpassado por sentimentos. Mesmo na maior das indefinições, tudo é sentido como pensamento. (Dostoiévski)[19]

19 Uma das possíveis fontes dessa anotação é o romance *O adolescente*, de Dostoiévski (1875), que Kafka apreciava muito, segundo Brod.

—

Essa roldana interior. Um ganchinho avança em algum ponto escondido, mal se percebe num primeiro momento, e já o aparelho todo está em movimento. Submetido a um poder inapreensível, assim como o relógio parece submetido ao tempo, ele estala aqui e ali, todas as correias matraqueiam, uma após a outra, descendo o tanto predeterminado.

—

Compilação de tudo aquilo que depõe a favor do meu casamento ou contra:

1) Incapacidade de suportar a vida sozinho; não se trata de incapacidade de viver, ao contrário, é mesmo improvável que eu saiba viver com alguém, mas sou incapaz de suportar as investidas de minha própria vida, as exigências que me imponho, as ofensivas do tempo e da idade, o vago afluxo da vontade de escrever, a insônia, a proximidade da loucura — sou incapaz de suportar tudo isso sozinho. Talvez, devo naturalmente acrescentar. A união com F[elice]. vai dar a minha vida maior poder de resistência.

2) Tudo logo me dá o que pensar. Cada chiste no jornal satírico, a lembrança de Flaubert e Grillparzer, a visão dos camisolões de dormir sobre a cama arrumada de meus pais à noite, o casamento de Max. Ontem, minha irmã disse: "Todos os casados (que conhecemos) são felizes, eu não compreendo". Também essa manifestação me deu o que pensar, e de novo senti medo.

3) Preciso passar muito tempo sozinho. Tudo que consegui foi mérito tão somente dessa solidão.

4) Odeio tudo que não tenha a ver com literatura, entedia-me conversar (mesmo que a conversa seja sobre literatura), entedia-me fazer visitas, os sofrimentos e as alegrias de meus parentes entediam-me até o fundo da alma. Conversas subtraem a importância, a seriedade e a verdade de tudo aquilo que penso.

5) O medo da união, do escoar-me para outra pessoa. Aí, nunca mais estarei sozinho.

6) Com minhas irmãs, sempre fui bem diferente do que sou com outras pessoas, sobretudo no passado assim foi muitas vezes. Destemido, aberto, poderoso, surpreendente, emotivo, como só consigo ser ao escrever. Se, com a mediação de minha mulher, pudesse ser assim com todos! Mas isso não viria em prejuízo da escrita? Isso não, isso é que não!

7) Sozinho, um dia eu talvez possa de fato deixar meu emprego. Casado, isso jamais será possível.

Em nossa classe da quinta série do Amaliengymnasium, havia um garoto chamado Friedrich Guß que todos nós detestávamos muito. Quando chegávamos cedo à sala e o víamos sentado em seu lugar, junto da estufa, mal podíamos compreender como ele havia conseguido reunir forças para voltar à escola. Mas não estou contando esta história direito. Não odiávamos apenas a ele, e sim a todos. Éramos um grupo terrível. Quando, certa vez, o inspetor regional foi assistir a uma aula — era uma aula de geografia, e o professor descrevia a península de Moreia com os olhos voltados para a lousa ou para a janela, como faziam todos os nossos professores —

—

Foi no primeiro dia letivo, e já anoitecia. Os professores do final do secundário seguiam sentados em sua sala, estudando as listas de alunos, preparando novos diários de aula e contando sobre a viagem que haviam feito nas férias.

Eu, criatura miserável!

—

O importante é açoitar corretamente o cavalo! Enterrar as esporas lentamente, recolhê-las de um só golpe e, então, fincá-las com toda a força na carne.

—

Que calamidade!

—

Estávamos loucos? Corríamos pelo parque à noite, brandindo galhos.

—

Entrei com meu bote numa pequena enseada natural.

—

Durante meu tempo de ginásio, eu costumava visitar de vez em quando um certo Josef Mack, amigo de meu falecido pai. Quando, depois de me formar —

—

Durante seu tempo de ginásio, Hugo Seiffert costumava de vez em quando fazer uma visita a um certo Josef Kiemann, um velho solteirão que fora amigo de seu falecido pai. Essas visitas foram subitamente interrompidas quando, de repente, Hugo recebeu uma oferta para assumir de imediato um posto no exterior e deixou sua terra natal por alguns anos. Ao regressar, pretendia ir visitar o velho, mas a oportunidade não se apresentou; talvez uma tal visita já não se coadunasse com suas novas opiniões, e, embora passasse com frequência pela rua onde Kiemann morava e inclusive o tivesse visto várias vezes debruçado à janela, tendo este provavelmente notado que ele passava por ali, Hugo não fez a visita.

—

Nada, nada, nada. Fraqueza, autoaniquilação, a ponta de uma chama vinda do inferno que atravessa o chão.

23/7/13
Com Felix em Rostock.[20] A sexualidade explosiva das mulheres. Sua impureza natural. O jogo, para mim sem sentido, com a pequena Leninha. A visão da mulher gorda, que, sentada encurvada numa cadeira de palha, um pé curiosamente recuado, costura alguma coisa e conversa com outra, de mais idade, provavelmente uma velha solteirona, cuja dentadura sempre aparecia demasiado grande a um lado da boca. A vitalidade e a inteligência da mulher grávida. Seu traseiro de superfícies apartadas e retas, literalmente facetado. A vida no pequeno terraço. O modo como, com total frieza, acolhi a pequena no colo, nada infeliz com essa frieza gélida. A subida no "vale silencioso".

—

Que infantil o funileiro, entrevisto pela porta aberta da loja, sentado a trabalhar e, a todo momento, martelar.

—

20 Aldeia pitoresca a doze quilômetros de Praga.

Roskoff, *Geschichte des Teufels* [A história do diabo]: para os caraíbas atuais, "aquele que trabalha à noite" é considerado o criador do mundo.[21]

13/8/13
Talvez esteja agora tudo terminado e minha carta de ontem tenha sido a última.[22] Seria sem dúvida o correto. O que vou sofrer, o que ela vai sofrer — não há como compará-lo ao que seria o sofrimento conjunto. Devagar, vou me recuperar, ela se casará, é a única saída entre os vivos. Não podemos abrir um caminho para nós dois numa rocha, já basta que tenhamos passado um ano inteiro chorando e nos torturando. Ela compreenderá isso com a leitura de minhas últimas cartas. Do contrário, com certeza vou me casar com ela, porque sou demasiado fraco para opor resistência à ideia que ela tem de nossa felicidade conjunta e não tenho condições de deixar de concretizar, no que dependa de mim, o que ela entende como possível.

—

Ontem, no começo da noite, no Belvedere sob as estrelas.

14/8/13
Deu-se o contrário. Chegaram três cartas. Não pude resistir à última. Eu a amo, até onde sou capaz disso, mas esse amor jaz enterrado e sufocado sob o medo e as autorrecriminações.

—

Conclusões extraídas do "Veredicto" para meu caso. Por caminhos tortuosos, devo a história a ela. Mas Georg sucumbe por causa da noiva.

—

O coito como castigo pela felicidade do estar junto. Viver o mais asceticamente possível, mais até do que um celibatário; essa representa, para mim, a única possibilidade de suportar o casamento. Mas e ela?

—

21 Gustav Roskoff, *Geschichte des Teufels*, Leipzig, 1869. **22** Carta a Felice de 12 de agosto de 1913.

E, apesar de tudo, se tivéssemos exatamente os mesmos direitos, eu e Felice, se tivéssemos as mesmas perspectivas e possibilidades, eu não me casaria. Mas esse beco sem saída em que pouco a pouco meti-lhe o destino torna o casamento um dever inescapável para mim, ainda que nada imprevisível. Atua aí alguma lei secreta dos relacionamentos humanos.

—

A carta aos pais me ofereceu grande dificuldade, sobretudo porque não conseguia de forma alguma alterar um rascunho redigido sob circunstâncias particularmente desfavoráveis. Hoje, afinal consegui em certa medida, pelo menos não há nenhuma inverdade no que escrevi e mesmo para pais o texto permanece legível e compreensível.[23]

—

Com que frieza brinquei esta noite com Leo, de quem supostamente gosto — Oskar [Baum] e a mulher não estavam em casa. Ele me parecia repugnantemente estranho e parvo.

15/8/13
Tormento em minha cama ao amanhecer. Pular da janela pareceu-me a única solução. Minha mãe veio até a cama e me perguntou se eu tinha enviado a carta e se havia mantido o texto antigo. Disse-lhe que era o mesmo texto, só que ainda mais contundente.[24] Ela disse que não me entendia. Respondi que não me entendia mesmo, e não apenas no tocante àquele assunto. Mais tarde, perguntou-me se escreveria para o tio Alfred, que merecia que eu lhe escrevesse. Perguntei por que merecia. "Porque ele telegrafou, escreveu, gosta tanto de você." "São meras formalidades", eu disse, "ele é um estranho para mim, entende tudo errado o que digo, não sabe o que quero ou necessito. Não tenho nada a ver com ele." "Ou seja, ninguém entende você", disse minha mãe. "Também eu sou provavelmente uma estranha, e o pai. Todos queremos apenas

23 A carta em questão foi enviada aos pais de Felice, Anna e Carl Bauer, em 14 de agosto de 1913.
24 Fala-se, também aqui, da carta enviada aos pais de Felice. Ao tio de Madri, mencionado mais adiante, Kafka comunicara que ficaria noivo oficialmente, ao que o tio respondera com um telegrama de cumprimentos ao casal, como se o noivado fosse já fato consumado. É desse mal-entendido que Kafka se queixa.

o seu mal." "Claro que vocês me são todos estranhos, só temos o mesmo sangue, mas ele não se manifesta. Com certeza não querem o meu mal."

Essas e outras observações a meu respeito me levaram a crer que minha determinação e minha convicção interior sempre crescentes representam possibilidades de, apesar de tudo, sobreviver a um casamento, e de que eu venha mesmo a conduzi-lo numa direção favorável a minha vocação. Trata-se, porém, de uma crença que, de certa maneira, adoto já à beira da janela.

—

Vou me fechar a todos até a insensibilidade. Serei inimigo de todos, não falarei com ninguém. —

—

O homem de olhos escuros e olhar severo que carregava no ombro um monte de casacos velhos.

Leopold S.: (*homem alto e forte, de movimentos desengonçados e espasmódicos, roupas largas, amarrotadas, de um xadrez preto e branco, entra apressado pela porta à direita rumo à sala grande, bate palmas e grita*) Felice! Felice! (*sem esperar nem um instante pela resposta a esse chamado, apressa-se na direção da porta do meio, que, de novo chamando por Felice, abre*)

Felice S.: (*entra pela porta da esquerda e se detém junto dela; é uma mulher de quarenta anos vestindo um avental de cozinha*) Já estou aqui, Leo. Como você anda nervoso nos últimos tempos! O que quer, afinal?

L.: (*volta-se bruscamente, mas permanece no mesmo lugar e morde os lábios*) Pois então venha cá! (*dirige-se ao canapé*)

F.: (*não se move*) Rápido! O que você quer? Preciso voltar para a cozinha.

L.: (*do canapé*) Deixe a cozinha para lá! Venha aqui! Tenho algo importante a lhe dizer. Vale a pena. Venha logo!

F.: (*caminha lentamente na direção dele, erguendo as tiras do avental*) Pois então, o que há de tão importante? Se está me fazendo de boba, vou ficar brava, e falo sério. (*detém-se diante dele*)

L.: Sente-se, então!

F.: E se eu não quiser?

L.: Aí não vou poder te contar. Preciso ter você perto de mim.

F.: Muito bem, já estou sentada.

21/8/13
Recebi hoje o *Buch des Richters* [Livro do juiz], de Kierkegaard.[25] Como suspeitava, seu caso, apesar das diferenças essenciais, é muito parecido com o meu; pelo menos estamos os dois do mesmo lado do mundo. Como um amigo, ele me oferece confirmação. Redijo a seguinte carta ao pai, que, se tiver forças, quero enviar amanhã.[26]

O senhor hesita em responder a meu pedido, e isso é compreensível, todo pai faria o mesmo ante cada pretendente; não é isso, pois, de maneira alguma, o que enseja esta carta; no máximo, essa hesitação aumenta minha esperança de que o senhor a avalie com tranquilidade. Escrevo, porém, movido pelo receio de que sua hesitação e sua reflexão tenham motivações mais gerais do que aquela que necessariamente decorre da única passagem de minha primeira carta capaz de me denunciar. Trata-se da passagem que fala do caráter insuportável de meu emprego.

O senhor talvez passe ao largo dessa afirmação, mas não deve fazê-lo: deve, sim, perguntar o que ela significa exatamente, e eu teria, então, de, com precisão e de forma sucinta, responder-lhe o que segue. Meu emprego me é insuportável porque vai contra meu único anseio e minha única vocação: a literatura. Como não sou nada além de literatura, nem posso ou quero ser, meu posto jamais me atrairá, mas poderá decerto arruinar-me por completo. Não me encontro muito longe disso. Estados nervosos da pior espécie tomam conta de mim sem cessar, e este ano de preocupações e tormentos em torno do meu futuro e do futuro de sua filha demonstrou minha completa incapacidade de resistência. O senhor poderia perguntar por que não desisto de meu emprego e por que — já que fortuna não possuo — não tento me manter pela via de meus trabalhos literários. A isso posso dar tão somente a resposta deplorável de que não tenho forças para fazê-lo e de que, tanto quanto consigo enxergar de minha situação, vou antes perecer nesse emprego, e certo é que perecerei depressa.

Contraponha-me, então, o senhor a sua filha, essa moça saudável, divertida, natural e vigorosa. Por mais que eu tenha repetido a ela em cerca de quinhentas cartas, e por mais que ela tenha me tranquilizado com uma negativa, de resto infundada, a verdade é que ela será infeliz comigo, tanto quanto

25 Na verdade, trechos dos *Diários: 1834-1855*, de Søren Kierkegaard, em tradução do dinamarquês de Hermann Gottsched, Jena e Leipzig, 1905. **26** Rascunho de nova carta a Carl Bauer. À Felice, em 22 de agosto de 1913, Kafka afirma que a carta não está pronta e que não a está enviando: trata-se, diz, "apenas de uma erupção que nem sequer me aliviou".

posso antever. Sou uma pessoa fechada, quieta, associal e insatisfeita, e não apenas em razão de circunstâncias exteriores, mas também, e muito mais, em virtude de minha verdadeira natureza, e não vejo isso como uma infelicidade para mim, porque se trata apenas de reflexo do meu objetivo. Da vida que levo em casa, podem-se ao menos tirar certas conclusões. Em minha família, entre pessoas as mais amáveis e da melhor qualidade, vivo mais alienado que um estranho. Nos últimos anos, troquei com minha mãe em média nem ao menos vinte palavras por dia; com meu pai, raras vezes mais que os cumprimentos de praxe. Com minhas irmãs casadas e com meus cunhados, não consigo falar sem me irritar. A razão para tanto é simples: não tenho absolutamente nada para falar com eles. Tudo que não é literatura me entedia e eu detesto, porque me incomoda ou me detém, ainda que apenas supostamente. Falta-me, portanto, todo e qualquer talento para a vida em família, a não ser, na melhor das hipóteses, o de observador. Sentimento familiar não possuo; vejo em visitas literalmente uma maldade dirigida contra mim.

Um matrimônio não seria capaz de me mudar, assim como meu emprego é incapaz de fazê-lo.

30/8/13
Onde encontro salvação? Quantas inverdades, das quais já nem me lembrava, vêm à tona. Se perpassariam a união real na mesma medida em que perpassaram a despedida real, então certamente agi com correção. Sem uma relação humana, inexistem mentiras visíveis em meu interior. O círculo aí delimitado é puro.

14/10/13
A ruazinha principiava com o muro de um cemitério, de um lado, e uma casa baixa com varanda, do outro. Nessa casa morava o funcionário aposentado Friedrich Munch e sua irmã, Elisabeth.

—

Uma tropa de cavalos irrompeu do cercado.

—

Dois amigos faziam uma cavalgada matinal.

—

"Diabos, salvem-me da loucura!", gritou o velho comerciante que, no fim do dia, deitara-se cansado no canapé e agora, no meio da noite, levantava-se com dificuldade e apenas mediante o emprego de todas as suas forças. Batidas surdas ressoavam à porta. "Entrem, entrem todos que estão aí fora!", exclamou.

15/10/13
Talvez eu tenha outra vez me recomposto, talvez tenha em segredo tomado um atalho e me contido, a mim que, na solidão, já me desespero. Mas as dores de cabeça, a insônia! Trata-se agora de lutar, ou, antes, não tenho escolha.

A estada em Riva foi de grande importância para mim. Pela primeira vez, compreendi uma moça cristã e estive quase por completo sob sua influência. Sou incapaz de escrever algo decisivo sobre essa lembrança. Para se preservar, e somente com esse propósito, minha fraqueza prefere clarear e esvaziar a cabeça obtusa, na medida em que a confusão se deixa empurrar para as bordas. Mas quase prefiro esse estado ao mero afluxo indistinto e nebuloso, para cuja liberação, de resto nada segura, seria necessário, em primeiro lugar, um martelo a me destroçar.[27]

—

Tentativa malograda de escrever a E[rnst]. Weiß. E ontem, na cama, a carta fervia em minha cabeça.

—

Estar sentado a um canto do bonde, o casaco a me envolver.

—

O prof. Grünwald, na volta de Riva. Seu nariz boêmio-alemão que lembra a morte, as faces inchadas, avermelhadas, bexiguentas, num rosto tendendo

27 Em 6 de setembro de 1913, Kafka parte para Viena a fim de participar de um congresso vinculado a sua atividade no AUVA. Ainda na cidade, vai também, no dia 8, ao XI Congresso Sionista, que tem lugar ali de 2 a 9 de setembro. No dia 14, dirige-se para Riva, passando por Trieste, Veneza, Verona e Desenzano del Garda. Em Riva, permanece até cerca de 12 de outubro num sanatório, onde conhece uma suíça de cerca de dezoito anos, por quem se apaixona e à qual se refere mais adiante como W. ou G. W.

à magreza exangue, a barba loira e cerrada à volta. Tomado pelo vício de comer e beber. O engolir da sopa quente, o morder e lamber ao mesmo tempo o pedaço de salame não descascado, a seriedade dos goles da cerveja já morna, o suor que brota em torno do nariz. Uma nojeira que nem mesmo a visão e o olfato mais ávidos logram saborear em sua totalidade.[28]

—

O edifício já estava fechado. A luz brilhava em duas janelas do segundo andar e também numa janela do quarto andar. Um carro deteve-se diante da edificação. À janela iluminada do quarto andar apareceu um jovem rapaz, que a abriu e olhou para a rua, lá embaixo. À luz do luar

—

A noite já ia avançada. O estudante perdera por completo a vontade de seguir trabalhando. Tampouco era necessário, porque ele de fato fizera grandes progressos nas semanas anteriores, decerto podia descansar um pouco e limitar o trabalho noturno. Fechou livros e cadernos, arrumou tudo sobre sua mesinha e estava prestes a se despir para ir dormir. Mas, por acaso, olhou para a janela e, à claridade da lua cheia, adveio-lhe a ideia de dar ainda uma pequena caminhada na bela noite de outono e, quem sabe, fortalecer-se em alguma parte com uma xícara de café preto. Apagou a luz, pegou o chapéu e abriu a porta para a cozinha. De modo geral, pouco lhe importava que sempre precisasse atravessá-la, um desconforto que também lhe barateava significativamente o aluguel do quarto, mas, de vez em quando, nas ocasiões em que o barulho ali era grande ou em que, como hoje, queria sair tarde da noite, aquilo era por certo uma amolação.

—

Inconsolável. Hoje à tarde, meio dormindo: o sofrimento há de por fim me explodir a cabeça. E, mais exatamente, nas têmporas. O que vi ao imaginar essa cena foi, na verdade, um ferimento a bala, só que as bordas em torno do buraco erguiam-se afiadas, como uma lata aberta com violência.

—

28 Josef Grünwald, professor de matemática na Universidade Carolina de Praga.

Não esquecer Kropotkin![29]

20/10/13
A tristeza inimaginável pela manhã. No fim da tarde, li Jacobsohn, *Der Fall Jacobsohn* [O caso Jacobsohn].[30] Essa força de viver, de decidir, de fincar o pé com vontade no lugar certo. Ele se sente na própria pele como um exímio remador se sentiria em seu bote ou em qualquer outro. Queria lhe escrever. Em vez disso, saí a passear, apaguei todo sentimento acolhido mediante uma conversa com Haas, com quem topei; mulheres me excitaram, e, agora, li *A metamorfose* em casa e acho-a ruim. Talvez eu esteja de fato perdido, a tristeza de hoje de manhã vai retornar, não poderei resistir a ela por muito tempo, priva-me de toda esperança. Não tenho vontade sequer de manter um diário, talvez porque nele já faltem coisas demais, talvez porque teria sempre de descrever minhas ações pela metade, e, ao que tudo indica, *necessariamente* pela metade; talvez porque o próprio ato de escrever contribua para minha tristeza. Escreveria de bom grado contos de fadas (por que detesto tanto a expressão?) que fossem do agrado de W. e que ela, durante a refeição, ocultaria sob a mesa, leria nos intervalos e coraria terrivelmente ao perceber que, postado atrás dela, o médico do sanatório a observa há algum tempo. Vez por outra, ou, na verdade, sempre, a agitação dela ao ouvir histórias (sinto receio ao perceber o esforço literalmente físico do lembrar, a dor sob a qual o chão do espaço desprovido de pensamentos se abre ou mesmo, de início, arqueia-se devagar e apenas um pouco). Tudo resiste a ser escrito. Soubesse eu que atua aí aquele mandamento dela de que eu não dissesse nada a seu respeito (a que me ative quase sem esforço), ficaria contente, mas é pura e simples incapacidade. De resto, que significado tem refletir por um bom trecho do caminho, como fiz essa noite, sobre essa amizade com W. e sobre quantos prazeres ela não me custou com a russa,[31] que talvez, e não se há em absoluto de excluir essa possibilidade, tivesse me deixado entrar à noite em seu quarto, bem na diagonal do meu? Ao passo que meu contato noturno com W. consistiu numa linguagem de batidinhas que jamais chegamos a discutir de fato — batidas no teto do meu

29 Referência às memórias do príncipe Piotr Kropotkin (1842-1921), então em sua quarta edição alemã. No Brasil, *Em torno de uma vida: Memórias de um revolucionário* (trad. de Berenice e Lívio Xavier. Rio de Janeiro; São Paulo: José Olympio, 1946). **30** Obra de Siegfried Jacobsohn (1881-1926) publicada em 1913. **31** Não identificada.

quarto, bem debaixo do dela —, em receber sua resposta, em debruçar-me à janela, cumprimentá-la, deixar-me abençoar por ela numa ocasião ou apanhar uma fita que ela em certo momento baixou, em passar horas sentado à janela, ouvindo cada um de seus passos lá em cima, tomando equivocadamente cada batida casual como um sinal de entendimento, ouvindo-a tossir e ouvindo-a cantar antes de adormecer.

21/10/13
Dia perdido. Visita à fábrica dos Ringhoffer, seminário de Ehrenfels, em casa de Weltsch, jantar, passeio a pé e, agora, aqui estou, dez da noite. Penso sem cessar no besouro, mas não vou escrever.[32]

—

No pequeno porto de uma aldeia de pescadores, uma barca era equipada para zarpar. Um jovem de bombachas supervisionava os trabalhos. Dois velhos marinheiros carregavam sacos e caixas até um embarcadouro, onde um homem alto, as pernas apartadas uma da outra, recebia e confiava tudo a outras mãos estendidas em sua direção do interior escuro da barca. Meio sentados, meio deitados nas pedras retangulares que calçavam um canto do cais, cinco homens sopravam a fumaça de seus cachimbos para todos os lados. De tempos em tempos, o rapaz trajando bombachas ia até lá, dirigia-lhes algumas palavras e batia-lhes nos joelhos. Em geral, iam então buscar um jarro de vinho mantido à sombra, atrás de uma pedra, e um copo de vinho tinto opaco perambulava de um homem a outro.

22/10/13
Tarde demais. A doçura da tristeza e do amor. Ser alvo do sorriso dela no bote. Isso foi o mais belo. Sempre e apenas o desejo de morrer e o aguentar-se: somente isso é amor.

32 Visita vinculada ao trabalho de Kafka no AUVA. A Franz Ringhoffer Werke situava-se em Smichow, nas proximidades de Praga. A referência ao "besouro" (em alemão, *Schwarzkäfer*, besouro preto da família dos Tenebrionidae) remete, sem dúvida, ao inseto de *A metamorfose*. Kafka, na verdade, escrevera a famosa novela entre meados de novembro e começo de dezembro de 1912, mas só a publicaria em outubro de 1915. (No Brasil, trad. de Modesto Carone. São Paulo: Brasiliense, 1985.) Na entrada seguinte, reconhece-se também a origem de "O caçador Graco" (em *Narrativas do espólio*, trad. de Modesto Carone. São Paulo: Companhia das Letras, 2002), como aponta Max Brod.

—

Observação de ontem. A situação que me é mais conveniente: ouvir a conversa de duas pessoas que discutem um assunto importante para elas, ao passo que meu interesse nele é assaz distante e, além disso, inteiramente desprovido de egoísmo.

26/10/13
A família sentada à mesa do jantar. Pelas janelas sem cortinas via-se a noite tropical.

—

Era uma noite quieta e quente. Sobre toda a rua da aldeia, a lua

—

A família sentada à mesa do jantar. Pelos vãos das janelas sem cortinas via-se lá fora a noite tropical.

—

"Quem sou eu, afinal?", ralhei comigo mesmo. Levantei-me do canapé, onde estivera deitado com os joelhos erguidos, e sentei-me ereto. A porta que, já da escada, dava para meu quarto se abriu e entrou um jovem rapaz com o rosto voltado para o chão e um olhar inquiridor. Na medida em que o permitia o quarto estreito, descreveu um arco em torno do canapé e postou-se no escuro, no canto junto da janela. Desejoso de verificar de que tipo de aparição se tratava, fui até ele e agarrei-lhe o braço. Era uma pessoa viva. Um pouco mais baixo que eu, ele me ergueu um sorriso, e já a despreocupação com a qual assentiu com a cabeça, dizendo-me: "Pois examine-me", haveria de ter me convencido. Ainda assim, peguei-o pelo colete, na frente, e pelo casaco, atrás, e o sacudi. Chamou-me a atenção a bela e sólida corrente de ouro do relógio, que apanhei e puxei para baixo a ponto de rasgar a casa de botão à qual ela se prendia. Ele tolerou aquilo, apenas olhou para baixo, para o dano causado, e tentou em vão prender o botão na casa rasgada. "O que está fazendo?", perguntou enfim, mostrando-me o colete. "Fique quieto!", ameacei-o.

Comecei a correr ao redor do quarto, fui do passo ao trote e do trote ao galope e, sempre que passava por ele, brandia o punho em sua direção. Ele nem olhava para mim, seguia apenas e sempre remexendo o colete. Sentia--me muito livre, já minha respiração comportava-se de maneira extraordinária, meu peito tinha apenas nas roupas obstáculo a que se alçasse, gigantesco.

—

Fazia meses que Wilhelm Menz, um jovem contador, pretendia falar a uma moça que costumava encontrar regularmente em seu caminho matinal para o escritório, ora em um ora em outro ponto da rua bem comprida. Resignara-se já a não concretizar aquela intenção — era muito pouco decidido quando se tratava de mulheres, e a manhã constituía momento desfavorável para abordar uma moça apressada —, mas foi então que, num fim de tarde, pela época do Natal, ele a viu caminhando bem à sua frente. "Senhorita", disse. Ela se virou, reconheceu o homem que costumava encontrar toda manhã, contemplou-o ligeiramente sem se deter e, como Menz não dissesse mais nada, voltou-se para a frente e seguiu adiante. Estavam numa rua bem iluminada, no meio de uma grande multidão, e Menz pôde, assim, aproximar-se bastante dela sem chamar atenção. Algo apropriado a dizer naquele momento decisivo, isso não lhe ocorria de jeito nenhum, mas ele tampouco desejava permanecer um estranho para aquela moça, queria de todo modo levar a cabo o que começara com tanta seriedade e, assim sendo, ousou puxá-la pela barra do casaco. Ela tolerou o gesto como se nada tivesse acontecido.

6/11/13
De onde esta súbita confiança? Se ao menos perdurasse! Se ao menos eu pudesse então entrar e sair relativamente ereto por todas as portas. Só não sei se quero isso.

—

Margarethe Bloch, Ehrenstein.[33]

—

33 Margarethe Bloch (1892-1944), ou Grete, amiga berlinense a quem Felice pediu ajuda em meio à crise no relacionamento com Kafka. Grete encontrou-se com ele no final de outubro de 1913, em Praga. Logo a seguir, menção a Albert Ehrenstein, que se apresentou na cidade em 7 de novembro de 1913.

Não queríamos contar nada a nossos pais, mas toda noite nos reuníamos depois das nove, eu e dois primos, num ponto junto da grade do cemitério no qual uma pequena elevação do terreno proporcionava boa visão geral.

—

À esquerda, a grade de ferro do cemitério deixa livre um grande pedaço de terra coberto de grama.

Friedrich: Estou farto.

Wilhelm:

17/11/13

Sonho: numa via em aclive, mais ou menos na metade da subida e sobretudo no leito da rua, começando pelo lado esquerdo de quem subia, havia um monte de lixo ou barro endurecido que, esmigalhando-se, decrescia mais e mais em altura em direção à direita, ao passo que, à esquerda, erguia-se alto como as paliçadas de uma cerca. Eu caminhava do lado direito, onde a via apresentava-se quase desimpedida, e vi um homem vindo lá de baixo em minha direção num triciclo, aparentemente seguindo diretamente rumo ao obstáculo. Ele parecia não ter olhos, ou pelo menos seus olhos tinham o aspecto de buracos borrados. O triciclo bamboleava, avançava, pois, incerto e desengonçado, mas sem fazer nenhum barulho, num silêncio e com uma leveza quase exagerados. Apanhei o homem no último instante, segurei-o como se agarrasse o guidão de seu veículo, o qual dirigi para a greta por onde eu subira. Então ele caiu para cima de mim, eu era agora gigantesco, mas só consegui segurá-lo numa posição incômoda; além disso, o triciclo, como se desgovernado, começou a retroceder, ainda que devagar, e me levou consigo. Passamos por uma carroça sobre a qual espremiam-se algumas pessoas em pé, todas de roupa escura e, entre elas, um jovem escoteiro com um chapéu cinza-claro de abas dobradas para cima. Desse jovem, que eu reconhecera já de certa distância, esperava obter ajuda, mas ele se virou para o outro lado e se misturou aos demais. Depois, atrás da carroça — o triciclo seguia rolando sem cessar, e eu tinha de acompanhá-lo agachando-me bastante e com as pernas apartadas —, veio em minha direção alguém que me ajudou mas de quem não consigo me lembrar. Sei apenas que era uma pessoa digna de confiança, que agora se esconde como se atrás de um pano preto estendido e cujo ocultar-se devo respeitar.

18/11/13
Vou voltar a escrever, mas, nesse meio-tempo, quanto não duvidei de minha escritura. No fundo, sou uma pessoa incapaz e ignorante, que, se não tivesse sido obrigada a ir à escola — sem nenhum mérito próprio e quase sem se dar conta dessa coação —, só poderia agora acocorar-se numa casinha de cachorro, saltar adiante quando lhe dessem comida e, depois, para trás, uma vez tendo-a deglutido.

—

No pátio iluminado pelo sol forte, dois cachorros vindos de direções opostas corriam, avançando um rumo ao outro.

18/11/13
Arranquei de mim o princípio de uma carta à srta. Bloch.

19/11/13
Comove-me a leitura do diário. Será a razão para tanto o fato de, agora, eu já não sentir a menor segurança no presente? Tudo me parece construção. Cada observação de alguém, cada visão casual revolve tudo em mim, empurra tudo para o outro lado, inclusive o já esquecido e o absolutamente insignificante. Estou mais inseguro do que jamais estive, sinto apenas a violência da vida. E estou absurdamente vazio. Sou, na verdade, como uma ovelha perdida na noite nas montanhas, ou como uma ovelha que corre atrás dessa ovelha perdida. Estar perdido assim e não ter força nem para lastimar.

—

Caminho deliberadamente pelas ruas onde estão as prostitutas. Passar por elas, a possibilidade remota mas de todo modo existente de ir com uma delas, me excita. Isso é vileza? Não saberia fazer coisa melhor e, no fundo, parece-me um ato inocente, que quase não me provoca arrependimento nenhum. Quero somente as mais gordas e velhas, trajando vestidos antiquados mas dotados de adornos diversos que, em certa medida, os tornam exuberantes. É provável que uma delas já me conheça. Eu a encontrei hoje à tarde, ainda sem o traje profissional, os cabelos batidos, não levava chapéu, vestia uma blusa de trabalho como a das cozinheiras e carregava consigo algum tipo de trouxa, talvez para a lavadeira. Ninguém teria visto nela algo de atraente, só eu. Entreolhamo-nos fugazmente. Agora, à noitinha, está mais frio, e eu a vi envolta num casaco justo castanho-amarelado do outro lado da rua estreita que sai da Zeltnergasse, onde ela faz ponto. Olhei duas vezes para trás, ela capturou meu olhar, mas em seguida, na verdade, corri dali e dela.

—

A insegurança por certo decorre de pensar em F[elice].

20/11/13

Fui ao cinema. Chorei. *Lolotte*. O bom pastor. A bicicletinha. A reconciliação dos pais. Diversão sem limites. Antes, filme triste, *Das Unglück im Dock* [O infortúnio na doca]; depois, o divertido *Endlich allein* [Enfim só]. Sinto-me completamente vazio e sem sentido nenhum; o bonde que passa tem mais sentido e vida.[34]

21/11/13

Sonho: o gabinete francês, quatro homens em torno de uma mesa. Tem lugar uma sessão deliberativa. Lembro-me do homem sentado do lado direito da mesa, o rosto chato, porque visto de perfil, a tez amarelada, nariz bem protuberante (em decorrência do rosto achatado), bem protuberante e retilíneo, além de um portentoso bigode de um preto oleoso arqueando-se sobre a boca.

—

Observação deplorável, por certo decorrente outra vez de uma construção cuja extremidade inferior paira no vazio em alguma parte: ao apanhar o tinteiro de cima da escrivaninha para levá-lo à sala de estar, senti em mim uma firmeza como a da quina de um grande edifício que aparece e logo desaparece na névoa. Não me senti perdido, algo aguardava dentro de mim, independentemente de qualquer pessoa, mesmo de Felice. Pois e se eu fugisse, como quem, por exemplo, corre para os campos?

—

34 *L'Enfant de Paris* (em alemão: *Die kleine Lolotte* — A pequena Lolotte), França, Gaumont, 1913; *Katastrofen i Dokken* (em alemão: *Die Katastrophe im Dock*), Dinamarca, 1913; *Isidors Hochzeitreise* (A lua de mel de Isidor), ou *Endlich allein!*, Alemanha, 1913.

Esses vaticínios, esse pautar-se por exemplos, esse medo definido, é ridículo. São construções que, mesmo na imaginação, que é onde reinam solitárias, quase não alcançam a superfície viva, de onde, contudo, só podem submergir de um só golpe. Quem possui a mão mágica que, enfiada no maquinário, não seja dilacerada e despedaçada por mil facas?

—

Estou à caça de construções. Entro num quarto e as encontro a um canto, entrecruzando-se esbranquiçadas.

24/11/13
Anteontem à noite em casa de Max. Ele se faz cada vez mais um estranho, o que muitas vezes já foi para mim, mas agora assim me torno para ele também. Ontem à noite, simplesmente fui me deitar. Sonho perto do amanhecer: estou sentado à mesa comprida do jardim de um sanatório, à cabeceira dela, de tal forma que, no sonho, na verdade vejo minhas costas. É um dia nublado, devo ter saído em excursão e cheguei há pouco num automóvel que, embalado, entra e para junto da rampa. A comida está prestes a ser servida, e eu vejo aproximar-se uma das serviçais, uma moça jovem e delicada, com um passo muito leve ou um caminhar oscilante, trajando um vestido estampado com as cores das folhas no outono; ela atravessa o pórtico sustentado por colunas que serve de entrada ao sanatório e desce para o jardim. Ainda não sei o que ela quer, mas, em dúvida, aponto para mim mesmo, a fim de saber se é a mim que procura. E, de fato, ela me traz uma carta. Penso comigo que não pode ser a carta que estou aguardando, porque o envelope é fino demais, e a caligrafia, desconhecida, delgada e insegura. Abro a carta e, do envelope, sai grande número de folhas finas, densamente escritas, todas elas, porém, naquela letra desconhecida. Começo a ler, folheio a carta e percebo que, com efeito, ela deve ser muito importante, claramente enviada pela irmã caçula de F[elice]. Leio com avidez, e noto então que meu vizinho da direita, não sei se homem ou mulher, provavelmente uma criança, está olhando para a carta por cima do meu braço. "Não!", eu grito. À volta da mesa, os comensais, gente nervosa, começam a tremer. Provavelmente causei uma desgraça. Com palavras rápidas, tento me desculpar, para, depressa, poder voltar a ler. De novo, debruço-me sobre a carta e, então, acordo irremediavelmente, como se despertado por meu próprio grito. Plenamente consciente, forço-me a dormir de novo, e a situação de fato se restabelece,

leio ainda com rapidez duas ou três linhas nebulosas, das quais nada consegui guardar, e, na sequência do sono, perco o sonho.

—

O velho comerciante, um homem gigantesco, subia os degraus até sua casa já dobrando os joelhos; a mão, mais do que segurar-se no corrimão, o pressionava. Diante da porta, uma porta de vidro gradeada, quis, como sempre, apanhar o molho de chaves do bolso da calça, mas notou, num canto escuro, a presença de um jovem rapaz que agora lhe fazia uma mesura. "Quem é o senhor? O que quer?", perguntou o comerciante, resfolegando ainda do esforço feito para subir a escada. "O senhor é o comerciante Messner?", o jovem perguntou. "Sim", respondeu o comerciante. "Então tenho algo a lhe comunicar. Quem sou, na verdade, tanto faz agora, porque não tenho nada a ver com o assunto, apenas trago a notícia. Apesar disso, vou me apresentar: meu nome é Kette e sou estudante." "Ah", disse Messner, e refletiu por um instante. "Pois bem, e qual é a notícia?", perguntou em seguida. "Sobre isso, é melhor conversarmos em seu quarto", disse o estudante, "porque não se trata de assunto que possa ser resolvido na escada." "Não sei de notícia nenhuma que estaria para receber", retorquiu Messner, olhando de soslaio para o chão. "Isso pode ser", disse o estudante. "De resto", prosseguiu Messner, "já passa das onze horas da noite e ninguém vai nos ouvir aqui." "Não", insistiu o estudante, "não posso falar aqui." "E eu não recebo visitas noturnas", respondeu Messner, enfiando a chave com tamanha força na fechadura que as demais chaves no molho tilintaram ainda por algum tempo. "Mas estou aqui à sua espera faz três horas, desde as oito", disse o estudante. "Isso só prova que a notícia é importante para o senhor. Eu, de minha parte, não quero receber notícia nenhuma. Toda notícia de que me poupam é um ganho. Não sou curioso, vá-se embora, meu senhor, pode ir." Messner apanhou o estudante pelo sobretudo leve e deu-lhe um empurrãozinho. Depois, abriu um pouco a porta do quarto, do qual um calor excessivo soprou na direção do corredor gelado. "Por acaso, é assunto comercial?", perguntou ainda, já na soleira da porta aberta. "Tampouco isso posso dizer aqui", respondeu o estudante. "Então, desejo-lhe uma boa noite", Messner concluiu, entrou em seu quarto, trancou a porta com a chave, acendeu a luz elétrica junto da cama, serviu-se de um trago no pequeno armário de parede contendo várias garrafinhas de licor, bebeu estalando a língua e começou a se despir. Apoiado nos travesseiros altos, estava prestes a começar a leitura de um jornal, quando pareceu-lhe ouvir que batiam de leve na porta. Pousou o jornal na coberta, cruzou os braços e pôs-se a ouvir com atenção. De fato, batiam de novo, bem baixinho e literalmente quase junto do chão. "Mas que coisa, um idiota insistente", pensou Messner. Quando as batidas cessaram, ele retomou a leitura. Agora, porém, batiam mais forte, repetidas vezes e com intensidade. Como batidas de crianças que, brincando, as distribuem por toda a porta, elas ressoavam ora embaixo, surdas, na madeira, ora em cima, agudas, no vidro. "Vou ter de me levantar", Messner pensou, balançando a cabeça. "Não posso ligar para o zelador, porque o telefone fica no vestíbulo, e eu precisaria acordar a senhoria para chegar até lá. Nada me resta a fazer senão atirar, eu mesmo, o rapaz escada abaixo." Messner pôs um gorro de feltro na cabeça, afastou a coberta, fincou as mãos para se arrastar até a borda da cama, pôs os pés no chão com vagar e calçou pantufas altas e acolchoadas. "Pois bem", pensou e, mordendo o lábio superior, olhou para a porta: "Tudo quieto de novo. Mas preciso ter paz de uma vez por todas", disse a si mesmo, tirou do suporte uma bengala com punho de chifre, apanhou-a pelo meio e foi até lá. "Ainda tem alguém aí?", perguntou junto da porta fechada. "Sim", veio a resposta, "abra, por favor." "Vou abrir", disse Messner, abrindo a porta e postando-se diante dela com a bengala. "Não me bata!", advertiu

27/11/13
o estudante e deu um passo para trás. "Então vá embora!", retrucou Messner, apontando para a escada com o indicador. "Mas não posso", respondeu o estudante, que então, muito surpreendentemente, correu em direção a Messner

27/11/13
Preciso parar, mesmo que ainda não tenha propriamente me livrado de tudo. Não vejo perigo de que possa vir a me perder, mas, de todo modo, sinto-me desamparado e excluído. Contudo, a firmeza que me propicia escrever ao menos um mínimo é indubitável e maravilhosa. O olhar com que ontem, ao passear, abarcava tudo!

—

O filho da zeladora que me abriu a porta. Embrulhado num velho xale feminino, pálido, o rostinho rijo, carnudo. Assim a zeladora o carrega até a porta no meio da noite.

—

O poodle da zeladora, que, sentado num degrau lá embaixo, escuta meus primeiros passos no quarto andar, me contempla quando me aproximo e me acompanha com o olhar quando sigo adiante. A sensação agradável de familiaridade, porque ele não se assusta comigo e me inclui no edifício costumeiro e em seu barulho.

—

Imagem: o batismo dos grumetes ao passar pelo equador. O vadiar dos marinheiros. O navio, pelo qual descem de todas as direções e de todas as alturas, oferece-lhes inúmeros lugares para se sentar. Os marinheiros altos que, pendurados nas escadas, um pé diante do outro, apertam os ombros portentosos e redondos contra o corpo do navio e contemplam o espetáculo lá embaixo.

—

"Estão tocando a campainha!", disse Elsa erguendo o dedo.

—

Sala pequena. Elsa e Gertrud estão sentadas, costurando junto da janela. Começa a escurecer.

E.: Estão tocando a campainha.

As duas põem-se a ouvir.

G.: Estão mesmo? Não ouvi nada. Ouço cada vez menos.

E.: Tocou bem baixinho. (*vai até o vestíbulo para abrir a porta*)

No vestíbulo, trocam-se algumas palavras. Então, a voz de E.

E.: Entre por aqui, por favor. Cuidado para não tropeçar. Queira entrar, só tem minha irmã na sala.

—

As irmãs Gelsenbauer, Elsa e Gertrud, tinham três quartos para alugar; um deles estava alugado para uma professora de piano; o segundo, para um negociante de gado.

—

Há pouco tempo, o negociante de gado, Morsin, contou-nos a seguinte história. Contou-a ainda agitado, embora o ocorrido datasse já de alguns meses:

Com muita frequência, tenho negócios a tratar na cidade, com certeza vou em média algo em torno de dez dias por mês até lá. Como, na maioria das vezes, tenho de pernoitar na cidade, e desde sempre, tanto quanto possível, tento evitar me hospedar num hotel, aluguei um quarto, simples,

3/12/13
Carta a [Ernst] Weiß

4/12/13
Para quem vê de fora, é terrível morrer já adulto mas ainda jovem, ou então se matar, partir num estado de grande confusão, uma confusão que, no bojo de um ulterior desenvolvimento, ganharia sentido, ir-se desesperançado ou tendo apenas a esperança de que sua presença nesta vida venha a ser desconsiderada no grande cômputo geral das coisas. É nessa situação que eu estaria agora. Morrer nada significaria senão entregar um nada ao nada, mas isso seria impossível ao sentimento, pois como poderia alguém, na condição de mero nada, entregar-se com consciência ao nada, e não apenas a um nada vazio, mas a um nada ruidoso, cuja nulidade consiste apenas em ser ele inapreensível?

—

Um círculo de homens composto de senhores e criados. Rostos bem elaborados a irradiar cores vivas. O senhor senta-se, e o criado lhe traz a comida numa bandeja. Entre os dois, a diferença não é maior, não há como avaliá-la de outra forma, do que aquela existente, por exemplo, entre um homem que, pela atuação conjunta de inúmeras circunstâncias, é inglês e mora em Londres e outro que é lapão e, no mesmo instante, navega em seu barco sozinho em meio a uma tempestade marítima. É certo que o criado pode se tornar senhor — também isso sob certas circunstâncias —, mas essa questão, seja qual for a resposta que se possa dar a ela, não interfere aqui, porque se trata da avaliação momentânea das condições momentâneas.

—

A uniformidade humana, volta e meia questionada por todos — até mesmo pelas pessoas mais receptivas e dóceis, ainda que apenas no plano dos sentimentos —, por outro lado mostra-se também a todos, ou parece mostrar-se, na total semelhança constantemente encontrável entre o desenvolvimento conjunto e o desenvolvimento individual dos homens. Inclusive no que tange aos sentimentos mais recônditos do indivíduo.

—

O medo da loucura. Ver a loucura em cada sentimento que aspira a seguir adiante e relegar tudo o mais ao esquecimento. Mas o que é, então, a não loucura? Não loucura é putrefazer-se e tombar mendicante à soleira da porta, ao lado da entrada. P[epo]. e O[ttla]., no entanto, são loucos repugnantes.[35] É necessário que existam loucuras que sejam maiores do que seus portadores. Esse espraiar-se dos loucos pequenos em sua grande loucura é, talvez, o que repugna. Mas, aos fariseus, Cristo não pareceu encontrar-se nesse mesmo estado?

—

Ideia maravilhosa e totalmente contraditória a de que alguém que, por exemplo, morreu às três horas da manhã ingresse logo em seguida, já ao amanhecer, digamos, numa vida mais elevada. Que incompatibilidade entre o humano e visível e tudo o mais! A um mistério, segue-se sempre outro ainda maior! Num primeiro momento, o cálculo humano perde o fôlego. Na verdade, haveríamos de temer sair de casa.

5/12/13

Como minha mãe me enfurece! Basta que eu comece a conversar com ela e já fico irritado, quase grito.

—

O[ttla]. está de fato sofrendo, e, no entanto, não creio que esteja, que seja capaz de sofrer; contrario minha própria percepção, mas não creio, e não creio para não ter de ajudá-la, o que não poderia fazer, porque estou irritado com ela também.

—

Ao menos às vezes, vejo exteriormente em F[elice]. apenas alguns pequenos detalhes enumeráveis. São eles que tornam a imagem dela tão clara, pura, primordial, a um só tempo bem delimitada e etérea.

35 Os pais de Kafka desaprovavam o relacionamento de Ottla com o católico Josef David (1891-1962), também chamado Pepa ou Pepo. Os dois se casariam em 15 de julho de 1920.

8/12/13
As construções artificiais no romance de [Ernst] Weiß.[36] A força para afastá-las, o dever de fazê-lo. Quase nego as experiências. Quero paz, avançar passo a passo ou correndo, mas não com saltos calculados de gafanhoto.

9/12/13
O *Galeere* de Weiß. O efeito enfraquece no momento em que a história começa a se desenrolar. O mundo foi superado e assistimos a isso de olhos abertos. Portanto, podemos tranquilamente dar meia-volta e seguir vivendo.

—

O ódio da auto-observação ativa. Interpretações psíquicas como: "Ontem, estava assim, mas isso porque...". Ou "Hoje estou assim, mas isso porque...". Não é verdade, não foi por isso nem por aquilo e, portanto, não é assim nem assado. Suportar a si mesmo com tranquilidade e sem precipitação, viver como se tem de viver, e não girando feito um cachorro.

Eu adormecera no meio dos arbustos. Um barulho me acordou. Encontrei em minhas mãos um livro que estivera lendo. Joguei-o fora e me levantei de um salto. Passava um pouco do meio-dia; diante da elevação em que me encontrava estendia-se, lá embaixo, uma planície com aldeias, lagos e, entre eles, uma vegetação alta e uniforme à maneira de um canavial. Pus as mãos na cintura, examinei tudo com os olhos e, enquanto o fazia, escutava o barulho

10/12/13
Os descobrimentos impuseram-se ao ser humano.

—

O rosto sorridente, jovial, astuto e relaxado do inspetor-chefe, que eu jamais vira desse jeito e só notei hoje no momento em que, ao ler para ele um trabalho do diretor, casualmente ergui os olhos. Com um movimento brusco dos ombros, ele então enfiou a mão direita no bolso da calça, como se fosse outra pessoa.[37]

36 Referência ao já mencionado *Die Galeere* (ver nota 13, à p. 297). **37** Os já citados Eugen Pfohl (inspetor-chefe) e Robert Marschner, funcionários do AUVA.

Nunca é possível perceber e avaliar todas as circunstâncias que influenciam o estado de espírito de determinado momento, inclusive aquelas que atuam nesse estado e, por fim, em sua avaliação; por isso, é errado dizer que ontem me sentia firme e, hoje, estou desesperado. Essas distinções só provam a vontade que temos de exercer influência sobre nós mesmos, de viver temporariamente uma vida artificial e tanto quanto possível apartada, escondidos atrás de preconceitos e fantasias, da mesma forma como, no canto de um bar, suficientemente escondidos atrás de um copinho de aguardente, conversamos apenas e tão somente conosco, valendo-nos de nada mais que concepções e sonhos equivocados e indemonstráveis.

—

Perto da meia-noite, um jovem rapaz vestindo um apertado sobretudo quadriculado de um cinza pálido, levemente salpicado de neve, desceu a escada para o pequeno teatro de variedades. Pagou seu ingresso no caixa, sobressaltando a senhorita que ali cochilava e que, então, o contemplou diretamente com seus grandes olhos negros; a seguir, deteve-se por um momento para abarcar com a vista o salão, três degraus mais abaixo.

—

Quase toda noite vou à estação ferroviária estatal; hoje, como chovesse, caminhei meia hora pelo saguão, para cima e para baixo. O garoto que não parava de comer os doces da máquina automática. A mão no bolso, do qual ele retira um punhado de moedas, enfiando-as desleixado na abertura; a leitura da embalagem enquanto come, os pedaços de doce que caem e que ele apanha do chão sujo e enfia diretamente na boca. — O homem que, tranquilo, mastiga e, à janela, conversa intimamente com uma mulher, sua parente.

11/12/13
Li o começo de *Michael Kohlhaas* no Salão Toynbee.[38] Um fracasso completo. Escolhi mal, li mal; no fim, perambulei sem nenhum sentido pelo texto. Público exemplar. Garotos bem jovens na primeira fila. Um deles procura vencer seu tédio inocente jogando o boné no chão com cuidado para, então,

38 Os Salões Toynbee eram centros comunitários existentes em várias cidades da Europa. Tinham por objetivo dar amparo e educação à população judaica e, nesse sentido, o de Praga promovia eventos culturais semanais.

apanhá-lo também com cuidado, diversas vezes. Como é demasiado pequeno para fazê-lo de seu assento, precisa escorregar um pouquinho na cadeira. Li em desvario, mal, de um modo descuidado e incompreensível. E já à tarde eu tremia de vontade de ler, mal conseguia manter a boca fechada.

—

De fato, nem é necessário um empurrão, basta que recue a força derradeira a me sustentar, e entro num desespero que me dilacera. Hoje, ao imaginar que definitivamente me manteria calmo durante a leitura, perguntei-me que calma seria essa, baseada em quê, e só pude dizer a mim mesmo que seria uma calma pela calma em si, uma graça incompreensível e nada mais.

12/12/13
E, cedo, levantei-me relativamente revigorado.

—

Ontem, quando eu voltava para casa, o garoto embrulhado em roupa cinza que corria ao lado de um grupo, dava com a mão na própria coxa e, tocando um companheiro com a outra mão, gritou, assaz absorto, algo que não devo esquecer: "*Dnes to bylo docela hezky*" [Foi muito bonito hoje].

—

O frescor com que hoje, depois de uma divisão algo diferente do meu dia, eu caminhava pela rua por volta das seis. Observação ridícula, quando vou eliminar essas coisas?

—

Há pouco, contemplei-me com atenção no espelho, e meu rosto pareceu--me, também a um exame mais rigoroso, melhor do que aquele que conheço — claro que com iluminação noturna e com a fonte de luz situada atrás de mim, de modo a, na verdade, iluminar apenas a penugem nas bordas das orelhas. Um rosto claro, de contornos nítidos, quase belamente delimitado. O preto dos cabelos, das sobrancelhas e das órbitas dos olhos saltam como se vivos da massa restante, à espera. O olhar não é de desolação, de modo algum, disso não há nem sinal, e tampouco é infantil, mas antes inacreditavelmente enérgico, ou talvez apenas observador, uma vez que naquele momento eu me observava e queria me meter medo.

12/12/13

Ontem demorei bastante para adormecer. F[elice]. Por fim, ocorreu-me o plano — e por isso fui dormir inseguro — de pedir a Weiß que leve uma carta ao escritório dela, de lhe escrever apenas que preciso de alguma notícia dela ou sobre ela, razão pela qual o enviava até lá, a fim de que ele me desse notícias por escrito. Nesse meio-tempo, Weiß já se encontra sentado ao lado da mesa dela, aguarda até que ela termine de ler a carta, faz uma mesura e, como não tem nenhuma outra incumbência e tampouco seria lícito esperar dela alguma resposta, vai-se embora.

—

Noite de debates na Associação dos Funcionários.[39] Eu a presido. As fontes engraçadas da dignidade própria. Minha declaração inicial: "Devo dar início ao debate desta noite lamentando o fato de que ele aconteça". É que não haviam me informado a tempo e, por isso, não estava preparado.

14/12/13

A palestra de Bermann. Nada, mas, aqui e ali, uma exibição de contagiosa autossatisfação. Um rosto de moça com bócio. Antes de pronunciar quase cada frase, contração dos mesmos músculos faciais, como num espirro. Versos da feira de Natal de seu artigo de hoje no *Tagblatt*.

Senhor, compre para seus pequenos
  Para que riam em vez de chorar

Citou Shaw: "Sou um civil sedentário e tímido".[40]

—

Escrevi uma carta a F[elice]. no escritório.

—

39 Associação dos Funcionários Alemães do AUVA. **40** Em 14 de dezembro de 1913, o jornalista e escritor Richard Arnold Bermann (1883-1939) proferiu palestra em Praga sobre suas "Impressões da vida literária e artística moderna", artigo que havia sido publicado no jornal *Bohemia* em 7 de dezembro de 1913. Também no dia 14, o *Prager Tagblatt* publicou de sua autoria, mas sob o pseudônimo Arnold Höllriegel, "Para que riam em vez de chorar", sobre a feira de Natal berlinense. Citação de Shaw não identificada.

O susto que levei quando, de manhã, a caminho do escritório, topei com a moça do seminário parecida com F[elice].; na hora, não sabia quem era e notei, então, que, embora parecida, não era ela, mas que, de algum modo, sua relação com F[elice]. ia além disso. É que, à visão dela no seminário, eu pensara muito em F[elice].[41]

—

Acabo de ler em Dostoiévski a passagem que tanto lembra meu "Ser infeliz".[42] Quando, durante a leitura, enfiei a mão esquerda pela lateral da calça e segurei minha coxa morna.

15/12/13
Cartas ao dr. Weiß e ao tio Alfred
Não chegou nenhum telegrama.

—

Li *Wir Jungen von 1870/71* [Nós, os garotos de 1870/71].[43] Outra vez, li sobre as vitórias e as cenas de entusiasmo reprimindo meus soluços. Ser pai e conversar serenamente com o filho. Aí não se pode ter um martelinho de brinquedo no lugar do coração.

—

"Já escreveu para seu tio?", a mãe me perguntou, como eu, maldoso, vinha esperando que fizesse. Ela me observava receosa havia um bom tempo, mas, por diversos motivos, não ousou, em primeiro lugar, me perguntar e, em segundo, fazê-lo na frente do pai, mas, preocupada, por fim perguntou ao ver que eu pretendia sair. Quando passei por trás de sua cadeira, ela ergueu os olhos das cartas, voltou o rosto para mim num movimento terno, de há muito esquecido mas de algum modo reavivado para aquele momento, e

41 Referência ao seminário do professor de filosofia Christian von Ehrenfels mencionado em 21 de outubro de 1913. **42** Kafka estabelece aqui uma relação entre o surgimento do gentleman, no capítulo "IX. O diabo. O pesadelo de Ivan Fiodórovitch" da quarta parte de *Os irmãos Karamázov*, e o "fantasminha" (ou "pequeno espectro", na tradução de Modesto Carone) de "Ser infeliz", último texto de *Contemplação*. Fiódor Dostoiévski, *Os irmãos Karamázov* (trad. de Paulo Bezerra. São Paulo: Editora 34, 2012). **43** Memórias da infância do editor de livros infantojuvenis Hermann Schaffstein, publicadas em Colônia em 1913.

fez-me a pergunta contemplando-me fugazmente, com um sorriso tímido e sentindo-se já humilhada pelo fato de tê-la feito, antes ainda de receber qualquer resposta.

16/12/13
"O berro tonitruante de êxtase dos serafins"[44]

—

Estava sentado na cadeira de balanço em casa de Weltsch e falávamos da desordem em nossa vida; ele, de todo modo, com certa confiança ("É preciso querer o impossível"), eu, mesmo sem ela, contemplava meus dedos, sentindo-me representante de meu vazio interior, que é exclusivo e nem chega a ser exageradamente grande.

—

Carta a Bl[och].

17/12/13
Carta a W(eiß). com a incumbência: "ser transbordante e, no entanto, nada mais que uma panela num fogão gelado".[45]

—

A palestra de Bergmann, "Moisés e o presente".[46] Impressão pura. O modo como o homem se elevou, firmando-se verdadeiramente em algum ponto nas alturas. E, quando jovem, podia-se soprá-lo para longe, em tudo, mas talvez nem tudo, era somente minha incompreensão que assim acreditava. — De todo modo, nada tenho a ver com isso. Entre liberdade e escravidão entrecruzam-se os caminhos verdadeiramente terríveis, sem nenhum guia a mostrar o caminho adiante e com o apagar instantâneo do já percorrido. São inúmeros os caminhos assim, ou apenas um, é impossível dizer, porque não se tem uma visão do conjunto. É onde estou. Não tenho escapatória. Nem tenho do que me queixar. Meu sofrimento não é demasiado,

44 Citação de Dostoiévski, *Os irmãos Karamázov*, quarta parte, capítulo "X. Foi ele quem disse!". **45** Trata-se, aqui, do plano a que Kafka se refere na entrada de 12 de dezembro de 1913: Ernst Weiß deve levar uma carta sua a Felice. **46** Palestra proferida por Hugo Bergmann em 17 de dezembro de 1913, no Hotel Bristol, em Praga.

porque desconexo, um sofrimento que não se acumula, ou pelo menos não sinto assim neste momento, e o tamanho desse sofrimento é bem menor do que aquele que talvez me caberia.

—

A silhueta de um homem que, com os braços semierguidos em diferentes posições, se volta na direção da névoa intensa, a fim de adentrá-la.

—

As belas e vigorosas distinções no judaísmo. As pessoas têm um lugar. Veem-se melhor, julgam-se melhor.

18/12/13
Vou dormir, estou cansado. Lá, talvez já esteja tudo decidido. Muitos sonhos com isso.[47]

—

Carta falsa de Bl[och].

19/12/13
Carta de F[elice]. Bela manhã, calor no sangue.

20/12/13
Nenhuma carta.

—

O efeito que produz um rosto pacífico, uma fala tranquila, sobretudo de um estranho a quem ainda não devassamos. A voz de Deus saída de uma boca humana.

—

Numa noite de inverno, um velho caminhava pelas ruas em meio à névoa. Fazia um frio gelado. As ruas estavam vazias. Ninguém passava por ele, apenas

47 De novo, referência ao encontro entre Ernst Weiß e Felice Bauer. Mais abaixo, em 19 de dezembro, Kafka recebe algumas linhas nas quais Felice promete escrever mais longamente. A entrada de 20 de dezembro, no entanto, registra que a carta prometida não chegou.

de vez em quando ele via, na distância e semiencoberto pela névoa, um policial alto ou uma mulher com um casaco de peles ou envolta em xales. Nada lhe importava, ele pensava apenas em ir visitar um amigo a cuja casa não ia fazia muito tempo e que tinha acabado de mandar uma criada buscá-lo.

—

Passava já muito da meia-noite quando, à porta do comerciante Messner, bateram baixinho. Não foi necessário acordá-lo, ele só adormecia já próximo do amanhecer; até lá, costumava ficar deitado de bruços na cama, acordado, o rosto enfiado no travesseiro, os braços esticados e as mãos cruzadas acima da cabeça. Ouviu as batidas de imediato. "Quem é?", perguntou. A resposta veio num murmúrio incompreensível, mais baixo que as batidas. "A porta está aberta", disse, acendendo a luz elétrica. Entrou uma mulher pequena e fraca envolta num grande xale cinza.

1914

2/1/14
Passei tempo longo e proveitoso na companhia do dr. Weiß.[1]

4/1/14
Tínhamos escavado uma cova na areia e nos sentíamos muito bem ali. À noite, amontoávamo-nos lá dentro, o pai cobria a cova com galhos de árvores sobre os quais jogava ainda alguns arbustos, e estávamos protegidos o melhor possível de tempestades e animais. "Pai!", costumávamos chamar, medrosos, quando já estava bem escuro debaixo dos galhos e ele ainda não aparecera. Contudo, por uma brecha, logo víamos os pés dele, que deslizava para dentro do buraco, dava-nos algumas batidinhas na cabeça, em cada um de nós, porque nos tranquilizava sentir sua mão, e literalmente adormecíamos todos juntos. Além de nossos pais, éramos cinco meninos e três meninas, a cova era muito apertada para todos, mas sentiríamos medo se, à noite, não ficássemos tão próximos ou mesmo uns por cima dos outros.

5/1/14
À tarde. O pai de Goethe tinha demência quando morreu; na época dessa sua enfermidade derradeira, G. escrevia *Ifigênia*.[2]

"Leve essa mulher para casa, está bêbada", um funcionário da corte diz a Goethe, referindo-se a Christiane.

August, beberrão como a mãe, entretém relações vulgares com mulheres diversas.

1 Ernst Weiß passara a virada do ano em Praga. **2** Esta entrada e a seguinte baseiam-se na leitura de "Die Tragödie im Hause Goethe" (A tragédia em casa dos Goethe), de J. Höffner, publicado em janeiro de 1914 em *Velhagen und Klasings Monatshefte*.

Ottilie, sem ser amada, lhe é imposta pelo pai por razões de cunho social.
Wolf, o diplomata e escritor.

Walter, o músico, não consegue passar nos exames. Recolhe-se durante meses ao pavilhão no jardim e, quando a tsarina deseja vê-lo: "Diga à tsarina que não sou um animal selvagem".

"Minha saúde é mais de chumbo que de ferro."

O trabalho literário vão e insignificante de Wolf.

Os anciãos reunidos nos quartos da mansarda. Ottilie, aos oitenta anos, Wolf, com cinquenta, e os velhos conhecidos.

—

Somente em extremos assim é que se nota como cada ser humano se encontra irremediavelmente perdido em si mesmo, e só a contemplação dos outros e da lei que vige neles e por toda parte pode oferecer consolo. Como Wolf pode ser guiado de fora, conduzido para lá e para cá, alegrado, encorajado, levado a realizar trabalho sistemático, e como, por dentro, é comedido e inamovível.

—

Por que os tchuktchi não emigram de sua terra horrível? Considerando-se sua vida e seus desejos atuais, viveriam melhor em qualquer outra parte. Mas não podem; tudo que é possível acontece; possível é apenas o que acontece.[3]

—

Na cidadezinha de F., um comerciante de vinhos da cidade vizinha e maior havia aberto uma taverna. Alugara uma pequena adega numa casa da praça central, mandara pintar as paredes com motivos orientais e instalar ali velhas poltronas revestidas de pelúcia e já quase imprestáveis.

6/1/14

Dilthey: *Das Erlebnis und die Dichtung* [Vida e literatura].[4] O amor pela humanidade, o respeito supremo por todas as formas por ela criadas, um recuar tranquilo para o posto de observação mais apropriado. Os escritos da juventude de

3 Aparentemente, Kafka havia lido um relato do etnólogo alemão Oskar Iden-Zeller sobre a terra dos tchuktchi, na Sibéria, publicado em Colônia em 1913. 4 Wilhelm Dilthey, *Das Erlebnis und die Dichtung: Lessing. Goethe, Novalis, Hölderlin* (4. ed., Leipzig e Berlim, 1913). Já no capítulo introdutório, Dilthey remete a Pascal.

Lutero. "[...] as sombras poderosas que, atraídas pelo assassinato e pelo sangue, ingressam no mundo visível provenientes de um mundo invisível." Pascal.

—

Carta para Anzenbacher à sogra. L[iesl]. beijou o professor.[5]

8/1/14
Leitura de Fantl, *Goldhaupt* [*Tête d'Or*, Cabeça de ouro]: "ele arremessa o inimigo como um tonel".[6]

—

Insegurança, aridez, paz, assim é que tudo passará.

—

O que eu tenho em comum com os judeus? Pouco tenho em comum comigo mesmo e deveria, bem quietinho, me postar a um canto, satisfeito por poder respirar.

—

Exposição de sentimentos inexplicáveis. Anzenbacher: "Desde que aconteceu, a visão das mulheres me dói, mas não se trata, digamos, de excitação sexual e tampouco de pura tristeza; apenas me dói. Assim era também antes de eu estar seguro de Liesl".

12/1/14
Ontem: os amores de Ottilie, os jovens ingleses — o noivado de Tolstói, impressão clara de um jovem delicado, tempestuoso, que subjuga a si mesmo, cheio de pressentimentos. Bem-vestido, roupa escura e azul-escura.[7]

—

5 Albert Anzenbacher (1884-1916) era um colega de Kafka que suspeitava que a noiva, Elisabeth Rämisch (ou Liesl, 1894-1931), o havia traído com o professor W. O assunto retorna em diversas entradas, mais adiante. **6** Aparentemente, o jornalista e crítico Leo Fantl (1885-1943) leu para um círculo de amigos interessados a tradução para o alemão, na época ainda inédita, da peça de Paul Claudel. O original francês diz: "*C'est ainsi que nous avons levé cette armée/ Et que nous l'avons jetée comme un tonneau de l'autre côte*". **7** Fonte não identificada.

A moça no café. A saia justa, a blusa de seda branca, folgada, guarnecida de peles, o pescoço nu, o chapéu cinza apertado, com [...][8] rijo, enviesado e voltado para cima, de mesmo tecido. Seu rosto cheio, sorridente, a respiração incessante, os olhos simpáticos, ainda que um pouco afetados. O calor em meu rosto ao pensar em F[elice].

—

O caminho de casa, noite clara, nítida consciência do puro e simples torpor que há em mim, tão distante da grande claridade que, desimpedida, se espraia por completo.

—

Nicolai, *Literaturbriefe*.[9]

—

Existem possibilidades para mim, é certo, mas sob qual pedra se escondem?

Montado no cavalo, arrastado adiante —

—

A falta de sentido da juventude. O medo da juventude, o medo da falta de sentido, do emergir sem sentido da vida inumana.

—

Tellheim: "Sua vida interior possui aquela liberdade de movimentos que, em meio às circunstâncias cambiantes da existência, volta e meia surpreende com facetas inteiramente novas, como somente as criações dos poetas genuínos apresentam".

8 Kafka deixou uma lacuna aqui, ao que tudo indica com a intenção de preenchê-la posteriormente com o nome da peça de vestuário que, naquele momento, lhe fugia. **9** Duas anotações vinculadas à leitura de Dilthey, ambas sobre Lessing. O escritor e livreiro Friedrich Nicolai (1733-1811) fala ali sobre a fundação do semanário *Briefe, die neueste Literatur betreffend* (Cartas sobre a literatura moderna). Mais adiante, nova citação de Dilthey: Tellheim é personagem da comédia *Minna von Barnhelm*, de Lessing.

19/1/14
O medo que, no escritório, se alterna com autoconfiança. De resto, mais seguro. Grande aversão à "Metamorfose". Final ilegível. Imperfeito quase até a medula. Teria ficado muito melhor se, na época, a viagem de trabalho não houvesse me perturbado.[10]

23/1/14
O inspetor-chefe Bartl conta de um coronel aposentado, um amigo seu que dorme com a janela escancarada: "Durante a noite, é muito agradável; desagradável, por outro lado, é quando, logo cedo, tenho de limpar a neve da otomana que fica junto da janela e, depois, começo a me barbear".[11]

—

Memórias da condessa de Thürheim:[12]

A mãe: "Sua brandura a aparentava sobretudo a Racine. Ouvi-a várias vezes orando a Deus para que concedesse a ele paz eterna".

—

Certo é que, nos grandes jantares que o embaixador russo, conde Razumóvski, promovia em sua homenagem em Viena, ele (Suvórov) comia feito um glutão os pratos dispostos sobre a mesa, sem esperar por ninguém. Uma vez satisfeito, levantava-se e deixava os convidados sozinhos.

A julgar por uma gravura, era um velho delicado, determinado e pedante.

—

"Não era seu destino", é o consolo ruim que a mãe me oferece. O pior é que, no momento, quase não preciso de consolo melhor. Estou e permaneço ferido, mas, de resto, minha vida moderadamente ativa dos últimos dias, regular e pouco variegada (o trabalho sobre as "atividades" do escritório, as preocupações de A[nzenbacher]. com a noiva, o sionismo de Ottla, o prazer das moças com as apresentações de Salten e Schildkraut, a leitura das

10 Em 25 e 26 de novembro de 1912, Kafka precisara interromper a escritura de *A metamorfose* (na qual trabalhou entre 17 de novembro e 6 de dezembro de 1912) por causa de uma viagem de trabalho. 11 Johann Bartl, funcionário do AUVA. 12 Esta entrada e a seguinte baseiam-se na leitura de *Mein Leben* (Minha vida), as memórias da condessa Lulu Thürheim (1788-1864).

memórias de Thürheim, cartas a Weiß e Löwy, a revisão da "Metamorfose"), literalmente me cinge e dá certa solidez e certa esperança.[13]

24/1/14
Era napoleônica: como as festas se acumulavam e todos tinham pressa de "saborear as alegrias dos breves períodos de paz". "Por outro lado, as mulheres exerciam influência passageira sobre os jovens oficiais, que não tinham mesmo tempo a perder. O amor de então expressava-se com entusiasmo acentuado e uma maior entrega." [...] "Hoje em dia, já não há desculpa para um momento de fraqueza."[14]

—

Incapaz de escrever umas poucas linhas para a srta. Bl[och].; já deixei duas cartas sem resposta, e hoje chegou a terceira. Não compreendo nada corretamente; sinto-me bastante firme, mas vazio. Há pouco tempo, ao sair do elevador na hora habitual mais uma vez, ocorreu-me que minha vida, com seus dias cada vez mais uniformes até nos detalhes mais mínimos, se assemelha àquele castigo em que o aluno tem de escrever a mesma frase dez, cem ou até mais vezes, de acordo com o tamanho de sua culpa, uma frase sem sentido ou que assim se torna pela repetição; só que, no meu caso, o castigo reza: "escreva tantas vezes quantas você aguentar".

—

Anzenbacher não consegue se acalmar. Apesar da confiança que deposita em mim e embora queira meu conselho, os piores detalhes eu só os descubro de passagem em nossas conversas e tenho então de, tanto quanto possível, reprimir meu espanto repentino, não sem a sensação de que ele há de perceber minha indiferença em relação à notícia terrível ou como frieza

13 Kafka provavelmente escrevia o relatório sobre as atividades do AUVA em 1913. Ottla, como já foi dito, integrava, por exemplo, o Clube de Mulheres e Moças Judias, presidido por Lise Weltsch. Em 21 de janeiro de 1914, teve lugar uma festa da Associação Bar-Kochba que começou com uma palestra de Felix Salten (ou Siegmund Salzmann, 1869-1947) sobre a "modernidade judaica" e contou também com a participação do ator Rudolf Schildkraut (1862-1930), que leu poemas de Max Brod, entre outros. A revisão do texto datilografado de *A metamorfose* visava provavelmente a uma possível publicação na revista mensal *Die weißen Blätter*, o que acabou ocorrendo apenas em outubro de 1915.

14 Nova anotação decorrente da leitura das memórias da condessa Lulu Thürheim.

ou como um grande esforço para acalmá-lo. E essa é de fato a intenção. A história do beijo eu fiquei sabendo em etapas sucessivas, separadas às vezes por semanas: um professor a beijou — ela estava no quarto dele — ele a beijou várias vezes — ela ia regularmente ao quarto dele, porque fazia um trabalho de costura para a mãe de A., e a luz no quarto dele era boa — tinha se deixado beijar passivamente — já antes disso ele declarara seu amor a ela — não obstante, ela ainda sai a passear com ele — queria dar a ele um presente de Natal — uma ocasião, ela escreveu que lhe acontecera algo desagradável mas sem nenhuma consequência.

A[nzenbacher]. interrogou-a da seguinte maneira: Como foi? Quero saber exatamente o que aconteceu. Ele só beijou? Quantas vezes? Onde foi que beijou? Não se deitou em cima de você? Tocou você? Quis tirar suas roupas?

Respostas: Eu estava sentada no canapé, costurando; ele, do outro lado da mesa. Então, veio até mim, sentou-se a meu lado e me beijou; eu me afastei na direção do encosto, contra o qual, então, ele apertou minha cabeça. Além do beijo, não aconteceu mais nada.

Durante o interrogatório, ela perguntou em certo momento: "O que você está pensando? Eu sou donzela".

—

Ocorre-me agora que minha carta ao dr. Weiß foi escrita de tal forma que poderia ser mostrada na íntegra a F[elice]. E se ele o fez hoje e, por isso, postergou sua resposta?[15]

26/1/14
Não consigo ler a Thürheim, que tem sido meu divertimento nos últimos dias. Acabo de postar a carta à srta. Bl[och]. na estação. Como tudo isso toma conta de mim e me pressiona a testa. Meus pais jogam cartas na mesma

—

Os pais e seus filhos crescidos, um filho e uma filha, estavam sentados à mesa num domingo ao meio-dia. A mãe acabara de se levantar para mergulhar a concha na sopeira abaulada e servir a sopa, quando, de súbito, a

15 Trata-se provavelmente da carta a Ernst Weiß mencionada algumas entradas atrás (ver nota 13, à p. 337).

mesa toda se ergueu, a toalha voou, as mãos sobre a mesa escorregaram e a sopa, com seus pedaços roliços de toucinho, derramou-se no colo do pai.

—

Como quase xinguei minha mãe há pouco, por ela ter emprestado *Die böse Unschuld* [A inocência má] a Elli, a quem ainda ontem eu próprio queria oferecer o livro.[16] "Deixe meus livros em paz! Não tenho nada além deles." E disse isso com verdadeira fúria.

—

A morte do pai da Thürheim: "Os médicos que entraram pouco depois acharam o pulso muito fraco e deram ao doente apenas umas poucas horas de vida. Meu Deus, era de meu pai que falavam — num prazo de poucas horas, estaria morto".

28/1/14
Palestra sobre os milagres de Lourdes. Médico liberal, enérgico, dentes fortes, arreganhados, grande prazer no ribombar das próprias palavras: "É chegada a hora de o rigor e a honradez alemã fazerem frente ao charlatanismo meridional". Os gritos dos vendedores do *Messager de Lourdes*: "*Superbe guérison de ce soir*", "*Guérison affirmée!*". Discussão: "Sou um mero funcionário do Correio e nada mais".[17]

Hôtel de l'Univers — tristeza infinita ao sair, pensando em F[elice]. A reflexão foi me acalmando pouco a pouco.

—

Carta a Bl[och]. e *Galeere* de Weiß enviados.

—

Há algum tempo, a irmã de Anzenbacher ouviu de uma cartomante que seu irmão mais velho estava noivo e que a noiva o enganava. Na época, ele rechaçou

16 Oskar Baum, *Die böse Unschuld: Ein jüdischer Kleinstadtroman* (A inocência má: Um romance judeu de cidade pequena), Frankfurt, 1913. 17 Palestra do dr. Eduard Aigner, de Munique, sobre "as curas milagrosas de Lourdes", em 29 de janeiro de 1914. O médico conclui sua palestra com a conclamação citada entre aspas. Mais tarde, um funcionário do Correio, defensor dos milagres, toma a palavra. Kafka volta a falar dessa palestra mais adiante.

furioso aquela história. Eu: "E por que só naquela época? É tão mentira hoje quanto era então. Ela não enganou você". Ele: "Não é verdade? Ela não

2/2/14

Anzenbacher. Carta despudorada da amiga à noiva. "Se fôssemos levar tudo tão a sério como no passado, quando nos deixávamos influenciar pelos sermões no confessionário." "Por que você se conteve tanto em Praga? Melhor se esbaldar com discrição que com alarde." Com bons argumentos e segundo minha convicção, explico a carta como favorável à noiva. Ontem, A[nzenbacher]. esteve em Schluckenau. Passou o dia todo sentado no quarto com ela e, tendo na mão um pacote com todas as cartas (sua única bagagem), não parou de interrogá-la. Não descobre nada de novo. Uma hora antes da partida, pergunta: "A luz estava apagada durante o beijo?". Fica sabendo, então, da novidade que o deixa inconsolável, isto é, que, durante o (segundo) beijo, W. apagou a luz. W. desenhava de um lado da mesa, L. estava sentada do outro (no quarto de W., às onze horas da noite) e lia *Asmus Semper* em voz alta.[18] W., então, se levanta, vai até o armário buscar alguma coisa (um compasso, crê L.; um preservativo, crê A.), apaga a luz de repente, assalta-a com beijos, ela afunda no canapé, ele a segura pelos braços, pelos ombros e, enquanto isso, pede: "Beije-me!".

L., em outra oportunidade: "W. é muito desajeitado". Em outra: "Eu não o beijei". E em outra ainda, a A.: "Acreditei que era você quem me abraçava".

A.: "Preciso ter clareza, afinal" (ele pensa em levá-la a um médico, para que seja examinada). "E se, na noite de núpcias, descubro que ela mentiu? Talvez só esteja tão tranquila porque ele usou preservativo."

Lourdes: ataque aos que creem nos milagres, ataque contra a Igreja também. Com o mesmo direito, ele poderia investir contra as igrejas, as procissões, as confissões, as práticas nada higiênicas por toda parte, uma vez que não é possível demonstrar que as orações ajudam. Karlsbad é um engodo ainda maior que Lourdes, e Lourdes tem a vantagem de as pessoas irem até lá movidas por sua crença mais íntima. E como ficam as opiniões obstinadas acerca das operações, da soroterapia, das vacinas e dos remédios?

18 *Asmus Sempers Jugendland: Der Roman einer Kindheit* (A terra da juventude de Asmus Semper: Romance de uma infância), de Otto Ernst, Leipzig, 1905.

—

Seja como for: os hospitais gigantescos para os peregrinos gravemente enfermos; as piscinas sujas; as macas à espera de trens especiais; a comissão médica; as grandes cruzes com lâmpadas elétricas nos montes; o papa recebe 3 milhões por ano. O padre passa com o ostensório, uma mulher grita de sua maca: "Estou curada". Segue tendo tuberculose óssea, nada mudou.

—

Uma fresta da porta se abriu. Apareceu um revólver e um braço esticado.[19]

—

Thürheim, II, 35, 28, 37 (Não há nada mais doce que o amor, nada mais divertido que a coqueteria)
45, 48 (judeus)

10/2/14
Onze horas, depois de uma caminhada. Mais disposto do que nunca. Por quê?
1) A Max, disse estar tranquilo.
2) Felix vai se casar (zanguei-me com ele).
3) Vou ficar sozinho, caso F[elice]. realmente não me queira.
4) Convite da sra. Thein e reflexão sobre como me apresentar a ela.[20]

Por acaso, segui caminho inverso ao habitual, isto é, Kettensteg,[21] Hradschin, ponte Carlos. Em geral, literalmente sucumbo ao fazer esse caminho, mas hoje, vindo do lado contrário, alentei-me um pouco.

11/2/14
Li por cima o "Goethe" de Dilthey;[22] impressão avassaladora, arrebata, por que não atear fogo ao corpo e consumir-se em chamas? Ou obedecer, ainda que não se ouça mandamento nenhum? Sentar-se numa poltrona no meio do quarto e contemplar o assoalho. Gritar "Avante!" num desfiladeiro na

19 Provavelmente, cena de um filme. **20** Klara Thein (1884-1974), sionista de Praga que Kafka conhecera em 8 de setembro de 1913, no XI Congresso Sionista, em Viena. **21** Ponte para pedestres que, em 1914, foi substituída pela ponte Arquiduque Francisco Ferdinando e, a partir de 1920, pela ponte Mánes. **22** Refere-se ao capítulo sobre Goethe da já mencionada obra de Dilthey (ver nota 4, à p. 333).

montanha e, de todos os atalhos por entre as rochas, ouvir pessoas isoladas a gritar de volta e vê-las surgir.

13/2/14
Ontem, em casa da sra. Thein. Calma, enérgica, de uma energia que se impõe infalivelmente, que penetra e abre caminho com olhares, mãos e pés. Franqueza, olhos francos. Trago sempre na lembrança seus chapéus feios, gigantescos, solenes, com suas penas de avestruz, aqueles chapéus renascentistas que ela usava antigamente; antes de conhecê-la pessoalmente, sempre a achei repulsiva. A forma como, apressando-se para chegar ao fim de um relato, ela aperta contra o corpo o regalo, que, ainda assim, treme. As filhas, Nora e Mirjam.

Lembra muito W. no olhar,[23] na maneira absorta como conta uma história, em seu envolvimento completo, no corpo pequeno e vivaz, mesmo na voz dura e abafada, no modo como fala de vestidos e chapéus belos, embora não se veja nada disso nela.

A vista da janela por sobre o rio. Em muitos pontos da conversa, embora ela não dê ensejo a nenhum cansaço, eu sucumbo por completo, lanço um olhar sem sentido, não compreendo o que ela diz, desfio comentários simplórios e sou obrigado a vê-la prestar atenção; faço carinhos sem sentido na filha pequena.

Sonhos: Em Berlim, pelas ruas a caminho da casa dela, a consciência tranquila e feliz de, embora ainda não tendo chegado lá, poder fazê-lo facilmente, com certeza vou chegar. Vejo as ruas e suas fileiras de edifícios, num prédio branco uma inscrição, algo como "Os salões imponentes do Norte" (que li ontem no jornal), à qual, no sonho, vem juntar-se "Berlin W". Recorro a um velho policial simpático de nariz vermelho, agora enfiado numa espécie de libré. Recebo informações detalhadíssimas, ele me mostra até mesmo uma grade num pequeno e distante parque gramado, à qual, por segurança, devo me segurar ao passar por ali. Depois, dá-me conselhos relativos ao bonde, ao metrô etc. Já não consigo acompanhar e, assustado, pergunto, sabedor de que estou subestimando a distância: "Estou a cerca de meia hora de lá?". Mas o velho responde: "Eu chego em seis

23 Possivelmente, a moça por quem Kafka se apaixonara em Riva.

minutos". Que alegria! Um homem qualquer, uma sombra, um camarada me acompanha, não sei quem é. Literalmente não tenho tempo para me voltar ou virar de lado. — Em Berlim, alojo-me em alguma pensão na qual, ao que parece, moram apenas jovens judeus poloneses; quartos bem pequenos. Entorno uma garrafa d'água. Um desses jovens escreve sem cessar numa máquina de escrever pequena, mal vira a cabeça quando lhe pedem alguma coisa. Não há como arranjar um mapa da cidade. Vejo sempre na mão de um deles um livro que se parece com um mapa de Berlim. A cada vez, fico sabendo que se trata de outra coisa, bem diferente, uma lista das escolas berlinenses, algum volume estatístico referente a impostos ou coisa assim. Recuso-me a acreditar, mas, sorrindo, mostram-me que sem dúvida é disso mesmo que se trata.

14/2/14
Se eu me matasse, por certo não seria culpa de ninguém, ainda que o motivo mais próximo e óbvio fosse, digamos, o comportamento de F[elice]. Já imaginei a cena uma vez, enquanto cochilava; como seria se, antevendo o fim, a carta de despedida no bolso, chegasse à casa dela, fosse repelido como pretendente, depusesse a carta sobre a mesa, caminhasse até a sacada, me livrasse de todos que correriam a me deter e saltasse do parapeito, soltando uma mão e, depois, a outra. Na carta, estaria escrito que eu saltava lá para baixo por causa de F., mas que, ainda que meu pedido de casamento tivesse sido aceito, nada de essencial teria mudado para mim. Meu lugar é lá embaixo, não encontro nenhuma outra solução; F. é apenas aquela com cujo auxílio, por acaso, meu destino se manifesta, não sou capaz de viver sem ela e tenho de pular, mas tampouco seria capaz de viver com ela — e F. pressente isso. Por que não me valer da noite de hoje para tanto? Já me aparecem os oradores da reunião dos pais de hoje à noite,[24] falando da vida e da criação de condições para ela — mas me atenho à imaginação, vivo assaz enredado na vida, não vou me matar, estou completamente impassível, triste com a camisa que me aperta o pescoço, estou condenado, busco o ar na neblina.

24 Mencionada também na entrada seguinte ("noite dos pais"). Discussão sobre "A educação da juventude judia", promovida pela Comissão Sionista de Cultura da Boêmia em 14 de fevereiro de 1914, no Hotel Bristol.

15/2/14
Em retrospecto, como me parecem longos este sábado e este domingo. Ontem à tarde, fui cortar os cabelos; depois, escrevi a carta para Bl[och]. e estive por um momento na casa nova de Max;[25] em seguida, noite dos pais em companhia de L[ise]. W[eltsch].; depois, Baum (no bonde, encontrei Krätzig, "Notstich"); depois, no caminho de volta, queixas de Max sobre meu mutismo; depois, a vontade de me suicidar; depois, minha irmã de volta da noite dos pais, incapaz de fazer o mais mínimo relato. Até as dez na cama, sem dormir, sofrimento e mais sofrimento. Carta nenhuma, nem aqui nem no escritório;[26] postei a carta para Bl[och]. na estação Franz Josef; estive com Gerke à tarde, passeio à beira do Moldava, leitura em casa dele, sua mãe, uma pessoa singular, a comer um pão com manteiga e jogar paciência; caminhei sozinho por duas horas, decidi-me a viajar na sexta para Berlim, encontrei Khol, estive com meus cunhados e minhas irmãs em casa, depois, em casa de Weltsch, conversa sobre seu noivado (Joine Kisch apagando as velas);[27] depois, em casa, tentativas de extrair alguma compaixão e ajuda de minha mãe mediante meu silêncio, e agora minha irmã conta sobre a noite no clube, o relógio bate quinze para a meia-noite.

—

Em casa de Weltsch, para consolar sua mãe nervosa, eu disse: "Também vou perder Felix com esse casamento. Um amigo casado não é amigo nenhum". F[elix]. não disse nada, naturalmente não podia dizer, mas nem queria dizer alguma coisa.

—

25 A casa no centro de Praga em que Brod, depois de se casar, foi morar com a esposa. Logo a seguir, Josef Krätzig, colega de Kafka no AUVA; e "Notstich": referência não identificada.
26 Kafka recebera um cartão de Felice no escritório, enviara-lhe de pronto uma carta e aguardava resposta. Em seguida: o escritor Hans (Jan) Gerke (1895-1968) pertencia desde os tempos de ginásio ao círculo literário do Café Arco e, por essa época, ganhara projeção com artigos publicados no *Prager Tagblatt*; František Khol (1877-1930) era, na época, bibliotecário do Museu Nacional e, mais tarde, tornou-se diretor artístico do Teatro Nacional Tcheco.
27 Jonas Enoch Kisch era o avô de Paul e Egon Erwin Kisch. Segundo o editor e estudioso da obra kafkiana Klaus Wagenbach, Max Brod teria lhe contado que, em negociações para um noivado, Jonas Kisch apagara as velas já acesas ao julgar pequeno demais o dote.

O caderno começa com Felice, que, em 2/5/13, deixou-me a cabeça insegura, e posso também concluí-lo com esse começo, se, em vez de "insegura", escolher palavra pior.[28]

16/2/14
Dia inútil. A única alegria que tive foi a esperança, fundada na noite de ontem, de um sono melhor.

—

De tardezinha, terminado o expediente, fui para casa como de hábito; então, como se me espreitassem, acenaram-me vivamente das três janelas da casa dos Genzmer, sinalizando para que eu subisse.

22/2/14
Apesar da cabeça quase doendo de inquietação, do lado esquerdo, em cima, por não ter dormido direito (ontem, a pintora Dittrich, cabelos brancos, olhos negros),[29] talvez eu ainda seja capaz, afinal, da construção serena de algo maior, no interior do qual eu poderia esquecer tudo e só tomar consciência do que há de bom em mim.

—

O diretor à sua mesa. O criado traz um cartão.
D.: Nitte de novo, esse é um carrapicho, o homem é um carrapicho.

23/2/14
Vou viajar.[30] Carta de Musil. Alegra-me e me entristece, porque não tenho nada.[31]

28 Esta entrada é a última do oitavo caderno, cuja primeira entrada é a de 2 de maio de 1913. **29** Possível referência a uma atração do Cabaré Lucerna, que anunciava para 14 de fevereiro de 1914 "A pintura de Munique em sua perfeição suprema". **30** Kafka decide-se aqui a viajar para Berlim a fim de ter uma conversa com Felice sobre casamento, que ele almejava desde o final de 1913. Entre 27 de fevereiro e 1º de março, os dois encontram-se várias vezes em Berlim, mas, para Kafka, a situação permaneceu indefinida, tendo-lhe exposto Felice as objeções que tinha. O noivado não oficial só virá a ocorrer em nova viagem, de 11 a 13 de abril de 1914, quando Felice por fim aceita se casar em setembro. **31** Robert Musil passou a editar a revista *Die Neue Rundschau* a partir do começo de 1914 e pedira a Brod o endereço de Kafka.

8/3/14

Se F[elice]. sente por mim a mesma aversão que eu sinto, então o casamento é impossível. Um príncipe pode se casar com a Bela Adormecida e até pior, mas a Bela Adormecida não pode ser um príncipe.

—

Montado num belo cavalo, um jovem cavalga para além do portão de uma mansão.

—

Por acaso, ao morrer, minha avó tinha a seu lado apenas a enfermeira. Esta contou que, imediatamente antes de morrer, a avó se erguera um pouco do travesseiro, dando a impressão de que procurava alguém, e que teria, então, tornado a se deitar calmamente e morrido.[32]

—

É indubitável que me cerca a toda volta uma inibição à qual, todavia, eu com absoluta certeza ainda não me fundi, cujo afrouxamento temporário percebo e que seria possível explodir. São dois os remédios: casamento ou Berlim. O segundo é mais seguro; o primeiro, mais atraente de imediato.[33]

—

Mergulhei e logo já me orientava. Um pequeno cardume passou numa corrente ascendente e se perdeu no verde. Sinos levados para um lado e outro pelo movimento da água — errado.

9/3/14

Rense deu uns poucos passos pela semipenumbra do corredor, abriu a portinha que dava para a sala de jantar, com seu revestimento idêntico ao da parede, e, quase sem olhar para eles, disse aos ruidosos convivas: "Por favor, sosseguem um pouco. Estou com um hóspede. Peço um pouco de consideração". Ao tomar o caminho de volta para seu quarto, seguiu ouvindo

32 Refere-se provavelmente à morte de Julie Löwy, em 22 de maio de 1908. **33** Kafka cogitava duas possibilidades: casar-se com Felice e viver com ela em Praga; ou estabelecer-se em Berlim como escritor.

o mesmo barulho, inalterado; quis voltar à sala, mas mudou de ideia e entrou no quarto.

Nele, um jovem de cerca de dezoito anos à janela olhava para o pátio lá embaixo. "Já está um pouco mais quieto", disse ele, erguendo o nariz comprido e os olhos profundos para Rense, quando este entrou. "Não está nem um pouco mais quieto", respondeu Rense, e bebeu um gole da garrafa de cerveja sobre a mesa: "Sossego não se pode ter aqui de jeito nenhum. Então, rapaz, você vai ter de se acostumar".

—

Estou muito cansado, preciso tentar dormir para me recuperar, senão estou perdido, em todos os sentidos. Como é trabalhoso preservar-se! Nenhum monumento demanda tamanho dispêndio de forças para ser erigido.

—

O argumento, em linhas gerais: Perdi-me em F[elice].

Rense, um estudante, estava sentado em seu quartinho que dava para o pátio e estudava. A criada entrou e anunciou que um jovem queria falar-lhe. "E como se chama?", Rense perguntou. A criada não sabia.

—

Aqui, não vou esquecer F[elice]. e, portanto, não vou me casar.

Isso é absolutamente certo?

Sim, isso posso asseverar; tenho quase 31 anos, conheço F. há quase dois e já hei de ter, portanto, um quadro geral da situação. Além disso, vivo minha vida aqui de um modo que não me permite esquecer, ainda que F. não tivesse todo esse significado para mim. A monotonia, a uniformidade, o conforto e a falta de autonomia desse meu modo de vida prendem-me com inegável firmeza onde já estou. Ademais, possuo uma inclinação maior que a habitual para levar uma vida confortável e sem autonomia e, portanto, intensifico ainda mais tudo quanto é prejudicial. E, por fim, estou também envelhecendo, as mudanças se tornam cada vez mais difíceis. Em tudo isso vejo, porém, uma grande infelicidade para mim, duradoura e sem perspectivas; acabarei por seguir me arrastando pela carreira e pelos anos com crescente tristeza e solidão, se é que conseguirei me aguentar.

Mas não foi você, afinal, quem quis levar uma vida assim?

A vida de funcionário poderia ser boa para mim, se eu fosse casado. Ela me daria um bom suporte em todos os aspectos, ante a sociedade, ante minha mulher, ante a escrita, sem demandar sacrifício demasiado e sem, por outro lado, degenerar em comodidade e falta de autonomia, uma vez que, como homem casado, isso é algo que eu não precisaria temer. Como solteiro, no entanto, não posso levar a bom termo uma vida assim.

Mas você poderia ter se casado?

Antes, eu não podia me casar, tudo em mim se insurgia contra isso, por mais que sempre tenha amado F. Detinha-me sobretudo a consideração por minha atividade como escritor, um trabalho que, assim acreditava, o casamento poria em risco. É possível que eu tivesse razão; mas a solteirice de minha vida atual aniquilou esse trabalho. Passei um ano sem escrever nada e sigo incapaz de escrever; em minha cabeça abrigo e conservo apenas esse único pensamento, e ele me corrói. Nada disso pude avaliar outrora. De resto, com essa falta de autonomia no mínimo alimentada por meu modo de vida, enfrento tudo com hesitação, não consigo fazer nada de um só golpe. E assim sucedeu nesse caso também.

E por que você desistiu de toda esperança de, afinal, ter F.?

Já tentei toda sorte de auto-humilhação. No Tiergarten, pedi certa vez: "Diga 'sim'; ainda que você considere que seus sentimentos por mim não são suficientes para o matrimônio, meu amor por você é grande o bastante para suprir o que falta e, sobretudo, forte o bastante para arcar com tudo". F. pareceu inquietar-se com minhas idiossincrasias, ante as quais eu mesmo havia lhe inspirado medo no curso de uma extensa correspondência. Disse a ela: "Amo você o bastante para me despir de tudo que possa perturbá-la. Vou me transformar num outro homem". Agora, quando cumpre esclarecer tudo, posso admitir que, já na época de nosso relacionamento mais carinhoso, eu muitas vezes suspeitei, e receei com base em detalhes insignificantes, que F. não me queria tanto, não com todo o amor de que é capaz. Agora, e certamente não sem a minha colaboração, também ela adquiriu consciência disso. Chego mesmo quase a temer que, depois de minhas duas últimas visitas, ela sinta nojo de mim, embora superficialmente nos comportemos como amigos, nos tratemos por "você" e caminhemos de braço dado. A última lembrança que guardo dela é a careta bastante hostil que fez quando, no corredor de seu edifício, não me contentei em beijar-lhe a luva, mas arranquei-a e beijei-lhe a mão. No momento, aliás, embora ela tenha me prometido pontualidade em nossa correspondência, já são duas as cartas sem resposta, tendo ela apenas prometido por telegrama que me escreveria, promessa que não cumpriu, não respondeu sequer a uma carta de minha mãe. A ausência de toda e qualquer perspectiva é, portanto, indubitável.

Na verdade, não é lícito fazer tal afirmação. Do ponto de vista dela, seu comportamento anterior não parecia também indicar essa mesma ausência de perspectiva?

Era diferente. Sempre confessei meu amor abertamente, mesmo quando de nossa despedida definitiva, ao que parece, no verão; nunca me calei com esse grau de crueldade; tinha razões para me comportar daquela forma que, ainda que não fossem dignas de aprovação, podiam ao menos ser discutidas. A única razão que F. tem é a total insuficiência do seu amor. Apesar disso, é correto que eu poderia esperar. Mas esperar com uma dupla desesperança não posso: por um lado, ver F. se afastar de mim cada vez mais e, por outro, mergulhar eu próprio numa incapacidade cada vez maior de me salvar de alguma maneira. Seria o maior risco no qual eu poderia incorrer, ainda que — ou precisamente porque — em absoluta consonância com as forças ruins e de enorme poder que trago em mim. "Nunca se sabe o que vai acontecer" não é argumento que se possa contrapor ao caráter insuportável de meu estado atual.

Então o que você quer fazer?

Sair de Praga. Combater esse malefício humano, o mais intenso a jamais me acometer, com o mais potente dos antídotos a meu dispor.

Abandonar seu emprego?

De acordo com o exposto acima, o emprego é uma parte daquilo que sinto como insuportável. Estaria perdendo apenas o que já é insuportável. A segurança para a vida toda, o salário mais do que suficiente, o emprego incompleto de minhas forças — essas são coisas com as quais, na condição de solteiro, não sei o que fazer e que se transformam em tormentos.

Então o que você quer fazer?

Eu poderia responder a todas as perguntas desse tipo dizendo: não corro risco nenhum, cada dia, cada vitória, por mínima que seja, será uma dádiva, tudo que eu fizer estará bem. Mas posso dar resposta mais precisa. Como jurista austríaco, o que, a sério, nem sequer sou, não tenho perspectivas que possam me ser úteis; o máximo que poderia alcançar nessa direção é o que já atingi em meu cargo e que, no entanto, não pode me ser de utilidade. De resto, na eventualidade assaz impossível de eu querer tirar algum proveito de minha formação jurídica, teria somente duas cidades a considerar:

Praga, da qual quero ir-me embora, e Viena, que odeio e onde só poderia ser infeliz, pois viajaria para lá munido da mais profunda convicção de que infeliz haveria de ser. Preciso, portanto, sair da Áustria, mas como não possuo talento para línguas e só poderia desempenhar pessimamente trabalho físico ou comercial, tenho de ir para a Alemanha, ao menos de início, e, ali, para Berlim, que é onde são maiores as possibilidades de conseguir me manter. Lá, posso explorar melhor e mais rapidamente minhas habilidades como escritor no jornalismo e encontrar, assim, algum sustento em certa medida adequado. Se, além disso, serei capaz de trabalho mais inspirado, isso não posso dizer agora, nem mesmo com o grau mais mínimo de certeza. O que creio saber efetivamente é que, da situação de autonomia e liberdade que terei em Berlim (e por mais miserável que ela seja), extrairei a única felicidade de que sou capaz no momento.

Você é mesmo mimado.

Não, preciso de um quarto, de alimentação vegetariana e praticamente de mais nada.

Você não está indo para lá por causa de F.?

Não, escolho Berlim apenas pelas razões acima, mas certamente gosto da cidade e talvez goste dela por causa de F. e de tudo que associo a ela; isso não posso controlar. É provável também que, em Berlim, eu me encontre com F. Se esse encontro me ajudar a tirá-la do meu sangue, tanto melhor — será então mais uma vantagem de Berlim.

Você está bem de saúde?

Não. Coração, sono, digestão

—

Um quartinho alugado. Amanhecer. Desordem. O estudante está deitado na cama, dorme voltado para a parede.

Batem à porta. Ele permanece imóvel. Batem mais forte. Assustado, o estudante senta-se na cama e olha para a porta.

Estudante: Entre.

Criada: (*moça frágil*) Bom dia.

E.: O que você quer? É noite ainda.

C.: Me desculpe. Um cavalheiro quer falar com o senhor.

E.: Comigo? (*hesita*) É absurdo! Onde ele está?

C.: Aguarda na cozinha.

E.: Como ele é?

C.: (*sorri*) Bem, ainda é um rapazinho, muito bonito não é, acho que é judeu.

E.: E vem me procurar no meio da noite? Aliás, preste atenção, não preciso de sua avaliação sobre quem me visita. Que entre então, mas depressa!

O estudante enche o pequeno cachimbo que repousa sobre a cadeira ao lado da cama e começa a fumar.

Kleipe (*de pé à porta, olha para o estudante, que, com os olhos voltados para o teto, fuma tranquilamente seu cachimbo*)

(*baixinho, nariz grande, reto, comprido, meio torto e pontudo, tez escura, olhos profundos, braços compridos*)

E.: Vai demorar muito? Aproxime-se da cama e diga-me o que deseja. Quem é você? O que quer? Rápido, vamos, rápido!

Kl.: (*caminha bem devagar até a cama e, no caminho, tenta explicar alguma coisa com as mãos. Para falar, estica o pescoço, ergue e baixa as sobrancelhas*) É que também sou de Wulfenshausen.

E.: Ah, é? Que bom, muito bom. E por que não ficou por lá?

Kl.: Pense bem. É nossa cidade natal, bonita, mas um lugarzinho miserável.

—

Era uma tarde de domingo, e eles jaziam entrelaçados na cama. Era inverno, o quarto não estava aquecido e estavam ambos deitados debaixo de um pesado edredom.

15/3/14

Estudantes quiseram levar os grilhões de Dostoiévski atrás de seu caixão. Ele morreu no bairro operário, no quarto andar de um prédio de apartamentos de aluguel.[34]

—

Certo dia de inverno, por volta das cinco da manhã, a criada semivestida anunciou ao estudante que ele tinha visita. "Como? Como assim?", perguntou ele ainda zonzo de sono, e já um jovem rapaz entrava pelo quarto com uma vela acesa emprestada pela criada,

34 Esta entrada decorre da leitura de um artigo de Stefan Zweig publicado no primeiro número de fevereiro de 1914 de *Der Merker* (revista vienense sobre música e teatro), "Dostoiévski: A tragédia de sua vida".

—

Nada além de uma espera, eterno desamparo.

17/3/14
Sentado na sala com meus pais, duas horas folheando revistas, de quando em vez olhando para o nada; de modo geral, apenas esperando dar dez horas para poder ir me deitar.

27/3/14
No todo, um dia passado de forma não muito diferente.

—

Haß apressou-se para embarcar no navio, correu pela ponte de embarque, subiu no convés, sentou-se a um canto, apertou as mãos contra o rosto e, daí em diante, não se preocupou com mais ninguém. O sino tocou, pessoas passaram correndo, e lá longe, como se na outra ponta do navio, alguém cantava a plenos pulmões

—

Queriam já recolher a ponte de embarque quando chegou um pequeno carro preto, o cocheiro gritava desde longe, o cavalo, empinando, precisou ser contido com toda a força; um jovem rapaz saltou do coche, beijou um velho cavalheiro de barba branca que se curvou sob a capota do carro e, com uma pequena maleta de mão, embarcou no navio, que prontamente se afastou do cais.

—

Eram cerca de três horas da manhã, mas no verão, e o dia já clareava. Foi quando, na cocheira do sr. von Grusenhof, seus cinco cavalos se ergueram: Famos, Grasaffe, Tournemento, Rosina e Brabant. Por causa da noite abafada, a porta da cocheira estava entreaberta, os dois cavalariços dormiam de costas sobre a palha, sobre suas bocas abertas moscas voavam desimpedidas para cima e para baixo. Grasaffe levantou-se numa posição tal que tinha os dois homens debaixo de si e observava-lhes o rosto, pronto a desferir-lhes uma patada ao menor sinal de despertar. Enquanto isso, com dois leves saltos, os outros quatro cavalos deixaram a cocheira, um atrás do outro, e Grasaffe os seguiu.

30/3/14
Anna viu pela porta de vidro que estava escuro no quarto do inquilino; entrou e acendeu a luz elétrica para preparar a cama para a noite. Mas, meio sentado, meio deitado no canapé, o estudante sorriu para ela. Anna se desculpou e já fazia menção de se retirar, quando ele lhe pediu que ficasse e não se importasse com sua presença. Ela ficou e fazia seu trabalho, vez por outra olhando de soslaio para o estudante.

5/4/14
Se lhe fosse possível ir para Berlim, tornar-se independente, viver de um dia para o outro e até passar fome, mas dando vazão a toda a sua força, em vez de poupá-la aqui, ou melhor, em vez de se voltar para o nada! Se F[elice]. quisesse, se ficasse a meu lado!

7/4/14

8/4/14
Ontem, incapaz de escrever uma só palavra. Hoje, em nada melhor. Quem há de me salvar? E, em mim, lá no fundo, essa aflição que mal se vê. Sou como uma grade viva, uma grade firme que deseja cair.

Hoje, no café [Arco] com Werfel. Seu aspecto, visto de longe, à mesa do café. Curvado, quase deitado na cadeira de madeira, o belo perfil do rosto pressionado contra o peito, quase resfolegante de plenitude (e não propriamente de gordura), inteira e completamente independente de seu entorno, impertinente e impecável. Os óculos pendurados facilitam, pelo contraste, o acompanhamento do contorno delicado do rosto.

6/5/14
Meus pais parecem ter encontrado uma bela casa para F[elice]. e para mim; perambulei por toda a bela tarde em vão.[35] Será que vão também me baixar à cova, depois de uma vida tornada feliz pelos cuidados que me dedicam?

—

35 Com o casamento já previsto para setembro, Kafka e sua família procuravam moradia em Praga para o casal.

Um nobre chamado sr. von Griesenau tinha um cocheiro, Josef, que nenhum outro patrão teria sido capaz de suportar. Ele morava num cômodo térreo ao lado da portaria, uma vez que, em razão da gordura e da falta de fôlego, era incapaz de subir escadas. Seu único trabalho era o de conduzir o coche, mas também para tanto só era utilizado em ocasiões especiais, como para obsequiar um convidado; no mais, passava dias inteiros, semanas inteiras, deitado num divã próximo da janela e contemplava as árvores com seus olhos pequenos, afundados na gordura e que piscavam com notável rapidez, árvores que

—

Deitado em seu divã, o cocheiro Josef só endireitou o corpo para apanhar de uma mesinha um pedaço de pão com manteiga recheado com arenque, tornando a se recostar em seguida e a, mastigando, contemplar fixamente o seu entorno. Por suas narinas grandes e redondas, aspirava com dificuldade, às vezes precisava parar de mastigar para abrir a boca e, assim, obter ar suficiente; a barriga grande tremelicava sem cessar sob as muitas pregas da roupa fina de um azul escuro.

Pela janela aberta viam-se uma acácia e uma praça vazia. Era uma janela baixa de um cômodo ao rés do chão, Josef via tudo de seu divã, e todos podiam vê-lo lá de fora. Aquilo era embaraçoso, mas ele precisava morar num lugar baixo, porque fazia pelo menos seis meses que tinha engordado muito e, depois disso, não conseguia mais subir escadas. Quando lhe destinaram aquele cômodo ao lado da portaria, ele, em lágrimas, tinha ido apertar e beijar a mão de seu patrão, o sr. von Griesenau, mas agora conhecia as desvantagens do quarto — a observação constante dos outros, a vizinhança do porteiro desagradável, a agitação da entrada dos carros e da praça, a distância grande até os demais criados e, em consequência disso, a alienação e o abandono em que vivia —, todas elas desvantagens que agora conhecia em profundidade, razão pela qual tencionava de fato solicitar ao patrão a mudança para seu aposento anterior. Por que, afinal, sobretudo desde que o patrão ficara noivo, viam-se tantos novos rapazes, recém-admitidos, à toa? Que o carregassem, pois, escada acima e abaixo, sendo ele homem merecedor e singular.

—

Celebrava-se um noivado. O banquete terminara, os convivas se levantaram da mesa, todas as janelas foram abertas, era uma noite bela e quente de junho. A noiva estava cercada de amigas e velhas conhecidas, os demais convidados reuniam-se em pequenos grupos, aqui e ali ria-se muito. O noivo, sozinho e encostado à porta da varanda, olhava lá para fora.

Passado algum tempo, a mãe da noiva o notou, foi até ele e disse: "Você aí, tão sozinho? Não vai se juntar a Olga? Vocês tiveram alguma briga?". "Não", respondeu o noivo, "briga nenhuma." "Pois então", disse a mulher, "vá se juntar a sua noiva! Seu comportamento já está chamando atenção."

—

O terrível daquilo que é meramente esquemático.

—

A senhoria, uma viúva frágil vestida de preto, a saia caindo reta, estava no quarto do meio de sua casa vazia. Reinava ainda completo silêncio, a campainha não soava. A rua também estava silenciosa, e ela escolhera rua tão silenciosa de propósito, porque queria ter bons inquilinos, e aqueles que demandam silêncio são os melhores.

27/5/14

Mãe e irmã em Berlim.[36] À noite, ficarei sozinho com o pai. Creio que ele tem medo de subir. Jogo cartas [*Karten*] com ele? (Acho feios os K, eles quase me repugnam, mas eu os escrevo assim mesmo; devem ser muito característicos da minha pessoa.[37]) A reação dele quando toquei em F[elice].

—

O cavalo branco apareceu pela primeira vez numa tarde de outono, numa rua ampla mas não muito movimentada da cidade de A. Saiu da entrada de um edifício em cujo pátio uma empresa de transportes tinha amplos armazéns, de forma que com frequência parelhas de cavalos, ou por vezes um único cavalo, precisavam sair por ali, motivo pelo qual o cavalo branco não despertou muita atenção. Mas ele não era de propriedade da empresa de

36 Julie e Ottla Kafka viajaram já no fim de maio para Berlim, onde, em 1º de junho de 1914, seria celebrado o noivado oficial de Franz e Felice. **37** Kafka refere-se a sua caligrafia.

transportes. Um trabalhador que, diante do portão, amarrava com mais firmeza um pacote de mercadorias notou o cavalo e, erguendo os olhos do trabalho, voltou-os para o pátio, para ver se o cocheiro não vinha logo atrás. Ninguém apareceu, e o cavalo, mal chegado à calçada, empinou com vigor, arrancou umas poucas faíscas do calçamento e esteve por um instante bem perto de cair, mas logo se recompôs e, então, subiu trotando, nem depressa nem devagar, a rua quase completamente vazia àquela hora do crepúsculo. O trabalhador amaldiçoou o cocheiro, negligente em sua opinião, gritou alguns nomes na direção do pátio, e, de lá, pessoas de fato acorreram, mas, vendo que se tratava de cavalo desconhecido, tão somente postaram-se algo espantadas junto do portão, uma ao lado da outra. Apenas passados alguns instantes, duas ou três caíram em si e correram por um trecho da rua atrás do animal, mas como nem o vissem mais, logo retornaram.

Enquanto isso, sem ser detido, o cavalo já alcançara as ruas mais afastadas dos arredores da cidade. Integrava-se melhor à vida das ruas do que costumam fazer cavalos correndo sozinhos. Seu trote lento não assustava ninguém, e ele jamais deixava a pista ou mesmo o lado da rua em que era lícito trafegar; se, em razão de um veículo proveniente de uma transversal, era necessário parar, ele o fazia; ainda que o conduzisse pelo cabresto o mais cauteloso dos cocheiros, seu comportamento não poderia ser mais irrepreensível. Não obstante, era, é claro, um espetáculo que chamava atenção, aqui e ali pessoas paravam para, sorrindo, acompanhá-lo com os olhos; de um carro que passava carregando cerveja, o cocheiro, apenas por diversão, agachou-se para deitar nele o chicote, e o cavalo com efeito se assustou e ergueu as patas dianteiras, mas não acelerou o passo.

Precisamente esse incidente, porém, foi observado por um policial; ele se dirigiu até o cavalo, que, no último instante, ainda intentou tomar outra direção, apanhou-o pelas rédeas (a despeito de sua constituição não muito forte, ele havia sido arreado como um animal de carga) e disse, aliás muito amistosamente: "Alto lá! Aonde você vai?". Por algum tempo, o policial segurou o cavalo ali mesmo, no meio da rua, porque imaginou que o dono logo viria atrás do animal fugitivo.

—

Tem sentido, mas é fraco, o sangue flui ralo, distante demais do coração. Tenho ainda belas cenas na cabeça e, no entanto, paro por aqui. Ontem, antes de adormecer, o cavalo branco me apareceu pela primeira vez; foi como se tivesse saído da minha cabeça voltada para a parede, saltado sobre mim, da cama para o chão e, depois, se perdido. Infelizmente, este último dado não é refutado pelo começo da história, mais acima.

—

A não ser que muito me engane, estou, sim, me aproximando. É como se a batalha do espírito acontecesse em algum ponto da clareira de uma floresta. Adentro a floresta, não encontro nada e, de fraqueza, apresso-me a sair dali; muitas vezes, ao deixá-la, ouço, ou creio ouvir, o retinir das armas em combate. Talvez os olhares dos combatentes me procurem através da mata escura; mas sei deles apenas muito pouco e apenas coisas enganosas.

—

Chuvarada forte. Ponha-se de frente para a chuva, deixe que os raios de ferro o penetrem, deslize na água que quer arrastá-lo, mas fique onde está, espere, ereto assim, o sol que raia repentino e sem fim.

—

A senhoria ergueu a saia e pôs-se a atravessar os quartos a toda a pressa. Uma senhora alta e gélida. Seu queixo protuberante intimidava os inquilinos. Eles desciam correndo a escadaria e, quando ela os observava da janela, eles, ainda correndo, escondiam o rosto. Certa vez, chegou um cavalheiro baixinho em busca de um quarto, um jovem forte e atarracado que sempre mantinha as mãos nos bolsos do casaco. Talvez fosse um hábito, mas era possível também que quisesse ocultar o tremor das mãos.

“Meu jovem”, disse a mulher projetando o queixo, “o senhor deseja morar aqui?”

“Sim”, disse o rapaz, erguendo a cabeça num solavanco.

“Vai gostar daqui”, disse a mulher, conduzindo-o até uma poltrona e sentando-o nela. Ao fazê-lo, notou que ele tinha uma mancha na calça, razão pela qual ajoelhou-se a seu lado e começou a esfregá-la com as unhas.

“O senhor é um porcalhão”, disse.

“É uma mancha velha.”

“Pois então é um porcalhão faz tempo.”

“Tire a mão daí”, ele disse de repente, e de fato a empurrou. “Que mãos horríveis a senhora tem”, prosseguiu, apanhando então a mão dela e girando-a. “Em cima, toda preta, embaixo, esbranquiçada, mas também preta o bastante, e, no braço" — ele subiu a mão pela manga folgada —, "tem até mesmo alguns pelos."

"O senhor está me fazendo cócegas", ela disse.

"Porque a senhora me agrada. Não compreendo como podem dizer que é feia. É isso que dizem. Mas vejo agora que não é verdade, de modo algum."

E ele se levantou e pôs-se a andar pelo quarto, para um lado e outro. Ela seguia ajoelhada e contemplava a própria mão.

Por alguma razão, aquilo o deixou desvairado, e, de um salto, ele tornou a apanhar a mão dela.

"Que mulher!", disse então, dando-lhe um tapa no rosto alongado e muito magro. "Certamente, morar aqui contribuiria para meu conforto. Mas o aluguel teria de ser barato. E a senhora não poderia aceitar nenhum outro inquilino. E precisaria ser fiel a mim. Afinal, sou bem mais jovem que a senhora e, por isso, posso muito bem exigir fidelidade. E teria ainda de cozinhar bem. Estou acostumado à boa comida e jamais poderei me desacostumar disso."

—

"Sigam dançando, porcos. O que eu tenho com isso?"[38]

—

Mas é mais real que tudo que escrevi no ano passado. Talvez seja uma questão de soltar o pulso. Vou conseguir escrever de novo.

—

Toda noite, há uma semana, meu vizinho de quarto vem lutar comigo. Eu não o conhecia e, até agora, tampouco conversei com ele uma única vez. Trocamos apenas alguns gritos, que não podem ser chamados de "conversa". A luta começa com um "pois bem"; "canalha", um de nós geme de vez em quando sob as garras do outro, um golpe surpreendente faz-se acompanhar de um "agora!", e "chega!" sinaliza o fim do combate, mas sempre seguimos lutando um pouquinho mais. Na maioria das vezes, ele ainda retorna de um salto da porta do quarto e me dá um soco que me joga no chão. Depois, já de seu quarto, dá-me boa-noite através da parede. Se quisesse pôr

38 Aparentemente, uma canção da Galícia: "Nigun web kuth".

fim definitivo a esse nosso contato, teria de abrir mão do meu quarto, porque trancar a porta não adianta. Certa feita, eu a tranquei, porque queria ler, mas meu vizinho partiu-a em dois com um machado, e como ele dificilmente larga o que agarrou, o machado punha inclusive a mim em perigo. Sei me adaptar. Como ele sempre aparece a determinada hora, dedico-me então a algum trabalho leve, que, se necessário, possa interromper de imediato. Preciso arranjar as coisas dessa maneira, porque, tão logo ele aparece à porta, tenho de deixar tudo de lado, porque ele só quer lutar e nada mais. Se me sinto com forças, eu o provoco um pouco, buscando de início esquivar-me dele. Engatinho para debaixo da mesa, jogo cadeiras em sua direção, pisco para ele de longe, embora seja naturalmente de muito mau gosto fazer brincadeiras assim, sempre tão unilaterais, com um desconhecido. Na maioria das vezes, porém, nossos corpos logo se engancham na luta. Está claro que ele é um estudante que se debruça o dia inteiro sobre seus estudos e, à noite, antes de ir dormir, quer um pouco de movimento. Pois em mim encontra um bom oponente; golpes de sorte à parte, sou o mais forte e o mais ágil de nós dois. Ele, por sua vez, é o mais persistente.

28/5/14
Depois de amanhã, viajo para Berlim. Apesar da insônia, das dores de cabeça e das preocupações, talvez em melhor estado do que jamais estive.

—

Certa vez, trouxe uma moça consigo. Enquanto cumprimento sem lhe dar atenção, ele se lança sobre mim e me atira para o alto. "Protesto!", gritei, e ergui a mão. "Quieto", sussurrou-me ele no ouvido. Percebi que, mesmo valendo-se de golpes vergonhosos, ele queria a todo custo me derrotar e, assim, brilhar diante dela. Por isso, voltei-me para a moça e exclamei: "Ele me disse para ficar quieto!". "Ah, criatura vil!", o homem gemeu baixinho, aplicando em mim toda a sua força. De todo modo, arrastou-me para o canapé, deitou-me nele, ajoelhou-se sobre as minhas costas e, tão logo recuperou a fala, disse: "Aí está, derrotado". "Pois tente de novo", eu queria dizer, mas já à primeira palavra ele me apertou o rosto com tanta intensidade contra o estofamento que precisei me calar. "Está bem", disse a moça, que se sentara à minha mesa e lia por cima uma carta que eu havia começado a escrever. "Não é melhor irmos embora? Ele acaba de começar uma carta." "Não vai terminá-la nem se formos embora. Venha cá. Sinta só esta coxa aqui, por exemplo, ele está tremendo feito um animal doente." "Vamos, deixe-o aí e vamos embora, já disse." Muito a contragosto, o homem desceu de cima de mim. Agora, eu teria podido surrá-lo de verdade, porque estava descansado, ao passo que ele tensionara todos os músculos para me subjugar. Ele é que estivera tremendo, acreditando que era eu que tremia. Seguia tremendo, aliás. Mas deixei-o em paz em razão da presença da moça. "A senhorita já terá formado um juízo próprio sobre essa luta", eu disse a ela; depois, com uma mesura, passei pela moça e fui me sentar à mesa para dar prosseguimento à carta. "Então, quem está tremendo?", perguntei ainda, antes de começar a escrever, segurando firme a caneta no ar, como prova de que não era eu. Depois, tendo eu retomado a escritura e estando eles à porta, disse-lhes ainda um breve *adieu*, ao mesmo tempo que, com o pé, dava uns poucos chutes no ar, a fim de, pelo menos para mim, sugerir a despedida que ambos provavelmente teriam merecido.

29/5/14
Amanhã parto para Berlim. A coesão que sinto em mim é nervosismo ou é de fato confiável? O que seria? É correto que, uma vez adquirido o conhecimento da escrita, nada malogra, nada sucumbe, ainda que raras vezes alcance patamar particularmente elevado? Seria a proximidade do casamento com F[elice].? Estranho estado, ainda que não de todo estranho à minha memória.

—

Estive longamente com Pick diante do portão. Pensava apenas em como me desvencilhar logo dele, porque minha ceia de morangos, já preparada, aguardava-me lá em cima. Tudo que vou escrever sobre ele agora será infame, porque não deixarei que ele veja, fico feliz que ele não veja o que vou escrever. Mas, se continuo saindo em sua companhia, sou também culpado por ele ser como é, razão pela qual o que digo a seu respeito vale para mim também, mesmo descontando-se a afetação inerente a uma tal observação: Faço planos. Olho fixamente para a frente, a fim de não afastar os olhos dos visores imaginários do caleidoscópio imaginário pelo qual olho. Misturo boas intenções e intenções egoístas, as boas perdem sua cor, que passam então a colorir as meramente egoístas. Convido céu e terra a participar de meus planos, mas não me esqueço da gente humilde que se pode encontrar em toda ruazinha lateral e que, por enquanto, pode ser mais útil a meus planos. Trata-se, afinal, apenas do começo, sempre e de novo o começo. Sigo parado aqui, em minha miséria, mas, atrás de mim, avança já em minha direção o carro gigantesco dos meus planos; sua primeira plataforma, pequena ainda, enfia-se sob meus pés, moças nuas, como as dos carros alegóricos em carnavais de terras melhores, conduzem-me de costas pelos degraus acima, eu flutuo porque elas flutuam, e ergo a mão que ordena o silêncio. Tenho roseiras a meu lado, ardem as chamas do incenso, coroas de louros descem, esparramam flores à minha frente e sobre mim; dois trompetistas, feitos como se de pedra de cantaria, tocam fanfarras, a gente humilde acorre em massa, ordenada atrás de seus líderes, as praças vazias, reluzentes, retilíneas e livres escurecem, se agitam, se enchem de gente, sinto o limite do esforço humano e, do alto, por iniciativa própria e dotado de uma destreza que de súbito me acomete, faço o malabarismo que, há muitos anos, admirei num contorcionista: curvo-me lentamente para trás — o céu acaba de intentar partir-se para dar espaço a uma aparição destinada a mim, mas se detém —, enfio cabeça e tronco por entre as pernas e, pouco a pouco, ressurjo como figura humana ereta. Terá sido o ápice do que é dado aos homens? Assim parece, porque, de todos os portões da terra grande e profunda sob mim, vejo surgirem depressa os diabinhos chifrudos, inundam tudo, sob seus passos tudo se parte ao meio, seus rabinhos varrem tudo, cinquenta rabinhos de diabo limpam já meu rosto, o chão amolece, afunda-me um pé, depois o outro, os gritos das moças seguem-me nas profundezas pelas quais desço a prumo, através de um poço que tem o exato diâmetro de meu corpo mas profundidade infinita. Essa infinitude não convida a grandes façanhas, tudo quanto fizesse seria insignificante; minha queda não tem sentido nenhum, caio, e isso é o melhor a fazer.

—

Carta de Dostoiévski ao irmão sobre a vida na prisão.[39]

6/6/14
De volta de Berlim. Ataram-me qual um criminoso. Se tivessem me sentado a um canto, me acorrentado de verdade, posto guardas diante de mim e apenas desse modo me deixado assistir a tudo, não teria sido pior. Assim foi meu noivado, todos tentando trazer-me à vida e, sendo isso impossível,

39 Provavelmente, carta ao irmão Mikhail, de 22 de fevereiro de 1854. Kafka tinha a tradução alemã das *Cartas* de Dostoiévski, Munique, 1914.

tolerar-me no estado em que me encontrava. F[elice]., por certo, menos que todos os outros, e com absoluta razão, porque foi quem mais sofreu. O que para os demais era mera manifestação passageira, para ela era uma ameaça.

—

Em casa, não suportávamos ficar nem sequer um momento. Sabíamos que nos procurariam. Mas, ainda que anoitecesse, saímos correndo. Nossa cidade era cercada por colinas. Nós as escalamos. Fazíamos tremer cada árvore quando, ao descer correndo, nos lançávamos de uma a outra.

—

A postura na loja no fim da tarde, pouco antes do fechamento: as mãos nos bolsos da calça, o corpo algo curvado, o olhar que, das profundezas sob o teto abobadado, contempla a praça pelo portão escancarado. Movimentos cansados dos empregados ao redor, atrás das mesas. O débil amarrar de um pacote, um inconsciente espanar da poeira de algumas caixas, um empilhar de papéis de embrulho usados.

—

Um conhecido vem falar comigo. Deito-me literalmente em cima dele, de tão pesado que sou. Ele faz a seguinte afirmação: muitos dizem isso, mas eu digo exatamente o contrário. Expõe, então, as razões que fundamentam sua opinião. Eu oscilo. Minhas mãos repousam nos bolsos da calça como se tivessem caído ali dentro, mas tão frouxas que eu só precisaria girar de leve os bolsos e logo as derrubaria.

—

Eu havia fechado a loja, os empregados, a gente estranha, todos se afastavam de chapéu na mão. Eram oito horas de uma noite de junho, mas ainda estava claro. Não sentia vontade de dar uma caminhada, nunca tenho vontade de fazê-lo, mas tampouco queria ir para casa. Tendo meu último aprendiz dobrado a esquina, sentei-me no chão diante da loja fechada.

Um conhecido passou com sua jovem mulher e me viu ali sentado. "Olhe só quem está sentado ali", disse. Os dois pararam, e o homem me chacoalhou um pouco, embora, já de início, eu o contemplasse com tranquilidade. "Meu Deus, por que você está sentado aí, assim?", perguntou a jovem mulher. "Vou fechar minha loja", respondi. "Ela até que não está indo mal, e, ainda que com dificuldade, consigo saldar todos os meus compromissos. Mas não suporto a preocupação, não consigo controlar os empregados, sou incapaz de conversar com a freguesia. Amanhã mesmo já não abro. Pensei muito no assunto." Vi como o homem procurava tranquilizar sua mulher tomando-lhe a mão entre as suas.

"Pois bem, então", ele disse. "Se quer desistir da loja, não será o primeiro a fazê-lo. Nós também", prosseguiu, olhando para a mulher, "quando nossas posses bastarem para nossas necessidades — e que isso aconteça logo —, não hesitaremos mais que você em fechar nosso negócio. A loja nos dá tão pouco prazer quanto a você, creia. Mas por que está sentado aí no chão?"

"E para onde hei de ir?", eu disse. Sabia, é claro, por que me perguntavam. Era compaixão, espanto e também embaraço o que sentiam, mas eu não tinha a menor condição de, ainda por cima, ajudá-los.

—

"Não quer se juntar a nós", perguntou há pouco um conhecido, ao me ver sozinho no café quase vazio depois da meia-noite. "Não, não quero", respondi

—

Passava já da meia-noite. Sentado em meu quarto, eu escrevia uma carta que me era de grande importância, uma vez que, por meio dela, esperava conseguir um posto no exterior. A carta era dirigida a um conhecido com quem, por acaso, e após dez anos de separação, eu haveria agora de retomar contato por intermédio de um amigo comum, e eu buscava lembrá-lo dos velhos tempos e, simultaneamente, esclarecer como tudo me compelia a deixar meu país e como, desprovido de outros contatos úteis e influentes, depositava nele minha maior esperança.

—

O funcionário municipal Bruder só chegou em casa da repartição perto das nove horas da noite. Já estava bem escuro. A mulher, segurando a filhinha bem perto de si, o aguardava diante da porta do edifício. "Como estão as coisas?", perguntou ela. "Muito ruins", respondeu Bruder. "Vamos entrar, e eu lhe conto tudo." Mal tinham entrado, Bruder passou a chave na porta. "Onde está a criada?", perguntou. "Na cozinha", disse a mulher. "Então está bem, venham." Na ampla sala de estar de teto baixo, acenderam o abajur, todos se sentaram e Bruder começou: "As coisas estão da seguinte maneira. Os nossos estão batendo em retirada. Os combates nas imediações de Rumdorf resultaram inteiramente desfavoráveis para nós, segundo pude deduzir das notícias inquestionáveis que chegaram à Câmara Municipal. A maior parte das tropas já deixou a cidade. Ainda estão fazendo segredo, mas apenas para não intensificar o medo além de todos os limites. Não acho isso muito sensato, melhor seria dizer abertamente a verdade. Meu dever demanda que eu me cale, mas por certo ninguém pode me impedir de dizer a verdade a você. De resto, todos intuem o que de fato se passa, isso se pode notar em toda parte. Todos trancam suas casas e escondem o que podem esconder".

—

O funcionário municipal Bruder só chegou em casa da repartição perto das dez horas da noite; ainda assim, bateu de imediato à porta que separava seu quarto da casa do comerciante de móveis Rumford, na qual morava de aluguel. Em resposta, ouviu não mais que uma palavra indistinta, mas entrou assim mesmo. Rumford estava sentado à mesa com um jornal, a gordura o atormentava naquela noite quente de julho, tinha jogado casaco e colete sobre o canapé; sua camisa

—

Alguns funcionários municipais estavam de pé junto do parapeito de pedra de uma janela da Câmara Municipal e olhavam para a praça, lá embaixo. Os últimos homens da retaguarda aguardavam a ordem para bater em retirada. Eram jovens altos de faces rosadas segurando com firmeza as rédeas de seus cavalos que se agitavam para um lado e para outro. Diante deles, dois oficiais cavalgavam lentamente para cima e para baixo. Estava claro que aguardavam notícia. Volta e meia, despachavam um cavaleiro, que, a toda a pressa, subia a travessa íngreme que dava na praça central. Até o momento, nenhum deles havia retornado.

Ao grupo à janela veio se juntar o funcionário Bruder, um homem ainda jovem mas de barba cerrada. Como se tratasse de um superior hierárquico, muito respeitado em decorrência de seu talento, todos se curvaram gentilmente e lhe deram passagem até o parapeito. "Bem, é o fim", disse ele com o olhar voltado para a praça. "Está mais do que claro." "Então o senhor acha, senhor conselheiro, que a batalha está mesmo perdida?", perguntou um jovem altaneiro, que, à chegada de Bruder, não se movera um milímetro e agora estava tão perto dele que nem podiam se olhar nos olhos. "Com certeza. Não há dúvida. Digo-lhe em confiança que fomos mal liderados.

Vamos ter de pagar por uma série de pecados antigos. Mas agora, por certo, não é hora de falar disso, agora cada um deve cuidar de si. Estamos diante da derrocada definitiva. Hoje à noite é possível que os visitantes já estejam aqui. Talvez nem esperem até o anoitecer e cheguem daqui a meia hora."

12/6/14

Kubin. Rosto amarelado, o escasso cabelo batido rente sobre a cabeça, de tempos em tempos um brilho inflamado nos olhos. Medo de contágio, ele a beijou lá embaixo, vê-se já arruinado, fala na "mulher amada" a quem vai causar esse infortúnio. Agarra-se feliz à mais tola palavra tranquilizadora e, passado um instante, desvencilha-se dela com muita argúcia. — Wolfskehl, quase cego, descolamento da retina, precisa se proteger de uma queda ou de um golpe, ou o cristálino pode cair, e aí estará tudo acabado. Ao ler, tem de segurar o livro bem junto dos olhos e tentar apanhar as letras de soslaio. Esteve com Melchior Lechter na Índia, pegou uma disenteria; come tudo, cada fruta que encontra na poeira das ruas. — Pachinger serrou um cinto de castidade de prata de um cadáver; afastou dali os trabalhadores que o haviam desenterrado, em algum ponto da Romênia, e os tranquilizou dizendo que via ali uma bugiganga sem valor que queria levar consigo de lembrança; serrou, então, o cinto e o arrancou do esqueleto. Se, numa igreja de aldeia, encontra uma Bíblia valiosa, uma pintura ou uma folha que deseja, ele a toma para si, arranca o que quer que deseje de livros, das paredes ou de um altar, deposita então duas moedinhas em troca e fica com a consciência tranquila. — O amor pelas mulheres gordas. Toda mulher a quem já possuiu foi fotografada. Pilhas de fotografias que mostra a todo visitante. Pachinger senta-se a um canto do sofá, e o visitante, no outro, bem distante dele. Mal olha para as fotografias, mas sempre sabe qual delas o visitante tem nas mãos e dá suas explicações sobre ela: "esta era uma viúva", "estas eram as duas criadas húngaras", e assim por diante. — Sobre Kubin: "Sim, mestre Kubin, o senhor está em ascensão; a continuar assim, em dez ou vinte anos poderá ocupar uma posição como a de Bayros".[40]

40 Aparentemente, um cartão de Kubin lembra Kafka da visita que ele e Pachinger haviam feito a Praga no outono de 1911. O escritor Karl Wolfskehl (1869-1948) era amigo de Kubin, assim como do pintor Melchior Lechter (1865-1937), com quem viajara à Índia no final de setembro de 1910. Franz von Bayros: artista plástico austríaco conhecido por, entre outras coisas, seus desenhos eróticos.

Carta de Dostoiévski a uma pintora.[41] A vida social acontece no interior de um círculo. Só os acometidos de determinado sofrimento se entendem. Graças à natureza de seu sofrimento, formam um círculo e apoiam um ao outro. Deslizam pelas bordas interiores de seu círculo, concedem um ao outro a primazia ou, no atropelo, empurram-se suavemente. Cada um encoraja o outro na expectativa do benefício que, em troca, isso lhe proporcionará, ou então, e aí apaixonadamente, em pleno gozo desse benefício. Cada um dispõe apenas da experiência que seu sofrimento lhe consente, e, no entanto, esses companheiros trocam experiências incrivelmente variadas. "Você é assim", um diz ao outro: "em vez de se lamentar, agradeça a Deus por ser assim, porque, se não fosse, passaria por esse ou aquele infortúnio, por essa ou aquela vergonha". Mas como pode saber? Afinal, quem o diz, como já sua manifestação revela, pertence ao mesmo círculo de seu interlocutor e possui, portanto, uma necessidade de consolo que é da mesma natureza. Dentro de um mesmo círculo o que se sabe é sempre o mesmo. Não há naquele que consola nem a sombra de um pensamento que lhe dê vantagem sobre o consolado. Suas conversas são, portanto, apenas a união de duas imaginações semelhantes, transbordamentos dos desejos de um para o outro. Por vezes, um olha para o chão, ao passo que o outro segue um pássaro com o olhar, e é com base em diferenças assim que se relacionam. Outras vezes, unem-se na fé e contemplam ambos, cabeças lado a lado, alturas infindas. Mas o reconhecimento de sua situação só se apresenta quando, juntos, baixam a cabeça e o martelo comum cai sobre elas.

14/6/14
Meu passo tranquilo, enquanto sinto um tremor em torno da cabeça, e um ramo, roçando-a de leve, provoca-me o pior desconforto. Tenho em mim a tranquilidade e a segurança das outras pessoas, mas, de algum modo, na extremidade contrária.

19/6/14
A agitação dos últimos dias. A tranquilidade que o dr. W[eiß]. me transmite. As preocupações que ele carrega por mim. E como elas se transferiram para

41 Carta a Iekaterina Fedorovna Junge, de 11 de abril de 1880.

dentro de mim hoje cedo, quando, às quatro, acordei de um sono pesado.[42] *Pištěkovo divadlo*. Löwenstein! Agora, o romance rude e excitante de Soyka. Medo. Convicção da necessidade de F[elice].

—

Saio do edifício para dar uma pequena caminhada. O tempo está bom, e a rua chama atenção de tão vazia; só na distância um funcionário municipal, de mangueira na mão, esguicha um gigantesco arco d'água ao longo da rua. "Incomum", eu digo, examinando a extensão do arco. "Um pequeno funcionário municipal", digo, e torno a olhar para o homem na distância. Na esquina seguinte, dois cavalheiros se digladiam, chocam-se, repelem-se, põem-se à espreita um do outro e logo tornam a se atracar. "Senhores, parem de se digladiar", digo.

—

Sentado à sua mesa, o estudante Kosel estudava. Estava tão mergulhado nos estudos que nem percebeu que escurecia, o que, a despeito do dia claro de maio, acontecia já por volta das quatro horas da tarde em seu quarto, que, mal localizado, dava para o pátio. Os lábios retorcidos, os olhos, sem que ele se desse conta, bem próximos do livro, Kosel lia. Por vezes, interrompia a leitura para anotar num caderninho trechos curtos do que havia lido, os quais então, com os olhos fechados, murmurava de cor para si próprio. Defronte de sua janela, a menos de cinco metros de distância, havia uma cozinha onde uma moça passava roupa e, vez por outra, olhava para ele.

De repente, Kosel depôs o lápis e pôs-se a ouvir o teto. Alguém caminhava pelo cômodo de cima, dando voltas e voltas, certamente descalço. A cada passo, ouvia-se um ruidoso chapinhar, como o de quem pisa na água. Kosel balançou a cabeça. Aquelas caminhadas no andar de cima, que ele era obrigado a tolerar desde a chegada de um novo inquilino, havia uma semana, significavam, caso ele não se defendesse de alguma forma, o fim de seus estudos não apenas naquele dia, mas para sempre. Nenhuma mente empenhada no trabalho intelectual podia suportar aquilo.

42 Ernst Weiß estivera em Praga por alguns dias, entre 16 ou 17 e 19 de junho, quando retornou a Berlim. A seguir, em tcheco, Teatro Pištěk, teatro popular nas proximidades de Praga. Eugen Löwenstein (1877-1961) era dono de uma grande fábrica de roupas íntimas (além de escritor e mecenas). Logo a seguir, Otto Soyka (1882-1955), autor vienense de romances fantásticos de sucesso.

Há certas relações que sinto claramente mas que não estou em condições de identificar. Bastaria mergulhar só um pouco mais fundo, mas justamente aí o impulso para cima se torna tão forte que, não sentisse eu o movimento das correntes sob meus pés, poderia mesmo crer já ter atingido o fundo do mar. De todo modo, volto-me para cima, de onde o brilho da luz me chega em milhares de fragmentos. Subo e circulo pela superfície, embora odeie tudo que há lá em cima, e por ele

—

"Senhor diretor, chegou um novo ator", ouviu-se claramente o criado anunciar, uma vez que a porta para o vestíbulo estava escancarada. "Ator é o que ainda pretendo me tornar", disse Karl para si mesmo, corrigindo assim o anúncio do criado. "Onde está ele?", perguntou o diretor, esticando o pescoço.

—

21/6/14
Sedução na aldeia.

—

O velho solteirão com a nova barba

—

A mulher vestida de branco no meio do pátio do Palácio Kinsky. Apesar da distância, o nítido sombreado do arco alto dos seios. Sentada rija.

Certa vez, no verão, cheguei ao anoitecer a uma aldeia onde nunca havia estado. Chamou-me a atenção como seus caminhos eram largos e desimpedidos. Diante das casas nas chácaras, viam-se por toda parte árvores velhas e altas. Tinha chovido, o ar soprava fresco, tudo me agradava muito. Eu procurava demonstrá-lo cumprimentando as pessoas nos portões, e elas respondiam amistosamente, ainda que reservadas. Pensei que seria bom pernoitar ali, se encontrasse uma pousada.

Passava então pelo muro alto e coberto de vegetação de uma das propriedades, quando uma portinha se abriu no muro, três rostos espiaram para fora, desapareceram em seguida e a portinha se fechou. "Estranho", eu disse, voltando-me para o lado, como se tivesse um acompanhante. E, com efeito, encontrei postado a meu lado, como se para me embaraçar, um homem alto, sem chapéu nem paletó, vestindo um colete preto de tricô e fumando um cachimbo. Recompus-me com rapidez e, como se antes já tivesse me dado conta de sua presença, disse: "Esta porta! O senhor também viu a portinha se abrir?". "Sim", respondeu o homem, "mas por que há de ser estranho? Eram os filhos do arrendatário. Ouviram os passos do senhor e vieram ver quem andava por aqui tão tarde da noite." "Essa é de fato uma explicação simples", eu disse sorrindo, "a alguém de fora é fácil que tudo pareça estranho. Eu agradeço." E fui adiante. O homem, contudo, me seguiu. Na verdade, não me admirei com aquilo, seu caminho podia ser o mesmo, mas não havia razão para que caminhássemos um atrás do outro, em vez de lado a lado. Eu me virei para perguntar: "Este é o caminho para a pousada?". Ele se deteve e me respondeu: "Não temos nenhuma pousada aqui, ou melhor, temos uma, sim, mas ela é inabitável. Pertence ao município e, como ninguém a quisesse, foi entregue há muitos anos a um velho aleijado a quem, até então, a comunidade precisara sustentar. Agora, ele administra a pousada com a mulher, e de um jeito que nem se pode passar diante da porta, tamanho é o fedor que vem lá de dentro. No refeitório, escorrega-se na sujeira. Um lugar miserável, uma vergonha para a aldeia, uma vergonha para o município". Tive vontade de contradizê-lo, sua aparência incitava-me a tanto, aquele rosto que era, no fundo, esquelético, as faces amareladas, como se de couro, mal recobertas, e as rugas pretas que, de acordo com os movimentos do queixo, perdiam-se pelo rosto todo. "Ah, é?", eu disse sem expressar maior espanto com a situação, e prossegui: "Mas é lá mesmo que vou me hospedar, porque já me decidi a pernoitar aqui". "Nesse caso", disse o homem apressadamente, "o caminho para a pousada é por ali", e apontou para a direção da qual eu vinha. "Vá até a próxima esquina e vire à direita. Aí, logo vai ver a placa. É lá." Agradeci a informação e tornei a passar por ele, que me observou com especial atenção. Do fato de que ele talvez tivesse me indicado a direção errada, eu não tinha como me defender, mas ele não haveria de me aturdir nem por me obrigar a passar de novo por ele nem por ter desistido com rapidez tão conspícua de advertir-me contra a pousada. Outra pessoa poderia indicar-me sua localização e, ainda que o estabelecimento fosse sujo, eu podia muito bem dormir uma noite na sujeira, o que importava era satisfazer minha teimosia. De resto, tampouco tinha muita escolha, já estava escuro, a chuva encharcara as estradas no campo e o caminho até a próxima aldeia era longo.

Já deixara o homem para trás e não pretendia mais me preocupar com ele, quando ouvi uma voz feminina a lhe falar. Voltei-me. Do escuro de um grupo de plátanos surgiu uma mulher alta e ereta. Sua saia cintilava um marrom amarelado, um xale preto de malha larga cobria-lhe a cabeça e os ombros. "Venha para casa, vamos", disse ela ao homem. "Por que você não vem?" "Já vou", ele disse. "Espere só um pouquinho. Quero ver o que aquele homem vai fazer. É um forasteiro. E está andando por aqui sem nenhuma necessidade. Veja só." Ele falava de mim como se eu fosse surdo ou não entendesse sua língua. Não me importava muito o que dizia, mas naturalmente seria desagradável se ele espalhasse pela aldeia falsos rumores a meu respeito. Por isso, eu disse à mulher: "Estou procurando a pousada, nada mais. Seu marido não tem o direito de falar assim a meu respeito e, dessa forma, talvez incutir na senhora uma ideia errada sobre mim". A mulher, no entanto, mal olhou na minha direção; o que fez foi ir até o marido — estava certo em identificá-lo como o marido, em razão da relação tão direta e óbvia entre ambos — e pousar a mão no ombro dele. "Se o senhor deseja alguma coisa, dirija-se a meu marido, e não a mim." "Não quero coisa nenhuma", eu disse, irritado com aquele tratamento. "Não estou preocupado com a senhora e, portanto, não se preocupe comigo. É só o que peço." A mulher sacudiu a cabeça, isso ainda pude ver no escuro, mas não a expressão dos olhos. Claro estava que ela queria responder alguma coisa, mas o marido disse: "Fique quieta", e ela permaneceu em silêncio.

Aquele encontro pareceu-me então definitivamente encerrado, eu me voltei e já fazia menção de seguir adiante, quando alguém chamou: "Senhor!". Era provavelmente a mim que chamavam. Num primeiro momento, não sabia sequer de onde provinha aquela voz, mas, depois, olhando para cima, vi um rapazinho sentado no muro da propriedade, e, com as pernas balançando e os joelhos batendo um no outro, ele me disse desleixadamente: "Ouvi agora que o senhor deseja pernoitar na aldeia. Não vai encontrar alojamento que preste a não ser aqui". "Na propriedade?", perguntei e, involuntariamente, o que depois me deixou furioso, lancei um olhar inquiridor ao casal, que seguia parado ali, me observando, homem e mulher encostados um no outro. "Isso mesmo", disse o rapaz, altaneiro tanto em sua resposta como em seu comportamento de forma geral. "Aqui tem camas para alugar?", tornei a perguntar, para me certificar e para fazê-lo recuar ao papel de senhorio. "Sim", ele disse, e já afastava um pouco seu olhar do meu, "cedemos camas para o pernoite, não a todos, mas somente àqueles a quem as oferecemos." "Eu aceito", respondi, "mas naturalmente pago por ela, como faria na pousada." "Por favor", emendou o rapaz, que havia tempos olhava agora para além de mim, "não queremos nos aproveitar de ninguém." Sentado em cima do muro, parecia um senhor, e eu, mais abaixo, um servo insignificante; senti enorme vontade de avivá-lo um pouco com uma pedrada. Em vez disso, pedi: "Então, por favor, abra-me o portão". "Não está trancado", ele disse.

"Não está trancado", repeti quase sem perceber, abri o portão e entrei. Por acaso, logo depois de entrar olhei para o alto do muro, onde o rapaz não mais estava, tinha, ao que tudo indicava, saltado dali, a despeito da altura, e talvez conversasse agora com o casal. Pois que conversassem; o que poderia me acontecer, a mim, um jovem que carregava consigo pouco mais de três florins e cujas posses não consistiam em muito mais que uma camisa limpa na mochila e um revólver no bolso da calça? De resto, eram pessoas que não pareciam, em absoluto, querer roubar alguém. E o que mais poderiam querer de mim? Via-me agora no costumeiro jardim descuidado das grandes chácaras; o muro sólido de pedra parecera prometer mais. Na grama alta, erguiam-se cerejeiras já sem flores, regularmente distribuídas. Na distância, via-se a casa, uma construção esparramada e térrea. Já estava bem escuro, eu era um hóspede tardio; caso o rapaz no muro houvesse mentido para mim, eu poderia me ver numa situação desagradável. A caminho da casa, não encontrei ninguém, mas, a poucos passos dela, vi pela porta aberta, na primeira sala, duas pessoas altas e velhas, homem e mulher lado a lado, rosto voltado para a porta, comendo algum tipo de purê numa tigela. Na escuridão, não distinguia nada com nitidez, apenas do casaco do homem reluzia aqui e ali algo que parecia ouro; eram por certo os botões ou a corrente do relógio. Cumprimentei e disse então, ainda sem cruzar a soleira da porta: "Eu estava procurando pouso aqui na aldeia, e um rapaz, sentado no muro do jardim da propriedade, me disse que, mediante pagamento, pode-se pernoitar aqui na chácara". Os dois velhos, que haviam enfiado suas colheres no purê e se recostado no banco, contemplavam-me em silêncio. Seu comportamento não era muito hospitaleiro. Por isso, acrescentei: "Espero que a informação que recebi esteja correta e que eu não os esteja importunando à toa". Disse-o, porém, bem alto, porque talvez os dois não ouvissem muito bem. Passados alguns instantes, o homem disse: "Aproxime-se". Obedeci apenas porque ele era muito velho, do contrário teria insistido para que respondesse com precisão a minha pergunta específica. De todo modo, ao entrar, observei: "Caso a acolhida venha a lhes causar algum inconveniente, por menor que seja, digam-me com franqueza; não vou insistir, de modo algum. Posso me hospedar na pousada, é indiferente para mim". "Ele fala demais", a mulher comentou baixinho. Aquilo só podia ser entendido como uma ofensa; com ofensas, pois, respondiam a minha polidez, mas era uma mulher de idade, eu não podia me defender. E talvez essa impossibilidade de me defender tenha sido a razão pela qual o comentário irreplicável dela tenha exercido sobre mim efeito maior do que lhe cabia. Sentia que, de certo modo, alguma reprimenda se justificava, mas não porque eu falara demais, afinal eu dissera apenas o absolutamente indispensável, e sim por razões outras, intimamente vinculadas a minha existência.

Eu nada mais disse, não insisti numa resposta; divisei um banco num canto escuro e próximo, fui até ele e me sentei. Os velhos voltaram a comer, uma moça veio do cômodo contíguo e depositou uma vela acesa sobre a mesa. Agora, enxergava-se ainda menos que antes, tudo se confundia na escuridão, só a chama pequena da vela tremulava sobre a cabeça algo inclinada dos velhos. Algumas crianças entraram correndo, provenientes do jardim, uma delas caiu estirada no chão e começou a chorar, as outras interromperam sua corrida e agora se esparramavam pela sala, ao que o velho disse: "Crianças, vão dormir". De imediato, elas se juntaram, a que estivera chorando agora apenas choramingava, um menino próximo de mim me puxou pelo casaco, como se pensasse que também eu deveria acompanhá-las, e, de fato, eu queria ir dormir, razão pela qual me levantei e, adulto, saí calado da sala com as crianças, que alto e em uníssono deram boa-noite. O garotinho simpático segurava-me pela mão, de modo que me orientei facilmente no escuro. Logo, logo, porém, chegamos a uma escadinha de mão, subimos e estávamos no sótão. Por uma pequena claraboia aberta via-se naquele momento a fina lua crescente, era um prazer postar-se ali embaixo, minha cabeça quase varava a claraboia, e respirar o ar tépido mas fresco. No chão, junto de uma parede, havia um amontoado de palha e, nele, espaço suficiente também para mim. As crianças — eram dois meninos e três meninas — despiram-se em meio a muitas risadas, e eu me jogara na palha vestido, porque, afinal, estava em casa de estranhos e nem tinha o direito de estar ali. Apoiado no cotovelo, observei as crianças por alguns momentos, enquanto elas brincavam seminuas a um canto. Depois, porém, senti-me tão cansado que deitei a cabeça em minha mochila, estiquei os braços, passei ainda os olhos pelas vigas do telhado e adormeci. Recém-adormecido, acreditei ouvir ainda um menino exclamar: "Cuidado. Aí vem ele!" — e ouvi soar em minha consciência desvanecente os passinhos apressados das crianças, que corriam para suas camas. Por certo, dormi apenas por um período bem curto, porque, ao despertar, a luz do luar, quase inalterada, seguia entrando pela claraboia e iluminando o mesmo pedaço de chão. Não sabia por que tinha acordado, uma vez que dormira profundamente e não havia tido nenhum sonho. Foi quando notei, a meu lado, mais ou menos à altura da orelha, um cachorro bem pequeno e peludo, um daqueles repugnantes cãezinhos de estimação, a cabeça relativamente grande envolta em pelos encaracolados e, nela, olhos e focinho incrustados frouxamente, tal qual adornos feitos de alguma massa córnea e sem vida. Como um cachorro de cidade como aquele tinha ido parar numa aldeia? O que o compelia a circular pela casa à noite? E por que estava ali, junto da minha orelha? Bufei para espantá-lo, talvez fosse algum brinquedo das crianças que só viera até mim por engano. Ele se assustou, mas não saiu do lugar, apenas girou, erguendo-se agora sobre patinhas tortas e exibindo um corpinho atrofiado, bem pequeno em comparação com a cabeça grande. Como ele permanecesse quieto, quis voltar a dormir, mas não consegui, via a todo momento diante dos olhos fechados o cachorro a balançar no ar e a arregalar os olhos. Aquilo era insuportável, não podia ficar com o animal ali, a meu lado; então, levantei-me e o apanhei no colo para levá-lo para fora. O cachorro, contudo, tão apático até aquele momento, começou a se defender e tentava cravar-me as garras. Precisei, portanto, apanhar as patinhas também, o que certamente foi muito fácil, eu podia segurar as quatro com uma só mão. "Ora, vamos lá, cãozinho", eu disse olhando para baixo, para aquela cabecinha agitada de caracóis sacolejantes, e fui-me com ele pela escuridão, à procura da porta. Só então ocorreu-me como era silencioso o cachorrinho, não latia nem gania, apenas o sangue pulsava loucamente em suas veias, isso eu podia sentir. Para minha grande irritação — a atenção que dedicava ao cãozinho fizera-me descuidado —, poucos passos adiante tropecei numa das crianças adormecidas. De resto, já estava bem escuro no sótão, pela pequena claraboia só entrava agora muito pouca luz. A criança gemeu, eu não me mexi por um instante, não movi sequer a ponta dos pés, a fim de não despertá-la ainda mais com um novo movimento. Mas era tarde demais; de repente, vi à minha volta as crianças se levantarem em seus camisolões brancos, como se tivessem combinado ou recebido uma ordem; a culpa não era minha, eu só acordara uma delas, nem fora bem um acordar, apenas uma pequena perturbação que um sono de criança haveria de ter suportado com facilidade. Pois agora estavam acordadas. "O que vocês querem, crianças?", perguntei, "voltem a dormir." "O senhor está carregando alguma coisa", disse um menino, e as cinco começaram a me inspecionar. "Sim", respondi, não tinha nada a esconder; se elas quisessem levar o animal, tanto melhor. "Estou levando este cachorro para fora. Ele não me deixou dormir. Vocês sabem de quem é?" "É da sra. Cruster", ou pelo menos foi isso que acreditei ouvir de seus gritos confusos, indistinguíveis e sonolentos, não destinados a mim, e sim a elas próprias. "E quem é a sra. Cruster?", perguntei, mas, em sua agitação, não recebi mais resposta nenhuma. Uma delas tomou-me o cachorro, que agora estava bem quietinho, e foi-se embora correndo; todas as demais a seguiram. Sozinho ali eu não queria ficar, já perdera o sono, e, embora hesitasse por um momento — parecia-me que eu me imiscuía demasiado nos assuntos daquela casa, onde ninguém demonstrara grande confiança em mim —, por fim corri atrás delas. Logo à minha frente ouvia os passos de seus pés, mas, no escuro total e por caminhos desconhecidos, tropecei várias vezes e, numa delas, cheguei mesmo a dar dolorosamente com a cabeça na parede. Passamos também pela sala em que eu tinha visto os velhos pela primeira vez; estava vazia e, pela porta ainda e sempre aberta, via-se o jardim à luz do luar. "Saia", eu disse a mim mesmo, "a noite está quente e clara, você pode seguir caminhando ou dormir ao ar livre. Afinal, não faz sentido correr atrás das crianças." Mas prossegui, chapéu, bengala e mochila, eu os havia deixado lá em cima, no sótão. E como corriam aquelas crianças! A sala iluminada pela lua, tinham-na atravessado com dois saltos e os camisolões esvoaçantes, como eu bem pudera ver. Ocorreu-me que eu retribuía adequadamente a falta de hospitalidade naquela casa, na medida em que espantara as crianças, promovia uma ronda pela casa, fazia barulho por toda parte em vez de dormir (mal se ouviam os passos das crianças descalças em comparação com os de minhas botas pesadas) e não sabia nem sequer o que resultaria daquilo tudo. De repente, fez-se um clarão brilhante. Num quarto que se abriu para nós, com algumas janelas escancaradas, uma mulher delicada estava sentada a uma mesa e escrevia à luz de um grande e belo abajur. "Crianças!", ela exclamou espantada, ainda sem me ver, porque eu permanecera à sombra diante da porta. As crianças puseram o cachorro em cima da mesa, por certo amavam muito aquela mulher, cujos olhos buscavam fitar a todo momento; uma menina apanhou-lhe a mão e pôs-se a acariciá-la, o que ela permitiu quase sem o perceber. O cachorro, postado diante da mulher sobre o papel de carta no qual ela estivera escrevendo pouco antes, esticou na direção dela a linguinha tremelicante, distintamente visível bem diante do quebra-luz. As crianças então pediram permissão para ficar ali e, bajulando-a, buscavam obter dela o consentimento para tanto. Indecisa, a mulher se levantou, esticou os braços e apontou para a única cama e para o chão duro. As crianças, que não queriam aceitar a indicação, experimentaram deitar-se no chão bem onde estavam e, por um instante, fez-se silêncio. A mulher as contemplou sorrindo, as mãos juntas sobre o colo. Vez por outra, uma das crianças erguia a cabeça, mas, ao ver as demais ainda deitadas, tornava a baixá-la

—

Certa noite, voltei do escritório mais tarde que de costume — um conhecido me detivera por um bom tempo diante da porta do edifício, lá embaixo — e, ainda pensando em nossa conversa, que girara principalmente em torno de questões profissionais, abri a porta de meu quarto, pendurei o sobretudo no cabide e já pretendia me dirigir ao lavatório quando ouvi uma respiração estranha e curta. Olhei para cima e, na altura da estufa posicionada a um canto, na penumbra, notei algo vivo. Olhos que cintilavam um brilho amarelado me contemplavam; de ambos os lados sob o rosto irreconhecível, jaziam dois grandes seios redondos sobre a cornija da estufa, a totalidade daquele ser parecia constituir-se de um amontoado de carne branca e macia; um rabo amarelado comprido e grosso pendia da estufa, sua ponta roçava sem cessar as fendas dos azulejos, de um lado para outro.

A primeira coisa que fiz foi caminhar a passos largos e de cabeça baixa — "Loucura! Loucura!", eu repetia baixinho, como uma oração — até a porta que dava para a casa de minha senhoria. Só mais tarde percebi que entrara sem bater. A srta. Hefter

—

Foi perto da meia-noite. Cinco homens me seguravam; para além deles, um sexto erguia a mão para me apanhar. "Larguem!", gritei, e pondo-me a girar em círculos, derrubei-os todos. Senti que alguma lei vigorava ali, sabia, ao fazer aquele derradeiro esforço, que ele teria êxito, via agora os homens voando de volta de braços erguidos, percebi que, no momento seguinte, haveriam de, juntos, se precipitar sobre mim, virei-me para a porta do edifício — estava bem diante dela —, destranquei a fechadura, que se abriu como se voluntariamente e a velocidade inaudita, e escapei escada acima, no escuro. No último andar, encontrei minha velha mãe na porta de casa com uma vela na mão. “Cuidado, cuidado!”, exclamei ainda do penúltimo andar, “eles estão me perseguindo.” “Mas quem? Quem?”, ela perguntou. “Quem é que poderia estar perseguindo você, meu filho?” “Seis homens”, respondi sem fôlego. “Você os conhece?”, minha mãe perguntou. “Não, são estranhos”, eu disse. “E que aspecto têm?” “Mal consegui ver. Um tem barba preta cerrada, outro, um grande anel no dedo, um terceiro, um cinto vermelho, o outro, calça rasgada nos joelhos, o quinto, um só olho aberto e o último mostra os dentes.” “Pois não pense mais nisso”, disse minha mãe, “vá para seu quarto e durma, já arrumei a cama.” Minha mãe! Essa velha já inatacável pelo que quer que viva, com um traço de astúcia em torno da boca a inconscientemente repetir sandices de quem tem oitenta anos. “Ir dormir agora?”, exclamei.

—

24/6/14
Elli conta:

“Meu amorzinho querido! Que falta eu sinto do seu corpo elástico!”

—

Como descarregamos, O[ttla]. e eu, nossa fúria contra as relações humanas.

—

O túmulo dos pais em que também o filho (“Pollak, formado na escola de comércio”) está enterrado.

25/6/14
Desde manhã bem cedo até agora, no crepúsculo, caminhava para um e outro lado de meu quarto. A janela estava aberta, fazia um dia quente. O barulho da rua estreita entrava sem cessar. De tanto contemplá-lo nessa minha ronda, já conhecia cada detalhe do quarto. Havia despido cada parede com meu olhar. Perseguira até as últimas variações a estampa do tapete e as marcas de sua velhice. A mesa no centro, eu a medira muitas vezes com polegar e indicador. Já arreganhara várias vezes os dentes para o retrato do falecido marido de minha senhoria. No fim da tarde, aproximei-me da janela e sentei-me no parapeito baixo. Foi quando, por acaso, pela primeira vez olhei com tranquilidade de um ponto fixo para o interior do quarto e, depois, para o teto. Finalmente, finalmente, se não me enganava, o quarto que eu sacudira de tantas maneiras começou a se mexer. E começou pelos leves adornos de

gesso das bordas que circundavam o teto branco. Pequenos bocados se soltaram e caíam casualmente pelo chão, aqui e ali, com um baque característico. Estendi a mão e também nela caíram alguns pedaços, os quais, tenso como estava, arremessei por sobre a cabeça para a rua, sem nem me voltar. As lacunas no teto ainda não exibiam um padrão, mas, de todo modo, já se podia de certa forma adivinhá-lo. Contudo, deixei de lado essas adivinhações, agora que ao branco começava a se misturar um roxo azulado; partia do centro do teto, ainda e sempre branco, um branco verdadeiramente radiante, bem de onde estava afixada a mísera lâmpada. A cor avançava aos solavancos, ou era uma luz, rumo às bordas que agora escureciam. Já nem prestava atenção nos bocados que caíam, saltando do teto como se sob a pressão de uma ferramenta manejada com grande precisão. Então, provenientes das laterais, tonalidades amareladas, de um amarelo dourado, penetraram no roxo. Mas o teto não se coloriu propriamente, as cores só o tornaram de alguma forma transparente, sobre ele pareciam pairar coisas que desejavam rompê-lo, já quase se viam seus contornos, um braço estendeu-se, uma espada prateada oscilava para cima e para baixo. Aquilo tinha a ver comigo, não restava dúvida, preparava-se ali uma aparição que deveria me libertar. Saltei para cima da mesa, a fim de preparar tudo, arranquei a lâmpada e a haste de latão que a segurava e as atirei no chão; desci e pus-me a empurrar a mesa do centro para junto da parede do quarto. O que fosse que desejava entrar podia agora descer tranquilamente até o tapete e me anunciar o que tinha para anunciar. Mal eu terminara, e o teto de fato rompeu-se. Ainda de grande altura, eu a avaliara mal, um anjo envolto em panos roxo-azulados cingidos por dourados cordões foi descendo lentamente na penumbra, sustentado por grandes asas brancas reluzentes como seda, a espada estendendo-se horizontalmente do braço levantado. "Um anjo, pois!", pensei. "Vem voando em minha direção o dia todo, e eu, em minha descrença, não sabia. Agora, vai falar comigo." Baixei o olhar. Ao erguê-lo outra vez, o anjo decerto ainda seguia ali, pendendo bem baixo do teto que voltara a se fechar, mas não se tratava de um anjo vivo, e sim de uma figura pintada em madeira provinda da proa de um navio, como aquelas que em geral penduram no teto dos bares frequentados por marinheiros. Nada mais que isso. O punho da espada prestava-se a acomodar velas e acolher a cera derretida. A lâmpada, eu a pusera abaixo, mas no escuro não queria ficar; encontrei ainda uma vela, subi numa cadeira, enfiei a vela no punho da espada, acendi-a e fiquei sentado noite adentro sob a luz fraca do anjo.

30/6/14

De Hellerau a Leipzig com Pick. Comportei-me de maneira terrível. Incapaz de perguntar, responder, me movimentar, mal conseguia olhar nos olhos. O homem que propagandeava a Liga Naval, o casal gordo que comia salsichas, Thomas, em cuja casa nos hospedamos, Prescher, que nos leva até lá, a sra. Thomas, Hegner, Fantl e sua esposa, Adler, sua mulher e a filha Anneliese, a senhora do dr. Kraus, a srta. Pollak, a irmã da sra. Fantl, Katz, Mendelssohn (filho do irmão, Alpinum, larvas de escarabeídeos, banho de agulhas de abeto), hospedaria Waldschänke, restaurante Natura, Wolff, Haas, leitura de "Narciss" no jardim de Adler, visita à casa de Dalcroze, à tardezinha na Waldschänke, Bugra, um horror após o outro. Equívocos: não encontrar o Natura, caminhar para cima e para baixo pela Struvestraße; pegar o bonde errado para Hellerau, quartos esgotados na Waldschänke; esquecer-me de que, lá, queria que Erna me telefonasse e, portanto, voltar; não mais encontrar Fantl; Dalcroze em Genebra; na manhã seguinte, chegar tarde demais à Waldschänke (F[elice]. telefonou à toa); decisão de não ir para Berlim, e sim para Leipzig; viagem sem sentido; pegar o trem regional por engano; Wolff está a caminho de Berlim; Lasker-Schüler monopoliza Werfel; visita sem sentido à exposição; por fim, e para concluir, lembro Pick, no Arco e sem a menor necessidade, de uma dívida antiga.[43]

43 O objetivo principal da viagem de Kafka com Otto Pick, de 27 a 29 de junho, era visitar Hellerau, cidade-jardim então às portas de Dresden e sede das Werkstätten für Handwerkskunst (Oficinas de artesanato) e do Instituto Educacional Jaques Dalcroze. Moravam em Hellerau o editor Jakob Hegner, o escritor praguense Paul Adler (1878-1946), sua mulher e a filha de ambos, Elisabeth (que, em razão do apelido, Nise, Kafka acredita chamar-se Anneliese), e o artista e artesão Georg Mendelssohn (1886-1955). Este último morava com a família e um sobrinho num casarão dotado de um grande jardim com plantas alpinas. A Liga Naval Alemã havia sido fundada em 1898, em Berlim, e contava com mais de 1 milhão de membros em 1908. Como não havia lugar na hospedaria Waldschänke (administrada por Hermann Prescher), Kafka e Pick pernoitaram em casa do professor ginasial Kurt Thomas e de sua esposa. Leo Fantl e sua mulher, Grete, tinham uma casa em Hellerau, onde promoviam pequenos eventos literários. Katz: provavelmente, o escritor praguense Richard Katz (1888-1968). O pedagogo musical suíço Émile Jaques-Dalcroze (1865-1950) desenvolveu um método de educação musical e, a partir de 1911, dirigiu uma escola de muito sucesso em Hellerau, até fundar uma nova escola em Genebra, em 1914. Bugra era a Internationale Ausstellung für Buchgewerbe und Graphik (Exposição internacional da indústria do livro e das artes gráficas), que, em 1914, teve lugar em Leipzig. Erna Bauer (1886-1972) era a irmã mais velha de Felice. Ao que tudo indica, Kafka visitou a Kurt Wolff Verlag em Leipzig, mas não conseguiu se encontrar com Kurt Wolff nem com seu editor, Franz Werfel. A obra "Narciss", a senhora do dr. Kraus, a srta. Pollak e a irmã da sra. Fantl não foram identificadas.

1/7/14
Cansado demais.

5/7/14
Precisar sofrer tais dores e ser também sua causa!

—

23/7/14
O tribunal no hotel.[44] A viagem de fiacre. O rosto de F[elice]. Ela leva as mãos aos cabelos, passa a mão no nariz, boceja. De súbito, cobra ânimo e começa a dizer coisas refletidas, de há muito guardadas, hostis. O caminho de volta com a srta. Bl[och]. O quarto no hotel, o calor refletido pelo muro defronte. O calor provém também das laterais abauladas que emolduram a janela baixa do quarto. Além disso, o sol da tarde. O empregado ágil, quase um judeu oriental. Barulho no pátio, como numa fábrica de máquinas. Cheiro ruim. O percevejo. A difícil decisão de esmagá-lo. A camareira se espanta: não há percevejos em parte alguma, só uma vez um hóspede encontrou um no corredor. Em casa dos pais dela. Algumas lágrimas da mãe. Recito a lição. O pai compreende bem, sob todos os aspectos. Veio de Malmö apenas por minha causa, viagem noturna, e está sentado em mangas de camisa. Dão-me razão, não há o que dizer contra mim, ou não muito. Diabólico em toda a sua inocência. Culpa aparente da srta. Bloch. À noite, sozinho num banco da Unter den Linden. Cólicas. O cobrador triste. Põe-se diante das pessoas, gira os bilhetes que leva na mão e só se deixa dispensar mediante pagamento. Apesar da aparente lentidão, cumpre sua função muito corretamente, num trabalho continuado como esse não se pode correr de um lado para outro, além do que ele precisa tentar memorizar as pessoas. À visão de gente assim, sempre as mesmas reflexões: como ele chegou a esse posto? Quanto ganha? Onde estará amanhã? O que o aguarda na velhice? Onde mora? Em que canto estica os braços antes de dormir? Se eu

44 Trata-se aqui da dissolução do noivado com Felice Bauer, em 12 de julho de 1914, no Hotel Askanischer Hof, em Berlim, e na presença de Erna Bauer e Grete Bloch. Depois, Kafka visita os pais de Felice, Carl e Anna Bauer, para comunicar-lhes a decisão. Parte, então, de Berlim para Lübeck e, em 16 ou 17 de julho, para Marielyst, balneário dinamarquês, onde passa férias com Ernst Weiß e Rahel Sanzara (ou, na verdade, Johanna Bleschke). Kafka começa a escrever em 23 de julho, é interrompido por Weiß e retoma a escritura do diário apenas ao voltar a Praga, no dia 27.

fosse capaz de fazer esse trabalho, como me sentiria? Tudo isso e as cólicas. Noite terrível, passada em sofrimento. E, no entanto, quase nenhuma lembrança dela. No restaurante Belvedere, na ponte de Stralau com Erna. Ela ainda tem esperança de um bom desfecho, ou finge ter. Bebemos vinho. Lágrimas nos olhos dela. Barcos partem para Grünau, para Schwertau. Muita gente. Música. Erna me consola, mas não estou triste, isto é, só estou triste comigo mesmo, e para isso não há consolo. Dá-me de presente *Die gotischen Zimmer* [Os quartos góticos].[45] Conta muitas coisas (não sei nada). Sobretudo como se impôs no trabalho diante de uma colega venenosa, uma velha de cabelos brancos. Queria de preferência sair de Berlim, ser dona de seu próprio negócio. Ama a tranquilidade. Quando estava em Sebnitz, muitas vezes passava os domingos dormindo. E sabe ser divertida. — Na outra margem, o Marinehaus. Ali, o irmão já alugara uma casa.

Por que os pais e a tia[46] me acenaram tanto ao nos despedirmos? Por que F[elice]. ficou sentada imóvel no hotel, embora tudo já estivesse muito claro? Por que me telegrafou: "Espero você, mas, na terça, viajo a trabalho"? Esperavam que eu fizesse alguma coisa? Nada teria sido mais natural. De nada (interrompido pelo dr. Weiß, que se aproxima da janela)

27/7/14

No dia seguinte, não fui mais à casa dos pais. Apenas enviei bicicleta portando carta de despedida. Carta insincera e coquete. "Não guardem de mim lembrança ruim." Discurso feito do patíbulo. Estive duas vezes na escola de natação em Stralau. Muitos judeus. Rostos azulados, corpos vigorosos, corridas desvairadas. Ao anoitecer, no jardim do Askanischer Hof. Comi arroz à Trautmannsdorf e um pêssego. Um senhor que bebia vinho me observa enquanto tento cortar com a faca o pêssego pequeno e ainda verde. Não consigo. De vergonha, sob o olhar do velho, desisto do pêssego e folheio uma dezena de vezes a *Fliegende Blätter*.[47] Espero para ver se ele não se volta para o outro lado. Por fim, reúno todas as minhas forças e, a despeito dele, mordo o pêssego caro e chocho. No terraço coberto a meu lado, um senhor alto preocupado apenas com o assado que escolhe cuidadosamente e com o vinho no balde de gelo. Por fim, acende um grande charuto; eu o

45 Romance de 1904 de August Strindberg. **46** Emilie, irmã de Carl Bauer.
47 Famoso semanário humorístico ilustrado, publicado em Munique.

observo por cima da minha *Fliegende Blätter*. Partida da estação de Lehrte. O sueco em mangas de camisa. A moça robusta com seus muitos braceletes prateados. Baldeação em Büchen no meio da noite. Lübeck. Hotel Schützenhaus, horrível. Paredes apinhadas, roupa de cama suja sob o lençol, edifício abandonado, serviço a cargo unicamente de um aprendiz. De medo do quarto, saio ainda para o jardim e me sento ali com uma garrafa de água mineral, Harzer Sauerbrunnen. À minha frente, um corcunda bebe cerveja e um jovem magérrimo e anêmico fuma. Dormi, afinal, mas logo me acordou o sol que, entrando pela grande janela, brilhava diretamente no meu rosto. A janela dá para a ferrovia, barulho incessante dos trens. Salvação e felicidade depois de me mudar para o Hotel Kaiserhof, à beira do rio Trave. Viagem para Travemünde. Balneário — balneário familiar. Vista da praia. Tarde na areia. Meus pés descalços chamam atenção como algo indecente. A meu lado, um homem que parece ser americano. Em vez de almoçar, passei por todas as pensões e restaurantes. Sentei-me na alameda diante da Kurhaus e fiquei ouvindo a música a acompanhar a refeição. Em Lübeck, passeio ao longo da muralha. Um homem triste e abandonado num banco. A animação na praça de esportes. Praça tranquila, pessoas diante de todas as portas, nos degraus e nas pedras. A manhã vista da janela, a madeira sendo descarregada de um barco a vela. O dr. W[eiß]. na estação ferroviária. Semelhança sem fim com Löwy. Incapacidade de decidir quanto a Gleschendorf.[48] Almoço na leiteria Hansa. "Errötende Jungfrau". Compra do jantar. Ligação telefônica para Gleschendorf. Viagem a Marielyst. Ferryboat. O misterioso desaparecimento de um jovem vestindo capa de chuva e chapéu, e o misterioso reaparecimento de ambos. Viagem de carro de Vaeggerløse a Marielyst.

28/7/14

Primeira impressão desesperada da desolação, da casa miserável, da comida ruim, sem frutas nem legumes, das brigas entre W[eiß]. e H[ansi]. Decisão de partir no dia seguinte, aviso. Mas fico. Leitura de "Überfall", minha incapacidade de ouvir com atenção, de desfrutar da leitura do texto e avaliá-lo. Os discursos improvisados de W[eiß]. Para mim, inalcançáveis. O homem

48 De início, Kafka pretendera passar as férias em Gleschendorf, e não em Marielyst. Logo a seguir, referência a uma sobremesa feita de calda de framboesa, creme de leite e gelatina: "virgem rubescente", em tradução literal. "Überfall": obra não identificada.

que escreve no meio do jardim, rosto gordo, olhos negros, cabelos compridos untados, alisados e penteados para trás. Olhares fixos, piscadelas à direita e à esquerda. As crianças desinteressadas, sentadas feito moscas ao redor da mesa dele. —

—

Minha incapacidade de pensar, observar, constatar e de me lembrar, assim como de falar e de conviver, vai se tornando cada vez maior; estou me transformando em pedra, sou obrigado a constatá-lo. Essa incapacidade aumenta até mesmo no escritório. Se não me salvo no trabalho, estou perdido. Minha consciência disso é tão clara quanto a realidade? Escondo-me das pessoas não porque queira viver em paz, e sim porque desejo perecer em paz. Penso no trecho que nós, Erna e eu, caminhamos do bonde até a estação de Lehrte.[49] Nenhum de nós falou, eu não pensava senão que cada passo era um ganho para mim. E E[rna]. me trata com carinho, chega mesmo a, incompreensivelmente, acreditar em mim, embora tenha me visto diante do tribunal; vez por outra, sinto até o efeito que essa crença exerce sobre mim, ainda que sem acreditar por completo nesse sentimento. A primeira vida que senti em mim em muitos meses diante de um ser humano foi diante da suíça à minha frente no compartimento do trem, voltando de Berlim. Ela me lembrou G. W.[50] Em certo momento, até chamou: "Crianças!". — Tinha dores de cabeça, de tanto que o sangue a atormentava. Corpo feio, descuidado e pequeno, vestido ruim e barato de alguma grande loja parisiense. Sardas no rosto. Pés pequenos, porém; morosidade, mas, graças à baixa estatura, corpo inteiramente sob controle; maçãs do rosto redondas e firmes, olhar vivo que jamais se apaga.

—

O casal judeu, meus vizinhos. Pessoas jovens, ambas tímidas e modestas; o nariz grande e adunco e o corpo esbelto da mulher; ele, levemente estrábico, era pálido, atarracado e de ombros largos, tossia um pouco durante a noite. Muitas vezes caminhavam um na frente do outro. A visão da cama desarrumada em seu quarto. — O casal dinamarquês. Ele, frequentemente

49 Kafka torna a se encontrar com Erna Bauer antes da partida para Lübeck. **50** G. W.: a suíça que Kafka conhecera em Riva.

muito correto em seu paletó; ela, bronzeada, rosto frágil mas tosco em sua composição. Passam bastante tempo calados, por vezes sentados lado a lado, os rostos inclinados como nos camafeus. — O rapaz atrevido e bonito. Sempre fumando cigarros. Olha para H[ansi]. de uma maneira atrevida, desafiadora, cheia de admiração, zombeteira e desdenhosa, tudo num único e mesmo olhar. Às vezes, nem lhe dá atenção. Mudo, demanda dela um cigarro. Em seguida, oferece-lhe outro, de longe. Veste calça rasgada. Quem quiser surrá-lo, precisa fazê-lo neste verão; no próximo, já será ele próprio a dar a surra. Acaricia o braço de quase toda camareira, mas não com humildade ou embaraço, e sim qual um tenente que, ainda possuidor de uma figura infantil, pode no momento ousar mais do que poderá mais tarde. Enquanto come, ameaça cortar com a faca a cabeça de uma boneca. — Lanceiro. Quatro pares. À luz das lâmpadas e ao som do gramofone no grande salão. Depois de cada figura, um dançarino corre até o gramofone para pôr um novo disco. Dança executada com correção, leveza e seriedade sobretudo pelos cavalheiros. O sujeito divertido, de faces coradas, elegante, cujo peito amplo e pronunciado a camisa engomada e fofa elevava ainda mais. — O despreocupado, pálido, acima de todos e brincando com todos; princípio de barriga, roupa larga e clara, fala muitas línguas; lia *Die Zukunft*.[51] — O pai colossal da família papuda e bufante, reconhecível pela respiração pesada e pelas barrigas infantis; estava sentado ostensivamente com a mulher (com a qual, muito galante, dançou) à mesa para as crianças, de resto ocupada sobretudo por ele e sua família. — O homem correto, asseado, confiável, cujo rosto tinha aspecto quase aborrecido de tanta seriedade, modéstia e virilidade. Tocava piano. — O alemão gigantesco com cicatrizes no rosto quadrado, cujos lábios protuberantes se juntavam tão pacificamente ao falar. Sua mulher de rosto nórdico, duro e amistoso, belíssimo caminhar, belíssima liberdade dos quadris a balançar. — A mulher de Lübeck com os olhos brilhantes. Três crianças, entre elas Georg, que, desatinado como uma borboleta, senta-se com completos desconhecidos e, a seguir, com sua tagarelice infantil, faz uma pergunta sem nenhum sentido. Por exemplo, sentados, corrigimos *Der Kampf* [A luta].[52] De repente, ele aparece e pergunta alto, com naturalidade e con-

51 Revista semanal editada por Maximilian Harden. 52 Romance de Ernst Weiß publicado em 1916 (e, a partir de 1919, com o título *Franziska*).

fiança, aonde foram as outras crianças. — O velho e rijo cavalheiro a exibir que aspecto têm, na velhice, os nobres nórdicos com suas cabeças ovais. Decadente e irreconhecível, não fosse pelas outras cabeças ovais, bonitas e jovens, que por ali circulavam também.

—

29/7/14
Os dois amigos, um deles loiro, parecido com Richard Strauß, sorridente, reservado, hábil; o outro, moreno, vestido com correção, suave e firme, demasiado maleável, cicia; ambos boas-vidas, sempre bebendo vinho, café, cerveja, aguardente, fumando sem cessar, um serve a bebida ao outro; seu quarto, defronte do meu, cheio de livros franceses; com tempo bom lá fora, escrevem bastante no gabinete abafado.

—

Certa noite, depois de uma grande discussão com o pai — que lhe repreendera a vida dissoluta, da qual demandou fim imediato —, Josef K., filho de um rico comerciante, saiu sem um propósito específico, tomado apenas por completa insegurança e fadiga, rumo à casa da associação dos comerciantes, que, apartada, erguia-se nas proximidades do porto. O porteiro fez uma profunda mesura. Josef lançou-lhe um olhar de passagem, sem cumprimentá-lo. "Esses subalternos mudos fazem tudo que se espera deles", pensou. "Se eu imaginar que me observa com olhares inconvenientes, é o que ele fará de fato." E, de novo, voltou-se para o porteiro sem cumprimentá-lo; este, por sua vez, virou-se para a rua e pôs-se a contemplar o céu nublado.

—

Eu estava completamente desnorteado. Uns poucos momentos antes, sabia ainda o que tinha a fazer. Com a mão estendida, o chefe me empurrara até a porta da loja. Atrás das duas secretárias estavam meus colegas, supostos amigos, o rosto cinza afundado na escuridão para ocultar a expressão em seus semblantes. "Fora!", o chefe gritou: "Ladrão! Fora! Já disse: fora daqui!". "Não é verdade", retruquei pela centésima vez. "Não roubei! É um equívoco ou uma calúnia! O senhor não me toque! Vou denunciá-lo! Ainda existe justiça! E não saio daqui! Servi ao senhor durante cinco anos como um filho, e agora sou tratado como ladrão. Não roubei, não roubei, ouça-me, pelo amor de Deus, não roubei." "Nem mais uma palavra", ordenou o chefe. “Saia!” Estávamos já diante da porta de vidro, um aprendiz, que estivera fora, entrou apressado; o ruído que penetrou da rua, de resto algo afastada, tornou-me os fatos mais compreensíveis; detive-me à porta, os cotovelos enfiados nos quadris, e, a despeito do ar que me faltava, disse apenas com toda a calma: “Quero meu chapéu”. “E o terá”, disse o chefe, dando alguns passos para trás a fim de apanhar o chapéu das mãos do empregado Grasmann, que se debruçara sobre a secretária; quis, então, jogá-lo para mim, mas errou a direção e o lançou com força demasiada, de modo que o chapéu passou por mim e foi cair no meio da rua. “O chapéu agora lhe pertence”, eu disse, e saí. Foi então que fiquei desnorteado. Eu tinha roubado, apanhara do caixa da loja uma nota de cinco florins para, à noite, poder ir ao teatro com Sophie. Ela nem queria ir; em três dias, eu receberia o pagamento e, então, teria meu próprio dinheiro; além disso, praticara o furto de forma insensata, em plena luz do dia, junto da janela de vidro do escritório, de onde o chefe, sentado, me observava. “Ladrão!”, ele gritou, saltando de seu posto. “Não roubei”, foram minhas primeiras palavras, mas a nota de cinco florins estava na minha mão, e o caixa, aberto.

Anotações sobre a viagem feitas em outro caderno.[53] Trabalhos iniciados, mas malogrados. Não desisto, porém, apesar da insônia, da dor de cabeça, da incapacidade generalizada. Para tanto reuniram-se em mim as últimas forças vitais. Observei que não evito as pessoas para poder viver em paz, e sim para poder morrer em paz. Mas agora vou me defender. Durante o mês de ausência do meu chefe, terei tempo.

30/7/14
Cansado de trabalhar em lojas dos outros, eu abrira uma pequena papelaria. Como meus recursos eram parcos e eu precisava pagar quase tudo em dinheiro vivo

—

Eu procurava conselho. Não era teimoso. Não era por teimosia que, quieto, o rosto contorcendo-se numa careta e as faces ardendo de rubor, eu ria de

53 Com este registro no caderno nº 7, Kafka indica apenas que fez suas anotações sobre a viagem de Berlim a Marielyst no caderno nº 9.

quem me aconselhava sem saber o que dizia. Era tensão, receptividade, uma ausência patológica de teimosia.

—

O diretor da Companhia de Seguros Progresso estava sempre muito descontente com seus funcionários. Na verdade, todo diretor fica insatisfeito com seus funcionários, a diferença entre funcionários e diretores é grande demais para se deixar equilibrar entre as meras ordens da parte destes últimos e a mera obediência por parte dos primeiros. Somente o ódio de ambos os lados produz o equilíbrio e arredonda a empresa como um todo.

—

Banz, o diretor da Companhia de Seguros Progresso, contemplava cheio de dúvidas o homem que, diante de sua mesa, candidatava-se a uma vaga de servente. Vez por outra, passava os olhos pelos documentos do candidato, que jaziam à sua frente. "Alto o senhor é", ele disse, "isso se pode ver, mas o que mais? Aqui, os serventes precisam fazer mais que lamber selos, algo que, aliás, o senhor não precisa saber fazer, porque, aqui na companhia, essas coisas foram automatizadas. Em nossa empresa, os serventes são em parte funcionários também, com trabalhos de responsabilidade a realizar. O senhor se acha à altura disso? Sua cabeça tem um formato singular. Que testa mais alta! Estranho! Qual foi, então, seu último emprego? Como? Não trabalha há mais de um ano? E por que isso? Por causa de uma pneumonia? É mesmo? Bom, isso não é boa recomendação, não é? Naturalmente, só podemos empregar pessoas saudáveis. Antes de ser admitido, o senhor precisa passar por um exame médico. Já se curou? É mesmo? Claro, é bem possível. Se ao menos o senhor falasse mais alto! Esse seu sussurrar me deixa nervoso. Vejo aqui também que é casado e tem quatro filhos. E não trabalha há um ano! Deus do céu! Sua esposa é lavadeira? Certo. Pois bem. Já que o senhor está aqui, faça o exame médico. O serviçal leva o senhor até lá. Mas não deduza daí que será contratado, ainda que o parecer do médico seja favorável. Absolutamente. De todo modo, o senhor receberá um comunicado por escrito. Para ser sincero, vou logo dizendo: não gosto do senhor. Precisamos de outro tipo de empregado, bem diferente. Mas, seja como for, submeta-se ao exame. Pode ir, vá logo. Aqui, suplicar não ajuda em nada. Não estou autorizado a distribuir mercês. O senhor está disposto a realizar qualquer trabalho. Com certeza. Todos estão.

Não se trata propriamente de uma distinção. Mostra apenas o pouco valor que atribui a si mesmo. Digo, então, pela última vez: vá, não me detenha por mais tempo. Sinceramente, já basta." Banz precisou bater com a mão na mesa para que o homem acompanhasse o serviçal e se deixasse levar do escritório da diretoria.

—

Montei em meu cavalo e me acomodei com firmeza na sela. A criada saiu correndo pelo portão e me comunicou que minha mulher tinha ainda um assunto urgente a tratar comigo, que eu esperasse um pouco, porque ela ainda não terminara de se vestir. Assenti e permaneci imóvel em meu cavalo, que vez por outra erguia ligeiramente as patas dianteiras e empinava um pouco. Morávamos à beira da cidade e, à minha frente, já a estradinha rural subia ao sol por uma elevação pela qual, do outro lado, um carro pequeno acabara de subir lentamente e agora descia a toda a pressa rumo ao povoado. O cocheiro agitava o chicote, uma mulher trajando um vestido amarelo bem provinciano estava sentada no interior escuro e empoeirado do carro.

Não me espantou nem um pouco que ele parasse diante de minha casa.

31/7/14

Não tenho tempo. A mobilização é geral. K[arl]. e P[epa]. foram convocados. Agora, recebo a recompensa da solidão. Mas não é bem uma recompensa, a solidão só castiga. Ainda assim, toda essa miséria me comove pouco, estou mais decidido do que nunca. À tarde, vou precisar ficar na fábrica; não vou morar em casa, porque E[lli]. vai se mudar para cá com as duas crianças. Mas, apesar disso tudo, escrever eu vou, sem a menor dúvida; é minha luta pela autopreservação.[54]

54 Em 28 de julho de 1914 tivera início a Primeira Guerra Mundial. Karl (Hermann) e (Josef) Pepa (Pollak), como já foi assinalado, são os maridos de Elli e Valli. O AUVA tinha reclamado Kafka como "indispensável", e recrutado para o serviço não armado, ele permaneceu em Praga. Assim sendo, e com a convocação do cunhado Karl, precisou dedicar-se mais à fábrica de amianto. Pouco depois, Rudolf e Paul, irmãos de Karl, assumiram a condução dos negócios. Elli, por sua vez, mudou-se com os filhos (Felix e Gerti) para a casa dos pais, ao passo que Kafka foi morar em casa de Valli (Bilekgasse, ou Bilkova, nº 10), que, após a convocação do marido, partiu para a casa dos sogros, em Böhmisch-Brod, na Boêmia Central.

1/8/14
Acompanhei K[arl]. até a estação. No escritório, cercado de familiares. Vontade de ir visitar Valli.

2/8/14
A Alemanha declarou guerra à Rússia. — À tarde, natação.

3/8/14
Sozinho no apartamento de minha irmã. É mais baixo que meu quarto e, além disso, numa rua afastada, daí toda a conversa alta dos vizinhos lá embaixo, diante das portas. E assovios também. No mais, solidão completa. Nenhuma esposa almejada me abre a porta. Deveria casar-me em um mês. Você teve o que queria — uma expressão terrível. Contra a parede, dolorosamente pressionados, baixamos temerosos o olhar para ver a mão que aperta e, com nova dor que faz esquecer a antiga, descobrimos que é nossa própria mão crispada a nos segurar, e com uma força que nunca teve para o trabalho bom. Erguemos a cabeça, tornamos a sentir aquela primeira dor, baixamos novamente o olhar, e esse erguer e baixar da cabeça não tem mais fim.

4/8/14
Ao alugar o imóvel, provavelmente assinei um pedaço de papel comprometendo-me a alugá-lo por dois ou mesmo por seis anos. Agora, o proprietário cobra o que está no contrato. A burrice, ou, melhor dizendo, a incapacidade generalizada e definitiva de me defender que meu comportamento exibe. Deslizar para dentro do rio. É provável que esse deslizar me pareça tão desejável porque me lembra "ser empurrado".[55]

5/8/14
Quase resolvido, com o emprego de minhas últimas forças. Estive duas vezes lá, tendo Malek por testemunha; fui até Felix por causa da redação do contrato e fui até o advogado duas vezes (seis coroas), e tudo isso sem necessidade: eu poderia e deveria ter feito isso tudo sozinho.

55 Kafka refere-se ao imóvel, já alugado, em que, depois de se casar em setembro, iria morar com Felice. Na entrada seguinte, ele relata que foi duas vezes à casa do proprietário. Malek era, provavelmente, empregado de Hermann Kafka.

Descubro em mim nada mais que mesquinhez, incapacidade de decidir, inveja e ódio dos que lutam, aos quais desejo apaixonadamente tudo de ruim.

6/8/14
A artilharia desfilando pelo Graben. Flores, vivas e gritos de *nazdar*. O rosto crispado e silente, espantado e atento, preto e de olhos negros. — Estou destruído em vez de descansado. Um recipiente vazio, ainda inteiro e já entre os cacos, ou já aos cacos e ainda entre os inteiros. Cheio de mentiras, ódio e inveja. Cheio de incapacidade, burrice e estupidez. Cheio de preguiça, debilidade e sem defesa. Trinta e um anos de idade. Vi os dois agrônomos na foto de Ottla.[56] Gente jovem e com energia, que sabe alguma coisa e tem força suficiente para empregar esse seu saber em meio àqueles que necessariamente opõem alguma resistência. — Um deles conduz os belos cavalos; o outro está deitado na grama e brinca com a ponta da língua entre os lábios, num rosto de resto imóvel e digno de total confiança.

—

Do ponto de vista da literatura, meu destino é bastante simples. Meu pendor para dar expressão a minha vida onírica interior deslocou tudo o mais para um plano secundário, atrofiou terrivelmente todo o resto, que não para de seguir atrofiando-se. Nada além disso pode algum dia me satisfazer. Contudo, as forças de que disponho para essa expressão são absolutamente incertas, talvez já tenham desaparecido para sempre, talvez retornem algum dia; certo é que as circunstâncias de minha vida não lhes são favoráveis. Por isso vacilo, voo sem cessar rumo ao topo da montanha, mas não consigo me manter lá em cima nem por um instante. Outros vacilam também, mas em regiões mais baixas e munidos de maior vigor; se ameaçam cair, logo os apanha o familiar que segue a seu lado para esse fim. Eu, porém, vacilo lá em cima; não se trata infelizmente de uma morte, mas dos tormentos eternos do morrer.

—

56 Fotografia não identificada.

Desfile patriótico. Discurso do prefeito. Depois, desaparece e reaparece, e a exortação em alemão: "Longa vida a nosso amado monarca!". Estou ali com meu olhar maldoso. Esses desfiles são um dos efeitos colaterais mais repugnantes da guerra. A iniciativa é dos comerciantes judeus, que são ora alemães ora tchecos, reconhecem isso, mas nunca podem gritá-lo tão alto como o fazem agora. É claro que arrastam muitos consigo. Foi tudo bem organizado. E deve se repetir todo fim de tarde; amanhã, domingo, duas vezes.

7/8/14

Mesmo quem não tem a menor capacidade visível para distinguir individualidades procura tratar cada um segundo sua natureza. Para chamar a atenção para si, "L., de Binz", estica sua bengala em minha direção e me assusta.[57]

Os passos firmes na escola de natação.

Ontem e hoje, escrevi quatro páginas, ninharias difíceis de superar.

O formidável Strindberg. Essa fúria, essas páginas conquistadas aos socos.

Canto coral proveniente da hospedaria defronte. — Acabo de ir até a janela. Dormir parece impossível. Pela porta aberta chega o canto em sua plenitude. Uma voz de moça dá o tom. São canções de amor inocentes. Anseio pela chegada de um policial. E lá vem ele. Para por um instante diante da porta e ouve. Depois, chama: "O proprietário!". A voz da moça: "Vojtíšku". De um canto, um homem aparece de um salto, de camisa e calça. "Feche a porta! Quem quer ouvir este barulho?" "Ah, pois não, pois não", diz o dono da hospedaria, e, com movimentos atenciosos e suaves, como se falasse com uma dama, ele primeiro fecha a porta atrás de si; depois, torna a abri-la para se esgueirar por ela e, por fim, volta a fechá-la. O policial (cujo comportamento é incompreensível, sobretudo sua fúria, porque o canto não pode perturbá-lo mas apenas adocicar seu serviço aborrecido) parte em marcha; os cantores perderam a vontade de cantar.

57 Kafka nunca esteve em Binz, município do extremo nordeste da Alemanha, à beira do mar Báltico. Trata-se provavelmente de uma reflexão motivada por uma fotografia que Felice lhe enviara em 1912 e que mostrava a família Bauer na ilha de Rügen. Mais adiante, o comentário sobre Strindberg decorre provavelmente da leitura de *Die gotischen Zimmer*.

11/8/14
Imagino-me ainda em Paris; de braço dado com meu tio, caminho bem junto dele pela cidade.[58]

12/8/14
Não dormi nada. À tarde, passei três horas deitado no canapé, insone e apático; à noite, mesma coisa. Mas isso não há de me impedir.

15/8/14
Estou escrevendo há dois ou três dias; tomara que continue assim. Tão protegido e enfiado no trabalho como há dois anos, não estou, mas, de todo modo, encontrei um sentido, minha vida de solteiro, regular, vazia e insana, possui uma justificativa. Posso de novo manter um diálogo comigo mesmo e já não fito o vazio absoluto. Somente dessa maneira pode haver alguma melhora para mim.

—

Por um tempo de minha vida — isso já faz muitos anos —, tive um emprego numa pequena ferrovia no interior da Rússia.[59] Nunca vivi tão abandonado quanto ali. Por diversas razões que não vêm ao caso aqui, eu buscava naquela época um lugar assim, quanto mais solidão ressoando em meus ouvidos, tanto melhor me sentia, e não pretendo, portanto, queixar-me disso agora. Apenas, nos primeiros tempos, faltava-me o que fazer. A pequena ferrovia fora originalmente construída talvez com algum propósito de natureza econômica, mas o capital não bastara, sua construção emperrou e, em vez de conduzir até Kalda — a maior localidade mais próxima, a cerca de cinco dias de viagem de carro —, a linha parava num pequeno povoado verdadeiramente no meio de um deserto, a partir do qual era necessário viajar ainda um dia inteiro para chegar a Kalda. Mas, ainda que a ferrovia se estendesse até lá, sua falta de rentabilidade se prolongaria por tempo incalculável, uma vez que o projeto em si era falho, o país precisava de estradas, e não de ferrovias, e, de todo modo, no estado em que se encontrava agora,

58 Kafka havia estado em Paris em outubro de 1910 e em setembro de 1911. Na primeira viagem, provavelmente encontrara-se com o tio, Josef Löwy (1858-1932), que, na época, morava em Versalhes. 59 Fragmento a que, mais tarde, Kafka deu o título "Recordações da ferrovia de Kalda".

a linha férrea não tinha como sobreviver; os dois trens que por ela circulavam diariamente levavam uma carga que um carro mais leve teria podido transportar com mais facilidade, e seus únicos passageiros eram dois ou três trabalhadores rurais no verão. Deixá-la, contudo, perecer por completo não se queria, porque persistia ainda a esperança de, mantendo-a em funcionamento, atrair capital para completá-la. Também essa ideia, na minha opinião, não constituía bem uma esperança, mas devia-se antes ao desespero e à preguiça. Enquanto houvesse material e carvão para tanto, manteriam a linha, pagavam salários reduzidos e com atraso aos dois ou três trabalhadores, como se por misericórdia, e, no mais, ficavam à espera de que o empreendimento ruísse por si só.

Eu era, pois, empregado dessa ferrovia e morava numa cabana de madeira que restara ainda da época de sua construção e que servia ao mesmo tempo de estação ferroviária. A construção compunha-se de apenas um cômodo, que contava com um catre para mim e uma secretária para eventuais trabalhos escritos, sobre a qual instalara-se também o telégrafo. Quando cheguei lá, na primavera, um dos trens passava muito cedo pela estação — mais tarde, isso foi alterado — e por vezes acontecia de um passageiro desembarcar enquanto eu ainda dormia. Naturalmente, ele não ficava ao ar livre — as noites ali eram muito frias até meados do verão —, mas batia à porta, que eu então destrancava, e com frequência passávamos horas inteiras jogando conversa fora. Eu ficava deitado no meu catre, e meu hóspede se acocorava no chão ou, seguindo minha instrução, fazia um chá, que bebíamos os dois em perfeita harmonia. Uma grande afabilidade caracteriza todos esses aldeões. De resto, eu notava que não apreciava muito aquela solidão completa, ainda que tivesse de reconhecer que a solidão autoimposta logo começara a dissipar minhas preocupações do passado. De fato, descobri que representa um grande teste de força para a infelicidade conseguir subjugar continuamente um homem solitário. A solidão é mais poderosa que tudo e nos compele de novo rumo aos seres humanos. Naturalmente, tentamos encontrar outros caminhos, em aparência menos dolorosos, mas, na realidade, tão somente desconhecidos.

Juntei-me à gente local mais do que imaginara fazer. Claro que não era um contato regular. Todas as cinco aldeias que podia considerar ficavam a algumas horas tanto da estação como umas das outras. Afastar-me demasiado era coisa que não podia ousar, se não desejava perder meu posto. E isso eu não queria de jeito nenhum, ou pelo menos não nos primeiros tempos. Às aldeias em si, portanto, não podia ir; ficava, pois, na dependência dos eventuais passageiros e daqueles que não temiam o longo caminho e iam me visitar. Já no primeiro mês houve quem o fizesse, mas, por mais simpáticas que fossem essas pessoas, era fácil perceber que vinham até mim para, quem sabe, fazer negócios; aliás, nem sequer escondiam sua intenção. Traziam mercadorias diversas e, de início, tendo dinheiro, eu costumava comprar tudo quase sem olhar, de tão bem-vindas que me eram aquelas pessoas, sobretudo algumas delas. Mais tarde, por certo, restringi minhas compras, entre outros motivos porque acreditei notar que meu jeito de comprar lhes parecia desprezível. Além disso, o trem também me trazia gêneros alimentícios, embora de qualidade muito ruim e muito mais caros do que aqueles que os camponeses me ofereciam. De início, eu pretendera plantar uma horta, comprar uma vaca e, desse modo, me fazer tão independente quanto possível. Havia também levado comigo ferramentas de jardinagem e sementes; a terra era abundante, estendia-se numa única superfície inculta ao redor da minha cabana até onde a vista alcançava, e sem a menor elevação. Eu, contudo, era fraco demais para submeter toda aquela terra, um solo renitente, totalmente congelado até a primavera e que oferecia resistência até mesmo a minha picareta nova e afiada. Toda semente lançada ali era semente perdida. Tinha acessos de desespero ao fazer esse trabalho. Passava dias, então, deitado em meu catre, de onde não saía nem mesmo quando os trens chegavam. Tudo que fazia era enfiar a cabeça para fora do postigo, localizado bem acima do catre, e anunciar que estava doente. Em seguida, a tripulação do trem, composta de três pessoas, entrava na cabana para se aquecer, mas não encontrava muito calor ali, porque, sempre que possível, eu evitava usar a velha estufa de ferro, que poderia facilmente explodir. Preferia ficar deitado e embrulhado num velho casaco quente, recoberto de várias camadas das peles que eu fora comprando pouco a pouco dos camponeses. "Você adoece com muita frequência", diziam-me. "É uma pessoa enfermiça. Nunca mais vai sair daqui." E não o diziam para me entristecer; o que almejavam, sempre que possível, era dizer toda a verdade. Faziam-no, na maioria das vezes, arregalando os olhos de uma maneira singular.

Uma vez por mês, e sempre em épocas distintas, um inspetor vinha verificar meu livro de registros, coletar o dinheiro arrecadado e pagar meu salário — mas isso, nem sempre. A cada vez, sua chegada me era anunciada na véspera por aqueles que o haviam desembarcado na estação anterior. Esse anúncio, viam-no como o maior benefício que podiam me conceder, embora eu naturalmente mantivesse tudo em ordem, todos os dias. Nem era preciso o menor esforço para fazê-lo. O inspetor, no entanto, sempre adentrava a estação com uma cara de quem, dessa vez, necessariamente haveria de pôr a nu minha má gestão. A porta da cabana, ele sempre a abria com uma joelhada, e o fazia olhando para mim. Mal abria meu livro, achava algum erro. Eu levava um bom tempo para, refazendo as contas diante de seus olhos, demonstrar que o erro havia sido dele, e não meu. Sempre insatisfeito com a receita, ele, então, dava um tapa no livro e tornava a me dirigir um olhar penetrante: "Vamos precisar fechar a ferrovia", dizia a cada vez. "É o que vai acabar acontecendo", eu habitualmente respondia.

Terminada a revisão das contas, nossa relação se modificava. Eu sempre tinha aguardente e havia, quando possível, preparado algum quitute. Bebíamos à nossa saúde, e ele se punha a cantar com uma voz aceitável sempre as mesmas duas canções, uma das quais era triste e começava assim: "Aonde vais, minha criança, na floresta?". A segunda era divertida e dizia: "Alegres companheiros, sou um de vós!". Dependendo do humor que lograva incutir-lhe, eu recebia meu salário, pago em parcelas. Mas só o observava com alguma intenção específica no começo de nossas conversas; depois, púnhamo-nos de pleno acordo, xingávamos sem nenhum pudor a administração, ele me sussurrava no ouvido promessas secretas sobre a carreira que pretendia conseguir para mim e, no final, caíamos juntos no catre num abraço que, muitas vezes, não desfazíamos pelas dez horas seguintes. De manhã, ele partia, de novo na qualidade de meu superior. Parado diante do trem, eu batia continência, ele em geral ainda se virava ao embarcar e dizia: "Pois bem, meu amiguinho, em um mês nos vemos de novo. Você bem sabe o que tem a perder". Vejo ainda seu rosto inchado voltado para mim com esforço, tudo nele se projetava, as maçãs do rosto, o nariz, os lábios.

Essa era a grande e única distração mensal à qual eu me entregava; se, por um equívoco, sobrava um pouco de aguardente, eu bebia tudo assim que o inspetor partia, na maioria das vezes ouvia ainda o apito do trem partindo enquanto engolia a bebida. A sede depois de uma noite dessas era terrível; era como se houvesse mais alguém dentro de mim que espichava cabeça e pescoço para fora da minha boca e clamava por algo para beber. O inspetor partia bem fornido, sempre levava em seu trem grande estoque de bebidas; eu, porém, dependia das sobras.

Depois, passava um mês inteiro sem beber nem fumar, fazia meu trabalho e não queria mais nada. Como disse, não era muito trabalho, mas eu o realizava com grande escrúpulo. Tinha, por exemplo, a obrigação de limpar e inspecionar todo dia um quilômetro de trilhos à direita e à esquerda da estação. Mas não me atinha àquela determinação; em geral ia bem mais longe, até quase não poder mais ver a estação. Quando o dia estava claro, podia me afastar até mais ou menos cinco quilômetros; o terreno, afinal, era completamente plano. Tendo, então, me afastado a ponto de a cabana ao longe quase tão somente tremeluzir diante de meus olhos, eu às vezes, em virtude da ilusão de óptica, via muitos pontos pretos movimentando-se na direção da estação. Eram grupos inteiros, destacamentos completos. Outras vezes, de fato chegava alguém, e, brandindo a picareta, eu corria de volta o trecho todo.

Ao anoitecer, o trabalho estava concluído, e eu me recolhia de vez à cabana. Em geral, não recebia visitas nesse horário, porque o caminho de volta para as aldeias não era muito seguro à noite. Corjas diversas circulavam pela região, mas não era gente dali, além do que seus componentes se alternavam, mas o fato é que voltavam sempre. Conheci a maioria deles, a estação solitária os atraía, e nem eram pessoas propriamente perigosas, mas era preciso tratá-las com rigor.

Eram as únicas pessoas que me perturbavam no longo crepúsculo. No mais, eu ficava deitado em meu catre, não pensava no passado e tampouco na ferrovia, porque o trem seguinte só passaria por ali entre dez e onze da noite; em suma, não pensava em coisa nenhuma. Vez por outra lia um jornal velho arremessado de algum trem e contendo escândalos de Kalda que teriam me interessado mas que não conseguia entender lendo apenas edições isoladas. Além disso, todo dia o jornal publicava a continuação de um romance intitulado *A vingança do comandante*. Certa feita, sonhei com esse comandante, que sempre levava consigo um punhal e, numa ocasião especial, até mesmo entre os dentes. De resto, não podia ler muito, porque logo escurecia, e tanto o querosene como uma vela de sebo estavam acima das minhas possibilidades. Da ferrovia, eu recebia mensalmente apenas meio litro de querosene, já consumido muito antes do fim do mês tão somente com a meia hora diária de sinal luminoso que, ao anoitecer, eu acendia para o trem. Mas essa luz nem era necessária, de forma que, mais tarde, ao menos nas noites de lua, eu nem a acendia mais. Previa corretamente que, terminado o verão, iria precisar muito do querosene. Escavei, portanto, uma cova a um canto da cabana, guardei ali um barrilzinho de cerveja e, todo mês, despejava nele o querosene que havia poupado. Cobria tudo com palha, ninguém notava nada. Quanto mais a cabana fedia a querosene, mais satisfeito eu ficava; o cheiro fazia-se tão intenso porque o barril, de madeira velha e frágil, encharcava-se do querosene. Mais tarde, por precaução, enterrei o barril do lado de fora da cabana, porque certa vez o inspetor começou a se exibir diante de mim com uma caixa de fósforos e, como eu os quisesse, ele se pôs a arremessar os fósforos acesos pelo ar, um atrás do outro. Nós dois, e em especial o querosene, corríamos perigo real, e eu salvei a tudo e a todos esganando-o até que ele deixasse cair todos os palitos.

Nas horas vagas, eu muitas vezes pensava em como poderia me abastecer para o inverno. Se já agora eu congelava, na estação quente do ano — e, segundo diziam, havia muitos anos que não fazia tanto calor —, passaria muito mal no inverno. Acumular querosene era algo que eu fazia apenas por capricho; sensato seria juntar muito mais para o inverno; que a companhia não iria se preocupar muito comigo, disso não havia nenhuma dúvida, mas eu era demasiado imprevidente, ou, melhor dizendo, não era imprevidente mas não me importava o suficiente comigo mesmo para me empenhar de fato nesse sentido. Naquele momento, na estação quente do ano, tudo ia relativamente bem e, assim sendo, deixei estar e nada mais fiz.

Um dos atrativos que tinham me levado àquele lugar era a possibilidade de caçar. Haviam me dito que a região era extremamente rica em animais selvagens, e eu já garantira para mim uma espingarda que, tão logo poupasse algum dinheiro, pediria que me despachassem. O que agora se revelava, porém, era que não havia ali nem sinal de animais de caça, só lobos e ursos, disseram-me, e, nos primeiros meses, não vi nenhum; pude, sim, observar sem demora ratos excepcionalmente grandes, que corriam aos montes pelas estepes, como se soprados pelo vento. Mas caça, cuja expectativa de encontrar me deixara tão feliz, não havia. Não tinham me dado informação errada, a região rica em animais selvagens de fato existia, mas ficava a três dias de viagem dali — eu não considerara que, naquelas terras inabitadas estendendo-se por centenas de quilômetros, indicações de lugar haveriam de ser necessariamente imprecisas. De todo modo, por enquanto eu não precisava da espingarda e podia gastar meu dinheiro em outras coisas; precisava, contudo, comprar uma arma para o inverno, razão pela qual guardava dinheiro regularmente. Para os ratos, que por vezes atacavam meus mantimentos, bastava minha faca comprida. Nos primeiros tempos, quando eu ainda absorvia tudo com curiosidade, certa vez espetei um deles e o segurei contra a parede na altura dos olhos. Animais menores, só conseguimos observar com exatidão quando os erguemos até a altura dos olhos; se nos agachamos e os contemplamos no chão, adquirimos uma ideia equivocada e incompleta deles. O que mais chamava atenção naqueles ratos eram suas garras: grandes, algo ocas, mas afiadas nas extremidades, prestavam-se muito bem a escavar. Pendendo da parede em seu derradeiro espasmo, o rato espichou bem as garras, aparentemente contrariando sua própria natureza viva, e elas pareciam mãozinhas estendendo-se em minha direção. De modo geral, aqueles animais pouco me incomodavam; somente à noite, por vezes, quando, em disparada, matraqueavam com as patas pelo chão duro, eles me acordavam. Se, no entanto, eu me sentava no catre e acendia, digamos, uma velinha, podia ver as garras de um rato a trabalhar febrilmente de fora para dentro numa abertura sob as tábuas de madeira. Era um trabalho inteiramente inútil, uma vez que, para abrir um buraco grande o bastante para si, ele precisaria trabalhar dias a fio, e, tão logo começava a clarear um pouquinho, ele fugia, mas, ainda assim, trabalhava como um operário consciente de sua meta. E fazia um bom trabalho, eram de fato imperceptíveis os pedacinhos que removia naquele seu escavar, mas decerto não empregava as garras em vão. À noite, eu muitas vezes ficava observando aquilo por um bom tempo, até que a regularidade e a tranquilidade daquela visão me faziam pegar no sono. Depois, nem tinha forças para apagar a vela, que seguia ainda, por mais algum tempo, a iluminar o rato em seu trabalho. Certa feita, numa noite quente, ao ouvir de novo as garras em ação, saí com cuidado, sem acender luz nenhuma, para ver o animal em si. Ele mantinha a cabeça, com seu focinho pontudo, bem abaixada, quase enfiada entre as patas dianteiras, a fim de se aproximar o mais possível da madeira e enterrar as garras com a máxima profundidade debaixo dela. Tudo se tensionava a tal ponto que se podia pensar que alguém, no interior da cabana, segurava aquelas garras com firmeza, pretendendo puxar o animal inteiro para dentro. E, no entanto, pus fim a tudo com o pisão com que o matei. Completamente desperto, não podia tolerar que atacassem minha cabana, que era tudo que eu tinha.

A fim de protegê-la desses ratos, vedei todas as frestas com palha e estopa e, toda manhã, inspecionava o chão ao redor. Tinha também a intenção de revestir de tábuas o chão da cabana, até então de terra batida, o que podia ser útil inclusive para o inverno. Um camponês chamado Jekoz, morador da aldeia mais próxima, prometera-me fazia muito tempo belas tábuas secas para esse fim, e, em virtude dessa promessa, eu já o havia acolhido muitas vezes; ele nunca passava muito tempo sem aparecer, vinha de duas em duas semanas, tinha por vezes mercadorias a despachar por via férrea, mas as tais madeiras não trazia. Valia-se de pretextos diversos para tanto, em geral alegava ser ele próprio velho demais para arrastar tamanha carga consigo, e o filho, que traria as tábuas, estava ocupado no campo. De fato, Jekoz dizia ter bem mais que setenta anos, e parecia estar dizendo a verdade, mas era ainda um homem alto e bastante forte. Além disso, seus pretextos variavam, certa vez falou da dificuldade de conseguir as tábuas compridas de que eu precisava. Eu não insistia, não precisava necessariamente das tábuas, fora ele, afinal, quem me dera a ideia de revestir o chão, talvez isso nem fosse tão vantajoso assim; em suma, eu aceitava calmamente as mentiras do velho. Sempre o cumprimentava com um: "E as tábuas, Jekoz?". De imediato, vinham então as desculpas semibalbuciadas, ele me chamava de inspetor, capitão ou apenas de telegrafista, prometia não apenas me trazer as tábuas da vez seguinte como também, com a ajuda do filho e de alguns vizinhos, pôr abaixo toda a minha cabana e construir-me uma casa sólida em seu lugar. Eu o ouvia com atenção até me cansar, quando, então, o empurrava para fora. Para se desculpar, ainda à porta ele erguia os braços supostamente fracos mas com os quais, na verdade, seria capaz de esmagar um homem adulto. Eu sabia por que ele não me trazia as tábuas; seu cálculo era que, aproximando-se o inverno, eu precisaria muito mais delas e, portanto, pagaria melhor, além do que, enquanto não as entregasse, ele valia mais para mim. Naturalmente, não era bobo e sabia que eu tinha ciência de suas segundas intenções, mas o fato de eu não tirar proveito desse conhecimento, isso ele via como uma vantagem que guardava.

Contudo, todos os preparativos que eu fazia para proteger a cabana dos animais e resguardá-la do inverno precisaram ser interrompidos quando — aproximava-se do fim meu primeiro trimestre ali — adoeci com gravidade. Até então, eu passara anos a salvo de toda e qualquer doença, mesmo do menor mal-estar, mas então fiquei doente. Tudo começou com uma tosse forte. Campo adentro, a cerca de duas horas da estação, havia um riachinho onde eu costumava ir buscar meu estoque de água, que trazia num barril em cima de uma carriola. Costumava também me banhar ali com frequência, e disso resultou a tosse. Seus acessos eram tão fortes que, ao tossir, eu precisava me dobrar, acreditava-me incapaz de resistir àquela tosse sem me dobrar e, assim, reunir em mim todas as forças. Imaginei que o pessoal que trabalhava nos trens fosse se horrorizar com aquilo, mas aquelas pessoas já conheciam essa tosse, que chamavam de "tosse do lobo". Foi então que comecei a ouvir o uivo no meio da tosse. Sentado no banquinho diante da cabana, eu saudava o trem uivando e, uivando, acompanhava sua partida. À noite, em vez de me deitar, ajoelhava no catre e apertava o rosto contra as peles, para pelo menos me poupar de ouvir aquilo. Tenso, esperava até que o estalar de algum vaso sanguíneo mais importante pusesse fim a tudo. Mas não aconteceu nada disso e, em poucos dias, a tosse inclusive passou. Mas deixou uma febre que não desapareceu mais.

Essa febre me deixava muito cansado, perdi toda capacidade de resistência e podia ocorrer de o suor irromper inesperadamente em minha testa; então, eu tremia pelo corpo todo e, onde quer que estivesse, precisava me deitar e esperar até recobrar os sentidos.

21/8/14

Tantas esperanças ao começar, e repelido pelas três histórias, hoje mais intensamente do que nunca. Talvez esteja correto só me ser dado trabalhar na história russa depois do "Processo". Nessa esperança ridícula, claramente assentada única e exclusivamente numa fantasia mecânica, retomo o "Processo". — Totalmente inútil não foi.[60]

29/8/14

Final malogrado de um capítulo; outro capítulo, que comecei bem, dificilmente vou conseguir conduzir adiante tão bem, ou, antes, tenho certeza de que não vou conseguir, ao passo que naquele momento, durante a noite, por certo teria conseguido fazê-lo. Mas não posso abandonar-me, estou completamente só.

30/8/14

Gélido e vazio. Sinto em demasia os limites de minhas capacidades, os quais, quando não sou arrebatado, sem dúvida se estreitam. E, mesmo em meu arrebatamento, creio, sou levado para dentro desses mesmos limites estreitos, mas aí não os sinto, porque sou levado. Ainda assim, há espaço para a vida dentro desses limites, e por isso vou provavelmente explorá-los até as raias do desprezível.

60 Refere-se ao trabalho simultâneo em "Recordações da ferrovia de Kalda" (a "história russa"), *O processo* e, possivelmente, *O desaparecido*.

—

Quinze para as duas da manhã. Defronte, uma criança chora. De súbito, um homem no mesmo cômodo, tão próximo como se estivesse diante da minha janela, diz: "Prefiro pular da janela a continuar ouvindo isso". E, em seu nervosismo, ele resmunga ainda alguma coisa; calada, a mulher apenas sussurra sons sibilantes, na tentativa de fazer a criança voltar a dormir.

1/9/14

Em completo desamparo, mal escrevi duas páginas. Retrocedi bastante hoje, embora tenha dormido bem. Mas sei que não posso ceder, se desejo superar os estágios inferiores da dor desse meu escrever já oprimido por meu modo de vida e rumar para a liberdade que talvez me aguarde. Noto que o velho embotamento ainda não me abandonou, e a frieza de coração talvez jamais me abandone. Que nenhuma humilhação me intimide pode tanto significar desesperança como me dar esperança.

13/9/14

De novo, nem duas páginas. De início, pensei que a tristeza ante as derrotas austríacas e o medo do futuro (um medo que, no fundo, parece-me ridículo e infame ao mesmo tempo) me impediriam de escrever. Mas não foi isso, e sim tão somente uma apatia que volta e meia surge e volta e meia precisa ser superada. Para a tristeza em si, há tempo suficiente fora da escrita. Os pensamentos ligados à guerra, em sua maneira torturante de me consumir por todos os lados, parecem-se com as velhas preocupações por causa de F[elice]. Sou incapaz de suportar preocupações e feito, talvez, para morrer delas. Quando estiver suficientemente debilitado — e não levará muito tempo para que isso aconteça —, a preocupação mais insignificante já bastará, talvez, para me despedaçar. Essa perspectiva, contudo, oferece-me também a possibilidade de encontrar uma forma de postergar ao máximo a infelicidade. É certo que, no passado, empregando todas as forças de uma natureza ainda relativamente pouco enfraquecida, não consegui muito em relação às preocupações causadas por F[elice]., mas, naquela época, só de início contei com a grande ajuda da escrita, ajuda que agora não mais permitirei que me arrebatem.

7/10/14

Tirei uma semana de férias para levar adiante o romance.[61] Até agora — quarta-feira à noite, e segunda terminam minhas férias — fracassei. Escrevi pouco e mal. De resto, esse declínio anunciou-se semana passada; que fosse piorar tanto, não tinha como prever. Esses três dias já me autorizam a concluir que não sou digno de viver sem o escritório?

15/10/14

Catorze dias; em parte trabalhei bem, compreensão plena de minha situação. — Hoje, quinta-feira (segunda terminam minhas férias, tirei mais uma semana), carta da srta. Bl[och]. Não sei o que fazer a esse respeito; sei que estou destinado a viver sozinho (se é que vou viver, o que não está nem um pouco definido) e não sei se tenho amor a F[elice]. (penso em minha repulsa ao vê-la dançar com os olhos austeros, voltados para baixo, ou, pouco antes de sua partida do Askan. Hof, ao vê-la passar a mão pelo nariz e pelos cabelos, assim como penso nos inúmeros momentos de total estranheza), e ainda assim ressurge a atração infinda; entretive-me a noite toda com a carta, o trabalho estacou, embora me sinta apto a realizá-lo (a despeito das torturantes dores de cabeça que vêm me atormentando a semana inteira). Reproduzo aqui, de memória, a carta que escrevi à srta. Bl[och].:

"É uma coincidência singular, srta. Grete, que eu tenha recebido sua carta justamente no dia de hoje. Não vou explicitar qual a coincidência, porque ela diz respeito somente a mim e aos pensamentos que entretinha ao ir me deitar esta noite, por volta das três horas da manhã. (Suicídio, carta a Max com diversas incumbências.)

"Sua carta muito me surpreende. Não me surpreende que me escreva. Por que não me escreveria? A senhorita escreve que eu a odeio, mas não é verdade. Ainda que todos a odiassem, eu não a odeio, e não apenas porque não tenho esse direito. De fato, a senhorita sentou-se diante de mim como juíza no Askanischer Hof, e isso foi abominável para a senhorita, para mim, para todos — mas apenas em aparência; na realidade, fui eu a me sentar em seu posto, onde sigo até hoje.

"A senhorita se engana por completo no tocante a F[elice]. Não digo isso para arrancar-lhe detalhes. Não sou capaz de conceber um único detalhe — e

61 *O processo.*

meu poder de imaginação já vasculhou amplamente esses domínios, razão pela qual confio nele —, não sou, pois, capaz de conceber um único detalhe que pudesse me convencer de que a senhorita não se engana. O que sugere é completamente impossível; sinto-me infeliz ao pensar que F[elice]., seja lá por que motivo insondável, haveria de ter enganado a si mesma. Mas também isso é impossível.

"O interesse da senhorita, eu sempre o julguei verdadeiro e mesmo inconsiderado para com sua própria pessoa. Tampouco lhe terá sido fácil escrever essa última carta. Por isso, eu lhe agradeço de coração."

O que consigo com isso? A carta parece intransigente, mas apenas porque senti vergonha, porque a considerei irresponsável, porque temi estar cedendo, e não, digamos, porque não quisesse ceder. Não queria outra coisa, aliás. Melhor seria para todos nós que ela não respondesse, mas ela vai responder, e vou ficar esperando a resposta.

[...] dia de férias. Duas e meia da manhã, quase nada [...] li e achei ruim. Duas coisas [...] malogrado. Diante de mim, o escritório e [...] da fábrica que se afunda. Eu, no entanto [...] totalmente sem controle. E meu apoio mais sólido é [...] o pensamento em F[elice]., embora ontem [...] tenha rechaçado toda tentativa de reatar.[62] Vivi os dois últimos meses com serenidade, sem nenhum vínculo efetivo com F[elice]. (a não ser pela correspondência com Erna), tendo sonhado com ela como quem sonha com uma morta que jamais poderá voltar à vida, e agora, com a possibilidade que me é oferecida de me aproximar dela, F[elice]. volta a ocupar o centro de tudo. Por certo, ela perturba meu trabalho também. Quando por vezes pensava nela nos últimos tempos, que estranheza sentia, a pessoa mais estranha a mim com quem já convivi, ainda que dissesse a mim mesmo que essa estranheza muito particular se assentava no fato de ela ter sido, de todas as pessoas, a que chegou mais perto de mim, ou pelo menos a que outros puseram mais perto de mim.

—

62 Aqui e mais adiante, em 25 de outubro de 1914, parte do texto se perdeu em virtude de o canto superior direito da página ter sido arrancado. As entradas de 21 de agosto a 3 de novembro de 1914 foram escritas em folhas soltas. Em 4 de novembro começa o caderno nº 10.

Folheei um pouco os diários. Tive uma espécie de ideia de como uma vida como a minha se organiza.

21/10/14

Não trabalho quase nada faz quatro dias, sempre por uma horinha só e produzindo tão somente duas ou três linhas, mas durmo melhor, e as dores de cabeça quase desapareceram. Sem resposta de Bl[och]., amanhã é a última chance.

25/10/14

Trabalho paralisado quase por completo. O que é escrito não parece possuir autonomia, mas ser reflexo de bons trabalhos anteriores. Chegou a resposta de Bl[och]., estou inteiramente indeciso quanto ao que responder. Pensamentos tão vis que nem consigo anotá-los. A tristeza de ontem. Quando Ottla me acompanhou até a escada e contou de um cartão-postal [...] alguma resposta de minha parte [...] dizer nada. De tristeza, total incapaci [...] eu dar um sinal apenas com os ombros. [...] a história de Pick, apesar de algumas qualidades, que W. [...] do poema de Fuchs no jornal de hoje[63]

1/11/14

Ontem, depois de um bom tempo, avancei bem numa história curta; hoje, quase nada outra vez, os catorze dias de férias estão quase totalmente perdidos. — Hoje, um belo domingo, em parte. Li a defesa de Dostoiévski nos Jardins de Chotek. A guarda no castelo e no Korpskommando. A fonte no Palácio Thun.[64] — Muita autossatisfação ao longo de todo o dia. E agora, fracasso total no trabalho. E nem é bem fracasso, vejo a tarefa que tenho diante de mim e o caminho a percorrer; só precisaria romper alguns tênues obstáculos, mas não consigo. — Entretenho pensamentos em F[elice].

63 A "história de Pick" é, provavelmente, aquela mencionada em 3 de novembro: *Der blinde Gast*. O poema "Die Feuertaufe" (Batismo de fogo), de Rudolf Fuchs (1890-1942), foi publicado na edição de 25 de outubro de 1914 do *Prager Tagblatt*. **64** Kafka refere-se aqui à guarda de honra do castelo de Praga; os Jardins de Chotek situam-se pouco além, a nordeste do castelo; a sede do VIII Korpskommando da monarquia austro-húngara ficava no antigo Ledebourscher Palais, a oeste da Igreja de São Nicolau, que abrigava também o principal batalhão da polícia de Praga. Por fim, o Palácio Thun aqui mencionado é o da Thunschengasse (Thunovská), que hoje abriga a embaixada britânica.

3/11/14

À tarde, carta para Erna, revisei e anotei algumas correções para uma história de Pick, *Der blinde Gast* [O convidado cego], li um pouco de Strindberg; depois, não dormi, estava em casa às oito e meia, de volta às dez, por medo das dores de cabeça que já começam e também porque tinha dormido muito pouco, mesmo durante a noite, não trabalhei mais, em parte também porque temi estragar uma passagem aceitável escrita ontem. É o quarto dia desde agosto em que não escrevi nada. A culpa é das cartas, vou tentar não escrever mais nenhuma, ou apenas cartas breves. Como estou enredado agora, e como isso me agita! Ontem à noite, um estado de grande felicidade depois de ler algumas linhas de Jammes, com quem pouco tenho a ver mas cujo francês — ele falava de uma visita a um poeta amigo — provocou em mim efeito considerável.[65]

4/11/14

Pepa voltou.[66] Gritando, agitado, descontrolado. A história da toupeira que escavava o chão da trincheira abaixo dele, o que ele entendeu como um sinal divino para sair dali. Nem bem saiu, um tiro atingiu um soldado que rastejava atrás dele e jazia agora sobre a toupeira. — Seu capitão. Viram-no claramente ser levado como prisioneiro. No dia seguinte, encontraram-no na floresta, nu, atravessado por baionetas. Provavelmente levava dinheiro consigo, devem ter querido revistá-lo e roubá-lo, mas, "assim são os oficiais", ele não permitiu que lhe encostassem a mão. — P[epa]. quase chorou de raiva e irritação quando, proveniente da estação ferroviária, encontrou seu chefe (a quem, antes, venerara desmedida e ridiculamente), que, em traje elegante, perfumado e com um binóculo a tiracolo, ia ao teatro. Um mês depois, fez o mesmo com um ingresso que o chefe lhe deu de presente. Foi ver uma comédia, *Der ungetreue Eckehart* [O infiel Eckehart].[67] — Dormiu certa feita no palácio do príncipe Sapieha; em outra ocasião, na reserva, bem junto das baterias austríacas em ação e, em outra ainda, numa casa camponesa na qual, em cada uma das duas camas encostadas às paredes, uma à esquerda e outra à direita, dormiam duas mulheres, com uma moça deitada atrás da estufa e oito soldados dormindo no chão. — Punição

65 O poeta francês Francis Jammes (1868-1938). **66** Ferido na mão, Josef Pollak, marido de Valli, volta para casa a fim de se restabelecer. **67** Comédia de Hans Sturm (1874-1933), dramaturgo, ator e roteirista alemão. Logo a seguir, nobres poloneses que possuíam propriedades diversas na Galícia, onde se travavam as principais batalhas entre tropas austríacas e russas.

para os soldados. Permanecer em pé, amarrado a uma árvore, até ficar roxo. Por ter ele, por exemplo, contrariando as regras, entregado o cartão da minha irmã em alguma parte, onde este efetivamente acabou por se perder. —

12/11/14
Os pais que esperam gratidão dos filhos (há inclusive aqueles que a exigem) são como agiotas: arriscam de bom grado seu capital, contanto que recebam juros.

24/11/14
Ontem, na Tuchmachergasse, onde se distribuem as peças de roupa e a roupa de cama velha aos refugiados da Galícia. Max, a sra. Brod, o sr. Chaim Nagler.[68] A compreensão, a paciência, a afabilidade, o empenho, a loquacidade, a espirituosidade e a confiabilidade do sr. Nagler. Há pessoas que preenchem tão completamente seu círculo que se acredita que hão de conseguir tudo na vastidão mais ampla deste mundo, mas parte dessa sua perfeição se deve justamente ao fato de não ultrapassarem seu círculo. — A sra. Kannegießer, de Tarnów, esperta, vivaz, orgulhosa e modesta, quis apenas duas cobertas, mas bonitas; a despeito da proteção de Max, no entanto, recebeu apenas cobertas velhas e sujas, ao passo que as novas e boas estavam em outro cômodo, que guarda todas as peças boas para gente melhor. Não quiseram dar a ela as boas também porque ela só precisava das cobertas por dois dias, até a chegada de suas roupas de cama de Viena, e porque, em razão do perigo do cólera, não podem aceitar a roupa de volta. — A sra. Lustig com seus muitos filhos de todos os tamanhos e uma irmã pequena, atrevida, autoconfiante e agitada. Passa tanto tempo escolhendo uma roupinha infantil que a sra. Br[od]. grita para ela: "Ou a senhora pega esta logo de uma vez ou vai ficar sem nenhuma!". A sra. Lustig então responde, gritando ainda mais alto e com um gesto amplo e tresloucado das mãos: "A *mizwe* [boa ação] vale mais que todos esses trapos [*shmattes*]".

25/11/14
Desespero vazio, impossível reerguer-me; só vou poder parar quando estiver satisfeito com o sofrimento.

68 Em virtude da guerra, grande quantidade de judeus orientais da Galícia refugiou-se em Praga, e a comunidade judaica da cidade fundou um comitê de auxílio. Integravam-no, por exemplo, os pais de Max Brod. A sra. Brod é Fanny Brod, mãe do escritor; Chaim Nagler chefiava o comitê. Tarnów é uma cidade da Galícia.

—

Não tenho quase nenhum interesse direto na fábrica, mas tenho, sim, interesse indireto. Não quero que se perca o dinheiro que o pai, a meu conselho e a meu pedido, pôs à disposição de K[arl]., essa é minha primeira preocupação; a segunda é que não quero que se perca o dinheiro do tio, emprestado não tanto a K[arl]., mas a nós; e a terceira é que tampouco quero que o dinheiro de E[lli]. e das crianças se perca.[69] De meu dinheiro e de minha responsabilidade, nem falo. Mas não vejo tudo isso exposto a perigo maior do que aquele que ameaça tudo o mais nas circunstâncias presentes. Naturalmente, tenho total confiança em vocês, e ela não se deixa abalar nem um pouco pelo fato de você, no curso do último trimestre, ter retirado cerca de 1500 coroas, ao menos de acordo com o livro-caixa, porque, também segundo o livro, você pagou quatrocentas coroas, por certo vai devolver o restante e é provável que esteja agindo no interesse de Karl. Eu, de resto, não sabia de nada disso, fiquei sabendo apenas pelo livro — onde, nos últimos tempos, não figuram datas — e, por essa mesma razão, e porque a gestão da fábrica é hoje particularmente delicada, me espantei, mas foi só isso: espantei-me e tomei conhecimento do fato. Assunto encerrado.

Antes de mais nada, aviso que não creio de todo no relato de Elli, você a deixou muito agitada, e a agitação dela é já habitualmente grande nestes tempos de guerra, o que a faz perder a visão de conjunto. Mas, ainda que eu compreenda como mera fantasia o que ela me contou, parecem sobrar razões suficientes para supor que você a tratou de forma inconcebível — e, de passagem, acrescento: na frente das moças. Esqueceu-se de que ela é uma mulher e de que é a mulher de seu irmão.

"Ela esteve aqui à espreita e, depois, mandou você." Trata-se de uma inverdade, e de uma inverdade ofensiva. Creio que você teve e tem a mais completa liberdade que se pode conceber. Por certo, faz um excelente trabalho, não tenho nenhuma dúvida disso. As preocupações que nutro em relação à fábrica são de natureza bem diferente das suas, são absolutamente passivas, mas nem por isso menos graves. Você é responsável pelo trabalho

69 Rascunho de uma carta a Paul Hermann, um dos irmãos de Karl Hermann que passou a cuidar da fábrica de amianto quando o cunhado de Kafka foi convocado para a guerra. Mais adiante, *Gummizeitung* (literalmente, "jornal da borracha") era uma publicação especializada do ramo da borracha e do amianto.

(e, a rigor, por nada mais), ao passo que eu sou responsável pelo dinheiro. Sou responsável perante meu pai e meu tio. Não subestime essa responsabilidade; fosse meu o dinheiro, creia, seria facílimo para mim suportar essa preocupação. Mas infelizmente apenas me preocupo, não posso interferir, e por razões vinculadas sobretudo a minha pessoa. Tudo que faço é ir à fábrica uma vez por mês e ficar lá sentado por uma ou duas horas. Em si, não faz sentido, não prejudica nem ajuda em nada, é apenas uma tentativa vã de aplacar meu senso de responsabilidade e minha preocupação. Que você tenha algo a criticar nisso é atitude tão ridícula quanto arrogante. Não fui à fábrica examinar o livro-caixa, não é verdade, embora eu tenha o direito e teria também o dever de fazê-lo; fui até lá pelo mesmo motivo egoísta de sempre, isto é, para me tranquilizar; o fato de você estar ausente seria, antes, motivo para que eu não fosse até lá, porque, afinal, quero sempre ouvir justamente o que você tem a dizer. Ainda assim, fui porque o momento me convinha e porque queria ver se, na sua ausência, não tinha acontecido algo de importante. Que tenha examinado o livro-caixa foi coincidência, uma distração para mim, poderia ter igualmente folheado, por exemplo, o *Gummizeitung*. Mas encontrei, então, no livro algumas entradas que, compreensivelmente, despertaram meu interesse.

Você teria feito também uma observação depreciativa a respeito de meu pai receber uma compensação pelo fato de E[lli]. e as crianças morarem conosco. O que você tem com isso? Que direito tem de julgar esse fato?

30/11/14

Não posso seguir escrevendo. Cheguei a meu limite definitivo, aquele diante do qual eu talvez tenha de ficar sentado anos até, de novo, quem sabe, começar a escrever outra história que, de novo, permanecerá inacabada.[70] Esse destino me persegue. Volto a me fazer gélido e insensível, restou-me apenas o amor senil pelo mais completo sossego. E, como um animal qualquer inteiramente apartado dos humanos, balanço já o pescoço desejoso de, nesse meio-tempo, tentar ter F[elice]. de novo. E vou de fato tentar, caso o nojo de mim mesmo não me impeça de fazê-lo.

70 Provável referência à escritura de *O processo*.

2/12/14
À tarde em casa de Werfel, com Max e Pick.[71] Li para eles *Na colônia penal*, não de todo insatisfeito, a não ser com os erros óbvios e indeléveis. Werfel leu poemas e dois atos de *Esther, Kaiserin von Persien* [Esther, imperatriz da Pérsia]. Ambos arrebatadores. Mas deixo-me perturbar com facilidade. As críticas e comparações de Max, não de todo satisfeito com a peça, me incomodam, e já não a retenho na memória em sua inteireza como ao ouvi-la, quando ela se abateu sobre mim. Lembrança dos atores do teatro iídiche. As belas irmãs de W[erfel]. A mais velha, encostada na poltrona, olha com frequência para o lado, na direção do espelho; embora eu já a tenha devorado o suficiente com os olhos, ela aponta levemente com o dedo para um broche enfiado no meio da blusa. Trata-se de uma blusa azul-escura decotada, o decote preenchido com tule. Repetidas vezes contam uma cena ocorrida no teatro, quando, durante uma apresentação de *Kabale und Liebe* [Cabala e amor, de Friedrich Schiller], oficiais comentaram várias vezes e em voz alta entre si: "O Speckbacher fazendo pose", em referência a um oficial encostado à parede de um camarote.

—

Resultado do dia já antes do encontro com Werfel: seguir trabalhando de qualquer maneira, tristeza pela impossibilidade de o fazer ainda hoje, porque estou cansado e com uma dor de cabeça que já se anunciava de manhã, no escritório. Seguir trabalhando de qualquer maneira, há de ser possível, apesar da insônia e do escritório.

—

Sonho de hoje à noite. Com o imperador Guilherme. No castelo. A bela vista. Uma sala parecida com a do Tabakskollegium.[72] Encontro com Matilde Serao. Infelizmente esqueci tudo.

—

71 Em novembro, Werfel obtivera uma licença de três meses e retornara do front para a casa dos pais, em Praga. Logo a seguir, referência a um poema dramático de sua autoria que permaneceu inacabado. 72 A sala em que os homens se reuniam para fumar no Palácio Bellevue, em Berlim, sob Frederico Guilherme (Friedrich Wilhelm) I, rei da Prússia. Em seguida, Matilde Serao (1856-1927), escritora e jornalista italiana.

De *Esther*: as obras-primas de Deus peidam umas para as outras no banho.[73]

5/12/14

Uma carta de Erna sobre a situação de sua família. Minha relação com a família só ganha para mim um sentido homogêneo quando me vejo como sua ruína. É a única explicação orgânica possível, a que supera todo espanto. É, ademais, o único vínculo ativo que, no momento, tenho com a família, uma vez que, de resto, encontro-me, do ponto de vista emocional, totalmente apartado dela, ainda que não de forma mais radical do que, talvez, do mundo como um todo. (Nesse aspecto, uma imagem de minha existência é a de uma estaca inútil, recoberta de neve e geada, levemente fincada de viés na terra revolvida até o fundo da beira de uma grande planície numa escura noite de inverno.) Só a ruína atua. Tornei F[elice]. infeliz, debilitei a resistência de todos aqueles que agora tanto precisam dela, contribuí para a morte do pai,[74] apartei F[elice]. de E[rna]. e, por fim, tornei também E[rna]. infeliz, uma infelicidade que, tudo faz prever, vai se aprofundar ainda mais. Estou atrelado a essa infelicidade e destinado a puxá-la adiante. A última carta que, atormentando-me, lhe escrevi, Erna a considera serena; "respira tanta serenidade", disse. De resto, não está excluída a possibilidade de ela ter se expressado assim para me poupar, em virtude do carinho e da preocupação que sente em relação a mim. No cômputo geral, já fui suficientemente castigado, minha posição em relação à família é já castigo bastante, e sofri tanto que jamais vou me recuperar disso (meu sono, minha memória, minha capacidade de pensar e de resistir à menor preocupação foram debilitados de maneira irremediável, consequências que, estranhamente, são mais ou menos as mesmas que acarretam as longas penas de prisão), embora, no momento, o sofrimento que me impõe essa relação seja pequeno, menor, em todo caso, que o imposto a F[elice]. ou E[rna]. E, no entanto, há algo de aflitivo no fato de que, agora, no Natal, devo fazer uma viagem com E[rna]., ao passo que F[elice]. fica em Berlim.

73 Referência a uma passagem do poema dramático de Werfel mencionado mais acima.

74 Carl Bauer, o pai de Felice e Erna, havia morrido de infarto em 5 de novembro de 1914.

8/12/14

Ontem, pela primeira vez em um bom tempo, capacidade inequívoca de trabalhar bem. Ainda assim, escrevi apenas a primeira página do capítulo da mãe, uma vez que eram já duas noites sem dormir quase nada, que a dor de cabeça se manifestou logo de manhã e que sentia grande medo do dia seguinte. Compreendi mais uma vez que tudo que é escrito fragmentariamente, e não no transcorrer da maior parte de uma noite (ou mesmo da noite inteira), tem pouco valor, e que minhas condições de vida me condenam a esse pouco valor.[75]

9/12/14

Estive com Emil Kafka, de Chicago.[76] Ele é quase comovente. Descrição de sua vida tranquila. Das oito às cinco e meia no armazém. Inspeção do despacho de mercadorias no setor de malhas. Quinze dólares por semana. Duas semanas de férias, uma delas remunerada; depois de cinco anos, remuneração plena das duas semanas. Por um tempo, como havia pouco a fazer no setor de malhas, ele ajudou na seção de bicicletas. São vendidas trezentas bicicletas por dia. Armazém atacadista com 10 mil empregados. Clientes são conquistados mediante envio de catálogos. Os americanos gostam de trocar de emprego; no verão, não fazem muita questão de trabalhar; ele, porém, não gosta de trocar de emprego, não vê vantagem nisso, perde-se tempo e dinheiro. Até o momento, teve dois empregos, ficou cinco anos em cada um e, quando voltar — tirou férias por tempo não delimitado —, vai reassumir o mesmo posto, sempre podem fazer uso dele, embora sempre possam também prescindir dele. À noite, em geral fica em casa e joga uma partida de *skat* com conhecidos; vez por outra, distrai-se por uma hora no cinema; no verão, sai a passear; aos domingos, uma viagem até o lago. Embora já tenha 34 anos, casar-se é coisa que evita, porque as americanas muitas vezes se casam apenas para se separar, o que é muito fácil para elas, mas bastante caro para o marido.

75 Trata-se aqui do capítulo (incompleto) "Viagem à casa da mãe", de *O processo*. Kafka volta a se referir ao trabalho no romance em 13 de dezembro, quando menciona "Diante da lei", a parábola que integra o capítulo "Na catedral". **76** Emil Kafka (1881-1963), filho de Heinrich e Karoline Kafka, de Leitmeritz, emigrara para os Estados Unidos em 1904, onde trabalhou na Sears, Roebuck & Co.

13/12/14
Em vez de trabalhar — escrevi apenas uma página (exegese da lenda) —, li um pouco dos capítulos prontos e os achei bons, em parte. Sempre consciente de que todo sentimento de satisfação e felicidade — que é o que sinto sobretudo no caso da lenda, por exemplo — precisa ser pago, e, aliás, a fim de jamais permitir descanso, pago a posteriori.

—

Há pouco, em casa de Felix. Impressão de uma grande infelicidade. Como ele, febril, os lábios esfolando-se um no outro, ressecados, se enterra nas almofadas. Aquilo que me seria difícil suportar na mulher, ele parece suportá-lo com relativa facilidade, mas outras coisas lhe são difíceis. A caminho de casa, eu disse a Max que, em meu leito de morte, estarei muito satisfeito, contanto que as dores não sejam demasiado fortes. Esqueci-me de acrescentar, e mais tarde omiti-o deliberadamente, que o que escrevi de melhor tem seu fundamento nessa capacidade de morrer satisfeito. Todas essas passagens boas e muito convincentes tratam sempre de alguém à morte, de como lhe é difícil morrer e de como esse alguém vê aí uma injustiça ou ao menos uma inclemência, algo que, pelo menos na minha opinião, comove o leitor. Mas, para mim, que creio poder morrer satisfeito, tais descrições são um jogo que pratico em segredo; alegra-me, afinal, morrer com o moribundo e, calculista, exploro a atenção do leitor concentrada na morte; minha lucidez é maior que a dele, que, suponho, vai se queixar em seu leito de morte; minha queixa, portanto, é a mais perfeita possível, não cessa de repente, como as queixas verdadeiras, mas transcorre bela e pura. É como todas as vezes em que me queixei para minha mãe de sofrimentos nem de longe tão grandes quanto minha queixa fazia supor. Diante dela, contudo, não precisava empregar tanta arte quanto frente ao leitor.

14/12/14
O trabalho se arrasta miseravelmente, talvez em seu ponto mais importante, aquele para o qual uma boa noite seria tão necessária.

—

Estive em casa de Baum à tarde. Ele dá aulas de piano a uma menininha pálida de óculos. O menino fica sentado quieto na penumbra da cozinha e brinca descuidadamente com algum objeto irreconhecível.[77] A impressão é de grande bem-estar. Sobretudo em comparação com a labuta da criada alta, que lava louça numa cuba.

15/12/14
Não trabalhei nada. Acabo de dedicar duas horas ao escritório, examinando a classificação do grau de periculosidade de empresas diversas. À tarde, em casa de Baum. Ele foi algo ofensivo e rude. Conversa árida em decorrência de minha fraqueza, de meu alheamento, de minha lentidão, quase burrice; fui-lhe inferior em todos os aspectos, havia tempos não nos falávamos a sós, fiquei feliz quando me vi de novo sozinho. A felicidade de deitar no canapé sem dor de cabeça, o quarto em silêncio, a respiração tranquila, digna de um ser humano.

—

As derrotas na Sérvia, o comando absurdo.

19/12/14
Ontem, escrevi "O mestre-escola da aldeia"[78] quase num estado de inconsciência, mas fiquei com medo de seguir escrevendo depois das quinze para as duas; o medo tinha fundamento, não dormi quase nada, tive apenas três sonhos breves e, depois, no escritório, vi-me no estado que era de esperar. Ontem, as recriminações do pai por causa da fábrica: "Você me meteu nisso". Fui para casa e, tranquilo, escrevi durante três horas, ciente de que minha culpa é indubitável, ainda que não tão grande quanto quer o pai. Hoje, sábado, não fui jantar, em parte por medo dele, em parte para aproveitar bem a noite para trabalhar; mas só escrevi uma página, e não muito boa.

—

O começo de toda novela é, num primeiro momento, risível. Parece não haver esperança de que esse organismo novo, ainda inacabado e absolutamente sensível venha a sobreviver na organização acabada do mundo, que, como toda organização acabada, almeja fechar-se em si mesma. O que se

77 Leo, o filho de Oskar Baum. 78 Fragmento pertencente às chamadas *Narrativas do espólio*.

esquece aí é que a novela, se ela se justifica, traz em si sua organização acabada, mesmo que ainda não plenamente desenvolvida; por isso, nesse aspecto, é injustificado o desespero antes de começar uma novela, ou também os pais haveriam de se desesperar diante do bebê, por não terem querido trazer ao mundo esse ser miserável e particularmente ridículo. De todo modo, nunca se sabe se o desespero que se sente é justificado ou injustificado. Esta reflexão, no entanto, oferece algum apoio, o desconhecimento disso já me prejudicou.

20/12/14

A objeção de Max a Dostoiévski: a de que ele põe em cena doentes mentais em demasia. Inteiramente incorreta. Não são doentes mentais. A designação da enfermidade nada mais é que um recurso de caracterização, e, aliás, um recurso bastante delicado e fecundo. Basta, por exemplo, dizer de uma pessoa, e dizê-lo com a maior insistência, que ela é limitada e idiota, e ela, se possuir em si um cerne dostoievskiano, será literalmente compelida a realizar os maiores feitos. Nesse sentido, a caracterização de Dostoiévski tem o mesmo significado dos xingamentos entre amigos. Quando xingam um ao outro de imbecil, eles não querem dizer que o outro é de fato um imbecil, aviltando dessa forma sua amizade; esse insulto, quando não se trata de mera galhofa (e mesmo então), abriga na maioria das vezes uma mistura infinita de intenções. Assim, o pai dos Karamázov não é em absoluto um tolo, e sim um homem muito inteligente, quase comparável a Ivan, ainda que mau, e, de todo modo, bem mais inteligente que, por exemplo, seu primo ou sobrinho, o proprietário da terra que se sente tão superior a ele e que o narrador deixa em paz.[79]

23/12/14

Li algumas páginas de "Névoa londrina", de Herzen.[80] Nem sabia do que se tratava e, no entanto, surge dali, em sua totalidade, o homem desconhecido, resoluto, atormentador de si mesmo, que se controla e de novo se dissipa

79 Trata-se, na verdade, do primo da falecida primeira mulher do pai, Piotr Alieksándrovitch Miússov. **80** Capítulo das memórias de Aleksandr Herzen, *Passado e pensamentos*.

26/12/14
Em Kuttenberg com Max e sua mulher.[81] Quanto contei com esses quatro dias de folga, quantas horas refleti sobre como empregá-los corretamente e, no entanto, talvez tenha me equivocado nos cálculos. Hoje à noite, não escrevi quase nada e talvez nem consiga dar continuidade ao "Mestre-escola da aldeia", em que trabalho há uma semana e que com certeza teria terminado sem erros aparentes em três noites livres; agora, não obstante, embora ainda no começo, a história já apresenta dois erros irremediáveis e, além disso, atrofiou. — Nova organização de meu dia a partir de agora! Aproveitar ainda melhor o tempo! Queixo-me aqui para aqui ser atendido? Não é neste caderno que encontrarei isso; serei atendido quando eu estiver na cama e me deitarem de costas, belo, leve e de um branco azulado; outra salvação não virá.

Hotel em Kuttenberg. Morawetz, criado bêbado, pequeno pátio coberto por claraboia. O soldado de contornos escuros apoiado na balaustrada do primeiro andar do edifício que dá para o pátio. O quarto que me oferecem aqui, com janela para um corredor escuro e sem janelas. Canapé vermelho, luz de velas. Jakobskirche, os soldados pios, a voz feminina no coro

27/12/14
Um comerciante era muito perseguido pelo infortúnio. Ele o suportou por muito tempo, mas, por fim, acreditou que não conseguiria mais e se dirigiu a um especialista na lei. Queria pedir-lhe conselho e saber o que deveria fazer para evitar a infelicidade ou se fazer capaz de suportar o infortúnio. Esse especialista na lei tinha sempre as Escrituras abertas à sua frente e as estudava, era seu hábito receber com as seguintes palavras todos que iam lhe pedir conselho: "Estava justamente lendo sobre seu caso". E apontava, então, para uma passagem da página aberta diante dele. Ao comerciante, esse hábito, do qual já ouvira falar, não agradava; por certo, o especialista na lei atribuía-se assim, de pronto, a capacidade de ajudar aquele que lhe pedia auxílio, livrando-o do medo de ter sido atingido por algum sofrimento que operava no escuro, que não podia ser comunicado a ninguém e do qual

81 Cidade situada noventa quilômetros a leste de Praga cuja principal atração turística era a igreja gótica de São Jacó.

ninguém poderia se compadecer; mas essa afirmação era demasiado inverossímil e inclusive já impedira o comerciante de no passado ir procurar o especialista. Mesmo agora entrava hesitante em sua casa.

31/12/14
Estou trabalhando desde agosto, de modo geral não tenho trabalhado pouco nem mal, mas, tanto no primeiro como no segundo aspecto, não até o limite de minha capacidade, como teria de ser, sobretudo considerando-se que, segundo todas as previsões, essa minha capacidade não vai durar muito tempo (insônia, dores de cabeça, insuficiência cardíaca). Escritos inacabados: *O processo*, "Recordações da ferrovia de Kalda", "O mestre-escola da aldeia", "O promotor assistente" e outros pequenos textos iniciados. De acabado, apenas: *Na colônia penal* e um capítulo de *O desaparecido*, ambos durante as férias de duas semanas. Não sei por que traço esse panorama. Não é do meu feitio.

1915

4/1/15
Minha grande vontade de dar início a uma nova história não cedeu. É tudo inútil. Se não posso perseguir as histórias noite adentro, elas fogem e se perdem, como agora "O promotor assistente". E amanhã vou à fábrica, talvez tenha de ir toda tarde, assim que Paul se apresentar ao exército.[1] Com isso, estará tudo terminado. Esse pensamento na fábrica é meu Dia do perdão permanente.

—

6/1/15
Abandonei por enquanto "O mestre-escola da aldeia" e "O promotor assistente". Mas sinto-me também incapaz de dar continuidade ao "Processo". Tenho pensado na moça de Lemberg.[2] Promessas de algum tipo de felicidade, semelhantes às esperanças de vida eterna. Vistas de certa distância, elas se mantêm firmes, e não ousamos nos aproximar.

17/1/15
Ontem, pela primeira vez, ditei cartas na fábrica. Trabalho sem valor (uma hora), mas não sem satisfação. Antes disso, tarde terrível. Dor de cabeça contínua, de modo que, para me tranquilizar, precisei segurar ininterruptamente a cabeça com a mão (situação no Café Arco), e, em casa, no canapé, dores no coração.

—

1 Paul Hermann, o irmão de Karl que passara a cuidar da fábrica de amianto, é agora convocado para o exército. 2 Fanny Reiß, aluna de uma escola para refugiados da Galícia em que Max Brod lecionava. Kafka, por vezes, assistia às suas aulas como ouvinte, e deve ter conhecido Fanny e suas irmãs, Esther e Tilka, numa dessas ocasiões.

Li para Erna a carta de Ottla. É como se meu macaco a tivesse escrito. Eu de fato a reprimi sem nenhuma consideração, por desleixo e incapacidade. Nisso, F[elice]. tem razão. Por sorte, O[ttla]. é tão forte que, sozinha numa cidade estranha, logo se recuperaria de mim. Quantas de suas capacidades no convívio com as pessoas não permanecem inexploradas por culpa minha. Ela escreve que, em Berlim, se sentiu infeliz. Não é verdade!

—

Compreendi que, desde agosto, não tenho de forma alguma aproveitado bem meu tempo. As continuadas tentativas de dormir bastante à tarde para, então, poder trabalhar noite adentro foram insensatas, porque, passadas as duas primeiras semanas, já pude ver que meus nervos não me permitiam ir dormir depois da uma, quando, então, não consigo mais adormecer, tornando o dia seguinte insuportável e me destruindo. Andei, pois, deitando-me à tarde por tempo demasiado, mas, à noite, raras vezes fui além da uma e sempre comecei a trabalhar no mínimo por volta das onze. Foi um erro. Preciso começar às oito ou nove; a noite é decerto o melhor horário (férias!), mas ele me é inacessível.

—

No sábado, vou ver F[elice]. Se ela me ama, eu não o mereço. Creio compreender hoje como são estreitos os meus limites, em tudo e, por consequência, também na escrita. Quando alguém reconhece seus limites com tanta intensidade, só pode explodir. Por certo, foi a carta de Ottla que me fez consciente disso. Nos últimos tempos, estive muito satisfeito comigo mesmo e tinha muitas objeções a fazer a F[elice], em minha defesa e para minha autoafirmação. Pena eu não ter tido tempo de anotá-las; hoje, não seria capaz de fazê-lo.

—

Schwarze Fahne [Bandeiras negras], de Strindberg.[3] Sobre influência exercida à distância: "Você decerto percebeu como outros desaprovavam seu comportamento sem manifestar essa desaprovação. Sentiu um tranquilo bem-estar na solidão sem ter clareza do porquê; alguém, distante, pensou coisas boas a seu respeito, falou bem de você".

3 Romance publicado em 1907.

18/1/15
Na fábrica até seis e meia, de novo trabalho inútil: li, ditei, ouvi, escrevi. A mesma satisfação sem sentido depois. Dor de cabeça, dormi mal. Incapaz de trabalhar longa e concentradamente. Além disso, pouco tempo ao ar livre. Ainda assim, comecei uma história nova, temi arruinar as antigas. Agora, erguem-se quatro ou cinco histórias diante de mim, como os cavalos diante de Schumann, o diretor do circo, quando o espetáculo começa.[4]

19/1/15
Enquanto tiver de ir à fábrica, não vou conseguir escrever nada. Acredito que o que sinto agora é uma incapacidade singular para trabalhar, parecida com aquela que sentia quando era funcionário da Generali.[5] A proximidade imediata da vida profissional — ainda que, interiormente, eu participe dela o menos possível — rouba-me a visão de conjunto, como se, no fundo de um desfiladeiro, eu ainda baixasse a cabeça. No jornal de hoje, por exemplo, há uma manifestação da autoridade sueca competente segundo a qual a neutralidade deve ser preservada de qualquer maneira, apesar das ameaças da Tríplice Aliança. Em conclusão, afirma: "Em Estocolmo, os membros da Tríplice Aliança vão deparar com uma muralha".[6] Hoje, quase tomo essas palavras pelo que elas pretenderam dizer. Há três dias, teria sentido do fundo da alma que quem fala aí é um fantasma de Estocolmo, que "ameaças da Tríplice Aliança", "neutralidade", "autoridade sueca competente" seriam apenas construções feitas de ar e amontoadas numa forma que se poderia tão somente desfrutar com os olhos, jamais tocar com os dedos.

—

Eu havia combinado com dois amigos um passeio para domingo, mas, de maneira inteiramente inesperada, dormi e perdi o encontro. Meus amigos, que conheciam minha habitual pontualidade, se espantaram, foram até o prédio onde eu morava, esperaram ainda algum tempo por ali e, depois, subiram a escada e bateram à minha porta. Levei um belo de um susto, pulei da cama e não me preocupei com mais nada a não ser em me aprontar o

4 Famoso por seus cavalos adestrados, o diretor de circo Schumann apresentara-se diversas vezes em Praga. 5 De outubro de 1907 a julho de 1908, Kafka havia trabalhado na filial de Praga da companhia italiana de seguros Assicurazioni Generali. 6 Citação extraída da edição de 19 de janeiro de 1915 do jornal *Bohemia*.

mais rapidamente possível. Quando, então, completamente vestido, abri a porta, eles se afastaram, claramente assustados comigo. "O que você tem atrás da cabeça?", perguntaram. Já ao acordar eu sentira alguma coisa que me impedia de tombar a cabeça para trás, um impedimento em busca do qual agora tateava com a mão. Os amigos, que já haviam se recomposto um pouco, gritaram: "Cuidado, não vá se machucar!", e isso bem no momento em que, atrás da cabeça, eu apanhava o punho de uma espada. Os amigos se aproximaram, me examinaram, conduziram-me para dentro de casa, levaram-me para diante do espelho do guarda-roupa e me despiram até a cintura. Uma espada grande e antiga de cavaleiro, com empunhadura em cruz, estava enfiada em minhas costas até o cabo, mas de um modo que a lâmina, com incompreensível precisão, penetrara entre a pele e a carne sem provocar nenhum ferimento. Mesmo no local do golpe, na altura do pescoço, não havia ferida alguma; os amigos asseguraram que ali se abrira tão somente a fenda necessária para a lâmina, seca, sem sangue nenhum. E quando, então, subiram nas cadeiras e lentamente, milímetro a milímetro, começaram a puxar a espada para fora, tampouco saiu sangue, a abertura no pescoço fechou-se, deixando apenas uma fresta que mal se percebia. "Eis aqui sua espada", disseram-me eles, rindo e entregando-a para mim. Eu a senti com ambas as mãos, era uma arma preciosa, cruzados podiam bem tê-la empregado. Quem podia admitir que velhos cavaleiros vagassem pelos sonhos, brandissem irresponsavelmente suas espadas, as enterrassem em inocentes adormecidos e só não provocassem ferimentos graves porque suas armas provavelmente resvalam em corpos vivos e porque amigos fiéis, a postos atrás da porta, batem solícitos?

20/1/15
Fim da escrita. Quando ela me retomará? Em que péssimo estado vou me encontrar com F[elice].! A lerdeza de pensamento que se instala de imediato com a desistência da escrita, a incapacidade de me preparar para o encontro, ao passo que, semana passada, mal conseguia afastar da cabeça pensamentos tão importantes para a ocasião. Que eu pelo menos usufrua do único ganho possível nisso tudo: um sono melhor.

—

Schwarze Fahnen. Como leio mal também. E como é perversa e débil a maneira como observo a mim mesmo. Ao que parece, não logro penetrar no mundo, consigo apenas ficar deitado tranquilamente, receber, expandir em mim o recebido e, então, dar calmamente um passo à frente.

—

24/1/15
Com F[elice]. em Bodenbach.[7] Acredito que seja impossível unirmo-nos algum dia, mas não ouso dizê-lo a ela e, no momento decisivo, tampouco a mim mesmo. Assim sendo, dei-lhe esperanças outra vez, o que é absurdo, porque cada dia me faz mais velho e empedernido. Voltam as velhas dores de cabeça quando tento compreender que, ao mesmo tempo que sofre, ela está tranquila e alegre. Não podemos voltar a nos torturar com cartas, melhor é deixar em silêncio esse encontro, como algo isolado; ou será que acredito, talvez, que vou me libertar, que vou viver de escrever, viajar para o exterior ou para alguma outra parte e, lá, viver com F[elice]. às escondidas? Reencontramo-nos em nada mudados também nos demais aspectos. Em silêncio, cada um de nós diz a si mesmo que o outro é inabalável e desapiedado. Não cedo em nada em minha exigência de uma vida de fantasia, pensada apenas para meu trabalho; ela, surda a todas as minhas súplicas mudas, deseja a mediocridade, a casa confortável, quer meu interesse voltado exclusivamente para a fábrica, comida farta, ir dormir às onze da noite, o quarto aquecido; ajusta com exatidão meu relógio, que, faz três meses, está uma hora e meia adiantado. Tem razão e seguiria tendo; tem razão ao corrigir-me quando peço ao garçom: "*Bringen Sie die Zeitung*, bis *sie augelesen ist*";[8] eu, de minha parte, nada posso retificar quando ela fala no "toque pessoal" (só pronunciável como um rangido) do mobiliário desejado para nossa casa. Chama minhas duas irmãs mais velhas de "superficiais", nem sequer pergunta pela caçula; não tem quase nenhuma pergunta a fazer sobre meu trabalho e nenhuma compreensão perceptível do que seja ele. Esse é um lado.

Eu sigo incapaz e árido como sempre, nem deveria, na verdade, ter tempo para pensar em outra coisa senão em como é que alguém pode sentir vontade de me tocar, ainda que com o dedo mindinho. Em rápida sequência, soprei

7 Cidade fronteiriça, separada de Tetschen (Děčín), no norte da Boêmia, pelo rio Elba e situada no trajeto da linha férrea que liga Praga a Dresden. Kafka e Felice encontraram-se ali no fim de semana de 23-24 de janeiro de 1915. **8** Felice corrige o uso da conjunção alemã *bis* (até que) em lugar de *sobald* (tão logo), comum no alemão austríaco. "Traga-me o jornal tão logo tenham terminado de lê-lo."

meu ar gélido sobre três tipos de pessoa: as de Hellerau,[9] a família Riedl, em Bodenbach, e F[elice]. Ela me disse: "Que bem-comportados nós dois aqui, juntos". Eu me calei, como se tivesse desligado os ouvidos durante esse comentário. Estivemos sozinhos no quarto por duas horas. A meu redor, apenas tédio e desconsolo. Juntos, ainda não tivemos um único bom momento, durante o qual eu tivesse podido respirar com liberdade. A doçura no relacionamento com uma mulher amada, como a que senti em Zuckmantel e Riva, jamais a experimentei com F[elice]., a não ser nas cartas; apenas admiração, submissão, compaixão, desespero e desprezo por mim mesmo ilimitados.[10] Li para ela em voz alta, as frases se confundiam, enojantes, nenhuma ligação com a ouvinte, que, deitada de olhos fechados no canapé, as recebia muda. Um pedido tíbio para levar consigo um manuscrito e copiá-lo. Quando da história do porteiro, atenção maior e boa observação. Foi somente então que ficou claro para mim o significado da história, que também ela compreendeu corretamente; em seguida, porém, entramos pela história com comentários grosseiros, e fui eu que comecei.

As dificuldades que tenho ao falar, por certo inacreditáveis aos outros, decorrem do fato de meu pensamento, ou melhor, do conteúdo de minha consciência ser inteiramente nebuloso, de, no interior dessa névoa, quando se trata apenas de mim, eu me sentir imperturbado e por vezes satisfeito; uma conversa humana, no entanto, demanda agudeza, solidez e continuada coerência, coisas que não trago em mim. Ninguém quererá se deitar comigo no meio dessa névoa, e, ainda que queira, não consigo arrancá-la da cabeça; entre dois seres humanos, então, a névoa se dissipa, não é nada.

F. dá uma grande volta para ir a Bodenbach, dá-se ao trabalho de providenciar o passaporte, é obrigada a me suportar depois de uma noite passada em claro e, ainda por cima, a ouvir minha leitura, e nada disso faz o menor sentido. Será que, para ela, o sofrimento é tamanho, como é para mim? Com certeza, não, mesmo pressupondo que tenhamos sensibilidades idênticas. Afinal, ela não abriga nenhum sentimento de culpa.

9 Provável referência às pessoas que Kafka conhecera em Hellerau, no final de junho de 1914.
10 Num sanatório de Zuckmantel, na Silésia, Kafka passara duas temporadas, em 1905 e 1906, e tivera ali um relacionamento amoroso com uma mulher não identificada; e, em Riva, no começo de outubro de 1913, com a suíça G. W. Em seguida, Kafka torna a mencionar ("porteiro") a passagem do capítulo "Na catedral", de *O processo*, que, em 7 de setembro de 1915, será publicada na revista semanal *Selbstwehr* com o título "Diante da lei".

Minha constatação estava correta e foi reconhecida como tal: cada um de nós ama o outro como ele é. Mas, sendo o outro como é, acredita não ser capaz de viver com ele.

O grupo: o dr. Weiß procura me convencer de que F[elice]. é odiosa; F. tenta me convencer de que W. é odioso. Acredito nos dois e amo os dois, ou almejo amá-los.

—

29/1/15
Nova tentativa de escrever, quase inútil. Nos últimos dois dias fui dormir logo, às dez horas, o que não faço há muito tempo; durante o dia, sensação de liberdade, uma quase satisfação, utilidade maior no escritório, possibilidade de falar com as pessoas. — Agora, fortes dores nos joelhos.

—

30/1/15
A velha incapacidade. Passados nem dez dias sem escrever, e já excluído. De novo, aguardam-me grandes esforços. É necessário mergulhar, literalmente, e afundar mais depressa do que aquilo que afunda diante de nós.

—

7/2/15
Paralisia completa. Tormentos infinitos.

—

Atingido certo patamar de autoconhecimento e presentes outras circunstâncias favoráveis à observação, há de ocorrer regularmente de nos acharmos repugnantes. Toda e qualquer medida do bem — por mais diversas que sejam as opiniões a esse respeito — parecerá demasiado elevada. Compreenderemos que nada mais somos além de um miserável ninho de ratos repleto de segundas intenções. Nem uma única ação de nossa parte estará livre dessas intenções. E elas serão tão imundas que, de início, ao nos observarmos a nós mesmos, não vamos querer nem sequer examiná-las a fundo, e sim nos daremos por satisfeitos com sua contemplação à distância. Essas segundas intenções não terão a ver apenas com egoísmo; comparado a elas, o egoísmo nos parecerá um ideal do bom e do belo. A imundice que vamos encontrar tem seu fim em si própria, reconheceremos que viemos a este mundo encharcados dela e que, graças a essa carga, partiremos dele irreconhecíveis, ou então perfeitamente reconhecíveis. Essa imundice recobre o nível mais inferior que vamos encontrar, um nível que não contém lava, por exemplo, e sim sujeira. Ele será o nível mais baixo e o mais alto, e mesmo as dúvidas decorrentes da observação de nós mesmos logo serão tão débeis e autocomplacentes quanto o chafurdar de um porco no estrume.

9/2/15
Ontem e hoje escrevi um pouco. A história do cão.[11]

—

Acabo de reler o começo. É feio, dá dor de cabeça. A despeito de toda verdade, é maldoso, pedante, mecânico, um peixe num banco de areia, já quase incapaz de respirar. Escrevo *Bouvard e Pécuchet* cedo demais. Se os dois elementos não se unirem — presentes mais marcadamente em *O foguista* e em *Na colônia penal* —, estou acabado. Há, contudo, a perspectiva de que venham a se unir?

—

Finalmente aluguei um quarto. No mesmo edifício da Bilekgasse.[12]

10/2/15
Primeira noite. O vizinho conversa horas com a senhoria. Ambos falam baixo, a senhoria é quase inaudível, o que é ainda mais irritante. Interrompido o fluxo da escrita posto em marcha há dois dias, quem sabe por quanto tempo. Desespero puro. É assim em toda casa? É essa a aflição ridícula e necessariamente mortal que me aguarda a cada senhoria, em toda e qualquer cidade? Os dois cômodos de meu professor no mosteiro.[13] Mas é absurdo desesperar de imediato, melhor é sair em busca de meios, por mais

11 Referência a "Blumfeld, um solteirão de meia-idade" (*Narrativas do espólio*). Pouco adiante, a menção a *Bouvard e Pécuchet* se deve ao fato de, como Blumfeld, serem também solteirões as duas personagens do romance de Gustave Flaubert. **12** Kafka aluga um quarto na Bilekgasse, nº 10, o mesmo edifício em que sua irmã Valli morava com a família. **13** Emil Gschwind, professor da época do ginásio que pertencia à Ordem dos Piaristas e morava no mosteiro desta em Praga.

que... não, não é contrário a meu caráter, algum judaísmo teimoso ainda trago em mim, só que, em geral, isso ajuda o outro lado.

—

14/2/15
A infinita força de atração da Rússia. Melhor que pela troica de Dostoiévski, ela é captada pela imagem de um grande rio de águas amareladas que a vista é incapaz de abarcar e que lança ondas por toda parte, mas não demasiado altas.[14] Nas margens, a charneca erma e desgrenhada, a grama vergada. Isso não capta nada; antes, apaga tudo.

—

Saint-simonismo[15]

15/2/15
Tudo estaca. Divisão irregular e ruim do tempo. O quarto põe tudo a perder. Hoje, de novo, escutei a aula de francês da filha da senhoria.

14 A imagem da "troica impetuosa", empregada por Gógol em *Almas mortas*, é retomada por Dostoiévski em *Os irmãos Karamázov* ("nossa fatídica troica voa precipitadamente"), no capítulo "IX. A psicologia a todo vapor. A troica a galope. Final do discurso do promotor".
15 Em suas memórias, que, como vimos, Kafka lia por essa época, Aleksandr Herzen fala sobre suas relações com o saint-simonismo.

16/2/15
Não me acho. É como se tudo que possuía houvesse me escapado e tampouco me bastasse recuperá-lo.

22/2/15
Incapacidade total, em todos os aspectos.

25/2/15
Depois de dias de dores de cabeça ininterruptas, enfim um pouco mais livre e confiante. Fosse eu um estranho a observar o curso de minha vida e a mim mesmo, haveria de dizer que tudo há de terminar em inutilidade, consumido por dúvidas incessantes, criativo apenas no tormento autoimposto. Mas, como parte interessada, nutro esperanças.

1/3/15
Com grande esforço e depois de semanas de preparação e medo, anunciei que vou deixar meu quarto, e não de todo com razão, porque ele é tranquilo o bastante; o que ocorre é apenas que ainda não trabalhei bem o suficiente e, assim sendo, não experimentei a contento nem a tranquilidade nem a intranquilidade. Saio, antes, por intranquilidade própria. Quero me atormentar, alterar constantemente minha situação, porque creio pressentir na mudança a minha salvação e acredito, ademais, que por meio dessas pequenas mudanças, que outros fazem semidormindo mas que, no meu caso, demandam a mobilização de toda a minha capacidade mental, logro preparar-me para a grande mudança de que provavelmente necessito. Por certo, vou me mudar para lugar muito pior. Mas, seja como for, hoje foi o primeiro (ou o segundo) dia em que, não fosse a forte dor de cabeça, eu poderia ter trabalhado muitíssimo bem. Escrevi apressadamente uma página.

11/3/15
Como passa o tempo, lá se foram mais dez dias e não consigo nada. Não avanço. Logro escrever uma página de vez em quando, mas não consigo dar sequência, no dia seguinte vejo-me impotente.

—

Judeus orientais e ocidentais, noite de debate.[16] O desprezo dos judeus orientais pelos daqui. A legitimidade desse desprezo. Os judeus orientais conhecem o motivo desse desprezo, mas os ocidentais, não. Por exemplo, a concepção pavorosa e para lá de ridícula que minha mãe tem deles. Mesmo Max, a insuficiência, a debilidade de seu discurso, desabotoando e abotoando a casaca. E, no entanto, há aí boa vontade, a melhor das boas vontades. Um certo Wiesenfeld, ao contrário, com sua casaquinha miserável e toda abotoada, um colarinho que não tem como ficar mais imundo mas vestido como complemento solene, dispara sins e nãos sem cessar. Um sorriso diabolicamente desagradável em torno da boca, rugas no rosto jovem, movimentos disparatados e desconcertados dos braços. Mas o melhor é o rapaz baixinho, todo ele doutrinação, com voz aguda incapaz de qualquer gradação, uma das mãos no bolso da calça e a outra apontada ostensivamente para os ouvintes, fazendo perguntas sem parar e logo comprovando o que pretendia comprovar. A voz é de um canário. Com as filigranas de seu discurso, escava sulcos labirínticos gravados a fogo em verdadeiro tormento. Lança a cabeça para trás. Eu, como se feito de madeira, um cabideiro empurrado para o centro do salão. E, no entanto, esperança.

—

13/3/15
Um fim de dia. Às seis, deitei-me no canapé. Dormi até cerca de oito horas. Incapaz de me levantar, esperei pela batida do relógio, que, sonolento, não ouvi. Levantei-me às nove. Já não fui para casa jantar, nem à casa de Max, onde hoje havia uma reunião noturna. Razões para tanto: todo o dinheiro gasto com os porteiros,[17] falta de apetite, medo de voltar tarde da noite, mas sobretudo o fato de, ontem, eu não ter escrito nada, de estar cada vez mais longe de fazê-lo e, portanto, correndo perigo de perder tudo que, com muito esforço, consegui nos últimos seis meses. Prova disso obtive ao escrever uma miserável página e meia de uma história nova e já definitivamente descartada e, depois, num desespero para o qual decerto colaborou um estômago inapetente, a leitura de Herzen em busca de alguma maneira de me deixar levar adiante por ele. A felicidade de seu primeiro ano de casado, o horror de me ver sujeito a

16 O ciclo de debates, do qual Max Brod foi um dos participantes, teve sua segunda noite em 9 de março de 1915, no Hotel Bristol. **17** À noite, em Praga, pagava-se uma taxa aos porteiros para que abrissem e fechassem as portas dos edifícios.

tal felicidade, a vida grandiosa em seu círculo de conhecidos, Belinski, Bakunin deitado dias na cama em seu casaco de peles.[18]

—

Por vezes, o sentimento de uma infelicidade quase dilacerante e, ao mesmo tempo, a convicção da necessidade disso, bem como de uma meta a ser atingida por meio de cada repuxo da infelicidade (neste instante, influenciado pela lembrança de Herzen, mas é coisa que me ocorre em outros momentos também).

14/3/15
Uma manhã. Até onze e meia na cama. Confusão de pensamentos que vai se formando pouco a pouco e se consolida de forma inacreditável. À tarde, leitura (Gógol, ensaio sobre a lírica);[19] à noitinha, caminhada, em parte tendo ainda na cabeça os pensamentos da manhã, sustentáveis mas não confiáveis. Sentei-me nos Jardins de Chotek. O lugar mais bonito de Praga. Passarinhos cantavam, o palácio com sua galeria, as árvores velhas com sua folhagem do ano passado, a semiescuridão. Depois, chegou Ottla com D[avid].

—

17/3/15
O barulho me persegue. Um belo quarto, bem mais agradável que o da Bilekgasse. Dependo tanto da vista, e ela é bonita aqui: a Igreja de Nossa Senhora de Týn.[20] Mas é grande o barulho dos carros lá embaixo, ao qual, no entanto, vou me acostumando. Impossível é me acostumar, porém, à barulheira da tarde. De tempos em tempos, um estrondo na cozinha ou no corredor. Ontem, no piso acima de mim, o rolar eterno de uma bola sem nenhum propósito compreensível, como se jogassem boliche; e, no andar de baixo, o piano. Noite de ontem, silêncio relativo, perspectiva algo promissora para o trabalho ("Promotor assistente"); hoje, comecei com vontade,

18 De novo, referência a episódios lidos nas memórias de Herzen. **19** Kafka possuía um volume das obras completas de Gógol intitulado *Da correspondência com meus amigos*, Munique e Leipzig, 1913. Nele, três cartas dedicavam-se à lírica: uma endereçada a Vassili Zhukovski ("Sobre o lírico em nossos poetas") e duas outras a Nikolai Iazíkov ("Sobre as tarefas da poesia lírica em nossa época"). **20** Depois de deixar a Bilekgasse, Kafka aluga um quarto no quinto andar de um edifício na Langgasse, de onde desfruta de uma bela vista para a Cidade Velha.

mas, de súbito, um grupo conversa no cômodo ao lado ou abaixo de mim, falam tão alto e alternadamente que é como se pairassem à minha volta. Lutei um pouco contra o barulho, mas, com os nervos literalmente em frangalhos, acabei indo me deitar no canapé; depois das dez, silêncio, mas já não consigo trabalhar.

23/3/15
Incapaz de escrever uma só linha. A satisfação com que, ontem, estive sentado nos Jardins de Chotek, e, hoje, na Karlplatz, em companhia do *Em mar aberto*, de Strindberg. A satisfação de hoje, em meu quarto. Vazio como uma concha na praia, pronta a ser esmagada por um pisão.

25/3/15
Ontem, palestra de Max, "Religião e nação". Citações do Talmude. Judeus orientais. A moça de Lemberg. O judeu ocidental que se assimilou aos chassidim, o chumaço de algodão no ouvido. Steidler, um socialista, cabelos compridos e brilhantes, bem cortados. A parcialidade no modo como as judias orientais se encantam. O grupo de judeus orientais junto da estufa. Götzl, de cafetã, a vida judaica natural. Minha confusão.[21]

9/4/15
Os tormentos em meu quarto. Infindos. Trabalhei bem por duas ou três noites. Se tivesse podido trabalhar noite adentro! Hoje, o barulho me impediu de dormir, de trabalhar, de tudo.

14/4/15
A aula sobre Homero para as moças da Galícia.[22] A de blusa verde, rosto bem demarcado, severo; quando quer falar, ergue o braço num ângulo reto; movimentos apressados ao se vestir; quando quer falar e não é chamada, envergonha-se e vira o rosto para o lado. A moça jovem e forte vestida de verde, junto da máquina de costura.

21 A palestra, dessa vez em 24 de março de 1915, dá prosseguimento ao já mencionado ciclo de debates sobre judeus orientais e judeus ocidentais. Na verdade, Steigler era o sobrenome do "socialista", e Getzler, o do outro palestrante citado. **22** Nova referência às aulas de Max Brod para os refugiados da Galícia.

27/4/15

Em Nagy-Mihály com minha irmã.[23] Incapaz de conviver ou conversar com as pessoas. Inteiramente mergulhado em mim mesmo, o pensamento só em mim. Embotado, absorto, angustiado. Não tenho nada a dizer, nunca, a ninguém. Viagem para Viena. O vienense onisciente, que tudo julga, viajante experimentado, alto, barba loira, pernas cruzadas, lê o *Az Est*,[24] obsequioso e, como E[lli]. e eu notamos (nesse sentido, ambos igualmente à espreita), reservado também. Digo-lhe: "Quanta experiência o senhor tem em matéria de viagens!". (Ele conhece todas as conexões ferroviárias de que preciso — embora mais tarde se verifique que as informações não são de todo corretas —, todas as linhas de bonde em Viena, dá-me conselhos sobre como telefonar de Budapeste para Bánovce, conhece as regras para despachar pacotes, sabe que se paga menos pelo táxi quando se leva a bagagem no interior do carro.) Não responde a meu comentário, permanece sentado, imóvel, de cabeça baixa. A moça de Žižkov, terna, falante, mas quase nunca capaz de se impor, anêmica, corpo inútil, não desenvolvido e já incapaz de desenvolver-se. A velha senhora de Dresden com sua cara de Bismarck que, mais tarde, se identifica como vienense. A vienense gorda, esposa de um editor do *Zeit*,[25] muito do seu saber provém dos jornais, fala clara e que, para meu grande desgosto, defende em geral pontos de vista iguais aos meus. Eu, calado a maior parte do tempo, não sei o que dizer; em tal companhia, a guerra não suscita em mim nenhuma opinião digna de ser partilhada. Viena-Budapeste. Os dois poloneses, o tenente e a senhora, logo desembarcam, sussurram junto da janela; ela, pálida, já não muito jovem, rosto quase encovado, a mão muitas vezes no quadril comprimido pelo vestido, fuma muito. Os dois judeus húngaros; um deles, à janela, parecido com Bergmann, ampara com o ombro a cabeça do outro, que dorme. Durante toda a manhã, mais ou menos a partir das cinco, conversas sobre negócios, contas, cartas passam de mão em mão, de uma maleta são retiradas amostras das mais diversas mercadorias. Sentado à minha frente, um tenente húngaro, o rosto vazio e feio ao dormir, boca aberta, nariz engraçado; cedo, ao dar informações sobre Budapeste, acalorado, olhos brilhantes, voz animada, todo ele se empenha. Ao lado, no compartimento, os judeus de Bistritz voltando

23 Em 22 de abril de 1915, Kafka viaja com Elli para Nagy-Mihály, na Hungria, onde servia seu cunhado Karl Hermann. No dia 27, regressa a Praga sozinho. O restante desta entrada descreve as etapas dessa viagem. **24** Jornal húngaro. **25** Jornal vienense.

para casa. Um homem acompanha algumas mulheres. Descobrem que o trânsito de civis acaba de ser vedado em Körös Mezö. Vão precisar viajar vinte horas ou mais. Contam de um homem que ficou em Radautz até os russos se aproximarem tanto que não lhe restou outra possibilidade de fuga a não ser montar no último canhão austríaco que passava por ali. Budapeste. Informações as mais diversas sobre a conexão para Nagy-Mihály; as mais desfavoráveis, às quais não dou crédito, acabam por se revelar as corretas. O hussardo na estação, em seu casaco de peles curto e fechado, dança e move os pés como um cavalo em exposição. Despede-se de uma dama que parte. Diverte-a com leveza e sem cessar, se não com palavras, decerto com movimentos de dança e manejando o punho do sabre. Uma ou duas vezes, precavido e temeroso de que o trem já esteja de partida, ele a conduz para os degraus que dão acesso ao vagão, a mão quase sob a axila dela. A estatura dele é mediana, dentes fortes, grandes e saudáveis, o corte e a cintura acentuada do casaco de peles conferem a sua figura um aspecto algo feminino. Sorri bastante, para todos os lados, um sorriso inconsciente e sem sentido, por assim dizer, mera prova da harmonia natural de seu ser, completa e constante, quase como se exigência da dignidade de oficial. — O velho casal que se despede em lágrimas. Inúmeros beijos repetidos sem nenhum sentido, como quando, em desespero e sem o perceber, volta e meia apanhamos o cigarro. Comportamento familiar, sem dar atenção ao entorno. Assim se procede nos quartos de dormir. As feições de ambos são impossíveis de reter; a mulher, idosa e insignificante, com um rosto que, quando contemplado, e em se desejando examiná-lo melhor, literalmente se desfaz, deixando apenas uma vaga lembrança de algum pequeno traço de fealdade igualmente insignificante, como o nariz vermelho ou umas poucas marcas de varíola. O homem exibe um bigode grisalho, narigão e marcas de varíola de fato. Capa ampla e bengala. Controla-se bem, embora esteja bastante comovido. Num gracejo melancólico, segura o queixo da velha senhora. Quanta magia há em segurar o queixo de uma velha senhora. Por fim, olham-se chorando. Não é o que querem dizer, mas poderíamos interpretá-los da seguinte maneira: a guerra perturba até mesmo esta felicidadezinha miserável que nos une, a nós, dois velhos. — O enorme oficial alemão, adornado de componentes pequenos e diversos de seu equipamento, marcha primeiramente pela estação e, depois, pelo trem. Rijo em seu rigor e estatura, é quase espantoso que se mova; arregalamos os olhos para poder abarcar o todo de uma só vez, da solidez da cintura às costas largas e à esbelteza do conjunto. — No compartimento, duas judias húngaras, mãe e filha. São parecidas, mas a mãe exibe constituição mais decorosa; a filha, um resíduo miserável, ainda que autoconfiante. A mãe: rosto grande, bem-acabado, penugem no queixo. A filha: mais baixinha, rosto pontiagudo, pele ruim, vestido azul, peitilho branco sobre os seios parcos. — Enfermeira da Cruz Vermelha. Bastante segura e decidida. Viaja qual uma família inteira que se basta a si mesma. Como o pai, fuma cigarros e caminha para cima e para baixo no corredor; como um garoto, sobe no banco de um salto para apanhar alguma coisa na mochila; como uma mãe, fatia cuidadosamente a carne, o pão, a laranja, e, como a moça coquete que é de fato, exibe sobre o banco defronte os belos pezinhos, as botas amarelas e as meias também amarelas sobre as pernas firmes. Não se importaria se a abordassem, começa inclusive ela própria a perguntar sobre as montanhas que se veem ao longe, passa-me seu guia, a fim de que eu as procure no mapa. Desinteressado em meu canto, sinto crescer em mim uma relutância em interrogá-la, como ela espera que eu faça, embora ela me agrade bastante. Rosto moreno e forte de idade indefinida, pele áspera, lábio inferior protuberante, roupa de viagem por cima do uniforme de enfermeira, touca macia que ela aperta à vontade sobre os cabelos bem entrançados. Como nada lhe é perguntado, ela dá início a um relato fragmentário, para si mesma. Minha irmã, que, fiquei sabendo mais tarde, não gostou dela nem um pouco, presta-lhe alguma ajuda. A enfermeira está a caminho de Sátoraljaújhely,[26] onde ficará sabendo para onde a mandarão; prefere lugares em que haja muito a fazer, porque neles o tempo passa mais depressa (minha irmã deduz daí que a moça é infeliz, o que julgo incorreto). Suas experiências são as mais variadas; um paciente, por exemplo, roncava insuportavelmente, acordavam-no, pediam que tivesse consideração para com os demais enfermos, ele prometia fazê-lo, mas, tão logo voltava a se deitar, seu ronco terrível tornava a retumbar. Era muito engraçado. Os outros pacientes arremessavam-lhe suas pantufas, e, como sua cama ficasse num canto da sala, era alvo impossível de errar. Rigor é necessário com os doentes, ela afirma, ou não se chega a lugar nenhum, sim, sim, não, não, não se pode admitir negociação nenhuma. Nesse ponto, faço uma observação idiota mas muito característica da minha pessoa, uma observação rasteira, astuta, secundária, impessoal, indiferente, falsa, provinda de alguma disposição, em última instância, doentia, além de influenciada

26 Cidade do norte da Hungria, junto da fronteira com a Eslováquia.

pela peça de Strindberg a que assistira na noite anterior:[27] digo que deve fazer bem às mulheres poder tratar homens dessa maneira. Ela não ouve meu comentário, ou o ignora. Minha irmã, é claro, compreende perfeitamente o sentido dado à observação, da qual se apropria com uma risada. A enfermeira segue contando suas histórias, falando de um paciente com tétano que se recusava a morrer. — O chefe húngaro de estação que, mais tarde, embarca com seu garotinho. A enfermeira estende uma laranja ao menino, que a aceita. Depois, ela lhe dá um pedaço de marzipã, que roça nos lábios dele, mas o menino hesita. Eu digo: "Ele mal pode acreditar". A enfermeira repete palavra por palavra. Muito agradável. — Diante das janelas, o Tisza e o Bodrog com sua gigantesca vazão primaveril. Paisagem de lagos. Patos selvagens. Montanhas com as vinhas de tócai. Junto de Budapeste, de repente, em meio a campos arados, um semicírculo fortificado. Arame farpado, abrigos cuidadosamente escorados por estacas e dotados de bancos, lembram uma maquete. Expressão enigmática para mim: "adaptado ao terreno". Para conhecer o terreno é necessário o instinto de um quadrúpede. — Hotel imundo em Újhely. No quarto, tudo já usado. No criado-mudo, as cinzas de charuto dos últimos que dormiram ali. Roupa de cama apenas aparentemente trocada. Tentativa de obter permissão para utilizar um trem militar, primeiramente no Comando de Grupo, depois no Comando da Retaguarda. Ambos abrigados em salas confortáveis, sobretudo o último. Contraste entre os militares e os funcionários públicos. Avaliação correta do trabalho de escritório e da escrita: uma mesa com tinteiro e pena. Porta para o terraço e janela abertas. Canapé confortável. Num compartimento vedado do terraço que dá para o pátio, o matraquear de louças. O lanche está sendo servido. Alguém — revela-se depois que se trata do tenente-coronel — ergue a cortina para ver quem está ali à espera. Então, interrompe o lanche e vem em minha direção: "Afinal, é preciso fazer por merecer o soldo". Eu, de resto, não consigo nada, embora tenha de ir apanhar em casa também meu segundo documento de identidade. Neste dão-me por escrito tão somente autorização militar para que eu faça uso do trem postal no dia seguinte, uma autorização inteiramente supérflua. — A região junto da estação ferroviária tem o aspecto de uma aldeia, praça central descuidada (monumento a Kossuth, cafés com música cigana, confeitaria, uma elegante loja

27 *O pai*, peça de Strindberg, foi apresentada em Praga em 21 de abril de 1915, véspera da partida de Kafka e Elli.

de sapatos, gritos de *Az Est*, um soldado de um braço só passeia orgulhoso com movimentos exagerados; toda vez que, no curso de 24 horas, passo por ali, um tosco cartaz colorido representando uma vitória alemã mostra-se sempre cercado de gente a examiná-lo melhor; encontro Popper);[28] o subúrbio é mais limpo. À noite, no café cheio de civis, moradores de Újhely; gente simples e, no entanto, estranha, em parte suspeita, e suspeita não por causa da guerra, e sim porque incompreensível. Um capelão do exército lê jornais sozinho. — De manhã, o belo e jovem soldado alemão na hospedaria. Deixa-se servir fartamente, fuma um charuto grosso e, depois, põe-se a escrever. Olhos argutos e severos, mas juvenis; rosto claro, regular, bem barbeado. Em seguida, põe a mochila nas costas. Tornei a vê-lo mais tarde, batendo continência para alguém, mas já não me lembro onde.

—

3/5/15
Indiferença e embotamento totais. Um poço seco, com água a uma profundidade inatingível e, mesmo aí, incerta. Nada, nada. Não compreendo a vida no *Entzweit* [Separados], de Strindberg;[29] se relacionado a mim, o que ele chama de belo me repugna. Uma carta a F[elice]., equivocada, impossível de enviar. Que passado ou futuro me sustenta? O presente é fantasmagórico, não estou sentado à mesa: apenas esvoaço ao seu redor. Nada, nada. Desolação, tédio; não, tédio, não, somente desolação, falta de sentido, fraqueza. Ontem em Dobřichovice.[30]

—

4/5/15
Em melhor estado, porque li Strindberg (*Entzweit*). Não o leio para ler Strindberg, e sim para me deitar em seu peito. Ele me segura com seu braço esquerdo como uma criança. Sento-me ali como uma pessoa senta-se numa estátua. Dez vezes já corri o risco de escorregar, mas, na décima primeira tentativa, estou firme, seguro e tenho uma grande visão do todo.

28 Provavelmente, Ernst Popper (1890-1950), colega de escola de Kafka que pertencia ao círculo de amigos de Franz Werfel e Willy Haas. **29** No original, *Karantänmästarens andra berättelse*. Kafka possuía uma edição de 1913. **30** Estância e destino turístico popular situado vinte quilômetros ao sul de Praga.

—

Reflexão sobre a relação dos outros comigo. Por menos que eu possa ser, não há ninguém aqui que me compreenda totalmente. Ter alguém que possuísse essa compreensão, uma mulher, por exemplo, significaria ter apoio de todos os lados, ter Deus. Ottla compreende alguma coisa, bastante até; Max, F[elix]., uma coisa ou outra; outros, como E.,[31] só compreendem traços isolados, mas com uma intensidade atroz; F[elice]. talvez não entenda nada, o que, dado o relacionamento íntimo inegável, por certo resulta numa posição singular. Por vezes, acreditei que ela me entendia sem o saber, como quando, por exemplo, foi me esperar na estação do metrô e eu, louco de uma saudade insuportável e em minha ânsia de encontrá-la o mais depressa possível, fiz menção de passar correndo por ela, que acreditava lá em cima, ao que ela, em silêncio, apanhou-me pela mão.

—

5/5/15
Nada, a cabeça embotada dói-me um pouco. À tarde, nos Jardins de Chotek, lendo Strindberg, que me alimenta.

—

A moça infantil de pernas compridas, olhos negros, pele amarelada, divertida, atrevida e vivaz. Vê uma amiguinha que carrega o chapéu na mão. "Você tem duas cabeças?" A amiga compreende de pronto o chiste, em si fraco mas avivado pela voz e pelo modo como toda aquela pessoazinha se empenha nele. Rindo, conta então a outra amiga, que encontra alguns passos adiante: "Ela me perguntou se tenho duas cabeças!".

—

Cedo, encontrei a srta. R.[32] Na verdade, um poço de feiura; seria impossível a um homem mudar tanto. Corpo pesado, como se recém-liberto do sono; o velho casaco que conheço; o que ela veste por baixo do casaco é tão irreconhecível quanto suspeito, talvez apenas a camisola; inquieta-a

31 Elli Hermann, a irmã de Kafka, ou Erna, irmã de Felice. 32 Provavelmente, Angela (Alice) Rehberger.

claramente ser vista naquele estado, mas ela comete um erro: em vez de ocultar o ponto que lhe causa embaraço, ela, como se consciente de sua culpa, leva a mão ao decote e ajeita o casaco. Denso buço sobre o lábio superior, mas somente num ponto específico, impressão de extrema feiura. Apesar disso, ela me agrada muito, mesmo em sua feiura indubitável, além do que a beleza de seu sorriso permanece inalterada; a beleza dos olhos sofreu com a depreciação do todo. De resto, continentes nos separam, eu decerto não a entendo, apenas a intuo, e ela, por sua vez, se dá por satisfeita com a primeira e superficialíssima impressão que teve de mim. Com toda a inocência, pede-me um cartão do pão.

—

À noite, li um capítulo dos "Novos cristãos".[33]

—

O velho pai e a filha já de certa idade. Ele, sensato, de cavanhaque, levemente curvado, uma bengalinha levada à altura das costas. Ela, nariz grande, o maxilar forte, rosto redondo mas amassado, gira com dificuldade sobre os amplos quadris. "Dizem que minha aparência é ruim, mas não tenho aparência ruim, não."

—

14/5/15
Abandonei por completo a prática de escrever regularmente. Passo muito tempo ao ar livre. Passeio com a srta. Stein até Troja;[34] com a srta. Reiß, sua irmã, Felix, a mulher dele e Ottla, fui até Dobřichovice, Častalice. Uma tortura. Hoje, serviço religioso na Teingasse; depois, Tuchmachergasse e, então, na Volksküche. Li também velhos segmentos de *O foguista*. Ao que parece, um vigor que hoje me é inacessível (já inacessível). Receio de ser considerado inapto devido a defeito cardíaco.[35]

33 Romance inacabado de Max Brod. 34 Localidade na margem direita do Moldava, nas cercanias de Praga. Častalice, logo a seguir, sem identificação. A Teingasse ladeia a Igreja de Nossa Senhora de Týn, na Cidade Velha de Praga. Na Volksküche, ou cantina popular, servia-se comida a preço mínimo ou mesmo de graça aos judeus refugiados da Galícia.
35 No começo de maio, Kafka se alistara no exército e, em carta a Felice, exprime seu desejo de se tornar soldado.

27/5/15
Muita infelicidade desde o último registro. Sucumbo. Sucumbir assim, sem nenhum sentido ou necessidade.

O que se constatou inicialmente em relação à morte súbita do advogado Monderry foi o seguinte: Certa madrugada, por volta das quatro e meia, era uma bela manhã de junho, já bastante clara, a sra. Monderry saiu correndo de seu apartamento no terceiro andar, debruçou-se sobre o corrimão da escadaria e, com os braços estendidos e a intenção evidente de pedir socorro ao prédio inteiro, gritou: "Meu marido foi assassinado! Misericórdia! Misericórdia! Meu bom homem foi assassinado!". O primeiro a vê-la e ouvi-la foi um ajudante de padeiro, que, bem naquele momento, subia os últimos degraus até o terceiro andar com um grande cesto cheio de pãezinhos nas mãos. Foi ele também que, quando do primeiro interrogatório, afirmou ter guardado exatamente na memória o grito da sra. M. Mais tarde, contudo, quando confrontado com ela, voltou atrás nessa declaração, explicando que, afinal, podia ter se enganado, uma vez que, num primeiro momento, se assustara bastante com a aparição da mulher. Isso, aliás, era bem provável, porque, semanas depois, ao relatar o ocorrido, estava ainda tão agitado que seu relato se fez acompanhar de movimentos exagerados das mãos e dos pés, a fim de provocar no ouvinte impressão ao menos próxima daquela que ele guardara em si. Segundo seu relato, a sra. M. saíra correndo e gritando pela porta, que ele nem vira abrir-se e que, portanto, acreditava já estar aberta, e, apartando as mãos que levava entrelaçadas sobre a cabeça, rumara para o corrimão. Não vestia nada a não ser a camisola e um xalezinho cinza que não lhe cobria sequer o busto todo. Os cabelos estavam desfeitos e, em parte, caíam-lhe sobre o rosto, o que também contribuiu para tornar ininteligível seu grito. Correu então para a escada e, mal tendo divisado o ajudante de padeiro, puxou-o para cima e para si com mãos trêmulas, indo postar-se atrás dele e empurrando-o diante de si como uma espécie de proteção, as mãos agarradas aos ombros dele. Na pressa, o rapaz nem pensou em depor o cesto de pães em algum canto e seguiu levando-o nas mãos o tempo todo. E assim foram, a passos rápidos mas curtos — a mulher, com medo crescente, apertava cada vez mais o rapaz contra si —, em direção à porta do apartamento, cuja soleira atravessaram, avançando até o corredor escuro e estreito. O rosto da mulher projetava-se continuamente à direita ou à esquerda do rapaz, ela parecia à espreita de algo que logo haveria de se mostrar; vez por outra, puxava o rapaz para trás, como se fosse impossível prosseguir, mas, em seguida, tornava a empurrá-lo adiante com o próprio corpo. A primeira porta no caminho de ambos, a mulher a abriu com uma das mãos, enquanto, com a outra, segurava-se com firmeza no pescoço dele. Passou os olhos pelo chão, pelas paredes e pelo teto, não encontrou nada, deixou aberta. a porta e seguiu, agora mais decidida e sempre na companhia do ajudante, rumo à porta seguinte. Esta já estava escancarada. À entrada do cômodo, pouco se via além de duas camas, uma ao lado da outra. O quarto estava escuro, uma vez que as pesadas cortinas, fechadas por inteiro, só deixavam passar uma réstia da luz do dia por suas frestas estreitas. No criado-mudo, junto da cama mais perto da porta, ardia um pequeno toco de vela. Tampouco nessa cama se podia ver algo de inabitual, mas, na outra, alguma coisa havia de ter acontecido. Agora era o rapaz que não queria ir adiante, mas a mulher o empurrou com os punhos e os joelhos. Num dos interrogatórios, perguntaram-lhe por que havia hesitado, se não teria sido por medo daquilo que talvez esperasse ver na cama. Ao que o rapaz respondeu que não sentia medo de coisa nenhuma e que tampouco sentira medo então, mas que tivera a sensação de que algo se escondia em algum ponto daquele quarto, algo que poderia de repente surgir de um salto. De início, quisera esperar esse "algo", que não era capaz de descrever melhor, antes de avançar. Mas como parecera tão importante à mulher alcançar a segunda cama, ele por fim cedera.

13/9/15

Véspera do aniversário do pai, novo diário.[36] Não é tão necessário quanto já foi, não preciso me inquietar, já me inquieto o bastante, mas com que fim, e para quando? Como pode um coração, um coração não muito saudável, suportar tanta insatisfação, tamanha ânsia a dilacerá-lo sem cessar?

—

A dispersão, a memória fraca, a estupidez!

36 Kafka refere-se aqui ao começo do caderno nº 11 de seus *Diários*.

14/9/15
Sábado, visita ao rabi milagroso com Max e Langer.[37] Žižkov, Harantova ulice. Muitas crianças na calçada e nos degraus da escada. Uma hospedaria. Lá em cima, escuridão total, alguns passos às cegas com as mãos estendidas. Um quarto iluminado pela luz pálida do crepúsculo, paredes de um branco acinzentado; à volta, mulheres e moças, pequenas, lenços brancos na cabeça, rostos pálidos, pequenos movimentos; anêmicas é o que parecem. Quarto seguinte. Todo preto, cheio de homens e jovens. Orações em voz alta. Apertamo-nos a um canto. Mal conseguimos olhar em torno e já a oração termina, o quarto se esvazia. Quarto de esquina, duas paredes com duas janelas cada uma. Somos compelidos a uma mesa, à direita do rabi. Resistimos. "Ora, os senhores também são judeus." A mais intensa natureza paternal o caracteriza. "Todos os rabis têm aparência selvagem", disse Langer. Este veste cafetã de seda, por baixo do qual vê-se a ceroula. Pelos no dorso do nariz. Barrete envolto em pele que ele move sem parar para um lado e outro. Sujo e puro, peculiaridade daqueles que pensam intensamente. Coça a raiz da barba, leva a mão ao nariz e o assoa no chão, enfia os dedos na comida — mas quando pousa a mão por um instante sobre a mesa, vê-se a brancura da pele, um branco que só acreditamos ter visto em fantasias da infância. Naquele tempo, aliás, também nossos pais eram puros.

—

16/9/15
Humilhação em casa de Eisner.[38] Escrevi a primeira linha de uma carta a ele, porque uma carta digna logo tomou forma em minha mente. Apesar disso, abandonei-a após a primeira linha. Antes, eu era diferente. Com que facilidade suportava a humilhação, com que facilidade a esquecia, como me impressionava pouco até mesmo a indiferença dele. Teria podido flutuar incólume por mil corredores, mil escritórios, por mil pessoas antes amigas, hoje frias, sem baixar os olhos. Incólume, mas também sem que nada

37 Georg (Jiří Mordechai) Langer (1894-1943) era adepto do hassidismo e foi apresentado a Kafka por Max Brod, de quem era parente distante. O rabi de Belz, que fugira da Galícia no início da guerra, morava nas cercanias de Praga. 38 Provavelmente, Ernst Eisner (1882-1929), diretor da Assicurazioni Generali. Kafka mantivera contato com seu ex-superior, que tinha grande interesse por literatura.

pudesse me despertar. E num dos escritórios, poderia estar Max, no outro, Felix, e assim por diante.

—

Nova dor de cabeça, de um tipo ainda desconhecido. Pontadas breves e dolorosas sobre o olho direito. Esta manhã, pela primeira vez, e, desde então, mais frequente.

—

Visão dos judeus poloneses a caminho da Kol-Nidrei. O garotinho que caminha ao lado do pai, mantos de oração debaixo de ambos os braços. É suicida não ir ao templo.

—

Abri a Bíblia. Sobre os juízes injustos. Encontro minha própria opinião, ou ao menos a opinião que sempre encontrei em mim até agora. De resto, não tem nenhuma importância; nessas coisas, nunca sou visivelmente guiado, as páginas da Bíblia não esvoaçam diante de mim.[39]

—

O ponto mais vantajoso para enfiar a faca parece ser entre o pescoço e o queixo. Ergue-se o queixo e espeta-se a faca nos músculos distendidos. Mas é provável que esse ponto só seja vantajoso na imaginação. Espera-se ver jorrar dali grandiosa quantidade de sangue e rasgar-se um entrelaçado de tendões e ossinhos, como o que encontramos nas coxas assadas dos perus.

Li "Förster Fleck in Rußland" [Förster Fleck na Rússia]. O retorno de Napoleão ao campo de batalha de Borodino. O mosteiro local. Mandam-no pelos ares.[40]

39 Salmo 82. **40** *Förster Flecks Erzählung von seinen Schicksalen auf dem Zuge Napoleons nach Rußland und von seiner Gefangenschaft 1812-1814* (O relato de Förster Fleck de sua sorte na campanha de Napoleão na Rússia e de sua prisão em 1812-1814), org. por N. Henningsen, Colônia, 1912-3.

28/9/15
Total inatividade. *Memórias do general Marcellin Marbot* e "Leiden der Deutschen 1812" [Os sofrimentos dos alemães, 1812], de Holzhausen.[41]

—

A inutilidade do lamento. Como resposta, pontadas na cabeça.

—

Um garotinho estava deitado na banheira. Era o primeiro banho em que, segundo seu antigo desejo, não estavam presentes nem a mãe nem a criada. A fim de atender à ordem da mãe, que, do cômodo ao lado, vez por outra gritava-lhe instruções, ele se esfregara rapidamente com a esponja; depois, esticara-se e desfrutava da imobilidade na água quente. A chama do gás emitia seu zunido uniforme e, na estufa, crepitava o fogo a extinguir-se. No cômodo ao lado, tudo estava quieto fazia tempo, talvez a mãe tivesse se afastado

—

Por que o lamento é inútil? Lamentar-se significa fazer perguntas e esperar a resposta. Mas perguntas que já ao surgir não se respondem a si mesmas jamais serão respondidas. Não existe distância entre quem faz e quem responde a pergunta. Não há distância a superar. Daí a inutilidade de perguntar e de esperar.

—

29/9/15
Diversas decisões nebulosas. Estas, eu consigo tomar. Visão casual de um quadro na Ferdinandstraße não totalmente sem relação com isso. Um esboço ruim de um afresco. Embaixo, uma máxima tcheca que diz mais ou menos o seguinte: se, deslumbrado, deixas o copo pela donzela, logo retornarás mais sábio.

—

41 Kafka se refere ao terceiro volume das *Memórias do general Marcellin Marbot*. A seguir, Paul Holzhausen, *Die Deutschen in Rußland 1812: Leben und Leiden auf der Moskauer Heerfahrt* (Os alemães na Rússia, 1812: A vida e os sofrimentos da expedição a Moscou), Berlim, 1912. Ambos serão citados mais extensamente na entrada relativa a 1º de outubro de 1915.

Sono ruim, miserável; dor de cabeça torturante logo cedo, mas dia mais livre.

—

Muitos sonhos. Surge uma mistura do diretor Marschner com o funcionário Pimisker.[42] Faces coradas e firmes, barba untada de preto, cabelos vigorosos e revoltos.

—

Antes, eu pensava: nada vai matar você, essa sua cabeça dura, clara e absolutamente vazia; você nunca vai fechar os olhos, inconsciente ou de dor, franzir a testa, ter tremores nas mãos; só poderá, sempre, representá-lo.

—

Como pôde Fortinbras dizer que H. teria sido um grande rei?[43]

—

Não pude evitar de ler, à tarde, o que escrevi ontem, "a sujeira do dia anterior", o que, de resto, não me causou dano.

30/9/15
Consegui que Felix não importunasse Max. Depois, em casa de Felix.

—

Roßmann e K., o inocente e o culpado, ambos por fim punidos indistintamente com a morte; o inocente, com mão mais leve, antes posto de lado que abatido.[44]

—

1/10/15
Terceiro volume das *Memórias do general Marcellin Marbot*, Polozk — Berezina — Leipzig — Waterloo.

Erros cometidos por Napoleão:

42 Provavelmente, Herrman Pimiskan ou Pimisker, funcionário do AUVA. **43** Passagem de *Hamlet*, ato V, cena II. **44** Karl Roßmann, o protagonista de *O desaparecido*, e Josef K., de *O processo*.

1) A decisão de ir à guerra. O que pretendia com isso? Implementação rigorosa do Bloqueio Continental na Rússia. Isso era impossível. Alexandre I não podia ceder sem pôr em perigo a si mesmo. Seu pai, Paulo I, tinha, afinal, sido assassinado por causa da aliança com a França e da guerra com a Inglaterra, que prejudicara grandemente o comércio da Rússia. Não obstante, Napoleão seguiu sempre na esperança de que Alexandre cedesse. Foi somente para forçar isso que se pôs em marcha à margem do Neman.

2) Tinha como saber o que o aguardava. O tenente-coronel De Ponthon, que servira alguns anos com os russos, implorou de joelhos para que desistisse. Os obstáculos por ele elencados foram: embotamento e falta de colaboração das províncias lituanas, subjugadas havia muitos anos pelos russos, o fanatismo dos moscovitas, a carência de alimentos e de forragem, a terra deserta, os caminhos intransponíveis para a artilharia à menor chuva, o rigor do inverno, a impossibilidade de avançar na neve, que começa a cair já desde o início de outubro. — Napoleão deixou-se convencer do contrário por Maret, duque de Bassano, e por Davout.

3) Deveria ter enfraquecido tanto quanto possível a Áustria e a Prússia, exigindo de ambas grande número de tropas auxiliares, mas demandou apenas 30 mil homens de cada uma.

Embora tenha sido solicitado a fazê-lo, não levou consigo para o quartel-general o príncipe herdeiro da Prússia.

4) Deveria ter levado esses homens para a frente de batalha, mas, em vez disso, utilizou-os nos flancos, enviando os austríacos para a Volínia, sob o comando de Schwarzenberg, e os prussianos para junto do Neman, sob MacDonald, poupando-os e oferecendo a eles a possibilidade de bloquear ou, no mínimo, pôr em risco sua própria retirada, o que de fato ocorreu, uma vez que os austríacos permitiram que, em novembro, o exército de Tchitchákov, liberado após a paz celebrada com a Turquia e intermediada pela Inglaterra, atravessasse a Volínia sem ser perturbado e rumasse para o norte, o que acarretou o infortúnio no Berezina.

5) Guarneceu todas as tropas de grande quantidade de forças auxiliares não confiáveis (gente de Baden, Mecklenburg, Hessen, Baviera, Württemberg, Saxônia, Vestfália, Espanha, Portugal, Ilíria, Suíça, Croácia, Polônia, Itália) e, desse modo, prejudicou sua coesão. Vinho nobre estragado pela mistura com águas turvas.

6) Tinha esperanças na Turquia, na Suécia e na Polônia. A primeira fez a paz porque a Inglaterra pagou; Bernadotte abandonou-o e firmou aliança

com a Rússia, mediada pela Inglaterra; a Suécia de fato perdeu a Finlândia, mas prometeram-lhe a Noruega, que deveria ser arrancada da Dinamarca, devotada a Napoleão; os poloneses: a Lituânia estava muito ligada à Rússia, porque passara quarenta anos incorporada a ela. Os poloneses austríacos e prussianos, é certo, participaram da campanha, mas sem entusiasmo, porque temiam a devastação de seu país; só se podia contar em certa medida com o grão-ducado de Varsóvia, agora saxão.

7) A partir de Vilnius, Napoleão quis organizar a Lituânia conquistada para dela tirar proveito. Talvez tivesse recebido ajuda de todos, 300 mil homens, se houvesse proclamado o Reino da Polônia (com a Galícia e Poznań) — uma assembleia nacional em Varsóvia já havia feito proclamações nesse sentido —, mas isso teria significado a guerra com a Prússia e com a Áustria (e dificultado a paz com a Rússia). De resto, é provável que os poloneses já não fossem confiáveis. Vilnius e entorno só forneceram vinte homens à guarda pessoal de Napoleão. N. escolheu o caminho intermediário; prometeu o reino caso obtivesse ajuda e, com isso, nada conseguiu. Aliás, não teria podido armar um exército polonês, porque não solicitara o envio de armas e roupas para o Neman.

8) Deu a Jérôme Bonaparte, sem nenhuma experiência em assuntos militares, o comando de um exército de 60 mil homens. Já ao entrar na Rússia, Napoleão dividira o exército russo. O imperador Alexandre e o marechal de campo Barkley avançaram pelo Dvina rumo ao norte, as tropas de Bagration ainda estavam em Mir, no baixo Neman. Davout já ocupara Minsk, e Bagration, que queria avançar por ali rumo ao norte, foi lançado por Davout na direção de Bobruisk, contra Jérôme. Se Jérôme tivesse trabalhado em conjunto com Davout — o que julgava incompatível com sua dignidade real —, Bagration teria sido aniquilado ou forçado a capitular. Bagration escapou, Jérôme foi mandado para a Vestfália e substituído por Junot, que, no entanto, logo cometeu também um erro crasso.

9) Napoleão nomeou o duque de Bassano governador civil da província da Lituânia, e o general Hogendorp, governador militar. Nenhum deles foi capaz de dar apoio ao exército. O duque era um diplomata e nada entendia de administração; Hogendorp desconhecia os costumes franceses e os regulamentos militares. Falava muito mal o francês e, portanto, não encontrou simpatia nem entre os franceses nem entre a nobreza local.

10) Uma crítica que outros escritores fazem, não Marbot.

Napoleão passou dezenove dias em Vilnius e dezessete em Vitebsk, até 13/8; perdeu, portanto, 36 dias. Mas isso se explica; tinha ainda esperança de fazer um acordo com os russos, queria um ponto central a partir do qual dirigir as tropas no encalço de Bagration e queria também poupar as forças dos soldados. Além disso, começavam as dificuldades com os suprimentos; toda noite, depois de um dia inteiro de marcha, as tropas eram obrigadas a ir buscar suas provisões, e muitas vezes a ir buscá-las bem longe. Somente Davout dispunha de uma tropa de aprovisionamento e de rebanho para seus homens.

11) Perdas grandes e desnecessárias no cerco de Smolensk, 12 mil homens. N. não contara com defesa tão enérgica. Se tivesse circundado Smolensk e, assim, pressionado a linha de retirada de Barclay de Tolly, teria tomado Smolensk sem luta.

12) Censuraram Napoleão por sua inação durante a Batalha de Borodino (7 de setembro). Ele passou o dia caminhando de um lado a outro de uma ravina, tendo somente duas vezes escalado uma colina. Na opinião de Marbot, isso não foi um erro; N. estava adoentado naquele dia, vitimado por forte enxaqueca. Na noite do dia 6, recebera notícias de Portugal. O marechal Marmont, um dos generais sobre os quais N. se enganara, tinha sofrido pesada derrota frente a Wellington junto de Salamanca.

13) Em princípio, a retirada de Moscou foi logo decidida. Muita coisa pressionava nesse sentido: os incêndios, os combates em Kaluga, o frio, as deserções, a linha de retirada ameaçada, a situação na Espanha, uma conspiração descoberta em Paris — não obstante, N. permaneceu em Moscou de 15 de setembro a 19 de outubro, ainda e sempre na esperança de um acordo com Alexandre. A sua última oferta de acordo, Kutuzov nem sequer respondeu.

14) Ele intentou a retirada por Kaluga, embora isso implicasse uma longa volta. Esperava conseguir mantimentos ali; por longos trechos, o caminho da retirada através de Mojaisk estendia-se desértico de ambos os lados. Contudo, passados uns poucos dias, ele notou que não podia seguir adiante por ali sem travar uma batalha contra Kutuzov. Retornou, pois, à antiga rota de retirada.

15) A grande ponte sobre o Berezina era protegida por um forte e guardada por um regimento polonês. Confiante de que poderia utilizá-la, N. mandou queimar todos os pontões, a fim de tornar a marcha mais leve e acelerada. Nesse meio-tempo, porém, Tchitchákov havia tomado o forte

e queimado a ponte. A despeito do frio intenso, o rio ainda não congelara. A falta dos pontões foi uma das principais causas do infortúnio.

16) A travessia pelas duas pontes erguidas em Studianka foi mal organizada. Em 26 de novembro, ao meio-dia, as pontes estavam lançadas (se tivessem pontões, a travessia poderia ter começado já ao raiar do dia); até a manhã do dia 28, permaneceram a salvo dos russos. Até esse momento, contudo, apenas uma parte das tropas de aprovisionamento lograra atravessá-las; os milhares de exaustos haviam sido deixados por dois dias na margem esquerda do rio. Os franceses perderam 25 mil homens.

17) A linha de retirada não estava assegurada. Do Neman a Moscou, nenhuma cidade ocupada, a não ser Vilnius e Smolensk, nenhum arsenal, nenhum hospital de campanha. O território intermediário era vigiado por cossacos. Nada chegava ao exército ou partia dele sem o perigo da captura. Por isso, nem um único dos cerca de 100 mil prisioneiros de guerra russos foi levado além da fronteira.

18) Falta de intérpretes. A divisão de Partouneaux perdeu-se no caminho de Borisov a Studianka, foi de encontro ao exército de Wittgenstein e acabou, assim, aniquilada. Não havia conseguido se entender com os camponeses poloneses que deveriam guiá-la.

Paul Holzhausen, *Die Deutschen in Rußland 1812* [Os alemães na Rússia, 1812]. Estado lamentável dos cavalos, esforço enorme; como alimento, palha verde molhada, cereais ainda não maduros, palha podre dos telhados. Diarreia, emagrecimento, prisão de ventre. Enemas de tabaco. Um oficial da artilharia conta que seus homens precisavam enfiar o braço todo no ânus dos cavalos, a fim de libertar o intestino da massa acumulada de excrementos. Barrigas inchadas em razão da forragem verde. Às vezes, pôr os cavalos para galopar resolvia o problema. Mas muitos morriam, viam-se centenas deles nas pontes de Pilony, com a barriga estourada. "Jazem nas valas e nos buracos com olhos fixos, vidrados, e, sem forças, tentam subir. A tentativa, contudo, é infrutífera, apenas raras vezes logram pôr a pata na estrada, o que, então, torna seu estado ainda mais lamentável. Insensíveis, tropas de aprovisionamento e soldados da artilharia passam por cima deles com seus canhões, ouve-se o esmagar de uma pata, o grito abafado de dor do animal e vê-se como ele, compelido pelo medo e pelo pavor, ergue convulsivamente cabeça e pescoço, mas cai de volta com toda a força e é de pronto soterrado pela lama espessa."

—

Desespero já no início do caminho. Calor, fome, sede, doença. Um sargento, já incapaz de seguir adiante, é advertido a se controlar e dar bom exemplo a seus soldados. Logo ele desaparece no matagal e se mata com o próprio fuzil. (Domingo de julho.) No dia seguinte, um primeiro-tenente de Württemberg é repreendido pelo comandante do regimento, arranca a baioneta do soldado mais próximo e a enfia no peito.

—

Objeção ao erro nº 11. Em decorrência do estado lamentável da cavalaria e da falta de batedores, os vaus cidade acima foram descobertos tarde demais.

—

6/10/15
Diversas formas de nervosismo. Creio que o barulho já não é capaz de me incomodar. Na verdade, não estou trabalhando neste momento. Na verdade, quanto mais fundo cavamos nossa cova, maior o silêncio; quanto menos angustiados nos sentimos, tanto maior o silêncio.

—

As histórias de Langer:
Deve-se obedecer a um *tzadik* mais do que a Deus.[45] Certa vez, Baal Shem disse a um de seus discípulos preferidos que ele deveria se deixar batizar. Foi batizado, adquiriu prestígio e se tornou bispo. Então, Baal Shem o mandou chamar e permitiu que ele retornasse ao judaísmo. De novo, o discípulo obedeceu e pagou grande penitência por seu pecado. B. explicou sua ordem dizendo que, por suas excelentes qualidades, o discípulo era muito perseguido pelo mal, e que o batismo tivera por propósito afastar esse mal. O próprio B. lançou o discípulo no seio do mal, este último não dera o passo por culpa sua, mas em obediência a uma ordem; para o mal, portanto, já não parecia haver trabalho a realizar ali.

—

45 *Tzadik hador*. Em hebraico, "o pio (o justo) do século". Israel ben Elieser, o Baal Schem, ou Baal Schem Tov, fundou o hassidismo no século XVIII.

A cada cem anos surge um *tzadik* supremo, um *tzadik hador*. Não é necessário que ele seja conhecido ou que seja um rabi milagroso, mas é o *tzadik* supremo. B[aal Shem]., na sua época, não foi um deles; o *tzadik hador* era um comerciante desconhecido de Drohobysz.[46] Este ouviu que B., como faziam outros *tzadiks*, escrevia amuletos; suspeitava que ele fosse adepto de Sabbatai Zevi e que inscrevesse o nome dele nos amuletos. Por isso, sem o conhecer pessoalmente, retirou dele à distância o poder de distribuí-los. B. logo percebeu que seus amuletos já não tinham poder — e nunca inscrevera neles nada além de seu próprio nome — e, passado algum tempo, descobriu que a causa disso era o homem de Drohobysz. Quando, então, este último foi certa feita à cidade de Baal Shem — era uma segunda-feira —, B. o fez dormir um dia inteiro sem que ele o percebesse. Em consequência disso, o homem de Drohobysz estava sempre um dia atrasado em sua contagem do tempo. Na sexta-feira à noite — que ele pensava ser quinta — quis viajar de volta para casa, a fim de passar lá os dias de festa. Mas vê, então, as pessoas indo para o templo e percebe o equívoco. Decide, pois, permanecer na cidade e se fazer levar até B. Este instruíra sua mulher já durante a tarde a preparar uma refeição para trinta pessoas. O homem de Drohobysz chega e, logo após as orações, senta-se para comer; em pouco tempo, come toda a comida que havia sido preparada para trinta pessoas. E, não satisfeito, exige que lhe sirvam mais. B. diz: "Esperava um anjo de primeira ordem, não estava preparado para um anjo de segunda". Mandou, pois, trazer tudo que havia para comer na casa, mas tampouco isso bastou.

—

B. não era um *tzadik hador*, mas algo ainda mais elevado. Isso foi o que o próprio *tzadik hador* testemunhou. Este, certa noite, chegou à cidade em que morava a futura mulher de Baal Shem, quando ainda moça, e se hospedou na casa dos pais dela. Antes de ir dormir na mansarda, pediu alguma luz, mas não havia nenhuma ali. Subiu, assim, sem luz nenhuma, mas, ao olhar para cima mais tarde, a moça, do pátio, viu que estava claro lá no alto, como se a mansarda estivesse iluminada. Percebeu, então, que se tratava de um hóspede especial e pediu a ele que a tomasse como esposa. Estava autorizada a fazê-lo, pois seu destino superior ficara demonstrado pelo fato de ela reconhecer o

46 Cidade galícia à beira dos Cárpatos. Sabbatai Zevi, nascido em Esmirna, em 1626, afirmava ser o Messias bíblico e deu origem ao sebastianismo, que se espalhou por toda a Europa e exerceu influência até o século XVIII.

hóspede. Mas o *tzadik hador* lhe disse: "Você está destinada a alguém ainda superior". Isso prova que B. estava acima de um *tzadik hador*.

—

7/10/15
Ontem, estive longamente com a srta. Reiß no saguão do hotel. Dormi mal, dor de cabeça.

—

Assustei Gerti fazendo-me de coxo.[47] O horror do pé-de-cabra.

—

Ontem, na Niklasstraße, um cavalo tombado com o joelho sangrando. Desvio o olhar e, descontrolado, faço caretas à luz do dia.

—

Questão insolúvel: estou acabado? Em declínio? Quase todos os indícios apontam para tanto (frieza, embotamento, nervosismo, alheamento, incapacidade no escritório, dores de cabeça, insônia); para o oposto, quase só a esperança aponta.

—

3/11/15
Vi muita coisa nos últimos tempos, tive menos dores de cabeça. Passeios com a srta. Reiß. Com ela, fui ver *Er und seine Schwester* [Ele e sua irmã], com Girardi no papel principal.[48] (Mas o senhor tem talento? — Permita que eu me imiscua e responda pelo senhor: Ah, sim, tem, sim.) Na biblioteca municipal. Em casa dos pais dela, observei a bandeira.[49] As duas irmãs maravilhosas, Esther e Tilka, como o contraste entre uma luz que brilha e outra que se apaga. Tilka é particularmente bonita: pele morena, pálpebras baixas e arqueadas, Ásia profunda. Ambas com xales sobre os ombros. São de estatura mediana, antes baixas, mas erguem-se

47 Gerti, a filha de Elli e Karl Hermann, estava a um mês de completar três anos. Em seguida, pé-de-cabra traduz *Pferdefuß* (pé de cavalo), referência ao diabo. **48** Apresentação vespertina da obra do ator, jornalista e escritor Bernhard Buchbinder (1849-1922), em 31 de outubro de 1915, com o ator e tenor austríaco Alexander Girardi. **49** Provavelmente, uma bandeira da Torá que a família Reiß conseguira levar consigo quando fugiu da Galícia.

eretas e altas como deusas; uma sentada na almofada redonda do canapé, Tilka a um canto, tendo por assento algum objeto irreconhecível, talvez caixas. Semidormindo, vi Esther por um longo tempo; com a paixão que, segundo minha impressão, parece ter por tudo que é espiritual, ela mordia com firmeza o nó de uma corda e balançava portentosamente para um lado e outro no vazio, como o badalo de um sino (lembrança do cartaz de um filme). — As duas Lieblich.[50] A professorinha diabólica que também vi semidormindo, numa dança frenética semelhante à dos cossacos, mas flutuando sobre um calçamento acidentado e levemente inclinado de ladrilhos marrom-escuros à luz do crepúsculo, voando para cima e para baixo.

—

4/11/15

Lembrança da esquina em Brescia onde, sobre calçamento semelhante mas em pleno dia claro, eu distribuía *soldi* às crianças. Lembrança de uma igreja em Verona, na qual, em completa solidão, compelido pela obrigação ligeira que pesa sobre um turista e pelo pesado fardo de um homem acabando-se na inutilidade, entrei a contragosto, vi um anão de tamanho maior que o natural curvado sob a pia de água benta, circulei um pouco, sentei-me e, igualmente a contragosto, fui-me embora, como se, lá fora, porta com porta, se erguesse outra igreja idêntica.[51]

—

Recentemente, partida dos judeus na estação. Os dois homens que carregavam um saco. O pai que, para chegar mais rapidamente à plataforma, distribui a carga de suas posses pelos muitos filhos, inclusive o menorzinho. A jovem mulher, forte, saudável e já informe, sentada em sua mala com um bebê no colo e rodeada de conhecidos que conversam animadamente.[52]

—

50 Referência não identificada. **51** Kafka viajara à Itália em setembro de 1909. A lembrança de Verona data da viagem de setembro de 1913.
52 Temporariamente favorável ao Império Austro-Húngaro, o curso da guerra libertou algumas regiões da Galícia, permitindo o retorno dos primeiros refugiados.

5/11/15
Agitação à tarde. Começou pela reflexão sobre comprar ou não bônus de guerra e quanto. Fui duas vezes à loja para fazer a necessária solicitação, mas duas vezes voltei sem nem entrar. Calculei febrilmente os juros. Pedi então à mãe que comprasse mil coroas em bônus, mas aumentei a soma para 2 mil. Acabei por descobrir um depósito em minha conta no valor de cerca de 3 mil coroas, e quase não me comovi. Tudo que me ia pela cabeça era a dúvida sobre os bônus de guerra, e ela não me saiu da mente nem depois de meia hora passeando pelas ruas mais movimentadas. Sentia-me diretamente envolvido na guerra; ponderei, em linhas gerais e conforme os conhecimentos ao meu alcance, o futuro retorno financeiro, aumentei e reduzi os juros a receber, e assim por diante. Pouco a pouco, porém, essa agitação se transformou, meus pensamentos foram se voltando para a escrita, sentia-me capaz de escrever, não queria nenhuma outra possibilidade, pensei que noites reservar para tanto no futuro, atravessei correndo a ponte de pedra sentindo dores no coração, sentia a infelicidade tantas vezes experimentada do fogo que consome mas não pode irromper; para me expressar e tranquilizar, inventei a máxima "derrame-se, meu amiguinho", que cantei sem parar segundo certa melodia, canto que me pus a acompanhar apertando e afrouxando repetidas vezes um lenço que levava no bolso, qual uma gaita de foles.

—

6/11/15
Visão do público movendo-se feito formiga diante da trincheira e dentro dela.[53]

—

Em casa da mãe de Oskar Pollak.[54] Tive boa impressão da irmã dele. De resto, existe alguém a quem não me curve? Grünberg, por exemplo, que, na minha opinião, é um homem muito importante e, por razões que não alcanço, subestimado por quase todo mundo: digamos que um de nós tivesse de

53 A aglomeração na trincheira aberta à visitação, na Kaiserinsel — a maior ilha do Moldava, no norte de Praga —, foi notícia no *Prager Tagblatt* de 11 de novembro de 1915.
54 Oskar Pollak (1883-1915), amigo de juventude e ex-colega de ginásio de Kafka, havia morrido na guerra em 11 de junho de 1915. Logo adiante, Abraham Grünberg (1889-?): escritor judeu da Galícia que permaneceu em Praga durante a guerra.

perecer de imediato (o que é muito provável no caso dele, que, segundo ouvi, sofre de tuberculose bastante avançada) e dependesse de uma decisão minha quem haveria de ser, eu julgaria essa pergunta ridícula até o limite extremo do raciocínio hipotético, porque claro está que preservado haveria de ser ele, imensamente mais valoroso. E o próprio Grünberg concordaria comigo. Nos instantes derradeiros e incontroláveis, no entanto, eu, como faria qualquer outra pessoa muito antes disso, inventaria pontos a meu favor, pontos que, em virtude de sua crueza, da nudez de seus propósitos e de sua falsidade, me provocariam ânsias de vômito. Esses instantes derradeiros são, na verdade, aqueles pelos quais passo também agora, quando ninguém me impõe uma escolha; são os momentos em que, abstendo-me de toda influência exterior capaz de me distrair, busco examinar-me a fundo.

—

"Silentes, os 'negros' circundam a fogueira. Em seus rostos sombrios e fanáticos tremula o brilho das chamas."[55]

—

19/11/15
Dias desperdiçados inutilmente, forças consumidas na espera e, a despeito da inatividade, as dores latejantes e lancinantes na cabeça.

—

Carta de Werfel. Resposta.

—

Em casa da sra. Mirsky-Tauber. Indefeso diante de tudo. Comentários maldosos em casa de Max. Senti nojo disso na manhã seguinte.[56]

—

Com a srta. Fanni Reiß e Esther.

55 Citação não identificada. **56** Regine Mirsky-Tauber (1865-?) era membro proeminente do Clube das Artistas Alemãs de Praga. A visita de Kafka estava relacionada a seu trabalho no AUVA. Segundo Max Brod, Kafka teria feito um relato zombeteiro dessa sua visita, do qual, depois, se arrependeu.

—

Na leitura da Mishná na sinagoga Altneu. Caminho de volta para casa na companhia do dr. Jeiteles.[57] Grande interesse em certas questões controversas.

—

Lamúrias por causa do frio e de tudo o mais. Agora, nove e meia da noite, alguém bate um prego na parede com o apartamento vizinho.

—

21/11/15
Total inutilidade. Domingo. Insônia prolongada à noite. Com o sol brilhando, até onze e quinze na cama. Passeio a pé. Almoço. Li o jornal, folheei velhos catálogos. Passeio: Hybernergasse, parque municipal, praça Venceslau, Ferdinandstraße e, depois, na direção de Podol.[58] Esforcei-me muito para estendê-lo por duas horas. Aqui e ali, fortes dores de cabeça, bastante agudas em certo momento. Jantei. Agora, em casa. Quem pode, de cima, abarcar isso tudo de olhos abertos, do começo ao fim?

—

25/12/15
Abro o diário com o propósito específico de me possibilitar o sono. Mas vejo neste momento aquela que por acaso é a última entrada, e poderia imaginar mil entradas de mesmo conteúdo dos últimos três ou quatro anos. Consumo-me sem nenhum sentido, ficaria muito feliz se pudesse escrever, mas não escrevo. Não consigo mais me livrar das dores de cabeça. Efetivamente, acabei comigo. — Ontem, falei abertamente com meu chefe,[59] já que tomar essa decisão e prometer a mim mesmo não recuar dela possibilitou-me duas horas de sono na noite de anteontem, sono, aliás, intranquilo. Apresentei a ele quatro possibilidades: 1) deixar tudo como nas últimas semanas do mais terrível martírio e acabar com alguma febre nervosa, louco ou perecendo de alguma outra forma; 2) tirar férias não quero, por alguma espécie de senso de dever, e isso tampouco ajudaria; 3) pedir

57 Segundo Max Brod, em sua edição dos *Diários*, um estudioso praguense do Talmude.
58 Aldeia ao sul de Praga, à beira do Moldava. **59** Eugen Pfohl.

demissão não posso neste momento, por causa de meus pais e da fábrica; 4) resta apenas o serviço militar. Resposta: uma semana de folga e de um tratamento com Haematogen que ele quer fazer juntamente comigo. É provável que ele próprio esteja gravemente enfermo. Se eu fosse com ele, o departamento ficaria órfão.

Alívio por ter falado abertamente. Pela primeira vez, sacudi quase oficialmente o ar do escritório com a palavra "demissão".

Apesar disso, mal dormi hoje.

—

Sempre esta angústia central: Tomara eu tivesse ido embora em 1912, de posse de todas as minhas forças e com a mente limpa, em vez de corroída pelos esforços para reprimir forças vitais!

—

Com Langer: ele só poderá ler o livro de Max em treze dias.[60] Teria podido lê-lo no Natal, já que, de acordo com um costume antigo, não se pode ler a Torá no Natal (um rabi valia-se da noite de Natal para cortar papel higiênico para o ano todo). Só que, dessa vez, o Natal caiu num sábado. Contudo, em treze dias chega o Natal russo, e então ele lerá o livro. Segundo uma tradição medieval, uma pessoa só deve ocupar-se de literatura e dos demais saberes mundanos a partir dos setenta anos, ou, de acordo com uma visão mais moderada, a partir dos quarenta. A medicina era a única ciência com a qual era permitido ocupar-se. Hoje em dia, nem com ela, que está demasiado atrelada às demais ciências. — No banheiro, é proibido pensar na Torá, razão pela qual pode-se ali ler livros mundanos. Um praguense muito pio, um certo Kornfeld, tinha grande conhecimento das coisas mundanas; estudara-as todas no banheiro.

60 Provavelmente, *Tycho Brahes Weg zu Gott* (O caminho de Tycho Brahe até Deus), publicado em Leipzig no final de 1915.

1916

19/4/16
Ele quis abrir a porta para o corredor, mas ela ofereceu resistência. Olhou para cima, para baixo e não conseguiu encontrar o obstáculo. Tampouco estava trancada, a chave estava na fechadura, do lado de dentro; se tivessem tentado trancar a porta por fora, a chave teria saltado. E quem haveria de querer trancá-la? Ele forçou o joelho contra a porta, o vidro fosco tiniu, mas a porta permaneceu firme. Veja só. — Ele se voltou para o quarto, saiu para a sacada e olhou para a rua, lá embaixo. Mas, ainda nem bem tivera tempo de apreender a habitual vida vespertina, retornou à porta e, de novo, tentou abri-la. Agora, porém, nem foi uma tentativa, a porta se abriu de imediato, mal foi necessário aplicar alguma pressão; já a corrente de ar proveniente da sacada escancarou-a sem esforço; como uma criança à qual, de brincadeira, se deixa tocar a maçaneta enquanto, na realidade, um adulto a pressiona para baixo, ele ganhou acesso ao corredor.

—

Terei três semanas só para mim. Isso é ser tratado com crueldade?[1]

—

Sonhei há pouco que morávamos no Graben, perto do Café Continental. Um regimento entrou, proveniente da Herrengasse e rumando para a estação ferroviária. Meu pai: "Eis aí uma coisa que, enquanto podem, as pessoas precisam ver", e ele se lança em direção à janela (vestindo o roupão

1 Kafka planeja passar três semanas de férias em Marienbad com Felice.

marrom do Felix, a figura toda era uma mistura dos dois),[2] estica-se lá para fora com braços estendidos sobre o parapeito bastante largo e fortemente inclinado. Eu o agarro, seguro-o pelas duas presilhas através das quais passa o cordão do roupão. Por maldade, ele se espicha mais ainda para fora, e eu empenho todas as minhas forças para segurá-lo. Penso como seria bom se eu pudesse atar meus pés com cordas a algo sólido, a fim de não ser arrastado pelo pai. Mas, para fazê-lo, precisaria soltá-lo ao menos por alguns instantes, e isso é impossível. Toda essa tensão, o sono não suporta, menos ainda o meu, e acordo.

—

20/4/16
No corredor, a senhoria veio ao seu encontro com uma carta. Ele examinou o rosto da velha senhora, em vez da carta, que, entretanto, abriu. Depois, leu: "Ilustríssimo senhor. Faz alguns dias que o senhor mora no apartamento defronte ao meu. Sua forte semelhança com um bom e velho conhecido meu despertou-me a curiosidade. Dê-me o prazer de vir visitar-me hoje à tarde. Cordialmente, Louise Halka". "Pois bem", disse ele, tanto para a senhoria, que seguia ali à sua frente, como para a carta. Era uma bem-vinda oportunidade de ter, talvez, algum conhecido útil na cidade, na qual ele ainda não passava de um estranho. "O senhor conhece a sra. Halka?", perguntou a senhoria, enquanto ele alcançava seu chapéu. "Não", respondeu ele com um ar inquiridor. "A moça que trouxe a carta é a criada dela", disse a senhoria, como se desculpando-se. "Pode ser", replicou ele, incomodado com o interesse, e apressou-se em sair de casa. "Ela é viúva", soprou-lhe ainda a senhoria desde a soleira da porta.

—

Um sonho: dois grupos de homens lutavam um contra o outro. O grupo ao qual eu pertencia tinha capturado um oponente, um enorme homem nu. Cinco de nós o seguravam, um pela cabeça, dois pelas pernas, dois pelos braços. Infelizmente, não tínhamos uma faca para enfiar nele; perguntamos depressa a todos à volta se alguém ali tinha uma faca, mas ninguém tinha. Como, porém, por alguma razão, não havia tempo a perder e nas

2 Felix Hermann, o sobrinho de Kafka.

proximidades houvesse uma estufa, cuja porta extraordinariamente grande de ferro fundido mostrava-se incandescente, arrastamos o homem até lá e aproximamos seu pé da porta da estufa até ele começar a soltar fumaça; depois, puxamos o pé de volta até cessar a fumaça, mas apenas para logo tornar a aproximá-lo. E assim seguimos fazendo, procedendo sempre da mesma forma, até que, não apenas suando frio mas efetivamente batendo os dentes, acordei.

—

Hans e Amalia, os dois filhos do açougueiro, brincavam com bolinhas de gude junto da parede do armazém, uma grande e velha construção de pedra ao estilo de uma fortaleza que, com suas duas fileiras de janelas fortemente gradeadas, estendia-se à margem do rio. Hans mirava com cuidado, examinava bolinha, trajeto e buraco antes do arremesso; Amalia, de cócoras junto do buraco, batia com os punhozinhos no chão de tanta impaciência. De súbito, porém, ambos abandonaram as bolinhas, levantaram-se lentamente e puseram-se a contemplar a janela mais próxima da edificação. Provinha dali um barulho como se alguém estivesse tentando limpar um dos muitos vidrinhos escuros e foscos que a compunham, mas sem sucesso; o vidro, então, partiu-se ao meio, e um rosto magro a sorrir sem nenhum motivo aparente surgiu indistintamente no pequeno retângulo; era por certo o rosto de um homem, e ele disse: "Venham, crianças, venham. Vocês já viram um armazém?". Os dois balançaram a cabeça; Amalia, agitada, ergueu os olhos para o homem, Hans olhou para trás, para ver se havia gente nas proximidades, mas só viu um homem que, curvado e indiferente a tudo, empurrava uma carriola bastante carregada pela área do cais. "Ah, então vocês vão se espantar de verdade", disse o homem com muito entusiasmo, como se tivesse de superar com seu entusiasmo aquela situação desfavorável, na qual parede, grades e janela o apartavam das crianças. "Mas agora venham, já está mais do que na hora." "E como é que vamos entrar?", perguntou Amalia. "Vou mostrar a porta a vocês", respondeu o homem. "Basta que me sigam. Estou indo para a direita e vou bater em cada janela." Amalia assentiu e correu para a janela seguinte, na qual de fato ouviu uma batida, assim como nas outras. Mas enquanto Amalia, obediente, seguia o homem sem pensar, como quem segue uma roda de madeira, Hans, mais atrás, a acompanhava tão somente com vagar. Não lhe parecia bem; o armazém, que até então nunca lhe ocorrera visitar, por certo era assaz digno de ser visto, mas o mero convite de um estranho qualquer não constituía prova de que era de fato permitido visitá-lo. Era antes improvável que assim fosse, porque, se aquilo era permitido, o pai com certeza o teria levado lá alguma vez, já que não apenas morava nas proximidades como também conhecia muita gente por toda a redondeza, pessoas que o cumprimentavam e tratavam com deferência. Ocorria agora a Hans que esse haveria de ser o caso do estranho também e, correndo atrás de Amalia para intentar comprová-lo, alcançou-a quando ela, juntamente com o homem, se detinha junto de uma portinha de chapa de ferro localizada logo no nível do chão. Era como uma porta grande de estufa. De novo, o homem quebrou um dos quadradinhos de vidro da última janela e disse: "Aí está a porta. Esperem um pouco, vou abrir as outras, do lado de dentro". "O senhor conhece nosso pai?", Hans perguntou de imediato, mas o rosto do homem já desaparecera, e Hans e sua pergunta precisaram esperar. De fato, ouviam-se agora as portas interiores sendo abertas. De início, a chave rangia quase inaudível, mas, a seguir, em portas mais próximas, soava cada vez mais alto. A grossa parede de alvenaria, agora interrompida, parecia ter sido substituída ali por uma série de portas bem juntas umas das outras. Por fim, também a última delas abriu-se para dentro, as crianças deitaram-se no chão para poder olhar para o interior, e lá estava o rosto do homem na penumbra. "As portas estão abertas, venham. Mas rápido, rápido." Com um braço, ele empurrava contra a parede todas as muitas portas. Como se a espera a tivesse feito refletir um pouco, Amalia agora se postava atrás de Hans, não querendo ser a primeira a entrar e compelindo-o adiante, porque, na companhia dele, queria sim, de muito bom grado, adentrar o armazém. Hans estava muito próximo da porta aberta, sentia o hálito frio que provinha lá de dentro, não queria entrar, avançar em direção ao estranho, ultrapassar as muitas portas, que podiam ser trancadas, rumo ao interior frio da construção velha e gigantesca. Mas, apenas porque já estava ali, deitado diante da abertura, perguntou: "O senhor conhece nosso pai?". "Não", respondeu o homem, "mas venham logo de uma vez, não posso deixar as portas abertas por tanto tempo." "Ele não conhece nosso pai", Hans disse a Amalia e, então, levantou-se; estava como se aliviado, agora com certeza não entraria. "Eu o conheço, sim", corrigiu o homem, enfiando a cabeça pela abertura, "claro que conheço, o açougueiro, o açougueiro alto perto da ponte, eu mesmo vou lá comprar carne de vez em quando. Acham que os deixaria entrar no armazém se não conhecesse a família de vocês?" "E por que disse antes que não o conhecia?", perguntou Hans, que, com as mãos nos bolsos, já se afastava do armazém. "Porque aqui, nesta situação, não quero ter uma longa conversa. Entrem, primeiro, e aí podemos conversar sobre tudo. De resto, você, garotinho, não precisa entrar. Ao contrário, prefiro que fique aí fora, com seu comportamento mal-educado. Sua irmã é mais sensata, ela vai entrar e será bem-vinda." O homem esticou a mão para Amalia. "Hans", perguntou ela enquanto aproximava a mão da mão do estranho, mas ainda sem tocá-la, "por que você não quer entrar?" Hans, que depois da última resposta do homem não conseguiu alegar nenhum motivo claro para sua aversão, apenas respondeu baixinho: "Ele chia sem parar". E, de fato, o estranho chiava não apenas ao falar, mas também quando silenciava. "Por que você chia?", Amalia perguntou, desejosa de fazer a intermediação entre Hans e o estranho. "Para você, Amalia, eu respondo", disse ele. "Eu tenho dificuldade para respirar, resultado da minha prolongada permanência neste armazém úmido. Tampouco aconselharia vocês a passar muito tempo aqui dentro, mas o fato é que, por algum tempo, é extraordinariamente interessante."

"Vou entrar", disse Amalia, rindo, o homem já a ganhara por completo, "mas", acrescentou então, de novo com mais vagar, "Hans tem de vir comigo." "Mas é claro", disse o estranho, avançando o tronco de um salto e agarrando as mãos de Hans, que, inteiramente surpreendido, logo caiu, de forma que o homem puxou-o com toda a força para dentro do buraco. "É por aqui que se entra, meu caro Hans", disse ele, puxando o menino que se defendia e gritava alto, e sem a menor consideração pelo fato de uma manga do casaco de Hans esfarrapar-se nas bordas afiadas das portas. "Mali", o menino gritou de repente — os pés já dentro do buraco, de tão rápido que aconteceu, a despeito da resistência —, "Mali, vá buscar o pai, vá buscar o pai, não consigo sair, ele está me puxando com muita força!" Mali, porém, bastante confusa com o ato rude do estranho, sentindo-se, ademais, um pouco culpada, porque, afinal, de certo modo ela incitara aquela barbaridade e, por fim, também muito curiosa, como estivera desde o princípio, não saiu correndo, mas agarrou-se aos pés de Hans e deixou

—

11/5/16
Entreguei, pois, a carta ao diretor.[3] Faz dois dias. Pedi longas férias sem vencimentos para depois da guerra, caso ela esteja terminada no outono, ou, caso a guerra continue, a anulação de minha isenção do serviço militar. É uma mentira completa. Meia mentira teria sido pedir férias longas de imediato e, em caso de resposta negativa, minha demissão. Verdadeiro teria sido se tivesse me demitido. Não ousei fazer nem uma coisa nem outra, daí a mentira completa.

Conversa inútil hoje. O diretor acredita que quero extorquir as três semanas normais de férias que, tendo eu sido isentado do serviço militar, não me cabem e, por essa razão, as oferece a mim sem mais, decisão que supostamente já havia tomado ainda antes de receber minha carta. Sobre o serviço militar, não diz nada, como se a carta nem o mencionasse. Quando toco no assunto, ele o ignora. Férias longas sem vencimentos, ele claramente acha engraçado, e as menciona nesse tom, mas com cautela. Pressiona-me para que eu aceite de imediato as férias de três semanas. Intercala comentários na qualidade de neurologista amador, como todo mundo. Disse-me que não tenho de suportar as responsabilidades dele, de seu cargo, que, essas, sim, poderiam deixar uma pessoa doente. Quanto ele próprio também não tivera de trabalhar no passado, quando se preparava para o exame da ordem dos advogados e, ao mesmo tempo, trabalhava no escritório. Onze horas de trabalho diário por nove meses. E havia ainda a diferença fundamental: alguma vez eu precisara temer por meu posto? Ele, sim, temera pelo seu. Tinha inimigos na companhia que haviam tentado de tudo para ceifar-lhe o "sustento" e encostá-lo como ferro-velho.

Sobre minha escrita, ele curiosamente não diz nada.

Fraquejo, embora perceba que, na prática, se trata da minha vida. Mas insisto em querer ingressar no exército e em que três semanas não me bastam. Ao que ele, então, adia a conclusão da conversa. Se pelo menos não se mostrasse tão simpático e interessado!

Vou me aferrar ao seguinte: quero ir para o exército, ceder a esse desejo reprimido há dois anos; por considerações diversas e que não dizem respeito a mim, pessoalmente, preferiria as longas férias, caso pudesse consegui-las. Isso, contudo, é impossível, por razões tanto profissionais como militares. O que quero dizer com férias longas é — o funcionário se

3 Robert Marschner, o diretor do AUVA.

envergonha de dizê-lo, mas o homem doente não — um período de meio ano ou de um ano inteiro. Não quero receber salário porque não se trata de uma enfermidade orgânica constatável sem sombra de dúvida.

Tudo isso é uma continuação da mentira, mas, em seu efeito — se eu mantiver minha coerência —, se aproxima da verdade.

—

2/6/16
Em que confusões me meto com as moças, apesar das dores de cabeça, da insônia, dos cabelos grisalhos e do desespero. Estou contando: são pelo menos seis desde o verão. Sou incapaz de resistir; a língua literalmente me salta da boca se não cedo e admiro uma moça digna de admiração, a quem então amo até o esgotamento dessa mesma admiração (que, afinal, chega voando). Minha culpa em relação a essas seis é quase que tão somente interior, mas uma delas fez-me repreensões por intermédio de outra pessoa.

—

De *Das Werden des Gottesglaubens* [O surgimento da fé em Deus], de N. Söderblom, arcebispo de Upsala, livro inteiramente científico, sem nenhum envolvimento pessoal ou religioso.[4]

O deus primordial dos masai: como ele faz descer do céu para o primeiro *kraal* a primeira rês, presa a uma correia de couro.

O deus primordial de algumas tribos australianas: ele veio do Ocidente sob a forma de um poderoso curandeiro, criou homens, animais, árvores, rios, montanhas, instituiu as cerimônias sagradas e determinou de que clã um membro de outro clã deveria escolher sua mulher. Quando terminou, foi-se embora. Os curandeiros podem subir até ele por intermédio de uma árvore ou corda e, assim, cobrar forças

Em outras tribos: durante suas jornadas de criação, executavam aqui e ali, pela primeira vez, as danças e os rituais sagrados.

—

4 Obra do teólogo sueco Nathan Söderblom (1866-1931) sobre as origens da religião, publicada em Leipzig em 1916. São desse livro as anotações que Kafka faz a seguir.

Em outras ainda: em tempos primordiais, os próprios homens criaram seus animais totêmicos mediante a prática das cerimônias. Ou seja, os próprios ritos sagrados deram origem ao objeto para o qual se voltam.

—

Os bimbinga, próximos da costa, conhecem dois homens que, em suas jornadas em tempos primordiais, criaram fontes, bosques e cerimônias.

—

19/6/16
Esquecer tudo. Abrir as janelas. Esvaziar o quarto. O vento sopra através dele. Vemos apenas o vazio, procuramos por todo canto e não encontramos a nós mesmos.

—

Com Ottla. Fui buscá-la em casa da professora de inglês. Passei pelo cais, pela ponte de pedra, por um pedacinho do Kleinseite, pela ponte nova,[5] a caminho de casa. As estimulantes estátuas de santos na ponte Carlos. A notável luz do fim do dia de verão no vazio noturno da ponte.

—

Alegria pela liberação de Max. Na possibilidade, acreditei, mas agora vejo também a realidade. Para mim, mais uma vez, nada.[6]

E eles ouviram a voz do Senhor Deus, que passeava no jardim à brisa do dia.[7]

—

A paz de Adão e Eva

—

5 A já mencionada ponte Arquiduque Francisco Ferdinando (a partir de 1920, ponte Mánes).
6 Refere-se provavelmente a novo recrutamento militar. Kafka foi considerado apto, mas, contrariamente a sua esperança, não foi convocado. A pedido do AUVA, foi dispensado do serviço militar por tempo indeterminado. 7 Aqui e nas entradas seguintes, citações e comentários diversos referentes à Bíblia, cuja leitura Kafka retomou inclusive durante as férias em Marienbad. Gênesis 1-8.

E o Senhor Deus fez para o homem e sua mulher túnicas de pele, e os vestiu.

—

A ira de Deus contra a família humana
as duas árvores
a proibição injustificada
a punição para todos (serpente, mulher, homem)
a preferência por Caim
a quem instiga ainda com palavras
os homens não querem mais se deixar punir por meu espírito

—

Foi nesse tempo que os homens começaram a invocar o nome do Senhor

—

Enoque andou com Deus; e não apareceu mais, porquanto Deus o tomou.

—

3/7/16
Primeiro dia em Marienbad com Felice. Porta com porta, chaves de ambos os lados.[8]

Três edificações tocavam-se formando um pequeno pátio. Galpões no interior desse pátio abrigavam duas oficinas e, a um canto, erguia-se um grande amontoado de pequenos caixotes. Numa noite extremamente tempestuosa — por sobre a edificação mais baixa, o vento lançava massas de água para dentro do pátio —, um estudante ainda debruçado sobre seus livros numa água-furtada ouviu o som alto de um lamento proveniente do pátio. Levantou-se e pôs-se a escutar com atenção, mas tudo permaneceu em silêncio, um silêncio duradouro. Decerto havia sido uma ilusão, disse a si mesmo, e retomou sua leitura. "Ilusão nenhuma", formaram literalmente as letras no livro, juntando-se depois de alguns instantes. "Ilusão", repetiu

8 Kafka e Felice encontram-se em Marienbad em 2 de julho de 1916. A reaproximação resulta no plano de se casarem, tão logo terminada a guerra. Em 13 de julho, viajam juntos para Franzensbad, onde estavam a mãe de Kafka e Valli. De lá, Felice retorna a Berlim em 13 de julho. Kafka permanece em Marienbad até o dia 24.

ele, ajudando as linhas que se inquietavam com o dedo indicador, que deslizou sobre elas.

—

4/7/16
Trancado no retângulo delimitado por uma cerca de ripas que não me deixava espaço para mais que um passo adiante e outro para o lado, acordei. Em cercados desse tipo encurralam-se as ovelhas à noite, mas eles não são tão estreitos. O sol brilhava a pino sobre mim e, para proteger a cabeça, apertei-a contra o peito e acocorei-me ali com as costas curvadas.

—

O que você é? Um miserável é o que sou. Tenho duas tabuinhas aparafusadas nas têmporas.

5/7/16
As tribulações da vida em conjunto. Impostas pela estranheza, pela compaixão, pela lascívia, pela covardia, pela vaidade, e somente lá no fundo, talvez, um riachinho estreito digno de ser chamado de amor, inacessível a toda e qualquer busca, cintilando eventualmente no instante de um instante.

—

Pobre Felice

6/7/16
Noite infeliz. Impossibilidade de viver com F[elice]. A insuportabilidade de viver com quem quer que seja. Não lamentar isso, e sim a impossibilidade de não estar sozinho. E mais: a insensatez desse lamentar-se; submeter-se e, por fim, compreender. Erguer-se do chão. Apegar-se ao livro. Mas, de novo: insônia, dores de cabeça, saltar da janela lá no alto, mas sobre a terra amaciada pela chuva, na qual o impacto não será fatal. O infindo revolver-se de olhos fechados apresentado a qualquer par de olhos francos.

—

Só o Velho Testamento vê — nada dizer ainda a esse respeito.

—

Sonho com o dr. Hanzal, sentado à sua escrivaninha, de algum modo a um só tempo recostado e inclinado para a frente, olhos claros como água, desenvolve com vagar e exatidão, como é de seu feitio, um raciocínio cristalino, mesmo no sonho mal ouço suas palavras, apenas sigo o proceder metódico que as conduz. Depois, estive também com sua mulher, que carregava muita bagagem e surpreendentemente pôs-se a brincar com meus dedos; um pedaço do feltro grosso de sua manga havia sido arrancado, e essa manga, da qual o braço preenchia apenas uma porção minúscula, estava cheia de morangos.

Que rissem dele, era indescritível o pouco que isso preocupava Karl. Quem eram aqueles rapazes e o que sabiam? Rostos lisos de americanos contendo apenas duas ou três rugas, estas, porém, gravadas em sulcos grossos e profundos, na testa ou na lateral do nariz e da boca. Americanos natos, bastava martelar literalmente suas testas de pedra para constatar de que tipo eram. O que sabiam eles,[9]

Um homem jazia gravemente enfermo na cama. O médico, sentado à mesinha empurrada para junto do leito, observava o doente, que, por sua vez, fitava o médico. "Não há ajuda possível", disse o doente, não como se perguntasse, e sim como se respondesse. O médico abriu ligeiramente um grande compêndio de medicina à beira da mesinha, deu uma rápida olhadela à distância no livro e o fechou: "A ajuda vem de Bregenz". E quando, com grande esforço, o doente apertou os olhos, o médico acrescentou: "Bregenz, em Vorarlberg". "Isso é longe", disse o doente

—

A eterna tensão, passeio até Auschowitz.[10] O professor Zeidler, as damas com suas cerejas, a procura por cogumelos, a refeição na varanda, as histórias do irmão, a palestra sobre Pestalozzi, leitura em voz alta do "solteirão" enquanto ela se ocupa de seus trabalhos manuais; quando a palavra "jornal" surge na narrativa, ela diz: "Nós queríamos mesmo comprar jornal";

9 Fragmento vinculado à escritura de *O desaparecido*. **10** Vilarejo nas proximidades de Marienbad. Professor Zeidler: não identificado. "Histórias do irmão" é referência ao irmão de Felice, Ferdinand (1884-1952), que emigrara para os Estados Unidos em 1913, e o "solteirão" lido em voz alta é "Blumfeld, um solteirão de meia-idade".

sobre meu caderno, comenta: "É bonito. Como foi que você conseguiu?"; e quando pergunto o que quer dizer com isso: "Bem, é que você não costuma me paparicar com bom gosto". Por fim, arranca-me o caderno para dar uma olhada rápida numa página e, então, fechá-lo. Está com pressa de ir tomar chá, o que já anunciara durante minha leitura.

—

Acolhe-me em teus braços, nas profundezas, acolhe-me nas profundezas; se agora te negas, então mais tarde

—

Acolhe-me, acolhe-me, emaranhado de loucura e dor

—

Os negros saíram do matagal. Puseram-se a dançar em torno da estaca de madeira envolta por uma corrente de prata. O sacerdote estava sentado à parte, uma baqueta erguida acima do gongo. O céu estava nublado mas silente, não chovia.

—

Eu nunca tive intimidade com uma mulher, a não ser em Zuckmantel. E também com a suíça, em Riva. A primeira era uma mulher, e eu, um ignorante; a segunda, uma criança, e eu estava absolutamente confuso. Com F[elice]., só desfrutei de intimidade nas cartas; pessoalmente, faz apenas dois dias. Tão claro, não está, restam dúvidas. Mas é bonita a visão de seus olhos apaziguados, o abrir-se da profundidade feminina

—

13/7/16
Abre-te, pois, portão; surge, homem
Respira o ar e a quietude

—

Era um café numa estação de águas. A tarde havia sido chuvosa, nenhum cliente aparecera. Somente à tardezinha o céu clareou, lentamente a chuva se foi, e as garçonetes começaram a enxugar as mesas. O dono, sob o arco da porta, procurava clientes com os olhos. E, de fato, lá vinha um, subindo pela trilha do bosque. Trazia nos ombros uma manta de franjas compridas, tinha a cabeça inclinada sobre o peito, e, a cada passo, o braço estendido fincava a bengala longe do corpo, no chão

—

14/7/16
Isaac renega sua mulher diante de Abimelec, assim como, antes, Abraão havia renegado a sua.[11]

—

Confusão com os poços em Gerar. Repetição de um versículo.

—

Os pecados de Jacó. A predestinação de Esaú.

—

Na mente turva, um relógio bate
Ouve-o ao entrares na casa

—

15/7/16
Ele buscou ajuda nos bosques, seguia quase aos saltos pelos montes que precediam as montanhas, corria rumo às fontes dos riachos que encontrava, golpeava o ar com as mãos, ofegava pelo nariz e pela boca

—

11 Novos comentários decorrentes da leitura da Bíblia. Gênesis 20-29.

19/7/16

Sonha e chora, pobre estirpe,
Não achas o caminho, perdeste-o,
Ai! é tua saudação vespertina, ai! dizes de manhã
Nada quero senão arrancar-me
Das mãos que do abismo se estendem
Para consigo levar-me, impotente.
Pesadamente, caio em mãos preparadas.

—

Sonoro ressoou ao longe o discurso lento
das montanhas. Ouvimos com atenção.

—

Ah, o corpo, máscaras do inferno,
caretas veladas, levavam-no bem junto de si.

—

Longo cortejo, um longo cortejo leva o inacabado

—

Costume judicial singular. O condenado à morte é apunhalado pelo carrasco em seu próprio quarto, sem a presença de outras pessoas. Sentado à mesa, ele termina de escrever a carta que diz:

—

20/7/16
De uma chaminé na vizinhança surgiu um passarinho, segurou-se firme na borda, olhou para a região em torno, ergueu-se e saiu voando. Não é um pássaro comum, não é comum o pássaro que se alça da chaminé. De uma janela do primeiro andar, uma moça olhou para o céu, viu o passarinho subindo lá no alto e gritou: “Lá vai ele, rápido, lá vai ele”, e duas crianças apertavam-se já a seu lado para vê-lo também.

—

Tenha misericórdia de mim, sou um pecador em cada recanto de meu ser. Tinha, contudo, pendores não de todo desprezíveis, boas qualidadezinhas que, por falta de conselho, desperdicei; agora estou perto do fim, e bem num momento em que, externamente, tudo poderia melhorar para mim. Não me ponha entre os perdidos. Eu sei que é um amor-próprio ridículo que o diz, ridículo de longe e mesmo de perto, mas, se estou vivo, então tenho também o amor-próprio dos vivos, e, se aquilo que vive não é ridículo, tampouco o são suas necessárias manifestações. Pobre dialética. (Se estou condenado, então estou condenado não apenas a meu fim, mas também a me defender até o fim.)

—

No domingo de manhã, pouco antes da minha partida, você parecia querer me ajudar; tive esperança, até hoje vã. (E qualquer que seja meu lamento, ele é sem convicção, desprovido inclusive de dor real; feito a âncora de um barco perdido, balança bem acima das profundezas que poderiam lhe oferecer apoio.) Dá-me apenas paz em minhas noites — lamento infantil.

—

21/7/16
Chamaram. Foi bonito. Nós nos levantamos, pessoas as mais diversas, e nos reunimos defronte do edifício. A rua estava quieta, como todo dia de manhã cedo. Um ajudante de padeiro depôs seu cesto e pôs-se a nos observar. Todos desceram correndo a escada, um bem junto do outro, os moradores dos seis andares misturados; eu mesmo ajudei o comerciante do primeiro andar a vestir o sobretudo, que, até aquele momento, ele arrastava atrás de si. Esse comerciante nos guiou, e era correto que o fizesse, porque, de todos nós, ele era o mais versado nas coisas do mundo. De início, organizou-nos num grupo, exortou os mais intranquilos a ter tranquilidade, apanhou o chapéu do funcionário do banco, que não parava de agitá-lo, e arremessou-o para a calçada do outro lado da rua; cada adulto pegou uma criança pela mão.

22/7/16
Costume judicial singular. O condenado é apunhalado pelo carrasco em sua própria cela, sem que se admita a presença de outras pessoas.

Sentado à mesa, ele termina de escrever sua carta ou de fazer a última refeição. Batem à porta, é o carrasco. "Terminou?", pergunta. Tanto no conteúdo como em sua sequência, suas perguntas e instruções lhe são prescritas, ele não pode desviar-se do já estabelecido. O condenado, que de pronto se levantara, torna a se sentar, olha fixo para a frente ou cobre o rosto com as mãos. Como não recebe resposta nenhuma, o carrasco abre sua caixa de instrumentos sobre o catre, escolhe os punhais e busca ainda, aqui e ali, afiar as muitas lâminas. Já está bem escuro, ele posiciona seu lampião e o acende. O condenado volta furtivamente a cabeça na direção do carrasco, mas, ao observar seu trabalho, sente um calafrio, desvia o olhar e não quer ver mais nada. "Estou pronto", diz o carrasco depois de alguns instantes. "Pronto?", o condenado grita, levanta-se e contempla agora frontalmente o carrasco. "Você não vai me matar, não vai me deitar no catre e me apunhalar. Afinal, é um ser humano, pode me executar num patíbulo, com a ajuda de auxiliares e diante de funcionários da justiça, mas não aqui, nesta cela, um homem matando outro." E, como o carrasco permanece debruçado em silêncio sobre sua caixa, o condenado, mais calmo, acrescenta: "É impossível". O carrasco continua em silêncio, e o condenado prossegue: "É justamente por ser impossível que esse costume judicial singular foi introduzido. Era preciso preservar a forma, mas não executar mais a pena de morte. Você vai me levar para outra prisão, onde é provável que eu permaneça ainda por um longo tempo, mas não serei executado". O carrasco retirou um novo punhal de seu invólucro de algodão e disse: "Você com certeza está pensando naquela história da carochinha em que um serviçal é incumbido de abandonar uma criança mas, como não consegue fazê-lo, entrega a criança a um sapateiro, como aprendiz. É uma história da carochinha; isso aqui não é". A discordância parcial

21/8/16
Para a coletânea: "Todas as belas palavras sobre transcender a natureza revelam-se ineficazes ante as forças primordiais da vida" (Ensaios contra a monogamia).[12]

12 Referência não identificada.

—

27/8/16
Conclusão depois de dois dias e duas noites terríveis. Agradeça a seus vícios de funcionário — fraqueza, parcimônia, indecisão, calculismo, precaução etc. — por não ter enviado o postal a F[elice]. Você jamais o teria refutado, admito, é bem possível. Qual seria o resultado? Um feito, um novo ímpeto? Não. Esse feito você já realizou algumas vezes, nada melhorou. Não tente explicar: você decerto pode explicar todo o passado, visto que nem mesmo um futuro deseja arriscar sem antes tê-lo explicado de antemão. O que, de fato, é impossível. Aquilo que se apresenta como senso de responsabilidade e, portanto, como algo muito digno, em última instância não passa de espírito de funcionário, infantilidade, vontade dobrada pelo pai. Melhore isso, trabalhe nesse sentido, é o que está a seu alcance. Isso significa, portanto, não se poupe (menos ainda à custa da vida da pessoa amada, de F[elice].), porque poupar-se é impossível; esse aparente poupar-se hoje quase o aniquilou. E não se trata aqui de poupar-se apenas no que tange a F[elice]., casamento, filhos, responsabilidade etc., mas também no tocante ao posto que você não larga, ao lugar onde mora, que é ruim mas do qual você não arreda pé. A tudo. Pare com isso. Não há como se poupar, como calcular de antemão. Você não sabe de nada, em se tratando do que é melhor para você mesmo. Esta noite, por exemplo, uma batalha foi travada dentro de você entre duas motivações de igual valor e de mesma força, e travada à custa de sua mente e do seu coração; de ambos os lados, preocupações, ou seja, impossibilidade de cálculo. O que resta? Não se avilte transformando-se nesse campo de batalha em que se luta sem nenhuma consideração para com sua pessoa, uma luta da qual você só sente os golpes dos combatentes terríveis. Erga-se, melhore, escape dessa prisão do funcionário, comece a ver quem você é, em vez de calcular quem deveria ser. A próxima tarefa é imperativa: tornar-se soldado. Pare também com esse equívoco absurdo de traçar comparações, com Flaubert, por exemplo, ou com Kierkegaard, Grillparzer. Isso é absolutamente infantil. Por certo, como elos na cadeia de cálculos, esses exemplos são úteis, ou antes inúteis, com todos esses cálculos; como termos isolados de comparação, são inúteis já de antemão. Flaubert e Kierkegaard sabiam muito bem em que situação estavam, tinham a vontade intacta, e isso não era cálculo: era ação. No seu caso, porém, a sequência de cálculos é eterna, um vagalhão gigantesco que já dura quatro anos.

A comparação com Grillparzer talvez esteja correta, mas Grillparzer não lhe parecerá, afinal, um modelo digno de ser imitado, é um exemplo infeliz, a quem os pósteros devem agradecer que tenha sofrido por eles.

—

8/10/16
Förster: fazer das relações humanas presentes na vida escolar matéria de ensino em sala de aula.[13]

—

Educação como conspiração dos adultos. Com mistificações nas quais também acreditamos, mas não no sentido alegado, atraímos os que brincam livremente para a estreiteza de nossas quatro paredes. (Quem não gostaria de ser um nobre? O fechar da porta.)

O ridículo na explicação e na refutação de *Max und Moritz*.

O valor insubstituível de dar vazão aos vícios reside no fato de que eles se erguem e se mostram em toda a sua força e grandeza mesmo quando, na excitação de sua prática, vemos deles tão somente um lampejo. Não se aprende a ser marinheiro praticando numa poça d'água, mas podemos perfeitamente nos tornar incapazes de ser um marinheiro se nela treinarmos em demasia.

—

Página 98: "os mais jovens desconfiam quando"
99: "hoje, pela primeira vez, quando você chegou..."

16/10/16
Uma das quatro condições que os hussitas apresentaram aos católicos como base para uma união era a exigência da pena capital para todos os pecados mortais, entre os quais incluíam "gula, consumo de álcool, impudor, mentira, perjúrio, usura, aceitação de dinheiro pela confissão ou pela celebração da missa". Uma facção quis mesmo atribuir o direito de

13 Esta entrada e as seguintes referem-se a *Jugendlehre* (A educação da juventude, Berlim, 1913), do educador e filósofo alemão Friedrich Wilhelm Förster (1869-1966).

executar essa pena de morte a todo e qualquer indivíduo que identificasse alguém maculado por um desses pecados.[14]

—

É possível que, com a ajuda de intelecto e desejo, eu reconheça o futuro primeiramente em seus contornos gélidos e só depois disso, conduzido e compelido por intelecto e desejo, adentre pouco a pouco a realidade desse mesmo futuro?

É lícito brandirmos a vontade, o chicote, sobre nós mesmos e com nossas próprias mãos.

—

18/10/16
De uma carta:[15]
Não me é tão fácil simplesmente aceitar o que você diz sobre mãe, pais, flores, ano-novo e sobre a companhia à mesa. Você afirma que também para você "não estará entre as coisas mais agradáveis sentar-se à mesa de casa em companhia de toda a família". Com isso, expressa, é claro, tão somente sua opinião, e é correto que não leve em consideração se isso me alegra ou não. Pois não me alegra. E por certo me alegraria ainda menos se você tivesse afirmado o contrário. Diga-me, por favor, com toda a clareza possível, no que consiste para você esse desagrado e que razões vê para tanto. Na verdade, no que me diz respeito, já conversamos muitas vezes sobre esse assunto, mas é difícil até mesmo começar a compreender o que é ou não correto nessa matéria. Em poucas palavras — e, por isso mesmo, com uma dureza que não corresponde totalmente à verdade —, posso descrever minha posição nos seguintes termos: eu, que quase nunca tive autonomia, tenho um desejo infinito de autonomia, independência, liberdade em todos os sentidos; prefiro seguir de antolhos meu caminho até o fim a ver girar a meu redor a horda familiar a me distrair a atenção. É por isso que toda palavra que digo a meus pais ou ouço deles logo se transforma num obstáculo a meu caminho. Todo vínculo que

14 Citação de *Symbolik oder Darstellung der dogmatischen Gegensätze der Katholiken und Protestanten nach ihrem öffentlichen Bekenntnisschriften* (Simbologia ou representação das diferenças dogmáticas entre católicos e protestantes em suas obras doutrinárias), obra do teólogo alemão Johann Adam Möhler (1796-1838), edição de 1913. 15 Rascunho de carta enviada a Felice Bauer no dia seguinte, 19 de outubro de 1916.

não crio ou não logro conquistar por mim mesmo, ainda que contrário a partes de meu ser, carece de valor, impede meu caminhar; odeio esses vínculos, ou estou muito próximo disso. O caminho é longo, as forças, escassas, há razão mais que suficiente para esse ódio. Só que provenho de meus pais, estou vinculado a eles e a minhas irmãs pelo sangue, algo que, em decorrência da necessária obsessão com meus propósitos específicos, não sinto na vida cotidiana mas, no fundo, respeito mais do que me dou conta. Há momentos em que odeio isso também; a visão da cama de meus pais em casa, da roupa de cama usada, dos camisolões cuidadosamente estendidos, tudo isso me dá ânsias de vômito, é capaz de me virar do avesso, como se eu ainda não tivesse nascido de todo, como se seguisse surgindo dessa vida obtusa, nesse quarto obtuso, como se precisasse a todo momento buscar confirmação ali e estivesse, se não de todo, ao menos em parte ligado indissoluvelmente a essas coisas repugnantes, que no mínimo me prendem os pés desejosos de correr, mas fincados ainda na polpa informe original. Assim é, às vezes. Mas outras vezes sei que, afinal, são meus pais, componentes necessários do meu ser, ao qual seguem dando forças; são parte de mim não apenas na condição de obstáculos, mas de essência também. Aí, meu desejo é vê-los como o que há de melhor. Se desde sempre tremi diante deles, em toda a minha maldade, má-criação, egoísmo, insensibilidade, e se tremo ainda hoje, porque não há como pôr fim a isso; se meu pai, por um lado, e minha mãe, por outro, necessariamente quase destruíram minha vontade — então quero vê-los dignos disso. (Ottla às vezes me parece a mãe que, à distância, eu queria ter: pura, verdadeira, sincera, consequente, dotada de uma mescla equilibrada e infalível de humildade e orgulho, receptividade e limite, devoção e autonomia, timidez e ousadia. Menciono Ottla porque, afinal, minha mãe está nela também, ainda que totalmente irreconhecível.) Quero, pois, vê-los como dignos disso tudo. Resulta daí que sua impureza é, para mim, cem vezes maior do que talvez seja na realidade, que não me importa; sua parvoíce, cem vezes maior, cem vezes maior seu caráter risível, assim como sua rudeza também. O que eles têm de bom, ao contrário, faz-se cem mil vezes menor que na realidade. Fui enganado por eles e não posso me revoltar contra a lei da natureza sem enlouquecer; daí, outra vez o ódio, nada mais que o ódio. Você me pertence, eu a tomei para mim. Não posso crer que, em algum conto de fadas, já se tenha lutado tanto e mais desesperadamente do que em mim por você, desde o começo e sempre de novo, talvez para sempre. Portanto, você me pertence e, por isso, meu relacionamento com seus parentes é semelhante a meu relacionamento com os meus, ainda que, é natural, num grau comparativamente menor, tanto para o bem como para o mal. Eles representam para mim um vínculo que é um obstáculo (ainda que eu jamais trocasse uma única palavra com eles) e tampouco são dignos disso tudo, no sentido a que me referi mais acima. Falo com você tão abertamente como falo comigo, você não há de me levar a mal nem de procurar prepotência no que digo — pelo menos ela não estará presente onde você poderia buscá-la.

Pois bem, com você aqui, sentada à mesa de meus pais, expande-se naturalmente a área de ataque da hostilidade deles para comigo. Meu vínculo com a família toda parece-lhes muito maior (não é nem pode ser), pareço-lhes integrado à fileira daqueles que têm um de seus postos no quarto de dormir, logo ao lado (mas não estou), creem ter encontrado em você uma ajuda contra minha resistência (não a encontraram), e o que eles têm de feio e desprezível intensifica-se, uma vez que, a meus olhos, deveriam ser superiores em grandeza. Se assim é, por que então não me alegra sua observação? Porque estou literalmente diante da minha família e, em círculos, agito as facas sem cessar, sempre com o propósito de, a um só tempo, ferir e defender essa família; permita que, aí, eu a represente por completo, sem que, nesse mesmo sentido, você me represente perante sua família. Não será esse sacrifício, minha querida, pesado demais para você? Ele é gigantesco e só se tornará mais leve se, não o fazendo você, eu, por minha própria natureza, tiver de arrebatá-lo. Se, contudo, você o fizer, terá feito muito por mim. Deliberadamente, não lhe escreverei por um ou dois dias, para que, imperturbada, você possa refletir e me responder. Como resposta, bastará uma só palavra, tamanha é a confiança que lhe tenho.

—

30/10/16

Na selaria, dois cavalheiros conversavam sobre um cavalo cujos quartos traseiros um moço de estrebaria massageava. "Eu não via Atro", dizia o mais velho, de cabelos brancos, apertando um pouco um olho e mordendo ligeiramente o lábio inferior, "não via Atro há uma semana. Mesmo com muita prática, a memória da gente para cavalos permanece incerta. Agora, sinto falta nele de muita coisa que, na minha imaginação, ele com certeza possuía. Falo da impressão geral, os detalhes talvez coincidam, ainda que, neste momento, me chame a atenção até mesmo certa flacidez dos músculos, aqui e ali. Veja aqui, e aqui também." Ele movia a cabeça curvada para baixo, investigando, e tateava o ar com as mãos.

1917

6/4/17

No pequeno porto, onde, além dos barcos de pesca, costumavam atracar apenas os dois vapores que serviam ao tráfego de passageiros no lago, via-se hoje uma embarcação desconhecida. Era uma barca velha e pesada, relativamente baixa e bastante bojuda, toda ela manchada, como se lhe tivessem derramado água suja; aparentemente o casco amarelado ainda pingava, os mastros exibiam altura incompreensível, o principal deles partido em seu terço superior, velas encarquilhadas, grosseiras, de um marrom amarelado, remendadas e esticadas por entre o madeirame, incapazes de fazer frente a uma rajada de vento.

Contemplei-a admirado por um bom tempo, esperando que alguém surgisse no convés, mas ninguém apareceu. A meu lado, na amurada do cais, estava sentado um trabalhador. "De quem é esse barco?", perguntei. "É a primeira vez que o vejo." "Ele vem a cada dois ou três anos", disse o homem, "pertence ao caçador Graco."[1]

—

29/7/17

Bobo da corte. Estudo sobre o bobo da corte.

Os grandes tempos dos bobos da corte por certo já passaram e não vão voltar. Tudo aponta hoje em outra direção, não há como negar. Seja como for, e mesmo que agora eles deixem de ser patrimônio da humanidade, desfrutei ainda dos bobos da corte.

—

1 Fragmento de "O caçador Graco" (*Narrativas do espólio*).

Eu sempre ficava sentado no fundo da oficina, no escuro total, era preciso por vezes adivinhar o que tinha nas mãos, mas, ainda assim, cada ponto mal dado era seguido de um safanão do mestre.

—

Nosso rei não era de ostentação; quem não o conhecesse de algum retrato, jamais o teria reconhecido como rei. Seu terno havia sido mal confeccionado, não em nossa alfaiataria, aliás, tecido fino, o paletó sempre desabotoado, amarrotado e esvoaçante, o chapéu amassado, botas pesadas e grosseiras, os movimentos amplos e descuidados dos braços, o rosto forte com o nariz grande, reto e viril, o bigode curto, os olhos escuros e algo penetrantes demais, o pescoço vigoroso e bem-proporcionado. Certa vez, ao passar por nossa alfaiataria, ele se deteve à porta e, com a mão direita no alto do vão, perguntou: "O Franz está?". Conhecia todas as pessoas pelo nome. Abri caminho em meio aos colegas desde o meu canto escuro. "Venha comigo", ele disse, após uma rápida olhadela. "Ele vai se mudar para o castelo", explicou ao mestre.

30/7/17
Srta. Kanitz.[2] Um comportamento sedutor que não condiz com sua natureza. O abrir e fechar dos lábios, seu estirar-se, projetar-se para a frente, seu desabrochar, como se, invisíveis, os dedos os modelassem. O movimento súbito, decerto nervoso, mas disciplinado e sempre surpreendente ao, por exemplo, ajeitar a saia sobre os joelhos ou mudar de posição na cadeira. A conversa de poucas palavras, poucos pensamentos, sem apoio algum dos interlocutores, mantida sobretudo mediante os movimentos da cabeça, o jogo das mãos, as pausas mais diversas, a vivacidade do olhar ou, se necessário, o cerrar dos punhozinhos.

—

"Cavalguem", disse o comandante.

—

Ele se libertou do círculo deles todos. A névoa o envolveu. Uma clareira circular na floresta. O pássaro, fênix, em meio aos arbustos. A mão volta e

2 Gertrud Kanitz (1895-1946), atriz vienense que se encontrava em Praga por motivos familiares.

meia fazendo o sinal da cruz sobre o rosto invisível. A chuva fria, eterna, um canto inconstante, como se saído de um peito que respira.

—

Uma pessoa imprestável. Um amigo? Se busco evocar o que ele possui de seu, tudo que resta — e isso por certo apenas numa avaliação favorável — é a voz um tanto mais grave que a minha. Se grito "estou salvo" — quero dizer, se eu fosse Robinson e gritasse "estou salvo" —, ele o repetiria com sua voz mais grave. Se eu fosse Corá e gritasse "estou perdido", lá estaria ele com sua voz mais grave para repeti-lo.[3] Carregar sempre consigo esse contrabaixista é coisa que, pouco a pouco, acaba por cansar. Além disso, ele tampouco o faz com grande animação, repete apenas porque precisa fazê-lo e não fazer outra coisa. Às vezes, durante minhas folgas, quando tenho tempo para me dedicar a esses assuntos pessoais, aconselho-me com ele — no caramanchão do jardim, por exemplo — sobre como poderia me livrar de sua presença.

—

31/7/17
Quando Kaspar Hauser despertou a ponto de reconhecer pessoas e coisas à sua volta

—

Estar sentado num trem, esquecer-se disso, sentir-se como se em casa, lembrar-se de súbito, sentir a força arrebatadora do trem, tornar-se viajante, tirar o boné da mala, encarar os demais viajantes com mais liberdade, cordialidade e urgência, ser levado ao destino sem nenhum mérito, senti-lo como uma criança, tornar-se um queridinho das mulheres, estar exposto à contínua força de atração da janela, manter sempre pelo menos uma das mãos estendida sobre o parapeito. Situação recortada com mais nitidez: esquecer-se de ter se esquecido, transformar-se de um só golpe numa criança viajando sozinha no trem expresso, em torno da qual, espantosamente, o vagão que treme de pressa se ergue em seus detalhes mais minúsculos, como se surgido da mão de um prestidigitador.

—

3 Provável referência bíblica a Números 16.

1/8/17
Histórias da Praga antiga do dr. Oppenheimer, na escola de natação.[4] Os discursos ferozes contra os ricos que Friedrich Adler fazia na época de estudante, dos quais todos riam tanto. Mais tarde, ele se casou com uma mulher rica e calou-se. — Ainda garoto, o dr. O., vindo de Amschelberg para Praga a fim de frequentar o ginásio, morou em casa de um erudito judeu cuja mulher era vendedora num bricabraque. A comida vinha de uma estalagem. Todo dia, às cinco e meia da manhã, O. era acordado para fazer as orações. — Ele cuidou da educação de todos os irmãos mais novos, o que demandou grande esforço mas lhe deu muita autoconfiança e satisfação. Um certo dr. Adler, que mais tarde se tornou alto funcionário das finanças e já se aposentou faz tempo (um grande egoísta), aconselhou-o certa feita a ir-se embora e se esconder, a simplesmente fugir de seus parentes, que, do contrário, o destruiriam.

—

Estico as rédeas.

—

2/8/17
Em geral, aquele que se procura mora na casa vizinha. É difícil explicá-lo sem mais, necessário é, antes, aceitar isso como fato empírico. E trata-se de fato tão arraigado que não é possível impedi-lo, ainda que se deseje fazê-lo. Isso decorre de não sabermos da existência desse vizinho que procuramos. Ou seja, não sabemos que o procuramos nem que ele mora ao lado, e aí, então, é que, com toda a certeza, ele mora na casa ao lado. Do fato empírico em si, é lícito naturalmente que saibamos, esse conhecimento não nos perturba em nada, mesmo quando, deliberadamente, nós o temos presente o tempo todo. Relato a seguir um caso assim:

—

Pascal põe tudo em perfeita ordem antes do aparecimento de Deus, mas tem de haver ceticismo mais profundo e angustiado do que esse do entronado que, embora com facas decerto prodigiosas, corta a si próprio em pedaços com a calma

4 Possivelmente, Adolf Oppenheimer (1857-1929), vice-secretário da Associação dos Viajantes de Praga. Friedrich Adler (1857-1938), advogado conhecido em Praga também como poeta e tradutor. Mais adiante, dr. Jakub Adler.

de um açougueiro. De onde vem essa calma? De onde a segurança no manejo da faca? Será Deus uma carruagem triunfal que, no teatro, por certo à custa de todo o empenho e desespero dos contrarregras, cordas puxam de longe rumo ao palco?

—

3/8/17
De novo, gritei a plenos pulmões para o mundo. Depois, puseram-me a mordaça, ataram-me mãos e pés e vedaram-me os olhos com um pano. Revolveram-me várias vezes para um lado e outro, sentaram-me ereto e tornaram a me deitar, também isso várias vezes; deram-me puxões nas pernas a ponto de eu me curvar de dor e, então, deixaram-me quieto e em repouso por alguns instantes, mas apenas para, em seguida, espetar-me com algo pontiagudo, aqui e ali, de surpresa, conforme o humor.

—

Há anos encontro-me sentado junto do grande cruzamento, mas amanhã, com a chegada do novo imperador, devo abandonar meu posto. Tanto por princípio como por aversão, não me meto em nada do que acontece à minha volta. Há anos parei inclusive de mendigar; aqueles que há tempos passam por mim presenteiam-me por hábito, fidelidade, porque me conhecem, e os novos seguem o exemplo. A meu lado, tenho um cestinho, no qual cada um lança quanto entende por bem. Justamente por isso, porque não me preocupo com ninguém e preservo tranquilos meu olhar e minha alma em meio à barulheira e à sandice da rua, compreendo melhor que todo mundo tudo que diz respeito a minha pessoa, a minha posição, à justiça de minhas reivindicações. Sobre tais questões não pode haver disputa, aí há de prevalecer tão somente minha opinião. Assim, quando hoje de manhã um policial, que naturalmente me conhece muito bem e que, é claro, nunca notei, deteve-se a meu lado e disse: "Amanhã chega o imperador, não ouse aparecer aqui", respondi-lhe com a pergunta: "Quantos anos você tem?".

—

4/8/17
Pronunciada como censura, a palavra "literatura" constitui uma tal redução linguística que, pouco a pouco — e talvez tenha sido essa a intenção desde o princípio —, acarretou uma redução do pensamento também, a qual, suprimindo a perspectiva correta, deita a censura por terra muito antes do alvo e bem longe dele.

—

As ruidosas trombetas do nada. O a.[5]

—

A.: Quero lhe pedir um conselho.

B.: Por que justamente a mim?

A.: Confio em você.

B.: Por quê?

A.: Já o vi em reuniões diversas. E, nelas, trata-se em última instância sempre de aconselhamento. Nisso decerto concordamos. Qualquer que seja o propósito da reunião, seja ela para representar uma peça de teatro, beber chá, invocar espíritos ou ajudar os pobres, aconselhar-se é o que importa. A tantos faltam conselhos! E mais ainda do que parece, porque, nessas reuniões, aqueles que os dão, fazem-no apenas da boca para fora — de coração, querem mesmo é, também eles, recebê-los. Têm sempre seu duplo entre os que buscam conselho, e é sobretudo a ele que falam. Mas são precisamente esses duplos que partem insatisfeitos, enfastiados, levando consigo o conselheiro para novas reuniões e para jogo idêntico.

B.: Então é assim?

A.: Com certeza. Você percebe isso também. Não há nenhum mérito aí, o mundo todo percebe, daí a súplica das pessoas ser tanto mais urgente.

—

5/8/17

Tarde em Radešowitz com Oskar [Baum].[6] Triste, fraco, o mais das vezes esforçando-me por me manter ao menos no assunto central da conversa.

—

A.: Bom dia.

B.: Você já esteve aqui, não?

A.: Reconheceu-me? Espantoso.

5 Aqui, Kafka não concluiu a anotação e apenas abreviou o substantivo alemão: *Das A.*

6 Localidade situada dez quilômetros a leste de Praga.

B.: Em pensamento, já conversei com você algumas vezes. O que queria mesmo da última vez que nos vimos?

A.: Pedir um conselho.

B.: Isso. E eu fui capaz de lhe dar o conselho?

A.: Não. Infelizmente, não conseguimos entrar num acordo nem sequer quanto à formulação da questão.

B.: Ah, assim foi então?

A.: Sim. Muito insatisfatório, mas só naquele momento. É difícil mesmo abordar o assunto de pronto. Não poderíamos tentar de novo?

B.: Mas claro. Pode perguntar!

A.: Então vou fazer minha pergunta.

B.: Por favor.

A.: Minha mulher...

B.: Sua mulher?

A.: Sim, sim.

B.: Não compreendo. Você tem uma mulher?

A.:

—

6/8/17

A.: Não estou satisfeito com você.

B.: Não vou perguntar por quê. Eu sei.

A.: E?

B.: Sou tão impotente. Não posso mudar nada. Encolho os ombros, entorto a boca, mais do que isso, não posso.

A.: Vou levar você até meu senhor. Quer?

B.: Tenho vergonha. Como ele vai me receber? Ir logo a seu senhor! É frivolidade.

A.: Deixe a responsabilidade comigo. Levo você. Venha!

Atravessam um corredor. A. bate na porta. Ouve-se um "Entre!". B. quer ir embora dali, mas A. o segura, e eles entram.

C.: Quem é o cavalheiro?

A.: Eu pensei...

—

Aos pés dele, lance-se aos pés dele.

—

A.: Então não tem saída?

B.: Não encontrei nenhuma.

A.: E, de nós todos, você é quem conhece melhor a região.

B.: Sim.

—

7/8/17

A.: Está sempre rondando a porta. O que quer, afinal?

B.: Ora, nada.

A.: Nada?? Como assim? Aliás, conheço você.

B.: Talvez esteja enganado.

A.: Não, não. Você é B. e frequentou a escola aqui, vinte anos atrás. Sim ou não?

B.: Bem, então sim. Não ousei me apresentar.

A.: Parece ter se tornado medroso com o passar dos anos. Naquela época, não era assim.

B.: Sim, isso foi antes. Arrependo-me de tudo como se o tivesse feito neste momento.

A.: A vida se vinga, então?

B.: E como!

A.: Foi o que acabei de dizer.

B.: Foi, mas não é bem assim. Ela não se vinga de imediato. Que importa a meu patrão se fui um tagarela na escola? Isso não atrapalhou minha carreira, não.

—

"Como?", perguntou o viajante[7]

—

O viajante sentia-se cansado demais para dar alguma ordem ou mesmo fazer o que quer que fosse. Retirou apenas um lenço do bolso, fez um movimento como se o mergulhasse no balde distante, apertou-o contra a testa

7 Deste ponto até a segunda entrada de 9 de agosto de 1917, esboços diversos relacionados a *Na colônia penal*.

e deitou-se ao lado do fosso. Foi assim que o encontraram dois senhores aos quais o comandante ordenara que fossem buscá-lo. De um salto, levantou-se deveras revigorado ao abordarem-no. Com a mão no coração, disse: "Um filho de uma cadela é o que sou, se permitir que assim seja". Mas, em seguida, dando expressão literal às próprias palavras, pôs-se a correr de quatro de um lado para outro. Apenas vez por outra erguia-se, libertava--se, por assim dizer, e se dependurava no pescoço de um dos senhores, gritando em lágrimas: "Por que comigo?", e corria então de volta a seu posto.

8/8/17
E ainda que tudo permanecesse igual, ali estava efetivamente o aguilhão, projetando-se torto da testa rachada.

—

Como se tudo fizesse aflorar na consciência do viajante que o que ainda estava por vir era assunto tão somente dele e do morto, mandou embora o soldado e o condenado com um gesto da mão; ambos titubearam, ele arremessou-lhes uma pedra, os dois seguiam discutindo o que fazer, e ele então correu até lá e golpeou-os com os punhos.

—

"Como?", o viajante perguntou de repente. Algo fora esquecido? Uma palavra decisiva? Uma gesto decidido? A mão estendida? Quem é capaz de penetrar essa confusão? Maldito ar insalubre dos trópicos, o que você está fazendo de mim? Não sei o que se passa. Meu discernimento ficou em casa, no Norte.

—

"Como?", o viajante perguntou de repente. Algo fora esquecido? Uma palavra? Um gesto decidido? A mão estendida? Era bem possível. Altamente provável. Um erro crasso de cálculo, uma concepção fundamentalmente equivocada, um traço estridente atravessa o todo espargindo tinta. Mas como corrigir? Onde está aquele que irá fazê-lo? Onde o bom e velho moleiro do Norte, o conterrâneo capaz de enfiar aqueles dois sujeitos e seus sorrisos irônicos entre as pedras do moinho?

—

"Preparem o caminho para a serpente!", veio o grito. "Preparem o caminho para a grande madame!" "Estamos prontos", partiu o grito em resposta, "estamos prontos." E nós, que preparamos o caminho, renomadíssimos britadores, marchamos para fora do matagal. "Vamos!", exclamou nosso comandante, cada vez mais alegre, "vamos, iscas de serpente!" Em seguida, erguemos nossos martelos e, ao longo de milhas, teve início o mais diligente martelar. Nenhuma pausa era permitida, a não ser para trocar o martelo de mão. A chegada de nossa serpente fora anunciada já para o fim da tarde e, até lá, todas as pedras precisavam ser reduzidas a pó, porque nossa serpente não tolera nem a mais minúscula das pedrinhas. Onde se há de encontrar serpente tão sensível? Trata-se, aliás, de uma serpente única, incomparavelmente mimada por nosso trabalho e, por isso mesmo, de um tipo incomparável. Não compreendemos, lamentamos que ela continue chamando a si própria de serpente. Deveria ao menos chamar-se de madame, embora também como madame ela seja incomparável. Mas não é isso que nos preocupa; nosso negócio é fazer pó.

—

"Você aí, na frente, mantenha a lanterna no alto! Os outros me acompanhem em silêncio! Todos em fila única. E quietos. Isso não foi nada. Não tenham medo. A responsabilidade é minha. Vou tirar vocês daqui."

—

9/8/17
O viajante fez um movimento indefinido com a mão, abandonou seus esforços, tornou a empurrar os dois para longe do cadáver e apontou-lhes a colônia para onde deveriam se dirigir de imediato. Com uma risada gorgolejante, ambos mostraram que, pouco a pouco, estavam compreendendo a ordem; o condenado comprimiu o rosto todo lambuzado contra a mão do viajante, em cujo ombro o soldado bateu com a mão direita — a esquerda balançava o fuzil —, os três eram agora uma coisa só.

—

O v[iajante]. precisou afastar com violência a sensação que o invadia: a de que, naquele caso, uma ordem perfeita se estabelecera. Cansado, desistiu do plano de enterrar o cadáver naquele momento. O calor, prestes a se intensificar ainda mais — o v[iajante]. nem erguia a cabeça na direção do sol, apenas para não ter de começar a cambalear —, o silêncio repentino e definitivo do oficial, a visão dos dois mais além, que o fitavam com estranheza e com os quais perdera toda e qualquer conexão depois da morte do o[ficial]. e, por fim, aquela refutação pura e mecânica que o ponto de vista deste último encontrara ali, tudo isso já não permitia ao v[iajante]. manter-se ereto, e ele sentou-se na cadeira de palhinha. Tivesse seu barco avançado até ali para apanhá-lo, por aquela areia desprovida de caminhos, nada haveria de mais belo. Ele teria embarcado e somente da escada recriminado ainda o oficial pela cruel execução do condenado. "Vou contar tudo quando chegar em casa", teria dito ainda num tom de voz elevado, a fim de que o ouvissem também o capitão e os marinheiros, que, curiosos, estariam debruçados na amurada lá em cima. "Execução?", o oficial teria replicado com razão. "Mas aqui está ele", teria dito, apontando para o homem que carregava a mala do viajante. E, de fato, era o condenado, como atestava agora o próprio v[iajante]. com um olhar incisivo e um exame detalhado dos traços fisionômicos do carregador. "Meus cumprimentos", teve de dizer, e disse-o de bom grado. "Um truque de prestidigitador?", perguntou ainda. "Não", respondeu o o[ficial]., "um erro de sua parte, fui executado conforme o senhor determinou." O capitão e os marinheiros ouviam agora com atenção ainda maior. E todos viram então o o[ficial]. passar a mão na testa e revelar um aguilhão torto e protuberante que se projetava da fronte rachada.

—

Era já a época das últimas grandes batalhas que o governo americano teve de travar contra os índios. O forte mais avançado em território indígena — que era também o mais poderoso —, comandava-o o general Samson, que ali muitas vezes se distinguira e desfrutava, assim, da confiança inequívoca do povo e dos soldados. Ante cada índio isolado, o grito de "general Samson!" tinha valor idêntico a uma espingarda.

Certa manhã, uma patrulha capturou um jovem na floresta e, conforme determinava o general, uma vez que ele próprio cuidava inclusive dos assuntos mais insignificantes, o rapaz foi levado ao quartel-general. Como naquele momento o general Samson estivesse em reunião com alguns fazendeiros da região fronteiriça, o desconhecido foi conduzido primeiramente à presença do ordenança, o tenente-coronel Otway.

—

"General Samson!", gritei, e, cambaleante, recuei um passo. Era ele quem agora surgia do mato alto. "Quieto", disse, sinalizando para trás de si. Aos tropeções, um séquito de cerca de dez cavalheiros o seguia.

—

10/8/17
Eu estava com meu pai no saguão de um edifício. Lá fora, chovia bem forte. Um homem proveniente da rua fez menção de entrar depressa no saguão, mas foi quando notou a presença de meu pai. Isso o deteve. "Georg", disse com vagar, como se obrigado a resgatar aos poucos memórias antigas, e então aproximou-se pelo flanco, a mão estendida na direção de meu pai.

—

"Não, deixe-me, me solte!", eu gritava sem cessar pelas ruas, e ela sempre me agarrava de novo, sempre e de novo; pelo lado ou por sobre os ombros, as mãos em garra da sereia golpeavam-me o peito.

—

É sempre o mesmo, sempre o mesmo.

15/9/17
Caso essa possibilidade de fato exista, você pode fazer disso um começo. Não a desperdice. Se quer se aprofundar, não há como evitar a sujeira que transborda de você. Mas não se revolva nela. Se a ferida nos pulmões é apenas um símbolo, como você afirma, um símbolo da ferida cuja inflamação se chama Felice e cuja profundidade significa uma justificativa, se é, pois, assim, então também os conselhos médicos (luz, ar puro, sol, repouso) são um símbolo. Agarre esse símbolo.[8]

—

8 Depois de sofrer hemorragias pulmonares nas noites de 10 e 13 de agosto de 1917, Kafka foi a vários médicos. Em 7 de setembro, escreve a Felice e informa o diagnóstico: tuberculose nos dois pulmões. Orientado pelos médicos a passar uma temporada no campo, parte para Zürau, no oeste da Boêmia, onde, desde meados de abril, Ottla cuidava de uma propriedade da família de Karl Hermann. O AUVA não lhe concede aposentadoria, mas lhe dá férias de três meses. Kafka pretende, então, pôr fim definitivo a seu relacionamento de cinco anos com Felice Bauer, de quem tornara a ficar noivo em julho de 1916.

Ah, belo momento, versão magistral, jardim selvagem. Você sai de casa, dobra a esquina e, na trilha do jardim, vem ao seu encontro a deusa da fortuna.

—

Aparição majestosa, príncipe do império

—

Buldogues, cinco:
Phillipp, Franz, Adolf, Isidor e Max

—

Não é assim

—

A praça da aldeia entregue à noite. A sabedoria dos pequenos. Supremacia dos animais. As mulheres — vacas a atravessar a praça com extrema naturalidade. Meu sofá sobre os campos.

18/9/17
Rasgar tudo.

—

19/9/17
Em vez do telegrama — "Muito bem-vinda estação Michelob Excelente disposição Franz Ottla" —, que Mařenka levou duas vezes a Flöhau, aparentemente sem conseguir enviá-lo, porque o Correio fechara pouco antes de ela chegar, escrevi uma carta de despedida, reprimindo de pronto os tormentos que já recomeçavam com vigor. De resto, carta de despedida ambígua, como meu pensamento[9]

—

9 Provável telegrama a Felice, que anunciara visita a Zürau para 20-21 de setembro. Não há registro da carta de despedida mencionada por Kafka. Michelob era a estação ferroviária mais próxima; Mařenka, uma empregada da propriedade de Karl Hermann; e, em Flöhau, ficava a agência do Correio que atendia Zürau.

É a idade da ferida, mais do que sua profundidade e seu crescimento, que a faz dolorosa. Ser volta e meia rasgado no mesmo canal, ter de tratar de novo a ferida operada inúmeras vezes, isso é que é ruim.

—

O ser frágil, caprichoso, fútil — um telegrama o derruba; uma carta o reergue, reanima, o silêncio depois da carta o embota.

—

A brincadeira do gato com as cabras. As cabras parecem judeus poloneses, o tio Siegfried, Ernst Weiß, Irma.[10]

—

Inacessibilidade diversa mas igualmente severa do supervisor Hermann (que hoje partiu sem jantar nem se despedir; a questão é se amanhã volta), da moça, de Mařenka.[11] A rigor, me constrangem como os animais no estábulo quando ordenamos que façam alguma coisa e, para nosso espanto, eles obedecem. Aqui, o caso só é mais difícil porque muitas vezes eles, num ou noutro momento, parecem acessíveis e inteiramente compreensíveis.

—

É-me sempre incompreensível que quase todos aqueles capazes de escrever consigam, em meio à dor, objetivar a sua dor, de tal forma que eu, por exemplo, em minha infelicidade, e talvez ainda com a cabeça ardendo dessa infelicidade, sou capaz de me sentar e comunicar a alguém por escrito: sou infeliz. Na verdade, posso ir além disso e, valendo-me de floreios diversos — que variam de acordo com o talento, e este parece nada ter a ver com a infelicidade —, fantasiar a esse respeito, seja diretamente, por meio de antíteses ou com o auxílio de orquestras inteiras de associações. Não se trata, em absoluto, de uma mentira, e tampouco aplaca a dor; trata-se apenas de um misericordioso excedente de forças num momento em que a dor claramente já consumiu todas as minhas forças, raspando até o fundo de meu ser. Que excedente é esse, portanto

10 Siegfried Löwy (1867-1942), irmão caçula de Julie Kafka, era médico em Triesch; Irma Kafka (1889-1919), uma prima, muito amiga de Ottla, que, desde a morte do pai, trabalhava na loja de Hermann Kafka. **11** Ernst Hermann, supervisor, era um parente de Karl Hermann que trabalhava na propriedade.

—

Carta de ontem a Max. Mentirosa, vaidosa, teatral.

—

Uma semana em Zürau.

—

Na paz, você não avança; na guerra, esvai-se em sangue.

—

Sonho com Werfel. Ele conta que, numa rua da Baixa Áustria, onde se encontra, esbarrou de leve e sem querer num homem, que se pôs a xingá-lo terrivelmente. Esqueci-me das palavras exatas, lembro-me apenas de que "bárbaro" foi uma delas (decorrência da Guerra Mundial) e que os xingamentos terminaram com "*turch* proletário!". Interessante a construção. *Turch* é a palavra dialetal para "turco", e "turco", claramente um xingamento proveniente da tradição das velhas guerras contra os turcos e dos cercos a Viena; a ela, acrescenta-se o novo xingamento: "proletário". Caracterizam bem a simplicidade e o atraso daquele que os profere, uma vez que hoje nem "proletário" nem "turco" constituem de fato xingamentos.

21/9/17
Felice esteve aqui, viajou trinta horas para me ver, eu deveria tê-la impedido. Tal como vejo, ela carrega em si uma infelicidade extrema, e essencialmente por minha culpa. Eu mesmo sou incapaz de me controlar, comporto-me com total insensibilidade e desamparo, penso no incômodo causado a alguns de meus confortos e, à guisa de concessão, tudo que faço é representar uma comédia. Nas pequenas coisas, ela não tem razão, não a tem ao defender seu direito, seja ele suposto ou real, mas, no todo, é uma inocente condenada a tortura severa; eu cometi a injustiça em razão da qual ela é torturada e, além disso, comando o instrumento de tortura. — O dia termina com sua partida (o carro com ela e Ottla contorna o lago, eu corto caminho e torno a me aproximar dela) e com uma dor de cabeça (resto terreno do comediante).

—

Sonho com meu pai. — A uma pequena audiência (a sra. Fanta a caracteriza), o pai comunica, pela primeira vez publicamente, sua ideia de uma reforma social. A intenção é a de que essa audiência seleta, e particularmente seleta na opinião dele, se encarregue de propagar sua ideia. Na prática, ele expressa essa intenção de maneira bem mais modesta, tão somente demandando das pessoas reunidas ali que, depois de conhecida a proposta, informem os endereços de pessoas que possam se interessar por ela e, portanto, ser convidadas para uma grande assembleia pública a ser realizada em breve. Meu pai jamais teve contato com todas essas pessoas, razão pela qual as leva demasiado a sério, veste inclusive um paletó preto e expõe sua ideia com precisão extremada e todos os traços do diletantismo. Embora não estivesse preparado para ouvir uma palestra, o grupo reunido percebe de imediato que o que ali se apresenta, com o orgulho da originalidade, é apenas uma ideia velha, gasta e já discutida há muito tempo. E é o que dá a perceber a meu pai. Essa objeção, ele já a esperava, mas, absolutamente convencido de sua nulidade — ainda que ela pareça tê-lo tentado várias vezes —, expõe com maior ênfase sua ideia, e com um belo sorriso amargo nos lábios. Terminada a exposição, depreende-se do entediado murmúrio geral que ele não convenceu ninguém nem da originalidade nem da utilidade de sua ideia. Não serão muitos os interessados nela. De todo modo, um ou outro indica-lhe alguns endereços, seja por bondade ou, talvez, por me conhecer. Meu pai, imperturbado pela atmosfera reinante, afasta as folhas de papel contendo sua palestra e prepara pequenas pilhas de bilhetinhos brancos onde anotar os poucos endereços. Ouço apenas o nome de um conselheiro Střižanowski, ou coisa parecida. — Mais tarde, vejo o pai sentado no chão e encostado ao canapé, como quando brinca com Felix. Assustado, pergunto o que está fazendo. Está refletindo sobre sua ideia.

22/9/17
Nada.

25/9/17
Caminho da floresta. Você destruiu tudo, sem jamais ter, na verdade, possuído coisa alguma. Como juntar tudo de novo? De que forças dispõe ainda o espírito errante para tarefa de tamanha magnitude?

—

Das neue Geschlecht [A nova geração], de Tagger: miserável, jactancioso, vivaz, versado, bem escrito aqui e ali, com leves tremores de diletantismo. Que direito ele tem de se vangloriar? No fundo, é tão infeliz quanto eu e todo mundo.[12]

—

Não é de todo condenável ser tuberculoso e ter filhos. O pai de Flaubert era tuberculoso. Escolha: ou o pulmão do filho começa a trinar (bela expressão para a música que o médico busca escutar encostando seu ouvido no peito) ou ele se torna Flaubert. O tremor do pai enquanto, no vazio, discute-se a questão.

—

Sigo capaz de extrair satisfação momentânea de trabalhos como *Um médico rural*, supondo-se que ainda consiga escrever algo desse tipo (muito improvável); mas felicidade, só se puder alçar o mundo à condição de puro, verdadeiro, imutável.[13]

—

Os chicotes com os quais nos açoitamos mutuamente ganharam muitos nós ao longo destes cinco anos.

—

28/9/17
Esquema das conversas com F[elice].

Eu: Cheguei, portanto, até esse ponto.
F.: A esse ponto cheguei eu.
Eu: A esse ponto levei você.
F.: Isso é verdade.

—

12 *Das neue Geschlecht: Programmschrift gegen die Metapher* (A nova geração: Um manifesto contra a metáfora), do escritor, dramaturgo e poeta Theodor Tagger (1891-1958), Berlim, 1917.
13 A coletânea de contos intitulada *Um médico rural* começara a ser preparada em meados de 1917 e seria publicada por Kurt Wolff em 1920. No Brasil, trad. de Modesto Carone (São Paulo: Brasiliense, 1990).

À morte, portanto, eu me fiaria. Resquício de uma fé. Retorno ao pai. Um grande Dia do perdão.

—

De uma carta a F[elice]., talvez a última (1º de out.)

Se me examino no tocante a meu objetivo final, o que resulta é que não almejo de fato tornar-me um bom homem em consonância com um tribunal supremo, e sim, bem ao contrário, quero abarcar com os olhos toda a comunidade de homens e animais, conhecer suas preferências, seus desejos e ideais morais fundamentais, reduzir isso tudo a preceitos simples e me desenvolver o mais rapidamente possível nessa direção, a fim de me fazer agradável a todos, tão agradável, aliás (e aí está o salto), que, sem deixar de ser amado por todos, eu, por fim, como único pecador a não ser lançado na fogueira, pudesse exercitar abertamente, aos olhos de todos, todas as vilezas que me são inerentes. Em resumo, portanto, o que me importa é apenas o tribunal humano, ao qual, ademais, quero ludibriar, mas sem me valer de um engodo.

—

8/10/17

Nesse meio-tempo: cartas queixosas de Felice, G[rete]. B[loch]. ameaça com uma carta, estado inconsolável (*courbature*), alimentando as cabras, campo esburacado pelos ratos, apanhando batatas ("como o vento nos sopra no rabo"), colhendo as bagas das roseiras-bravas;[14] o camponês Feigl (sete meninas, uma delas pequena, de olhar doce, um coelho branco no ombro), o quadro no quarto (*O imperador F. J. na cripta dos capuchinhos*), o camponês Kunz (portentoso, conta com prepotência a história universal de sua propriedade, mas é um homem afável e bom). Impressão geral dos camponeses: aristocratas que se salvaram na agricultura, organizando seu trabalho de forma tão sábia e humilde que ele se encaixa perfeitamente no todo e os preservará de toda oscilação ou enjoo até sua bem-aventurada morte. Verdadeiros cidadãos da

14 Kafka fala em *courbature* (dores musculares) também numa carta a Brod: "*courbature*, um peso nos membros, como leio agora a todo momento num livro francês". A seguir, menciona vários dos camponeses que trabalhavam na propriedade rural de Karl Hermann. O "romance planejado", do qual "O foguista" constitui o primeiro capítulo, é *O desaparecido*. Por fim, referência ao escritor suíço Robert Walser (1878-1956).

Terra. — Os rapazes que, no fim do dia, correm pelas colinas no encalço do rebanho fujão esparramado pelo campo aberto e, ao fazê-lo, precisam ainda arrastar consigo um jovem touro que se recusa a segui-los. — O *Copperfield* de Dickens (*O foguista* é pura imitação de Dickens, assim como, mais ainda, o romance planejado. A história da mala, o rapaz que faz a todos felizes e os encanta, o trabalho vil, a amada na propriedade no campo, as casas sujas etc., mas sobretudo o método. Minha intenção, vejo agora, era escrever um romance à maneira de Dickens, só que enriquecido das luzes mais nítidas do nosso tempo e daquelas mais pálidas, as quais extrairia de mim mesmo. A riqueza e o fluxo irrefletido e poderoso de Dickens, mas, por isso mesmo, passagens de uma debilidade aterradora, em que, cansado, ele só remexe no que já alcançou. A impressão de barbárie decorrente do todo desconexo, um barbarismo que, no entanto, evitei graças a minhas fraquezas e às lições aprendidas com esse meu epigonismo. Crueldade por trás do estilo transbordante de sentimentos. Blocos de crua caracterização inseridos artificialmente em cada ser humano, sem os quais Dickens não seria capaz nem por um momento de levar adiante sua história. O parentesco de Walser com ele no emprego indistinto de metáforas abstratas).

9/10/17
Em casa do camponês Lüftner. O amplo vestíbulo. Teatral o todo: ele, nervoso, com suas risadinhas e seus golpes na mesa, erguendo os braços, encolhendo os ombros, levantando o copo de cerveja como um soldado de Wallenstein. A seu lado, a mulher, uma velha de quem era servo e com quem se casou há dez anos. É um caçador apaixonado, negligencia o trabalho na propriedade. Dois cavalos enormes no estábulo, figuras homéricas iluminadas por um raio de sol fugidio que entrava pela janela.[15]

—

14/10/17
Um jovem de dezoito anos vem se despedir de nós, vai se juntar ao exército amanhã. "Como vou para o exército amanhã, vim pedir licença aos senhores."

15 Franz (1872-1924) e Anna Lüftner (1845-1926). "Wallenstein" refere-se à trilogia de Friedrich Schiller.

15/10/17
Na estrada para Oberklee,[16] à noitinha. Saí porque, na cozinha, estavam sentados o supervisor e dois soldados húngaros.

—

A vista da janela de Ottla no crepúsculo: do outro lado, uma casa, e, atrás dela, já o campo aberto.

—

Kunz e sua mulher no campo, na encosta defronte da minha janela.

—

21/10/17
Belo dia, ensolarado, quente, sem vento.

—

A maior parte dos cachorros late sem nenhum propósito, basta que, na distância, alguém se aproxime; alguns, porém, talvez não os melhores cães de guarda mas criaturas sensatas, se aproximam calmamente do estranho, farejam-no e só latem ao sentir algum cheiro suspeito.

—

6/11/17
Pura e simples incapacidade.

10/11/17
O decisivo, ainda não pus no papel, sigo fluindo em duas direções. O trabalho à espera é tremendo.

—

Sonho com a batalha à margem do rio Tagliamento.[17] Uma planície, o rio na verdade não está presente. Amontoam-se muitos espectadores agitados, prontos a, de acordo com a situação, avançar ou recuar correndo. Diante de

16 Localidade nas proximidades de Zürau. **17** Do fim de outubro a meados de novembro de 1917, relatos sobre o avanço das tropas austro-húngaras e prussianas à margem do rio Tagliamento, no nordeste da Itália, eram publicados diariamente nos jornais.

nós, um planalto cuja borda, ora nua, ora coberta de um mato alto, vemos com bastante nitidez. No topo desse planalto e para além dele lutam austríacos. Reina o suspense: como será? Entrementes, com o evidente propósito de nos restabelecermos, miramos arbustos isolados na encosta escura, de trás dos quais um ou dois italianos avançam atirando. É coisa sem importância, mas nós, de todo modo, nos pomos já a correr um pouco. Então, de novo o planalto: austríacos correm ao longo da borda descampada, detêm-se de súbito por trás da folhagem, tornam a correr. Está claro que a coisa vai mal e é impossível entender como pode, em algum momento, vir a correr bem; como pode alguém que é também apenas um homem sobrepujar homens dispostos a se defender? Grande desespero, uma fuga generalizada será necessária. É então que surge um major prussiano, alguém que, de resto, estivera o tempo todo a observar a batalha conosco; agora, porém, no espaço que de súbito se tornou vazio, ele é uma nova aparição. Enfia na boca dois dedos de cada mão e assovia, como assoviamos para um cão, mas carinhosamente. Trata-se de um sinal para sua divisão, que aguardava não muito longe dali e agora avança. É a guarda prussiana, gente jovem e silente, não são muitos, talvez uma única companhia, todos parecem oficiais, ou ao menos levam sabres compridos, o uniforme é escuro. Quando passam por nós a passos curtos e lentos, em marcha compacta e contemplando-nos de vez em quando, a naturalidade de sua marcha para a morte é a um só tempo comovente, edificante e uma promessa de vitória. Salvo pela intervenção desses homens, acordo.[18]

18 Último registro do ano de 1917. Não há entradas em 1918. [N.E.]

1919

27/6/19
Novo diário.[1] Na verdade, só porque andei lendo o antigo. Certos motivos e intenções já não logro identificar agora, às quinze para a meia-noite.

—

30/6/19
Estive no Riegerpark.[2] Caminhei para cima e para baixo com J[ulie Wohryzek]. ao largo dos jasmins. Mentiroso e verdadeiro; mentiroso nos suspiros, verdadeiro no comprometimento com ela, na confiança, na sensação de segurança. Coração intranquilo.

—

6/7/19
Sempre o mesmo pensamento, o desejo, o medo. Mas por certo mais tranquilo do que antes, como se estivesse em curso um grande desdobramento cujo tremor distante sinto. Já disse demais.

5/12/19
De novo, arrastado por essa fenda terrível, comprida e estreita, que, na verdade, só em sonho é possível vencer. Acordado e por vontade própria, jamais.

1 Kafka interrompe na entrada anterior a escrita de seu 12º e último caderno dos *Diários*. Entre outubro de 1917 e fevereiro de 1918, fez anotações e escreveu esboços literários nos chamados cadernos in-oitavo G e H. Aqui, retoma a escritura dos *Diários* já em 27 de junho de 1919.
2 Grande parque situado em Königliche Weinberge, nas proximidades de Praga. Julie Wohryzek (1891-1944), que no final de 1919 se tornaria sua segunda noiva, Kafka conhecera no inverno de 1918 na pensão Stüdl, na Silésia, onde passara cerca de um mês recuperando-se.

—

8/12/19
Segunda-feira, feriado, no Baumgarten, no restaurante, na galeria.[3] Dor e alegria, culpa e inocência, como duas mãos entrelaçadas indissoluvelmente; apartá-las demandaria cortar através da carne, do sangue e dos ossos.

—

9/12/19
Muito Eleseus.[4] Mas, para onde quer que me volte, a onda negra precipita-se sobre mim.

—

11/12/19
Quinta-feira. Frio. Com J[ulie Wohryzek]. no Riegerpark em silêncio. Sedução no Graben. Tudo isso é demasiado difícil. Não estou suficientemente preparado. Do ponto de vista intelectual, é como disse há 26 anos o professor Beck, por certo sem se dar conta do gracejo profético: "Deixem-no seguir na quinta série. Ele é muito fraco. Apressá-lo assim, em demasia, é coisa que pode se voltar contra ele mais tarde".[5] E, de fato, cresci como aqueles brotos esquecidos cujo crescimento se apressou demais; há certa graça artística no movimento com que se esquivam de uma corrente de vento, ou até, se se quiser, algo de comovente nesse movimento, mas isso é tudo. Como Eleseus e suas viagens de negócios às cidades na primavera. Mas não há nenhuma necessidade de subestimá-lo: Eleseus poderia também ter se tornado o herói do livro, e provavelmente até teria sido na juventude de Hamsun.

3 O maior parque público de Praga, dotado de restaurante e de uma galeria de arte.
4 Personagem de *Os frutos da terra*, romance de Knut Hamsun que Kafka possuía em edição alemã de 1918. 5 Matthias Beck, professor de Kafka no terceiro e no quarto ano do grupo escolar.

1920

6/1/20
Tudo que faz parece-lhe extraordinariamente novo. Se não tivesse esse frescor vital, seria — no que tange a seu valor intrínseco, e ele o sabe — coisa proveniente do velho pântano do inferno. Mas esse frescor o engana, faz com que se esqueça disso, não o leve a sério ou mesmo que o perceba, sim, mas sem nenhuma dor. É, afinal, indubitável que hoje, o dia de hoje, é aquele em que o progresso se abre para progresso ainda maior.

—

9/1/20
Superstição e princípio e a vida tornada possível: mediante o céu dos vícios ganha-se o inferno da virtude. Superstição é simples

10/1/20
As consequências tristes da tarde (Baumgarten)

—

Um segmento lhe foi arrancado da nuca. À luz do sol, o mundo todo contempla o que há lá dentro. Isso o faz nervoso, o distrai de seu trabalho e, além disso, irrita-o que seja justamente ele o único excluído do espetáculo

—

Não refuta o pressentimento da libertação definitiva o fato de, no dia seguinte, o confinamento permanecer inalterado, ter inclusive se intensificado ou mesmo terem declarado expressamente que ele jamais terá fim. Tudo isso pode, antes, constituir pressuposto necessário da libertação definitiva.

Ele nunca está suficientemente preparado e não pode nem sequer recriminar-se, porque quando, afinal, se tem tempo para preparar-se nesta vida que a todo momento atormenta com sua demanda por prontidão? E mesmo que tempo houvesse, seria possível preparar-se antes de conhecer a tarefa a cumprir? Ou seja: é de fato possível cumprir uma tarefa natural, isto é, não produzida apenas artificialmente? É por isso que ele jaz sob as rodas há muito tempo. Curiosamente, o que é também um consolo, para isso é que ele não estava nem um pouco preparado.

—

Ele encontrou o ponto arquimediano, mas utilizou-o contra si próprio; claro está que só lhe foi permitido encontrá-lo sob essa condição.

—

13/1/20
Tudo que faz parece-lhe, de fato, extraordinariamente novo, mas, em conformidade com essa abundância impossível do novo, também de um diletantismo extraordinário, quase insuportável, incapaz de se fazer histórico, destruidor do elo entre gerações e desmantelador, pela primeira vez e até suas profundezas, da música do mundo, a qual até o momento sempre foi possível ao menos intuir. Em sua arrogância, ele às vezes teme mais pelo mundo que por si próprio.

—

Com uma prisão, teria se conformado. Terminar prisioneiro — isso seria a meta de uma vida. Mas era uma jaula. Indiferente, imperioso, o barulho do mundo entrava e saía pela grade como se estivesse em casa, o prisioneiro na verdade estava livre, podia participar de tudo, nada do que ocorria lá fora lhe escapava, teria podido inclusive deixar a jaula, uma vez que metros separavam uma barra da seguinte; nem sequer preso estava.

—

Ele tem a sensação de que o próprio fato de viver lhe obstrui o caminho. Desse obstáculo extrai, então, a prova de que está vivo.

—

14/1/20
A si mesmo, ele conhece; nos demais, crê. Para ele, essa contradição faz tudo em pedaços.

—

Não é ousado nem leviano. Mas tampouco é medroso. Uma vida livre não lhe meteria medo. Só que não teve uma vida assim, o que não é, para ele, motivo de preocupação, como, de resto, não está nem um pouco preocupado consigo mesmo. Há, porém, alguém, um completo desconhecido, que sempre se preocupa muito e constantemente com ele, somente com ele. A preocupação de que é alvo por parte desse alguém, e sobretudo o caráter constante dessa preocupação, provoca-lhe por vezes, em momentos de calma, torturantes dores de cabeça.

—

Ele vive na dispersão.[6] Seus elementos, uma horda a viver livremente, vagam pelo mundo. E é somente porque também seu quarto pertence ao mundo que ele às vezes os vê à distância. Como há de se responsabilizar por eles? Pode-se ainda chamar isso de responsabilidade?

—

Tudo, até o que há de mais trivial, como ser atendido num restaurante, ele só consegue obter pela força, com o auxílio da polícia. Isso priva a vida de toda e qualquer comodidade.

17/1/20
Seu próprio osso frontal estorva-lhe o caminho (ele bate na própria testa até ela sangrar)

—

Ele se sente preso neste mundo, constrangido, e nele irrompem o pesar, a fraqueza, as doenças, os delírios dos prisioneiros; não há consolo que o console, justamente porque não passa disso, de um consolo terno, de fazer doer a cabeça, ante o fato grosseiro de estar preso. Se, contudo, lhe perguntam o que quer, é incapaz de responder, porque — e esta é uma de suas provas mais contundentes — não tem ideia do que seja liberdade.

6 Kafka utiliza aqui o substantivo *Zerstreuung*, que é também o equivalente alemão para "diáspora".

—

Alguns negam a desolação fazendo referência ao sol; ele nega o sol remetendo à desolação.

—

Ele tem dois adversários; o primeiro o pressiona por trás desde a origem; o segundo impede seu caminho para a frente. Luta contra ambos. Na verdade, o primeiro o apoia na luta contra o segundo, porque quer compeli-lo adiante, assim como o segundo o apoia na luta contra o primeiro, uma vez que, afinal, o faz recuar. Isso, porém, apenas em teoria, porque não são só dois os adversários: há ele também, e quem é que sabe de fato quais suas intenções?

—

Ele tem muitos juízes, são como um exército de pássaros numa árvore. Suas vozes se confundem, é impossível desemaranhar a posição hierárquica e a competência de cada um, além do que trocam seguidamente de lugar. Alguns, no entanto, é possível identificar

—

Três coisas:

—

O movimento em ondas de toda vida, tormentoso, pesado, que muitas vezes estaca por longos períodos mas é, no fundo, incessante, o movimento do outro e o seu próprio, esse movimento o atormenta, porque acarreta a obrigatoriedade do pensamento ininterrupto. Às vezes, parece-lhe que esse tormento precede os acontecimentos. Quando ouve que seu amigo vai ter um filho, percebe que, como ser pensante, já sofreu antecipadamente com isso.

—

Ele vê duas coisas distintas. A primeira é a contemplação, a ponderação, o exame, o extravasamento, tranquilos, cheios de vida, impossíveis sem certo bem-estar. Em número e possibilidades, são atividades infinitas. Até mesmo um tatuzinho precisa de uma fenda relativamente grande no muro para se abrigar, mas, para essas atividades, não é necessário lugar nenhum, mesmo inexistindo a mais minúscula das fendas elas podem, interpenetrando-se, seguir existindo aos milhares. Essa é a primeira coisa. A segunda, porém, é o momento em que, tendo sido convocado a prestar contas, não consegue produzir um único som, é lançado de volta às contemplações e que tais, mas agora, ante a falta de perspectiva, é já impossível chapinhar nelas e, tendo ele se tornado mais pesado, afunda proferindo uma maldição.

—

2/2/20
Ele se lembra de um quadro que retratava um domingo de verão no Tâmisa. O rio, em toda a sua largura, estava repleto de barcos que aguardavam a abertura de uma comporta. Em todos eles, viam-se jovens alegres em roupas leves e claras, quase deitados, entregues ao ar quente e ao frescor da água. Em razão dessa comunidade que compunham, sua sociabilidade não se restringia a cada barco isolado, brincadeiras e risadas eram compartilhadas por todos eles.[7]

Pôs-se, então, a imaginar-se de pé num gramado à beira do rio — o quadro mal sugeria as margens, dominava-o o conglomerado de barcos. Ele contemplava a festa, que não era bem uma festa mas podia ser chamada assim. Naturalmente, sentia grande vontade de participar dela, ansiava mesmo por isso, mas tinha de reconhecer com franqueza que havia sido excluído, era-lhe impossível inserir-se ali, o que teria demandado preparativos para os quais somente aquele domingo não teria bastado, muitos anos seriam necessários, sua vida inteira, e ainda que o tempo se dispusesse a parar, ele não obteria nenhum outro resultado, toda a sua origem, sua educação, sua constituição física precisariam ter sido outras.

Estava, assim, bem distante, mas ao mesmo tempo muito próximo daqueles excursionistas, isso era o mais difícil de compreender. Eram, afinal, seres humanos como ele, nada do que era humano haveria de ser-lhes inteiramente estranho; se examinados, portanto, o que se descobriria era que também neles estava presente o sentimento que o dominava e o excluía da excursão pelo rio, só que, no caso deles, esse sentimento estava muito longe de dominá-los: vagava apenas, como um fantasma, por cantos escuros.

—

7 Provável referência a *Boulter's Lock, Sunday Afternoon* (1895), do pintor inglês Edward John Gregory (1850-1909).

15/2/20
Trata-se do seguinte: Certa vez, há muitos anos, eu estava sentado, por certo triste o bastante, na encosta do Laurenziberg.[8] Refletia sobre tudo que desejava da vida. O desejo mais importante ou mais atraente revelou-se o de obter uma visão da vida (e — necessariamente vinculado a isso — o de ser capaz de convencer os outros por escrito dessa visão) que lhe preservasse os naturais e pesados movimentos descendentes e ascendentes mas que, ao mesmo tempo, e com não menos nitidez, a reconhecesse como um nada, um sonho, um flutuar. Um belo desejo, talvez, se eu o tivesse desejado corretamente. Algo como, digamos, o desejo de construir uma mesa com o rigor e a minúcia de um marceneiro a montá-la com um martelo e, ao mesmo tempo, não fazer nada, mas não de forma a que se pudesse dizer "Para ele, o martelar não é nada", e sim "Para ele, o martelar é de fato um martelar e, ao mesmo tempo, é nada", o que teria tornado o martelar ainda mais audacioso, ainda mais decidido, ainda mais real e, se você quiser, ainda mais desvairado. Mas ele não podia desejar algo assim, porque seu desejo não era desejo nenhum, era apenas uma defesa, um aburguesamento do nada, um sopro de vivacidade que queria conferir ao nada, em direção ao qual mal dava ainda seus primeiros passos conscientes mas que já sentia ser seu elemento. Foi, na época, uma espécie de despedida, ele se despedia do mundo das aparências de sua juventude; esta, de resto, jamais o enganara diretamente, mas apenas por intermédio dos discursos de todas as autoridades à sua volta. Assim surgira a necessidade do "desejo"

—

Ele é prova apenas de si mesmo, é a única prova dele próprio, todos os adversários o vencem de imediato, mas não o fazem refutando-o — ele é irrefutável —, e sim provando-se a si mesmos.

—

As associações humanas assentam-se no fato de, pelo vigor de sua mera existência, um indivíduo parecer ter refutado outros indivíduos em si irrefutáveis, o que é doce e muito consolador para estes últimos, mas carente de verdade e sempre, portanto, de durabilidade também.

8 Monte na margem esquerda do Moldava, a sudeste do castelo, com vista para Praga e região.

—

No passado, ele foi parte de uma escultura monumental. Em torno de algum centro elevado, erguiam-se símbolos da corporação militar, das artes, das ciências e dos ofícios num arranjo muito bem pensado. Um desses muitos era ele.[9] Agora, o grupo se desfez há muito tempo, ou pelo menos ele o abandonou e segue a vida sozinho. Não tem mais nem mesmo sua velha profissão, esqueceu inclusive o que representava outrora. Por certo, desse esquecimento resulta alguma tristeza, insegurança, inquietude, algum anseio por tempos idos que turva o presente. E, no entanto, esse anseio é um elemento importante da força vital, ou talvez seja mesmo ela própria.

—

Ele não vive em razão de sua vida pessoal, não pensa em razão de seu próprio pensamento. O que lhe parece é que vive e pensa coagido por uma família para a qual, ainda que ela própria seja riquíssima em energia vital e capacidade de pensar, ele, por alguma lei desconhecida, representa uma necessidade formal. Por causa dessa família desconhecida e dessas leis desconhecidas, não pode ser dispensado.

—

O pecado original, a velha injustiça que o homem cometeu, consiste na acusação que o próprio homem faz, e da qual não desiste, de que foi vítima de uma injustiça, de que o pecado original foi cometido contra ele.

18/2/20
Diante da vitrine da Cassinelli, duas crianças muito bem-vestidas, um menino de seis e uma menina de sete anos, falavam sobre Deus e sobre pecados.[10] Detive-me atrás delas. A menina, talvez católica, entendia que somente mentir para Deus constituía um pecado de fato. Com uma teimosia infantil, o menino, talvez protestante, perguntou o que era então mentir para um semelhante e roubar. "São pecados bem grandes também", respondeu ela, "mas

9 Alusão a uma estátua dedicada a Francisco I (Franz I) da Áustria que, inaugurada em 1851, erguia-se no Franzenskai, em Praga. Circundavam o imperador, homenageando-o, estátuas representativas das diversas corporações. A estátua foi removida em 1919, nos primeiros meses da república.
10 Livraria de propriedade de Hermann Cassinelli que, segundo Max Brod, exibia na vitrine as novidades literárias.

não são os maiores. Os maiores são só os pecados cometidos contra Deus; para aqueles cometidos contra os homens temos a confissão. Quando me confesso, um anjo logo volta a se postar atrás de mim; quando cometo um pecado, o diabo é que fica atrás de mim, só que ninguém o vê." E, cansada daquela quase seriedade, ela girou de brincadeira sobre os calcanhares e disse: "Está vendo? Não tem ninguém atrás de mim". O menino também girou e deu comigo ali. "Está vendo?", disse, sem considerar que eu decerto ouviria, mas também sem nem pensar nisso: "Atrás de mim está o diabo." "Estou vendo também", disse a menina, "mas não era a esse que eu me referia."

—

Ele não quer consolo nenhum, mas não é que não o queira — quem não quereria? —, é que buscar consolo significa dedicar a vida a esse trabalho, viver sempre à margem da própria existência, quase fora dela, já mal saber para quem se está buscando consolo e, portanto, não estar em condições nem mesmo de encontrar consolo eficaz (eficaz, e não verdadeiro, porque este não existe).

—

Ele se recusa a ser fitado e fixado por seus semelhantes. (Ainda que fosse infalível, o ser humano vê no outro apenas aquela parte que sua acuidade visual e seu modo de olhar lhe possibilitam ver. Ele, como todos, mas com extremo exagero, tem a mania de se limitar ao que a acuidade do olhar de seu semelhante enxerga.) Se Robinson jamais houvesse deixado o ponto mais elevado, ou, melhor dizendo, o ponto mais visível da ilha, quer o tenha feito por teimosia ou humildade ou medo ou ignorância ou saudade, ele logo teria perecido; como, porém, sem pensar nos navios e em seus débeis binóculos, começou a explorar a ilha toda e a se deleitar com ela, manteve-se vivo e — como consequência decerto não imperativa do ponto de vista da razão — acabou por ser encontrado.

—

19/2/20

"Você faz de sua necessidade uma virtude."

"Em primeiro lugar, é o que todo mundo faz e, em segundo, justamente eu não faço isso. Deixo que minha necessidade permaneça sendo necessidade, não dreno os pântanos, vivo em meio a seu vapor febril."

"Pois é disso mesmo que você faz sua virtude."

"Como todo mundo, conforme eu já disse. De resto, faço isso apenas por você; para que você continue sendo amável comigo, causo danos a minha alma."

—

Minha cela — minha fortaleza.

—

Tudo lhe é permitido, menos esquecer-se de si próprio, o que, por sua vez, torna tudo proibido, à exceção daquilo que, no momento, é necessário ao todo.

—

A estreiteza da consciência é uma exigência social. Todas as virtudes são individuais, todos os vícios, sociais. O que é tido como virtude social — por exemplo, o amor, o altruísmo, a justiça, a coragem de sacrificar-se — não passa de vício social "espantosamente" atenuado.

—

À diferença entre o "sim e não" que ele diz a seus contemporâneos e aquele que verdadeiramente teria de dizer corresponde, é lícito dizer, aquela entre morte e vida; também ela, ele só compreende intuitivamente.

—

O motivo pelo qual o veredicto dos pósteros sobre um indivíduo é mais correto que o de seus contemporâneos está no morto. Uma pessoa só se desenvolve à sua maneira depois da morte, apenas quando sozinha. Para o indivíduo, estar morto é como a noite de sábado para o limpador de chaminés: ambos lavam, então, a fuligem do corpo. Somente aí torna-se visível se os contemporâneos lhe causaram mais dano do que ele a eles. Neste último caso, foi um grande homem.

—

A força para negar, essa expressão mais natural do organismo humano em luta, sempre se modificando, se renovando, se extinguindo e revivendo, dela dispomos sempre, mas nem sempre da coragem para tanto, embora viver seja, afinal, negar, e negação, portanto, afirmação.

—

Ele não morre com o extinguir-se de seus pensamentos. Extinguir-se é apenas um fenômeno intrínseco ao mundo interior (que perdura, ainda que seja apenas um pensamento), um fenômeno natural como qualquer outro, nem alegre nem triste.

—

"O que o impede de se levantar é um certo peso, uma sensação de segurança absoluta, a ideia de que uma cama lhe foi preparada e pertence somente a ele; impede-o, porém, de ficar deitado e quieto uma inquietude que o expulsa da cama, assim como também sua consciência, o coração batendo sem parar, o medo da morte e o desejo de refutá-la — tudo isso não lhe permite permanecer deitado, e ele torna a se levantar. Esse erguer-se e deitar-se, bem como algumas observações casuais, fugazes e peculiares feitas entre uma coisa e outra, são sua vida."

"Essa sua descrição é desoladora, mas somente para a análise cujo erro fundamental ela evidencia. De fato, o ser humano se ergue, torna a cair, levanta-se de novo, e assim por diante, mas, ao mesmo tempo, é ainda mais verdadeiro dizer que absolutamente não é assim; o homem é, afinal, uma coisa só, ou seja, ao voar, repousa, ao repousar, voa, é essas duas coisas reunidas em cada indivíduo, e essa união em cada um, e a união da união em cada um, e assim por diante, conduzindo até, bem, até a vida real, embora esta minha descrição seja igualmente falsa e, talvez, ainda mais enganosa que a sua. Não existe mesmo um caminho daqui até a vida, se bem que há de ter havido um caminho da vida até aqui. Tem-se aí uma medida de como estamos perdidos."

—

A correnteza contra a qual nadamos é tão furiosa que, por vezes, algo distraídos, nos desesperamos com a calmaria desértica em meio à qual chapinhamos, e isso de tão infinitamente para trás que fomos levados num momento de fracasso.

—

29/2/20
Ele está com sede e apenas um arbusto o separa da fonte. Mas está dividido. Uma parte abarca o todo, vê que ele está ali, e a fonte, logo adiante. A outra parte, porém, não nota nada, no máximo intui que a primeira vê tudo. Mas, como não nota nada, não pode beber.

1921

15/10/21
Há cerca de uma semana, dei todos os meus diários a M[ilena].[1] Um pouco mais livre? Não. Serei ainda capaz de manter uma espécie de diário? Seja como for, será algo diferente, um diário que vai, antes, se esconder, nem sequer será; sobre Hardt, por exemplo, que, afinal, deu-me relativamente muito em que pensar, eu só seria capaz de anotar alguma coisa com enorme esforço. É como se já tivesse escrito tudo sobre ele há muito tempo, ou então, o que dá no mesmo, como se eu não estivesse mais vivo.[2] Sobre M[ilena]., decerto poderia escrever, mas tampouco de livre e espontânea vontade, além do que seria algo que se voltaria demasiado contra minha própria pessoa; já não preciso, como antes, tomar consciência detalhada dessas coisas; nesse aspecto, não sou tão esquecido como já fui, tornei-me uma memória viva, daí a insônia.

—

1 Em 15 de outubro de 1921, Kafka retoma a escrita dos *Diários*, interrompida em 29 de fevereiro de 1920. Usa o mesmo caderno nº 12, no qual começa a escrever de trás para diante. As páginas já escritas, ele as arrancara uma semana antes e entregara a Milena Pollak (ou Jesenská, 1896-1944), juntamente com todos os demais cadernos. Kafka a conhecera no segundo semestre de 1919, quando Milena, que morava em Viena, lhe pedira permissão para traduzir *O foguista* para o tcheco. Encontraram-se pessoalmente pouco depois, em Praga. A partir de abril de 1920, terminado o noivado de Kafka com Julie Wohryzek, teve início uma intensa correspondência entre ele e Milena. O relacionamento se estreitou, estendendo-se até a virada do ano, 1920-1. Posteriormente, trocaram cartas ocasionais e se encontraram umas poucas vezes em Praga. No começo de outubro de 1921, Milena o visitou e recebeu dele os cadernos que continham os *Diários*.

2 O ator e recitador Ludwig Hardt (1886-1947) fizera várias apresentações em Praga de 1º a 14 de outubro de 1921. Seu repertório incluía textos do próprio Kafka, que Hardt certamente conhecia de visitas anteriores a Praga.

A passagem sobre politeísmo na carta de Hebel.[3]

16/10/21
Domingo. O infortúnio de um começo eterno, a ausência da ilusão de que tudo é apenas um começo ou nem mesmo um começo; a loucura dos outros, que não sabem disso e vão, por exemplo, jogar futebol para, enfim, "avançar" um pouco; minha própria loucura, enterrada em mim mesmo como num caixão; a loucura dos outros, que creem ver aí um caixão de verdade, ou seja, um caixão que se pode transportar, abrir, destruir, trocar.

—

Entre as jovens mulheres lá em cima, no parque. Nenhuma inveja. Fantasia o bastante para compartilhar de sua felicidade, suficiente capacidade de julgamento para saber que sou demasiado fraco para essa felicidade; loucura suficiente para acreditar que me são transparentes a minha condição e a delas. Mas a loucura é insuficiente; há nela uma frestinha minúscula, o vento assovia por ela e impede a plena ressonância.

—

Quando sinto o grande desejo de ser um atleta, provavelmente é como se eu desejasse ir para o céu para, lá, poder me desesperar tanto quanto aqui.

—

Ainda que meus recursos sejam miseráveis, "sob circunstâncias idênticas" até mesmo os mais miseráveis deste mundo (sobretudo considerando-se a fraqueza da vontade), cabe-me, com eles, e do meu ponto de vista, buscar alcançar o melhor; é um sofisma vazio dizer que, com esses recursos, eu só poderia alcançar uma coisa, o desespero, e que este seria, portanto, o melhor.

—

17/11/21
É possível que haja uma intenção por trás do fato de eu não ter aprendido nada de útil e de, ademais (as duas coisas estão conectadas), ter me deixado decair inclusive fisicamente. Eu não queria me deixar desviar, e me deixar

3 Carta de Johann Peter Hebel a Friedrich Wilhelm Hitzig, de 6 de abril de 1809.

desviar pela alegria de viver do homem útil e saudável. Como se a doença e o desespero não fossem, também eles, me desviar no mínimo em igual medida!

Eu poderia desenvolver esse pensamento de diversas maneiras e, assim, concluí-lo a meu favor, mas não ouso fazê-lo nem acredito — ao menos hoje e na maioria dos dias — em nenhuma solução favorável para mim.

—

Não invejo um casal específico, invejo, sim, todos os casais; mesmo quando invejo um único casal em particular, o que invejo é, na verdade, a felicidade matrimonial em suas infinitas e múltiplas formas; a felicidade de um casamento em particular provavelmente me levaria, mesmo na melhor das hipóteses, ao desespero.

—

Não creio que haja pessoas cuja situação interior se assemelhe à minha; posso, é verdade, imaginar pessoas assim, mas que o corvo secreto sobrevoe constantemente sua cabeça, como faz em torno da minha, isso nem sou capaz de imaginar.

—

É espantosa a destruição sistemática de mim mesmo ao longo dos anos, algo como o lento processo que conduz ao rompimento de um dique, uma ação plena de intenção. O espírito que a realizou deve agora estar celebrando seu triunfo; por que não me deixa participar da celebração? Mas talvez ainda não tenha concluído seu trabalho, razão pela qual não consegue pensar em mais nada.

—

18/10/21
Infância eterna. De novo, um chamado da vida.

—

É bem possível imaginar que o esplendor da vida nos rodeie, sempre pronto em toda a sua plenitude, mas encoberto, lá no fundo, invisível, bem longe. Está lá, não é hostil, não é relutante nem surdo. Se o invocamos com a palavra certa, o nome certo, ele vem. Essa é a essência da magia, que não cria: invoca.

—

19/10/21
A natureza da travessia do deserto. Um homem que, como guia do organismo que é seu povo, trilha esse caminho com um resquício de consciência (mais do que isso é impensável) do que se passa. A pista de Canaã, ele a segue a vida inteira; que só veja a terra pouco antes de sua morte é inverossímil. Essa perspectiva derradeira só pode ter por sentido representar o momento incompleto que é a vida humana, incompleto porque essa espécie de vida poderia durar para sempre e não resultaria em nada mais que um momento. Não é porque sua vida é muito breve que Moisés não chega a Canaã, e sim porque se trata de uma vida humana. Esse final dos cinco livros de Moisés possui certa semelhança com a cena final de *L'Éducation sentimentale*.

—

Aquele que ainda em vida não se acerta com a vida precisa de uma das mãos para, com ela, afastar um pouco o desespero com o próprio destino — o que só se dá de maneira muito incompleta; com a outra mão, pode então registrar o que vê debaixo dos escombros, porque ele vê de outro modo e vê mais que os outros; afinal, morto em vida, ele é o verdadeiro sobrevivente. Isso contanto que não precise de ambas as mãos ou de mais mãos do que possui para lutar contra o desespero.

—

20/10/21
À tarde, Langer; depois, Max lê *Franzi* em voz alta.[4]

—

Um sonho breve em meio a um sono breve e convulsivo; agarrou-me convulsivamente, numa felicidade desmedida. Um sonho repleto de ramificações, contendo mil relações que se fazem claras de um só golpe; o que me ficou foi pouco mais que uma vaga lembrança da sensação básica. Meu irmão cometeu um crime, um homicídio, creio; eu e outros fomos partícipes no crime; a pena, o desenlace, a redenção, vêm de longe e se aproximam, vão crescendo portentosamente, sua irrefreável aproximação se faz notar por meio de muitos sinais; minha irmã, creio eu, sempre anuncia esses sinais, que saúdo constantemente

4 *Franzi oder Eine Liebe zweiten Ranges* (Franzi ou Um amor de segunda categoria), romance de Max Brod publicado em capítulos na revista *Der Feuerreiter* e, posteriormente, em livro (Munique, 1922).

com exclamações entusiasmadas, meu entusiasmo intensifica-se com a proximidade cada vez maior. Em razão de sua clareza, acreditei que jamais esqueceria cada uma dessas minhas exclamações, frases curtas, mas já não me lembro bem de nenhuma delas. Eram só o que eu podia pronunciar, uma vez que falar custava-me grande esforço; como se me doessem os dentes, eu tinha de inflar as bochechas e entortar a boca antes de conseguir produzir uma só palavra. A felicidade consistia na pena que chegava e que eu saudava com muita liberdade, convicção e bem-aventurança, uma visão que só podia comover os deuses, e também essa comoção dos deuses quase me levou às lágrimas.

—

21/10/21
Passei a tarde no canapé.

—

Fora-lhe impossível entrar na casa, porque ele tinha ouvido uma voz a dizer-lhe: "Espere até que eu o guie". Assim, jazia ainda e sempre na poeira diante da casa, embora por certo já não houvesse esperança nenhuma (como diria Sara)[5]

—

Tudo é fantasia — a família, o escritório, os amigos, a rua, tudo fantasia, mais distante ou mais próxima, a mulher é a mais próxima; mas a verdade é tão somente que você comprime a cabeça contra a parede de uma cela sem porta nem janela.

—

22/10/21
Um conhecedor, um especialista, alguém que conhece o assunto, mas um saber que não pode ser transmitido e do qual, felizmente, ninguém parece necessitar.

—

23/10/21
À tarde, filme sobre a Palestina.[6]

5 Alusão a Sara, que não dera filhos a Abraão e deu à luz Isaac aos noventa anos, Gênesis 17;21.
6 Em 23 de outubro de 1921, Kafka foi ver *Schiwath Zion* (Retorno ao Sião), filme sobre a vida e o trabalho dos primeiros colonos judeus a se estabelecerem na Palestina. Logo a seguir, referência a Albert Ehrenstein, que proferiu palestra em Praga em 22 de outubro de 1921 e se encontrou com Kafka.

—

25/10/21
Depois do jantar. Ontem, Ehrenstein.

—

Meus pais jogavam baralho; eu sentado ali, sozinho, completamente apartado; o pai me disse que eu deveria jogar com eles ou, pelo menos, assistir à partida; de algum modo, desconversei. O que significava essa recusa repetida tantas vezes desde a infância? O convite me dava acesso à vida em comunidade, de certo modo à vida pública; o desempenho que minha participação pressupunha não teria sido bom, mas por certo suportável, e o jogo, é provável, nem teria me entediado tanto assim — e, no entanto, recusei. A julgar por isso, não tenho razão quando me queixo de que a torrente da vida jamais me arrebatou, de que nunca me livrei de Praga, nunca fui levado a praticar esportes ou a me dedicar a um ofício e coisas assim. — Provavelmente, teria sempre recusado o convite, assim como recusei o convite para jogar baralho. Só disse sim a coisas sem sentido, ao estudo do direito, ao trabalho no escritório e, mais tarde, a acréscimos igualmente sem sentido, como alguns trabalhos de jardinagem, marcenaria e coisas semelhantes; esses acréscimos devem ser entendidos como o comportamento de um homem que enxota de sua porta o mendigo necessitado e depois, sozinho, banca o benfeitor dando esmolas da mão direita para a esquerda.

Portanto, sempre disse não, decerto por uma fraqueza generalizada e em especial da vontade, o que só compreendi relativamente tarde. Antes, em geral considerava essa recusa um bom sinal (seduzido pelas grandes e vagas esperanças que depositava em mim); hoje, subsiste apenas um resquício dessa interpretação amistosa.

—

29/10/21
Numa das noites seguintes, participei de fato, anotando os resultados para minha mãe. Mas não resultou daí nenhuma proximidade, e ainda que houvesse ali um vestígio disso, ele foi soterrado por cansaço, tédio e pesar pelo tempo perdido. Assim teria sido sempre. Essa fronteira entre solidão e comunidade, eu só a ultrapassei raras vezes; nela instalei-me até mais que na própria solidão. Em comparação com isso, que terra viva e bela era a ilha de Robinson.

—

30/10/21
À tarde, teatro, Pallenberg.[7]

—

As possibilidades que trago em mim (não digo para a representação ou para a escritura de *O avarento*, mas) para ser o próprio avarento. Seria necessário apenas um gesto rápido e decidido, a orquestra toda olha fascinada para o ponto onde, sobre a partitura do regente, a batuta vai se erguer.

—

O sentimento de completo desamparo.

—

O que une você mais intimamente a esses corpos bem delimitados, falantes e de olhos brilhantes do que a qualquer outra coisa, à caneta em sua mão, por exemplo? O fato de você ser da espécie deles? Mas você não é da espécie deles, e por isso mesmo é que fez essa pergunta.

—

A sólida delimitação do corpo humano é horripilante

—

O caráter notável, indecifrável do não sucumbir, do ser conduzido em silêncio. Leva mesmo ao seguinte absurdo: "Eu, de minha parte, já teria me perdido há muito tempo". Eu, de minha parte.

1/11/21
O *Bocksgesang* [O canto do bode] de Werfel.[8]

—

7 Em 30 de outubro de 1921, Max Pallenberg interpreta Alexander Badekow na comédia de Paul Schirmer *Der Herr Minister* (O senhor ministro). Pouco antes, no dia 25, dera início a sua temporada praguense no papel do Harpagon de Molière, em adaptação de Carl Sternheim de *O avarento*.
8 Tragédia de Franz Werfel que o jornal *Prager Presse* começou a publicar em 30 de outubro de 1921.

Dispor livremente de um mundo sem respeitar suas leis. A imposição da lei. A felicidade dessa fidelidade à lei.

—

Contudo, não é possível tão somente impor ao mundo a lei, deixando tudo o mais como estava, à exceção do novo legislador, que há de ser livre. Isso não seria uma lei, e sim arbítrio, insurreição, autocondenação.

—

2/11/21
Esperança vaga, confiança vaga

—

Tarde nublada e interminável de domingo, consome anos inteiros, uma tarde feita de anos. Ora desesperado pelas ruas vazias, ora tranquilo no canapé. Vez por outra, espanto com as nuvens que passam sem cessar, sem cor ou sentido. "Você está se poupando para uma grande segunda-feira!" "Muito bem, só que o domingo não acaba nunca."

—

3/11/21
A chamada

—

7/11/21
Obrigação inescapável de se auto-observar: se alguém me observa, então naturalmente também eu preciso me observar; se ninguém me observa, então tenho de me observar ainda mais de perto.

—

Quem quer que se indisponha comigo, que me tenha indiferença ou me julgue inoportuno é digno de inveja pela facilidade com que pode se livrar de mim (contanto, provavelmente, que não se trate de questão de vida ou morte; quando assim pareceu certa vez, com F[elice]., não foi fácil livrar-se de mim, mas na época eu era jovem e vigoroso, e meus desejos também eram vigorosos).

—

1/12/21
Depois de quatro visitas, M[ilena]. se foi, parte amanhã. Quatro dias mais tranquilos em meio aos atormentados. Um longo caminho se estende da tristeza que não sinto com sua partida, tristeza de fato, até, efetivamente, minha tristeza infinita com sua partida. De resto, a tristeza não é o pior

—

2/12/21
Escrevendo carta no quarto de meus pais. Inimagináveis são as formas que o declínio assume. — Nos últimos tempos, a ideia de que fui derrotado pelo p[ai]. quando ainda pequeno e de que agora, e ao longo desses anos todos, a ambição não me deixa abandonar o campo de batalha, a despeito das derrotas que se repetem sem cessar. — Sempre M[ilena]., ou não propriamente M[ilena]., mas um princípio, uma luz na escuridão.

—

6/12/21
De uma carta: "É nisso que me aqueço neste inverno triste".[9] As metáforas estão entre as muitas coisas que me fazem desesperar ao escrever. A falta de autonomia da escrita, a dependência da criada que cuida do aquecimento, do gato que se aquece junto da estufa e mesmo do pobre velho que também se aquece. Todas essas são atividades autônomas, sujeitas a leis próprias, somente a escrita não tem no que se amparar, não mora em si própria, é diversão e desespero.

—

Sozinhas em casa, duas crianças subiram para dentro de uma mala grande, a tampa da mala se fechou e, sem conseguir abri-la, morreram sufocadas.

—

20/12/21
Muito sofri em pensamentos.

9 Última frase de carta enviada no começo de dezembro de 1921 a Robert Klopstock (1899-1972), médico que Kafka conhecera em sua estada no sanatório de Matliary, de 18 de dezembro de 1920 a 26 de agosto de 1921. Mais tarde, Klopstock acompanharia suas últimas semanas de vida num sanatório nas proximidades de Viena.

—

Acordei sobressaltado de um sono profundo. No meio do quarto, sentado à mesinha à luz de uma vela, um homem estranho, corpulento e pesado, na penumbra. O casaco desabotoado de inverno o fazia ainda mais corpulento.

—

Para examinar melhor:
Raabe à beira da morte, sua mulher acaricia-lhe a fronte: "É bonito".[10]

—

O avô que sorri para o neto com a boca desdentada.

—

É inegável que há certa felicidade em poder escrever serenamente: "Asfixiar-se é de um pavor inconcebível". É decerto inconcebível — razão pela qual, mais uma vez, nada teria escrito.

—

23/12/21
Lendo *Náš skautík* outra vez.[11]

—

Ivan Ilitch

10 A citação sobre o escritor alemão Wilhelm Raabe (1831-1910) provém das memórias de Hans Martin Schultz, "Der alte Herr" (O velho senhor), publicadas em 1921 em volume comemorativo.
11 Revista dos escoteiros da República da Tchecoslováquia, movimento em que Kafka tinha interesse. A seguir, referência a *A morte de Ivan Ilitch*, de Tolstói, obra de cuja leitura Kafka dá testemunho poucos meses depois em carta a Johannes Urzidil.

1922

16/1/22

Essa última semana foi como uma espécie de colapso, tão completo como só o experimentei naquela noite, há dois anos; outro semelhante não vivi. Tudo parecia ter chegado ao fim, e ainda hoje não parece em nada diferente. Pode-se compreendê-lo de duas maneiras, e assim, simultaneamente, se há mesmo de compreendê-lo. Em primeiro lugar: colapso, impossibilidade de dormir, impossibilidade de permanecer acordado, impossibilidade de viver, ou, mais precisamente, de suportar o encadeamento da vida. Os relógios não se coadunam, o relógio interior dispara de uma maneira diabólica, demoníaca ou, de todo modo, inumana; o exterior segue hesitante em seu curso habitual. O que mais pode acontecer a não ser esses dois mundos diversos se separarem? E eles de fato se separam, ou pelo menos conflitam terrivelmente. A selvageria da velocidade interior pode ter diferentes razões, a mais visível das quais é a auto-observação, que não dá sossego a nenhuma ideia, compele cada uma delas à tona, e apenas para que sigam sendo então, na condição de ideias, perseguidas por nova auto-observação. Em segundo lugar: essa perseguição toma uma direção que conduz para longe da humanidade. A solidão que, em grande parte, me foi imposta desde sempre mas que em parte busquei — e por que outro motivo senão por coação? — torna-se agora absolutamente inequívoca e extrema. Para onde leva? Ela pode, e parece forçoso que o faça, conduzir à loucura, e nada mais há a dizer a esse respeito: a perseguição me atravessa e me rasga. Ou então posso — posso? — me preservar, ainda que em proporção minúscula, deixar-me levar, portanto, pela perseguição. Para onde? "Perseguição" é apenas uma imagem, posso chamá-la também "assalto contra a última fronteira terrena", e, na verdade, um assalto vindo de baixo, proveniente dos seres humanos; como, porém, também isso é uma imagem, posso substituí-la pela do assalto vindo de cima e alcançando-me aqui embaixo.

—

Toda essa literatura é um assalto contra a fronteira e, não houvesse se interposto aí o sionismo, ela poderia facilmente conduzir a uma nova doutrina secreta, a uma cabala. Os rudimentos para tanto estão aí. Só que isso demanda algo como um gênio inconcebível a, de novo, deitar raízes em séculos passados ou a recriar esses séculos antigos, e que não tenha gastado todas as suas forças com isso, mas comece a gastá-las tão somente a partir de agora.

—

17/1/22
Tudo quase igual.

—

18/1/22
Aquela quietude um pouco maior; em compensação, o s.[1] Redenção ou piora, como se queira.

—

Um momento de reflexão: Dê-se por satisfeito, aprenda (aos quarenta anos, aprenda) a ter paz no momento (sim, no passado você conseguia). Sim, no momento, no momento terrível. Ele não é terrível, é apenas o medo do futuro que o faz assim. Bem como, é claro, o olhar retrospectivo. O que fez você com a dádiva do sexo? Malogrou, é o que vão dizer por fim, e nada mais. Mas poderia facilmente ter dado certo. De resto, uma miudeza, nem ao menos reconhecível de tão pequena, decidiu. O que é que tem? Assim foi também nas maiores batalhas da história universal. Miudezas decidem miudezas.

—

M[ilena]. tem razão. O medo é a infelicidade, o que não significa que a felicidade é a coragem, e sim o destemor; não é a coragem, que talvez demande mais do que força (na minha classe havia, creio, apenas dois judeus corajosos, e os dois se mataram com um tiro ainda durante o ginásio, ou

1 Aqui, e em outras entradas mais adiante, acredita-se que "s." é abreviação para "sexo" (no original alemão, "G." de *Geschlecht*).

pouco depois); a felicidade não é, pois, a coragem, e sim o destemor, sereno, de olhar franco, capaz de suportar tudo. Não se obrigue a nada, mas não se sinta infeliz por não se obrigar ou pelo fato de que, para agir, teria de fazê-lo. E, não se obrigando, tampouco se ponha a rodear ávida e continuamente as possibilidades da coerção. Por certo, nunca é tão claro assim, ou antes, sim, é sempre claro assim: o s., por exemplo, é coisa que urge, que me atormenta dia e noite, eu teria de superar medo, vergonha e decerto pesar para satisfazê-lo, mas, por outro lado, é certo também que de pronto me valeria sem medo, pesar ou vergonha de qualquer oportunidade que se oferecesse rápida, próxima e docilmente; pelo que está dito aí acima, resulta então ser lei não superar o medo etc. (e tampouco brincar com a ideia da superação), mas aproveitar, sim, a oportunidade (sem reclamar, caso ela não surja). Há também, é claro, um caminho intermediário entre o "ato" e a "oportunidade", e este é produzir, atrair a "oportunidade", uma prática que adotei não apenas nesse caso mas também, e infelizmente, em tudo. Do ponto de vista da "lei", nada há a recriminar nessa prática, embora esse "atrair" da oportunidade, sobretudo quando ele se vale de meios impróprios, apresente considerável semelhança com o "brincar com o pensamento da superação", não havendo aí nem sinal do destemor tranquilo e do olhar franco. Mas, a despeito da conformidade "literal" com a "lei", trata-se de algo abjeto, a ser evitado em qualquer circunstância. Para evitá-lo, no entanto, faz-se necessária a coerção, e desse modo não chego a lugar nenhum.

—

19/1/22
O que significam hoje as constatações de ontem? Significam o mesmo que significavam ontem, são verdadeiras, só que o sangue infiltra-se lentamente pelos sulcos entre as grandes pedras da lei.

—

A felicidade infinita, profunda, cálida e redentora de estar sentado ao lado do berço do próprio filho, defronte da mãe.

Há algo aí também do sentimento: já não depende de você, a não ser que você queira. Em contraposição, o sentimento de quem não tem filhos: depende sempre de você, quer você queira ou não, depende continuamente de você, a cada instante e até o fim, a cada momento de nervosismo extremo, e sem resultado nenhum. Sísifo era um solteirão.

—

Não há nada de mau; se você ultrapassou o limiar, está tudo bem. É outro mundo, e você não precisa falar.[2]

—

As duas perguntas:

Por alguns detalhes, que sinto vergonha de enumerar aqui, tive a impressão de que as últimas visitas foram por certo amáveis e altivas como sempre, mas marcadas também por certo cansaço, certa obrigação, como visitas a um doente. Está correta minha impressão?

Você encontrou nos diários algo de decisivo contra mim?[3]

—

20/1/22

Um tanto mais calmo. Era mesmo necessário. E, tão logo tudo se acalma um pouco, a calma já se faz quase demasiada. Como se eu só desfrutasse do sentimento verdadeiro de mim mesmo quando minha infelicidade se torna insuportável. O que provavelmente também está correto.

—

Agarrado pelo colarinho, arrastado pelas ruas, jogado porta adentro. Esquematicamente, assim é, mas na realidade há forças contrárias atuando aí, menos selvagens tão somente por uma insignificância — a insignificância que preserva a vida e o tormento. Sou vítima tanto de umas como de outras.

—

A "calma demasiada". É como se me tivesse sido vedada — fisicamente, de algum modo, fisicamente em consequência dos tormentos de anos (Confiança! Confiança!) — a possibilidade de uma vida tranquila e criadora, isto é, da vida criadora em si, uma vez que a condição de atormentado é para

2 Em 23 de janeiro de 1922, Max Brod anota em seu diário uma conversa com Kafka, que lhe relata uma visita que havia feito a um bordel. É possível que esta entrada e, logo adiante, a de 20 de janeiro estejam relacionadas a essa visita. 3 As perguntas, dirigidas a Milena, estavam possivelmente em alguma carta não preservada.

mim, toda ela, nada mais que um tormento fechado em si mesmo e a tudo o mais, nada além disso.

—

O torso: visto de lado, da borda superior da meia para cima, joelho, coxa e quadril de uma mulher morena.

—

Saudade do campo? Não é certo. O campo tange a saudade, infinita.

—

M[ax]. está certo a meu respeito: "tudo maravilhoso, menos para mim, e é justo que assim seja". Digo que é justo e isso mostra que tenho pelo menos essa confiança. Ou será que nem isso? Sim, porque não penso propriamente em "justiça"; com seu poder de convencimento, a vida não tem lugar para o justo e o injusto. Assim como, na desesperada hora da morte, não há como meditar sobre o justo e o injusto, tampouco se pode fazê-lo numa vida desesperada. Basta que as flechas se encaixem perfeitamente nas feridas que abriram.

Por outro lado, não há em mim nenhum vestígio de condenação geral da geração.

21/1/22
A calma ainda não é demasiada. De repente, no teatro, diante do cárcere de Florestan, abre-se o abismo. Todos — cantores, música, público, meus vizinhos —, todos mais distantes que o abismo.[4]

—

Tanto quanto sei, ninguém enfrentou tarefa mais difícil. Pode-se dizer que não se trata de uma tarefa, nem mesmo de uma tarefa impossível, nem sequer da impossibilidade em si; não é nada, não chega nem a ser o filho, é antes a esperança que nutre a mulher estéril. Mas é, sim, o ar que respiro, enquanto seguir respirando.

4 Na tarde de 21 de janeiro de 1922, a ópera *Fidélio*, de Beethoven, é apresentada no Teatro Nacional Tcheco.

—

Adormeci depois da meia-noite, acordei às cinco, um feito extraordinário, felicidade extraordinária, além do que continuei ainda sonolento. Essa felicidade, porém, foi minha infelicidade, porque em seguida veio-me o pensamento inevitável: você não merece tanta felicidade; todos os deuses da vingança precipitaram-se sobre mim, vi seu chefe enfurecido esticar loucamente os dedos e me ameaçar ou golpear terrivelmente os címbalos. A agitação das duas horas que se passaram até as sete da manhã não apenas consumiu o ganho em sono, como também me fez passar o dia todo tremendo e inquieto.

—

Sem antepassados, sem casamento, sem descendentes e com uma vontade louca de desfrutar de antepassados, de um casamento, de descendentes. Todos estendem-me a mão — os antepassados, o casamento, os descendentes —, mas sua mão está longe demais para mim.

—

Para tudo há um sucedâneo artificial, miserável: para os antepassados, para o casamento e para os descendentes. Convulsos, nós o criamos e, se já não perecemos em virtude das convulsões, pereceremos ante a desolação com o sucedâneo.

—

22/1/22
Resolução noturna

—

A observação sobre as "lembranças dos solteirões" foi premonitória, ainda que decerto uma premonição feita sob condições bastante favoráveis.[5] O fato é que as semelhanças entre mim e t[io]. R[udolf]. são, ademais, espantosas: somos ambos quietos (eu menos), ambos dependentes dos pais (eu mais), inimigos do próprio pai, amados pela mãe (ele, condenado ainda à terrível

5 A observação sobre as "lembranças de um ou dois solteirões" encontra-se registrada numa das entradas de 14 de novembro de 1911, rascunho de "A infelicidade do celibatário" (à p. 136), texto que integra *Contemplação*. O tio citado a seguir é o mesmo mencionado em 23 de dezembro de 1911 (à p. 167).

convivência com seu pai, condenação que se aplica também ao pai), somos ambos tímidos, exageradamente modestos (ele mais), vistos como pessoas nobres e boas — do que, tanto no meu caso como, pelo que sei, no dele, não há muitos indícios (timidez, modéstia e natureza temerosa são consideradas qualidades nobres e boas porque opõem pouca resistência a impulsos expansivos); além disso, hipocondríacos de início, acabamos ambos por adoecer de fato, dois preguiçosos bastante bem cuidados pelo mundo (ele, por ser menos preguiçoso, bem mais malcuidado que eu, pelo menos até o momento), ambos funcionários (ele melhor que eu), ambos de vida absolutamente monótona, jovens até o fim, sem nenhuma evolução — mais correto que "jovens" seria dizer "conservados" —, muito próximos da loucura; ele, distante dos judeus, dotado de tremenda coragem e de tremenda elasticidade (pela qual se pode medir o tamanho do perigo de enlouquecer), salvou-se na Igreja, até o fim, tanto quanto se pôde ver, por ela mantido à rédea solta, ele próprio provavelmente já não tinha o comando sobre si havia muitos anos. Uma diferença em favor dele, ou contra ele, era que seu talento artístico era menor que o meu, e ele poderia, portanto, ter escolhido caminho melhor na juventude, não era tão dilacerado, tampouco pela ambição. Se lutou (consigo próprio) por alguma mulher, isso não sei; uma história que li a seu respeito apontava nessa direção, e, quando criança, também ouvi história semelhante. Sei muito pouco sobre ele e não ouso fazer perguntas a seu respeito. De resto, até aqui escrevi sobre ele com leviandade, como se escrevesse sobre alguém que ainda vive. Não é verdade que não fosse um homem bom, jamais notei nele nenhum traço de avareza, inveja, ódio ou ganância; para poder ser de ajuda aos outros, é provável que fosse demasiado insignificante. Era infinitas vezes mais inocente que eu, nisso não há comparação possível. Nos detalhes, era uma caricatura de mim, mas, no essencial, sou uma caricatura dele.

23/1/22

De novo, veio-me a inquietude. De onde? De certos pensamentos que são logo esquecidos mas deixam para trás, inesquecível, a inquietude. Mais do que apontar os pensamentos em si, eu poderia indicar o lugar de onde eles me vieram, um deles, por exemplo, no caminhozinho gramado que passa pela sinagoga Altneu. Inquietude também em razão de certa sensação de bem-estar que, aqui e ali, aproximou-se de mim, embora com timidez e a distância segura. Inquietude resultante do fato de a resolução noturna permanecer apenas isto: resolução noturna. Inquietude por minha vida até aqui ter se constituído de um marchar estagnado, desenvolvendo-se apenas como um dente que vai se fazendo oco e se deteriorando. De minha parte, nenhuma condução nem sequer minimamente meritória em aspecto algum. É como se, como a todas as pessoas, o centro do círculo me tivesse sido dado, e eu tivesse então de, como todo mundo, percorrer o raio decisivo para, por fim, traçar a bela circunferência. Em vez disso, porém, sempre tomando impulso para percorrer o raio, tive continuamente de interromper minha trajetória (exemplos: piano, violino, línguas, germanística, antissionismo, sionismo, hebraico, jardinagem, marcenaria, literatura, tentativas de casamento, de ter casa própria). O centro do círculo imaginário está cheio de raios que comecei a percorrer, já não há lugar para nova tentativa; não haver lugar significa idade, neurastenia, e a impossibilidade de nova tentativa, o fim. Se alguma vez percorri um trechinho a mais que de costume, como no estudo do direito e nos noivados, esse trecho adicional só piorou as coisas, em vez de melhorá-las.

—

Contei a M[ax]. sobre a noite, mas não o suficiente. Aceite os sintomas, não reclame dos sintomas, desça rumo ao sofrimento.

—

Palpitação

—

O outro ponto de vista: guardei. O terceiro: já esqueci.

—

24/1/22
A felicidade dos casados no escritório, jovens e velhos. Inacessível a mim, e, caso me fosse acessível, seria insuportável; e, no entanto, é a única coisa de que tenho predisposição para me saciar.

—

Sugestão para E. P.[6]

—

6 Provavelmente, Ernst Pollak, o marido de Milena.

A hesitação antes de nascer. Se existe uma transmigração das almas, então ainda não estou no patamar mais baixo. Minha vida é a hesitação antes do nascimento.

—

Estabilidade. Não quero me desenvolver de uma maneira determinada, quero ir para outro lugar, o que, na verdade, corresponde àquele "querer ir para outra estrela"; a mim, bastaria postar-me bem a meu lado, já me bastaria poder apreender como outro o lugar onde estou.

—

Foi um desenvolvimento simples. Quando eu ainda me sentia satisfeito, queria estar insatisfeito e compeli-me nessa direção valendo-me de todos os meios da tradição e do tempo de que dispunha, mas agora queria poder voltar atrás. Assim, sempre me senti insatisfeito, inclusive com minha satisfação. É curioso que, com suficiente sistematização, se possa transformar comédia em realidade. Meu declínio intelectual começou com uma brincadeira infantil — infantil, mas consciente. Eu fazia tremelicar artificialmente os músculos do rosto, por exemplo, caminhava pelo Graben com os braços cruzados na nuca. Uma brincadeira infantil e repulsiva, mas bem-sucedida. (Coisa parecida se deu com o desenvolvimento da escrita, um desenvolvimento que, infelizmente, depois estagnou.) Se é possível forçar a infelicidade dessa maneira, então há de ser possível também forçar qualquer coisa. Por mais que esse desenvolvimento pareça me contradizer, e por mais que pensar assim contrarie todo o meu ser, não posso de forma alguma admitir que uma necessidade interior tenha dado início a minha infelicidade; ela pode ter constituído uma necessidade, mas não uma necessidade interior; antes, chegou voando como as moscas e, tanto quanto a estas, teria sido fácil enxotá-la.

—

Na outra margem, a infelicidade seria igualmente grande, é provável que fosse maior (em decorrência de minha fraqueza); tive, afinal, essa experiência; em certa medida, a alavanca ainda vibra desde a última vez que a inverti; por que, então, aumento a infelicidade de estar na margem de cá com esse anseio pela de lá?

—

25/1/22
Triste e com razão. Dependente dessa razão. Sempre em perigo. Sem saída. Como foi fácil da primeira vez, como é difícil agora. Com que desamparo o tirano me contempla: "É para lá que me conduzes?". Apesar de tudo, portanto, nenhuma paz; a esperança da manhã é sepultada à tarde. Com uma vida assim, é impossível conformar-se de bom grado, por certo até hoje ninguém conseguiu. Todos aqueles que chegaram a essa fronteira — e ter chegado aqui é já lastimável — mudaram de direção, mas eu não consigo fazer isso. Parece-me também que nem sequer cheguei, e sim que fui, antes, empurrado até aqui e acorrentado ainda muito pequeno; somente a consciência da infelicidade é que foi se fazendo nítida pouco a pouco — a infelicidade em si já estava dada, bastava só um olhar penetrante, nem era necessário que fosse profético, para vê-la.

—

De manhã, pensei: "Dessa maneira, talvez você consiga viver; apenas proteja essa sua vida das mulheres". Proteja-a das mulheres, mas "dessa maneira" já as inclui.

—

Dizer que você me abandonou seria muito injusto, mas que fui abandonado, e por vezes terrivelmente, isso é verdade.

—

Também nos termos da minha "resolução" tenho o direito de estar em total desespero com minha situação.

—

27/1/22
Spindelmühle.[7] Necessidade de me libertar dessa mescla de infortúnio e inépcia que se deu com o trenó, com a mala quebrada, com a mesa bamba,

7 Em 27 de janeiro de 1922, Kafka viaja com um de seus médicos, dr. Otto Hermann, para Spindelmühle (ou Spindlermühle), estância nas montanhas ao norte da hoje República Tcheca, quase na fronteira com a Polônia. De lá escreve as entradas seguintes, até 16 de fevereiro de 1922. No final ("surpresas"), pode-se identificar uma alusão à conclusão do parágrafo inicial de "Um médico rural". A coletânea de mesmo nome havia sido publicada em maio de 1920.

com a luz ruim, com a impossibilidade de ter sossego à tarde no hotel e coisas assim. Isso não se pode conseguir com negligência, porque negligência não cabe aí; alcançá-lo demanda invocar novas forças. Há, contudo, surpresas, isso até mesmo o ser humano mais desconsolado é obrigado a admitir; a experiência diz que, do nada, pode vir alguma coisa, da pocilga arruinada pode surgir rastejante o cocheiro com os cavalos.

—

As forças esfarelando-se durante a viagem de trenó. Não se pode organizar uma vida como um ginasta planta bananeira.

—

O consolo curioso, enigmático, talvez perigoso, talvez redentor da escrita: o saltar para fora da fileira dos assassinos — ato-observação. A observação dos fatos a partir da criação de uma modalidade superior de observação, não mais arguta, e sim mais elevada, e quanto mais elevada, quanto mais inalcançável a partir daquela "fileira", tanto mais independente, tanto mais sujeita a suas próprias leis do movimento, tanto mais imprevisível, alegre e ascendente o seu caminho.

—

Embora eu tenha escrito meu nome claramente para o hotel, e embora o próprio hotel já me tenha escrito corretamente duas vezes, lá embaixo, no quadro, lê-se Josef K. Devo esclarecer-lhes ou pedir que me esclareçam?[8]

28/1/22
Algo zonzo e cansado das descidas de trenó; há armas ainda, raras vezes utilizadas; é-me tão difícil avançar até elas porque não conheço a alegria de empregá-las, não o aprendi em criança. Não deixei de aprender isso apenas "por culpa do p[ai].", mas também porque, afinal, queria destruir a "paz", perturbar o equilíbrio e, por isso, não podia permitir que, do lado de lá, tornasse a nascer alguém que, do lado de cá, eu me esforçava por enterrar. É certo que há "culpa" aí também; afinal, por que eu queria partir do mundo? Porque "ele" não me deixava viver no mundo, no mundo dele. Não

8 Josef K. é o nome do protagonista de *O processo*.

me é lícito julgar agora com tanta clareza, porque já sou cidadão desse outro mundo, um mundo que guarda com o habitual a mesma relação que o deserto com a terra cultivada (saí de Canaã há quarenta anos); olho para trás como estrangeiro, e também nesse outro mundo sou a criatura mais insignificante e medrosa que há — o que trago comigo como herança paterna —, capaz de vida apenas em razão da organização particular desse mundo, que oferece mesmo aos mais inferiores alturas fulminantes, assim como pode, por certo, esmagá-los por mil anos sob uma pressão semelhante à do mar. Apesar disso tudo, não deveria ser grato? Haveria de ter encontrado o caminho até aqui? Não poderia ter sido esmagado na fronteira, aliando-se o "banimento" de lá à rejeição aqui? O poder do p[ai]. não tornou o desterro tão forte que nada era capaz de resistir a ele (e não a mim)? De fato, é como a travessia do deserto, só que invertida, com suas constantes aproximações ao deserto e suas esperanças infantis (sobretudo no tocante às mulheres): "Talvez eu fique em Canaã", e, no entanto, estou há tempos no deserto, as visões resultam tão somente do desespero, em especial naquelas épocas em que também aí sou a mais miserável das criaturas, e Canaã só pode se apresentar como a única terra da esperança, porque uma terceira não há para a humanidade.

—

29/1/22

Ataques enquanto caminho pela neve no fim do dia. Ideias se misturam sem cessar, mais ou menos da seguinte maneira: Minha situação neste mundo seria terrível, sozinho aqui, em Sp[indelmühle].; além disso, num caminho abandonado em que, no escuro e na neve, escorrego sem parar; além disso, um caminho sem sentido, sem uma meta terrena (rumo à ponte? Por que para lá? E, de todo modo, nem a alcancei ainda); além disso, também eu estou abandonado neste lugar (não posso considerar o médico ajuda humana e pessoal, nada fiz para merecê-lo, tenho com ele, no fundo, apenas uma relação de quem paga pelo tratamento[9]), incapaz de conhecer pessoas novas, de suportar um novo conhecido; a rigor, repleto de um espanto infinito diante de um grupo alegre (aqui no hotel, de resto, não há muita alegria, e não quero chegar ao ponto de afirmar que sou a causa disso, na condição,

9 Kafka refere-se aqui ao dr. Otto Hermann, seu companheiro de viagem.

digamos, do "homem cuja sombra é demasiado grande", mas minha sombra neste mundo é, de fato, grande demais e, de novo com espanto, vejo a capacidade de resistência de algumas pessoas que, "apesar de tudo", também querem viver nessa mesma sombra, justamente nela; aqui, porém, há elementos adicionais a considerar) ou mesmo de pais com seus filhos; abandonado, além do mais, não apenas aqui, mas no mundo como um todo, também em Praga, minha "cidade natal", e não apenas pelas pessoas, o que não seria o pior — enquanto viver, poderia ir procurá-las —, mas por mim mesmo em minha relação com as pessoas, por minha força em relação a elas; tenho pessoas que me amam, mas sou incapaz de amar, estou muito longe, fui desterrado, tenho, porque sou um ser humano e as raízes demandam alimento, também lá "embaixo" (ou lá em cima) meus representantes, comediantes deploráveis e insuficientes, que só podem me bastar (e certamente não me bastam, razão pela qual estou tão abandonado) porque meu alimento principal vem de outras raízes em outros ares, raízes também elas deploráveis mas, afinal, mais capazes de vida.

Isso tudo conduz à mistura de ideias. Se as coisas fossem apenas como parecem ser em meu caminho na neve, seria terrível, eu estaria perdido, e isso não no sentido de uma ameaça, e sim de execução imediata. Mas estou em outra parte, e a questão é que a força de atração do mundo humano é tremenda, capaz de me fazer esquecer tudo num instante. Só que a força de atração de meu mundo é igualmente grande; aqueles que me amam, me amam por causa de meu "abandono", e talvez não como o vácuo de Weiß,[10] mas porque sentem que, em tempos felizes, a liberdade de movimento, que aqui me falta por completo, eu a possuo em outro plano.

—

Se M[ilena]., por exemplo, chegasse aqui de repente, seria terrível. Exteriormente, por certo, minha posição se faria de pronto, e por comparação, radiante. Eu seria distinguido como um ser humano entre seres humanos, alvo de mais que apenas palavras formais, tomaria assento à mesa dos atores (ainda que menos ereto do que agora, quando estou sentado sozinho e já prostrado), seria, em aparência, alçado quase à altura social do dr.

10 Alusão ao romance *Die Galeere*, de Ernst Weiß, no qual o protagonista é comparado pela amada a um tubo de raios X.

H[ermann]. — mas teria mergulhado num mundo onde não posso viver. Resta desvendar o mistério de por que passei catorze dias felizes em Marienbad[11] e por que, consequentemente, embora somente depois da dolorosa superação das barreiras, haveria talvez de ser feliz aqui também, com M[ilena]. Mas seria mais difícil que em Marienbad, a ideologia é agora mais sólida, e a experiência, maior. O que antes era uma fita a nos separar, agora é um muro, uma montanha ou, mais corretamente, uma cova.

30/1/22
À espera da pneumonia. Sinto medo não tanto da enfermidade em si, mas, antes, por minha mãe — e medo dela, de meu pai, do diretor e de todos os outros. Aqui, parece claro que existem os dois mundos e que sou tão ignorante, que estou tão desconectado e temeroso em face da doença como, por exemplo, diante do m[aître]. No mais, porém, a divisão me parece demasiado definida e, nessa sua definição, perigosa, triste e assaz tirânica. Vivo, afinal, em outro mundo? Ouso dizê-lo?

—

Quando alguém diz: "Que me importa a vida? Só não quero morrer por causa da minha família" — esse alguém quer, sim, permanecer vivo por causa da vida, uma vez que a família, afinal, é uma representante dela. Pois, no tocante a minha mãe, isso parece valer para mim também, mas somente nos últimos tempos. Não serão, porém, a gratidão e a comoção que me levam a tanto? Gratidão e comoção porque vejo como ela despende energia tão infinita para sua idade apenas para compensar minha falta de conexão com a vida. E, no entanto, também gratidão é vida.

31/1/22
Isso significaria dizer que estou vivo por causa de minha mãe. E não pode estar correto, porque, ainda que fosse muito mais do que sou, eu seria apenas um emissário da vida e, embora não vinculado a ela de nenhuma outra forma, essa minha missão constituiria meu vínculo.

—

11 Referência às férias com Felice em julho de 1916.

O negativo em si, por mais forte que seja, não há de bastar, ao contrário do que creio em meus momentos de maior infelicidade. Sim, porque, mesmo tendo subido o menor dos degraus, e estando em algum tipo de segurança, ainda que dos mais questionáveis, estico-me todo e não espero, então, que o negativo suba até mim, e sim que me faça descer o degrauzinho vencido. É, portanto, um instinto de defesa que não admite que eu desfrute do menor bem-estar duradouro e, por exemplo, destroça o leito matrimonial antes ainda que ele tenha sido instalado.

—

1/2/22
Nada, só cansaço. A felicidade do carroceiro, por exemplo, que vive todo anoitecer como vivi o meu hoje, e outros ainda mais belos. O anoitecer junto da estufa, por exemplo. O ser humano mais puro que de manhã, o momento que precede o cansado adormecer é o verdadeiro momento da ausência de fantasmas, todos já expulsos; somente com o avançar da noite eles tornam a se aproximar; de manhã, estão todos ali, embora irreconhecíveis ainda, e aí recomeça, então, para o homem são, sua expulsão cotidiana.

—

Contemplada com um olhar primitivo, a verdade de fato, irrefutável, imperturbada por qualquer circunstância externa (martírio, sacrifício em prol de um ser humano), é tão somente a dor física. É curioso que o deus principal das primeiras religiões não tenha sido o da dor (somente, talvez, o das tardias). A cada enfermo, seu deus doméstico; ao tuberculoso, o deus da asfixia. Como pode alguém suportar sua aproximação, se não é parte dele antes ainda da terrível união?

—

2/2/22
Luta a caminho do Tannenstein, de manhã; luta ao assistir à prova de salto de esqui.[12] O alegre e pequenino B., de algum modo ensombrecido em toda a sua inocência por meus fantasmas, ao menos a meus olhos; sobretudo a

12 Mirante nas proximidades, a cerca de 45 minutos de caminhada de Spindelmühle, onde naquele momento aconteciam competições de diversos esportes de inverno. O "pequenino B." não foi identificado.

perna à frente dentro da meia cinza enrolada, o olhar que vaga sem propósito, as palavras sem propósito. Ocorre-me — mas essa é já uma ideia forçada — que, ao anoitecer, ele queria acompanhar-me até em casa.

—

A "luta" provavelmente seria horrorosa no aprendizado de um ofício.

—

A provável intensidade máxima do negativo alcançada por intermédio da "luta" torna iminente a decisão entre loucura e segurança.

—

A felicidade de estar na companhia de outras pessoas.

3/2/22
Insônia quase total; atormentado por sonhos, como se os sulcassem em mim, matéria relutante.

—

Uma fraqueza, um defeito nítido, mas difícil de descrever, uma mescla de angústia, retraimento, tagarelice, frouxidão; tento circunscrever aqui algo definido, um grupo de fraquezas que, num aspecto particular, representa e caracteriza com exatidão uma única fraqueza (que nada tem a ver com os grandes vícios, como a falsidade, a vaidade etc.). Essa fraqueza me preserva tanto da loucura como de toda e qualquer ascensão. Como ela me protege da loucura, eu a cultivo; por medo da loucura, sacrifico a ascensão e, nessa barganha, com certeza vou sair perdendo, porque não há aí negociação possível. Isso se a insônia não se imiscuir, dia e noite pondo abaixo todos os obstáculos e abrindo, assim, o caminho. Aí, no entanto, tendo eu dispensado a ascensão, apenas a loucura vai de novo me acolher, uma vez que, para ascender, é necessário que se deseje a ascensão, e eu não a quis.

—

4/2/22
No frio desesperador, o rosto mudado, os outros, incompreensíveis,

—

O que M[ilena]. disse sobre a felicidade de conversar com as pessoas, sem, contudo, ter logrado compreender por inteiro a verdade da afirmação (a empáfia triste também existe e tem sua justificativa). A quem uma conversa há de alegrar mais que a mim! Tarde demais, provavelmente; e, por um desvio singular, um retorno aos seres humanos.

—

5/2/22
Escapei-lhes. Um salto habilidoso. Em casa, junto da lâmpada no quarto silencioso. É imprudente dizê-lo. Isso os convoca das florestas, como se a lâmpada tivesse sido acesa para ajudá-los a encontrar a pista.

—

6/2/22
Consolo ao ouvir que alguém serviu em Paris, Bruxelas, Londres, Liverpool e num vapor brasileiro que seguiu pelo rio Amazonas até a fronteira do Peru; e que, na guerra, suportou com relativa facilidade os sofrimentos terríveis da campanha de inverno nas Sete Comunidades, porque estava acostumado desde pequeno a tais fadigas.[13] O consolo reside não apenas na exposição demonstrativa dessas possibilidades, mas na sensação de prazer com o fato de que, com essas conquistas num primeiro plano, muito se terá também, simultânea e necessariamente, obtido num segundo plano, muito há de ter sido arrancado de punhos crispados. É, portanto, possível.

7/2/22
Protegido e consumido por K. e H.[14]

8/2/22
As duas abusam de mim ao extremo e, no entanto — eu com certeza não poderia viver assim, e não se trata de vida, mas de um cabo de guerra em que o outro se empenha e vence sem parar mas nunca consegue me puxar para seu lado; em todo caso, é um entorpecimento pacífico, parecido com o que experimentei outrora com W.

13 As *sette comuni* então de fala alemã da província de Vicenza, no norte da Itália, em torno das quais se travou batalha renhida durante a Primeira Guerra Mundial. **14** A entrada seguinte sugere tratar-se de duas hóspedes do hotel, não identificadas.

9/2/22
Dois dias perdidos, mas ambos empregados também em minha aclimatação

10/2/22
Insone, sem a menor conexão com as pessoas, a não ser aquela que elas próprias estabelecem e que, no momento, me convence, assim como tudo que elas fazem

—

Nova investida do s. Está mais claro do que qualquer outra coisa que, por todos os lados, atacam-me inimigos bem mais poderosos, não posso me esquivar nem para um lado nem para outro; somente adiante, animal faminto, o caminho conduz rumo a alimento comestível, ar respirável, vida em liberdade, ainda que além da vida. Você conduz as multidões, alto e portentoso comandante; conduza, pois, os desesperados pelas passagens nas montanhas que ninguém mais é capaz de encontrar sob a neve. E quem lhe dá essa força? Aquele que lhe dá a clareza do olhar.

—

O comandante, postado junto à janela da cabana em ruínas, fitava de olhos bem abertos, impossíveis de fechar, as fileiras de tropas que passavam em marcha lá fora, na neve, à luz turva da lua. Vez por outra parecia-lhe que um soldado, fora das fileiras, se detinha à janela, apertava o rosto contra o vidro, contemplava-o brevemente e, então, seguia adiante. Embora fosse outro a cada vez, parecia ser sempre o mesmo soldado, um rosto de ossos fortes, faces gordas, olhos redondos, pele áspera e amarelada; ao se afastar, ajeitava o equipamento, sacudia os ombros e lançava as pernas adiante, a fim de acertar o passo com a massa que, inalterada, seguia marchando ao fundo. O comandante já não estava disposto a tolerar aquela brincadeira por mais tempo e, assim, pôs-se à espreita do soldado seguinte, escancarou a janela diante dele e apanhou o homem pelo peito. "Entre aqui", disse, e o fez pular a janela. Lá dentro, encostou-o a um canto, postou-se diante dele e perguntou: "Quem é você?". "Nada", respondeu o soldado amedrontado. "Era de esperar", emendou o comandante. "Por que olhou aqui para dentro?" "Para ver se ainda estava aí."

—

Na mão, ele segurava uma carta.

—

11/2/22
Três esporas na minha vida.

—

12/2/22
A figura a me repelir que sempre encontrei não foi aquela que diz "eu não te amo", mas a que diz: "Você não pode me amar, por mais que queira. Você ama infeliz o seu amor por mim, mas esse amor por mim não te ama". Por isso, é incorreto dizer que experimentei as palavras "eu te amo"; experimentei apenas a espera silenciosa que meu "eu te amo" haveria de ter interrompido. Foi só isso que experimentei, nada mais.

—

O medo de andar de trenó, o receio de caminhar pela neve lisa e uma historiazinha que li hoje[15] trazem de volta à tona a questão negligenciada por tanto tempo, mas sempre presente, sobre se, afinal, não foi o egoísmo louco, o medo por mim mesmo — não o medo por um eu superior, e sim o medo por meu bem-estar vulgar —, a causa da minha derrocada, de tal modo que despachei o vingador de dentro de minha própria pessoa (uma espécie particular de "a mão direita não sabe o que a esquerda está fazendo"). Na minha contabilidade, ainda se fazem os cálculos como se minha vida só fosse começar amanhã, e, no entanto, estou no fim.

13/2/22
A possibilidade de servir a plenos pulmões

14/2/22
O poder que o bem-estar tem sobre mim, minha impotência sem ele. Não conheço quem tenha essas duas coisas em tão grande medida. Em consequência disso, tudo que construo é ligeiro, inconsistente; a criada que se

15 Provavelmente, um dos textos de *Das Vermächtnis eines Jünglings* (O testamento de um jovem), do jovem poeta praguense Karl Brand, editado por Johannes Urzidil e publicado em 1920. O próprio Urzidil enviara um exemplar a Kafka em janeiro de 1922.

esquece de me trazer a água quente logo cedo vira meu mundo de cabeça para baixo. E o bem-estar me persegue desde sempre, tendo me privado não apenas da força para suportar outras coisas, mas também daquela necessária para que eu próprio possa criá-lo; ele se cria por si só à minha volta, ou então eu o alcanço mendigando, chorando ou renunciando a coisas mais importantes.

15/2/22
Um breve cantar no andar de baixo, umas poucas portas batendo no corredor, e tudo está perdido.

16/2/22
A história da fenda na geleira[16]

17/2/22
(Voltei de Spindelmühle. A germanista.)[17]

18/2/22
O diretor de teatro que precisa, ele próprio, criar tudo do zero; antes de mais nada, tem de gerar inclusive os atores. Não deixam entrar um visitante, o diretor está ocupado com importantes afazeres. Do que se trata? Troca a fralda de um futuro ator.

19/2/22
Esperanças?

—

O caminho até L.[18] Reprimir!

20/2/22
Vida imperceptível. Fracasso perceptível.

16 Esta entrada decorre possivelmente da leitura de "Ein arktischer Robinson", de Einar Mikkelsen, relato de uma expedição ao Ártico que precisou repetidas vezes superar grandes fendas nas geleiras. Kafka possuía entre seus livros uma edição de 1922 desse texto.
17 Não identificada. **18** Sem identificação.

21/2/22
Caminhada pelas ruas à noitinha. O vaivém das mulheres.

22/2/22
Nas vielas. Um pensamento.

23/2/22

24/2/22
Desamparo. O cachorro na corrente, o olhar para trás, para o edifício escuro.

25/2/22
Uma carta

26/2/22
Eu admito — a quem? à carta? — que trago em mim possibilidades, possibilidades imediatas, que ainda não conheço, só preciso encontrar o caminho até elas, e, uma vez encontrado o caminho, ousar! Isso significa muita coisa: possibilidades existem; significa inclusive que um patife pode se transformar numa pessoa honrada, numa pessoa feliz em sua honradez.

—

Suas fantasias dos últimos tempos, entre a vigília e o sono.

—

27/2/22
Sono ruim à tarde, mudou tudo, a miséria de volta ao corpo.

28/2/22
A vista da torre e do céu azul. Acalma.

1/3/22
Ricardo III. Impotência.[19]

19 Uma montagem da tragédia de Shakespeare a cargo de Leopold Jessner (1878-1945), produtor e diretor teatral alemão ligado ao expressionismo, foi apresentada em Praga em 1º de março de 1922.

5/3/22
Três dias deitado. Pequeno grupo diante da cama. Reviravolta. Fuga. Derrota completa. Sempre a história universal enclausurada entre as paredes dos quartos.

6/3/22
Nova seriedade e cansaço

7/3/22
Ontem, a pior das noites, como se estivesse tudo acabado

9/3/22
Foi apenas cansaço, mas, hoje, novo ataque a arrancar suor da testa. E se sufocássemos em nós mesmos? Se, pela pressão da auto-observação, a abertura através da qual nos derramamos no mundo se tornasse demasiado pequena ou se fechasse por completo? Às vezes, não estou longe disso. Um rio que corre para trás. Em grande parte, isso já acontece há muito tempo.

—

Usar o cavalo do agressor para a própria cavalgada. Única possibilidade. Mas que forças e que habilidade isso demanda? E como já é tarde!

—

Vida na selva. Ciúme da natureza feliz, inesgotável, que claramente trabalha por necessidade (no que não é diferente de mim) mas sempre atende a todas as exigências do adversário. E com tal facilidade e tanta musicalidade.

—

Antes, quando eu sentia uma dor e ela passava, eu ficava feliz; agora, fico apenas aliviado, mas tenho uma sensação amarga: "de novo, tão somente saudável, e nada mais".

—

Em algum lugar, a ajuda aguarda, e é para lá que me conduzem os batedores.

9/3/22
O estado lastimável. Os xingamentos. O inimigo interior (Hardt).[20]

13/3/22
O sentimento puro e a clareza sobre seus motivos. A visão das crianças, sobretudo de uma menina (de um caminhar ereto, cabelos pretos e curtos) e de outra (loira, traços indefinidos, sorriso indefinido), a música animada, o passo de marcha. O sentimento de alguém que está em apuros e a ajuda já vem mas que não se alegra pelo fato de que será salvo — não o será de modo algum —, e sim porque novos jovens vêm vindo, confiantes, prontos a assumir a luta, por certo ignorantes do que os aguarda, mas de uma ignorância que, em vez de tirar a esperança do espectador, provoca nele admiração, alegria e lágrimas. E também ódio se imiscui aí, ódio daquele contra quem se luta (mas pouco sentimento judeu, segundo creio).[21]

—

15/3/22
Objeções à obra: popularização e, aliás, com gosto — e magia. Como ele passa ao largo dos perigos. (Blüher)[22]

—

Refugiar-se numa terra conquistada e logo achá-la insuportável, porque não há onde se refugiar.

—

16/3/22
Os ataques, o medo. Ratazanas que me rasgam e que meu olhar multiplica.

20 Ludwig Hardt apresentou-se em novo recital em Praga em 11 de março de 1922, quando leu pela primeira vez trechos do *Schatzkästlein des rheinischen Hausfreundes* (Caixinha de tesouros do amigo da família renana), de Johann Peter Hebel. **21** Kafka refere-se aqui à festa de Purim, promovida em 12 de março de 1922 pela Associação Esportiva e de Ginástica Makkabi, da qual participava sua sobrinha Marianne Pollak, a filha de Valli e Josef Pollak, então com nove anos de idade. **22** Refere-se ao livro *Secessio Judaica: Philosophische Grundlegung der historischen Situation des Judentums und der antisemitischen Bewegung* (Secessio Judaica: Fundamentação filosófica da situação histórica do judaísmo e do movimento antissemita), de Hans Blüher, Berlim, 1922. Mais adiante, na segunda entrada de 16 de junho de 1922, Kafka esboça uma resenha da obra.

17/3/22
37,4[23]

18/3/22
O encontro fortuito (com H. e Th.),[24] o sobressalto, o olhar que vaga convulso, o cansaço posterior, a quase necessidade de encostar em algum lugar, as lamúrias

—

Ainda não ter nascido e já ser obrigado a circular pelas ruas e falar com as pessoas

19/3/22
Histeria (Bl.)[25] que golpeia e, por razões desconhecidas, faz feliz.

20/3/22
Ontem, noite malograda; hoje, perdida (?). Dia difícil. Sonhos relacionados a Bl. E também, mais angustiados, a Mi.[26]

—

A conversa ao jantar sobre assassinato e execução. O peito que respira sereno não conhece nenhum tipo de medo. Nem a diferença entre o assassinato consumado e o planejado.

22/3/22
À tarde, sonho com o furúnculo na face. A fronteira sempre oscilante entre a vida cotidiana e o terror, aparentemente mais real.

24/3/22
Como me espreita! No caminho para o médico, por exemplo, com frequência lá está.

23 A enfermidade demandava que Kafka controlasse regularmente sua temperatura.
24 Sem identificação. **25** Provavelmente o mesmo Hans Blüher mencionado pouco antes. Mas é possível também que Kafka ainda estivesse em contato com Grete Bloch. A entrada seguinte faz referência provavelmente a Grete Bloch e Milena. **26** Talvez Grete Bloch e Milena.

29/3/22
Na correnteza

4/4/22
Como é longo o caminho desde a miséria interior até, por exemplo, uma cena como aquela no pátio, e como é curto o caminho de volta. E, estando-se já na terra natal, não se pode mais partir[27]

6/4/22
Ontem, acesso pressentido já há dois dias; segue a perseguição, a grande força do inimigo. Uma das causas: conversa com a mãe, piadas sobre o futuro. — Plano de escrever a Milena.

As três Erínias. Fuga para o bosque. Milena

7/4/22
Os dois quadros e as duas terracotas na exposição.[28]

A princesa do conto de fadas (Kubin), nua no divã, olha pela janela aberta, a paisagem que penetra fortemente, o ar livre à maneira do quadro de Schwind.

<table><tr><td>Pietsch</td><td>{</td><td>Moça nua (Bruder) boêmio-alemã captada fielmente por um amante em sua graça inacessível a qualquer outro; nobre, convincente, sedutora.
Jovem camponesa sentada, o pé embaixo, repousando prazerosamente, dobrado no tornozelo.
Moça em pé, o braço direito cinge o corpo sobre a barriga, mão esquerda sob o queixo, apoiando a cabeça, nariz achatado, rosto singelo e profundo, único.</td></tr></table>

—

27 Possível referência ao oitavo capítulo de *O castelo*, "A espera por Klamm". **28** Em 8 de abril de 1922, na galeria do Rudolfinum, foi aberta para convidados (e, posteriormente, para o público em geral) uma exposição do grupo Die Pilger (Os peregrinos). O escultor tcheco Jost Pietsch (1896-1976) o integrava, ao passo que Alfred Kubin e o alemão Anton Bruder (1898-1983) lá estavam como convidados.

Carta de Storm.[29]

—

10/4/22

Os cinco princípios que conduzem ao inferno (sequência genética):

1) "O pior é o que está além da janela." Tudo o mais é angelical, admite-se explícita ou, se não se presta atenção (mais frequente), tacitamente;

2) "Você precisa possuir todas as moças!", não à maneira de um Dom Juan, mas, nas palavras do diabo, em conformidade com a "etiqueta sexual";

3) "Essa moça, você não está autorizado a possuir!" e, portanto, não pode fazê-lo. Fata Morgana celestial no inferno;

4) "Tudo não passa de necessidade básica." Como você a tem, dê-se por satisfeito;

5) "A necessidade básica é tudo." Como você poderia ter tudo? Consequentemente, não tem nem mesmo a necessidade básica.

—

Quando jovem, eu era tão inocente e desinteressado das questões sexuais (e assim teria permanecido por muito tempo, se não tivesse topado violentamente com essas coisas) como sou hoje, por exemplo, da teoria da relatividade. Só miudezas chamavam minha atenção (e, mesmo elas, somente depois de ter sido instruído com precisão), como o fato de justamente as mulheres que, na rua, me pareciam as mais belas e mais bem-vestidas serem tidas como as más.

—

A juventude eterna é impossível; ainda que não houvesse nenhum outro impedimento, a auto-observação a tornaria impossível.

29 Trata-se aqui de uma carta que Theodor Storm envia ao amigo Brinkmann em 1866. Nela, confessa amar duas mulheres. Por essa época, Max Brod, casado com Elsa Brod, mantinha um relacionamento amoroso com Emmy Salveter, em Berlim. Como Brod não conseguia se decidir por uma ou por outra, Kafka o aconselha, numa carta de agosto de 1921, a tentar uma *vida a três*. Seu argumento é que Elsa talvez concorde, porque certa vez mostrara a carta de Storm com especial interesse. A "dor de Max", mencionada duas vezes mais adiante, está relacionada a essa situação.

—

11/4/22
"Para ele, só presta a mulher suja, mais velha, a completa desconhecida de coxas enrugadas que lhe extrai o sêmen num instante, embolsa o dinheiro e corre para o quarto ao lado, onde outro cliente a aguarda."[30]

—

Em casa de Fr. na companhia de Max; de pronto, a carta.[31]

13/4/22
A dor de Max. Manhã no escritório dele.

—

À tarde, diante da igreja de Nossa Senhora de Týn (Sábado de Aleluia).[32]

—

Medo das perturbações (Tr., M., Pe., Va., K.). Insônia decorrente desse medo.[33]

—

Recentemente, pesadelo assustador por causa da carta de M. na minha pasta.[34]

—

1. Moça jovem, pequena, dezoito anos, nariz, formato da cabeça, loira, vista rapidamente de perfil saindo da igreja.

—

16/4/22
A dor de Max. Passeio com ele. Na terça, viaja.

30 Citação não identificada. **31** Provavelmente, o escritor tcheco Fráňa Šrámek (1877-1952), que Kafka e Brod conheciam. **32** Em 1922, o Sábado de Aleluia, véspera da Páscoa, caiu em 15 de abril. **33** Em *Kafka in neuer Sicht* (Kafka sob nova perspectiva), Hartmut Binder, estudioso da obra kafkiana, interpreta as abreviaturas da seguinte maneira: dr. Treml, Milena, Josef David ou Josef Pollak, Valli e Klopstock.
34 Provavelmente, Milena.

—

II. Menina de cinco anos, Baumgarten, trilhazinha para a alameda principal, cabelos, nariz, rosto claro. Pergunta: "Jak se jmenuje ten který to dělá slinama?" [Quem é que está fazendo assim com a saliva?]
"Ty myslíš vlaštovku" [Você está falando da andorinha].

23/4/22
III. Casaco de veludo amarelo-amarronzado, na distância, caminhando em direção ao mercado de frutas.

—

Dias de desamparo, ontem à noite

—

Tamanhas força e plenitude, inúteis, todos veem, nada é capaz de ocultá-lo

27/4/22
IV. Ontem, a moça da Makkabi telefonando na redação do *Selbstwehr*: "Přišla jsem ti pomoct" [Vim para te ajudar]. Voz e fala puras, cordiais.

—

Pouco depois abri a porta para M[ilena]

8/5/22
O trabalho com o arado. Ele se finca profundamente e, no entanto, avança com facilidade. Ou tão somente risca o solo. Ou então avança no vazio, com a relha erguida e inútil; com ou sem ela, é indiferente

—

O trabalho se fecha como uma ferida incurada pode se fechar

—

Quando o outro silencia, e nós, a fim de mantermos a aparência de uma conversa, buscamos substituir o interlocutor, buscamos, pois, imitá-lo, ou seja, parodiá-lo, ou seja, parodiar a nós mesmos — é isso ainda uma conversa?

—

M[ilena]. esteve aqui, não voltará mais, provavelmente sensato e correto; talvez haja, porém, uma possibilidade cuja porta fechada nós dois vigiamos, a fim de que ela não se abra, ou, antes, a fim de que não a abramos nós, porque sozinha ela não se abre.

—

Maggid[35]

—

12/5/22
A variedade ininterrupta e, de repente, no meio dela, a visão comovente de um poder de variação que momentaneamente esmorece.

—

De *Der Pilger Kamanita* [O peregrino Kamanita],[36] dos Vedas: "Ó meu amado, da mesma forma como um homem trazido da terra de Gandara com os olhos vendados e, depois, abandonado no deserto rumará para leste, norte ou sul — porque trazido e abandonado foi de olhos vendados —, mas, tendo alguém lhe retirado a venda e dito: 'Naquela direção vivem os gandaras, vá para lá', conseguirá voltar para casa e para os gandaras, perguntando de aldeia em aldeia, instruído e sabedor, assim também um homem que aqui embaixo encontrou um mestre sabe: 'Só tomarei parte nas coisas deste mundo até ser redimido; depois, voltarei para casa'".

—

Da mesma obra: "Alguém assim, enquanto habitar seu corpo, os homens e os deuses o verão; depois, porém, que seu corpo se decompuser na morte, os homens e os deuses não o verão mais. E tampouco o verá a natureza, que tudo espia: ele terá cegado os olhos da natureza, escapado do mal".

—

35 *Der große Maggid und seine Nachfolge* (O grande Maggid e sua sucessão), obra de Martin Buber, Frankfurt, 1921. **36** Obra do escritor dinamarquês Karl Gjellerup (1857-1919), Frankfurt, 1913.

13/5/22
Nada

17/5/22
Triste

19/5/22
Leitura de Eva Vischer[37]

—

A dois, ele se sente mais abandonado que quando sozinho. Se está com alguém, esse alguém estenderá a mão para apanhá-lo, e ele estará então inteiramente a sua mercê. Quando sozinho, de fato toda a humanidade quer apanhá-lo, mas os inúmeros braços esticados se enlaçam uns nos outros e ninguém o alcança.

20/5/22
Os maçons na praça da Cidade Velha. A possível verdade de todos os discursos e doutrinas.

—

A mocinha suja que corre de pés descalços e cabelos esvoaçantes em seu vestidinho inteiriço.

23/5/22
É incorreto dizer de alguém: sua vida foi fácil, ele sofreu pouco. Mais correto: assim como era, nada poderia lhe acontecer. E, o mais correto: ele passou por todos os sofrimentos, mas tudo num único e mesmo momento — como poderia ainda lhe ter acontecido algo, se as variações do sofrimento, seja na realidade ou pela força de seu comando, já se haviam esgotado por completo? (Duas velhas inglesas em Taine.[38])

37 Recital de Eva Vischer, esposa do escritor praguense Melchior Vischer, em 19 de maio de 1922. No programa, além de Melchior Vischer (1895-1975), Flaubert, Hebbel, Vladimir Sollogub e Else Lasker-Schüler.
38 Possível referência a Hippolyte Taine e *Notes sur l'Angleterre* (1872), publicado em tradução alemã em 1906.

25/5/22
Anteontem, AF [*Um artista da fome*].[39] Hoje, belo passeio. Por toda parte, pessoas sentadas, de pé e cansadas ou sonhadoramente encostadas. — Muito perturbado.

26/5/22
Os graves "ataques" durante o passeio ao anoitecer (ensejados por quatro contratempos minúsculos ao longo do dia: o cachorro na estância de veraneio, o livro de Mareš, o alistamento como soldado, o dinheiro emprestado por P[epa].), momentos de completa ruína, desamparo, falta de perspectiva, abismo incomensurável, nada mais que abismo; apenas ao entrar pela porta do edifício, a possibilidade, em geral sempre à mão, de um pensamento a me auxiliar, uma possibilidade que dessa vez não me ocorrera ao longo de todo o caminho, evidentemente porque eu nem a procurara em meio à completa desesperança[40]

30/5/22
O "ataque" durante a noite

—

5/6/22
Dias ruins (s.). Já há quatro ou cinco dias. Talento para "remendos".

—

39 Kafka se refere ao conto que dá título à coletânea publicada postumamente, em 1924. Antes disso, porém, a narrativa será publicada em outubro de 1922 em *Die Neue Rundschau*.
40 Ottla já estava com a família na casa de veraneio em Planá, no sul da Boêmia, para onde Kafka seguiria cerca de um mês mais tarde. O cachorro, ele torna a mencionar adiante, em 27 de julho. Num encontro casual em Praga, o escritor tcheco Michal Mareš (1893-1971) pedira permissão a Kafka para lhe enviar livros de sua autoria e, de fato, enviou-lhe no dia seguinte um volume de poesia com dedicatória. Mas, poucos dias depois, enviou-lhe outro livro, dessa vez com um boleto postal. Conforme relata a Milena em carta de 22 de setembro, Kafka não agradeceu nem pagou pelo livro. Pepa, ou Pepo, é seu cunhado Josef David, marido de Ottla. Não se sabe a que se refere o "alistamento como soldado".

Enterro de Myslbeck.[41]

12/6/22
Onze dias já. Ontem, Fráňa. Hoje, carta a M.

—

16/6/22
Às vezes, completa falta de tato, confusão. — G. em H.

—

Ao resenhar esse livro, além das dificuldades insuperáveis que o poder intelectual e visionário de Blüher sempre apresenta, vemo-nos em dificuldade por despertarmos com muita facilidade, quase a cada observação, a suspeita de que é nosso desejo descartar ironicamente os pensamentos nele contidos.[42] Disso somos suspeitos mesmo quando, diante da obra, estamos mais distantes da ironia que de qualquer outra coisa, como é meu caso. Essa dificuldade de resenhá-lo tem sua contrapartida numa dificuldade que Blüher, por sua vez, tampouco é capaz de superar. Ele se autodenomina um antissemita desprovido de ódio, sine ira et studio, e, de fato, o é, mas desperta facilmente a suspeita, quase a cada observação, de que é hostil aos judeus, seja no ódio feliz ou no amor infeliz. Essas dificuldades se contrapõem como fatos da natureza, e é necessário chamar a atenção para elas, a fim de que, ao refletirmos sobre o livro, não tropecemos nesses equívocos e, assim, já de antemão, nos tornemos incapazes de penetrá-lo mais profundamente.

Segundo Blüher, não há como refutar o judaísmo com base nos números ou na indução derivada da experiência; esses métodos do velho antissemitismo nada podem contra ele; todos os demais povos podem ser refutados dessa maneira, mas os judeus, como povo eleito, não. A cada crítica dos antissemitas, o judeu saberá responder, e com razão. Blüher, de resto, nos oferece apenas um panorama demasiado rápido de críticas isoladas e das respostas a elas.

41 O escultor tcheco e professor Josef V. Myslbeck falecera em 2 de junho de 1922. O enterro teve lugar no dia 3. A seguir, provavelmente Fráňa Šrámek e uma carta não preservada a Milena. Mais adiante, Hartmut Binder interpreta "G. em H." como "Gerti em Hellerau". Kafka recomendara a Elli e ao marido que mandassem os filhos, Felix e Gerti, para uma recém-fundada escola internacional em Hellerau. **42** O já mencionado rascunho de uma resenha do livro de Hans Blüher.

Em relação aos judeus, mas não aos demais povos, essa percepção é profunda e verdadeira. Blüher extrai dela duas conclusões, uma delas completa, a outra pela metade.

A completa:

23/6/22
Planá[43]

27/7/22
Os ataques. Ontem, passeio com o cachorro no fim do dia. Tvrz Sedlec. A alameda das cerejeiras à saída do bosque, que produz quase a intimidade de um quarto. A mulher e o homem que retornam do campo. A moça à porta do estábulo da propriedade em ruínas, como se numa batalha com seus seios vigorosos, o olhar inocente e atento de um animal. O homem de óculos que conduz a carroça levando carga pesada de ração, já de certa idade, algo corcunda e, no entanto, bastante ereto em decorrência do esforço, botas de cano longo; a mulher com a foice, ora a seu lado, ora atrás dele.

26/8/22
Dois meses sem nenhuma anotação. Bons tempos, com uma ou outra interrupção, e eu os devo a O[ttla]. Desde alguns poucos dias, novo colapso. No primeiro dia, fiz uma espécie de descoberta no bosque

14/11/22
À noitinha, sempre 37,6, 37,7. Sentado à escrivaninha, não produzo nada, mal saio à rua. Apesar disso, seria tartufismo queixar-me da doença.[44]

18/12/22
O tempo todo na cama. Ontem, *Ou-ou*.[45]

43 Kafka chega a Planá, onde, com pequenas interrupções, permanecerá até 18 de setembro de 1922. Logo a seguir, fortaleza (*tvrz*) Sedlec, nas imediações da cidade.
44 Em 29 de novembro de 1922, Kafka escreveria a Brod queixando-se de um mês inteiro de febre.
45 Kafka já havia lido *Ou-ou*, de Søren Kierkegaard, durante sua estada em Zürau, como relata em carta a Max Brod de 20 de janeiro de 1918.

1923

12/6/23
O horror dos últimos tempos, incontável, quase ininterrupto. Bergmann, Dobřichovice, M., P., passeios, noites, dias, incapaz de tudo que não seja dor.[1]

—

E, no entanto. Nada de "no entanto", por mais angustiada e tensa que você me contemple, Krizhanovskaia, no cartão-postal diante de mim[2]

—

Cada vez mais angustiado ao escrever. É compreensível. Cada palavra revirada na mão dos espíritos — esse movimento da mão é seu gesto característico — transforma-se numa lança voltada contra quem fala. Sobretudo uma observação como esta. E assim até o infinito. O único consolo seria: vai acontecer, queira você ou não. E o que você quer ajuda pouquíssimo. Mais do que consolo é: também você dispõe de armas.

1 Em maio de 1920, Hugo Bergmann mudara-se com a família para Jerusalém, mas, no começo do verão de 1923, passa algumas semanas em Praga, onde dá palestras diversas sobre suas experiências na Palestina. Na primeira quinzena de maio, Kafka passa alguns dias em Dobřichovice, a cerca de vinte quilômetros de Praga. M. é provavelmente Milena, P., sem identificação.
2 Em junho de 1923, apresentou-se no Teatro Municipal de Königliche Weinberge o Teatro de Arte de Moscou. A atriz Maria Alekseiévna Krizhanovskaia é mencionada em crítica publicada no *Prager Presse* de 6 de junho de 1923.

Sobre esta edição

Os *Diários* de Kafka vieram a público pela primeira vez em 1937, numa seleção feita por Max Brod e lançada em Praga com o título *Tagebücher und Briefe* (Diários e cartas) pela editora Heinrich Mercy Sohn. Mas sua primeira versão chamada "completa", *Tagebücher 1910-1923* (Diários 1910-1923), também ela organizada por Max Brod, data de 1951 e foi publicada em Frankfurt pela S. Fischer Verlag. Até o princípio dos anos 1980, essa era a edição conhecida e traduzida dos *Diários*.

A partir de 1982, no entanto, a editora alemã S. Fischer começou a publicar edições críticas dos escritos kafkianos, até então conhecidos apenas na organização que lhes tinha dado Max Brod. Lançado ainda nesse ano, o primeiro volume dessas novas edições dos escritos, diários e cartas, das quais se encarregaram Jürgen Born, Gerhard Neumann, Malcolm Pasley e Jost Schillemeit, entre outros, foi dedicado a *Das Schloß* (O castelo).

A presente edição baseia-se nos três volumes dos *Diários* de Kafka publicados em formato de bolso pela Fischer Taschenbuch Verlag em fevereiro de 2014, de acordo com a versão do manuscrito e com extenso aparato crítico sob a forma de numerosos comentários que ocupam cerca de metade de cada um dos três volumes: *1909-1912*, *1912-1914* e *1914-1923*. Esses volumes, por sua vez, reproduzem texto e comentários da edição crítica dos *Diários*, que, organizada por Hans-Gerd Koch, Michael Müller e Malcolm Pasley, foi publicada originalmente em 1990 (*Tagebücher: Kritische Ausgabe*. Frankfurt am Main: S. Fischer Verlag, 1990).

Kafka escreveu seus *Diários* em doze cadernos sem pauta de cerca de 25 × 20 cm, cada um deles contendo de vinte (caderno nº 10) a 58 páginas (caderno nº 1), e em nove folhas soltas. No começo, pretendeu utilizar determinados cadernos para suas anotações diárias — ou seja, para a escrita do diário propriamente dito —, ao passo que outros seriam destinados aos esboços literários. É o que ocorre, por exemplo, com os cadernos nº 1 e nº 2. O primeiro (o início dos *Diários*) principia claramente com anotações cotidianas de 1909, enquanto o texto que abre o segundo é o rascunho da narrativa que viria a ser intitulada "Ser infeliz" e, como tal, encerra *Contemplação*, a primeira obra de Kafka publicada em livro. O caderno nº 2 deveria, portanto, conter somente esboços literários. Kafka, no entanto, logo desiste desse plano e, já em 1910, põe-se a fazer anotações cotidianas também nesse caderno. Além disso, mais adiante passa a utilizar seus cadernos de forma quase aleatória, iniciando um novo antes de preencher por completo o caderno que está utilizando no momento, ao qual, porém, retorna em data posterior. Assim, acaba por misturar os cadernos e, em consequência, a ordem cronológica das anotações.

Toda edição crítica, como é o caso do original alemão desta tradução, tem por público primordial especialistas na obra do autor ou da autora a que se dedica. Esse, no entanto, não é o caso desta edição brasileira, que evidentemente, embora baseada numa *kritische Ausgabe*, não pode se pretender uma edição crítica dos *Diários* de Kafka. O que se deseja aqui é, antes, apresentar ao leitor brasileiro o texto integral dos *Diários* na forma exata como ele foi escrito, ou seja, sem as intervenções de Max Brod, cuja edição exclui passagens consideradas comprometedoras ou mesmo quase incompreensíveis, bem como textos literários publicados à parte, entre os quais *O veredicto* e *O foguista*, para citar apenas dois. Trata-se, portanto, no original alemão, de um texto não editado, o que significa que ele contém erros de grafia (de nomes, obras, lugares etc.), ortografia e pontuação, além da já mencionada confusão cronológica dos cadernos e da datação muitas vezes equivocada das entradas por parte do próprio Kafka.

Pensada, pois, para o leitor, a presente edição corrige e padroniza as grafias de nomes e os títulos das diversas obras citadas, assim como corrige os erros de datação e busca organizar as entradas por ordem cronológica. Faz isso com o auxílio da já mencionada edição crítica que lhe serviu de base e de indicações fornecidas pela edição de Max Brod, além da cronologia estabelecida por Reiner Stach em *Kafka von Tag zu Tag: Dokumentation aller Briefe, Tagebücher und Ereignisse* (Frankfurt am Main: S. Fischer Verlag, 2017).

A organização em cadernos, adotada por quase todas as traduções dos *Diários* feitas a partir da versão do manuscrito, foi aqui preterida em razão de ela dificultar consideravelmente a leitura da obra, na medida em que embaralha datas e contextos. Para citar um único exemplo, o esboço de *O foguista* (ou seja, do primeiro capítulo do romance *O desaparecido ou América*) apresenta-se invertido nos cadernos de Kafka: a narrativa principia no caderno nº 6 e tem sua conclusão no caderno nº 2. A organização em cadernos obrigaria, portanto, o leitor a ler *O foguista* de trás para diante e, ademais, com muitas páginas a separar a segunda metade da primeira. Assim, para não privar o leitor da fluidez da leitura pela interposição de dificuldades desnecessárias, optou-se aqui pela organização cronológica dos *Diários*, subdividindo-os de acordo com os anos, de 1909 a 1923. Menção aos diferentes cadernos é feita nas notas, sempre que relevante.

No tocante a todas as entradas datadas (sempre pelo próprio Kafka), adotou-se como padrão encimá-las apenas com a data, deslocando-se para a linha de baixo o texto e a eventual indicação do dia da semana ou do período do dia.

As notas têm por fonte os numerosos comentários constantes da edição crítica utilizada e pretendem, sempre que possível, esclarecer os contextos histórico-biográficos necessários à compreensão das entradas, assim como as referências a autores e obras citados e à geografia de Praga e das demais localidades mencionadas. Traduções de títulos de obras para o português foram acrescidas entre colchetes seguidas dos títulos originais, tendo sido empregado o mesmo procedimento para completar nomes abreviados e acrescentar sobrenome àqueles que, de outra forma, poderiam causar confusão ao leitor.

Kafka não escreveu seus *Diários* visando a uma eventual publicação. Tampouco os escreveu, claro, para serem lidos por outra pessoa (embora os tenha entregado, mas apenas em meados de outubro de 1921, a Milena Jesenská). Isso torna o texto por vezes de difícil compreensão, impreciso, distante em geral daquela escrita límpida, "cartorial" (nas palavras de Modesto Carone), que caracteriza sua obra literária mais conhecida e admirada. O leitor, porém, com certeza perceberá essa diferença de linguagem nas páginas destes *Diários*, e reconhecerá o autor que conhece dos contos e dos romances, se não em cada anotação de caráter puramente pessoal, decerto toda vez que ele se propõe a esboçar aqui um texto literário. Foi, afinal, nas páginas de seu caderno nº 6 que, na noite de 22 para 23 de setembro de 1912, Kafka registrou a narrativa em que, para boa parte da crítica, alcança maturidade literária: *O veredicto*.

A edição crítica dos *Diários* de Kafka, restituindo a versão do manuscrito, desfaz o trabalho de edição de Max Brod. Há décadas, ele já não atende às exigências de críticos e leitores. Mas — deficiências de edição à parte — nunca é demais lembrar que, sem Max Brod, este livro não existiria.

Agradeço o generoso apoio do Deutscher Akademischer Austauschdienst (Serviço Alemão de Intercâmbio Cultural, DAAD), da Kunstiftung NRW (Fundação para as Artes da Renânia do Norte-Vestfália) e do Europäisches Übersetzer-Kollegium (Colégio Europeu de Tradutores, EÜK). Estes *Diários* foram traduzidos em parte no Colégio Europeu de Tradutores de Straelen, na Alemanha, entre os meses de setembro e novembro de 2018 e 2019.

Sergio Tellaroli

FRANZ KAFKA nasceu em Praga, em 1883, e morreu de tuberculose em 1924 no sanatório de Kierling, nos arredores de Viena. Filho de uma família de comerciantes da minoria judaica de língua alemã, diplomou-se em Direito aos vinte e três anos e trabalhou na área até a morte. Noivou-se duas vezes com Felice Bauer, porém nunca se casou. Também teve relacionamentos amorosos com Milena Jesenská, Julie Wohryzek e Dora Diamant. Dedicando-se obsessivamente à literatura, publicou muito pouco em vida, e às vésperas da morte pediu ao amigo e testamenteiro Max Brod (que veio a organizar a primeira edição dos *Diários*) que seus manuscritos fossem queimados. Contrariando o último pedido de Kafka, Brod organizou os escritos do amigo e assim foi possível conhecer aquele que talvez seja o mais brilhante conjunto de escritos do século XX: *A metamorfose*, *O processo*, *Na colônia penal*, *O castelo*, além de conjuntos de aforismos, narrativas breves, correspondência, todas obras-primas da literatura universal.

SERGIO TELLAROLI nasceu em Araraquara (SP), em 1959. Graduado em alemão e inglês pela Faculdade de Filosofia, Letras e Ciências Humanas (USP), trabalhou nas editoras Ática, Companhia das Letras e Conrad. É um dos mais reconhecidos tradutores da língua alemã no Brasil. Verteu ao português, entre outros, Elias Canetti, Thomas Bernhard, Robert Walser e Sigmund Freud. Como bolsista, tem diversas temporadas pelo Colégio Europeu de Tradutores de Straelen, na Alemanha, onde foi "Translator in Residence", de abril a junho de 2011.

Índice remissivo

Números de páginas com a indicação *n* referem-se às notas do tradutor

A

B

C

D

E

F

G

H

I

J

K

L

M

N

O

P

Q

R

S

T

U

V

W

X

Y

Z

A tradução desta obra foi apoiada por
um subsídio do Instituto Goethe.

Grafia atualizada segundo o Acordo Ortográfico da Língua Portuguesa de 1990, que entrou em vigor no Brasil em 2009.

capa e ilustração de capa
Tom Gauld
tratamento de imagens
Carlos Mesquita
mapa
Marcelo Pliger
imagens do miolo
Franz Kafka
composição
Jussara Fino
preparação
Márcia Copola
índice remissivo
Luciano Marchiori
revisão
Jane Pessoa
Raquel Toledo

1ª reimpressão, 2021

Dados Internacionais de Catalogação na Publicação (CIP)

Kafka, Franz (1883-1924)
Diários : 1909-1923 / Franz Kafka ; tradução Sergio Tellaroli. — 1. ed. — São Paulo : Todavia, 2021.

Inclui índice.
ISBN 978-65-5692-129-7

1. Literatura alemã. 2. Diários. I. Tellaroli, Sergio. II. Título.

CDD 836

Índice para catálogo sistemático:
1. Literatura alemã : Diários 836

Bruna Heller — Bibliotecária — CRB 10/2348

todavia
Rua Luís Anhaia, 44
05433.020 São Paulo SP
T. 55 11. 3094 0500
www.todavialivros.com.br

fonte
Register*
papel
Pólen soft 80 g/m²
impressão
Geográfica